行思录

杨俊 ■著

群言出版社
QUNYAN PRESS
·北京·

图书在版编目（CIP）数据

行思录 / 杨俊著. -- 北京：群言出版社，2024.7
（遂宁当代作家文丛. 第二辑）
ISBN 978-7-5193-0929-9

Ⅰ.①行… Ⅱ.①杨… Ⅲ.①散文集-中国-当代 Ⅳ.①I267

中国国家版本馆 CIP 数据核字（2024）第 049254 号

责任编辑：	孙平平　宋盈锡
封面设计：	尚丞印刷
出版发行：	群言出版社
地　　址：	北京市东城区东厂胡同北巷1号（100006）
网　　址：	www.qypublish.com（官网书城）
电子信箱：	qunyancbs@126.com
联系电话：	010-65267783　65263836
法律顾问：	北京法政安邦律师事务所
经　　销：	全国新华书店
印　　刷：	北京九天鸿程印刷有限责任公司
版　　次：	2024年7月第1版
印　　次：	2024年7月第1次印刷
开　　本：	880mm×1230mm　1/32
印　　张：	29.25
字　　数：	607千字
书　　号：	ISBN 978-7-5193-0929-9
定　　价：	196.00元（全4册）

【版权所有，侵权必究】

如有印装质量问题，请与本社发行部联系调换，电话：010-65263836

目　录

── 故　土 ──

003 | 涪江木排
017 | 八百年兮归去来
037 | 一座城与一条河
043 | 一座城与两座庙
052 | 金华山中读书台
057 | 线条之魅
070 | 我的城

── 蜀　地 ──

093 | 行走青天上
099 | 黄龙溪，雾里的乡愁
104 | 梦一般的柳江
107 | 宜宾印象
123 | 九古平乐

135	泸城酒韵
141	至今思虞公
148	犍为三章
159	天台山喜雨
167	安宁村里安宁人

—— 天 下 ——

175	铁马鸣江南
183	大河无声
193	走进丽江 走进梦中的香巴拉
205	阳光中的夜色
216	安特生与仰韶村
224	石难

| 229 | **后记：发现了几个问题** |

故土

涪江木排

——一——

"哟嗨嗨……哟嗨嗨……"哪来的号子，如此清晰？高亢悠扬的音符间，丝丝缕缕，渗透的全是涪江凝雾成珠的潮湿呼吸。

对于水，无论古今，人们总有一种近乎天然的亲近。滨海的渔村，水乡的民居，或是江河畔的吊脚楼，林泉边的茅草屋，临水而居的人多少能于那蒙蒙氤氲中沾染几分灵性，得到几分滋润。而对于一座城市来说呢，临江而筑无疑是幸福的。碧水泱泱，无形无色孕育了一方山川、阡陌、垄野，乃至树木、花草、鱼虫，更揉捏了一代一代的筋骨体肤和气质精神。涤身而歌，濯足而嬉，烟波之中的眼眸，洁净、水灵，不沾一星尘埃。

涪江源于岷山雪宝顶。一滴滴，一线线，由冰雪而成涓涓，由细流而成溪涧，纤柔玉女般蜿蜒辗转川北沃野。逶迤千里，曲曲折折来到遂州时，纤柔化为丰腴，眼前浩浩汤汤一条大江！卵石堤坝伸张若羽翼，护住了一座宁静的城。低矮的风火墙，繁茂的黄葛树，青石铺就的巷陌，珠网交织的街道……因水而筑的小城其形如斗，迄今已有一千六百年。

春水泱泱，夏水汹汹，秋水丰腴，冬水枯瘦。在斗城人眼里，不论何时无论怎样，涪江都是美丽且生动的。母亲河如一根坚韧的脐带，为这一方水土供给着源源不断的盎然生机。尤其春暖花开的三月，多情的春天让相思一季的瘦水精神勃发，日渐丰满的江流荡溢起汹涌澎湃的激情——

"哟嗬嗬……哟嗬嗬……"远处的江心，高亢悠扬的号子声中，一条条难见首尾的森森木排正逐浪而来！

—— 二 ——

伐木丁丁，鸟鸣嘤嘤。出自幽谷，迁于乔木……
伐木许许，酾酒有藇。既有肥羜，以速诸父……
伐木于阪，酾酒有衍。笾豆有践，兄弟无远……
——《诗经·小雅·伐木》

横卧江里，是木排；耸立山中，就是森林。

跨越川、甘两省，南北迤逦千余里的岷山，就在川北高原上等着你。

出斗城，溯涪江而上，经三台、绵阳、江油，川中浅丘渐行渐远，宁静宽阔的江流也变得狭窄湍急起来。沿途难见人踪，唯有野苇、鸥鹭、荒滩、矶岩为伴。至平武，一路缠绵相随的清波碧波似初回娘家的新嫁娘，欣喜且迅捷地一下扑进了亲人的怀抱，转眼在崇山峻岭间消失无踪。或许她已化身一条小溪，一泓山涧，或是正隐身于某一股清泉，某一泣露珠，更有可能，她就在山巅那银装素裹的皑皑白雪中笑着看你！谁知道呢？

迎接来客的，是峰峦叠翠、壁立千仞的莽莽大山。岷山是好客的，无论你是来探亲访友、观光旅游，还是猎禽捕兽、攀缘采撷，它都会以苍翠欲滴的绿、清新纯净的野风欢迎你。不过，要进入千里岷山的广博胸怀，你必须拥有强健的体魄、无畏的勇气，以及忍受寂寞的毅力——这样才能真正成为大山的主人！

"嗨——倒——喽——"三月桃花天，冰雪消融后大山深处又响起了冬眠一季的喊山声。声音嘶哑、高亢，此起彼伏，于群峰之间悠然回荡，久久不息！

雪线之下，丛林之中，在你目力无法企及的地方，一群强健的男人手持斧锯、楔子、千斤，三个一组，五个一班，正穿行于莽莽林海间。他们踏着吱呀作响的枯枝败叶，敲打着一棵棵参天的巨木。"叫树"是一门伐木的技艺，树干是否中空，是否被虫蛀蚀，老到的伐木人一敲就能听个明白。一棵枝繁叶茂高达十米，两人尚不能环围的老杉松下，男人们停下了脚步。这是一株良木，伐下后可做新房的梁，可打舒适的床，也能成为守护一家温馨欢笑的宅门……质轻，伸直，日晒雨淋均不变形，总之，成年杉松就是最好的家居木材。

未涉足过大山的人，多以为伐木不过是以手中斧锯腰斩树木的一种蛮力活,只有亲眼看见过伐木劳作的人,才会被这门集力量、勇气、智慧、技巧和美于一体的精细艺术所折服,并为之颂歌、礼赞。

有年长细心者,审山势观风向,定下伐木倾倒的方向——这是为保护伐木者的安全,也避免周围幼树被倒下的巨木所摧残。有腿脚轻快者,清理树下枯枝残雪,铲平滑道间的土石坷垃——这能让木材运送更方便快捷。

诸事毕,现在到了展现大山男人力量的时候了!

林间斑驳的阳光下,健硕的胳膊挥舞沉重的巨斧,豆大的汗珠渗入厚实的土地,"嗨!""嗨!""嗨!"那是男人发自胸腔的雄浑呐喊;"嘭!""嘭!""嘭!"这是斧斫劈击巨木的凌厉威势。砍渣、留弦、抽片、夹楔……在巨木将倾之时,伐木汉子挥手拭去额上的汗珠,吐出一口雾状的浊气,然后,深深吸入一口清新、洁净、瞬时能浸润心脾的山野空气,一声高亢、嘹亮的喊山声自丹田深处猛然涌上喉头:"嗨——倒——喽——"伴随而来的,是树干折断的咔嚓吱呀声,是参天大树轰然倒地的轰然雷鸣!

"伐木工人一喊山,地球也要颠几颠。"山风飕飕避其锋芒,枝叶簌簌不寒而栗,无边无际的潮湿雾气在喊山的震颤中竟汇聚成滴,淅淅沥沥洒下一阵清凉雨珠……这是林海之中,最为阳刚、沉雄、豪迈的一幅图景!

伐下的杉松重逾千斤。在这样绵延陡峭的大山中,别说起重机械运输车,便是灵如猿猱也往往望而却步。不过,山里汉子拥有的不仅是力量和勇气,充满智慧的目光转向了早已清理平整，就静静等待在那里的输送滑道。去枝剃丫，参天的杉松转眼成了圆圆滚滚一方好木。"哗啦啦"，随着滑道冲下山坡；"轰隆隆"，砸皱山腰一潭碧波……一声声高亢绵延的喊山，一阵阵巨木入水的轰响后，山腰河道里的原木渐渐多了起来。

融融春光不仅让山峦沟壑绿意盎然，草长莺飞，也为清瘦一冬的溪涧注入了青春萌动的活力。在山腰，在谷底，一股股浪花飞溅的新融雪水于险峻、错落的乱石间欢笑、跳跃，托举着根根杉木向前奔涌，一刻不停。

与欢快喧嚣的流水相比，百年巨木是忧郁感伤的，即将远足的步伐显得沉重滞缓。借着河中凸出的某一块崖石，或是某一片稍浅的滩涂，它们会停下脚步辗转留恋，多看一眼这山，这水，这一方留下了自己根系的厚实土地。河道上，一根根巨木就这样层层叠叠，盘桓不去，直到，一名巡河汉子来到岸边。

汉子手持一根长约丈余的竹竿，竿头有尖如鹰嘴的钢铁铙钩。站在岸边的汉子伸出长长的竹竿，在巨木上空颤颤地虚点，最后，"叭"一下鹰嘴"咬"住了紧紧卡在岩石间的某一根巨木的前端，结实的臂膀用力一拉——

"轰""轰""轰"……在巡河汉子近乎残忍的拉拽下，无数次的层叠最终化为这一次的溃散，在一阵沉闷的轰然巨响后，倒下去的森林向着山下滚滚而去。那里，有平坦的江面，有静静的林场，有早已等待着、即将带它们远行的放排人……

三

哥哥放排去山外，

深深山谷雾不开。

妹妹天天在山崖，

盼哥平安早回来……

——《新民歌三百首·哥哥放排去山外》

随着小满芒种的到来，暮春渐远，初夏已至。日光一天天长了，艳阳渐渐多了，眼前的江水真正丰盈了起来。一江碧波化黄龙，正是涪江放排时！

和煦暖阳中，一叶扁舟轻快飘逸，于青山之间悠然穿行，耳旁，隐约还有声声芦笛在吹……这样的情景，不止一次地出现在画展中、电影里，如梦似幻，美得让人意乱情迷。然而，涪江不是图画，放排不是漂流，涪江木排演绎的更不是浪漫多情的影片，那是一具具血肉之躯在狂风、暴雨、险滩、乱石、急流、漩涡中搏击的生命之旅！

"好女莫砍柴，好男莫撑排。"千百年的一句俗语，让无数油黑肌肤的放排人酸楚满怀。放排人的一生，过的就是刀尖舔血、血盆捞饭的营生。然而，一代一代，放排的汉子却前赴后继，坚毅而无畏。因为，在某一处偏僻宁静的山坳里，在几户简陋却不失温馨的小院前，有咿呀学语的小儿，有临窗而织的娇娘，还有满头华发倚扉而望的父母。汉子是天，汉子是脊，汉子的肩头承载着太多的希望！

劈青竹，编篾缆，捆扎木排。甜蜜的负担让汉子的动作干净且利落。为抵御江中的暗礁乱石，最粗最壮的巨木扎在了排头，每隔数米有铁丝捆扎加固，颗颗拇指粗细长近半尺的U形铁钩深深钉入毗邻木材……坚不可摧的木排，是放排人生命的保障，是家中妻儿父母的幸福所系。安好排舵，搭起窝棚，十余米宽数十米长的巨型木排静静停靠在江面。这里，将是放排汉子搏击风浪、抗争命运的舞台！

在一个风和日丽万里无云的清晨，祭拜完山神河神诸天神佛后，赤裸上身的放排汉子跳上了木排，踏上了前途未知的旅程。当无数个巨型木排串连而成，长约里许的纵深方阵驶入江心时，江边一块突出的岩石上就响起了声声深情却又凄清的歌谣："哥哥放排去山外，深深山谷雾不开。妹妹天天在山崖，盼哥平安早回来……"

岩下，浪花飞溅。点点滴滴，都是相思雨，都是望夫泪！

打脱牙齿和血吞。大山的汉子秉承了大山的骨骼和气质，强健、坚韧、豁达、豪爽。眼角的那一星泪光还在当空艳阳下闪着水晶般光芒时，汉子们已经持铙、掌舵、撑篙，各司其职，与脚下的木排、滔滔的江流一道，裹挟着妻儿的思念、父母的祈祷，一路向东，勇往直前！

去过岷山，走过川北，如果你多少怀有一点诗性的话，那么，你定会为眼前的一切所迷了眼，醉了心，在这片如诗山水中迷失了自己。画一般的黄龙，梦一样的九寨，憨态可掬的大熊猫，活泼乖巧的金丝猴，若尔盖草原奇花似锦、碧草连天，王朗自然保护区奇峰峻岭、风光万千……这里，就是滑落尘世的人间天堂！

"排在江心走，人在画中游。"这样的诗句放排汉子是读不懂的。就是能读懂，他们多半也不以为意，最多只是憨憨地笑笑。他们将所有的目光和精力放在了眼前的江面上。他们知道，千里放排路上，美丽的景致就是蛊惑离人的精怪，艳阳之后碧波之下，等待自己的，还有倾盆大雨，汹涌山洪。

若说初春的涪江还是一位羞涩腼腆的新嫁娘的话，那么到了初夏，新嫁娘则成了风韵十足的少妇，娇媚时碧波如练、风情万种，嗔怪时潜流涌动、横眉竖目，发起脾气来，便是风雨呼啸、狂澜如潮！

惊雷，是少妇尖利号啕的信号。几声炸雷后，铅灰的乌云呼啸的狂风接踵而至，天空乌黑一片，江上浊浪翻涌，无阻无碍的宽阔水面上，狂风裹挟着豆大的雨点扑向江心的木排。在骤然到来的黑暗面前，精旺神足的放排汉子忘记了畏惧，手持粗壮的竹篙鹰嘴的铁铙、丈长的排舵巍立如山。排头排尾排身，炬炬如电的眼神不为风雨所迷，不为浊浪所欺。他们心中唯一的念头是，排头不能撞击山岩暗礁，排身不能卡在河道弯角，排尾不能搁在浅滩江岸，无论哪一种情况的出现，只会引来涪江更疯狂的挤压和撕扯。他们知道，再坚韧牢固的篾缆铁丝铁钩，都经不得风雨浊浪推动下巨型木排的冲击和压力。一排散，排排散，水性再好的浪里白条，在满江横冲直撞的巨木间，谁敢有侥幸生还的奢望？排散人亡，是千年涪江上年年上演的惨烈悲剧。

风雨之中，浪花翻涌的江面上，放排汉子唯有齐心协力，众志成城。

哪里有险滩，竹篙死命一撑，绕过去；

哪里有漩涡，排舵迅疾一摇，冲过去；

哪里有暗礁，铁铙抓牢山崖，避过去……

当涪江收敛暴戾，再显亭亭少女般的柔美风情时，放排汉子们瘫软在了共御风雨生死相依的木排上，唯有掌舵的老汉撕裂着嗓，发出了一声高亢、雄浑的号子："哟嗬嗬……哟嗬嗬……"

千里放排之旅，还有多少这样的风雨、这样的艰险？放排汉子没空去想，更不敢去想。他们要做的，是吃顿饱饭睡一觉，养足精神蓄好劲，然后，再次以生命为赌注，去迎接下一次的风雨艰险。

雨打木排起白烟，望不到后，望不到前。前呼后应声声传呀，小心木排撞山边。长篙撑破月下水，前有激流，后有漩涡。激流漩涡不用怕呀，浪里跳白下银河。借得顺风好掌舵，驾彩云，荡碧波，彩云荡碧映水中呀，龙头一摆出山窝。

一首《放排歌》，含了多少放排汉子的魂魄，多少老母娇妻的眼泪，多少老父小儿的思念，没有人知道。每年春暖花开江水丰盈时，难见首尾的木排就这样自岷山而来，随江流而下，过涪江，进嘉陵，入长江，千百年来，从不间断……

四

如黛远山修木耸峙,
乡野村社鸡犬相闻,
芦苇若雪随风摇曳,
鸥鹭翔集渔歌晚唱……
三十年前的涪江,
是世上最美丽的图画!

——作者

"哟嗬嗬……哟嗬嗬……"一声声高亢悠扬的号子声中,半个月的风餐露宿,十数日的风雨兼程,经历过生死较量的放排汉子终于到达了斗城东郭。水流舒缓的水湾里,绵延数里铺满半条大江的木排,伸出手臂接纳着远道而来的伙伴。

那时的涪江,绝对是一幅原生态的画。

蓝天白云,晴空如洗。数里之外的灵泉山上,清晰得见雪白的墙、琉璃的瓦,一千二百岁的禅院古朴雄伟,妙像庄严。微风起时,声声佛铃、阵阵禅钟随一眼绿意悠然而来。江心有洲,洲上有荒草、老树、野苇、田畴,还有茂密竹林中的片片农舍,飘袅炊烟,三两犬吠。荷锄而作的农夫、弯腰采摘的妇人、耕种的老牛、嬉闹的小儿,拭亮了猫儿洲鲜活、明亮的眼。江面上,只只江鸥春燕轻灵翻飞,偶尔剪出圈圈涟漪。长腿的白鹭在细腻浅滩上亦步亦趋,伸伸光洁的颈,梳梳雪白的羽,不时啄起一条小鱼、数只小虾,风度翩翩犹如绅士。

浮于江心的木排,承载着斗城老少消夏的梦。明媚艳阳下,蝉鸣声声的桑树林中蹦出几个嬉笑的少年。嘴里嚼着偷摘的桑葚，滑下堤坝，窜上木排，三两下脱光身上的背心裤衩，"扑通扑通"如下锅的饺子赤条条跳进了清凉的江水中。水花四溅，旁边垂钓老者一句笑骂："嗨，背时鬼娃儿，洗澡各人爬远点，莫惊了我的鱼！"岸边码头上，少女妇人槌打浆洗着粗布的衣物，说东家的长西家的短，不时响起的银铃笑声，在春情颤动的江面上荡起层层轻波……

眼前的一切让放排汉子想起了家，思归的心绪更是翻涌，浸入了全身的每一根经脉、每一个细胞。拆排，搬运，汉子的动作因为思念而更加迅捷、有力。两道顺堤铺设的钢轨上，当载满根根巨木的平板车在钢绳的牵引下徐徐上升，逐渐隐入木材厂堆积如山的木场时，汉子们挂满晶莹汗珠的油黑脸庞上，终于露出了一丝绯红若羞的笑靥！

——— 五 ———

圆盘钢锯如飞的旋转中，巨大的原木屑沫飞溅，发出阵阵涅槃前的尖叫。方、条、板、块，形态各异的材料送进木场分类堆放，等待进入斗城人家。

一千六百年的小城，繁衍着一代又一代淳朴的小城居民。三合土的街道，青石板的巷陌，铅灰中空的风火墙，如蛛网般混杂交织，屈展延伸在斗城的每一个角落。走在狭窄却又祥和的小城脉络上，目光穿过翘檐斗拱垂花门，你会发现，无论是在盛放棠棣的深宅大院，低矮清雅的穿逗小居，还是在天光一线朦胧幽静的四合院，皂角青青槐花若雪的小天井，或是屋前齐腰的小巧腰门，堂屋之上的太师椅八仙桌……梁、柱、椽、檩、枋、板、方、条，哪里都有岷山杉松的身影，哪里都散发着涪江木排幽幽而潮湿的馨香。在某一个春日融融的清晨，小木棍儿撑开了镂空雕花的窗棂，七色花纸隔衬的木格轩窗无声斜张，邻家的伊人正倚窗梳妆。抚一抚瘦眉，擦一指蔻丹，木梳编织着油亮乌黑的麻花辫。素人若玉，那一根艳红的头绳，不知拴住了多少情窦初开的痴情少年郎！

再巧的工匠，也断然无法将所有的木材变成栋梁，不过，精明的小城人却懂得什么叫作物尽其用。墨线之后，锯下的边角、刨下的木花统统进了妇人的灶房。风箱呼呼，炊烟袅袅，呼唤着辛勤的男人，诵读的小儿。红油面条、大米干饭，还有新炒的回锅肉、陈年的沱牌酒，美了温馨一家人，醉了整整一条街……

粉白的墙，青灰的砖，片片黑瓦挡住的是风雨，守护的，是家的温情和幸福！

锯下的木渣木屑，既不能做材，也不能引火，总应该扔掉了吧？不，这些依然是宝，很快就送到了斗城西郊一家不太起眼的蚊香厂里。烈日暴晒数日后，将干燥的木渣木屑与六六粉——一种剧毒的农药——按比例调和，用粗糙的浅黄毛纸包束后，便成了一根根拇指粗细长约尺许的蚊香。这是夏夜里，斗城夜空下最浪漫的饰品。

斗城的夏夜，是脑海中最难以忘却的童年记忆。夕阳西斜，火辣辣的骄阳敛了光芒，化为天边亮红的一抹云霞。参差错落的青瓦房里开始飘溢出阵阵清幽的粥香。荷叶稀饭、绿豆稀饭、红薯稀饭，老少街坊捧着的粗瓷大碗盛满一色的清香。下饭的佐菜呢，多是自家坛子里捞出的腌萝卜、泡豇豆。阵阵粥香聚集于街头或巷尾的老黄葛树下，一边吹牛冲壳子，一边喝着自己碗里的稀饭。"啵"，一口泡菜又酸又咸；"呼"，一口稀饭又香又甜。炎热夏季里，喝亮水稀饭绝对是一种妙不可言的享受。

晚饭后，摇着纸扇蒲扇，趿着塑料拖鞋，穿着最精短凉爽的薄衫短裤，人们陆陆续续不约而同向江边走去。卵石的护城堤上，或席地而坐或漫步闲聊，尽情享受着徐徐江风送来的丝丝清凉。体魄强健且水性较好的，三五成群嬉闹玩耍，木排前接连不断的猛子炸起朵朵灿烂的浪花。猫儿洲的江面上，早已万头攒动欢笑喧天。苇花洁白的芦苇丛中，平整柔软的沙滩之上，有初学游泳兴致盎然的小孩，有泡水纳凉乐在水中的老人，更有相互携手深情款款的对对情侣……

天色尽墨，玉兔东升，江水里堤坝上的人们这才恋恋不舍陆续返家。凉板凉席凉椅，毛巾蒲扇茶杯，人们拿着各种纳凉物什自家里鱼贯而出，老马识途地来到了各自纳凉的老地方。小巷的青石板上，街头的皂角树下，很快聚满了左邻右舍街坊邻居。男人们穿着背心短裤，喝清茶打纸扇，海阔天空地吹牛谈天。女人们则一色短裙，哼唱着参差不齐的催眠曲，摇着蒲扇为席上的小儿女驱蚊送爽。稍大的顽童精力充沛，在夜色的掩护下捉迷藏玩游戏……吹牛谈天窃窃私语声逐渐停息，孩子的嬉笑玩耍声终于消失，渐起的凉爽带来沉沉睡意时，父母们从各自的家里拿出了支支粗壮的蚊烟。一支，两支，三四支，待到每张凉板凉席前都升起袅袅烟雾时，街头巷尾便成了一片星火斑斓的静谧世界。地上，是暗红点点的蚊烟；夜空，有璀璨闪烁的繁星；江风送来的阵阵凉意中，似乎能听见江水拍打木排的"唰唰"声。

缥缥缈缈的烟雾，带着一个个酣甜的美梦汇入了蓝黑深邃的如水夜色。梦中，排排木筏正逐浪而来，"哟嗬嗬……哟嗬嗬……"号子高亢嘹亮，刻骨难忘……

2007 年 12 月

八百年兮归去来

— 一 —

十七楼巨幅玻璃幕墙前,红彤彤的阳光显得奔放恣肆,漫天漫地汹涌而来,把房间里所有的空间,甚至是我们的胸腔,都挤填得满满的。

初冬季节,这样通透温暖的阳光,在蜀中是绝对没有的。这是专属于江南,或者说是杭州所特有的温暖和幸福。"暖风熏得游人醉,直把杭州作汴州。"八百年前,同样旅居于此的宋人林升,将这样的诗句题写在了临安旅店的粉壁上。如果除去诗中的悲愤情绪不谈,仅从字面的意思理解,杭州的气候一直都是这样宜人的。

我们下榻的复兴路,正与玉皇山遥相而

望，山的另一面，就是杭州的眼睛西子湖。敞亮的阳光，碧绿的湖水，让眼前的山峦浸润于一片青绿秀色中。只有糅杂其间的红黄橙紫几缕异彩，如一支轻灵跳动的画笔，于杭城的天空下涂抹着几分秋冬的韵味。

一月前，四川宋瓷博物馆馆长何瀛中先生邀我来杭采访。理由是，这是国宝宋瓷八百年后的首次"返乡"。千里之外的杭州，《蜀地遗珍——四川遂宁南宋窖藏瓷器精品展》将向世界展示南宋时期浙江龙泉的制瓷成就，呈现遂宁宋瓷的绝世风采。

八百年宋瓷返故乡，这是一个极好的创意。我几乎不假思索就答应了此次的随展采访。

二

时光回溯至 22 年前的那个夏天。遂宁市市中区金鱼村村民王世贵和往常一样，顶着白晃晃毒辣辣的日头，在南坝的土地上埋头耕作。

坝者，平畴也。千里涪江浩浩荡荡，由北而南通贯着川中这片浅丘之地。母亲河给古老的遂州带来的不仅是丰沛的水量，鲜明的四季，更在千万年冲刷沉积后形成了一片 50 平方公里的冲积平原。逐水而居的先民们，在这片平原上建起了一座宁静的城。

沟壑纵横的丘陵地区，能有这样一块肥沃的平原委实难得。尤其是在暮春，暖洋洋的河风挑逗着坝里的麦波绿浪，一层层一排排不停地摇摆翻滚涌动，那汹涌而来的熟透的春情，甚至能润进你的肺腑浸入你的灵魂!

但现在,灼热的阳光将仅有的几丝江风也烘烤得无影无踪,墨绿的稻田波澜不兴。村民王世贵更没有我们这样即景抒情的雅兴,他依然不紧不慢地耕锄着脚下的田地。

"当!"锄尖传来的清脆响声让这位老农心生狐疑。拨开褐色的泥土,眼前慢慢浮现出一大堆形态各异、排列有序的瓷器。这个一生都在泥土里耕种收获的朴实农民,绝计不相信天上会掉馅饼,土里能长金银。看着这些泛着清幽光泽的碗、盏、杯、盘、碟、瓶,即使在如火艳阳下他心中的惊悸也远甚于惊喜。这是谁家的陪葬品?或是……对鬼神的敬畏让这批产于800年前浙江龙泉、江西景德镇的985件瓷器得到了异常完整的保存。

1991年9月19日,成为我所在的城市津津乐道极为自豪的一个日子:遂宁市金鱼村发现了迄今为止国际国内最大的一宗宋瓷窖藏!此后20年,这批被誉为国宝的瓷器上京沪,下港澳,东渡扶桑,将积蓄了800年的温润雍容尽情绽放,也收获着无以数计的惊叹、艳羡和赞颂。

多年跟踪采访,我曾无数次静静地站立在那些"薄如纸、碧如玉、声如磬、明如镜"的瓷器前,冥想它始为泥、捏为胎、烧为瓷的整个过程。想象着是怎样的匠心巧手,是怎样的天工技艺,能在800年前的南宋制造出如此光华内蓄极尽精致的器物。

江南,到底是一方怎样的水土,能孕育出如此完美无瑕的绝世奇珍?

三

在后世文人、史学家和教育家的眼里，江南是人间天堂，而根植于江南的南宋，却几乎是一个羞于提及的朝代。

靖康之耻二圣被掳，泥马渡江宋室南迁。隔江闻犬吠的广袤北地上，异族铁蹄肆虐，同胞泣血呜咽。那个在声色犬马中偏安一隅，在温柔梦乡中不思进取的政权，被史界戏谑为"小朝廷"。在视三纲五常为天道的封建社会，对一个有着153年历史的正统皇权进行如此评价，一个充满鄙夷的"小"字，凝结的，是一个民族何等的屈辱和悲愤！

西子湖畔，栖霞岭南麓，一座肃穆的祠堂吸引着后世崇敬的目光。

怒发冲冠，凭栏处、潇潇雨歇。抬望眼、仰天长啸，壮怀激烈。三十功名尘与土，八千里路云和月。莫等闲、白了少年头，空悲切。

靖康耻，犹未雪。臣子恨，何时灭。驾长车，踏破贺兰山缺。壮志饥餐胡虏肉，笑谈渴饮匈奴血。待从头、收拾旧山河，朝天阙。

一首93字的《满江红》，将一个时代的悲壮长歌喷薄九天，响彻千年！

史学家手中的羊毫颤抖着，纵然饱蘸焦墨却羞于落笔。一个如此腐败浑噩的小朝廷，哪里值得大书特书？千百年来，馥郁的墨香讴歌着汉武盛世、贞观之治，汉民族的自尊心有意无意地淡化、模糊着那段 153 年的历史。

四

走出岳王庙，眼前一湖绿水碧波微漾，潋滟万点金光。

苏堤上，人来人往。或骑车，或漫步，或闭目晒太阳。断桥边，情侣相挽留影，老人踽踽而行。在更广阔的湖面上，七色画舫往来穿梭，织出一幅初冬杭州的舒适安详图。

我更喜欢这样的杭州，从容，宁静，不疾不徐。

记得多年前，为了考试过关不得不埋头苦背《望海潮》。字字句句溢出的堂皇富丽，万千风情，至今记忆犹新：

> 东南形胜，三吴都会，钱塘自古繁华。烟柳画桥，风帘翠幕，参差十万人家。云树绕堤沙。怒涛卷霜雪，天堑无涯。市列珠玑，户盈罗绮，竞豪奢。
>
> 重湖叠巘清嘉。有三秋桂子，十里荷花。羌管弄晴，菱歌泛夜，嬉嬉钓叟莲娃。千骑拥高牙。乘醉听箫鼓，吟赏烟霞。异日图将好景，归去凤池夸。

后来知道，这个被称为"奉旨填词柳三变"的词人，是婉约宋词的一代宗师。其笔下不仅能生花，且能主导当时的时尚风。柳永之词情景交融、通俗易懂，音律谐婉便于传唱，达到了"凡有井水饮处，皆能歌柳词"的程度。这首《望海潮》，便将杭州的盛世图景夸耀到了极致。

柳永填词时，杭州不过北宋一州府，其盛之势已可"凤池夸"，到南宋以临安为都后，这里又是怎样的琼楼玉宇、豪奢繁华？

2007年，也就是遂宁宋瓷出土的16年后，广州救捞局在阳江海域打捞出水了一艘早年沉没的远洋商贸船。在这艘被命名为"南海一号"的沉船中，5万余件产自定、钧、官、哥、汝五大宋代名窑的绝美瓷器惊艳了世界。面对如山一般的奇宝异珍，时任中国古陶瓷学会会长、陶瓷鉴定泰斗耿宝昌欣喜不已："搞了一辈子的瓷器研究，却从未见过如此多的瓷类珍宝，很多连听都没听说过！"

关于这次考古发掘及背景，我有幸拜读了阳江文友冯桂雄、吴刚撰写的专著《南渡风云与南宋阳江》。书中对这艘南宋初期建造的商贸海船进行了详细的描述，对海上丝绸之路的起始、发展、规模、影响进行了科学的考证，作者提出了一个同样困扰着我的问题："积贫积弱的南宋，怎么有能力制造如此气派、坚固的木质海船，生产如此精美的外销产品，发展如此宽广的海外贸易呢？"

没有强盛的国力，就没有先进的科技和工艺，又何来超卓的审美灿烂的文化？如同慷慨而歌《满江红》后又马上去吟《望海潮》，脑子里会产生出某种强烈的情感错觉一样，八百年前的南宋，在我眼前就是一对复杂纠结的矛盾！

— 五 —

"以铜为镜，可以正衣冠；以古为镜，可以知兴替；以人为镜，可以知得失。"要解开矛盾的结，最好的方法是阅读、学习。

在后世的经济学研究中，很多都提到过南宋末期出现的资本主义萌芽，并对当世极富活力的生产关系、生产场景进行了形象的描述。失了半壁江山，偏安一隅的南宋接受了大量南移的北方人口。充足的劳动力、丰富的生产经验和先进的生产技术，有力地推动了南方政治、经济、文化各方面的迅猛发展，取得了一系列令后人仰视惊叹的非凡成就。

"苏湖熟，天下足。"发达的农业生产技术，先进的农业经营管理，让江浙这鱼米之乡随处可见三秋桂子、六桥烟柳、九里云松、十里荷花。

与农业发展齐头并进的，是手工业生产的突飞猛进。广泛推行的栽桑养蚕让江南人家户户机杼，处处锦绣，纺织业盛极一时。

农业手工业的快速发展又让南宋的商品经济很快成熟，相关产业渐成体系。临安成为世界金融纸币的发祥地，大步向前的造船业和航海技术使海外贸易空前活跃，载满丝绸、瓷器、茶叶等各种商品的海船在浩瀚的大洋上乘风破浪，远涉万里。

中国四大发明中的指南针、火药和印刷术，此时已转变成为现实生产力和应用科学。指南针从简单的水浮单针发展为较为复杂的罗盘针；在抗金战争中南宋人发明了世界上最早的管形火器"突火枪"；活字印刷术已实际应用于印刷业中……

天下兴，衣食足，然后呢？

前年到丽江旅游，我惊讶地发现这里居然还"存活"着一种异常鲜活的象形文字。那些生动的人物，朴素的物饰，那些简单得一目了然的图画，让你不由自主地进入了一个虚拟的场景：

一千年前的大唐，一个金秋之季的丰收夜晚，边陲蛮荒的土地上篝火熊熊，人影绰绰，欢声如歌笑语如潮。一位"东巴"（纳西语：原为祭司名，意为智者）畅饮着青稞酒，围着篝火载歌载舞。酒至微醺，激情澎湃。歌，已不能尽兴；舞，亦不能达情。他迫切地想要记录下眼前、心中的一切。于是，他顺手从身边拾起一方巴掌大小的杉树皮，用胸前佩饰的牙骨，在树皮光滑的一面用力刻下了非常原始，却如划破夜空流星般的烁烁一笔——一个个由不同线条构成的象形文字出现了……

（详见拙作《走进丽江　走进梦中的香巴拉》）

我们把这些文字，叫文化；把那些原始歌舞中展现的，叫精神。文化和精神，都是人类近乎神迹的创造，更是一个国家一个民族文明高度的标尺。

那么，繁华豪奢的南宋，它的文化和精神又是什么？

六

800岁的宋瓷终于回家了。

倒屣相迎的，是中国第一座建于古窑遗址之上的陶瓷专题博物馆——杭州官窑博物馆。何瀛中告诉我，他们对这次展览极为重视，态度诚恳再三坚邀，尔后准备时间长达两年，所以，在此次《蜀地遗珍》瓷器展上，遂宁宋瓷几乎是精品孤品悉数登场。

漫步馆内，有小桥流水，九曲回廊，有亭台水榭，花圃鱼池，森森古木间繁花锦簇，丝毫未有初冬的萧瑟凋零。在工作人员的陪同解说中，我们开始在宋瓷的发祥地了解宋代瓷器的发展历史，了解这座南宋官窑的整个制瓷过程和技艺。

对于饮誉世界的中国瓷器来说，宋代，无疑就是一座空前绝后无法超越的丰碑。北宋末，治国昏庸无能的徽宗赵佶，艺术天赋却卓然超绝。擅书法，好古玩，尤喜瓷器，常常被青瓷的幽玄静谧迷得神魂颠倒。为满足皇帝的这一嗜好，中国历史上第一个政府开办、专为宫廷烧制青瓷的御用窑场在汴京（今河南开封）设立了。这便是后世津津乐道耳熟能详的官窑。

上有所好，下必甚焉。亡国之前的北宋已是官窑林立，私窑蜂起，定窑、汝窑、官窑、哥窑、钧窑五大名窑驰誉天下。造型、釉色、瓷质、纹饰，各有千秋，冠绝一方，共同成就了宋代陶瓷的巅峰之境。

忱于享乐的赵佶，最终失去了帝国，自己也成了飘荡异乡的一缕孤魂。北国的沦陷令北方四大名窑相继没落，唯有南方的陶瓷文化得以幸存延续。朝廷的南迁大大地促进了江南制瓷业的蓬勃发展，从临安府的郊坛下官窑，到龙泉窑、景德镇窑，众多名窑遍布江南，大量巧夺天工的青瓷横空出世，其中尤以粉青、梅子青为瓷中极品。

民国时期龙泉县县长徐渊若在其所著的《哥窑与弟窑》一书中，对龙泉青釉瓷进行了这样的描绘："至如蔚蓝落日之天，远山晚翠；湛碧平湖之水，浅草如春。豆含荚于密叶，梅摘浸于晶瓶。或鸭卵新孵,或鱼鳞闪彩。洁比悬黎,光不浮而镜净;美同垂棘,色常润而冰清。蕴之也久,而火气消;藏之也深,而光芒敛。"

造型古朴,简洁典雅;瓷质精良,质感如玉;纹饰秀美,釉色晶莹;胎薄釉厚,光照见影……"影青"乎?"映青"焉?"假玉"哉?怎么赞美都不过分。

在聆听与欣赏中不知不觉来到了玉皇山顶。即便是在初冬时节,居绝顶而远眺也是一件惬意事。尤其是在通透暖阳撒满四野时,远方的山水,近处的巷陌,以及行色匆匆的车流路人,尽皆历历于眼前。

800年前,山下的道路或许略窄一些,但人潮车马定然不输于今日。清晨,敲碎薄雾惊醒酣梦的,决计不是喷薄而出的彤彤朝阳,听,那青石铺就的通衢大道上,"啼里嗒啦""叮铃当啷"的马蹄马铃声刺破晨雾隐约而来,络绎不绝响彻在江南的驿道上。一车车丝绸、瓷器、茶叶,源源不断地运送到驿站、码头。

装车。上船。或穿州过府,跋千山万水;或西出阳关,过荒漠戈壁;要不就漂洋过海,斗狂风巨浪……浩大庞然的队伍中,有一支小小的分队通过滚滚长江,穿过巴山蜀水,最终来到了数千里外的那座蜀中古城。

想象,真像翅膀,可以带给你无尽的、极其美妙的自由空间。

— 七 —

老人们常说,什么样的土里长什么样的庄稼,其实这就是物质基础与精神文化最朴素的辩证关系。

经济总量占当时全球一半的南宋，以其巨大而强盛的经济实力，不仅研发、生产出了无与伦比的青白釉瓷，更催生了学术思想、文化艺术的繁花锦簇：理学、史学、教育、绘画、书法、雕塑、音乐、舞蹈、戏曲，等等，如雨后春笋蓬勃而发，且自成体系日臻成熟。

我所生活的城市有一项"世界之最"颇令人自豪，那就是1200年前建于遂宁城南梵云山的大唐九宗书院。它比中国古代"四大书院"之首的岳麓书院早建180年，比埃及爱兹哈尔大学早建192年，被学界称为"世界上最早的大学"。

为搞清这所"大学"的历史、规模、成就和影响，我曾查阅过不少的资料和文献，发现中国书院真正发展成熟，形成梯级、分类教育体制是在400年后的南宋。中央官学、地方官学、私家书院和私塾村校，共同组成了一整套完备的教育体系。曾有学者统计，两宋时期全国共有书院397所，其中南宋就占了310所，全国各州县兴办的学校更是不计其数，由官府负担食宿的州县学生达到十五六万人……这简直就是世界教育史上绝无仅有的一大奇观。

教育的普及使好学之风盛极一时，思想碰撞、学术交流、技艺切磋、诗文唱和成为当时社会的一种时尚。在私塾最发达的临安府，"每一里巷须一二所，弦诵之声往往相闻"。在饶州（今江西鄱阳）更出现了"为父兄者，以其子与弟不文为咎；为母妻者，以其子与夫不学为辱"的风俗习惯。这样的尚学之风，在800年后的今天也是令人望尘莫及的。

153年的南宋，整个都浸泡在一片思想艺术的海洋中，其鼎盛之势，纵横千年无出其右。史学大师陈寅恪先生曾言："华夏民族之文化，历数千载之演进，造极于赵宋之世。"

著名史学家邓广铭先生更认为："宋代是我国封建社会发展的最高阶段，两宋期内的物质文明和精神文明所达到的高度，在中国整个封建社会历史时期之内，可以说是空前绝后的。"

高度发达的南宋文化，增加了整个中华文明的深度、广度和高度。

写到这里，我们似乎已经触摸到了南宋文化的脉络，似乎在那些繁华豪奢、温婉精致中洞烛到了宋瓷的前世今生。

然而，我始终觉得遗漏了什么。还有一些极其重要的东西从眼前、从笔尖悄然滑过了。一段历史，被数百上千年时光掩藏后，即使是一片璀璨宝藏，上面也早已长满了蒿草野藤。何况，在某种民族自尊心的驱使下，这片宝藏的上面还蓄意种植着荆棘和刺藤。

在这些荆棘刺藤下，还有什么东西被我们疏忽了呢？苦思冥想反复阅读后，我的眼睛突然就定在了前文提过的被"除去"的两个字上：悲愤。对，我所遗漏的，就是《题林安邸》《满江红》，甚至更多宋诗宋词中汹涌着的那种悲愤情绪！

有些东西，是根植于你的血液和骨骼，与你的生命相依相存形神与共的，是你永远无法除去也无法回避的。无论是谁，无论用什么样的方法去淡化，去模糊，它始终都深深地卡在你的咽喉，扎在你的胸腔。

不拔，你会一次次地被痛苦折磨，或是被谎言麻痹；一拔，则带出了整整一个朝代的百年呜咽，惊天悲怆！

八

南宋理宗年间。一个漆黑如墨的夜晚。

蜀中遂州府。日渐荒凉的南坝旷野中。

一阵细碎的辘轳声显得十分压抑，几盏气死风灯的昏黄光晕摇晃着，时明时暗地映射在几张惶恐惊悸的脸上。

城里有名的凤翔楼老板钱鑫指挥着几名忠仆匆匆挥动着锄镐铁铲。掘土，深埋，掩藏……

东方既白，晨曦微露。忙碌完一切后，这位经营着茶楼、酒肆、瓷器、钱庄的老人，恋恋不舍地再看了一眼恢复如初的那一堆褐土，以及土堆旁一棵粗壮的槐树或是一块突凸青石，在心里牢牢记下宝贝埋藏地之后，才在仆人们的催促搀扶下登上了马车，与家人一道踏上了吉凶未卜的逃难之路。

故土难离！故土难离！故土难离也得离啊！老人的眼中，悄然滑下两行浑浊老泪……

理宗端平二年（1235年），刚刚与南宋联手灭金的蒙古铁骑撕毁盟约，兵分三路蜂拥南下。刁斗、狼烟，金戈、号角，长达40余年的宋蒙战争拉开了帷幕。

此时，在蒙古大汗窝阔台的眼中，南宋，蝼蚁耳。与大金尚且屡战屡败，数度签订城下之盟，这样的朝廷还堪一战？再看看大汗身边的草原儿郎虎贲之师吧。短短20年，灭西夏，亡大金，三次西征横扫欧亚大陆。饮马多瑙河，喋血黑海畔，兵锋所指所向披靡，整个世界皆为之颤抖！

然而，这位在马背上建立起大一统帝国的大汗，心中的骄傲自豪很快便被惊讶、惊诧、震惊之类的情感所替代。他怎么也想不到，那个看似羸弱不堪的小朝廷，却如一块其貌不扬却坚硬无比的岩石，任尔风骤雨狂山呼海啸，始终不屈地挺立在江南的土地上。

元太宗窝阔台，至死也没能等到南宋灭亡的捷报传来。

烽烟滚滚，战马嘶鸣，金戈鼓号响彻大地。那支被称为当世最强大的军队，在江淮战场征伐多年屡战不胜后，兵戈转向西南巴蜀，开始了人类历史上最大规模的迂回围歼战。

此时，镇守四川的，是南宋名将、兵部侍郎余玠余义夫。

— 九 —

《宋史·余玠传》载，玠少时家贫，喜功名，好大言，落魄而无行。后来，去到著名的白鹿洞书院求取经世济国之道。立下鸿鹄之志的这位仁兄，却因一次街头斗殴误伤人命，不得不逃入淮东制置使赵葵帐下避罪。未曾想，这一次青春孟浪的荒唐之错，却掀开了一代名将戎马倥偬的壮阔人生。

此后数年，余玠与蒙军交锋屡战屡胜，不断升擢。理宗淳祐元年（1241年）十月，为解安丰（今安徽寿县）之围，余玠与淮西制置使杜杲一道，率舟师与蒙军激战40天，再次大获全胜，被理宗破格提拔为镇守巴蜀的一方大员。

此时的蜀中，连年的战火早已将昔日的天府之国灼烧得满目疮痍、岌岌可危。

余玠入川，轻徭薄赋，兴学治腐，整饬军备，严明军纪，对四川的政治、经济、军事进行了全面的改革，渐渐聚拢了人心、树立了威信。

面对蒙军连续不断的进攻，余玠因地制宜地拟定了抵抗侵略保卫四川的作战计划，即在所有重要州治沿山筑堡，依山守水，储备粮食，州府衙门设于堡垒内。遇敌来攻，军民迅速撤离堡内，凭险峻山势坚固堡垒以御敌。各州堡垒互联一气，战时可遥相呼应，令敌首尾不能顾，待蒙军势弱力竭，复又出堡袭敌。这就是四川保卫战中有名的"葡萄串堡垒"攻防战法。

当年的巴蜀大地上，堡垒林立，兵戈森森。著名的堡垒有顺庆府（今南充市）的青居堡，苍溪东南的大获堡，剑门关西苦竹隘，泸州城东神臂山，遂州府蓬溪寨，重庆城西多功城，金堂县内云顶堡，富顺西南虎头山堡，重庆万州西柳关，合州境内钓鱼城……从川北到川西，从川南到川东，数十山寨依山麓而建，顺河流而设，构成了一张抵挡蒙军东犯的坚固巨网。

理宗开庆元年（1259年）二月，著名的合川钓鱼城之战打响。站在攻城略地最前沿的，是被欧洲人称为"上帝之鞭"的蒙古大汗蒙哥。

这位窝阔台的四世孙，亲率蒙军主力四万强渡嘉陵江，准备一举拿下四川第一要塞钓鱼城。然而，就在这场欲毕其功于一役的战役中，骄傲的草原雄鹰却折戟沉沙，中流矢而亡。此战，成为宋蒙战争史上最辉煌的篇章。而此战之胜，也将南宋政权的倾覆推后了整整20年。

余玠治蜀的八年间，"（敌）不敢近边，岁则大稔"。烽火硝烟的蜀地，居然在连年兵戈中实现了罕见的大治。

然而……

— 十 —

如果我们认真阅读中国历代封建王朝的兴衰历程，几乎在每一个朝代都能看到一个同样的矛盾剧情在上演：乾坤倾覆紫微黯淡时，总有英雄横空出世仗剑而歌，以经天纬地之才挽大厦于将倾。待天下大定皇权稳固后，那些忠勇之士得到的却往往不是封王拜相、封妻荫子，而是七尺白绫、一壶毒酒，甚至身首异处、不得善终。

也许，这些盖世英雄都心怀坦荡，都欲救民于水火，都以精忠报国为理想追求。然而，金銮殿上坐着的，无论是贤明的君主还是昏庸的帝王，他们无一不心机深沉、性情诡谲。一生都在政治漩涡中争夺权杖的人，终日所想的只有一件事：如何御臣牧民，令江山永固。

卧榻之侧，岂容他人酣睡？当一个臣子的威望高于君王，成为皇权的一种潜在威胁时，那么你浴血疆场所换来的，就只能是一纸索命的圣旨了。或借谗臣之口，或借奸佞之手，或造谣中伤，或栽赃陷害，甚至是以"莫须有"的罪名，必定除之而后快。

令人扼腕叹息的是，明知伴君如伴虎，英雄们依然如飞蛾扑火一般前赴后继，死而后已。其实这种悲情的循环也不难理解。"学成文武艺，卖与帝王家。"英雄要想成为英雄，就需要一个能充分发挥自己才能的机会和平台，而能够给他们提供最大机会最好平台的,唯有至高无上的皇权。

于是,英雄不断涌现,奋力挽救皇权;得到巩固的皇权,又磨刀霍霍毫不留情地吞噬着一颗颗不屈不甘的英雄魂灵。那些胸怀天下、志存高远的英雄们,不断地成为这个矛盾循环中一个又一个被碾碎的祭品。

与前文那位"仰天长啸,壮怀激烈"的岳武穆一样,功勋卓著的余玠也无法幸免地掉进了这个壮烈悲情的矛盾剧情中。

正当雄心勃勃的余玠准备用10年的时间来光复四川所有失地时,他的改革新政触犯了士大夫阶层的既得利益,佞臣与谗言的结合,就是理宗的一纸诏书:削其军政之权,限期返回临安。性情刚烈的余玠忧愤于胸,在返朝前服毒自尽,时年五十有五。

蜀中百姓闻听噩耗,"莫不悲慕如失父母"。而再次自毁长城的南宋小朝廷,也拨快了自取灭亡的丧钟。铁马金戈中,灰飞烟灭的不仅是宋室江山,还有无数精美绝伦的青玉宋瓷碎为瓦砾。而那一窖深藏地下侥幸留存的南宋瓷器,理所当然地成为今天的文物精粹国之瑰宝。

十一

四川,遂宁,蓬溪。县城以东20里,有一山巍峨,绝壁百仞,草木葱郁,宁静幽深。有名的蓬溪寨便隐于其间。

据《蓬溪县志》记载,蓬溪寨初建于南宋端平三年(1236年),因其居高临下易守难攻,余玠治蜀时便将遂宁府治权迁至寨内,同时对山寨进行扩建加固,使之成为扼守蜀中的一大战略要地。余玠的光复计划虽然最终没有实现，但其八年经略的防御体系却在此后的宋蒙战争中发挥了重要的作用。

在余玠编织的巨大防御网中，每一个节点都是一处关隘，每一处关隘都经历着血与火的烧灼。地处蜀中腹地水陆咽喉的蓬溪寨，更成为宋蒙双方刀兵相争的战略要点。

有据可查的有两次大规模战事。民国期间修订的《蓬溪近志·兵事篇》中记载：南宋度宗咸淳元年（1265年）秋，四川制置使夏贵率军5万进攻潼川（今三台县），先打败蒙军刘整军，后被宋朝叛将刘元礼大败于蓬溪寨，"斩首万余级，俘千余人"。《元史》中又有这样一笔："元世祖至元四年（1267年）九月，石抹乞儿袭领本万户诸翼军马，从都元帅按敦从攻蓬溪寨，死焉。"

寥寥数十字的记载，已无法还原800年前的战斗是如何之惨烈，如何之悲壮，蓬溪寨也让那八百年的时光磨损了峥嵘。不过，今天我们还是可以通过眼前残存的遗址，去体会一下当年的情形——

山寨建于绝顶，以青石修寨门，砌石墙。平坦开阔的峰顶寨内，有良田百亩，山泉数眼，有修建的房屋，开垦的土地。

登寨楼而环顾，一边是险峻山道，深沟绝壑，一边是阔坦寨坝，巷陌人家。你几乎立时可以感受到，在战火弥漫硝烟滚滚的乱世年代，无数的老少妇孺齐心协力，开山凿石，筑城垣，修寨门，掘沟渠池塘；播五谷，养禽畜，建房舍粮仓……

然后呢，会不会出现这样一幅理想的桃源情景：男子挥刀舞枪，声声呐喊直冲云霄；妇女当户而织，银梭如飞机杼唧唧；

老人荷锄耕种，小儿嬉戏玩耍……

石质的寨门，坚实的寨墙，将偌大的山寨与外面的世界完全隔离。袅袅云雾间，不是仙境，却是桃源！

然而，就如同我们走进南宋就无法回避"悲愤"一样，这世上哪有什么能真正脱离尘世的世外桃源？金戈铁马的铿锵，刀光剑影的狰狞，冲天的金鼓震天的呐喊由远而近，扑面而来！

在153年的历史中，整个南宋就浸泡在这样的血火硝烟里。从二圣被掳开始，前被女真蹂躏，后被蒙古侵略，最终没有逃脱国破家亡的命运。而正是在这种世事危局、势如累卵的时代背景下，一首首泣血慷慨的史诗壮歌，一个个不屈不挠的中流砥柱，才在这页鲜血浸红的斑斓史册上更显耀眼夺目——

从"还我河山"的岳飞岳武穆，到"留取丹心照汗青"的文天祥文履善；从"王师北定中原日，家祭无忘告乃翁"的陆游陆放翁，到"想当年，金戈铁马，气吞万里如虎"的辛弃疾辛稼轩；从武将到文臣，从官兵到百姓，南宋军民迸发出了汉民族前所未有的同仇敌忾、英勇顽强的抗争意志和精神。

在保家卫国的慷慨激昂中，在收复失地的矢志不渝中，一个民族的凝聚力得到了最大的彰显，亿万人的血肉之躯共同铸就了一座誓死捍卫国家统一和民族独立的爱国主义精神丰碑。他们，就是我们民族的脊梁。

江山可以破碎，朝代可以更迭，但一个民族只要精神不死，则山河可还，家园可复，则必将重新崛起于世界的东方！

这就是南宋的时代精神，这也是中华民族沿袭传承五千年之气节操守！

十二

现在,知道宋瓷为什么是国宝了吧?

现在,知道杭州官窑博物馆坚邀遂宁宋瓷来展的原因了吧?

是啊,有什么瓷器能比遂宁宋瓷更能代表南宋陶瓷制作的巅峰水平?又有什么文物比宋瓷更能体现一个时代如此复杂纠结的矛盾特质?

八百年兮归去来。这些"薄如纸、碧如玉、声如磬、明如镜"的绝世奇珍,有理由成为今天乃至后世顶礼膜拜的精神丰碑。在一个古老民族复兴的道路上,成为一座照亮前方航向的不灭灯塔。

2014 年 6 月

一座城与一条河

> 什么样的笔,才能将眼前这幅图景清晰、真实、完整地描绘下来,然后植于心底铭于记忆?这样,无论你走到哪里,随时皆能置于眼前,细细地看,慢慢地读,然后,你的眼里就会浮上一抹会心的恬恬的微笑……
> ——题记

一

生命于水中萌芽的那一刻起,或许就注定了我们与这种神奇物质的特殊关系。那应该是一种刻录于遗传基因中的亲近和向往吧。如同我们之于空气,一呼一吸,自然畅快,无须记起却须臾不能离。

尤其是在这骄阳火红的六月。来到湖边,掬一抔净水,一股沁凉由掌心慢慢渗入肌肤,滋润你有些燥热的血液和心脾,那种莫名的无以言表的清爽惬意,会不会让你有一种情不自禁赤裸裸回归母体的冲动?

一恍惚，那些通透的精灵就溢出指缝，叮叮咚咚脆笑着回到湖里。你拨动水面想去寻找，它却如初恋情人般腼腆一笑，回你一圈圈细微涟漪后不见了踪影。你急切的目光追逐远去的身影，就看见一层一层的水灵蔓延回旋，荡过了近处的草木禽鸟，远方的舟车岛桥，还有更远处的山峦寺宇……那一湖浩浩荡荡的潋滟波光，如一双纤纤玉手，给这座城市点上灵性，注入宁静，带来声声祥瑞福音。

你循声远眺，就见东面的灵泉山上一阁耸峙，西边的卧龙山前梵宇九重。朱门，赤柱，琉璃瓦；菩萨，罗汉，俏观音。两座兴于隋、盛于唐的千年寺院，梵音袅袅，巍峨庄严。如果耳聪目明，你或许还能看到更远处的观音乡、观音山、观音桥、观音岩、观音洞等遗迹，听到火烧白雀寺、红雨救僧尼、剜眼断手救父王、姊妹观音降孽龙的神奇传说……那些俯拾即是的千年圣迹和掌故，凝成了这座观音文化城的慈善与禅意。

这时，你再轻念它的名：观——音——湖——如此美妙的音韵滑过唇舌时，你会不会有齿颊留香的感觉，甚至，会心灿金莲，暗生虔诚敬意？

—— 二 ——

很多年前，当眼前这万顷碧波还只是纤柔一练时，遂宁人习惯地将其称之为河：涪江河。

没有人知道，这条河在这片浅丘之地已经流淌了多少年，我们只知道它由北而来，向南而去，欢腾着蜿蜒着，率性地涂抹着山川的颜色，勾勒着土地的形态。折腾够了，就留下了一片方圆百里的冲积平原。遂宁人亲切地叫它南北二坝。坝者,平畴也。肥沃且开阔,水美而鱼肥。邑人渐次而来,逐水而居,慢慢就有了房舍、村落、道路,最后耸立起眼前这座其形如斗的城市。此后1700年,斗城的步履、身影、呼吸,甚至是梦境,都浸润在这一江碧波里。

光影中的少年,记得的是掏鸟窝、捕蜻蜓、粘知了、摘桑葚,还是灌屎壳郎、挖马时汉(方言,马齿苋),唱着儿歌喂蚂蚁,或是在木排上捕鱼捞虾捉螃蟹的童趣。

妇人们在岸边的青石上槌打浆洗,说东家的长西家的短,不时响起的银铃笑声让一江碧波春情荡漾拍岸呢喃。母亲们爱怜地看着黄竹摇篮中酣然沉睡的儿女,嘴里哼唱着不知唱了几代人的摇篮曲。

老人们打着蒲扇在柳树下"楚汉争霸",或趿着拖鞋斜倚凉椅闭目假寐。要不,就头戴斗笠临江而钓,盯视鱼浮的目光专注而深情。想要勾起的,是一尾尾翻腾的银鳞,还是一段飞扬的青春记忆?

远处的险滩上,油亮的汗珠在卵石上滚动,精瘦的赤足在砂岩间攀缘,一根根纤绳绷直如弦,一声声豪迈的号子破帛而来,回荡云天:"吆哦吆哦吆啊哦……么么乖乖妹儿啊,哦哦哦,哥哥走了啊……哦哦哦耶矣嘿呀……"

这样的图景我已看了40年。每次临江而望时我都在想,这条孕育了万物的河流,到底是位天才的诗人还是位超卓的画家,抑或既是诗人也是画家?它为这土地注入了轻灵动态的诗性,也以天工之笔绘制着这方水土的工笔重彩。

画笔挥洒，一片片葱绿、翠绿、草绿、碧绿、墨绿珠玉般散落江心。遂宁人不把它们叫岛，称其为洲，猫儿洲、席家洲、小河洲，等等，让一片江渚翻滚着楚风骚韵。洲上多芦苇，成片连营，蒹葭葳蕤。折茎去叶，根微甜。河滩上沙极厚，质细腻，一种舒适在光脚丫间缠绵。滩涂中多涌泉，水至清，至凉，纯净甘美。茂密草丛间，有春燕轻灵翻飞，有翠鸟疾如闪电。偶尔，云端中有旷远悠长的鹰唳破空而来……

涪江之美，历代诗文比兴咏叹，数不胜数。唯300年前邑人吕潜所作《遣兴》诗印象最深：

烟中白鹭独飞还，相伴孤云尽日间。
落日放船湖水上，一帘秋色看青山。

品读吟哦，你觉得这条既是诗人又是画家的河流，现在又幻化成了一位不老的仙女，千百年来，都这样风姿绰约，颠倒众生。

历史如陈酿，能将这土地的形态、色泽、声音、传说、掌故尽纳其中，经漫漫时光窖藏发酵，就成了醇香甘洌的一坛人文琼浆。无论何时，只要拍去封泥低头一品，你就会沉醉其中不愿醒来！

—— 三 ——

10余年前，当过军渡电航枢纽工程的轰鸣声碾碎千年涪江的宁静时，我很担心那些插满现代文明旗帜的推土机、挖掘机会不会将这条江和这座城市的灵性连根铲除？直到某一天，当眼前突现平湖三百里，你发现当年那个粗衣布襟的小家碧玉，施了粉，描了眉，勾了唇，头戴簪钗，裙配璎珞，一夜间成为亭亭玉立的窈窕淑女时，这才知道，是自己杞人忧天庸人自扰了。

亲近这样的美人儿，你一定要起个大早，沐浴更衣，熏香静心，然后，姗姗然蹑足而行。晨光熹微，河风轻扬，一夜的蛙鸣有些疲惫零落，精神的，是身边的花草，蓬勃的藤蔓，满世界的芦苇。着一身晶莹露珠，俏生生迎风而颤。蔷薇深处，玫瑰丛中，中国最长的情人栈道在等你。栈道如爱情，蜿蜒于清澈沟渠，穿行于幽香花丛，在静静芦苇荡中营造着迷离与浪漫。你步履轻轻沿着栈道看风景，可曾想，你与栈道又都成了他人眼中的一道风景！如果在秋冬时分，恰巧有阵阵薄雾弥漫而来，那你会惊喜地发现，眼前的花草藤蔓芦苇栈道，尽融一片朦胧中，黑白淡雅，如同一幅墨迹未干的水墨画。至于湖心那洲，你就只能张开想象的翅膀了。如柳叶，似钻石，或是佛之慧眼？你可以想象成你心中所有的美好物什。

薄雾渐散，当初升的阳光泼洒进这片湿地之中时，公园里一下就生动起来。一对对天鹅优雅亲昵，一群群野鸭游弋嬉戏，一只只白鹭昂首觅食，还有那些知名的不知名的雀鸟，在林间草丛啁啾而鸣。临水的亭台，柔软的草坪，锦簇的花丛中，几对新人身着婚纱，一脸灿烂的笑。摄影师的镜头不断地调整，将一地阳光一湖碎金，七色的花纷呈的绿统统囊括其中。

暮霭渐起，两岸华灯灵动了江波，滨江之畔喧嚣热闹起来。散步的，骑车的，唱歌的，跳交谊舞广场舞的，市民各显其能，自得其乐。江心游船上，有七彩霓虹闪烁，有丝竹之乐隐约。这时，身边有人指着这一湖好水自豪地说，这就是我们的观音湖，这就是我们的涪江湿地公园。我们遂宁，是国际花园城市、全球绿色城市、中国优秀旅游城市、全国绿化模范城市、全国文明城市、全国卫生城市，遂宁还是中国观音文化之乡、中国书法之乡、中国曲艺之乡、中国诗酒之乡……一座城市的魅力，一座城市的骄傲，都在这一湖碧水中盛放、荡漾，与你分享。

若说河流给城市带来了灵气，那湖呢，正好将这缠绵千里的灵气蓄将起来，由清澈而深邃，不疾不徐，从容大度，与城市共生共融，恒久相伴。

无论是洁然一练，还是浩然一泓，这条温润、永恒的母亲河，都托举着城市的繁华和希望，都是遂宁人心中最柔的那根弦。在这一湖充满母爱的晶莹目光中，每个人都能找到自己的身影、声音和幸福记忆……

2015 年 9 月

一座城与两座庙

一

公元前四世纪。

黄沙飞扬，朔风如刀，藏青夜幕下的西北大漠尤显荒凉。

一支伤痕累累、步履蹒跚的队伍在贺兰山麓间逶迤而行。他们的身后，金戈、马嘶、惨叫、哀号、悲泣已渐不可闻，唯有旷远悠长的号角与滚滚狼烟一道，还在苍茫的夜色中诡异回荡。

他们是彪悍的氐人。他们的劫国在西域三十六国中曾无比辉煌。然而，曾经的骄傲已在冲天战火中灰飞烟灭，现在，为了生存，他们只能背井离乡，仓皇远遁。回头，最后再看一眼这片无比熟悉、亲爱的土地，然后，擦掉眼泪,他们继续向南跋涉。

一路上,他们要躲避敌酋的骑哨侦测,要忍受风霜雨雪的侵袭,还要面临寒冷、饥饿、伤病、死亡……

生存的渴望战胜了一切艰难险阻。他们穿沙漠,翻雪山,扶老携幼举族南下,步伐执着而坚定。入蜀境,至岷山脚下,顺一江碧波放舟逐流,就到了一片开阔平坦的冲积平原上。

这是一方多么美好的土地啊!青山环伺,地肥水美,锦鳞畅游,鸥鹭翔集,蒹葭葳蕤,云蒸霞蔚……疲惫的眼神终于焕发出欣喜的光泽。他们停下了逃亡的脚步,扎营结寨,修房建舍,耕种纺织,捕鱼放牧,在异地他乡开始了全新的生活。

当你在一方土地上倾尽汗水、智慧和生命激情时,他乡何尝不故乡?若干年后,他们为这个重建的小小的城邦取名兴宁国——有谁比因战争而丢失故土的人更懂得振兴、和平、安宁的可贵?

不久,这块美丽的土地上先后诞生了三位美丽的公主。兴宁国王妙庄王为女儿们取名妙音、妙清、妙善。据说,三位公主出生时皆天降祥瑞,彩云环绕,凤鸾齐鸣,奇花竞放,异香馥郁……与所有的美丽传说一样,天显异象之后必然是缤纷斑斓的传奇演绎,三位公主的故事也成了这块土地永远的骄傲和福音。

观音菩萨三姊妹,同锅吃饭各修行。
大姐修在灵泉寺,二姐修在广德寺。
只有三姐修得远,修在南海普陀山。

千百年来,这首妇孺皆知耳熟能详的民谣一直在这片土地上代代传唱。与之如影随形的，是口口相传的姊妹观音的经典传说：出家白雀寺，红雨救僧尼，剜眼断手救父王，姊妹观音降孽龙……5 300平方公里的土地上，梵音如歌，馨香氤氲。以至于700多年后的东晋永和三年（347年），桓温平蜀至此，有感于丽日风清、安宁祥和之景，欣然为其命名：遂宁。

1661年后的2008年，当遂宁被中国民间文艺家协会命名为"中国观音文化之乡"时，"大慈大悲、普度众生"的观音文化已在这片土地上传承、繁衍、丰富了数千年，慈善、爱心、善行、和谐，已成为根植于土地、铭刻于人心的文化标识、遗传基因。

——二——

40余年里，我曾无数次走进那两座千年禅院。有时是进香许愿，有时是郊游踏青，更多的时候，是陪异地亲友或同行前往拜谒观世音——在世人眼里，这里的菩萨最灵验。不过，我更愿意以后一种身份朝山觐见，那会让我被一种骄傲和幸福的情绪所包围。

如果一定要追根溯源，这种情结始于刚能记事的少年时代，并在随后的日子里不断被巩固、强化。与其他城市相比，遂宁人的幸福首先在于每年多出的三个节日：农历二月十九、六月十九、九月十九。在观音菩萨生日、出家日和得道日的这三天，一座城市将因此而欢腾，万人空巷，热闹非凡。

最早传递出这一信息的，是一群扎着绑腿、穿着青衣圆口鞋的太公太婆。少则十余人，多则三五十，在晨曦薄雾中自远近乡村徒步而来——据说徒步方显对菩萨敬奉之诚心。两路纵队，秩序井然。为首的，多是一年事甚高又身板健硕的大爷。双目炯炯，一脸沧桑，龙行虎步，精旺神足。青筋毕现的大手高擎一杆鲜艳红旗，旗上一行金黄绣字：某乡某村某组朝山进香队。身后，是捧着糕点、桃酥、应时果品的乡亲。再后面，就是锣鼓队。"当"一声锣响，"咚咚咚"腰鼓就敲了起来，紧跟着是铙钹"锵锵"的脆响。随那节奏，后面的人就晃动手中的小旗，赤橙黄绿异彩荡漾，很是风光。歇歇气，行进一段路程，"当"又是一声锣鸣，"咚咚咚""锵锵锵"，又泛起彩波一阵……

最令孩子们兴奋的，是敲着大鼓、锣钹铿锵的龙舞表演。乡下的年轻人起得很早，洗漱捆扎稳当后，携妻带子，呼朋唤友，扛着一条条彩龙、一头头金狮，过田坎走乡径，敲锣打鼓自四面八方舞进城来。城里人齐齐地挤到街上，父亲肩头耸着儿子，妻子手上挽着公婆，男女老少争相观看舞龙耍狮。锣声鼓声铙钹声愈是欢敲热闹，狮子彩龙在街头拼命翻滚飞舞，"双龙戏珠""龙腾狮跃""狮子滚绣球"……一个个精彩的表演，不断赢来轰然响起的喝彩声。

清代遂宁知县李培垣曾作《观音香会节》即兴诗描绘道：

二月和风初应律，击鼓吹竽市填溢。
已见临封迎驾来，还看仕女倾城出。
青纱蒙首朱丝縈，旃檀执拜心明诚。
幡幢络缨路不绝，万口喃啰同一声。
发始灵泉终广德，大众微尘动瑶阙。

彩旗招展，鼓响锣鸣，长龙巨狮与全城居民一道，跳着笑着向城东的灵泉寺而去。

— 三 —

南宋王象之编纂的全国地理总志《舆地记胜》中这样记载着："灵泉山，隋开皇中（581—600 年），因大雾晦暝三日而解，忽有释迦石像立于其所，遂建寺，号圣佛寺。北宋真宗赐名资圣院，明孝宗弘治三年（1490 年）重建后，命名为灵泉寺。"

这座已有 1400 余年历史的古刹分上、下两寺。下寺建于灵泉山麓，有殿堂 12 座。上寺建于灵泉山顶，有殿堂 9 座。在隋、唐、宋、明鼎盛时期，西南诸省前来朝山进香者络绎不绝，有"西方圣境""中国第一民间观音道场"之誉，与南海普陀山一齐位列《全国名胜词典》。

与所有名山大川一样，灵泉寺之胜，源自美丽的传说、遍地的圣迹。

沿山道而上，观音柏讲述着姊妹三人得道后，将于灵泉、广德、南海各自修行，临行时姊妹观音相拥泣别的故事。

三眼井前，你静立聆听，姊妹观音的讲经说法声清脆悠扬，滴答有韵。

神奇的三友树，同一树身竟天然生出柏树、樟树、黄葛树三种不同的植物，成为三姐妹形神不离、齐心向佛的化身。

还有"一棵"奇特的连根树，三株参天大树各自挺立，根部却相互缠绕紧紧相连，象征着三姐妹永结同心、息息相通之深情。

最神奇的，当数山间那一眼色碧味甘，终年不溢不涸之泉。据说，当年妙庄王病危，远在南海修炼的三公主妙善千里迢迢赶回遂宁，与大姐二姐在城东山麓间为父念经祈福。姊妹三人打坐七七四十九天，父亲的病情却始终不见好转。三人心生悲痛泪如泉涌，最后竟汇成一眼幽深泪泉。妙庄王饮泪泉之水后，奇迹般沉疴尽除，不治而愈。

从此，遂州居民信众，无论远近尽皆前来取水而饮。有病祛病，无病延年，"灵泉"之名远播天下，灵泉山、灵泉寺皆因之而名。

至宋代，大学士苏东坡拜谒灵泉寺，见崎岖山道上男女老幼持壶捧钵络绎而来，逶迤连绵达十里之盛，不由信笔写下《七泉》诗赞咏：

泉泉泉泉泉泉泉，古往今来不计年。
玉斧劈开天地髓，金钩钓出老龙涎。

敬了观音香，喝了灵泉水，朝山进香大军又浩浩荡荡向城西广德寺而去。

— 四 —

背倚卧龙坡，侧枕青龙湖，这座初建于唐开元元年（713年）的千年古刹在碧水青山间显得宁静、安详。有古木森森，修竹环围；有百花簇拥，灵禽脆鸣；有清泉喷涌，流水淙淙。山门牌匾上，中国佛教协会前会长赵朴初题写的"西来第一禅林"增添了禅院的庄严、肃穆气派。

这座闻名西南的"皇家禅林"以大雄宝殿为轴心，沿山势呈三列纵向而上。有殿宇九重，亭榭二十六处，大小殿舍二十余幢。主次分明，左右对称，两万余平方米的宋代风格建筑群恢宏大气，巧夺天工，为西南梵宇之翘楚。

作为"导游"，我带亲友们首先要参观的，当然是被称为"镇寺之宝"的五大文物了：全国唯一一座建于寺院之内的宋代"圣旨牌坊"、全国保存最完整的一尊石制宋塔克幽禅师肉身塔、全国唯一一块保存完好的九龙宋碑、宋真宗亲敕的观音珠宝印和明武宗敕赐的"四国文玉印"、一代高僧清福独步万里迎回的缅甸玉佛。

如果，这些都还不足以让你感到惊奇的话，那么，我就要带你去观音殿拜拜了。那里，塑着全国唯一一尊男身观音金身塑像。

观音塑像是男身?！现在，你该感觉惊讶并提起好奇心了吧。那我就给你讲讲广德寺开山祖师克幽禅师的神奇传说。

克幽，俗姓李，唐皇宗室。少年时父亲入蜀为官，乃举家定居遂州长江县。据说这位皇室贵胄自小喜诗书，原来是想从政为官的。但宿命难违，身缠重疾，常梦见烈火烈焰逼迫身心。某日，顿悟，遂发出世之志。说也神奇，愿心一发，猛火顿息，这疾病竟不治而愈了。

25岁时，克幽拜成都净居寺无相大师为师，法号"无住"。10年面壁，潜心修正，克幽悟境高深，日臻堂奥，终于成为一代高僧。唐代宗大历二年（767年），应东川节度使杜济礼请，克幽住持遂州石佛寺（广德寺）开山阐教，逐渐被信众认识、接受、信奉。

代宗广德二年（764年），大历九年（774年），克幽先后两次奉召入宫，讲经说法，与人论义，深得代宗所喜。大历十三年（778年）六月，代宗敕赐寺为"禅林寺"，赐紫衣袈裟，赐法号"克幽禅师"，尊崇地位一时无两。

在众多的佛学典籍中，关于克幽的圣迹传说比比皆是。

"大历七年（772年），克幽讲法时忽现瑞相，身坐圆光之中，远近花卉皆化莲萼，众人皆惊，纷传观音现世。"

"德宗建中年间（780—783年），遂州大旱，井泉干涸，人畜危难。克幽救济苍生，持锡杖，击山崖，干燥崖间顿有清泉涌出，众人由此得救，将泉命名'圣水井'。德宗听闻，感怀克幽之德，敕改寺名'善济寺'。"

德宗贞元三年（787年）九月十一日，克幽于广德寺跏趺坐化，享年61岁。遂州刺史韦成武于寺南建塔，以师肉身入葬，名之"善济塔"。奇异之事发生于60年后，武宗毁寺灭佛，广德寺也尽成废墟，被毁的善济塔塔基自动塌陷，化为池塘，时有莲花竞相怒放，"山谷之间，光相环绕，红云亘天，地布银色，观音圣像仿佛其中"。

又50年，更神奇的事再度发生。据宋代安岳知县赵嗣业所撰《克幽禅师记》载："天复年间（901—903年），相国琅琊王公简，见一僧立府庭，遣人逐之，至池所而没。因发掘其地，得异骨如金色，钩锁相连，其教谓'菩萨骨'也。乃复建塔藏之，并兴其寺。而五色圆满光现谷中，人以为观音化身。"于是王简命人于塔侧建观音殿，塑克幽像，谓之"圣观音"。"往往晓色开霁，日出雾升，团为圆相，布为五色，观者堵立，自见其形现光相中云。"昭宗闻奏，遂拨巨资重修禅院，赐名"再兴禅林寺"。

此后千年，遂州官宦居民、乡亲百姓，无不深信克幽乃观音化身，唐、宋、明三朝皇帝的 11 次敕封，与那五件宝物一道，让"皇家禅林"之名得以流传、远扬。广德寺，也逐渐成为闻名遐迩之十方丛林，中国最古老的观音道场。

所以，不管你是虔诚信众，还是揽胜游客，但凡到了遂宁，广德灵泉是必须前去朝觐观光的。这里既是全国重点文物保护单位，也是国家 AAAA 级风景名胜区，既然来了，你就没有理由不去看看。

2017 年 5 月

金华山中读书台

一

"诗言志,歌永言,声依永,律和声……"

如果说中国文学是一片浩瀚星海的话,那么,中国诗歌就如同面前这条蜿蜒曲折的大江,从 3 000 年前的西周春秋潺潺而来。带着稻花香、虫鸟鸣和芳洲碧草,走过了秦汉,走过了魏晋,窈窈窕窕来到了大唐。

这是一个强盛、开放、海纳百川的时代。豪放、强健、温婉、沉郁,以及大千世界的姹紫嫣红统统融汇其中,凝练铸就了中国文学史上一座巍峨挺拔的高峰——唐诗。

高峰之巅,一个伟岸身姿昂扬而立,他就是被后世誉为"海内文宗"的大唐诗人陈子昂。

二

出射洪县城，溯涪江而上40里，就到了"贵重华美"的金华山。顺青石小道拾级而上，满眼林木葱郁，耳旁啾啾鸟鸣。眼前这座绿树簇拥的深深庭院，就是当年陈子昂诵经读史的地方——国家级重点文物保护单位陈子昂读书台。

陈子昂，字伯玉，公元659年生于射洪金华武东山下。据《遂宁县志》记载，这位生于殷实之家又天资聪慧的富家子弟，少年时曾于山中"发愤攻读，博览群书，轻财好施，慷慨任侠"，终于学而有成。

公元680年，21岁的陈子昂登上了金华码头的一条客船。过遂州，进巴渝，由涪江，入长江，踏上了前往长安的入仕道路。

三

初入长安的陈子昂，虽然满怀忠君报国、造福黎民的壮志豪情，却苦无登堂入室的仕途门道。

怎样才能引起大家的关注呢？陈子昂灵机一动，以千金巨资买下了一把珍贵的胡琴，又当街将琴摔碎于地，在众人的惊讶错愕间，再将自己的诗文分赠众人。

一掷千金的豪情，风骨雄健的诗文，令陈子昂一日之间名满京城。几年之后，通过上书论政，24岁的陈子昂深得皇后武则天所喜，授麟台正字，后升右拾遗。

然而，正当春风得意的陈子昂准备在大唐的政治舞台上大展拳脚时，他突然发现，自己的治国之道、安邦理念、惜民悯民之心均与当朝的武氏一族格格不入。在屡次触犯皇权，连遭挫折打击后，陈子昂与"庙堂"渐行渐远，将更多的目光和情感倾注在了国家命运、百姓民生的关注中。尤其两次从军边塞，亲身经历了边关烽火，目睹了民生艰困之后，激荡心怀的陈子昂，笔下"感遇"汹涌澎湃，倾泻而出——

苍苍丁零塞，今古缅荒途。
亭堠何摧兀，暴骨无全躯。
黄沙幕南起，白日隐西隅。
汉甲三十万，曾以事匈奴。
但见沙场死，谁怜塞上孤。

——《感遇诗三十八首·其三》

留存至今的三十八首五言古体《感遇诗》，承继魏晋雄健古风，一扫齐梁浮夸靡丽，以质朴刚健的语言，意蕴丰富的思想，借古讽今感事抒怀，为300年中国唐诗树立了典范，拉开了大唐磅礴浩荡、繁星若海的诗歌帷幕！

— 四 —

公元762年，陈子昂亡故60年后，避乱蜀中的杜甫持杖而来。

登临读书台，凭江俯瞰，眼前山川如画，而先贤已逝，谁能与和？诗圣悲从中来，奋笔写下了这首《冬到金华山观，因得故拾遗陈公学堂遗迹》：

> 陈公读书堂，石柱仄青苔。
> 悲风为我起，激烈伤雄才。

被杜甫誉为"雄才"的陈子昂，却因这样的才思、勇气和情怀，更被权倾朝野的武氏一族所嫉妒、痛恨。

公元696年，一个暮色渐浓的傍晚，再遭贬谪的陈子昂登上了蓟北的幽州台。眼望苍茫大地，叩问浩瀚天宇，满腹雄才的豪迈之情与明主难期、知音难觅的孤独感在胸中激烈碰撞，奔腾翻涌，最后，凝结成了那首被后世广为传诵的千古名篇——

> 前不见古人，后不见来者。念天地之悠悠，独怆然而涕下！
>
> ——《登幽州台歌》

一代"雄才"的慷慨悲吟，在浩若繁星的唐诗夜空中，划下了最绚丽、最璀璨的一道时代强音！

— 五 —

唐诗风骚千余载，始于金华读书声。

1400年的时光，抹去了耀武扬威的身影，留下了不朽的经典诗篇，还有眼前的这座"子昂城"，城中的这条"伯玉路"，以及文化部命名的"中国民间文化特色艺术（诗画）之乡"，和每年阳春三月子昂文化广场上万人吟诵的顿挫抑扬、叠韵绵长。

登临金华山，凝目读书台，前、中、后三院不对称布局的庭院精致淡雅，感遇厅、拾遗亭、明远亭、问涪轩、留云仙馆等建筑依次而立。980平方米的建筑群掩于古柏苍松间，远离喧嚣，卓然而立，正静静地等候你的登台拜谒，幽思追忆……

2018 年 5 月

线条之魅

无论哪一种技艺，当你倾尽所有终身追随，历经坎坷百炼千锤后，它终会报你以熠熠之彩，夺目之光。

那根承载着蓬溪梦想、蓬溪荣耀的线条，其实就是一群书者与一座书城，共同演绎的一曲轻灵翩跹、磅礴挥洒的绝世墨舞。

——题记

— 引 子 —

在我从事文化新闻工作的 20 年间，关于蓬溪书法共有三次印象极为深刻的记忆。

一次是 1996 年刚调到遂宁日报社工作时，正值蓬溪书法群体厚积而发，"蓬溪书法现象"风云涌动：《中国书法》杂志对蓬溪书法家及作品进行专题推荐和集中展示，并随即召开了"蓬溪中青年书法发稿座谈会"；四川省书法家协会在蓬溪召开"四川省第三届书学研讨会"，同时举办了"蓬溪书法群体作品展览"和蓬溪群体书法艺术学术研讨会；在中国美术馆举行的全国第七届书法篆刻展上，蓬溪书法群体共 7 人入展，居全国县级入展数第一，其中一人荣获"全国奖"……喷薄而出的蓬溪书法，成为中国书坛的一种现象，更成为遂宁文艺界的一种荣耀。

第二次是在 2005 年 6 月，在伦敦大英博物馆演讲剧场举行的那场引人瞩目的中国书法与欧洲大提琴和谐共舞、相生相融的"墨乐"展示：宽敞明亮的剧场内，随着英国著名大提琴家罗汉·德·萨拉姆（Rohan De Saram）弦下流泄而出的巴赫大提琴独奏组曲、柯达伊大提琴独奏曲，蓬溪籍著名书法家曾来德于 11 张丈八冰宣上即兴而书。深沉琴声绕梁不绝，灵性墨韵满纸云烟，东方的线条与西方的弦乐在偌大的剧场里回旋碰撞，水乳交融……这场以"墨乐——中国艺术的传统与现代"命名的国际艺术交流活动，吸引了东西方数百位文艺界知名人士现场观摩，成为东西方优秀传统文化碰撞交流的一次全新探索。

然而，由于时间、空间等诸多制约，这两次堪称"佳话"的蓬溪书法盛事我均无缘参与其中。唯有第三次，即 2015 年 6 月 28 日在蓬溪县文化体育中心举办的"沈门蓬溪五人展"，我有幸受邀前往，真切且深入地体会到了蓬溪书法的精彩与厚重，感受并了解了蓬溪人对于书法艺术的虔诚与挚爱。

—— 魅之引力 ——

不是蓬溪人，你就很难想象，一座城会因为一根线条而奔走相告、举城欢腾，会把一次书法展当成一座城市的盛大节日来庆祝。

在漫天的彩旗、潮涌的人流中,聚合了何开鑫、文永生、杨旻、黄胜凡、陈刚5人150余件新作的"沈门蓬溪五人展"隆重开幕,并随即引发了强烈的社会反响——此时我所说的"隆重""强烈""反响",不是新闻报道中这些常用语所代表的世俗含义,而是在随后10余天展期里,我对自己所见所闻所感进行的一次真实表达。

开幕式当天,政界的高官、商界的名流、艺术界的大师同仁蜂拥而至。这些受邀而来的暂且不论,我想说的是,在一个城区人口仅仅10余万的小县城,闻讯而来的市民和书法爱好者多达万余。他们没有收到邀请函,也没有为谁捧场的义务,他们完全是为书法艺术本身而来,是循着那一缕芬芳墨香自发而来。

在此后的10余天,更令人惊讶的情形在反复地不断地出现。全县不少机关单位、企业、学校纷纷组织干部、员工、学生前来观展学习;德阳绵阳南充广安等多地书协,包车将各自的书法家送至现场欣赏观摩;一些外地爱好者观看展览后,甚至携妻拥子、呼朋唤友再次前来。墨香馥郁的展厅内,日均接待观众达三四百人……

无论是已有小成的书法家,还是粗通文墨的爱好者,自发组织、反复而来成为此次展览中一道耐人寻味的风景。

在我们反复忧叹高雅艺术被束之高阁,名缰利锁已扭曲了人们的审美意识、艺术追求的今天,这样的情景是值得思考的——艺术不是无市场,是市场上缺乏高品质的艺术品以飨读者。群众的眼睛是雪亮的，千万不要说普通的人不懂艺术！

可以说，在蓬溪，在这座头顶"中国书法之乡"桂冠的小县城，一根线条演绎着一群人的心灵舞蹈，承载着一座城市的艺术希冀与精神追求。

—— 魅之感受 ——

我在开幕式后的第10天下午，独自再次来到了书法展览大厅。

即将闭馆的展场内没有了万头攒动的喧嚣热闹，空阔中尤显安静。这种氛围很好，很适合人随兴地欣赏这些墨韵悠长的书法作品。创作需要宁静，欣赏需要宁静，品味思考就更需要宁静。

或姗姗漫步，或驻足凝视，目光和意识皆随那些线条而起伏跌宕，曲回婉转。慢慢地，竟感觉那些线条有了生命，渐次而动，袅袅而舞——或有长河落日，气冲霄汉之势；或含奇崛灵秀，蜀山俊逸之态；或纳江南烟雨，精致典雅之韵；或集万马千军，纵横捭阖之雄；或呈亦庄亦谐，跳脱率真之趣……

无论丈六巨制，还是尺牍小札，或是中堂长卷、斗方条幅，150余幅作品构成的笔墨世界足以令你陶醉其间，流连忘返。那一根根不同质感、不同风格的线条，给予你强烈的视觉冲击和精神洗礼，让你静静地享受线条之美，感受线条之魅！

源于心灵的愉悦和惊喜，引发的，是更多的联想和深深的思考。

我一直认为，文字是一种近乎神迹的创造。仓颉造字，

"天雨栗，鬼夜哭""龙乃潜藏"。寥寥数笔的横竖折撇捺，竟能于方寸间幻化出万千美妙的方形符号，完整地表达我们的思想、意识、情感，记录我们的知识、阅历、感受。一笔一天地，一划一世界，这样的神奇伟力，不得不让人对文字产生一种顶礼膜拜之敬畏。

神奇的文字，必然需要神奇的形式来表现。于是，就有了书法。

从远古洪荒之甲骨文、钟鼎文、石鼓文，至后世的篆、楷、隶、行、草，上下3000年，无数的先贤俊彦借一管烟墨浇心中块垒，表达着思想情感、人生际遇，以及对书法艺术本身的认知和理解，在那一根看似简单的线条中注入了万千气象、无穷活力。

数千年的传承、创新，他们让书法也成为一项极近天工之艺术，成为一个民族最具辨识性的艺术符号和人文基因。

书法之魅，既是线条之魅，更是生命之魅。

—— 魅之根源 ——

记得2009年9月28日，当联合国教科文组织将中国书法等22个项目列入"人类非物质文化遗产代表作名录"时，何开鑫特意制作了一块铭牌张贴于自己的"开心堂"工作室前，上面写着中英文对照两行文字：中国书法，世界非物质文化遗产。

作为一名长期关注遂宁文艺发展的新闻记者，我对开鑫的成长经历较为了解。在40余年岁月里，他以一种近于痴迷的状态漂泊在自己的笔墨汪洋中。临帖习碑，奔走求艺，吃过多少苦，受过多少累，经历过多少艰酸苦涩，三言两语难以尽述。

所以，看着那块不足盈尺高悬堂壁的小小铭牌，我能真切地感受到他那发乎心底的喜悦，一种自己终身追求的目标被世界认同的感激！

如果，你能来到蓬溪，能跟蓬溪的书法家们坐一坐谈一谈，你会发现，像何开鑫一样痴迷于书法的不在少数。

在这片东晋建县、迄今已有1700岁的土地上，民风淳朴，文风鼎盛，"工诗文、擅书画"之风历代传承。20世纪80年代，曾来德在三凤镇创建了全国第一个乡镇级书法协会，此后30年，又不断将桑梓才俊输送到北京进修深造。柏波、张达煜、何开鑫、文永生、杨旻、陈刚、刘炎琦、黄胜凡、陈硕、唐铁军等一大批老中青书法爱好者结社唱和，砥砺而歌。看稿、笔会、展览，邀请名家讲学，外出游历取经，各种各样的书法艺术活动开展得如火如荼……他们大多生活清贫，却能在清贫的生活中执着书艺，在既枯燥又丰富的线条中绘制属于自己的精神图腾。

付出汗水，收获果实。接踵而至的是各种奖项和荣誉。1995年，"蓬溪书法群体""蓬溪书法现象"成为中国书坛广泛关注和讨论的焦点；2000年，文化部授予蓬溪县"中国民间特色艺术（书法）之乡"称号——这是全国唯一一个以县为单位命名的"中国书法之乡"。蓬溪人的执着追求和艰辛付出，得到了肯定和回报。

如今，蓬溪有中国书协会员14名，省市县书协会员4000

余名，民间书法爱好者逾万人；获各级各种书法奖励190余项，在国内外报纸杂志发表作品1 600余件、论文30余篇；全县建有三处小学生书法教学培训基地，参加全国性少年儿童书画展赛200余次，获奖60余人次；各乡镇民间书法组织正逐步建立健全，各种书法活动风起云涌……

世间从无无本之木，无源之水。一方水土总会滋养出一方人的秉性特质。在蓬溪这座墨香馥郁之城，当书法艺术已成为一种城市基因，书法艺术追求已成为一种城市精神时，你就不得不为眼前所见而叹服了。

正如曾来德在"沈门蓬溪五人展·序"中所说："一座偏远小县，能有五人入选沈门，可谓一段艺坛佳话。"

逐魅之旅

回到书法家本身吧。

我逐一拜读了"沈门五人"各自撰写的习书心得，细嚼慢咽，发现核心有二：一是前文提过的执着精神，二就是近年各自的学习体会。或所获，或所悟，或所惑，或所解……不同的形式不同的语言，表达的都是对书法艺术的积极探索和尝试。

2007年始，在曾来德的帮助下，5人先后聚于当代书法泰斗沈鹏先生门下，开始在更高的起点上进行更深入更系统更具个性化的学习和实践。

何开鑫从最初的临帖摹碑到感悟线条肌理凝练精神气蕴，再到如今探索运笔起伏的"起四、收五、二三原理"，草书创作的"五知理论"，源于痴迷的求索精神须臾不曾停歇。而回报他的，是大气沉稳的"重、拙、质、细、变"书风，是其笔下中和绵厚、枯湿丰润之力，是拙朴苍茫中见酣畅气韵，于提按转折间现沛然精神，是荣登"三名工程"这一国家级文化示范工程的褒奖。

供职于成都画院的文永生无怨无悔地"一条道走到黑"。20年前便自成一格的结字运笔之道，20年后依然痴心不改，唯一不同的，是在坚持"原创"前提下的不断提升的线条品质，不断丰富的线条运行变化，让匠心独具的结字更显艺术表现力，"在深入研究传统经典的过程中，逐渐积累个人感受并下意识地表达在作品中"。独立之意识，自由之思想，坚持之恒心，创造之勇气，让他成为当今书坛独一无二的"那一个"。

5年前的杨旻，下笔华美飘逸，飞扬奔放。5年后的今天，眼前的线条变得内敛深沉，质感凝实，起承转收中更富内涵。这样的变化，在于5年间他内心的安静，每日不倦地临帖思索。从"二王"到颜真卿，从《淳化阁序》到《颜氏家庙碑》，他试图在先贤的法度中寻找一种适合自己的笔墨语言。"我感受到那些伟大的书写者笔下勃发的生命力，常常为一丝精妙而细微的墨痕，一个出人意表的字形而惊叹，从中揣摩他们的书写姿势、入笔角度、下笔轻重、动笔速度、转折处如何提按、收笔时如何引带，找到用笔、结构的规律。"如此的醉心其间忘情于道，让杨旻领悟到了"逆向入笔"的用笔法则和"阴阳太极"哲学思想支撑下运笔的快慢疾缓，为其笔下线条注入了博杂而精深的雅逸古风。有了这样的线条品质，无论临帖、行草小字、现代书法，其笔墨皆淡定、从容，入帖入碑，充满张力而又不失典雅。

年近半百时,画家黄胜凡华丽转身为书家黄胜凡,这让他的结字构图具有了先天的优势。"没有书写的冲动、感动和激动,谈何感染别人?"追求"心手双畅"的黄胜凡,将大写意的笔墨泼洒在了气韵相合的行草之中。一点快哉气,三两线条间。其结体因势生变,气息古穆,无论丈六狂草还是小品行书,构图均似沙场将兵,霸气外露,其点画又遒劲雄健,墨色酣畅,充满激昂之情、纵横之意。养清逸之气,得自由之美,黄胜凡走在一条雄浑刚健的道路上。

在我看来,5人中陈刚的作品最具个性写照,最是折射其艺术生命的自然状态。幽默,乐观,倔强,耿直,与其说在写字,不如是说写人写心写性情。从青年时代一豆孤灯下的苦读狠临墓志碑版,到精研专注"二王"一路古人帖学经典,把握传统笔墨技法的同时将自我秉性融入结字造型中:奇异,生动,天真,亦庄亦谐,不顾忌世俗之目光,只刻画内心之波澜。我们把这样的结字风格称为"孩儿体"。哲学家周国平曾说过,从审美的角度讲,有什么比孩子眼中看到的东西更美?纯朴而无雕琢,新鲜而不因袭,孩子的视角,不正是自然之美最本源的呈现?"行走江湖上,游玩山水间",陈刚在随意自然书写中挣脱了炫技的枷锁,散发着属于自己的那份超脱!

学习,实践,反思。再学习,再实践,再反思。如此循环往复,在传统中浸淫又不囿于传统的沈门五人,都在寻求着突破,追求着创新……

我们常说"文以载道",他们笔下之线条,又何尝不载道、不传道？

深层之魅

几乎所有人都能划出一根属于自己的线条，区别在于不同线条质量产生的不同视觉效果。那么，什么样的线条是好线条，什么样的线条是差线条？这取决于我们的审美眼光和思想意识。

从象形字到会意字再到形声字，中国文字的结构愈来愈抽象，但无论如何演变，真正给我们以心灵冲击和崇高美感的，是这些文字承载的内容，即一个民族的历史、文化、知识、思想。那是一个民族的文明之根。

从甲骨文、石鼓文到先秦大篆、后世书体，中国书法的表现形式也越来越丰富。作为书法技艺最核心的线条，似乎也正不可避免地经历着由直而曲又由曲而直的演化轮回。那么，线条之美，除了自身的张力、质感、形态、气韵等外相之外，它所承载的又应该是怎样的内涵实质和精神蕴藏？

这让我想到了20世纪90年代初，何开鑫携妻女至成都拜望师友不遇，凄雨冷风中脱水昏倒在旅馆地下室的情景，想到他自省其身痛心"撕字"的决然；想到了文永生为坚持自我，磨砺筋骨不媚俗，"中通外直，不蔓不枝"的艺术操守；想到了年过不惑的杨旻，推倒已成之书风，重习先贤之纹理，寒来暑往整整五年，否定自我从头再来的巨大勇气和毅力；还有事业有成、画风雄健的黄胜凡，为了大写意花鸟创作，在半百之时苦研书法线条，为求书写之"纯真"宁守内心之"孤独"；我还看到了那个多年来一直身形瘦弱的陈刚，年轻时于漏雨如珠的单身寝室里临帖摹碑，到报社工作后将报纸的版面语言与书法的间架结构融会贯通，而今又"重温晋唐法帖，成天对照临、空临、意临"，常常熬更守夜将灵感融入枯湿笔墨间……

临帖、摹碑、冥思、苦修，这在蓬溪书法家中几乎已成为一种群体共性，而且往往一坚持就是二三十年甚至更长的时间。在浮华喧嚣已为时尚的当下，书法本身并不能带给书家们更多的实惠，他们何以能在这根枯燥的线条上耗费如此的时间、如此的精力？

我常与上述几位书法家在天上宫的天井中闲坐，就一盏素茶聊一些关于书法的话题。比如结字造型应迎合世俗审美还是坚守自己的心源，书法线条到底应该表现什么，又该如何去完整表现，在熟练掌握基本技法的同时又该怎样增强书法作品的感染力、表现力，等等。其中，一个看似不应该由他们思考的主题多次出现于聊天中：相较于3000年之积厚流光，当代中国书法的方向在哪里？当代的书法家又能后世留下点什么？

我很惊讶于他们能有这样的思维意识和思想高度。如果说蓬溪是"小县城、大书法"的话，那么我眼前这几个春秋鼎盛、锐意创新的青年才俊，是否可以形容为"小人物、大志向"呢？他们的书艺我们暂且不论，单就这一思想境界、这一探索精神，这份对中国书法艺术的使命感、责任感，便足以令人心生钦佩，击节而歌！

"位卑未敢忘忧国。"这或许能从另一个角度来阅读他们的线条，从更深的层次来解释他们今日之成就。

正如同文字之美与其承载之内容密不可分一样，每一根书法线条都是书者内心情感之外延表现，都与他们的个人修为、品性、意趣暗相契合。至简至繁之线条，承载的，必然是上述各项特质之综合表现。

蓬溪书法群体，就是在这样的认知中探索并树立着各自的独特书风，以不同的线条支撑、展示着自己的审美意趣和艺术追求。于是，我们才有幸看到了那些渐次而动、袅袅而舞的墨色线条，才在那些线条中读到了坚韧、沉凝、激情、奔放、内敛、典雅、雄健、朴拙、幽默、率真等等不同的思想内容和生命形态。

无论哪一种技艺，当你倾尽所有终身追随，经历坎坷百炼千锤后，它终会报你以熠熠之彩、夺目之光。仅就这一点来说，不论今后他们能走多远，都是蓬溪书法之骄傲，都是遂宁文化之幸事！

── 尾 声 ──

蓬溪的书法故事还远不止这些。

赤城湖畔，占地面积1 100余亩，计划总投资近19亿元的中国传统文化产业示范基地——唐兴书院正如火如荼地建设中。

从天下第一书法长廊到仓颉造字祭祀台；从烟雨楼会议中心到曲水流觞书艺铜模；从中国书法博物馆到国际书法苑……这个以书画文化、生态文化、旅游文化为核心支撑，集书画展览、培训、教学、论坛、会议、交易、生态养生为一体，主营书画产品和文化旅游、旅游地产投资开发、文化商品及研发、销售和文化旅游服务的综合性项目，2016年被国家旅游局列入

"全国优先旅游项目名录"。

在拥有1700年历史的"中国书法之乡",在66万平方米的赤城湖广阔水域上,蓬溪人有着太多自己的梦想。

他们想把这里建设成为一座以自然景观为背景,以古今建筑为亮点,以3000年书法历史、书法符号、书法思想为核心,气势恢宏、层次丰富、功能齐全、一步一景的现代景观体系。

他们想把这里建设成为一座既能呈现中国书法源远流长,又能展现南北园林特色风貌,国内唯一的以中国书法艺术为核心的书法交流、培训、学习的主基地,书画创作、交易、收藏的集中地。

他们还想,做大做亮"中国书法之乡"这一金字招牌,将整个蓬溪建设成为全国文化旅游目的地中的明日之星——中国书法城!

墨韵蓬溪,蓬溪墨韵。仔细再看,认真再想,你会发现,那根承载着蓬溪梦想、蓬溪荣耀的线条,其实就是一群书者与一座书城,共同演绎的一曲性灵翩跹、磅礴挥洒的绝世墨舞。

这,就是我所感受到的线条之魅、书法之魅、生命之魅!

2015 年 8 月

我的城

> 岁月如刀，割去了青春，留下了记忆。
>
> 能拥有记忆是一件幸事。能拥有数十年漫长的记忆，更是生而为人的一大幸福。故城故人、悲喜旧事、境遇情感，就在你看不见的地方猫着，慢慢地存储，如五粮精酝窖藏之酒，静静地发酵。某日，遇一事一物或一言一行之诱引，便拍开了厚厚的泥封，那些流逝的芳醇往事就翻滚着汹涌着扑鼻而来，如春之繁花，蓬蓬勃勃姹紫嫣红地使劲往上蹿，藏不住也挡不住，就密密麻麻在心尖上盛放。
>
> ——题记

斗城之城

在老遂宁心中，遂州就是斗城，斗城就是遂州。这是根本毋庸置疑不屑争辩的。二者能血脉交融合而为一，与一个名叫夏鲁奇的山东人有关。

自西晋置县，遂州已有1 700岁。悠长的岁月尘封了旧事，也丰富着想象。比如印象中能谓之为"城"者，总与城墙、城堞、碉楼、箭垛关联，甚至有旌旗如海、连天烽烟，应该有一种岁月之美、形态之美、沧桑之美。后来，在不同版本的《遂宁县志》中看到几百年前的遂州城郭图时，心中不免大失所望——古城墙远不如我们想象得笔直挺括，也没有傲云凌霄的气势，如一条草蛇盘曲于涪江之畔。

对此，有史家朋友调侃说，许是桓温平蜀后为这块土地取的名字非常吉祥——取"息乱安宁"之意定名"遂宁"——于是此后千余年，这片涪江中游的冲积平原土地肥沃、风调雨顺、物产丰富。战争，似乎远离着这块祥瑞之地。那御敌的坚城，本就不应该出现在这片土地上。

调侃之后，还得面对史实。有着"川中重镇""东川巨邑"之誉的遂宁，终究避不过战火的灼烧。也唯有经历过血火洗礼的城市，才更具有丰厚的历史纵深和凛凛的高标风骨。

公元929年，遂州大地上走来了一个高大伟岸的身影。

"夏鲁奇，字邦杰，山东青州人。后唐年间，东川节度使董璋、西川节度使孟知祥于蜀中叛乱，天成四年（929年），时任武信军节度使的夏鲁奇奉命于遂州御叛军。"（《遂宁县志》）再翻阅其他典籍时发现，这位名叫夏鲁奇的伟男子，居然还是中国历史上最有名的四大"百人斩"之一。百人斩者，战斗中独力斩杀百人以上武勇者也。五千年史册中，夏鲁奇与西楚霸王项羽、岳飞义弟杨再兴、杀胡英雄冉闵傲然并立。

关于夏鲁奇之勇，史书中记载有这样三个战争片段：

被后唐庄宗李存勖任命为护卫指挥使，随大将周德威攻打幽州时，夏鲁奇与敌将单廷珪、元行钦赤膊拼杀，以一敌二奋勇酣战。战况之激烈，竟使双方将士止戈息战，屏息而观。

后梁大将刘鄩率军驻洹水，李存勖率骑兵千人前往侦察。葭芦中，万余伏兵鼓噪而起，围之数重。危急时，夏鲁奇持枪携剑单骑救主，勇斗王门关、乌德儿等敌之骁将，格杀百人伤痍遍体而夷然无惧。救兵至，后梁兵退。夏鲁奇因此役而名震天下，号"百人斩"。

大战中都，夏鲁奇生擒后梁大将"铁枪"王彦章，获赏绢千匹。

"鲁奇为人忠义，深通治道，抚民有术，从河阳移镇忠武时，人民曾遮道挽留。"寥寥数语，一世豪杰跃然眼前。这样的英雄，注定将以热血书写命运。而当英雄的命运与遂宁这片红土地紧密相连时，我们便触摸到了另一段血红壮烈的历史。

天成四年（929年），奉命镇守遂州的夏鲁奇望着眼前这一马平川的冲积平原忧心忡忡。虽说西晋即已置县，水陆畅通的遂州却一直无高城坚壁庇护，如此松散的平阳集镇，何以拒虎狼叛军？

在操练勇将悍卒的同时，夏鲁奇遍访乡贤名士，集思广益群策群力。实地勘察多方商讨后，根据遂州地貌特征提出了"规方为城"的城市建设设想：即背依涪水，规方筑城。

遂宁历史上第一次大规模城市建设由此轰轰烈烈地拉开帷幕。

智者殚精竭虑，规划设计；精壮开山凿石，垒砌城垣；妇孺箪食壶浆，递水送餐；商贾捐款捐物，资助建造；取外壕之土筑城墙，城周掘土引水护城，四方架桥沟通内外……次年春，一座崭新的雄城耸立涪江之畔。斜阳余晖下，"有城如斗，其壁如金"。"斗城"之名，由此传于后世。

频仍的战火，决不会因一座城市的耸立而偃旗息鼓。遂宁历史上一场异常惨烈的血火大战，不久后在崭新的城垣前轰然打响。

公元930年9月，孟知祥遣大军三万攻打遂州。夏鲁奇率五千之众奋起迎敌。甫一接战，骤生大变：马军都指挥使康文通见敌军势大，借出城作战之机率众投敌！寡不敌众，夏鲁奇只得一面据城坚守，一面飞马急报朝廷求援。然而，天雄军节度使石敬瑭所率援兵，被孟知祥大将李肇拒于剑门关前，长达数月未能寸进。

喊杀之声充盈关楼，城墙上下尸骨累累，护城河中血红汤汤……高城坚壁终未能挡住叛军的虎狼之师。在部将叛变、援兵被阻、粮草断绝的绝境中，经4个月浴血奋战，遂州城破。为全忠义，夏鲁奇与妻儿家眷自刎殉城，时年49岁！

后世诸朝，屡彰其功。宋代先后赐"忠节""旌忠""显节"谥号，元代封"忠昭惠英烈仁济王"。南宋嘉定三年（1210年），遂州军民于城北裕丰街城建起了一座旌忠庙，塑夏鲁奇金身塑像以供奉……

或许是忠义英魂护卫这一方水土，此后千余年，遂州大地再无大的战事。而千年的时光也湮灭了所有的白骨，洗去了所有的血泪，当年的铁马金戈、战鼓号角俱已远去。关于城墙，20世纪70年代在今城河北巷附近尚有一段斑驳破旧的残墙，遂宁中学门外那条小沟渠还依稀能见当年护城河的身影。可惜的是，这段唯一残存的"斗城"物证，也在20世纪80年代新一轮城市建设的高潮中被尽数拆除，要重温那段彪炳青史的记忆，只能于薄薄书籍的字里行间去寻找，去追忆了……

—— 斗城的骨架 ——

聚族为邑，聚邑为城。公元930年，当那座城垣十里"其壁如金"的"斗城"巍然耸立涪江西岸，此后千年的遂宁人，就有了具象的精神归属和凝固的乡愁。

支撑城市的骨架，是四条纵横交错的主干道，老遂宁习惯地称之为：大东街、大西街、大南街、大北街。

自城门洞而入，宽约10米、长逾1 000米的阔直大道在鱼鳞般的民居间一往无前，气势如虹地向着城市中心延伸。当年的城市远没有今天的繁华热闹，除了机关单位、医院、学校外，记忆中大南街、大北街、大西街都没什么商家，仅有一些临街的小摊贩点缀其间，比如炸油条、卖豆浆、打葱油饼的，或烟酒糖果副食店和一些零星的茶馆酒肆，几乎没有什么商业味。街上人流也稀疏，这让街道尤显宽敞。

四条干道交汇的中心，就是老遂宁耳熟能详的"大十字"。这儿，是古老斗城的精华所在。向北不足100米，是妇孺皆知的街门口，击鼓升堂打板子，耍猴剃头卖打药都在这里。20世纪60年代，在城东街市花园建起那幢三层楼高的百货大楼后，连接二点之间的大东街成了斗城第一条商业街。茶馆、餐厅、旅社、杂货铺、理发店、缝纫店、小五金、游商摊贩……大小商铺林立街头,人来人往很是繁华。到周末节假,即使囊中羞涩,去逛逛街、看看热闹也是一种不错的享受。

干道的路面,是由一种名叫"三合土"的混合物筑成。石灰、碳渣、河沙,按比例以水调和,铺成路尖略高路边略低的微弧路面,又以铁皮抿子反复搽抹平整,直至光滑如镜。在烈日暴晒的盛夏,"三合土"街道甚至会折射出白晃晃的强光。常见顽皮的孩子将吃剩的西瓜皮往地面一扔,一只脚站在瓜皮上,一只脚轻点街面,"滋溜"一下便滑出老远,也算过了一把"追风少年"的瘾。可惜这样的原生态"滑板"磨损太快,只玩一次便彻底报废。

每条干道上,又依附着众多的小街,比如至今尚存的小南街、小北街、盐市街、桂香街、天上街,等等。每条小街上,又连接着无数的小巷小院,如水井巷、一人巷、豆芽巷、御书院、蒋家院,等等。这些街道的两侧,巷院的深处,一户户低矮小平房鳞次而立。小青瓦、风火墙、木门木窗、穿逗架梁,门前或有皂角黄葛,屋后或有天井小院……这些,构成了斗城最平凡、最常见,却又是最坚实、最稳固的基石。

若说四条干道构建了斗城的主骨架的话,那么小街小巷就是城市的血管经络,那一户户寻常百姓家便是城市纤细却敏感的微小细胞。日出而作,日落而息,在吱吱呀呀的木门启阖声中,城市细胞在劳作中吐故纳新,在忙碌中繁衍生长,为千年的城市注入源源不竭的青春和生命活力……

—— 斗城的经络 ——

遂宁的曙色很有营养,像蛋白,在雄鸡司晨后于铁青夜色中缓缓漫溢出来。越过城东灵泉山，划过清碧涪江水，爬上沉寂一夜的遂州城头时，生生不息的城市活力便在斗城的大街小巷渐次流转开来。

紫东街讨得一个好彩头。紫气东来，江波映辉，厚重城门的开启像斗城伸出的第一个懒腰，顺着城墙根儿把城市唤醒。做生意赶早集的，赴他乡省远亲的，沿着顺城街步履匆匆。马房街里熙熙攘攘，雇佣骡马的商贾，装卸货物的伙计，吆喝叮嘱，马铃叮当……

少顷，天光大亮，酣然一夜的城市终于从睡梦中彻底苏醒过来。

米市街上，青竹编织的箩筐背篼摆满街道两旁，三家的新米，老池的糯米，白生生亮晶晶饱满如玉；一挑挑脆嫩水灵的黄豆芽绿豆芽自豆芽巷里鱼贯而出，四散于斗城的市场间巷；油房街里，沉闷的油榨在榨房里轰响，南北二坝新出的菜籽变成一汪金灿灿的希望；铁货街上，农民挑选着锄头镰刀，工人尝试着铁锤钢钎，还有不少人选购着铁锅铁铲铁皮炉；家境不算富裕的主妇们邀约来到了梭子街，为家里的织布机挑选着更轻灵锃亮的银梭；雪一般的食盐堆聚在盐市街的大小店铺内，金玉街的手艺人正聚精会神打制着金银首饰翡翠珠玉，文星街迎来了一个个天真活泼的读书郎，沉甸甸的笔墨纸砚文具书本，寄托了多少父母望子成龙光耀门楣的期望……

斗城的街名如同斗城的人，率真耿直，一目了然。不过，简洁并不代表简单，1 700年丰厚的文化积淀为更多的街道诗化了性灵。城中的玉堂街，城东的长乐街、鹤鸣街，取意"遂州十二景"中的玉堂朝霁、长乐晓钟、鹤鸣晓月。核桃巷、杨柳巷如一幅淡淡的素描，将枝丫一般的弯曲小巷，柳荫如蔽的幽静民居水墨勾勒。最有意思也最具知名度的，非米市街上一人巷莫属。长不足百米的一人巷，原是两幢青瓦民居间的分界线，逼窄、幽暗，终日难见阳光。一日，一老农挑米进城，欲抄近路由一人巷至米市街。走到巷子中间，正好遇上一怀孕少妇。仅容一人穿行的小巷，挑米的老农、大肚的孕妇难以交错。少妇欺负乡下人，看老人满头大汗也死活不让道。老人无奈，只得退出小巷让少妇先行。少妇尚不罢休，抱怨奚落道："这么窄的巷子，一个人走都要侧起身才能过，你还又是扁挑又是人的，真讨厌！"老农终于忍不住了，回敬一句："就是嘛，明明是一个人走的巷子，有的人偏偏还两个人挤到一坨走，简直是不自觉！"少妇一听，满脸绯红掩面而逃。从此，一人巷里再难见到孕妇身影。

民国二年（1913年），美国基督教卫理公会传教士岳太太、施太太于城北捐建全县第一所女子学校——华美女子小学，于是就有了今天的那条育才路；遂州九宫十八庙中，规模最大、保存最完好的天上宫就伫立在繁华热闹的天上街中段；"修起镇江寺，镇住涪江水"，那寺庙早已不在，唯有镇江寺街还记录着一段已被淡忘的历史；有了三清观，便有了三清街；有了九莲寺，又有了九莲寺街，如此种种，不一一枚举。

一座城市之所以让人铭记耐人品读，就在于其自身所拥有的悠久历史、传奇故事和名人典故。

城市中心的御书巷，得名于巷中原有的清代建筑御书楼。

楼的主人，是一代名臣张鹏翮。张鹏翮（1649—1725年），字运青，号宽宇，遂宁黑柏沟人。康熙九年（1670年）进士及第，历任礼部郎中、兖州知府、苏州知府、江南学政、浙江巡抚、河道总督、两江总督、刑部尚书、户部尚书、吏部尚书兼文华殿大学士等职。宦海五十年，张鹏翮为官清廉、关切民生、才能超卓、品性高洁，生前被康熙盛赞"天下廉吏无出其右"，死后雍正誉其"卓然一代完人"，并加少保、谥"文端"。御书楼，是雍正元年（1732年）奉旨敕建的大学士张鹏翮府邸。第一重正房匾额为康熙手书"怀冰雪堂"，第二重抱厅悬挂康熙御笔"嘉谟伟量"……

蛛网一般密布斗城的大街小巷，如一根根影录乡愁的经络，将城市悠远历史、风土民情、经典掌故传输至所有老遂宁的脑海心田，但凡一听这些街名巷名，一种亲切感便油然而生，静静慰藉心灵。

——斗城的细胞——

青灰的细瓦，黝黑的烟囱，木纹清晰的梁檩门窗……清一色的低矮穿逗屋沿斗城的大街小巷一溜儿排开，如一个个沉静又鲜活的细胞，日复一日，为古老的小城吐故纳新，繁衍生息。

旧时的斗城，除了米市街、铁货街、盐市街、梭子街、金玉街、文星街等少数成行成市的街道外，其他的大街小巷上是极少有人开门面做生意的。这跟千年以来的社会等级制度有关。士、农、工、商，泾渭分明根植人心，生意人即使家财万贯也远没有今天的"老板"受人尊敬，俱被归入"贩夫走卒"而身份卑微地位低下。

这样的观念自然让人闻商却步。城市之中，少了琳琅满目的商品，却也多了几分恬淡幽静。沿街民居，无论是高门大户或寻常人家，都有着各自的妆容和风情。

望族高门，庭院深深。门前七步台阶，左右有垂带门墩抱鼓石，鼓面刻卷草祥云，雕吉祥瑞兽，石上多塑憨态可掬小狮子。大门朱漆，上有镂空雕花额枋，四角翘檐振翅欲飞。左右悬垂花吊瓜，居中匾额多是名家真迹。门上有黄铜门环，细密门钉，门槛高可及膝，非常人能登堂入室。一扇门，吐纳着的一个家族的气息，或沉稳雍容，或威严神秘，或温暖安宁。

普通人家的门扉虽不气派，却也有小家碧玉的灵性写意。两扇宽约一米、高两三米的木门装于户枢，左右门框张贴大红楹联，门前还有两扇颇有意思的"腰门"——起于膝，止于肩，在大门的腰部轻灵地开合。家中来客，开大门，关腰门，迎进远来的亲友，关住一屋的温情。大门左右墙上各有木窗一扇，或方或圆或六角形，贴有雪白窗纸或剪纸窗花。夏夜，大门紧闭，小木棍斜撑窗棂，徐徐凉爽微风便滑窗而入，还泄满一地清辉柔润的如水月色。

商户人家的大门也有特色。在天地门框上安有数米长的门槽，若干块厚二三厘米、宽三四十厘米、高两三米的门板依次在门槽中滑动、拼合，粗若臂膀的门杠拦腰一顶，便成为一整面密不透风非常气派的屏门。每日早晚，有伙计专门负责拆卸装载，"乒乒乓乓"，厚重的木板撞击声叩击着斗城的晨昏。

分隔万户千家的墙也不尽相同。富足人家，多以中空风火砖砌就高大院墙，既坚实牢固又冬暖夏凉。每块长三四十厘米、宽高二十厘米的中空砖体，还是孩子们隐藏秘密的好所在。普通人家，则多以青篾黄竹编织成网，附青灰和泥扎成厚厚的篾墙，轻轻一敲，会传出空洞洞的回响。这样的墙很难关住左邻右舍的隐私，尤其夜深人静时，婴儿的哭闹，孩子的嬉笑，邻里的争执，老人的咳嗽声，等等，苦乐悲喜均透过那堵薄薄的墙，凝成了小巷里弄最真实温馨的人间烟火。

最有特色最叫人记忆犹新的，是家家户户屋顶上相嵌的那一眼眼亮瓦。

亮瓦呈凹形，透明玻璃烧制，大小形态与普通青瓦一样，井然嵌于屋顶檩梁间。有孤片灼灼如眼，有两片相连成条，也有四片组成的方形……青瓦如鳞的连片房顶上，张开了一只只瞭望天空的眼。这样的"天眼"很让人着迷。蓝天白云，雨雪闪电，被那一方洁净透明剪裁成了童年的画。有时，甚至能看到两只精神抖擞的雀鸟，在亮瓦上唧唧啾啾嬉戏扑腾。堂屋、卧室、厨房，无论是高门宅院还是寻常人家，这样的亮瓦成为木架梁穿斗房里最主要的采光设施，也刺激着青春少年仰望蓝天的无穷想象。

童年的盛夏，每天清晨醒来，睁开双眼的瞬间总会被眼前的一幅图画所触动：一束被剪裁得四方整齐的强烈阳光从屋顶亮瓦处直射而入，原本幽暗的卧室被一根辉煌的光柱温暖着亮堂着。光束中，细尘飞舞，纤毫毕现……

—— 斗城的乳汁 ——

自岷山轻盈而下的涪江，在遂宁境内长有 157 公里，流域面积 5 100 平方公里，是当之无愧的母亲河。

那时的天空真是蔚蓝色，间或镶嵌绵白的云。南北二坝是浅丘、树林和庄稼汇成的两张偌大的绿毯。天地间，一汪缠缠绵绵如丝如带的碧水逶迤而来，蜿蜒而去，没有污染，清澈澄净，为千年的斗城注入源源不断的丰沛灵性。

高亢粗犷的号子在天边悠扬响起，来自北川平武的木排浩浩荡荡逐浪而来。犀牛堤边安营扎寨，绵延数里遮掩江心，成为盛夏里斗城最鲜活生动的城市图景。

提着玻璃罐头瓶，拿着细纱做成的鱼窝，三五成群的小孩登上木排，在圆木之间的空隙处捕鱼捞虾，乐在其中。烈日下玩得乏了，便爬上岸边的桑树采摘桑葚，吃得唇齿留香一嘴乌黑。或者，脱下背心短裤，"扑通扑通"赤条条跳进清凉江水中。欢快的笑声，飞溅的水花惊跑了钩边的鱼，惹来垂钓老者的怒然呵斥。搬罾农人倒很坦然，手里绳索一放一收，网心里就一片银鳞翻腾。

江心有洲，形如灵猫，于是名曰猫儿洲。但更多的老遂宁都叫它"中包"。

中包上最多的，是成片成片临水而生的芦苇。折茎，去叶，入口有微甜，孩子们称其为"小甘蔗"。河滩上沙极厚，质细腻，光着脚丫涉水，有一种说不出的柔软舒适。沙滩上布满无数细小涌泉，泉水清澈甘冽，掬之而饮，沁凉透心。老遂宁又叫它"浸水"。

茂密草丛间，有春燕轻灵翻飞，有翠鸟疾如闪电，长腿的白鹭亦步亦趋，偶尔，云中有悠长鹰唳响起。远处，片片农舍隐于茂林修竹，荷锄而作的农夫，弯腰采摘的妇人，耕种的老牛嬉闹的犬吠，拭亮了灵猫最鲜活、明亮的眼。

盛夏之际，涪江两岸是最好的消夏纳凉地。

晚饭后，打着蒲扇的城里人呼朋唤友来到护城老堤上，席地而坐，吹习习河风，纳悠悠夏凉。或者，举家乘轮渡来到猫儿洲泡水纳凉。水性好的，奋力争先泅对河，引来岸边羡慕声声。水性差的，就套着游泳圈在浅滩上自得其乐地扑腾……江心江面万头攒动，笑语欢声涌动如涛。

涪江的美景，毁于1981年那场百年不遇的特大洪水。

其实每年夏天涪江都有几次洪峰过境，遂宁人称之为"涨大水"。泛起的洪峰有时仅淹至堤盘，有时会漫上堤腰。斗城人见得多了，不仅不会畏惧这样的大水，往往还会在洪峰到来时赶到防洪堤上观水。有身体强健水性尤擅者，还会在汹涌洪水中打捞自上游而来的各种家具或猪羊牲畜。人们管这种不要命的行为叫"捞浮财"。

1981年的特大洪水让斗城人彻底见识了母亲河的力量。连续数天的倾盆暴雨后，激涌浑浊的洪水一夜间吞噬了中包，漫过了防洪大堤，淹没了半座城市。一望无际的浩荡洪水中，仅能看见些寥落摇摆的粗壮树干和黑瓦粼粼的屋顶房檐。数日后，洪水消退，眼前一片狼藉。沙滩没了，芦苇没了，树林没了，禽鸟没了，只留下一片凌乱的卵石荒滩。虽然20余年后城南建起了过军渡水利枢纽，截大江而成平湖，依平湖而建湿地公园，但涪江之上的原生态之美却无法复制，再难重现……

斗城的茶馆

"乒乒，乓乓"，一阵沉闷的门板拆卸声后，缕缕曙光射进了寂静一夜的茶馆大堂。

光滑油亮的高背楠竹椅，晶莹剔透的青花瓷盖碗，长颈大肚的黄铜大茶壶，开始迎候第一批早起的斗城茶客。

放碟，滑碗，长颈茶壶凤点头，一线滚烫的开水便"汩汩汩"泛着浪花冲入碗底，茶叶茶花打着旋儿在碗中飘浮。"叮当"一声脆响，茶盖掩住了刚刚冒起的一缕清香。东扯南山西扯海，闲话少时，一手托碗碟，一手做兰花指，拈着小巧盖沿轻拂碗中浮茶。一下，两下，三四下……反复往返，任茶叶在茶碗中翻滚沉浮，阵阵茶香便热腾腾溢了出来。深吸一口气，那馥郁暖人的沁香便直扑心肺，滋润着枯涩了一宿的胸腔。

噘嘴，凑近碗沿，摇头吹散茶汤表面灼人蒸气。"嗞嗞——"轻咂一口，一股浓酽茶汤瞬时滑入肚肠，湿五脏润六腑，将满腹的隔夜浊气荡涤一空。口鼻生香，怎一个"爽"字了得！

川人喝茶，极为讲究。讲究的不是喝茶的场所，不是茶叶的品质，讲究的是品茶的过程。懒洋洋斜靠竹椅上，把玩碟碗盖三件一套的瓷器，看着金黄茶汤上飘浮的若雪茉莉，嗅着袅袅茶雾溢出的缕缕幽香——喝与不喝，都是一种享受。

天光大白，茶客渐渐多了起来。茶小二行云流水般摆放茶具，瓷器撞击的琳琅仙音不绝于耳。三分钱，可得一碗素茶。再加三分，便能得一碟瓜子花生或炒豌豆。丰俭由己，老少咸宜。

旧时的斗城，文化娱乐寥寥无几。看川剧、听评书、泡茶馆，成为城市生活中为数不多又喜闻乐见的群体式娱乐。生意人谈业务，老街坊叙友情，寻常百姓吹牛谈天，茶馆是极好的聚集地。今春的新茶，古井的碧水，熟悉的茶友，热情的堂倌，除了这些，茶馆里还有最吸引茶客的一大保留节目：小茶馆里讲评书，大茶楼里唱川剧。

一张桌，一把扇，一块惊堂木，再加一张伶俐的嘴，对硬件设施要求极低的评书是普通茶馆里最常见的助兴节目。

《单刀会》《说岳全传》《七侠五义》《薛仁贵征西》……在说书人抑扬顿挫、起伏回转的讲述中，一个个或紧张刺激或豪情万丈的故事铺陈开来。"劈劈啪啪"，惊堂木时重时轻地敲击，将茶客们带入了金戈铁马的战场，侠肝义胆的传奇，仙佛神怪的奇异世界中。让茶客们揪心的是，每到故事最紧张最要命最具悬念的当口，"啪"，一声脆响，说书人一收手中纸扇："欲知后事如何，各位尊客明日请早！"

堂堂皇皇的大茶楼，对这种吊人胃口强拴茶客的"小技"是不屑一顾的。搭台唱戏请名角，那才能显现自家的气派。

大大的四合院里摆满了古旧八仙桌，上下两层的青瓦木楼四面环围，大小适宜的戏台，就搭在平整宽敞、天光通透的三合土天井中。

"唐三千，宋八百，数不完的三列国。"旧时的川剧内容庞杂，类别极多。家国天下，尘世江湖，感天动地的忠孝，生离死别的爱情，凡此种种皆能入戏，素有"大戏三十六本，小戏七十二折"之说。大戏一唱就是几天，参演人数多，舞台布景要求高，这在茶楼里是无法施展的。要听大戏，票友们只能去镇江寺的川剧团里过瘾。茶楼里的小戏则相对简单，三两人即可表演，展现的多是个人的唱、念、做、打基本功法，以及手、眼、身、发、步五种技艺。

铿锵鼓锣中，生旦净末丑粉墨登场。唱的演的，多是传承百年的经典段子"折子戏"。有名的如《南阳关》《三岔口》《三英战吕布》等，早已耳熟能详却又百看不厌。响亮的铙钹，高亢的唢呐，清脆的马锣，婉转的唱腔，将剧中人物的喜怒哀乐悲恐惊忧等各种情绪情感渲染而出，茶客们也随之陶醉其中感叹唏嘘。最博头彩的，自然是川剧绝技"变脸""吐火"了。名角们甫一登台，顿时引来掌声雷鸣。随着张张不同脸谱神奇地瞬间变幻，尺余长的火焰从口中喷射而出，那震天的喝彩声便窜出梁檩翘檐，将一条大街渲染得喜气洋洋。

四川人很有才，把这种生活叫作"泡茶馆"。这个"泡"字说得很有味道也很贴切。茶，需要滚烫开水慢慢冲泡才能逐渐渗出其香；在茶馆这个大茶碗里，各色人等都是其中的一朵茶花一片茶叶，千年时光泡出来的，是斗城生活悠闲、舒适、惬意的馨香……

斗城的酒馆

据说，酒，是 4 000 年前一位名叫杜康的天才的诡异发明。

酒的发明，虽说在人类社会的进步意义上及不得四大发明重要，但其影响的人群及数量却是任何一种发明所无法比拟的。

酒能壮胆，酒也能乱性；斗酒催生诗百篇，醉酒捞月也会溺毙江中。酒的是非功过，从古至今没个定论。喜者，如饮琼浆沉溺其中；恶者，闻之欲呕退避三舍。五谷酿成的黄汤，是一团矛盾纠葛解不开的谜。

解不开，便不解。即使嗜酒之人通常也没有兴趣去穷其究竟，他们最想知道也最善甄别的，是杯中之物的品质优劣。撮嘴，"吱"地一咂，入口醇香甘冽，哪怕喝醉也不割喉不打头，这是好酒！至于喝酒的场所、佐酒的菜肴、饮酒的心情等等，这些也很重要。

青瓦如鳞的斗城，喝酒的场所一般有三。一是家里，二是酒楼，三是酒馆。独坐家中，自斟自饮，虽说也随兴惬意，但缺了觥筹交错的氛围，难免有些意兴阑珊不能尽兴。酒楼安逸，可登高望远可临江听涛，再有鸡鸭鱼肉四时珍馐，那绝对是人生巅峰的体验享受。只是这样的消费太过奢侈，除请客宴宾外，普通人等，尤其是酒瘾极大偏又囊中羞涩的高阳酒徒，往往只能望楼兴叹。

真正的大众消费，是青瓦穿斗房下的间间酒馆。

小小的店招，蓝白的布幡，窄长门板后飘出的浓郁醇香勾引着腹中嗜酒的馋虫。临街木制酒柜上，一溜儿硕大玻璃酒坛排列整齐。坛中是浓烈的高粱酒，酒里泡着些枸杞、大枣、牛鞭、人参，或青梅、杏子、柠檬、桂花。阳光折射下，姹紫嫣红得赏心悦目。

酒柜背后，往往有一高大菜柜。一层一层的木隔板上摆满了大大小小的瓷盘，猪头肉、猪冲嘴、猪耳朵、猪心肺、猪尾巴、鸭翎膀、鸭脚板、鸡爪子，各种卤菜异香撩人。柜门上，薄薄的纱窗让香味四溢，又拒绝了苍蝇蚊虫的垂涎。

对小城居民而言,即使这样的佐酒之物也不是随时都能消费得起的。除了初一十五打牙祭,或是发了薪饷打平伙偶尔奢侈一回,日常能够过瘾的,是一种被称为豆豆酒的喝法。

豆豆酒,顾名思义,佐酒的是豌豆胡豆花生苞谷之类粗粮素食。酒呢,则是最价廉最原生态的老白干。

"老板娘,来碟炒豌豆,外加三两白干。"

"老板娘,来盘激胡豆,还有二两白干。"

"老板娘,蚕妞妞一份,白干半斤。"

"老板娘,豆腐干一包,白干四两。"

…………

太阳西斜,一声声粗大嗓门的吆喝声中,八仙桌前陆续坐上形形色色的斗城酒客。黄竹酒提一阵翻飞,浓郁酒香就醉了街头。

左边是街坊,右边是邻居,前面是同行,后面是师徒。小小的城市小小的酒馆,汇聚围坐的几乎全是熟悉的脸熟稔的人。酒菜不分家,碰杯互敬饮酒入肚后,你吃我的豌豆,我嚼他的胡豆,他挟你的花生,除了杯中之物,酒桌上的豆豆随便挑。

酒过三巡,菜过五"豆",酒桌上的话题开始丰富起来。从国家大事到街巷秘辛,从街头趣事到巷尾绯闻,浓烈的酒精激活了豪情,平时不敢说的敢说了,平时不敢做的敢做了。面酣耳热间,聊天变成了争执,争执变成了吵闹,还有人借酒发起了疯癫。咫尺之隔的另一桌酒客却恍若未闻,自顾自地挟着豆豆,不时"吱"的一声把杯中黄汤咂得口舌生津。另一酒客瘾大却量浅,打一个响亮酒嗝后,趴在桌上就酣然入梦了……

这样的情景,哪个酒馆都能看见。这样的酒馆,鲜活了斗城的市井百态。

斗城的花园

很多年前,遂州城里没有行道树,没有绿化带,也没有湿地、公园、喷泉、雕塑,城市的规划建设中简洁的实用性战胜了精致的审美观。不过,与生俱来的爱美之心依然在斗城的巷陌里弄间蓬勃。房前檐下,四方天井,屋后小院,即使寻常人家也多有一个或大或小的美丽花园。

房前雨檐下,摆放着一些或圆或方甚至豁口裂缝的瓷盆瓦缸。虽破旧,却能种花种草种春风。月季、蔷薇、山茶、栀子、一串红、鸡冠花、美人蕉、牵牛花、令箭荷花、吊钟海棠……品种不算名贵,却五彩缤纷、芳香怡人。记得有一种俗称"掐不死"的低矮小花深得闲人所喜。花朵细碎,却七色皆有,往往迎烈日而怒放。最难得的是,随意掐下一枝弱茎,插进一块哪怕非常贫瘠的薄土里,它依然能够生根发芽,还你满目锦绣。后来知道了它的学名:太阳花。

高门大户,会在天井里栽些蜡梅、金桂、黄桷兰等香远益清之木。后院空阔的,更会垦出一小片田地,种下四季果蔬或桃李果木……

记得少年时,曾与父母一起应邻家之邀,有过一次夜赏昙花的经历。

那是一盆色泽翠绿的宝贝。叶长条,呈块状,边沿垂着几只拳头大小的花蕾。静坐庭院,夏夜的等待很是浪漫。看夜空繁星点点，听夏虫啁啾连绵，慢慢地，硕大的花蕾张开了紫色的外衣，一片片如玉的花瓣渐次伸展，金黄的蕊徐徐绽放眼前。淡淡的幽香，就在庭院中悠然飘荡……不到三个小时的昙花一现，让美之易逝成为惊艳绝色后，潜藏于夜色的一份刻骨的伤感！

若能于空中俯瞰，你定会惊讶于这些花园的风情万种。初春的桃红李白，盛夏的睡莲若雪，深秋的金桂溢香，隆冬的蜡梅傲雪，尤其是春天，墙头的爬山藤间或许还有蝴蝶翩跹蜜蜂嗡嗡……

这样的花园，对于孩子们来说是妙不可言的童年天堂。扣麻雀，粘知了，打弹珠，拍纸盒，找宝藏，打地牛……每一种玩耍的方式，都丰富着童真的快乐和幸福。其中印象最深的，是唱着儿歌喂蚂蚁。

后院的树下或墙角，几个泥猴儿似的顽童捉苍蝇逮昆虫，随后放到某条蚂蚁的必经之路上，撅着屁股唱："黄丝黄丝蚂蚂，请你来吃嘎嘎，大哥不来二哥来，吹吹打打一路来。走前头，吃肉肉；走后头，啃骨头……"蚂蚁队伍慢慢聚集过来。无论是大头的将军还是小头的小兵，齐心协力伸胳膊展腿，一点一点将这"庞然"大物往巢穴拖动。看看就快运抵蚁穴洞口，有顽皮的童伴又伸手将"食物"放回了最初的地方。可怜那些奔忙了半天却功亏一篑的蚂蚁们，在惊惶四散后一切又得重新来过。在童年的记忆里，那些小东西百折不挠、永不放弃的精神很是令人感动。

花园里的作物收成时，是整个小街最幸福、最温馨的时刻。

张家摘下新鲜的丝瓜、黄瓜、莴苣、白菜,用竹编的筲箕盛着,挨家挨户尝鲜品味;李家采下枝头悬垂的墨绿皂角,左邻右居见者有份,捣碎浸泡以汁洗发,发质乌黑顺滑,发间清香四溢;街头的核桃熟了,家家户户都会唇齿留香;巷尾的桑葚乌黑时,枝头叶间挂满了孩子们清脆灿烂的笑……

无数个纤柔而诗意的花园,装点着斗城悠悠如歌的美好岁月,酝酿成魂牵梦萦、令人酣醉的故土乡愁。

2012 年 12 月

蜀地

行走青天上

一

循着它的呼唤,我又一次步履匆匆践约而来。

来过这里多少次已记不太清,能肯定的是心里有一种非来不可的执念。这种念头始于何时?是沉醉"三国"章回的少年时代,还是韵叹"蜀道"的青葱岁月,或者,这原本就是男人骨血中先天潜藏的一种本能?

想一想吧,眼前雄关巍巍,雉堞森森,群峰如浪,峭壁若剑,再有戈槊雪亮、铁马嘶鸣,烽火连天、残阳若血……那一帧阳刚凛冽的沉雄图画,是不是所有梦想成为英雄的血性男人心中的一幅永恒梦境?

这样的地方,能不让人神思荡漾,接踵

而来？

── 二 ──

到大柏树湾时，翠云廊正笼罩在一片如雾似烟的蒙蒙细雨中。

雨不大，缠缠绵绵，飞扬若舞。曼妙的舞步在硕大如棚的树冠翩跹，然后滑过树梢树叶树身，从某一片绿色的叶沿滴答下来，浸润了脚下一块一块蜿蜒伸展的斑驳青石。精灵一样的雨，将眼前的绿洗得极有层次，葱绿、翠绿、碧绿、墨绿，由近而远，由远而近，满世界的郁郁葱葱。"三百长程十万树"，你可以想象这是何等壮观的一片绿之汪洋。

在这样的雨中，在一条千年的古道上聆听那些千年古柏的故事，定然是一种极为雅致的心灵游历。时光淘洗沉淀下来的历史，就需要安静地阅读，慢慢地品味。柔柔的细雨，正好涤去俗世浮尘，隔断扰耳凡音，让你能慢慢地行，静静地听，默默地想……

关于剑门古柏的传说，早就如这些纵横虬根一样深植于蜀山之间了吧。有人说是始皇帝一统天下后，全国遍筑驰道，道旁广种松柏以显天子威仪；也有说是为筑阿房宫，致"蜀山兀，阿房出"，始皇为平民愤又于蜀山广植皇柏；流传最广的是三国蜀汉张飞种柏的神奇，居然"上午栽树，下午乘凉"；更有浪漫的人，说这是那位情根深种的唐玄宗，专为川南荔枝快递而沿途植绿，目的仅为荔枝保鲜博贵妃一笑……皇柏道、张飞柏、荔枝道，不管什么样的名字，不管什么样的寓意，这些美丽的故事都与漫天淅沥的雨丝一样,缠缠绵绵地笼罩浸染着眼前的这些千年古柏。

不知道有没有人想过,2 000年前它们就在这里,餐风霜饮雨露,抗雷电傲冰雪,一圈一圈丰富着自己的胸怀和力量;2 000年后的今天它们还在这里,吸苍穹之灵气,纳后土之广博,身形伟岸长髯飘飘,卓然静立俯瞰众生——他的身后,秦皇已逝,蜀汉已远,为其命名的早已成灰!

三

应该用什么样的语言来形容眼前之景畅述心中之情呢?由东北而西南,大小剑山七十二峰层层叠叠耸立蜀地之北。远方,群峰浩荡长逾百里,青黛山色泛出缕缕金属的质感;近处,裸岩灰白如重剑,寸草不生危崖横亘。那座被韵叹千年的雄关,就在两山之间的隘口上巍峨挺立。一线天光映照关楼,城堞,飞檐,刀枪,旌旗,甚至是拂面而来的风,都带着一种激荡往复的沉雄之气。

"剑阁峥嵘而崔嵬,一夫当关,万夫莫开。"这样的雄关,注定成为青史中血火交融的重彩之笔。这里的每一级石阶每一方雄堞上,都写满了故事和传奇:你可以看到,武侯伐魏时凿山岩、架飞梁、搭建栈道、砌石门、筑关楼、屯粮练兵的情景;你也可以想象,曹魏伐蜀时巍巍剑门前的铿锵金戈,冲天烽火,不绝号角穿云破雾;你还可以听见,千百年来无数俊彦风流登楼而望,慷慨而歌,将或浪漫或雄壮或忧愤的情思统统泼洒在这座荒野之中的关楼上——也唯有这样的雄关,才能承受住如此汹涌如此沉凝的追忆凭吊！

蜀风息，魏雨歇，白云苍狗。在2000年的时光长河中，经历着无数征服与抗争，天灾与人祸，风雨雷电侵蚀的这座雄关，修葺、重建、重建、修葺，始终沟通蜀道又扼居咽喉，卓然遗世，风标独立！

其实，这世上本无永固之关、不克之城，作为川北门户的剑门关早已失去了拱卫蜀地的天险意义。你来到这里，是要寻找、阅读、追思那些萦绕于石阶雉堞箭楼间的雄烈之风、阳刚之气。或许，还应想想诸葛武侯曾经的警示："若有居安而不思危，寇至而不知惧，此谓燕巢于幕，鱼游于鼎，亡不待夕矣。"

— 四 —

"噫吁嚱，危乎高哉！蜀道之难，难于上青天！"在中国，但凡初识文墨者，鲜有不能吟诵这首《蜀道难》的。但对于"难"的真正含义，真切体会过的恐怕就不会太多了。尤其是当前的年轻人。乘飞机，走高速，一日而千里，囫囵吞枣一样将千里蜀道弃于身后，哪里还能品味蜀道之难、之美、之趣。

我曾有意换乘多种交通工具穿行于蜀道。从20世纪80年代的长途汽车，到20世纪90年代换乘飞机，再到21世纪后的自驾游，最终得出的结论是，没有哪一种方式能比徒步更踏实，更能让你细细咀嚼出这条古道上凝结的厚重历史、传说故事和繁美的人文经典。

这条北起陕西宁强，南至蜀都蓉城的古道，在秦岭剑山中蜿蜒腾挪，逶迤伸展。如一根长达千里的脐带，将山川之雄浑云雾之缥缈揉然一体，又倾注于蜀山蜀水间。皇泽寺、千佛崖、剑门关、翠云廊、昭化古城、七曲山大庙……一朵朵瑰丽之花娇然盛放。你若有心品读，俯拾即是的奇花异卉上，哪一片叶子无故事？哪一瓣芳蕊无传奇？

一方方青石在脚下延伸。或大，或小，或轻薄，或厚重，穿过丛林，越过绝岭，甚至纵横时空在你面前摇曳。你如静立，凝神，看到的是"金牛屎金"的灿灿金光，还是"五丁开道"的劈山威猛，或是木牛流马载着武侯的壮志雄心，在长满苔藓的古道上不知疲倦地奔波往返？唧唧咕咕的辘轳声，绵延千年而泪湿衣襟。

身处蜀道砂岩绝壁间，我忍不住在想，李白的才情，会不会是被这群峰这山峦这些刀劈的危崖"挤"出来的？你很难想象，如果1300年前的诗仙面对的是西北戈壁，塞外苍茫，或是北地旷野，江南水乡，纵是天才他能写出那样浪漫华美气势磅礴的千古绝唱？

"噫吁嚱，危乎高哉！蜀道之难，难于上青天！"这是只属于蜀道的诗句，这是只有剑门才能"挤压"出的旷世才情。

时势造英雄，蜀道也造诗句。

—— 五 ——

不管你用哪种方式通过古道，也不管你朝拜的脚步是否虔诚，对于蜀道来说都不重要。它孑然独行于峻岭危岩间，一头响着秦腔的嘶吼亢烈，一头荡着川剧的咿呀温婉，将柏之森森、关之雄威、诗之韵律统统串成一根绕指柔肠，千百年来百转千回，丰富着蜀地之文风气象，缠绵着你的幽思情怀。

我想，如你呼唤，我还会应邀而来。为这山、这水、这树、这诗、这蜀道。我还想，无翼行走青天上。

2015 年 9 月

黄龙溪,雾里的乡愁

一

头枕锦江,夜宿黄龙溪。

古镇的夜晚极静,街头灯火阑珊人迹寥寥。不远处的廊桥被橘黄的灯光剪裁得格外立体,牌楼巍峨,翘檐若翼,桥身如虹静卧江波。桥下江水浩浩而寂寂,汹汹涌涌滋润着古镇的呼吸。

一夜酣然,酣睡无梦。

"喔——喔——喔——"阵阵雄鸡的晨鸣恍惚自千年前嘹亮而来,高亢激越,此起彼伏。推开细格雕花木窗,白蒙蒙的晨雾瞬时欢天喜地涌进房间。浸凉,湿润,飞旋轻盈,裹挟着山野草木蓬勃的清新,还有一股淡淡的炊烟味。这是童年的味道，更有几分故乡的味道。羞愧的是，这样的乡村晨景已多年未曾亲近了。

二

清晨的古镇依然极静。铺天盖地的浓雾让远处的村舍不得见，脚下的道路也隐约，至于不远处的廊桥，则悬浮而立仅见轮廓，缥缈若仙宫。水泥街道，青石巷弄，高大牌坊，幽深庭院，都浸在一片湿漉漉的意境中，似乎是满世界拧也拧不干的乡愁，离你那么近，却始终看不清。都怪这雾。又喜这雾。

莫道君行早，更有早行人。马蹄声嘀嗒嘀嗒穿过浓雾渐次而来，在三五驭手的牵引下又嘀嗒嘀嗒隐于雾中。稠密的雾气遮盖了一切，似乎他们从来就没有出现过。

街边青瓦檐下，一根黄杨扁担上的花环让少女停下了脚步。新鲜的青藤相互缠绕，一朵朵金盏菊与红蓝绢花扎束其间，一股田野的清香让澄澈的眼眸盛满欣喜。

见有生意来，正埋头编织的老妪停下手中的活。这些花是昨晚摘的。似乎担心客人误会，又补充说，冬至后山里霜雾大，清晨花瓣太潮，做成的花环便不成形。昨晚摘，今晨做，花环既香又精神。老妪认真地说，三四点我们就开始编，离摘下也就几个小时，新鲜得很呢。你闻闻，花香很浓。

少女买下花环戴在头上。好看好看，真漂亮！笑容在老妪满脸的褶皱中流淌。看得出，那笑容中没有尘世的虚假谦恭，是一种由衷的夸赞。伸出沾着花泥的手，修正一下少女头上的花环，老妪的目光如怜爱自家的孙女。

互道一声新年好，少女老妪挥别而去，身影渐远融入雾中。那些鲜艳清香的菊，那张凉雾中有些发红的脸，却组成清晨里一段经久不散的馥郁乡情——昨夜采菊溪水东，霜雾孤灯编织中……

三

雾中的真龙街是一部黑白的无声电影。你一步一步地走，它就一帧一帧地放，浓浓的雾隐去了首尾，只将眼前景物播放给你看。你若耍滑偷懒，那影片中如画的乡韵便与你无缘。

自西寨门一泻而下的溪流穿真龙街而过，翻腾踊跃向东而去。溪中，有水车、石磨、石板桥、嶙峋青石；岩上，有垂柳、碧槐、古榕树、奇花异卉；道旁店铺鳞次，随地形错落起伏，朴拙的匾额、工整的楹联、乌黑的门板、雕花的窗棂、朱漆古雅的美人靠、无风低垂的蓝布幡……

清静的古街上，这些图画不需要注释，不需要配音，只是一帧一帧地播放，是不是就会让你想起童年，想起故乡？

穿过西寨门，龙潭广场以西，一条长约里许的青砖小道在雾气中隐约伸展。这就是茶马古道上有名的皇金路。

出人意料的是，沿途的景致全无路名那样大气堂皇。青砖铺成的道路略显狭窄，两旁是一截一截低矮残破的土墙。或夯土而成，或青砖堆砌，与一扇扇木门柴扉一道，拱卫着墙后普通寻常人家。张家小厨，李家面馆，或是王家汤圆。门楣下悬挂的火红辣椒、金黄玉米，和那一对对亮丽的大红灯笼，将眼前的雾映射得通透了几分。墙后的古榕伸展着枝叶，即使初冬也蓬勃葱郁。还有墙角数盆花草，无人注目也自淡然幽香。

千年前的晨雾中，那些行走古道的贩夫走卒，是否就在这残墙后的食铺里中打尖歇足，仰首畅饮大碗茶？那遮蔽了险途的浓雾中，是否有清脆马铃悠然叮当，叮当，叮当……

小路尽头，老龙门轩昂而立，似乎要阻挡你寻幽的步伐。的确不能再往外走了，出去就是水泥大道和如织车流，会坏了你刚刚酝酿而成的乡韵心境。

四

河谷地带的雾愈发浓郁。除了眼前那座雄伟的关楼，身边巨型条石砌成的码头，放眼四顾白茫茫朦胧一片。

据《仁寿县志》记载，这里原有赤水、锦江两条大河。"溪水褐，江水清"，两江交汇如"黄龙渡清江，真龙内中藏"。这也是"黄龙溪"之名的由来。水路的畅达让古镇成为成都平原上一处重要的军事重镇，鼎盛时，陆有茶马古道，水有江河通衢，黄龙溪因之驰名巴蜀。但眼前的浓雾让江水遁形，"黄龙"无影，只有那坚实的寨门码头还在展现这里曾经有过的繁华富庶。

1700年前，这里是木制的栅栏；300年前，这里筑起了红砂石基的寨门，条石拱券成了门洞；今天，坚实的东寨门上耸起了青瓦塑脊、飞檐翘角的巍巍关楼，威风凛凛镇守着这千年水码头。如果可以选择，你更喜欢哪个年代的哪一种寨门呢？是原始古朴，还是现代雄伟？

茫茫白雾不仅能模糊时空距离，更能让人眼清，心净，想得更远。远到数百里外那片同样两江簇拥的土地，闸坝截江而起的平湖三百里。在冬天，湖面也常有这样漫天漫地的浓雾，把整座城托举成一片海市蜃楼，缥缈美丽得不太真实。但你知道它就真实地静立在不远处，这种视觉引发的心理误差往往会让你有一种莫名的心悸。

同一样的雾，让天涯成咫尺，乡情萦绕不去。黄龙溪的雾，走进去容易，走出来难。

2016 年 1 月

梦一般的柳江

到了眉山，首先拜谒的自然是三苏祠。其后呢，身为东道的眉山同仁说，国家森林公园瓦屋山值得一看，顺道还可去柳江古镇采采风。柳江位于眉山洪雅，据说始建于南宋，距今已有800岁。在一个拥有5 000年农耕文明的悠悠古国，800岁的古镇说古老也古老，说年轻也年轻，似乎也只有"顺道"时才会引人驻足。

柳江迎客的脸面，是有"半潭秋水一房山"美誉的曾家园。与800岁的柳江相比，始建于民国十六年（1927年），距今仅有80年的曾家园就只能用"年轻"来形容了。前望青碧花溪，后依苍翠青山，这座历时10年建成的宅园，据说耗费了3 650担谷子，3 650两黄金，36 500两白银，整整耗时3 650天。虽然导游的解说带有明显的编撰色彩，但现存的楼台轩榭依稀能见昔日荣光。三院三戏台,大小四合院,八字龙门九曲桥,小姐秀楼观景台,曾氏荣华铺陈于重檐飞阁间,纵横于走马转角上。不过,80年的时光让繁华变成了孤独,让宏大沦为了冷清。走在宁静得有些寂寥的木梯幽径,似乎就穿行于现实与历史的中线,眼前高高的院墙隔离的不仅是尘世的喧嚣,也圈住了秀楼上银铃般的轻笑……

四月暮春,庭院的一树海棠开得正艳。四世同堂的深宅大院中,灿然盛放的棠棣之花是一抹芬芳的春色,更是兄弟和睦儿孙康健的象征。"宁可食无肉,不可居无竹。"前人的话有些清高,清高的后果往往是日子的清苦。所以最好的办法是,既能食肉,也可赏竹。物质与精神相互补充,那才是我们想要的生活。于是物质富足后,在书斋挑廊间融入一些风雅便成了一种逸趣。或吟诗作赋,或挥毫泼墨,最不济的寻常人家,也会在屋角檐下种上几株常绿草本。春有花,夏有荫,秋有果,冬有绿,宅院的四季更迭中,有长者摇头吟哦的悠闲,有少年伏案苦读的勤勉,也有小儿天真无忧的嬉笑……日子就这样在平实中一天天度过,湮没了800年的南宋,也将80年前的民国变成了历史。如今,藏书楼里没有了书,大戏台上没有了曲,大宅院的亭台窗棂蒙尘积垢,斑驳残破。时光似一把无形而锋利的锉刀,锉光了一切前人的痕迹,也给后人留下了无尽的猜测和遐想。

出了曾家园,就从历史步入了现实。宁静清幽得如梦一般的现实。

在5000年的农耕意识中,家,应该是依山而建,临水而居的。与村镇如同形影的水,早已成为一方土地的灵性标识。800

岁的柳江自然也无例外。自远山蜿蜒而来的花溪，原本是湍急奔涌的，一到柳江，突如十八变的少女，一下收束了无拘无束的飞扬心性，羞涩腼腆却又卓然丰满地玉立在我们面前。一江的浅波微漾，一身的清澈纯洁。花溪的美吸引了无数的目光和情丝，青黛苍翠的远山，翩跹而舞的白鹭，华盖如亭的古榕，翘檐青瓦的老宅，近水绿荫小道和小道上的旅人……万种风情千般情愫，尽融入眼前潋滟波光。穿柳江而过的花溪，洗净了柳江人的衣衫，润泽了柳江人的纯朴，更甜美了柳江人梦一般的生活。

无论哪里，总有一处风景会让你感动。沿花溪漫步，临水岸边的百年古榕叶茂根深，一溜儿低矮吊脚楼参差错落，随风轻荡的索桥将一份需要用心阅读的宁静置于你的面前。绿荫下楼角前，条条青石小道鱼贯吞吐，曲折出入花溪中。导游指着一株两人合围高达数丈的黄桷兰说，那是全省最大的一株桷兰树，无花之时普通一荫，到了花期万芳吐蕊，缠绵幽香随风而散，香了柳江两岸，也生动了柳江人甜甜的春梦。

掬花溪之水而饮，借柳竹之荫而憩，如果再有好客的乡人盛情相邀，到那木窗木门挂满苔藓的微斜吊脚楼前悠闲品茗，小憩片刻，那会是一种怎样的惬意舒坦？

"众里寻她千百度，蓦然回首，那人却在灯火阑珊处。"刻意地寻找，未必能让人称心如意。偶然的际遇，或许会于不经意间触动心底的某一缕思绪。今夜，"顺道"而识的柳江，会否随风潜入梦呢？

2006 年 8 月

宜宾印象

大河汤汤

初识宜宾人，大多会听到这样的介绍："我是来自万里长江第一城——宜宾。"从言语到表情，都有一种掩饰不住的骄傲。那种发自内心的外露情绪，有时甚至让人妒忌。

宜宾人的骄傲源于何处？在一年一度的全省报纸副刊研究会上，我与宜宾晚报社总编辑庄剑先生曾就此进行过专门探讨。是香飘四海的五粮琼浆，还是"卧虎藏龙"的蜀南竹海，或是畅达南北的公路铁路、万吨码头菜坝机场？

这些都不是主要的，宜宾人自豪的根源，来自积淀千年的宜宾文化。庄剑如数家珍地说，宜宾在1986年被国务院公布为国家历史文化名城，这里有全国重点文物保护单位8处，国家级历史文化名镇2个，国家AAAA级旅游景区4处，国家级非物质文化遗产2项；这里还是3 000年前茶马古道的重要驿站，是南丝绸之路的起点，有"西南半壁古戎州"的美誉……庄剑的脸上，自豪之情更甚。

是啊，在人类社会的发展历程中，占领人心高地、令人仰视渴慕者，往往不是某一阶段的发达经济，也不是纵横捭阖的军事实力，而是丰厚、先进、意味悠长且惠及后世的民族文化。宜宾的文化，如果仅限于其地域特色则不足为奇，正如前文提及宜宾人自我介绍时常说的那句"来自万里长江第一城"，宜宾文化的根脉里重重地烙着两个字符：长江！

我曾在都江堰留恋过岷江的清澈，知道它一头连着岷山南麓，一头系着江城宜宾。去香格里拉的旅途中，也曾在虎跳峡见识过金沙江的纵横腾挪，飞沫湍急。两条风格迥异的大江，蜿蜒跋涉千里后，浩浩然会师于宜宾，开始有了一个崭新的名字：长江。

有水的城市是灵动的，傍水而居的人是灵性的。长江——我们在宜宾人唇齿间滑过的袅袅音韵，仿佛就能看到在很久很久以前的远古洪荒时，逐水而居的先民们来到这片山谷丘陵之地，在"七山一水二分田"的世界里躬耕垄亩，创造着既原始却也灿烂的大河文化。

在一次偶然的机会我曾欣赏过金沙江船工号子的表演：油亮的汗珠在鹅卵石上滚动，筋瘦的赤脚在嶙峋岩石间穿梭，一根根纤绳绷直如弦，那一声声深情而豪迈的号子声传十里，回荡在波巅浪尖："吆哦吆哦吆啊哦……哦哦哦啊啦又哇那又哇……哟哟伙呀耶呀矣……幺幺乖乖妹儿啊，哦哦哦，哥哥走了啊……哦哦哦耶矣嘿呀……哦哦哦哦……"

据说，金沙江号子曲目颇为广泛，唱腔织体类型也多种多样，均是在不同的水运环境下、不同的劳动强度中、不同的劳动心态时激发而出的各种歌唱化了的劳动呼号声。尽管这些号子并未通过过多的语言来传递信息，但它们所表达的情绪和形象却无比真切、鲜活、生动感人。有的悠扬婉转，令人陶醉其中；有的欢快热烈，让人喜形于色；有的诙谐风趣，使人忍俊不禁；有的痛楚凄凉，令人闻之欲泣；更有在恶水险滩间的拼搏呐喊，闻者恍若身临其境置身惊涛骇浪之中……

屹立船头，听着这些发于胸腔、振于肺腑的劳动号子，望碧波浩荡览两岸风情，那该是何等惬意豪迈之事！

大河文化，是足以感动整个人类，并让所有人为之尊崇、敬畏、顶礼膜拜的文明之根。从中国的长江黄河，到印度的恒河印度河，从中亚的底格里斯河、幼发拉底河，到非洲的尼罗河，丰沛的水源肥沃了土地，温和了气候，蓬勃而生的农耕文明创造了一个又一个灿若星辰的远古辉煌：古埃及、古印度、古巴比伦和古代中国。

万里长江正是从宜宾开始，开山裂谷，奔流而下。借崇山之势，汇江湖之灵，纳平泽之博，孕育了源源不断的五千年中华文明，也成了我们现代文明的始祖和基石。从这个角度上讲，宜宾人是应该骄傲的。

蜀南竹海

无论来过多少次，只要一没入那片竹海——尤其是一夜新雨后——你都有一种不真切的感觉：这世上，怎么会有如此生动的颜色？

那是一种流淌着的绿。随着山势、沟壑、平畴或溪涧，而起伏，波动，飘荡，曼舞，如丝一般的柔滑，如水一般的荡漾；时而葱绿，时而墨绿，有时甚至忽白忽黑，偶尔还会在阳光下折射出炫目的光芒。你很迷惑，一种原本单纯的绿，如何能幻化出如此繁复的色彩？这恰恰就是它的迷人之处，至简至极，又无法把握无法捉摸，让你如初恋般不由自主拜倒在它的裙袂下。如果，此时你正在观海楼上，不远的绿梢间正巧漫来一片回旋、弥散的晨雾，你的神思定然就会有些恍惚了，这会不会就是我们脑海中想象过无数次的仙境阆苑呢？

我很佩服为这片绿取名的人——蜀南竹海。竹之海洋。海洋，就是一个系统，一种生态，有其自身的规律和准则，包罗万象又气象万千。

一路上，禽鸟为伴。啾啾而鸣，如影随形。如行吟的诗人，随时在耳旁身边低吟浅唱，待你顾盼四望时，却又仙踪渺渺、无迹可寻。

不远处，有溪涧潺潺。浪花小而清冽，滑过涧底横卧之石，摇曳浪间轻舞浅草。淙淙有声，欢快腾跃。到了低洼开阔处，施施然一驻足，就成了亭亭一湖。云之清影，竹之俊挺，或雾之缥缈，尽在素手一掬中。

或许没有人知道，多少年前，一位行脚的僧人云游而至。托一只紫钵，念一声佛号，履及城郭村舍，步入万户千家，这一片灵山秀水万绿丛中就有了几角翘檐，耸起数重梵宇。有了石阶，有了亭台，有了琉璃瓦、朱红门，有了泥塑的菩萨、石刻的佛像，还有如诵的梵音、悠长的钟鼓。

当然，这里的主角是竹。或丰腴或枯瘦，或绢秀或英挺，密密麻麻，相互扶持相互映衬，均是万顷碧波中独一无二的那一个。我曾不止一次地读到过关于宜宾竹文化的文章，尤其是以国家级非物质文化遗产江安竹簧为标识的竹艺。从艺术起源到艺术流派，从工艺特点到产品种类，还有很多与此相关的典故传说。以至于我每次来到竹海都会望竹而呆想：这漫山遍野层层叠叠的竹，是何人所栽，为何而栽？这问题很傻，或许永远没有答案。来这里的人似乎也没有谁想去追根溯源，他们只顾欣赏竹所绘制的风景，呼吸竹所制造的氧气，品尝竹所奉献的鲜笋宴……

所以，你在这儿看到的不仅是竹，而是一片以竹为主体，由多种生命形态、景观和文化构成的繁杂的生态系统。如海洋一般，以一种流淌的剔透的绿色姿态，自在地繁衍生息。你很难想象，没有这些竹，这里的空气会如此清新润泽；没有这些竹，这里的天空会如此蔚蓝深邃；没有这些竹，天南地北的人还会云集而至；没有这些竹，这里的一切或许都会截然不同。

蜀南竹海，这名字取得真好！

临别时，女儿买了一个长须浓髯的竹根雕老头像，妻子选了一盒镂空雕的竹筷子，我则要了一个用人面竹做成的圆雕笔筒。当我们为这些精湛的工艺而欣喜感慨时，敦厚的小店老板说，这些东西没有你们说的那样好，这只是我们谋生的一种小手艺。

我笑了。哪怕只是一门小手艺，经过千年的积淀创新，做到极致时便也成了艺术。现在我们手上拿着的不是竹或竹制的工艺品，而是千百年来宜宾人的智慧、宜宾人的创意，宜宾人奇巧的手、玲珑的心，还有宜宾人对待生活的美好态度。

这次，我们为宜宾人而骄傲。

千年茶道

几次到宜宾，在不同的宣传手册上都看到过这样的宣传词："僰道出香茗，悠悠三千载。"说的是自公元前1022年始建僰侯国以来，宜宾悠久漫长的制茶历史。其中最被宜宾人津津乐道的，是这里有名的早茶。

地处云贵高原北坡下的古戎州，山多水巨，雨量充沛，一年中无霜期长达300天。温和的气候，湿润的空气，让这里的茶山闻春而绿，嫩芽勃勃，较全国其他产地能提前20天采制上市，又因新绿葱翠、汤色若玉而成为制作顶级好茶的绝佳原料。据说，新茶上市时，江、浙、苏、皖、华南、华北的茶商尽皆云集江城，为龙井、毛尖、碧螺春等各类名茶采买原料。

有"早、嫩、快、好"四大特色的宜宾早茶，也非一味与他人作嫁衣，自产的早白尖、鹿鸣茶、梅岭茶、黄芽茶等俱是上好佳茗，为宜宾博得了"中国早茶之乡"的美誉。

真正让宜宾茶名闻天下的，是那条兴于唐宋、盛于明清，

贯穿欧亚大陆的千年古道。几年前,我在丽江拉市海的茶马古道上策马而奔,曾畅想这遥遥古道当年的繁华与艰险:

  茂密的杉木林中,旷远的高原之上,略显沙哑却奔放雄浑的歌声此起彼伏,和着朗朗笑声与叮咚马铃,在连绵山谷间回旋,在碧空蓝天下荡漾……行走在这条世界上海拔最高、山势最险、距离最远,沿途景致最壮丽雄奇的古道,磨砺的是人的勇气、力量和意志,体验的是生与死的顿悟,升华的是精神和灵魂的高度!

(详见拙作《走进丽江　走进梦中的香巴拉》)

  这条沟通、融汇东西方文明的南方丝绸之路,起点就在古戎州。千百年来,宜宾的名字也因此清晰地镌刻进了人类文明的发展足迹中,并随那清脆的马铃、疾疾的蹄声远播四方……

  这样的宜宾,怎少得了悠远而精致的茶文化。茶歌、茶诗、茶谚,茶具、茶艺、茶俗等等,种类繁多,各有精妙。记得很多年前借阅过一本《中国民间文化集成·四川省宜宾卷》,其中就收集有很多源于宜宾茶乡的茶歌,格调清新,意蕴深长:"手采茶叶口唱歌,一箩茶叶一箩歌;妹儿山上采春芽,阿哥炒茶等妹喝……"虽然没有亲耳聆听到婉转清扬的旋律,但想象的翅膀早已飞至戎州的青山秀水间,看碧如温玉的茶山上十指纤纤采茶忙,围火炒茶却不时远眺的深情款款少年郎!

  真正与大众生活紧密相关,且深受大众喜爱的茶文化演绎之地,恐怕非茶馆莫属了。青瓦土墙,木扉排门,敞亮的天井,宽绰的庭院,在这样的天地间斜靠竹椅懒散而坐,听细瓷茶碗相叩的脆响,嗅新绿早茶翻滚的幽香,听长衫说书人铿锵起伏的评书,看喷火变脸的川剧绝活。或者,打着蒲扇下象棋,吹牛谈天掏耳朵……哪一种方式不舒坦?哪一种活法不神仙?

如果你恰巧身在宜宾,那一定要去江边的茶肆坐坐。临风望远,山高水长,有江涛声声入耳,有鸥鹭翻飞眼前。神清气爽意趣飞扬时,你还可以随兴想象,千百年来,这里的码头上千桅万帆的热闹喧嚣。有多少商贾贩夫自五湖而来,又有多少骡马轱辘向四海而去?想得乏了,就端起桌上的盖碗茶,荡一荡洁白的茶花,闻一闻馥郁的茶香,最后撮嘴一吸——吱吱吱吱,那股直透肺腑漫游周身的妙味,不亲历者绝难体会其中神韵!

"要想喝到来年最早最新的好茶,那就来江城吧!"好客的宜宾人骄傲地说。

僰人寻踪

到了宜宾,僰人悬棺实在应该去看看。

这是一个被称为"千古之谜"的悬疑:为何棺木层叠置于百仞绝壁?从哪个年代开始悬棺于壁?千斤悬棺又是如何安放壁上的?等等等等,众说纷纭,莫衷一是。相较于科学的严谨、规矩、有据可查,我更愿意以文学的思维去了解并寻找那个创造了"僰"字、生于山林又隐于山林的民族。

就从"僰"字说起吧。这是一个传承了汉字造字精髓的象形会意兼具的文字:在黑沉沉一片荆棘下,挺立着一个坚韧不屈的"人"。再把意思往高远处引申一点,这字的注脚就更显励志：无论面对多大的艰难险阻，人当卓然而立、不屈不挠。这个在其他词组和语言环境中很难相融的文字，几乎就是专为僰人量身定制的。

这是一个发于西南边陲的少数民族。早在 3 000 多年前的殷商时，他们就在川滇黔交界的山岭河谷间耕种渔猎，繁衍生息。奇险的山势，丛生的荆棘，急湍的河流，浓郁的雾瘴，凝成了僰人强壮的体魄、坚韧的性格、骁勇的战力、剽悍的民风。

我们不知道，公元前 1048 年那次著名的"八百诸侯会孟津"的会盟中有无僰人的代表，但近代考古发现，两年后决定商周命运的那场更加驰名的"牧野之战"中，出现了无数僰人战士持戈舞矛的身影。周武得天下，划地封赏有功诸侯，战功显赫的僰人首领受封"僰侯"。从那以后，古戎州就有了一个新的少数民族国度：僰侯国。

我曾在当地作家赠阅的书籍中读到过这样的叙述："这里人口稠密，商旅发达，繁荣富庶，文化艺术也渐成体系，僰人在这片崇山峻岭间幸福而快乐地生活着……"我至今依然觉得，这是一个极具童话色彩的描绘，它更多地寄寓了作家们对远古僰人的美好祝福。试想一下，在这样险山恶水的蛮荒之地上，当日常出行都十分困难时，僰人的物质生活能有多富足？又有多少商人愿意策马扬帆千里而来？而我的这一揣测，又恰恰是引发内心佩服与感动的根源：即使是在如此恶劣的自然条件下，这个民族依然在长达 2 500 年的时间里顽强地生存、繁衍，展现了至今难以破解的僰人智慧，也创造了令当代人无比惊讶的灿烂文化。

现在，抬头望望那些被称为"千古之谜"的悬棺，想象一下，一两千年前的僰人是如何在那百仞之壁上凿岩开穴，置桩悬棺的？那些重逾千斤的棺木，需要怎样的智慧才能安然置于绝壁，且历经千年风雨而岿然依旧？

再看看崖壁上那些神奇的岩画吧。有刀矛、征战、击剑、赛骑，有动物、垂钓、狩猎、嬉戏，有体操、杂技、球戏、舞蹈，还有日月、太极、各种纹饰……线条粗犷，构图简练，色彩鲜艳，凝练传神。对于这些岩画的内涵，一些专家认为是僰人生产生活情景的真实写照，也有人说是僰人宗教信仰和精神世界的折射。我则认为，这是僰人用最原始的技法，为今人留下的一个个生命符号。不管他们创作的初衷是什么，能够在这片崇山峻岭间安然地绘制这些栩栩如生的图画，这本就是用生命在追求美好，在创造奇迹！

谁会想到，拥有如此坚韧意志、顽强战力的民族，竟会在一夜之间灰飞烟灭？！

剽悍骁勇又独立于封建统治之外的僰人，与历代王朝冲突不断。千百年来，据险而守、拼死奋战的僰人始终护卫着自己的家园。当长期积累的民族矛盾达到一个无法调和的程度时，僰人就用鲜血书写起了一个民族的最后篇章——明万历元年（1573年），四川巡抚曾省吾率兵14万，展开了对僰人的"飞檄进剿"。历时3个月，官兵攻下灵霄山，奇袭都都寨，激战九丝城，僰人60余寨被破，36寨寨主被俘，死伤殒没者4 600人，余者被分散安置各地。在恶劣自然条件下坚韧不屈的僰人国度，在一个残阳如血的傍晚骤然消亡于弱肉强食的"丛林法则"中，在此后的历代文献典籍里，只留下了一具具高悬绝壁的棺木，一幅幅刻于崖壁的岩画和一个个供后人揣度猜测的谜。

僰人还有后裔吗？如果有，他们今天又在哪里？史学家们都不相信，一个拥有2500年悠久历史的强大民族，会如此彻底干净地绝迹于这片孕育了他们的古老土地。后来的研究结果显示，一是因惧怕朝廷斩草除根，僰人后裔已化为"何"姓隐匿并同化于其他民族中；二是在云南省丘北县境内发现了自称"锅泼""僰族"的僰人后裔。虽然二者的说法都还有待考证，但我更愿意相信他们就是僰人尚存的血脉。我想，他们只是以另一种无关紧要的称谓继续生活在这片原本就属于他们的土地上。因为，无论是对今天的宜宾人，还是对其他地区、其他民族的人来说，顶荆而立的僰人精神都具有十分重要的现实意义。僰人，这个在险峻的自然环境中顽强生存，在千年血雨腥风中不屈不挠的民族，怎会就此消逝？怎会亡族灭种？

"僰人精神，就是宜宾精神。"今天的宜宾人，依然以僰人为骄傲。

李庄风骨

出宜宾，逐浩荡江流而下，约半小时车程便到了有名的李庄。

与去过的许多景区不同，有着1460年建镇历史、被誉为"万里长江第一古镇"的李庄远非想象中那样游人如织、喧嚣热闹，即使是在秋高气爽的周末，这里依然十分宁静。不远处的长江平阔如镜，近处的垂柳随风摇曳，临街酒窖与蒜泥白肉的混合香味扑鼻而来……这种感觉真好，很符合访古寻幽的心境。

18条保存完好的明清小巷如一只只纤纤柔荑，牵引你进入它温软馨香的怀抱。不管从哪一条小巷进入，你都会有一种穿越时空的感觉。脚下，是一块块相嵌连接的石板小道；两旁，是蜿蜒延伸的青灰风火墙；墙头，或伸出三两绿枝、一簇红杏，或隐现一角翘檐、雕花木栏；头顶，天空是如此的湛蓝幽深……走在这样的小巷，你别说话，也别拍照，就随着缓慢的脚步自由地呼吸，让身心都与这份古朴宁静融为一体，最后，你的心底就会生出一声感叹，如果能在这里住上几天，那该多好！

但是，当你走到小巷深处，来到某一座院落门口，看到院墙上张贴的关于这一院落的介绍文字时，你的心情也许就不会有刚才那般轻松惬意了。文字内容一般由几个部分组成：院落名称、何人建造、建成年代、风格规模，等等。最后一句，在抗战时期，文化名人某某某于此居住长达若干年。

如果，你了解那段铁血烽火的历史，了解一个小镇在民族存亡时所承载的如山重负后，你的情绪就更会急转直下了。

1937年，卢沟桥上的战火迅速弥漫，华北沦陷，中原尽失，大西南，成为拯救民族危亡的最后堡垒。政府、军队、难民蜂拥入川，各地人满为患、物价上涨，地方不堪重负。1939年，两年内五迁校址的上海同济大学依然没有摆脱日机狂轰滥炸的威胁，第六次搬迁，路在何方？

此时，一纸电文自千里之外的长江南岸破空而来："同大迁川，李庄欢迎。一切需要，地方供应。"短短16字，川南李庄一夜闻名天下。自古锦上添花者众，雪中送炭者寡，何况国难当头时局危艰时？李庄之胸襟气节，天下钦服！

欣然而来的不仅是同济大学、金陵大学、中央研究院、中央博物院、中国营造学社等10余所高等学府、科研院校，李济、傅斯年、陶孟和、吴定良、梁思成、林徽因、童第周、梁思永、劳干等知名专家、学者教授也云集而至。居民3 000的李庄，竟接纳了10 000余名各籍师生、文化名流。他们如归巢倦鸟，分散隐居于眼前这些小巷里弄，那么自然，那么安详。

在这样的古镇里徜徉，很容易诱发人翩翩的遐想：左边的那片树荫下，会不会有某位思想家曾驻足冥思？右边宅院的书桌前，会不会是某位科学家钻研苦读之处？那临江的小酒馆里，会不会盛满了作家诗人们的满腔疾愤、一地忧思？你甚至会猜想，自己迈出的某一次脚步，会不会正好重合在某一位大名鼎鼎的学者的履痕上！

然而，75年前，生活在这里的人们却没有我们这般悠闲浪漫。生死存亡之际的川南小镇没有公路，没有电灯，没有医院，甚至没有足够的食物和住宅，生活之清苦艰辛非亲历无法体会。高晓松在电影剧本《林徽因》中对这段历史曾有过印象的描写：

> 身为中国现代建筑史开山宗师的梁思成，并未因其卓越的学术成就而使自己的生活与众不同。在乔迁李庄月亮田的那段日子里，为了生存，同为中国著名建筑师、诗人和作家的妻子林徽因，不得不放下手中

的笔，拿起锄头种起了蔬菜，端着竹箕养起了鸡仔。即便如此，夫妇二人依然不得不靠典当度日。首饰衣物当光后，为给重病的妻子补充一点营养，梁思成甚至将陪伴了自己几十年的派克金笔和手表也送进了当铺……

家底殷实的梁思成夫妇尚且如此，其他人的生活境况就可想而知了。然而，当你穿过一条条古老的街巷，走出一个个青砖灰瓦四合院，游览完那些保持着古风古貌的寺庙殿堂后，你会越来越惊讶地发现，即使是在如此艰苦简陋的条件下，无论是世居李庄的原住民，还是迁徙而来的避难者，他们的身上都没有偏安一隅的苟延残喘，没有逃避战乱的恐慌惴惴，他们或竭尽所能努力供给，或埋头苦干专心治学，他们以不同的方式在战斗，在传递一个民族奋起抗争的呐喊——

当费正清、费慰梅等好友多次来信邀请梁思成夫妇去美国治疗、工作时，他们在回信说："我们的祖国正在灾难中，我们不能离开她，假如我们必须死在刺刀或炸弹下，我们要死在祖国的土地上。"在月亮田昏黄如豆的油灯下，梁思成历时6年完成了中国建筑学奠基之作《中国建筑史》。

在异常简陋的条件下，著名生物学家童第周即使用金鱼做生物实验，也从未让科学研究间断；在张家祠内，中国考古学之父李济等举办了包括"北京人"头盖骨化石在内的多次珍贵文物展；在禹王宫举行的同济大学35周年校庆上，剧社师生激情上演了曹禺名作《雷雨》《日出》。

方寸之地上，从幼儿园到小学、初中、高中、大学，直到研究生学业，足不出庄即能接受系统而完整的现代教育。

整个抗战期间，从李庄走出的青年学生多达 364 人，投笔从戎，慷慨赴死。

…………

这让我想起了前文提及的"僰人"。而 3000 年前的李庄，就是古僰人的聚居地，顶荆而立、不屈不挠的基因一直流淌在这片土地上。如今，这种千年不绝的民族基因，让一个小小的村镇成为与重庆、昆明、成都比肩的抗战时期中国四大文化中心之一。敞开胸怀接纳四海的古镇李庄，也在这次全民族的精神洗礼中易经洗髓，注入了新鲜的血液和昂扬的生命力。

1946 年 5 月，胜利的鞭炮声余音袅袅，江边的汽笛已在催人北返。回望李庄，五年的艰辛困苦、喜乐哀愁齐涌心头。著名历史学家傅斯年等数十位专家学者镌刻《告别栗峰碑铭》以记之："尔来五年……幸而有托，不废研求。虽曰国家厚恩，然而使客至如归，从容乐居，以从事于游心广意，斯仁里主人暨军政当道、地方明达，其为藉助，有不可忘者。"情深缱绻，入石三分。

60 年后的 2006 年，为纪念与李庄同生死、共存亡的如渊友谊，同济大学在古镇前建立了"李庄同济纪念广场"，树起了高高的纪念碑。现在，我就坐在这高高的纪念碑前。眼前，是平阔如镜的长江；身后，是幽静安详的村庄。二者以一种非常从容的形态保持着和谐与默契。但如果，你用心去体会那平静波光下面的世界，你或许能感受到浩浩江流奔涌之势；如果，你能屏息静气走进古镇的历史，你更会为其蕴含的丰厚底蕴、澎湃激情而折服。

千年的李庄，就这样极为纯朴地遗世而立。不寻求世人关注的目光，不喜好喧哗与热闹，却能在某一特定的时刻迸发出令世界震惊的力量！

这样的宜宾，怎不叫人为之骄傲？

2014 年 12 月

九古平乐

很早就听说平乐有"九古"之趣：古街、古寺、古桥、古树、古堰、古坊、古道、古风、古歌。

距离产生美，说的不仅是空间的距离，也包括时间的发酵。这种源于幽远的古趣，借金秋高爽的天气，呼唤我们逐美的脚步。

——— 一 ———

"衡门之下，可以栖迟。（《诗经·陈风·衡门》）"先贤所说的衡门，就是后来的牌坊。

在诸多的传统建筑中，牌坊无疑是最具民族审美特征的建筑形式之一。褒奖德政、标榜忠孝、纪念追思、装饰美化……牌坊的功能虽然博杂，但均讲究形体对称、敦实、气势雄健。这跟我们的民族气质颇为相近，沉稳内敛而棱角分明。

走近平乐,第一眼看到的就是这样一座高大气派的木牌坊。柱础古穆,木雕精细,青瓦鳞列,翘檐伸张,坊间遍绘吉祥卷草、瑞蔼龙凤。匾额镌刻三字:乐善街。

穿坊入街,一条清溪居中奔流,潺潺有声。碧波中乱石错落、水草摇曳,有石磨浸于清流,有水车吱呀懒转,每数十步,有各式木桥竹桥横跨溪涧,将锦簇花团的两岸曲折串连……一道道古远风情,一个个文明元素不断闪现眼前。无论是一楼一底的穿斗木构老屋,还是纤柔缠绵的曲水流觞,其设置建设均颇具匠心。不过,恰恰是这个将太多传统文化熔于一炉的"匠",让眼前的景致多少有了些雕琢的痕迹。加上身边如潮一般涌动的观光人流,心里便生出一丝惋惜。

记得很久以前看过一张平乐的老照片。三合土筑成的街道狭窄却整洁,街道两旁有高直杨槐或泡桐树,宽不盈尺的细窄水沟沿街而走。两旁的明清老屋高低不一,木门、木墙、木柱、木窗、木栏、青瓦,户户门楣上都贴着褪色的春联,几只略微泛白的红灯笼悬垂檐下。一位老妪坐门前的小木凳上,独自悠闲地择菜洗菜……整个画面宁静清爽,那才是我想寻找的古镇感觉。

除了乐善街,平乐留存的古街依然不少,水巷子、禹王街、渔市街、草鞋街、糠市街、碳市巷等等,多达33条,不过现在几乎清一色都经营着衣帽服饰或餐饮娱乐,再不就是一些随处可见的旅游商品。房屋,依然是明清的老房,但没有了卖炭翁,没有了草鞋匠,没有了黄杨扁担颤巍巍的吱呀声,没有了水滴石板浸出的行行润渍。老瓶装了新酒，其味寡淡。

苦苦的寻觅，终于还是收获到了些许的回报。

八店街上，陷于众多现代商品包围中的"王氏铁匠铺"显得十分另类。土制的炉灶，手拉的风箱，烟火熏烤得漆黑如墨的青砖风火墙。师傅手握铁钳，自熊熊炉火中取出烧得红亮的熟铁置于铁砧，大锤小锤轮番敲打，成型、淬火、打磨，最后，便成了摆放在铺前门板上的锄头、镰刀、菜刀、铁铲、铁勺。从风貌到工艺，传承三代近百年，至今未有改变。这样的传统老店，在清幽的老街上若香醇陈酝，恒久弥香！

值得一品的，还有铺面两旁张贴的一副对联：

水深火热尝尽炎凉始见才

铁硬钢优不经烧打难成器

另一家百年老店，是位于渔市拐码头旁的钟表修理店。木制的柜台嵌着破旧的玻璃，各种钟表零配件散装于大大小小的铁盒中。一位穿着泛白深蓝工作服的老匠人，垂着头佝偻着腰，一只眼戴着放大镜，正专注地摆弄着手中的钟表。身后，有旧式收音机、黑白电视机和数十年前的老报纸老画报裱糊的墙面。或许正是做饭时间，淡淡的炊烟在老屋房梁间袅袅弥漫，熏得乌黑的屋脊木柱真实地影录着岁月的印记。

我不知道，是真的经营困难使小店如此潦倒，还是店主人为保持旧貌有意为之。但从内心深处，我希望这是百年老店的真实生存状态。在急功近利的现代名利场中，艰难的坚守远比完美的作秀更令人心生崇敬。

二

顺着狭窄的街道，七曲八拐就到了白沫江边。一座比乐善坊更为雄伟壮观的巨型牌坊让我们隐约领会到了这座川西古镇曾经的荣耀繁华。

平乐镇江坊宽6米，高8米，木柱木梁方正粗直，镂空雕花精细华美。飞檐短促昂扬，檐下吊瓜凝实朴拙，檐上螭吻气势威猛。

正面汉隶匾额：秦埠汉衢。

两侧大楷：南梁、北津。

对曰：

沫水西来通长江汇九省商贾繁华千年埠镇
骑龙东去连锦城聚八方物货富裕百里黎民

在人类文明的发源中，水，几乎成了孕育各大文明体系共同的母亲。大河汤汤，沃野千里，不同民族不同肤色的人们临水而居，生息繁衍。农耕文明因水而生根，开花，结果，演化，枝繁叶茂，灿烂了人类社会的历史，辉映着世界文明的天空。

"滴滴、答答。"天台山玉宵峰上，积雪融化的音律绵绵而旷远，涌泉泛着甘洌的浪花咕咕而出。一条条涓流漱洗过芳草，一道道溪涧冲击着坚岩，翻滚涌动浩浩而来，汇成了眼前这条宽阔清澈的白沫江。

不知什么时候，一群流弋迁徙的脚步停了下来。伐木取土，筑基造屋。挥锄耕种，蚕桑编织。自给自足的恬静生活在这里依水而始。

据说，到了夏商时，一次巨大的洪水让江河改道，往昔温柔的白沫江成了十年九涝的灾祸之源。村民多次聚众筑堰，均因水势凶猛功败垂成。这时，传说中的治水专家大禹飘然而至，"撒黄金垒土，终于堰成"。汹涌的白沫江自此一分为二，又恢复了昔日之纤柔妩媚，清波层层叠叠顺堰而下，滋润着方圆万顷良田，养育着世世代代的平乐人。为纪念大禹治水之德，后人将堰命名为"禹王堰""黄金堰"，镇上至今还有一条"禹王街"。

富饶的土地吸引着越来越多迁徙的脚步，丰足的物产让八方商贾纷至沓来。一幢幢高低错落的吊脚楼渐次耸立于江边，一条条青石铺就的街道慢慢纵横于城镇，一座座砂岩码头响起了吱呀舒缓的橹歌声。人如潮，马如龙，江面船只如梭，巷陌马铃叮咚，清新的茶香随江风淡淡飘散……水陆通畅商业繁华的平乐，成为南方丝绸之路上一大重要物资集散地，成为蜀汉诸葛西征蛮荒的饮马储粮处，成为演绎传奇衍生典故的"秦汉文化·川西水乡"。

与这条大江相比，牌坊、古榕、店铺，都太年轻了。

——— 三 ———

有江无桥，江流寂寂；有桥无江，桥则孤矣。如此柔情万种的白沫江上，又怎能少了桥的剪影？

在中国传统美学思想里，敦实厚重又线条流畅的桥似乎总是让人情有独钟。不久前在采访报道第三次全国文物普查工作时，我曾欣赏过不少的古桥，无论是木结构还是岩石嵌建，无论规模大小形态如何，几乎每一座桥都承载着一段美丽的传说或故事。眼前的这座乐善桥也不例外，桥头石狮旁，一块铜制铭牌向南来北往的游客介绍着古桥的前世今生。

隔河而望，鸡犬相闻，近在咫尺却不能及，平乐如绣楼之上的怀春少女，艳羡墙外春光却困于闺阁之中，终日郁郁愁眉难舒。某个骄阳明媚的春日，远山响起了开壁取石的斧凿声，江边响起了筑墩建桥的号子声。来年的春，如镜江面上，一条连通东西的身影将如珠的银铃欢笑洒满一江青碧。

水陆运输的通畅大大地促进了商贸的繁荣，迅捷、平稳、低成本的航运让白沫江边码头林立。纸、竹、茶、盐、铁、煤，进出货物堆积如山，沿江码头高桅如林，其中数量最多吃水最深的，当属运送慈竹和纸张的重舟大船。据当地文献记载，早在南宋时，一户据说是蔡伦后裔的人家来到了平乐，在竹木丰饶的芦沟竹海扎下了根。漫山遍野的葱绿慈竹成为取之不尽用之不竭的造纸原料，平乐的造纸业由此走向鼎盛。至今尚存的74处明清造纸坊，深沉有力的非物质文化遗产"竹麻号子"，向我们展示着这里曾经有过的喧嚣火热、忙碌快乐的劳动情景。

经济的快速发展显然超出了桥梁设计者最初的构想，低矮的桥洞阻碍了满载货物重舟大船的航行。拆桥，保障水面船只上下通行；建桥，保证陆路车马往来通畅。数百年间，屡建屡拆、屡拆屡建成为平乐最尴尬的一件纪事。这种状况一直持续到清同治元年。

1862年，为彻底解决这一毁建交织饱受诟病的缺陷，当地乡绅周潼宜、张大宾等商议决定，众人筹资对乐善桥进行全新重建。炮声隆隆，万斤砂岩分崩离析；车轮辘辘，方方巨石缓缓而来；斧凿叮当，块块"燕尾"紧密嵌合；白沫江上，石工的号子响彻云天……整整10年，一道长120米、高16.6米、宽10米的七孔巨型彩虹横卧江心。古朴凝重，沉雄壮丽。此后150年，日夜耀亮平乐的天空。

桃尖形桥孔，能最大限度满足百吨大船顺利通行；千斤红砂岩以燕尾石相连，增加了桥梁的坚固性、抗震度；桥墩迎水面构建尖锥墩，能减轻洪峰对桥身的冲击力……这些构思，显现了平乐人的建筑智慧和技艺。而更有诗意的是，在清风徐徐、旷野寂静的凌晨，你静立桥上侧耳倾听，或许还能听到江风吹过桃尖桥孔时发出的如箫似笛的天籁之音。这，是平乐人的建筑灵感，还是妙手偶得的奇绝佳作？

富裕的平乐，临水的吊脚楼替代了破旧的茅屋，富户商贾建起了庭院深深的堂皇宅院。白墙、灰瓦、丹柱、朱红门；丹桂、海棠、芙蓉、蜡梅花；二层木楼上，有雕花木栏、镂空窗棂、黑漆美人靠；13棵树龄千年的黄桷树华盖若伞，浓荫清幽……诗画般的临江之景，有说不出的古韵悠长，妩媚妖娆。

月上柳梢头，提一只红灯笼缓步上桥，你才发现乐善夜景竟有如此的勾魂魅力。桥面上，一只只红灯笼随如织的人流缓缓游弋穿梭，条条流动光带于两岸曲折的幽静街道中飘忽、跳跃；桥下，无数莲花河灯被轻放江面，一江红烛摇曳星星点点，闪闪烁烁灿然一片；大功率射灯勾勒出古桥的伟岸身形，橘红光带捕捉吊脚楼的芳踪倩影，一练清波载满朦胧浪漫；

"乒乒""乓乓",不远处,街道两旁的木排门次第关阖,安装门板的撞击声隐约传来,像穿行远古的乐音,像千年古镇悠长的呼吸……

四

斑斑幽碧的苔藓,光滑水亮的条石,江水轻柔拍打的码头边我站了很久。实在无法想象,脚下这些极不起眼的青石,如何能够承载那样一段馨香了2 000年的如痴爱情。小小的码头上,哪一行青石间凝聚着司马相如望眼欲穿的目光?哪一条巷陌里回响着卓文君匆匆夜奔的足音?在那个谜一般的夜晚,这里曾有过怎样的一幅携美私奔的图景——

两汉四百年,文章二司马。能让鲁迅先生推崇备至的,一是写出了《史记》这部"史家之绝唱,无韵之离骚"的司马迁,二就是有"赋圣"之称的司马相如了。这位2 000年前即降生蜀地的四川老乡,具备了让女人倾慕、男人嫉妒的所有内外部条件:仪表堂堂,风度翩翩,笔下之赋"广博闳丽,卓绝汉代",指间琴声更是妙绝天下、余音绕梁。

2 000年前的某个夜晚,临邛巨富卓王孙家里高朋满座,贤达云集。但他们都不是今天的主角,所有人的目光,都盯着那扇中门大开的朱红高门,都在聆听一人远道而来的足音。一请遭拒,二请被辞,直到县太爷亲自出马,这位贵宾才于众人的汪汪秋水中姗姗而来。无论过程如何曲折,能请到写出了《子虚赋》这等旷世雄文的大才子,卓王孙的脸上无疑是金光灿灿的。此时的他怎么也没想到,盛情相邀下屈尊而至的司马相如,醉翁之意不在酒，在乎深深宅院幽香绣楼中的一位妙人儿。

这一出，可以说是典型的引"郎"入室！

惊动了满城富贵名流的此次卓府盛宴，毫无悬念地引起了卓府上下所有人的高度关注。这其中，就有寡居娘家年仅17岁的女儿卓文君。据说，这位卓家大小姐貌美而有才，尤善音律，加之父亲卓王孙乃临邛首富，于是尽管丧夫寡居，青年才俊商贾士绅慕名求婚者依然络绎不绝。不幸的是，这些求爱者尽被文君所拒，竟无一人能占花魁。

今朝不同往日。通过婢侍的嘴卓文君知道，今晚的主宾是那位早已才情满天下的大才子。高傲无比的司马相如，到底何许人也？这勾起了她强烈的好奇心。于是，在众人觥筹交错酒酣耳热之际，文君悄至堂前卷帘一窥——就是这偷偷的一眼，引出了那段令人艳羡的经典爱情——风流倜傥的司马相如正襟危坐，手抚古琴，指尖滑过一根根纤细琴弦的同时，嘴里吟唱着那首此后传颂千年的《凤求凰》。

> 凤兮凤兮归故乡，遨游四海求其凰。
> 时不遇兮无所将，何悟今兮升斯堂！
> 有艳淑女在闺房，室迩人遐毒我肠。
> 何缘交颈为鸳鸯，胡颉颃兮共翱翔！
> 凰兮凰兮从我栖，得托孳尾永为妃。
> 交情通意心和谐，中夜相从知者谁？
> 双翼俱起翻高飞，无感我思使余悲。

卓尔不群的风采，华美深情的词句，如行云似流水的琴声歌咏，水银泻地一般渗进了文君寡居的芳心，如轻柔的羽毛撩动着少妇潜藏的春情。文君本就是一个极具才情的奇女子，倾慕相如之才久矣，再于这样一个浪漫得一塌糊涂的瞬间面前，那颗17岁的芳心从此便牢牢系于相如一身了。

爱，是一种很诡异的力量，它可以让怯懦的人拔刀而起血溅五步，也能让高傲的人垂首躬身谦卑自贱。后面的故事就显得水到渠成了。在大才子贿赂婢侍私会文君后，二人山盟海誓决意私奔。

于是，在那样一个夜晚——那是一个怎样的夜晚呢？史书野史上均无记载，那么我们权且把它设想为一个风雪之夜吧。一来冬日平乐的雪景很迷人，天地素裹银装，一江黑水居中而过，景致美如水墨画。二是雪夜私奔似乎更显得浪漫，更能烘托出卓文君追求爱情义无反顾的勇气和决心！夜色，可增加人的胆量；风雪，扮美爱情的坚贞和圣洁。

在文不经商、士不理财的年代，司马相如是一位绝世的才子，但绝对不是一个会生财理财的男人。爱情很美，却当不得饭吃。私奔后家徒四壁的清贫窘境中，这段爱情故事里最令人感动的一幕出现了：喧哗闹市中，美艳才女卓文君以千金之躯当垆卖酒，俊雅倜傥的司马相如身穿粗布犊鼻，与奴婢杂作涤器于市——夫妻二人共同绘制出了一幅隽永千年的爱情图画。

然而，郎心易变，情到浓时情转薄。在妻子和丈人的经济支持下，晋京求官的司马相如春风得意，渐渐忘却了曾经的举案齐眉、相濡以沫。日日盼夫荣归故里的卓文君在得知丈夫意图纳妾的消息后，写下了那首哀怒交集的《白头吟》：

皑如山上雪，皎若云间月。
闻君有两意，故来相决绝。
今日斗酒会，明旦沟水头，
躞蹀御沟上，沟水东西流。
凄凄复凄凄，嫁娶不须啼，
愿得一心人，白首不相离。
竹杆何袅袅，鱼尾何簁簁！
男儿重义气，何用钱刀为！

"愿得一心人，白首不相离"，这也成为此后千年恋人间痴心无悔的美好祈愿。也有野史说，司马相如心生纳妾之意后，又觉愧对文君的如海深情，于是寄回一封无人能懂的数字天书：一二三四五六七八九十百千万万千百十九八七六五四三二一。全书缺"亿"，后人翻译为"我已无意，你亦勿忆"！

日思夜盼，等到的却是这样一封情变决绝信。悲凄怨愤的卓文君想到了那个盛宴琴挑之夜，想到了那个私奔的风雪之夜。如今，眼前的木格花窗依旧，窗前的你又在为谁梳妆？低矮的吊脚楼外，古树石阶幽径如故，顺水飘荡的小舟上依着爱人的却不再是自己。那种彻骨的悲凉，让才艺俱佳文思敏捷的卓文君写下了一首才绝古今的数字诗：

一朝离别；两地相思；说好三四月；谁知五六年；七弦琴，无心弹；八行书，无可传；九连环，中间断；十里长亭眼望穿；百般思；千般想；万般无奈，把郎怨。万语千言说不完；百般聊赖十倚栏；九月登高看孤雁；八月中秋月圆人不圆；七月烧香秉残烛，问苍天；六月天人人摇扇，我心寒；五月端午求合欢，孤守空闺怨；四月春，水流丝，人缠绵；三月桃花开，吾亦对镜心亦懒；二月风筝又线断；哎！郎呀郎，巴不得下一世你为妹来我为郎！

这首数字诗是否真为文君所作已不可考，但同样成了后世情侣争相传诵的爱情经典！

值得庆幸的是，无论司马相如或卓文君，他们都有着一颗七窍玲珑心，蓄满爱情的心间都有一缕剪不断的情愫和灵犀。文君的回信，让相如也想到了平乐的古树幽径和扁舟吧？也想起了临邛垆前的悠然酒香吧？总之，故事有了一个美满的结局，夫妻二人同归于好、琴瑟和鸣。

收笔之时，情绪依然在这段传诵千年的爱情故事里萦绕纠结，于是，也附拙作一首以凑趣：

> 轩窗细描蛾眉远，浓情总叹春宵短。
> 诗书佐得当垆酒，何来幽怨人谁边？

2011 年 11 月

泸城酒韵

何以有酒？

人欲飞天而无羽翼，人欲入海而无鳞鳍，人欲神游而拘于形体，还有，无数想实现而未实现之愿望……于是，便有了酒。有了酒，一切就变得简单容易了。

——题记

一

初闻泸城酒香，是青年时代拜读邑人张问陶《船山诗草》时，读到的那首《泸州·其一》：

城下人家水上城，酒楼红处一江明。
衔杯却爱泸州好，十指寒香给客橙。

七律诗句，满纸香醇。当时便想，能获"清诗蜀中第一人"如此赞誉的，是一座怎样的"水上城"，那城中之酒，又会有怎样的无穷妙味？

等到循香而至泸城，已是多年以后。办完

公事，信步四处闲游，慢慢地，就踱进了泸城的酒香中。

街头的酒馆茶肆，巷尾的寻常人家，总能见三五男女闲坐木凳竹椅，面前的小方桌上放着酒杯酒瓶以及各类吃食。酒，是泸州特曲头曲二三曲，佐酒之肴，多是花生胡豆凉拌菜，东家的趣闻西家的碜事也随那酒香娓娓而来。

吱——啊——啜酒的声音，陶醉的神情，让你能非常清晰地感受到那晶莹之物顺着口腔滑过喉咙，入食道，进胃部，如归海之波欢腾澎湃的情形。那份愉悦悠闲微醺之态，给你一种很幸福的感觉：有了酒，生活就充满了七彩的希望斑斓的激情。

妙处在江边。登高把盏，御风而饮，或吟诗作赋慷慨而歌，或壮怀激烈指点江山，再不济，也能借杯中之酒烧尽心头所有不快事……暮色西沉，道别时不忘叮嘱一句：明日请早，不见不散！

夕阳翻动一江碎金，弥漫升腾的，却是一城的酒韵！

— 二 —

我一直觉得，酒，定然是人类历史上具有魔性的一项伟大发明。水与五谷，共同参与了这场精心酝酿化平常于神奇的魔幻演变。

曾经读到过这样一则寓言：人对五谷说，跟水和亲吧，水是灵性的，你是香甜的，你们的后代定然出类拔萃、卓尔不群。憨厚的五谷欣然应允。于是，酒出。人取走了蜕变为芳醇美酒的水，却将已是酒糟的五谷弃如敝屣。当醇香的美酒被世人热情歌颂极尽赞美时，沦为猪食的五谷方才如梦初醒，于是它发出了充满酸臭的怨毒诅咒——人与酒，将是世间最缠绵、最矛盾的一对伴侣。人的面具，将在酒精的燃烧中化为灰烬；人的本性，将在酒精的刺激下无所遁形！

从此，那种无色的液体总在撕扯人的面纱，粉碎人的盔甲，攻陷人的防线，点燃人的激情，或让人慷慨激昂，拍案而起，或让人痛哭流涕，嬉笑怒骂……爱恨纠缠中，人，千百年不能自拔！

对于泸州来说，酒的历史则真实得多，也没有那么多虚幻的想象。

依长江，傍沱江，河网如织的泸州雨量充沛，四季分明。水稻、小麦、玉米、高粱、龙眼、荔枝……肥沃的田野出产丰富，生长于斯的先民们日出而作、日落而息，在江河丘谷间播撒希望，收获幸福。

不知哪一年——但可以肯定那是一个五谷丰登的金色秋季——一种魔性的发明因为一次偶然的事件骤然发生了。五谷与水的结合，让那一缕甘洌醇香从此刻录在了这方水土的血肉骨骼中，成为此后千百年永恒不变的一道精神标识。

诗言志，歌咏言，声依咏，律和声……熊熊篝火前，那一次丰收的夜宴定然盛大且浪漫。酣畅而饮，尽情而舞，醇香的美酒让醉成为一种奇妙的生命体验，它能将你送达你也许永远也无法触及的地方……

泸州人这样记录着："泸州酒业，始于秦汉，兴于唐宋，盛于明清，发展在新中国。"

三

恒温恒湿的古老作坊里,密闭的黄泥窖池林立有序,古旧的黄木器具错落而置,橘黄的灯光让眼前的情景显得有些梦幻。尤其是在弥漫萦绕的浓郁酒气中,让人有一种穿越时空的迷醉错觉。

站在"中国第一窖"国宝窖池群间,你即使静立不动,那沉淀了400年的馥郁时光依然不管不顾浩浩荡荡地扑面而来……

明天启年间,泸城已是满城酒香。36家酒坊,10 000余口窖池,让整座城市都浸泡在一种令人恬醉的氤氲中。最清醒的一个人,却是城里最大酒坊"舒聚源"的东家舒承宗。

长夜漫漫,独灯如豆,阔大厢房里的脚步时行时停。激烈的市场竞争中,如何才能脱颖而出独占鳌头?舒承宗夜不能寐,苦苦思索着。雕花轩窗上有些佝偻的身影,如同一个硕大的问号,问天地,问自己。

压力与动力总是孪生同胎。人在面临生存危机时爆发出来的创造力往往能给我们以巨大的震撼和惊喜。公元1573年,也即明万历元年,随着"糟醅入窖、固态发酵、酯化老熟、泥窖生香"一整套全新的大曲酒酿造工艺技术的成熟,泸州大曲老窖池群纷至而立。

如果,你能遁那馥郁氤氲回到400年前的这里,你或许能够看那些裸露着岩石一般健硕肌肉的汉子们在黄泥窖池中捣鼓五谷的身影。蒸煮、拌曲、封窖、发酵、勾兑……最后,就有了眼前这一壶醇香之物。

此时的舒承宗断然不会想到，他为生存而进行的此次革新居然为400年后的这座城市留下了一笔无比丰厚的精神财富——1996年，"泸州大曲老窖池"成为中国酒业首家全国重点文物保护单位；2006年，"泸州老窖酒酿制技艺"荣登首批国家级非物质文化遗产名录。

"玉壶美酒开华宴，团扇熏风坐午凉""江阳酒熟花如锦，别后何人共醉狂"（明·杨慎）。头顶"双国宝"桂冠的泸州人、泸州酒，却让远足至此的新都状元郎写尽了万千风情无尽妖娆。年久而弥香，馥郁而绵柔，清醇甘洌回味悠长。

一方水土养一方人，更滋润了这一方的精神气韵。浩荡两江的丰沛灵性，绵延丘陵的内敛温婉，优质五谷的丰足甜美，还有泸州人的聪明才智，尽皆融入这一杯晶莹中——一滴一天地，一杯一世界！

四

眼前的玻璃杯有着水晶一般的光泽。杯中盛着的，是同样如水晶一般的液体。量不多，通透晶莹，醇香浓郁，无色而沁凉。

无色，不代表它没有内涵，没有脾气，就如同一个时常缄默的人，不说话不表示他没有力量和个性。恰恰相反，这澄澈如水般的沁凉之物具有一种你难以理解的魔性魅力。

一杯入口，滚滚灼流便由喉入胃，如火般燃烧流动起来。火焰进入血液，随密布的血管全身蹿行，从胃到胸，从胸到心，从心到脑，被酒精催动熊熊燃烧的血液如一匹狂放不羁的烈马，在七尺之躯内自由驰骋。

醉，是一种极为曼妙的生命体验。你要羽翼，它便给你羽翼；你要鳞鳍，便给你鳞鳍；你欲神游，它能带你去任何一个无拘无束的太虚之境。

酒精烧热了脑袋，也烧壮了胆气，将平日纠结于心的所有桎梏藩篱均焚于无形。不敢说的，敢说了；不敢想的，敢想了；不敢做的，敢做了！燃烧的酒精让沉默寡言者成为激愤豪客，又让虬髯丈夫有了绕指柔情，更能让纤纤女子英姿勃发，不让须眉！此时的酒精如同一位奇幻的魔术师，将熟悉变陌生，将路人变知己。

醉眼看世界，世界更充满了魔性般的哲理：到底是酣然大醉者幸福，还是孑然独醒者孤独？晶莹光洁的杯中酒，映射摇曳的两个人，到底哪一个才是真实的自己？

2017 年 5 月

至今思虞公

一

仁寿人习惯将虞允文称为虞丞。这固然是其入朝宰辅之官谓,更重要的还在这称呼中表达出的一种由衷尊崇,如我们称李耳为老子,孔丘为孔子。800年披沙拣金,当这种尊称赢得认同并推而广之后,慢慢就演变成一方水土的标识性符号,就有了我们现在来到的虞丞乡丞相村。

来到玉屏山时正值清明前3天,无意的时间安排让这次拜谒多了些庄重严肃。时近正午,偌大广场上空无一人,这让两侧的石壁居中的拜台显得尤其凝重伟岸。虞公简历、年表、诗文、书法,以及波澜壮阔的采石大捷,都图文并茂镌刻石壁碑文中。两壁拱卫的拜台上，虞公石刻全身塑像高2丈，阔5尺，长髯及胸迎风而扬，目光如炬仰首远望，气势沉雄且昂扬。塑像基座上，毛泽东题字飞扬恣肆：伟哉虞公，千古一人。

毛读《二十四史》，点评事件多，赞誉人物少，在"欲与天公试比高"之胸怀气魄面前，等闲人物难入法眼。能冠以"千古一人"嘉许者，唯虞公而已。于是翻看《宋史》，对虞公之描述并未见铿锵之句："允文姿雄伟，长六尺四寸，慷慨磊落有大志，而言动有则度，人望而知为任重之器。"就连令其誉满天下之采石大捷，讲述也颇为简单平淡："允文儒臣，奋勇督战，一举而挫之，亮乃自毙。"

在中国历史上，此类以寡胜多的战事不知凡几，挽狂澜于既倒之名将贤臣也不在少数，何以虞公独享"千古一人"之誉？

── 二 ──

我曾在创作有关宋瓷方面的一些文章时对南宋一朝有过较多的关注，透过斑驳典籍岁月浓霭窥探而见的，是一个非常奇怪的畸形"怪胎"。

靖康之耻，宋室南迁。大量迁移而来的北方人口给南宋政权提供了充足的劳动力、丰富的生产经验和先进的生产技术，有力地推动了南方政治、经济、文化各方面的快速发展。农业、手工业、纺织业、造船业、金融业突飞猛进，海外贸易空前活跃，商品经济很快成熟，科学技术日新月异，文化思想灿若星辰……其鼎盛之势,此后千年也无出其右。史学大师陈寅恪先生曾评价道:"华夏民族之文化,历数千载之演进,造极于赵宋之世。"

(详见拙作《八百年兮归去来》)

然而,就是这样一个经济总量超过全球一半的"天朝上邦",除高宗时有过昙花一现的短暂"中兴"外,在长达百余年的时间里,无日不在凄惶恐惧的状态下苟延残喘。贯穿于整个南宋的宋金之战(末期转变为宋蒙战争)中,拥有辉煌文明的南宋朝廷却在原始粗鄙的"蛮夷"面前屡战屡败,每逢战事不是割地就是赔款,以一种极为屈辱的方式换来一隅偏安。

催生这一"怪胎"的根源史家已有定论。"市列珠玑,户盈罗绮,竞豪奢……千骑拥高牙。乘醉听箫鼓,吟赏烟霞。异日图将好景,归去凤池夸。"柳永的一首《望海潮》则从文学的角度描绘了都城临安的富庶繁华,也实录下南宋政权的穷奢极欲,堕落腐化,醉生梦死,不思进取。

这是一个民族的屈辱。被欺负、凌辱、践踏的民族自尊心渴盼拯救,呼唤英雄。

三

公元1161年11月,江淮大地上狼烟滚滚,旌旗蔽日。完颜亮的40万大军挟胜而至采石矶,黑马絮天,气焰嚣嚣。他的对手,是临阵换帅且主帅未至,"三五星散,解鞍束甲坐道旁"的1.8万新败宋军。

5000年的史册如一方高阔的舞台,一次次将看似偶然的机遇展现在不同人物的面前，有的人一触即碎沦为瓦砾，有的人则光耀万丈创下不世伟业。此时，前来犒师的参谋军事虞允文就站在了这样的历史节点上。

我们现在已不清楚，在当时的背景下身为"儒臣"的虞允文是如何激败兵之勇，聚残卒之气，又是如何运筹帷幄智计退敌的。是其"雄伟磊落"的人格魅力，还是忠义演讲之慷慨大义？历史只告诉了我们结果："昔赤壁一胜而三国势成，淮淝一胜而南北势定。允文采石之功，宋事转危为安，实系乎此。"

偏安一隅的南宋朝廷，因"采石大捷"又赢得了百年残喘的时间。

在这样一个"畸形"的朝代，能以文官之职统率三军，且以弱胜强扶大厦之将倾，虞公功绩可谓彪炳。在其逝后，宋孝宗下诏赠太傅、谥忠肃，并于虞公家乡仁寿玉屏山下修墓建祠，使一宋姓人家专职守墓，不仅赐地20亩为生计，且"永不抓丁、不完税"。

此后850年，宋氏一族匿居荒野，守墓护祠，昼夜晨昏相伴虞公……

— 四 —

平阔广场后，巨大的坟茔寂默浅丘下。《仁寿县志》上记载的石羊石猪、华表灯杆、围栏围墙均无踪迹，虞公祠堂也归于尘土，只有那高1丈、阔3丈的砌石大墓静卧松柏翠竹间。这样的搭配挺好，清静简约，少了豪奢之气，与周遭葱郁林木青黛山色融为了一体。一个热爱家乡之人，能长眠如斯山水间，应该算是身后一大快慰事吧。

微岚轻漾,13代守墓人宋克成坐在墓旁的木凳上抽着烟。

"老人家高寿啊?"我上前搭讪。

"今年88啦。"老人耳聪目明,口齿十分清晰。

"您守这墓多少年啦?"

"从17岁守起,已经守了71年啦。"

"您知道这墓里埋的是谁吗?"

"当然知道啦,宋朝的虞丞相嘛,我们仁寿的名人。他死的时候,整个仁寿修了他48座坟,我都知道。"

"那您守这墓里是虞丞相的真身还是衣冠冢啊?"

"不知道哟,我只晓得我们家祖祖辈辈都守在这儿,800多年啦。"老人不确定地说,"应该是真的吧,前些年还有人来盗过墓呢,不过让我用火铳赶走啦。"

"连墓中有无遗骸都不知道,你们宋氏一族还守了13代?"

"是啊,祖上传下来的遗训:宋氏不绝,守墓不止。"

— 五 —

要想赢得家乡人850年的尊崇守望,能被冠以"千古一人"身后名,仅仅打赢一场采石之战是不够的。毕竟对于家乡人来说,采石矶与蜀地相距实在太远,这场大战产生的冲击对身边的生产生活影响有限。真正让蜀人感知虞公伟绩,是"采石大捷"后出将入相10余年,虞允文一心光复中原的赤诚拳拳。

"采石大捷"次年,虞公任川陕宣谕使,与宋将吴璘北伐中原。克凤翔，复巩州，正当形势大好时，畏敌如虎的宋孝宗勒令退兵，只欲固守偏安。此后十年，升任左丞相兼枢密使、雍国公，总理四川军政事务的虞允文，依然殚精竭虑北望中原，选贤良，整兵马，筹北伐……

然而，不思进取的南宋朝廷再未给他挥戈北进、策马中原的机会。鞠躬尽瘁忠勇为国的虞允文，十年心血尽付流水。淳熙元年（1174年），63岁的虞公积劳成疾，因病卒于任上。《宋史·虞允文传》中这样写道："晚际时艰，出入将相垂二十年，孜孜忠勤无二焉。"

前有岳武穆之鉴，后有得胜勒令而还，其实虞公安能不知朝廷之心？然而，明知不可为而为之，方为大丈夫。哪怕油尽灯枯猝然而殁！虞公一生可钦可叹，其胸怀气度更非常人所能及。

虞公亡故，蜀人无不悲伤涕零，追思凭吊。宋克成说，此后数百年，其墓历代修葺，明嘉靖邑令毛沂、清同治知县毛绪峰、光绪知县何肇祥，曾先后三次对虞公墓进行维修保护，重建墓碑。新中国成立后，虞公墓前重修了广场、拜台，毛泽东题签的"伟哉虞公，千古一人"眉批手迹镌刻成碑立于墓前。

秉承祖训，山中守墓70年的宋克成，每日除了巡视、保护虞公墓外，就是定时打扫墓园卫生，清除四周杂草，每逢月初、月半、月末举行一场小型的祭祀仪式。"去年，镇上出钱给我们一家修了新房子，有120平方米呢。"宋克成指着30米外那幢白墙灰瓦翠竹掩映的小洋房喜滋滋地说，在县天然气公司上班的儿子宋建琳也在去年接过了自己的"枪"，成了虞公墓的第十四代守墓人。

"宋氏不绝，守墓不止。"虽然宋克成将祖训郑重地传给了儿子，但只要家里没事，他依然会像往常一样时时守在这里。如今，虞丞墓已被列为仁寿县爱国主义教育基地、四川省文物保护单位，前来祭拜扫墓的人愈发多了。但凡有人前来拜谒，宋克成便又会临时客串一下导游，一遍又一遍地讲述虞公允文壮怀激烈的伟哉故事……

岁月无情，抹去了是非功过，留下了黄土一抔。其实，那墓中是遗骸也好，衣冠也罢，对800年后的仁寿人来说，抵御外侮、孜孜忠勤的虞公已成为一种精神象征，在这片土地上骄傲地传承弘扬，一个850年，两个850年，或更多的850年……

2016 年 7 月

犍为三章

—— 大山深处的中国力量 ——

75年前,倘若你能站在蜀山之巅俯瞰大地的话,那一定能发现一条条纤柔若丝的细流在蠕蠕而动,或在巴山的曲折小道上蹒跚攀缘,或于蜀水的险滩湍流间逐浪向前。这支迁徙大军的终点,是川西平原上一个名叫犍为的地方。犍为,古称嘉州,汉武帝建元六年(前135年)置郡。群山环绕水系发达的千年古郡文风鼎盛,资源富集,原煤、盐卤、石灰石、天然气、沙金、石膏等20余种矿藏遍布全域。尤其清康乾盛世时,井盐出产冠绝全川,富甲一方闻名天下,"县境遂成乐土,彬彬然有衣冠文物之盛"。于是,世皆称其"金犍为"。

200年后,再次让"金犍为"辉煌史册

的，是深埋地下亿万年的一片片"黑金"。

"七七事变"后，华北沦陷，中原呜咽，神州满目疮痍。为避免重要战略物资陷落敌手，开办于1897年的河南焦作煤矿开始整体南迁。

你能想象，在抗日战争的枪炮硝烟中，在运输条件极其原始的情况下，这只庞然的迁徙大军是如何横跨千里中原，深入巴蜀腹地的？那些重逾千万斤的矿山机械，是由多少双老茧遍布青筋怒绽之手，肩挑背磨穿行而来？

蜀道难，难于上青天。在中华民族的血脉里，永远都有将看似不可能变为现实的勇气和能力！

在犍为嘉阳矿山博物馆里记载着一组组醒目的数字：焦作煤矿，是抗战期间全国唯一整体搬迁至大后方的煤矿；1939年，嘉州之南开凿出第一口矿井黄村井；抗战期间，数百万吨的黑金自嘉阳煤矿源源不断地运往嘉定、成都、重庆、宜宾等地，支撑起一个民族追求独立、解放的钢铁脊梁！

距离我们不远的山腰处，一个见方不足2米的井口通向地底深处。"1939年建成，当年即产煤12万吨。"黄村井前的展墙上，清晰地记载着那段值得骄傲的历史。

12万吨，对于今天的我们只是一个数字，而非一种真实的劳动收获。那么，要生产这12万吨原煤，当年又是怎样的一种景象？

顺着巷道缓缓而下，熟悉喧嚣的尘世渐渐远去，我们进入了一片完全陌生的时空。宽畅、宁静的矿道里灯火通明，一盏盏矿灯让周围的一切纤毫毕现。坚牢的水泥立柱、"工"字钢梁、水泥板背材、防护锚网，共同为我们构筑了一片安全的地下世界。

"以前可没这样牢固的安全设施。"导游向我们详细地介绍着关于这井下的一切鲜为人知的故事。以前的煤矿掘进作业非常简陋，矿道大多采用树木支撑，有的甚至是没有任何支护的裸巷。垮塌、封闭、淹没的危险无处不在，与水灾、火灾、瓦斯爆炸、煤层坍塌并称煤矿"五大灾害"事故。当时有民谚曰："船工是死了没埋，矿工是埋了没死。"仅是想想，就让人不寒而栗。

在矿道深处一块玻板遮护的山体上，我们终于见到了历经亿万年复杂生物化学和物理化学变化后，今天被称为黑金的原始煤矿。嘉阳煤矿属浅层黄丹煤，距地表最深不过百米，最浅不足20米。灰粉低，质量优，是民国时期四川省内探明的最好煤炭资源。

煤是好煤，但要开采却非易事。我们拿起当年矿工们用过的镐锹，亲身体验了一回当年开矿生产的经历。0.8米的煤层厚度让我们根本直不起腰来，只能仰躺在地下一镐一镐向前挖掘。在坚硬煤块的面前，我们的力量显得微不足道，除了在狭窄的空间扬起一些煤灰煤渣外，5分钟的作业只在地面溅落了一层薄薄的煤屑。粗略估计，不会超过5公斤吧。

在没有现代化综合式采煤机和各种先进运输设备之前，矿工们就这样猫在漆黑一片的煤井中艰难地开采、掘进，又一筐一筐地将煤炭往外拖运。在矿道的入口处，一组雕塑十分传神。前面的老者四肢着地，伸颈望前，拼命地拖拽着身后一只硕大的煤筐。筐后，是一个同样拼命用力推动煤筐的孩子。"这是当年嘉阳矿工的真实运煤图。"导游说，这爷孙俩出入一次，耗时通常数小时，大概能运煤 100 斤。

现在，我们能够体会那 12 万吨 120 000 000 公斤的煤，需要付出多少人力、汗水和时间了吧？

正当我们为当年矿工们如何挥汗如雨，如何为抗战胜利奉献青春热血而嘘唏感慨时，眼前的情景似乎又让我们慷慨激昂的思绪戛然而止。"你们知道，刚才走过的矿道有多少级台阶？它包含着什么样的寓意？"导游指向前面矿道门上的一副对联：左右皆因生计苦，上下只为儿妻乐；横批：至此无悔。

导游说，台阶总共 276 级，取意谐音"儿妻乐"。

听到这里，心里再无澎湃汹涌的豪迈激情，反而隐隐生出一丝凄凉。当年矿工们的心中，定是非常挂念家里的一日三餐和妻儿老小的冷暖温饱吧！

当我们怀着这种近乎同情的心情继续游览时，慢慢地，我发现自己的情绪又进入了某一种误区。

当时的通信十分落后，井下的信息传递主要依靠竹筒传音，矿工们给这种设施取了个雅名："地久天长"悄悄话；为了躲避矿道顶部滑落的岩石而在矿道壁上挖出的猫儿洞也有一个趣名：别开生面进"洞房"；矿工们聚餐的汇聚点：有酒有肉有笑声；矿道里的谚语也妙趣横生：等到打枪的回来——吃雀儿……

暗无天日的百米地下，既没有我们想象的那般豪情壮志，也没有我们猜测的那样凄凉悲惨。矿工们用自己简单的信念、朴素的文化，创造着属于自己的快乐和幸福。这时，你眼前似乎又浮现出一张张只能看见眼珠和牙齿的黢黑脸庞，和那些漆黑煤灰遮蔽下淳朴憨厚的笑容。

这时，我又想起了进入嘉阳国家矿山公园时看到的那座钢结构主碑：火红的井架、天轮、支柱、翻笼和银色的矿工帽，一些极为普通的矿业元素组成了一座高15米、宽7.5米的巨大纪念碑。

大山深处，朴素，普通。但今天的我们却无法忽视他们这种最本真的感情和愿望，就如同我们无法忽视蜀道上那些撼动巨型机械的每一只"蝼蚁"，和那一双双布满青筋的枯瘦大手。这种朴素的感情、普通的愿望，正是一个民族最基本的优秀品质，是凝聚一个民族最基本的文化根脉，是一个民族生生不息的力量之源，精神所系！

—— 铿锵足音　浪漫之旅 ——

据说，乘坐嘉阳小火车的最佳时节，是初春油菜花盛放时。漫山遍野的金黄中，跨一匹喷着雪白蒸汽的乌黑巨龙，铿铿锵锵奔行于和煦春风中，仅是想想也是极其惬意快慰的。如赶不及春天，那就再晚一点，待黄桷兰开放的初夏再来，跃进站前的200亩黄桷兰会用一季的清幽芳香为你洗尘，送你馨香一片。

我们来的时间似乎不巧，暮春四月天，既错过了油菜花开，黄桷兰的花期又迟迟未至。不过这丝毫未阻大家的游兴，因为，被誉为"18世纪工业革命活化石"的嘉阳小火车，正喷着蒸汽拉响汽笛迎接我们的到来。

习惯了风驰电掣动车高铁的现代人，还有几人能忆起乘坐"火车"的感觉？

18世纪的工业革命，让人类的发展步伐一下豪迈起来。以蒸汽机带动的火车，就是这一时代的重要标志。嘉阳火车的诞生，比工业革命晚了整整200年，比中国最早的火车也晚了近1个世纪，但这丝毫不影响它在中国火车史上的显赫地位。

在嘉阳矿山博物馆的展墙上清楚地记载着这样一段历史：1938年，中英合资的河南焦作煤矿千里迢迢搬迁到了四川犍为的这片大山中，为中国伟大的抗战事业提供了数百万吨的优质煤炭。新中国成立后，一艘艘满载黑金的木船又顺江而下，为新中国的经济建设提供了无以数计的宝贵能源。前后20年，马边河上高桅如林，日夜欢腾。

这样的情景持续到20世纪50年代末，马边河下游闸坝蓄水后，嘉阳煤炭的外输道路戛然而断。为保证能源供给，1958年，一条长19.84公里的专用铁路在山岭田野间悄然而现。不知是考虑到地形地貌的特点，还是运输功能较为单一，这条芭石铁路的轨距只有762毫米，仅是标准铁轨的一半，负载也仅有7节每节长4.5米、宽2米的短窄车厢。对于这样一列娇小可爱的列车，嘉阳人亲切地称之为"小火车"。

谁也想不到，就是这样一列其貌不扬的小火车，居然在此后的半个多世纪里，一日三班风雨无阻。更想不到的是，正是这种执着和坚持，让嘉阳小火车成了目前全世界唯一还在正常营运的蒸汽火车，博得了"18世纪工业革命活化石"的美誉。

现在的我们，就坐在这样一辆燃烧着煤灰、喷吐着蒸汽的真正火车上。车头的炉内燃烧着熊熊的炉火,喷薄而出的蒸汽翻滚如龙,粗犷的汽笛在远山回荡。我们在崇山峻岭间逶迤而行,更在现实与历史间悠闲漫步。

你很难想象,在信息化时代的今天,这列火车上依然保留着蒸汽时代的操作方式。人工加煤、人工挂钩、手动驾驶、人工扳道岔、人工刹车制动,手摇电话联系,信号旗、口哨指挥……不过,有了这样的"原生态"认知,你就不会为接下来一路上看到的情景惊讶诧异了。

公交招呼站相信大家都不陌生,但你听说过火车招呼站吗?在嘉阳小火车行进的线路上,这样的招呼站沿途设立。在这片几乎与世隔绝的桃源之地上,小火车是矿工和村民出入山区唯一的交通工具,而这矿山之中的人,不是亲朋就是乡邻,不是故交也是工友,招手即停的小火车,停下的,是脚步;满载的,是亲情友情和乡情。

在这里,受到眷顾的不仅仅是人。总共7节的车厢里,有1节用钢条隔出的特殊车厢没有座位,没有玻璃窗,里面乘坐的"旅客"只会"哼哼""哞哞""咩咩"地欢叫。这样人畜同车的独特景致,你在哪里还曾听过见过?

在这样的淳朴民风中,我们在蜜蜂岩"人"字轨道上观看火车如何灵活调头,我们跨上了最大坡度的和尚湾,我们穿过了芭石铁路最险峻的老鹰嘴。在视线最开阔的亮水沱,我们欣赏着春日骄阳下蒸汽喷出的一道令人叹为观止的瑰丽彩虹……

在这样的温馨浪漫中,我们在农舍屋檐下穿梭,我们在油菜地里飞驰,我们在修竹丛林间疾行。不时,惊起于轨道间啄食的雀鸟，引来一只黄犬的追逐⋯⋯

20公里的芭石铁路，承载着200年工业革命的印迹，更承载着犍为人的智慧、勇气和多情。

车在山中走，人在画中游。轻摇慢晃的步伐，带我们浸泡在一段消失久远的记忆中。其实，不管你怎样去看怎样去想，嘉阳小火车依然每日三班，风雨无阻，在这片青山绿水之地铿锵而来，浪漫而去⋯⋯

—— 走进芭蕉沟 ——

走出黄村井，顺谷底清溪而下，徒步二三里，便到了有名的芭蕉沟。

一沟的芭蕉树，茂密，葱郁。沟底溪流澄澈，卵石碧草清晰历历。沿途人迹寥寥，只有山间的鸟鸣彼伏此起⋯⋯这种满世界的静谧、清香，似乎在哪儿见过，是梦中，还是一直以来的想象中？

一路曲折，青石板随脚步"乒乒乓乓"地脆响。路转峰回时，一片片青瓦，一方方灰砖，一堵堵白墙便渐次显现眼前。这时，我们就走进了芭蕉沟这座工业古镇。

这是一片群山环抱，与世隔绝如庐陵桃源般的秀美所在。我几乎可以肯定，在黄村井开矿出煤之前，千百年来这里都是日出荷锄而作，日落唤儿而归的。不过，这种绝世的宁静倒并不十分可喜。和绝大多数风貌保存完好的原生态古镇村落一样，与宁静、秀美如影随形的，就是贫穷与落后。

直到20世纪30年代，当黄村井里的优秀黄丹煤源源不断地涌出地底，数以千计的矿工蜂拥而来，数以百万吨的重型机械轰鸣沸腾，马边河中舟楫相击号子遥和时，芭蕉沟，一下喧嚣繁华起来。

295米长的中福场老街被称为芭蕉沟第一街。据说，70年前这里曾经盛极一时。一块块条石砌就宽近10米的街道，沿街是清一色的灰砖青瓦小阁楼。石制的台阶，玻璃的花窗，各种店铺的蓝白布幡无风而动……

清晨，当一缕缕曙光翻过山岭洒在寂静一宿的街头时，"乒乒乓乓"的门板拆卸声敲碎了沟谷的宁静，敲醒了人们的清梦。曲曲折折的山道上，三三两两刚出矿井的工人说笑着，打闹着，踏着一地的露珠轻快而来。

掂量着手中的银圆，或口袋里揣着的纸币，给女儿买根红头绳吧，或是给老婆扯几尺花布，再不就给老爹买一包烟叶。讨价还价的声音响彻街头，嘈杂而喜悦。日上三竿时，沏一壶好茶，叫一盅好酒，美美地犒劳一下自己……

山野沟壑间，一幢幢英式、俄式风情阁楼接踵而起：石质台基，宽大回廊，券拱柱础，半圆门洞，垂带踏道，玻璃花窗；还有一排排青瓦、红墙、廊桥、木窗棂、坡屋顶的川西民居，以及高大宽敞的礼堂、红红火火的食堂、水泥铺就的平坦广场……

宁静了百年的山村何曾有过这样的繁华，哪里见过此等的逍遥？"说起芭蕉沟，心里凉悠悠。跟着工人走，又有烟儿抽。再过三五年，还有娃儿逗。"一首原创的民谣充满欢欣，一唱就是数十年。

来自 21 世纪繁华都市的我们，已很难体会到 70 年前的村民们在面对这一切时的兴奋和激动。现代文明、时代思潮，乃至火热滚烫的革命激情，在这片纤尘不染如白纸般的淳朴山乡间尽情释放、涂抹，并拨动着每一根懵懂而亢奋的神经。

"大海航行靠舵手，万物生长靠太阳，干革命靠毛泽东思想。"

"东风吹，战鼓擂，这个世界上终究谁怕谁？"

"下定决心，不怕牺牲，排除万难，去争取胜利。"

"努力生产放卫星，运输产量日日新。人人争当英雄汉，创造奇迹上北京。"

"鼓足干劲闹翻番，甩开膀子挖煤炭。如果地球转一圈，我要转它一圈半。"

……

在保存完好的黑板报上，在舞台两侧的楹联里，在几乎所有的建筑墙面上，甚至是矿井通道的崖壁上，到处是标语口号昂扬的斗志，澎湃的豪情，从地上蔓延至地下，又从地下扶摇上九天，无处不革命，无时不激情！

我们在古镇上看风景，屋檐下的浑浊目光好奇地看我们。一位头发花白的老妪将我们迎进家中，与我们聊起了关于芭蕉沟的陈年旧事。老妪姓苏，不知哪里人氏，只说自小便嫁到这芭蕉沟里。一家共六口，丈夫儿子先后都成了矿里的工人，女儿也嫁给了矿上的矿工。这矿，就是他们的人生、生命的全部。30 年前，丈夫得尘肺病死了；20 年前，矿井关闭，儿子带着媳妇孙子出去打工了……

"听说城里到处都是能把草帽望落的高楼,还有满地的汽车,崭平的水泥路,商店里头啥子稀奇古怪的东西都有卖,你们哪个会喜欢我们这里的破旧老街和房子呢?"老妪一边讲一边为我们的茶杯续开水,最后喃喃地说,"否则他们也不会一出去就不再回来了……"

阳光从青瓦房顶的凹形亮瓦中透射而过,一束被剪裁得四方整齐的明亮光束中细尘飞舞。一声叹息后,老妪的身影愈发显得落寞孤单,恍若一幅阳光下忧伤的油画。

经过数十年开采,产煤千万吨的黄村井因资源枯竭于1986年关闭,芭蕉沟也慢慢回复了百年前的宁静。与昔日宁静不同的是,这片荒野之地上刻满了火红岁月的激荡标识,留下了一大批人去楼空的各式房屋,还有一群在老屋中翘盼亲人的老弱和妇孺。

时光远去,脚下石板的撞击声却清脆如故。芭蕉沟的命运也如同脚下这条曲折的山道幽径一般,从宁静走向繁华,从繁华复归宁静。今天,几乎与世隔绝的工业古镇因保存完好的古旧建筑、清晰如昨的矿业印迹再次成为旅游热点。得失之间的荣辱沉浮兴衰更替,又有几人谁能够真正看清?

林静泉清,万绿簇拥的芭蕉沟,能否因旅游业而重新兴盛,能否让远游的子孙归去来兮,能否让故土难离的老人不再孤独……

2013 年 6 月

天台山喜雨

一

从遂宁出发时还是艳阳如火,一到成都就扬起了小雨。望雨伸手窗外感知雨丝,开心地说,这下凉快了。天气倒是凉快了,可这会不会影响到我们一家三口的周末之旅呢?我这样想着,继续驱车穿雨幕往弛邛崃。

于普通人来说,雨多半是富有几分喜感的。譬如情侣,撑一把碎花小伞于细雨中,那雨就隔断红尘千万重,伞下的世界你侬我侬,不知晨昏、不知南北。农人喜雨,每一滴雨水都是一粒饱浆的稻谷,亮晶晶,满眼嘉禾。至于大雨滂沱、暴雨汹汹,在作家的笔下可以是一种力量,一种砥砺,一种在压力中呈现风骨的慷慨背景……那来自苍茫天穹的各式各样的雨，就这样淅淅沥沥唰唰啦啦劈劈啪啪，在我们的心中和笔下滴落，各具风情，气韵万千。

但对于旅行者、观光客来说，这雨就未必可喜了。尤其是抵达天台山后，窗外的雨愈发大了，大珠小珠跳跃着在车窗车顶撒欢。果然，景区售票员好意提醒，山上的雨会更大哟，明后天甚至可能会关闭景区，你们确定还要进去？眼前的雨幕让一家三口犹豫讨论了好一阵。此次出行没有B计划，总不能再跑600里就这样打道回府吧？既来之，则安之，还是上山。

山雨中满目苍翠。曲折婉转约20分钟后，就到了位于山腰的旅游新村。我们预订的农家乐在村东一片茂林繁花间。半封闭庭院内有花砖照壁，木制栅栏，一条沟溪绕院坝而过，溪边有廊道，廊上有竹亭。院中有黑狗懒卧，硕大而不吠，两只油亮亮的眼随人而转动……虽说投宿的依然是钢筋水泥的楼房，但眼前景物还是颇得几分"雨里鸡鸣一两家，竹溪村路板桥斜"之意趣的。

紧接着传来好消息，愈来愈大的山雨将其他游客阻于山下，整个三层小楼的农家庭院就成了我们一家三口的度假别墅。

── 二 ──

吃过午饭，山雨竟很知心地停歇了。按图索骥，乘车前往正天台。

我们是在朋友极具夸张的蛊惑下前来天台山玩水的。邛崃天台素有"山奇、石怪、水美、林幽"之胜，但真正让朋友眉飞色舞强烈推荐的，是那条被誉为天台之灵的金龙河。源于玉霄绝顶的一练碧水随山势而下，一俳徊，就成了一串串长滩、海子；一欢悦，就有了一层层叠溪、瀑布。炎炎盛夏，这样的高山净水是极令人向往的。

过雷音寺，穿解脱桥，秀水三韵就跳跃着回旋着一韵一韵地渐次呈现于眼前。清澈见底、淙淙有声的溪涧若一方流动的碧玉，在高大森木曲折沟壑间穿梭隐约。望雨兴奋地赤足涉水，拨弄清波，欢笑声就在林间脆脆地回响。妻子坐在光滑的褐石上悠闲濯足，不时叮嘱女儿当心溪中的碎石青苔。我则在一旁捕捉、定格这些很养眼很温馨的瞬间。

刚钻进十八里香草沟，天台山的雨又来了——与其说是雨，莫如说是雨意——你看不见它们纷飞的身影，却能清晰感觉到它们就在你脸上柔柔地亲昵。高大的树、伏地的草、纵横的藤蔓枝叶，被这种雨意浸染得青绿欲滴。偶尔，一粒汇聚成滴的清凉从高处滑落，打在额头，钻进衣领，碎成丝丝缕缕的浸凉漫游全身。那种"细雨湿衣看不见"的滋润清爽呵……

香草沟走了一半，蓄势已久的"意"终于还是化为了"雨"，滴滴答答地倾落下来。林间顿时变得昏暗。从匆匆折返的游人嘴里得知，玉霄峰还很远，天灯岗也遥遥，加上这雨这山色，今天肯定是无缘得见了。

明天再来吧。一家三口恋恋不舍，顺来路而返农舍。

── 三 ──

农家小院的烧烤架上，肥美的鲜兔在炭火上旋转，滴落火中的油脂滋滋作响。不远处铁铲的翻炒声和升腾而起的农家炊烟,在竹林和庭院间如情侣般痴缠。蹲坐乞食的肥硕黑犬,隐约而来的新洗花香,还有雨打树叶的噼啪声,檐下水柱的滴答声,亭前哗哗啦啦的溪流声——多少年,没有亲近过这样的故土田园了?

廊道竹亭里,一家三口围席而坐。竹椅木桌承载悠远时光,陶碗瓷盘盛满舒适恬淡,美女们叫来啤酒,把不善饮酒的一家之主晾在一边。看她们碰杯畅饮,嬉笑声脆,心里就想,可惜此时无青梅暖炉,否则煮酒数盏倒想看看谁是个中巾帼。这时就很感谢山中之雨,隔绝了喧嚣、雾霾、杂念、稻粱谋,将家的味道紧紧浓缩于此方寸竹亭间。

暮色渐起,风吹雨斜。回所居之楼时骤雨愈急,在山风的呼啸中急吼吼如乱玉飞溅,噼噼啪啪弹奏着无人能懂的天籁。"夜阑卧听风吹雨,铁马冰河入梦来。"夜色如墨,风声雨声威势尤盛。不知什么时候,枕着放翁的诗意酣然入了梦境。

四

第二天一早,雨势依然。房东传来信息,昨晚大雨造成部分山体滑坡,为安全计,景区果然封闭了。哪里也去不了,就在农家小院待着吧。

着背心短裤,于房前藤条椅上跷脚而坐,不时,再品一口香浓的酽茶——这时,就有一种名叫闲适的东西窜行在全身的每一个细胞。偌大庭院内,除了妻女耍水时发出的断续笑语,满世界唯剩风雨声。在这样的环境里,摆弄手机显然是一件很不合时宜的事,自然之禁足,帮助你洁净眼眸放松身心,让时间从容舒缓，甚至停滞下来。

雨被山风挟持着，或大或小或密或疏地飞坠。上露台，放眼远眺，一片葱郁一片烟。一层层一缕缕雨雾倏忽而来倏忽而去，刚起时尚在远山盘旋，不觉间又至身边缠绕。雾散时，天地净爽，那淡淡的清新透过鼻腔口腔和肺部，能直接润进你的骨子里。

看山雨包裹的绿色世界，脑袋里无法抑制地窜出许多很"无知"的问题。譬如，这雨从哪里来，要到哪里去，它们又是如何形成的等等。我一直觉得，在人类数百万年的进化过程中，身体里应该是有与水为亲的生命基因的。不说逐水而生的农耕文明，仅这一日三餐便离不得水，每日晨起夜眠也离不得水，就连我们的血液里也有大半是水分。圣人说仁者乐山、智者乐水，我们欣赏的每一幅自然美景中哪一处又少得了水的身影呢？何况，这自茫茫苍穹间倾泻而来的雨水，是不是更具灵性、更加神秘？丢弃课堂所学的自然科学，我宁愿相信在那不可企及的幽深天空中，有龙王、商羊布云施雨，正为人间普施甘霖……

总之，就是一阵无意义、无目的的瞎想，任思绪信马由缰在这片雨幕中驰骋。这是一种洁净心境的绝对自由。人能够被禁足，却无法禁锢思想的飞翔。

其实，身居城市时也常常登高四顾，看外面的街道、大厦、广告牌、绿化带和来来往往如蚁的人潮车流。但眺望得越久眼睛就愈疲乏，心就愈累，完全没有现在这样的清静无欲，而唯有心灵的纯净才能心无旁骛，才能发现一些平时忽略的感受。

唐人王维的"空山新雨后，天气晚来秋。明月松间照，清泉石上流"，说的大概就是这个意思吧。

孑然独立山腰露台，因喜雨而想到了那篇流传甚广的《喜雨亭记》，作者的故居便在距此两百里外的古城眉州。出任陕西凤翔通判——相当于现在分管农业、水利工作的副市长——的东坡居士，名为喜雨，笔下状雨之词却不多，满纸民事民生，胸怀天下忧喜，远没我等升斗小民来得轻松自在。

深刻即沉重，闲适即旷达。深刻与闲适，这或许本就是相对之悖论。如何曲尽其妙，全在于内心的那一丝明悟与取舍。

五

傍晚，云消雨霁，天终于晴了。黛绿山色如天工之剪，将头顶的天空裁剪成湛蓝蓝一汪情人的眼，既顾盼生姿，又清澈通透。

玉霄峰天灯岗又没法去了，那就出去散散步，呼吸呼唤山里的清新空气吧。一家三口换上清凉装，穿上露脚丫的拖鞋，向旅游新村外而去。

黑化后的旅行车道颇为宽阔，曲折蜿蜒于山间。一天一夜的骤雨后，雨水自树梢、草丛、山石间啸聚而出，汹汹涌涌溢出道旁的排水沟，层层叠叠若鱼鳞，顺起伏的路面潺潺而下。一家三口笑而逐水，濯足而欢，在清静山道上留下阵阵惬意笑语。

不知不觉，来到一处居高开阔地，眼前视线豁然开朗。远方峰峦起伏，墨绿绵延，新雨之后云雾若纱，飘飘袅袅将高耸山巅簇拥成一片神仙境。近处的茶园一色葱绿,微腥的泥土气息,清新的草木芬芳,随着山风纷纷扬扬挤入你的眼睛和肺腑。甚至,你能听见树根吸吮雨水之酣畅,或溪涧旁野百合花开无声之灿烂……"水光潋滟晴方好,山色空蒙雨亦奇。"爱好诗歌的妻子欣然而诵。她说,静静地体会,天地万物都是自己的!

继续沿山道而行。我们没有明确的游览目的地,只是就这样顺着道路随兴漫步——其实很多时候,恰恰是我们自己制订的"目的"成了拘役身心的一把锁。放弃了所谓的"目的",心灵才能达到一种彻底的放松和真正的自由。

暮色渐起,"雨意"又开始纷扬。山间虽无白鹭起,眼前却有"青箬笠,绿蓑衣,斜风细雨不须归"之逍遥。不须归,那就继续行。这样宁静的山里,激发人引吭而歌的欲望。不知是谁起的头,一家三口开始放歌,或此起彼伏,或合声而咏,想起什么唱什么,没有因果必然,没有优劣好赖,无人知来无人晓,只有空山寥寥余音回荡。

夜静山无人。打断我们"少年狂"的,是空中飘曳而来的一只绿色的精灵。它由远而近,忽上忽下,通体发散着闪烁不定的晶莹绿光。"萤火虫!萤火虫!"长于城市的望雨显然没有见过书本之外的这种鲜活生灵,兴奋地大叫着追逐那只夜空中的精灵。它隐于草丛,她就蹲着看;它歇于枝头,她就仰头观;它在林间翩翩而舞时,她就跟着它跳跃欢叫……看着女儿的可爱模样,我很遗憾为什么只有这一只萤火虫呢?据说天台山曾有17种萤火虫,夏天又是欣赏萤火之舞的最佳时节,不知为何今夜只有这一只与我们为伴。不过转念一想,仅此一只倒显得尤为珍贵，如果漫山遍野都游弋着这样的美丽精灵，你到底应该为谁喝彩，又该追逐哪一位碧玉精灵呢？没有选择，有时候就是最好的选择。

回到居所，房东又来相告，明天依然有雨，景区继续封闭，你们还住吗？一家三口讨论商议，妻子坚决要求留下多住一晚。她说，我们哪里也不去，就看这雨，就听这雨。她又感慨一句，这样轻松愉快的状态好多年都不曾有过了。天台山中雨，点点滴滴都是诗句。

那就多住一晚吧。再一次，夜雨入梦，嘈嘈切切，劈劈啪啪，将那梦境也打得湿漉漉缠绵悱恻……

2018 年 2 月

安宁村里安宁人

一

攀西高原的曙色比我想象中来得更早。凌晨四点，此起彼伏的雄鸡啼鸣便将一抹微亮晨光催上了螺髻山巅。此时的窗外尚黛墨一色，安宁河在不远的地方欢腾，只闻其声难见其形。一幢幢农家小院井然坐落于河谷，堵堵粉墙与朦胧曙色搭配出一种水墨美。滑窗而入的乡野空气中，有泥土的芳香、河谷的潮润，还有鸡鸭犬豕的微腥。清爽，纯净，遥远又亲切。

短短数刻后，更多的晨光爬上了山巅，很快，朝霞满天滑过山脊，熙熙攘攘涌进了安宁河谷。远山，田园，农舍，花草树木，眼前的一切变得层次分明，清晰历历。雄鸡们叫得更亢奋了，肆无忌惮撒着欢儿催人早起。

吃过早饭，与父母一起走出农家庭院，沿村里的水泥大道随兴散步。此时，外面早已阳光灿烂——这种高原的阳光是川中盆地终年难以奢求的。即使是在数九隆冬，也于高远的天空中毫不吝啬地泼洒着宜人的温暖。老人的情绪显然被这慷慨通透的阳光感染了，一路上滔滔不绝地向我们介绍着安宁村的概况，还不时与路上相逢的熟人打着招呼。我们看着听着，也是心生喜悦欣慰。

10年前，年近古稀的父母愈是畏寒，于是在同龄老头老太的邀约下，每一入冬便如候鸟般告别阴冷的川中盆地，追逐阳光远徙他乡。先是海南三亚，尔后是凉山德昌，乐不思归多年未曾回家过年。今年春节，我们决定跟随双亲的脚步到德昌团年守岁，这一是缘于亲情，二呢，是几天前恰巧浏览到一则大凉山（安宁河谷）2019年文旅康养招商推介会的新闻。湛蓝天空、明月星辰、螺髻山安宁河，还有熊熊的篝火、热情的锅庄，都成了边远彝乡延客迎宾的厚礼。消息中说，凉山州将深入实施全域旅游战略，推动文旅康养产业融合发展，要将960平方公里的安宁河谷打造成为中国的"莱茵河"。

这样的创意，对鲜至彝乡的人来说还是颇具诱惑力的。大年二十九，驱车逾千里，我们来到了高原之上的凉山州德昌县小高镇，住进了这个背依螺髻山、紧邻安宁河的寻常村庄。

——二——

安宁村，真是名副其实，十分安宁。

统一规划、统一兴建的新农村综合体错落分布于山脚，一色的两层小楼，户户白壁若雪，还有朱瓦灰柱丹顶，螭吻兽头吞脊，处处凸现着浓浓的川南民居风情。不锈钢防护栏、塑钢门窗、太阳能淋浴器，串连全村的宽敞水泥路和布局合理的多个小型停车场，又为传统民居增添了几分现代生活气息。

道路两旁的庭院门楣上已挂好了大红灯笼，贴上了门神春联，雪白墙面上绘着年年有鱼、硕果满枝的丰收图画，或修身齐家睦邻和谐的警句名言，以及建设"四好村"、24字社会主义核心价值观等泼墨大楷，既补壁养眼，也传递着满满的正能量。

房前屋后姹紫嫣红，三角梅是这里绝对的主角。在吸收了高原充足的阳光后，一丛丛一片片的红色紫色恣肆灿烂得让人雀跃。楼舍间辟出的一小片田土或为菜畦，或为果园，或为禽舍。各种时鲜菜蔬绿意盎然，枇杷树、木瓜树上挂满黄澄澄、沉甸甸的果，鸡鸭鹅在铁网禽舍中或低头啄食，或昂首漫步，也有寻隙而出悠闲在外的，要么翻土勤啄寻找美食，要么飞上枝头晒着太阳。墙角下的家犬非常安静，俯首偃卧静观一切，不时斜眼望望天空中一只只衔泥往返的筑巢家燕。一条条山溪绕村庄而蜿蜒，一道道沟渠串连左右四邻，清澈甘冽的高原之水淙淙潺潺淅淅涮涮，永不停歇地流泻着生动和灵性。

村两委办公楼前聚集了不少健身休闲的人。安宁村蔬菜专业合作社、老年协会、电子商务服务站、村民活动中心都设在这里。楼前有巨大的科普知识电子屏，宽敞的水泥篮球场，高大的不锈钢展板上张贴着《环境卫生公约》《村规民约》和村里新近评选的《好人榜》：孝老爱亲之星，"四个好"家庭主妇，乐于助人热心公益者，脱贫致富领头羊，农业产业创新者……图文并茂，跻身其上。

见有人围观讨论，村支书肖静走了出来。"欢迎你们来做客！我们这儿依山傍水环境优美，冬无严寒夏无酷暑，负氧离子含量非常高，是名副其实的'春秋三百天，四季养生地'。"他说，绿水青山就是金山银山，加上距离县城仅4公里的优越地理位置，108国道、京昆高速穿境而过的便利交通条件，这让安宁村坚定了建设全县"生态居住、旅游度假、产业培育"三位一体休闲、旅游、度假胜地的信心。"在康养合作社的带领下，目前我们村已有好几家成规模、条件好的宾馆式康养中心，形成了200余人接待规模的康养产业雏形。"

"在小高镇老街集市，您能感受到乡村赶集的热闹和乡村人民的淳朴；去花海沟踏青漫步，您能欣赏到万亩杜鹃盛放的美景；到河畔的草莓基地、万亩枇杷基地，您可以享受采撷之乐；在村头的小菜园体验区里，您能体会春种秋收的喜悦；当然，您还可以在山野间徒步、骑游、登山……"肖支书不失时机地为家乡打起了"广告"。他说："我们的目标，是要打造安宁河谷第一村！"

—— 三 ——

午休后，循哗哗啦啦水流声往安宁河边而去。

河谷地带水量充沛、土地肥沃，加上那坦坦荡荡的通透阳光，田地间丝毫不见冬日的萎顿萧索。新种的麦已抽了穗，须发挺直向天，胡豆、豌豆、扁豆、油菜绽放着紫色的、白色的、金黄的碎花,产业化后的草莓基地、蔬菜大棚里缀满了红色的、黄色的果。大年三十仍在地里忙碌的村民们说笑着,收获着,田间小道上不时跑过的一辆辆摩托车载着河里打来的鲜鱼,或镇上买的年货、鞭炮,匆匆回家准备团圆的年夜饭。高原春早人更勤,彝乡的年味充实且快乐。

黛绿的山色,宝蓝的天空,河谷间丛生的枯黄苇草,遍布的大小卵石,在我们眼里都成了难得一见的风景。拍照留影,驻足远望,或坐在一方光洁的青石上静静聆听天籁的回响……直到西斜的落日烧红了天边的云,螺髻山巅红彤彤晚霞满天时,村里广播响起的喜庆乐曲,茂林修竹间升起的袅袅炊烟,才唤醒我们归家的脚步。

寄居的旅游康养中心已备好了年夜饭。香肠腊肉、时鲜果蔬,还有清蒸的河鱼和蒸汽翻腾的铜火锅。在主人罗燕的殷切招呼下,近20位老人围坐在两张大圆桌前吃着瓜果,聊着家常。

酒过三巡,气氛更是融洽,话也就多了起来。罗燕说她来自宜宾,已在德昌待了三年,"现在凉山州正加快建设国际阳光康养旅游目的地,德昌县是安宁河谷中的重点区域,每年不仅吸引了众多的避寒老人,周末节假也有不少成都周边的人过来休闲"。虽然人很年轻,但她已有了自己的产业发展计划,今年3月将扩建占地20亩的新康养中心。"要有楼台亭阁,水榭曲栏,还有供人休闲垂钓的鱼池。总之,我们就想创建一家配套设施完善的乡村星级农家乐!"

临近12点,此起彼伏的鞭炮开始在房前屋后炸响,安宁村里电光闪动、烟雾升腾，远处的德昌县城也是流光溢彩，缤纷焰火耀亮夜空。戊戌狗渐远，己亥猪送福。抬头看时，竟然满天繁星闪烁，这真是寒冬里的一个惊喜！

  翌日，大年初一。再次被高亢的雄鸡晨鸣扰了清梦。推开窗，眼前的村庄依然清丽，那一地红火艳丽的鞭炮屑，描绘着这片彝乡河谷的吉祥安宁……

2019 年 2 月

天下

铁马鸣江南

— 一 —

这会是我期盼已久的"淮左名都"吗?

近乡情怯,我却在不是故乡的扬州城外踟蹰徘徊。这种感觉颇似倾慕多年的美人玉立眼前,即将掀开面纱与你坦诚相见时,狂喜、兴奋、忐忑、恐慌,种种情绪骤涌脑海,糅杂汹涌,难以平复……

— 二 —

自蜀地远足,辗转数千里,于暮秋之季抵江南。

江南,多美好的一个词语啊!相信稍识文墨者,无论是否江南人氏,皆能体会其旖旎春色、万千风情吧。小桥,流水,雨巷,油纸伞，乌篷船，还有弯月夜粼粼的波光、偷瓜的獾，这些灵气四溢的物什都曾随吱吱呀呀的楫橹声从书本摇进过梦里。那是一个柔腻得近乎无骨的梦！

先至人间天堂苏杭。

杭州之柔，尽融入泪珠一般的西湖中。杭州人将碧波般荡漾的浓情，演化为千年绝恋的白娘子，堆砌成弧影一虹的断桥，还有一堤迎风曼舞的细柳。不知是不是柔得太过，才将800年前临安旅舍粉壁上的题诗衬得触目惊心："暖风熏得游人醉，直把杭州作汴州。"

苏州之美，聚于方寸世界造乾坤的园林中。还有冠绝天下的苏绣，精细机巧，色彩艳丽，一颗七窍玲珑心，尽入手底万丝线。雅致，富丽，堂皇，奢华，你可以将无数的颂歌倾囊献于苏州，但如果用心品味，就会发现那些华美艳词中总有那么一缕蚀人精气的脂粉味。

这样的江南，柔则柔矣，美亦美哉，但若长时身处其中，难免会让人骨质疏松，手脚乏力，有一种在温柔乡中不思进取的慵懒颓废。我很不喜欢这样的感觉。吾乡蜀地，也不乏九寨黄龙峨眉剑阁等绝美之景，但葱绿俊秀中总有峻岭砂岩，飞沫急流，无论攀缘其上或是登高远望，巴山蜀水间都有一种沛然的力量挤压着你，推动着你，让你心生敬畏和感动。

小家碧玉固然可爱，甚至可以任你把玩爱不释手，但国之重器更令人肃穆凝神，膜拜顶礼。

——— 三 ———

扬州，近在咫尺。将要拜谒的这座江南名城，给我的，又将是怎样的"千古风流"?

蜀地,江南,相去数千里。广陵扬州,是以一种近乎传说的形式进入我们脑海的。传说源于璨若星河的历代先贤,源于冠绝唐宋的华美诗文,源于风流才子的掌故、雕栏美人的回眸。江淮沃土上滋养而生的2 500年悠远厚重的历史文化,让古老的扬州从古至今都是江南的一个典型性标识。而恰恰因为这样,才让我心中惴惴,难入州城。

它会不会同苏杭一样,在江南温润的空气中,纤柔妩媚的慵懒中,依然"街垂千步柳,霞映两重城"?二十四桥的波心中,是否依然"冷月无声"?那些浸于潋滟春意的情韵,是否还在吟诵"十年一觉扬州梦"?传说一般的美好扬州,会不会让人期许越高失落越大?这样的矛盾纠结,让我在不是故乡的扬州城外踌躇徘徊。

有时想想,在人生的很多十字路口,犹豫不决其实并非优柔寡断,它更像是等待某一时机,或是静候某一次灵性的迸发。我就是在这样的状态下,在这片完全陌生的土地上随意游走,似乎又受冥冥中某一气息的牵引,信马由缰来到了三江口。

— 四 —

"三江之水清兮,可以濯我缨;三江之水浊兮,可以濯我足。"一练碧浪横亘天地,浩浩荡荡呈现眼前时,你会不会如我一样,手舞之,足蹈之,继而迎风而咏激情飞扬?

第一眼,我就认出了那条曾于蜀地间雷鸣澎湃,奔腾万里而来的大江。随后是纵横豫鄂皖苏,裹挟两千里的淮河。还有那条贯穿华北的京杭大运河……江渚之上，暮秋骄阳中，汇聚一处的泱泱碧浪带着险山绝岭之雄奇，万里平原之广博，磅礴浩荡，滚滚而来！

这是一幅多么豪情、多么奔放的图画呵！站立这样的地方，你还会想起小桥流水油纸伞，勾栏艳词胭脂粉？一方水土养一方人，江河山川的气质形象潜移默化着人的筋骨秉性，以及繁衍赓续的文明传承。在三江之上孕育成长的扬州人以及扬州文明，应该会有迥然于苏杭的精神气韵吧？

寻找答案是一件艰苦的事，而艰苦寻找到的答案往往会给你以惊喜、感动，或是思考。眼前这一江大水，托举着那些消逝已久的血火故事，喷薄回旋的沛然激情，坚韧不屈的扬州精神，正踏歌而行，逐浪而来。

> 沿江烽火怒涛惊，半壁青天一柱撑。
> 群小已隳南渡局，孤臣尚抗北来兵。
> 宫中玉树征歌舞，阵上靴刀决死生。
> 留得岁寒真气在，梅花如雪照芜城。
>
> ——[清] 黄燮清·《广陵吊史阁部》

— 五 —

那是扬州历史上最惨烈的经历，还是扬州人心中最自豪的记忆？

明弘光元年（1645年）五月，初夏的扬州城外旌旗猎猎，号角连天。多铎统率的清军已围城多日。箭楼上未干的血渍，雉堞前堆叠的残肢，无声地述说着这里正在进行的殊死决战。

扬州府署内，南明督师、兵部尚书兼东阁大学士史可法正襟危坐。面前的书案上，是大清摄政王多尔衮的一封劝降信。许重利，加斧钺，言辞咄咄逼人。史可法手中的笔，提起，复又放下，三寸狼毫竟重逾千斤。一年之间，帝都失陷，文武纷降，清兵直指江南。连日的血战，寡兵少将的扬州已不可为，大厦将倾的南明亦不可为。

战，还是降？这位年仅44岁的中年男子感到一阵烦躁。叫上近卫，走出府署，往城楼而去。

登高而望。城下是绵延的连营，如林的刁斗和嘶鸣叫嚣的狰狞八骑。身后墙根处，殉难忠烈的遗体堆积如山，伤者的呻吟不绝于耳。就连迎面而来的江风也少了昔日的温润柔和，夹杂着阵阵令人窒息的硝烟和血腥味。强敌环伺，外援尽绝，城破之时覆巢之下焉有完卵？远望身后鳞次参差的百万人家，史可法的心揪成了一块铅。

这时，不断有人于身边接踵而过，步履匆匆甚至来不及招呼一声史阁部。这些人中，有千总、士卒，有老人、孩子，有妇人、闺秀。男人们巡防城关，搬运着箭镞滚石，寻常人家的梁椽檩柱堆成了橹木。女人们箪食壶浆护理伤员，蓬头素颜汗湿罗裙。看着这一切，史可法的眼眶湿润了。

君子，有所为，有所不为。明知不可为而为之，方为真君子！史可法笔蘸焦墨，于冰雪素笺上奋笔疾书——这位生于开封的河南汉子，代所有的扬州人做出一个载入史册的决定——在这封被后世称为《复多尔衮书》的复信中，史可法这样写道:"诚以大夫无私交,《春秋》之义……法处今日,鞠躬致命克尽臣节而已,即日奖率三军,长驱渡河,以穷狐兔之窟,光复神州……"

史可法的豪情壮志,扬州军民的奋勇抵抗,最终未能抵挡住红衣大炮的轰鸣和虎狼铁骑的撕扯。战争,永远是人类最丑陋的暴行。无所不用其极的同类撕咬,往往泯灭了人性,激发出兽性和残暴。为立威江南,震慑南明,清军破城后,史可法尸骨无存,千年古城被屠城十日。

昔日繁华地,今日修罗场!后世黄宗羲有《卓烈妇》诗一首:

兵戈南下日为昏,匪石寒松聚一门。
痛杀怀中三岁子,也随阿母作忠魂。

六

如果,时光能够回返,知道自己的这一决定将使80万生灵惨遭屠戮,史可法还会不会严词拒降?江南的军民还会不会奋起抗争?

答案,写在扬州的史册上。青竹无声,却彰显着纵横于天地的沛然力量。

明嘉靖三十三年(1554年)正月,倭寇自太仓掠苏州。扬州西商闻警而动,以五百善骑射西北汉子为主力,招募骁勇盐民组商兵,同仇敌忾备战抗倭。寇不敢犯。

次年,倭寇集重兵转江北,进犯淮、扬。扬州卫千户洪岱、文昌龄率兵至通州,力战,以身殉国。寇至扬州,烧杀抢掠。

扬州都指挥张恒，千户罗文爵、曾沂领兵拒之，尽皆死难殉国。

嘉靖三十五年（1556年），倭寇掠瓜洲。有担盐挑夫百余人奋起而击，寇不能敌，弃械仓皇而逃。同年，寇复至扬州。同知朱裒、高邮卫经历晏锐引兵出击，败倭人于沙河。寇增援至，蜂拥进城东，朱晏督兵再战，壮烈殉国。

百年间前赴后继的抗争牺牲，让那些饱浸鲜血和呐喊的土地、村舍、楼宇、街巷，都会浸染并散发着一种刚毅和血性吧。在柔若无骨的江南，这样的扬州更像一个铁血的伟丈夫，风标独立，卓然遗世。这种精神气质，经过百年千年的积淀固化，会成为一种城市的基因根植于所有人的骨骼和意识中，并代代沿袭传承，最终凝结成为这方水土的标识性风骨：面对异族外侮，只有战死的人，没有跪下的臣！

于是，此后的许多年，我们不断地看到这样的较量、抗争、牺牲在这片土地上循环往复地进行着。

1842年，挟鸦片战争余威的英军战舰横行长江。7月13日，9艘英舰侵至三江营。在扬州人民的协助下，88名守营官兵以重炮迎敌，一艘英舰被炸起火，余者鼠窜而逃。三江营一役，成为鸦片战争中长江战斗的首次胜利。

1938年9月，新四军于三江口入苏北，拉开了苏中抗日斗争的序幕。扬州，被冠以"新四军渡江北上抗日第一站"之誉。

1949年4月20日，英军"紫石英"号等四艘舰艇侵入长江，人民解放军予以痛击，炮伤"紫石英"，其他三舰仓皇逃窜……

淮河之畔，长江之上，一曲曲慷慨长歌荡漾不绝，彰显着扬州人挺直脊梁抵御外侮的气节风骨。这是国人之骄傲,是一个民族屹立世界五千年之力量所在!

— 七 —

烟花三月下扬州?我更喜欢暮秋中刚健、疏朗的淮左名都。蓝天高远,白云若絮,还有三江口那浩荡而来、滚滚而去的一练碧波。

如果,你的目光能随那大江向东、向着更为广阔浩瀚的区域延伸——

那里,我们叫它黄海;那里,有威海卫、刘公岛,还有120年前北洋水师沉于水下的冰冷残舰,烈士遗骸……

与黄海毗邻的,是一片名叫东海的海洋;那里,有一处被称为钓鱼岛的地方……

2015 年 10 月

大河无声

一

  他已经在这里坐了很久。一直目不转睛地盯着面前这条人工河。

  这条河有什么好看的呢？河面算不上宽阔，水流也不甚清澈，更无汹涌湍急之威，澎湃浩荡之势，就像身边这丽日和风，安静、平淡、无声无息，就那么从从容容地流淌着。

  但他坚信这河流里一定有他要寻找的东西。

  他想起书橱里的那些书籍，包罗万象却静躺一隅。你翻不翻阅它都在那里，忽略了它，那是你的损失，书不会抱怨责备；如果你要虔诚品读，用心赏析，它立刻就会向你奉献一片缤纷灿烂、厚重若渊的世界……

眼前的这条大河，会不会就是一本需要你沐浴熏香，顶礼膜拜的书籍？

—— 二 ——

金秋的江南，碧空如洗，和风习习，暖融融的艳阳漫天漫地汹涌。他心生感慨，在家乡蜀地，在这样的季节，如此通透温暖的阳光是绝难一见的。

读万卷书，莫如行万里路。他决定沿着这条大河由南而北游历一番。他希望这是一次充满新奇，同时满载收获的旅程。

过长江，渡淮河，穿越齐鲁，越往北走他越发感觉到了某种不同。秋阳依旧明媚，但一望无垠的大平原上，迎面而来的风已能让人感到股股秋冬更迭的寒意。

从某种意义上讲，朔风和寒冷，代表着雄浑与激烈。尤其是在大河起始之处的通州。

通——州——望着眼前这座北方的城市，读着这样铿锵的字音，心里就涌动起一种很阳刚很雄性的感觉。

这种感觉不是空穴来风。他在少年时代的连环画中就曾神往过拱卫京畿的屏障，如丰台大营、通州大营——大营，听听，多雄壮的词！仅从字面上就能感受到号角连天、兵戈若雪的铁血武威。如果，再辅以呼啸的朔风，冰雪的背景，那将激发怎样的壮志豪情？

他再次凝视眼前的这条河流，开始读出了一些流淌着的无声的内容：串连京津，沟通齐鲁，畅达江南，南北纵横 4 000 里。一头，挑着吴侬软语，迷蒙烟雨；一头，连着北地苍茫，辽阔粗犷。丝竹笙歌与铁马嘶鸣，金粉浓香与战甲寒光，竟然如此和谐完美地融于一练碧水中。

夕阳如火，粼粼波光万金闪烁，似乎要将那说不完的风流、抒不尽的豪情，一一翻涌眼前……

三

他一直认为，数字的创造，是人类最具巅峰意义的一次得意之作。那是一种既抽象又具体的神性展示。人们常常在抽象的数字中纵情想象的羽翼，去崇拜物事的伟岸豪迈，又在具体的数字中回归现实，去感受生活的真实可信。随后心生感激，热血沸腾。

这条大河汇聚了太多这样的数字：始于春秋，成于隋炀，盛于唐宋，直于蒙元，疏于明清，距今 2 500 岁；纵贯京津冀鲁江浙 6 省市，通达海黄淮长钱 5 水系；为凿河通航，隋炀帝 10 年征调民工 365 万……

"千里长河一旦开，亡隋波浪九天来。(胡曾《汴水》)" 后世研究者，有将这河视为亡隋祸水的，也有说是利在千秋的。功过是非，取决于你的立场。作为一个游历者，他不想也无权去评说这样深沉的话题，他想知道的是，这支数百万人组成的开凿大军，在这片广袤土地上创造人间奇迹时的恢宏图景。

他心中有一幅壮美的参照图。那是半个世纪前，在蜀中小城掀起的一场轰轰烈烈的"万人战河滩"。那是一场战天斗地、敢教日月换新天的水利建设大会战：为农业灌溉，为兴建电站，他们要在一片荒野之地上凿开一条长达 26.6 公里的人工渠！

干部党员、工人农民、教师学生、城乡居民……20万青壮男女老弱妇孺倾巢而动，蜂拥而来。秋风瑟瑟的田野沟壑间，红旗招展迎风猎猎，人声鼎沸直冲云霄，豪迈的激情在漫山遍野的人流、车流、吆喝声中沸腾、燃烧……

7年零9个月，20万人挥舞着与2000年前没什么本质区别的原始工具，不仅凿开了那条惠及今日的南北堰，更在26.6公里的渠道上建成进水闸、节制闸、泄水闸、船闸、通航孔、渡槽、公路桥、人行桥、灌溉涵闸等大小工程118项！

相较于眼前这条人类历史上里程最长、规模最大的人工河，蜀中那次小小的水利建设不值一提。然而一管窥豹，在当年那条纵贯南北长达数千里的河道上，360万民工汇成的开渠大军，绘就的又是一幅何等壮阔之图景？

在人类许多伟大的创造中，其产生的原因多种多样。有主动的创造，有被动的创造，有的甚至是在被压迫被奴役过程中的创造。但不管这些创造者是谁，也不论他们因何而创造，这些惠泽后世的成果都丝毫无损于"伟大"的定义，都足以令所有的后来者崇拜仰视，感激涕零。

他想到了敦煌壁画、万里长城、秦始皇兵马俑，甚至是远在非洲的埃及金字塔，她们都与眼前这条大河一样，聚合着人类的智慧、才情、力量和精神。它们或处沙漠戈壁，或居幽暗地底，或静静躺于千里荒野中，孤独而巍峨，无声而磅礴。你可忽略，也可聆听。

— 四 —

清晨，雾尤浓。

临河的青石道路上，啼哩嗒啦的马蹄声，吱吱呀呀的辘轳声，与沉重的货物匆忙的脚步一道，由远而近，破雾而来。商铺拆卸门板的呼嘭声相继响起，船家倾倒的废水在河面溅起些微的浪花。不远处，茶楼冲泡的茶香，食店溢出的粥香，还有一声声招徕的吆喝渐次响起……被惊醒的码头伸一伸懒腰，松一松筋骨，再打上一个喷嚏，沉寂一夜的河埠头一下就鲜活、喧嚣，甚至有些混乱起来。

艳阳当空，千帆尽起。南方的丝绸、茶叶、瓷器、粮油溯流而上，北方的煤炭、钢铁、松木、皮货顺水而下，满载货物首尾相连的拖带船队，一字长蛇游走于清波之上，绵延而来，蜿蜒而去……

这样的码头遍布江南、齐鲁、京津，遍布在大河上下每一座城市的河畔。这样的情景，也几乎每天都在这些城市的码头反复上演。千百年来，一辈一辈地传承、吸纳、延续，它已植根并融入了这片土地的一呼一吸中。

他站在这条"黄金水道"的北起点上，任思维和意识自由飞翔，且不由自主地被自己的想象所感动，信口吟出了一首前人的诗句。

> 广拓水驿万艘屯，漫卷舟帆桅樯存。
> 东装西卸转输紧，南纳北收漕务纷。
> 终日无休人语喧，彻夜不绝粮帮临。
> 夕阳小艇能沽酒，三江风景到通门。

他感慨着大河的力量。在无声无息间，在平静从容中，造就了庞杂纷繁的千年漕运，将繁华富庶植入了这片丰腴之地。一河大水，不仅成为哺育亿万生命的脐带，也在不断衍生、丰富着逐水而生的城市文明。

脚下的这片土地，原名潞县，后因"漕运通济"而更名：通州。多铿锵多雄性的名字啊，与眼前这条大河一样气势恢宏。也因上拱京畿，下控辽鲁，"千樯云集，车毂织络，水路冲达"而成为"都城左辅之雄藩"。

大河上下，这样的城市有很多，皆因水而生，因大河而繁华。来看看那些名城吧：北京、天津、上海、南京、苏州、杭州、镇江、扬州、无锡，等等等等。在大河慷慨无私的滋润下，孕育而生、渐次而立的城市文明繁花满枝，葱绿了江南，丰润了齐鲁，更刚健了京津。

千里沃土，万里江山，何处不繁华，哪里不风流？

— 五 —

多年以前，《说唐》《水浒》曾是他梦寐以求的读物。秦琼的铜，程咬金的斧，武松的拳头，将齐鲁大地的粗犷刚烈、豪爽勇武深刻脑海。他想，如果能成为这样一位顶天立地的英雄该多好！

后来，他又在江南的烟雨中酣醉不醒。那小桥流水，雨巷纸伞，亭台楼榭，画舫霓裳，如梦一般缠绵在多情少年的心头。他又想，如果成为一位峨冠博带、风流倜傥的才子多好！

现在，他站在燕赵大地上，准确说，是站在通州运河文化广场上，寻找着能够让自己感动、倾慕，甚至是能够情定终身的文化。是那组数百米长的花岗石雕,还是那艘百米彩绘的三层龙舟,或是古码头遗址上的牌楼联匾?

文化是什么?作家龙应台说,文化就是一个人如何对待他人、对待自己,如何对待自己所处自然环境的态度。品位、道德、智能,是文化积累的总和。

当然,并非所有的人都有这样独到的见解或精辟的总结,人们更愿意用自己最擅长的方式来描绘所见,表达所思,或是抒发心中的希望。于是——

士子撰联《万艘云集》:

南来粳稻千帆夕
北去风沙万里秋

诗人赋诗《二月二达通州》:

河冰初解水如天,万里南来第一船。
彻夜好风吹晓霁,举头红日五云边。

画家呢,一不小心,就绘制出了那幅与《清明上河图》齐名的《潞河督运图》。那是一幅长达 6.8 米的彩绘绢本,细致入微地刻画了清乾隆时潞河漕运、商贸及民俗的盛世情景。

他立刻就被这幅写实细腻、风韵万千的作品折服了,并且很快就将自己投进了 300 年前那片春意盎然的花花世界中——

田野中,他与农夫荷锄耕种;农舍间,他观妇人飞梭纺织;巷陌里,他陪小儿嬉戏玩耍;店铺里,他和商贾论质砍价;他在寺院中聆听晨钟暮鼓,在酒肆中笑看醉汉痴癫,在茶楼上闲赏评弹坐唱;他还与江上的船工一道操桨持舵,与码头的挑夫共品旱烟，与精瘦的纤夫吼着高亢的号子，还与勾栏中的红颜妖娆翩跹共舞……望着江心破浪而行的官船商船，扬帆乘风的巨舫扁舟，他突然有一种移天缩地、近在咫尺的顿悟。

一条大河，滋润了江南的柔媚富庶，也撑起了燕赵的伟岸脊梁。文武相融，刚柔并济，这真是一条神奇的大河！

他想起了乾隆帝与纪晓岚联袂而作的那副很有名的对联：

东运河西运河东西运河运东西
南通州北通州南北通州通南北

—— 六 ——

2014年6月，新增的世界文化遗产名录上出现了一个熟悉的名字：中国大运河。在得知这一消息时，他兴奋了很久，也难过了很久。

2 500年的历史，4 000里的疆域，纵贯6省市，通达5水系，繁荣富庶了半个中国的这条河流，当它以"遗产"的形式出现在我们面前的时候，这背后蕴含的都有些什么呢？我们应该为海运、铁路、航空等现代交通的发达而自豪，还是该为千年运河的没落而悲伤？

于是，他在写给北方友人的一篇关于文化遗产保护的论文中这样写道：

在中华民族五千年的历史长河中，不同的时代催生着不同的文化，同时也改变甚至湮灭着不同时期、不同风格、不同特色的文化。如同我们仙逝的祖辈先贤一样，各种文化在时间的面前也经历着生老病死，荣辱沉浮，有辉煌，也有没落。

然而，无论什么样的理由，无论多少的理由，运河文化都不应该就此消亡。如同我们发掘的商鼎周爵、秦砖汉瓦，它们的实用性早已被陶瓷玻璃、钢筋水泥所替代，但我们却小心翼翼视若拱璧。因为，它们是我们民族文化之根，是一个民族曾经创造的灿烂文明的实证，是一个民族精神发展的线索和根脉。可以说，没有它们，就没有我们的现代文明，就没有今天繁荣多姿的璀璨文化。

运河文化，以昼夜奔流之势，推动着历史进程，繁荣着中华文明。这种文化的力量有时比经济的力量更具亲和力、更具渗透性，更能彰显一个地方、一个国家、一个民族的情趣、智慧、审美和文明的高度。

实现中华民族的伟大复兴，其精神实质就是要复兴中华民族的优秀性、中华文明的先进性，要实现整个民族的文化自觉和文化自信。而要达到这一目标，首先就要知道我们从哪里来，要理清我们的文化根脉，并通过这根脉去衍生、发展、创造出我们更先进的现代文化和现代文明。所以，我们有责任去呼吁去拯救，去好好呵护我们的精神之根，别让我们的子孙将来无根可寻！

现在，他很高兴，坐在家中的书房里关注着一个个纷至沓来的好消息：

通州运河艺术节、杭州运河文化节相继设立，运河文化的挖掘、整理、保护、利用提到了一个空前的高度；南水北调工程为古老的运河注入了全新的活力，多个河段实现复航；通州、武清、香河三地签订合作协议，京杭大运河通州—香河—武清段将于2020年正式通航……

"春风得意马蹄疾，一日看尽长安花。"今晚的他，自然无法鲜衣怒马扬鞭运河畔，他只能在地图上遥望那条让他牵挂的大河。他再次展开了想象的翅膀，以一种自由飞翔的状态来到了那条算不上宽阔也不甚清澈的河流上。河水依然如昨，从从容容不疾不徐地流淌着，看不出一丝的骄傲或落寞。他的心情却无法平静。他想，再有一个 2 500 年，这条沟连南北长逾 4 000 里的大河，又将会是怎样的模样？

2015 年 11 月

走进丽江　走进梦中的香巴拉

1933年，美国小说家詹姆斯·希尔顿（James Hilton）创作的小说《失去的地平线》出版发行。小说描述了一片位于东方的神奇大地。那里，有金色的雪山，万年的冰川，幽深的峡谷，茂密的森林，碧绿的草甸，宁静的湖泊，如云的牛羊，遍地的黄金。在片这如梦如幻的土地上，佛教、儒教、道教、苯教、东巴教、天主教、基督教、伊斯兰教，各种宗教和谐共存。藏族、汉族、白族、苗族、彝族、回族、傈僳族、纳西族，不同民族的人们团结友爱，和睦相处。这里，是理想中的国度，是永恒、和平、宁静的象征，是现实中的乌托邦、伊甸园、世外桃源……这片神奇的大地有一个美得令人心醉的名字：香格里拉

（Shangri-la）。

　　小说一经问世便迅速风靡世界。而关于那片神奇的土地的踪迹，无数人经过近半个世纪的苦苦寻觅后，终于在中国西南的四川、云南交界处，发现了这座令人魂牵梦萦的失落天堂……

——题记

高原姑苏的浪漫风情

　　是梦中情人的纤纤玉葱，还是江南丝帛的湿润细滑，闭上双眼，你几乎能够感受到它从脸庞拂过的那一抹若有若无的温柔。

　　世界屋脊上，那轮清辉万缕的硕月悬于头顶，近在咫尺，似乎稍一伸手便能触摸到表面那些凹凸的斑痕。在这样的月色下，若是情侣散步耳语，朋友聊天畅谈，或是独自品茗赏月，那该会是一种怎样的飘然惬意？

　　半小时后，旅行社的中巴车将我们从三义机场送抵丽江古城。夜幕中的古城很静但不冷清，临街店铺灯火通明，三两闲庭信步的游客顾盼而行，小小的沟渠，依依的垂柳，曲曲的小桥，绿绿的花草，沿街木楼悬挂的一串串大红灯笼，共同构建出一幅很江南的风情。我们就在这份宁静安逸中，踩着宽敞的五彩碎石路走进了丽江。

　　导游杨明从业多年，对丽江的形成演变倒背如流。就着夜啤酒烤肉串，他绘声绘色地讲述着800年前宋蒙战争的惨烈，以及战后重建中以大研、白沙、束河三镇犄角而立，在川滇藏交通咽喉处建起的这座滇西北政治、经济、文化、军事重镇。这位聪明的导游通过几句简单的交流便揣测出了我们此行的兴趣点，他说："外地人来丽江，最应该去欣赏的是纳西族的三大特色文化：古老的洞经音乐、秀美的明清壁画、独特的东巴文字。"

翌日一早，精力旺盛的杨明就带着我们汇入了熙熙攘攘的旅游大军。由于时间关系，四散于丽江各地的洞经音乐、明清壁画我们无福领略，但东巴文化中最具代表性的东巴文字在古城中却俯拾即是。信步闲逛，街头每家店铺的招牌上除了易于游客辨认的电脑刻字外，每字之下均对应地书写着一个异常生动、非常古朴的象形文。幽静巷尾间，还有不少写满七色东巴文字的文化墙。仔细观摩，与其说那是一个个的文字，倒不如说是一幅幅构图精美的图画。也就是这些"图画"，成为纳西族独立于世的重要文化标识。

在人类的文明史中，文字是一种近乎神迹的创造和存在。一种文字，是构成一种文明的最基本的元素。拥有自己文字的民族，才是一个真正意义上拥有完整文明的民族。与世界上大多文字的起源一样，"东巴文"同样发源于宗教文化，即纳西族的东巴教文化。

1 000多年前的大唐，一个金秋之季的丰收夜晚，边陲蛮荒的土地上篝火熊熊，人影绰绰，欢声如歌笑语如潮。一位"东巴"（纳西语：原为祭司名，意为智者）畅饮着青稞酒，围着篝火载歌载舞。酒至微醺，激情澎湃。歌，已不能尽兴；舞，亦不能达情，他迫切地想要记录下眼前、心中的一切。于是，他顺手从身边拾起一方巴掌大小的杉树皮，用胸前佩饰的牙骨，在树皮光滑的一面用力刻下了非常原始却如划破夜空流星般的烁烁一笔——一个个由不同线条构成的象形文字出现了……

正是这些能歌善舞、精于写画的"智者"，在经历了无数个日日夜夜，在耗尽了自己的聪明才智后，那些树皮、木块、纸张上才创造性地留存下了"专象形，人则图人，物则图物，以为书契"的古老文字。千年之后的今天，这种聚合了纳西先民集体智慧和思想的独特文字，成为世界上唯一还在使用、依旧顽强"活着"的图画象形文。1400个栩栩如生的"东巴文"，除了在丽江本地熠熠生辉外，在世界各大图书馆、博物馆中的20000多卷东巴经和东巴古籍中依然保存完好，成为代表纳西族辉煌文化的"活化石"，人类文明珍贵的历史文化遗产。

在街头一家出售木刻商品的店铺内，一对纳西胖金哥、胖金妹（纳西语：帅哥、美女）的手工艺引起了我的兴趣。大小不一的木块放置在覆着围裙的膝盖上，粗糙的手指不断换取着形态各异的刀具。手指轻扬，雕刀如花；慧心巧手，木屑若雪。一会儿工夫，原本平凡普通的木块上就浮现出纳西族的图腾，或一个个图画般美妙的东巴象形文。父母、儿女、食物、房屋等图画组成的"合家欢乐""幸福一生"，寓意质朴而温馨。古老的东巴文化，随着这些线雕装饰屏、木制幸运符、木刻小风铃等饰品商品，走向了大江南北，走向了世界各地。

为寻找古丽江的感觉，我们离开嘈杂的大街向古城深处而去。几个弯拐后，一片极幽、极静的天地将我们包容进去。如果不是我们这些不速之客的脚步声,你几乎就只能听见唰唰的水流声,和微风拂过柳枝带起的轻颤。

顺玉龙雪山潺潺而下的雪水清泉,养育着了热情善良的纳西儿女,也为这座高原之城装点了无尽的柔情浪漫的绮丽。时汇聚,时分流,一股股清流依山势而泻,或顺檐而走,或回旋成潭,或穿街过巷,或入院透墙……溪水在我们身边欢快地奔流着,于丽江古城中纵横交错。家家流水淙淙,户户垂柳依依。

冰雪之水赋予了纳西人冰雪一样的智慧和灵性。一进两院、四合五天井、三坊一照壁,无论哪种架构的民居建筑,都将蓝天、碧水、绿树、繁花和谐统一于一方庭院间。

我们随意走进了一户悬挂匾额"白云居"的寻常百姓家。精细的雕花门楼,浑圆的兽头筒瓦,大红的灯笼喜气的楹联,不大的院落里满是温馨恬静。门后的古旧照壁不知已有多少年深,碎瓷组成的硕大"福"字饱满圆润,仙草祥云蝙蝠松鹤簇拥环绕。木制的窗棂下,白色黄色的菊花悄然盛放。屋角柱础石鼓上,一只花猫细眯着眼,懒懒晒着太阳。青灰的岩砖,雪白的院墙,小小的天井将一方蔚蓝的天空剪裁得玲珑。檐下淙淙作响的,是青石板沟渠中那一线穿堂而过欢快奔流的青波……

居中正房较高,两侧配房略低,再加以厚实的照壁,这便是纳西民居中最常见、最具代表性的"三坊一照壁"建筑形式。出檐、面坡、漏窗、花栏、曲廊……布局合理,结构严谨,曲线柔美,装饰雅致。高原之上的纳西人,用江南一般的温婉柔情,为古老的丽江添上了一抹淡淡的,却馨香久远的水乡情韵。

小桥、流水、人家，漫步高原之上的秀美姑苏，354座古石桥、木拱桥，与纵横交错的溪流、参差错落的民居一道，恣肆铺呈，相容相间，在古城之上舒展着柔美，涂抹着墨韵，如丝一般缠绕，如网一般交织，如梦一般迷离……

这样柔情的水，这样古意的城，足够用一生的时间去品味。

—— 世界屋脊上的文明丰碑 ——

清晨，高原的天湛蓝得深邃，近处的笔架山上，缓缓飘浮的白云触手可及。今天我们的旅游目的地，是位于丽江城西8公里的拉市海国家湿地公园。

自古城出发，大约一刻钟后眼前坦荡荡一碧万顷。导游杨明向我们详细地介绍，千万年以前拉市海原是滇西北古地槽的一部分，随着横断山脉造山运动的发展，绵延起伏的群山间便慢慢形成了这片面积5 330公顷、湖面海拔2 437米的高原湖泊。据说，每年来此越冬的候鸟共有3万余只，其中不乏中华秋沙鸭、黑颈鹤、黑鹳等国家一级保护珍禽。可惜现在尚是夏末，除了几只野鸭在水面扑腾觅食外，湖面平静如镜，近处的山，高远的天，尽皆投影其中。

下车。租马。为我执蹬牵缰的，是一个名叫和霜的纳西族胖金哥。虽然年仅21岁，但有力的双臂、敏捷的步伐，再加上黝黑油亮的皮肤，已然透露出几分高原汉子特有的强悍。别看我们这滇马个子矮小，但最能负重耐劳，以前运送茶叶、盐巴、玉石的，除了藏区的牦牛就是我们的滇马了。和霜一边热情地解说，一边引马向拉市海茶马古道遗址而去。

无论在世界交通史或是世界文明史上，中国西南一条神秘的古道都无一例外地占据着极为耀眼的地位，这就是被誉为南方"丝绸之路"的茶马古道。

茶马古道，"兴于唐宋，盛于明清"。千百年来，中原大地盛产茶叶，藏滇边地良驹遍野，彼此的需求互补让"茶马互市"蓬勃兴盛，如流的商队在中国西南边陲的崇山峻岭间镌出了一条崎岖蜿蜒的贸易之路。如果时间可以回返，我们登高远眺就能看到，一只只牦牛首尾相衔，驮载着毛皮、药材、玉石蜿蜒南来；一队队马铃清脆的马帮，运载着茶叶、布匹、盐巴、丝绸徐徐北往；古道沿途，一个一个"汉番辐凑，商贾云集"的商业城镇渐次而立……

茶马古道分南北两线，即南线川藏道和北线滇藏道。川藏道起于四川雅安，进入康定后又分成南、北两支线：北线经康定向北，经道孚、炉霍、甘孜、德格、江达至昌都，南线则经康定向南，经雅江、理塘、巴塘、芒康、左贡亦至昌都，两线合二为一后直通西藏腹地拉萨。滇藏道较简洁，起于云南洱海，经丽江、中甸、德钦、芒康、察雅至昌都，再由昌都通往拉萨。各类物资到了拉萨，又经喜马拉雅山口运往印度、缅甸、尼泊尔，最后行销整个欧亚……真正让茶马古道闻名于世的，是"二战"期间这条贯通欧亚的国际生命大通道在世界反法西斯战争中起到的无可替代的重要作用。

随着现代交通运输的快速发展，延续千年的古道早已难现昔日的辉煌荣光，然而，这份人类共有的历史遗产却无时不吸引着世界的目光。我们打马而进的，便是拉市海锦绣谷中至今仍保存完好的滇藏线上的一段古道遗址。

几只黄犬黑犬在马前欢快地奔跑。和霜说，这些训练有素的家犬一可以捕山鸡逮野兔，二来可以驱逐山中游荡的孤狼，保证游客的安全。上山途中，牵着马缰的和霜亮开了嗓子："马铃儿响来哟玉鸟儿唱，我送阿诗玛回家乡……"声情并茂的歌声，在茶马古道上显得尤为多情浪漫。和霜的歌声和我们的喝彩感染了其他马夫，大家一起唱起了《纳西祝酒歌》《阿妹的情歌》《醉在女儿国》等颇具纳西特色的民歌，并热情地邀请我们一起引吭高歌。对民族歌曲一窍不通的我们只好以流行歌曲回应："对面的姑娘看过来，看过来看过来……"未曾想，各种时髦的流行歌曲一样难不倒这些身处边地的胖金哥。于是，茂密的杉木林中，旷远的高原之上，略显沙哑却奔放雄浑的歌声此起彼伏，和着朗朗笑声与叮咚马铃在连绵山谷间回旋，在碧空蓝天下荡漾……那份豪迈，那份激情，只属于这高原，只属于这茶马古道，只属于这些热爱生活的纳西人！

不过，千年前行走于古道的马帮商队，断然不会有我们这般逍遥自在。"康藏高原，兀立亚洲中部，宛如砥石在地，四围悬绝……尤以与四川盆地及云贵高原相结之部，峻坂之外，复以邃流绝峡窜乱其间，随处皆成断崖促壁，鸟道湍流。各项新式交通工具，在此概难展施。"（任乃强《康藏史地大纲》）。蛇行于世界屋脊之上的茶马古道，7000公里的南北两线穿越横断山脉，绵延康藏高原，在岷江、怒江、雅砻江、金沙江、澜沧江、大渡河等六条大江的咆哮中，于绵延峰峦间逶迤穿行，在缥缈云雾间腾挪闪现，更在变幻莫测的高寒气候中步履维艰。

"正二三，雪封山；四五六，淋得哭；七八九，稍好走；十冬腊，学狗爬。"千年的民谚，说的是天气，概括的是高原行者刻骨的难！于是，清人焦应旂在《藏程纪略》中慨叹："坚冰滑雪，万仞崇岗，如银光一片。俯首下视，神昏心悸，毛骨悚然，令人欲死……是诚有生未历之境，未尝之苦也。"

行走在这条世界上海拔最高、山势最险、距离最远，沿途景致最壮丽雄奇的古道，磨砺的是人的勇气、力量和意志，体验的是生与死的顿悟，升华的是精神和灵魂的高度！

当我们来到锦绣谷的最高峰时，深邃的蓝天更是近在咫尺，似乎要将眼前的一切尽皆包容。耸峙群峰前呼后拥，莽莽森原郁郁葱葱，浩浩的拉市海在不远处波光潋滟。目力能及的远方，玉龙雪山的雪顶在阳光下圣洁庄严。此时，凝神静气，成群结队的马帮身影不再；侧耳倾听，清脆悠扬的马铃渐行渐远；只有一串串镌刻心灵的足印依旧清晰，在这片令人敬畏的高原上无声地诉说着曾经有过的繁花商贸，灿烂辉煌的文明传播。

在世界屋脊上，生生不息的人文精神，拼搏奋进的民族气质，用时千年铸成了一座挺立云天的巍然丰碑。此后的千年，又由谁来传承，谁来发扬……

—— 殉情谷与艳遇街 ——

临来丽江前，有朋友一脸鬼祟地笑着推荐，后街的酒吧是很值得一去的。在古镇绮丽的风光中，在灯红酒绿的夜色下，来自天南地北的游客随缘聚于一隅。互不相识尽卸伪装，觥筹交错面酣耳热后，平日压抑的激情被彻底点燃。朋友说，在后街,只要你有心,"艳遇"的机会高达80%。

令人啼笑皆非的是,我们自茶马古道打马下山后,导游杨明却把我们带到了一个名叫殉情谷的景点。

这是一片三面依山,一面向海的巨大山谷。繁茂森林的簇拥中,各种不知名的花卉在谷底斑斓盛放,湛蓝天空下彩蝶翻飞雀鸟欢唱。远处,是碧波万顷的拉市海,是洁白巍峨的玉龙雪山。如此诗画美景,很难让人将"殉情"这样悲凄、痛切的事情与之关联。

世间之人,不论贫贱富贵高矮美丑,人人都向往着属于自己的真挚爱情。而世间最苦的,却是明明相知相爱却不能相守相亲。"红酥手,黄滕酒,满城春色宫墙柳……山盟虽在,锦书难托。莫、莫、莫!""彤霞久绝飞琼字,人在谁边?人在谁边,今夜玉清眠不眠。"陆放翁的《钗头凤》,纳兰容若的《采桑子》,将心相连而人相隔之凄苦幽怨写得肝肠寸断、滴泪成血。

这种悲苦的爱情,从古至今屡见不鲜。其中最令人唏嘘感慨的,莫过于化蝶双飞的梁祝。感天动地的爱情,因一种无比凄恻的结局美得令人窒息令人艳羡。然羡则羡矣,能够如祝英台一般舍弃繁华红尘毅然一跃,与爱人化蝶而舞者又有几人?

长安回望绣成堆,山顶千门次第开。
一骑红尘妃子笑,无人知是荔枝来。

—— [唐] 杜牧 《过华清宫绝句三首·其一》

李隆基对杨玉环的爱应该说是刻在骨子里了。为了双宿双飞交颈缠绵，这位贵为天子的男人甘冒天下之大不韪，纳儿媳为禁脔。为博美人一笑，不惜百骑千里送鲜荔，甚至一步步将自己开创的"开元盛世"推向衰落和毁灭。这位看似情圣的帝王，在面对江山社稷与美好爱情的选择时，最终舍弃了山盟海誓的情人，以七尺白绫终结了那份刻骨的爱情。

"在天愿作比翼鸟，在地愿为连理枝。天长地久有时尽，此恨绵绵无绝期。"背叛了爱情的李隆基，宁愿在夜半无人的长生殿里孤独地反刍曾经的幸福，也没有勇气追随深爱的贵妃殉情而去。

生命与爱情，成为谁也不愿意面对的抉择。非但凡人，神仙也是如此。"织云弄巧，飞星传恨，银汉迢迢暗度。金风玉露一相逢，便胜却人间无数。"忠厚的放牛郎，织锦的七仙女，宁愿忍受三百六十五日的相思煎熬，也盼着那一夕重逢的短暂欢悦。

殉情，在我们看来，近乎一个傻傻的命题。

高原之上的纳西人却没有汉人这么多的哀怨悲凄。"山无陵，江水为竭，冬雷震震，夏雨雪，天地合，乃敢与君绝！"这发于远古的铄金誓言似乎更能代表纳西人的爱情观，如这雄浑、旷远的高原，棱角分明，通透直白。当无法"执子之手，与子偕老"时，锦绣谷曲曲折折的山道上，就走来了一对对携手相拥、深情对视的纳西情侣。

远方的冰川是圣洁的见证，满山的松杉是祝福的嘉宾，青绿的草地似锦的繁花编织成了世上最华美的婚床。在度过了人生中最短暂却无比美好的幸福时光后，浓得化不开的情侣们面对玉龙雪山，面对拉市海，或纵身一跃，或笑食毒菌，或紧拥而缢，在这诗画般的天地中比翼飞往了另一片美丽的仅属于她们的浪漫世界。

在纳西情侣的眼中，以这样一种绝美的姿态殉情，既没有生离的苦，也没有死别的痛，反而有一种化蝶比翼的翩跹浪漫。在他们的心中，生命的有无与爱情无关，他们的爱会以另一种方式延续且永恒，如最后一眼看到的巍巍雪山，莽莽丛林。

在清脆悠扬的马铃声中，我们从殉情谷缓步而出，回到了喧嚣的古城。又在夜色阑珊时，来到了那条有名的"艳遇"一条街。

小溪潺潺，垂柳依依，青石铺成的小街繁华热闹。高高的大红灯笼下，木制的窗棂围栏间，胖金哥、胖金妹们热情地招徕着往来的游客，门前的激滟清波将一街的灯红酒绿映射得斑斓多彩。酒吧中央的舞池里，超重低音咆哮着，露脐舞女扭动着，激情蹦迪的男女在炫目的七色光束间高举双手摆胯扭腰摇头晃脑。酒吧的粗木桌椅间，红男绿女用坚实木块敲击着桌面，频率不一的跺脚声震耳欲聋。夜色下的后街，几分疯狂、几多迷离、几分暧昧。那临水的窗前，角落的深处，红酒如血啤酒似金，交颈的耳语不知是否响着"艳遇"的序曲？

这时，突然想到了如诗画一般的殉情谷，想到了高原碧空下双双西去的情侣。一天之间，从殉情谷到艳遇街，有一种恍若隔世的荒诞滑稽泛上心头……

2010 年 10 月

阳光中的夜色

—— 夜幕与月光 ——

皓月盈空,轻骑越万重。没想到一次逃离般的疾速夜行,居然在湘西的荒野中获得了一种意料之外的心灵自由。

自张家界缥缈云雾中跌落红尘时,已是暮色渐起,四野群峰环簇,朦胧神秘。受日程所累,我们不得不兼程奔赴凤凰古城。此时,夏未远而秋未至,气温冷热适宜,张花高速如一练水银,柔美有力穿行崇山峻岭间,承载我们呼啸疾行。不过这样的酣畅持续不久,灰黑色夜幕很快就接管了眼前的一切,车辆极少的宽阔道路上,炫目的光柱在前方孤独地穿透、延伸、起伏。这样的驾驭,有一种探险的刺激和兴奋。

湘楚多山，峻拔而迤逦，故又有山国之称。湘西之地，正被千里武陵纵贯横亘。我们所行的方向，恰与武陵山形走势相向而伴。一车如蚁，在层层叠叠耸屹嵯峨中曲折而行，窗外隐约闪现的蛮荒旷野更显原始、诡谲和剽悍，令人渐生敬畏。人用语言来表达自己的深刻，山则以形态来展现自己的厚重。两相比较，高下立断。

　　一轮满月的升起终结了暗夜的统治。千里奔行，它就一直明晃晃置于车前或悬于车顶，在森森莽原上涂抹着斑驳的银，把近处的绝壁峻崖，远处的峰峦轮廓，把夜色掩盖下的所有秘密，以一种异常阴柔冷艳的方式呈现在你的面前。我们在那一地清辉中追逐，但纵使疾速如电，那皓月那银光那些阴柔冷艳始终不远不近地在眼前诱惑你，总让你心痒难耐又逐而不得。这是一种令人绝望的希望。

　　这样的夜色和月光让极少夜行的望雨十分兴奋。她对眼前的一切充满了好奇和欣喜，兴奋地与母亲讨论着那部诱引我们千里而来的清丽小说，和那座有着美丽名字的古城。老船夫与黄狗，翠翠与傩送，还有那条清澈透明得能数清游鱼的白河，以及河边长蛇般的城墙，热闹的码头，古旧的店铺，小小的往来如织的乌篷船，一半依山一半在水的吊脚楼……

　　关于沈从文笔下边城的出处，我们一家三口进行了热烈但又没有结论的讨论。我说在川湘交界的小镇茶峒，她说是在沈从文老家凤凰古城。其实，对于我们来说边城在哪儿都无所谓，这次暑假出游既是陪伴放假回家的女儿，也是我们逃离喧嚣城市的冲动驱使。我常常望着那些吞噬着青山绿水，排放着废气雾霾的钢铁丛林心生疑惑，我们耗费了无数时间、精力和理想、激情建设而成的城市，为何会变成一头庞然而不知感恩的怪兽，毫无理性地吞噬着我们的淳朴、善良、纯真、诚信，只给你剩下了一副日渐冰冷的钢铁残骸。

我们建设着城市，创造着文明，却只要有机会又都想着逃离，哪怕只能够得到短短几天的宁静，哪怕是为此要奔赴千里，依然义无反顾。

不管怎样，今晚的夜色总是好的。尤其是在岑寂通畅的高速公路上。汽车轮胎与路面的摩擦声，夜风扑面的飒飒声，以及悬于头顶的皎洁之月，都是柔美且浪漫的。车内又是温馨一派，妻女笑语如珠簇拥于侧，这是何等之逍遥惬意！心中突然有了一种浓浓的眷恋，唯愿时光不再流逝，眼前这路就这样无尽延伸，这月色就这样一直凝结于眼于心……

在这样的月色下御风而行，有一种羽化而仙的超然，有一种怀天抱地拥有一切的满足。这种感觉跟豪迈无关，那是一种绝对自由的惬意——有什么比自由更让你身心愉悦引吭欲歌的？

这就是夜的魅力。它总能虚幻出你想要的世界。

遗世而立

白墙之外，是纷扰喧嚣的红尘。灰瓦之下，是涤浴尘埃的灵泉。

故居总能给人一种甜蜜的快慰，尤其是这种白墙黑柱青灰瓦的老宅。竹椅木床八仙桌，曲廊天井四合院，眼前的一切显得古旧笨拙甚至有些残损，寂寂默默静伫一隅，与外面纷繁的现代世界形如冰火。红尘中人走马观花飞掠而过，凡缓步慢行细细体会的，大概都是对文字心怀崇敬之人吧。"不敢高声语，恐惊天上人。"在古城的这一角落，终于有了一片让人幽思遐想的空间。

时光是一把细细的筛，滤去了飘浮其上的渣滓废物，沉淀下历久弥新的灵魂墨香。

93年前，21岁的沈从文孤身一人来到了北平。脱下穿了6年的军装，青年的心中目标明确志存高远。仅读过几年私塾乡小的年轻人，居然毫无惧色地向燕京大学国文班递上了"投名状"。用现代的话说，是理想很丰满，现实很骨感，这种不知天高地厚的唐突之举自然撞在了南墙上。报考未果的沈从文只能在北京大学当上了一名旁听生。

校园外，是军阀混战狼奔豕突；校园内，举目无亲囊中羞涩。孑然一身的青年，此时想得最多的，应该就是湘西那片远离多年又熟悉亲切的土地吧。家，有时就像冬天里一碗热腾腾的红糖姜汤，能由胃而心，由心而脑，将一脉温暖送抵四肢百骸。尤其在困顿窘迫时，那山那水那乡音，总会第一个从心灵深处浮现而出。

我们几乎能够清晰地感受到，在无数个更漏烛残的静夜，湘西的逶迤群山，凤凰的碧水烟翠，还有吱呀的橹歌桨击的水声，和那些湿漉漉有些浸凉的微岚，是如何不可阻挡地汹涌澎湃而来。秉烛苦思的年轻人开始在笔尖倾泻刻骨的乡愁。在他提笔写下"边城"二字时，故土的风物人事有多少已挤在笔底等着喷薄而出了呢？

此后8年，从北平到上海，由上海而青岛，为求生计辗转千里的沈从文始终没有停下这支思乡之笔。他在那个"不知魏晋的桃花源"里建造着属于自己的国度。那里有顺顺与老船夫的酒，有傩送与翠翠的爱情，还有码头城墙吊脚楼，脆啼黄莺繁密虫鸣和美丽的黄昏如银的月色……心中存世界，笔底有乾坤。一切创作的根源皆来自人生际遇和所思所感。在颠沛流离的那段日子里，湘西那片土地成了青年心灵的皈依。淡淡的乡韵，淡淡的温馨，淡淡的感怀，淡淡的相思，都在笔下缓缓地流淌。穷而不苦，忧而不伤，甜而不腻，亲而不溺，一部4万余字的小说，蓄满了湘西土地上人性之善美、心灵之澄澈、乡情之悠远。沈从文想得很深，写得很痴，在自己创造的世界里待了整整6年。一直到张兆和的出现。

丘比特之箭具有强大的不可理喻之魔性，它不仅能洞穿一个人的灵魂，更能将人从一个世界迅速拖曳进另一个世界。覆雨翻云，往往就在一念间。1930年，已是吴淞中国公学一名讲师的沈从文，就在自己授课的讲堂上被这支魔箭穿胸而过，瞬间成了一名甘愿匍匐在伊人裙下的"奴隶"。爱情的魔力让他终于从浓浓的乡愁中走了出来，很快就结束了《边城》的写作(1931年成书，1934年出版)，转而开始了长达3年的马拉松式的情书写作。结局是花好月圆的美满，1933年9月9日，沈从文与张兆和在北平喜结连理，有情人终成了神仙眷侣……

在《边城》出版的当年，激情涌动的沈从文又开始了另一部作品的写作。这次，是为一个人的写作。

新婚刚数月，正恩爱绻绻你侬我侬时，沈母病重的消息自凤凰传来。沈从文必须千里返乡探视慈亲。兰舟催发,这对缱绻爱侣执手泪眼,凝噎难舍。最后约定,沈从文将以书信的方式每天向张兆和描述沿途见闻。正在爱情中神魂颠倒的沈从文没有食言,他在狭窄潮湿的船舱里给远在北平的妻子写道:"我离开北平时还计划每天用半个日子写信,用半个日子写文章,谁知到了这小船上却只想为你写信,别的事全不能做。"

同样是千里辗转,同样是孑然独行,同样是写湘西的山水人情,此时沈从文的心境却与数年前判若云泥。在那些沾满仆仆风尘沱水灵性的信札中,舟楫的水声橹歌,船夫的率真粗野,吊脚楼上的亲昵私语,都是好听的、率真的、浓情的。包括那狭窄的船舱冰冷的被褥,也成为思念爱人的心灵寓所美妙一隅。到了实在无法用语言表达的时候,沈从文拾起了彩色蜡笔,素描着湘西的远山深潭帆影古渡,试图以更真实而立体的方式呈现于爱人眼前。云天微雨世间万物,正好一浇胸中块垒。盈尺雪笺上,除了浓烈依旧的乡愁,密密麻麻都是对新婚妻子浓得化不开的爱恋。"三三""三三"(张兆和在家排行第三,沈从文以之昵称)每一声的千里隔空呼唤,都叫得人心颤若弦,柔得无骨。

20 世纪 30 年代,时局危艰,长城内外烽烟正急。沈从文笔下的这片湘西之地,在纷乱的中国就更显遗世而立,宁静温馨,以至于至今依然有不少评论家说,这是沈从文逃避现实的心理寄托,他是在塑造另一个"不知魏晋的桃花源"。

—— 知音何在 ——

文章能成"千古事",全在于"化人"的这一功能。有哪一位作家不希望自己的作品被更广泛的人群去阅读去传播呢？

在小说《边城》出版前，沈从文在《序》中却这样写道："我这本书不是为这种多数人而写的。"与其说这是他回敬那些评论家的一个鄙视，还不如说这是他为那纷繁乱世开出的一剂温补药汤，在调理着20世纪30年代一个民族的精神暗疾和心灵创伤。

在沈从文眼里，文艺爱好者、大学生、中学生，理论家、批评家、出版家，以及习惯于说谎造谣的文坛消息家都不是这部作品的读者，"他们的生活与这个作品所提到的世界相去太远了"。他心中的读者，"应是有理性，而这点理性便基于对中国现社会变动有所关心，认识这个民族的过去伟大处与目前堕落处，各在那里很寂寞的从事于民族复兴大业的人"。他所关注的，"首当其冲的农民，性格灵魂被大力所压，失去了原来的朴质，勤俭，和平，正直的型范以后，成了一个什么样子的新东西。他们受横征暴敛以及鸦片烟的毒害，变成了如何穷困与懒惰！我将把这个民族为历史所带走向一个不可知的命运中前进时，一些小人物在变动中的忧患，与由于营养不足所产生的'活下去'以及'怎样活下去'的观念和欲望，来作朴素的叙述"。他要"给他们一种勇气同信心"！

对于今天的人来说，也许很难相信一个年仅32岁的年轻人会有如此深邃的思想，会有如此的责任和担当。但鸦片战争之后的中国，国难绵延、时局混沌、社会动荡、民生艰困，"五四"精神洗礼警醒的民族精英都在思考一个问题：中华之殇，何以治愈？吾国希望，又在何方？

有人愤而搏、怒而斗，有人慨而歌、疾而呼。32岁的沈从文则是把心中的美呈现出来，调治成了乱世中一剂暖心的药——那是一种原始性的、发乎心底的自然流泻。现代的刑天，手中舞动的不是干戚，是一只纤细的笔。而就是这只三寸狼毫，却写下了20世纪中国文学中最美的文字。美，总是鼓舞人激励人的。尤其是这种不为文而文、只忠实于内心的美的抒发。那是一种天然去雕饰的大美。

无独有偶，和《边城》一样，沈从文与张兆和的那些信简原本也是不欲与人分享的。这些信简及所附插图在他们生前一直没有发表，直到1991年才由次子沈虎雏整理、编辑成《湘行书简》，次年由岳麓书社发行面世（后再版时更名《湘西散记》）。可以说，这些文章更是新婚宴尔间最真实的思想交流和情感倾诉。信中所描绘的山色水声，人物轶事，民风民俗，都如其绘制的简笔画一样，恬淡简约却异常真实清晰——这或许就是一个写作者真正应该具备的特质，不虚假不矫情，不粉饰不浮夸，写最真实的景，说最老实的话——别以为读者都是傻瓜，他们能读懂你是真情还是假意，甚至能读出你埋藏心底没有说出的话。

不管是颠沛流离还是心有所属，沈从文都是为故土湘西而文。他心中有美，苦难时有，甜蜜时更有。他心底的文章，不是不想与人读，而是不屑于"多数人"读！这样的表达，令人心生崇敬。

高山流水觅知音，而知音何在呢？四顾茫茫，于是他不再为"多数人"而写作。他只是自顾自地用心灵作笸子，篦掉虱子跳蚤，留下一纸烟翠，满心温馨。

木楼一角，滴水檐下，一家三口斜倚围栏正在小憩。金黄的阳光透过两脊间的空隙飞扑而下，光束中尘埃飞扬纤尘毕现。这样的图景极其曼妙幽远，让人产生错觉，也诱发人的联想，能于不知不觉间带你在80年前的时光画卷中悠然独行……

我们不知道在创作《边城》时，颠沛流离的沈从文是在怎样的环境下进行的写作。但《湘西散记》中的不少篇什，一定是在这座故居，在眼前这间狭窄古旧但不失温暖宁静的书房里完成的。在某一朵雕花窗棂前，沐浴着灿烂明亮的阳光，他是如何充满喜悦，用轻快之笔去描绘他的豆绿色的江水，行色匆匆的渡人，吊脚楼上的娼妓，驶船下滩的橹歌，还有，雨落不止，溪面一片烟……沈从文笔下的湘西，是活着的洁净的世界，是暖暖慰藉的精神港湾。

不管是80年前，还是今天明天，他都是这里的主人。你我皆是过客。很多的人，能拜谒瞻仰他的故居，却永远无法重合他的脚步和呼吸。

逃不出的红尘

初升的日头如一只白亮亮的盘悬于头顶，毫无泼辣灼热之感。阳光穿过纯净的空气，通透映射于远处的山巅近处的江面，还有连绵的红砂岩城墙，巍巍的关楼雉堞。山区的景色疏朗清新，纵目览十里，满眼一层金晃晃的光芒。沱水迂回绕行的高地上，那座因一部小说而为人熟知的小城就静静地安坐那里，等待万千红尘的宠幸。

沱江两岸已是人流如潮、熙熙攘攘。有在跳蹬子桥上嬉水尖叫的，有在临水石阶上玩水濯足的，无数兜售果木饮食招揽拍照留影的在游客间穿行吆喝。我的镜头在捕捉那些曼妙身姿灿烂笑容的时候，在一幅幅定格画面上看到，近处的江，远处的山，脚下的城，沧桑的城垣雉堞，附着苔藓的吊脚楼，都成了红男绿女身后无声的背景。而那些镜头中的主角们，没有谁还在乎这些背景的意义。

偌大古城，家家为商，户户经营。空气中弥漫着油烟烧烤味，还有因讨价还价引起的争吵声。我们如同沙丁鱼罐头一般被人群裹挟着踽踽而行，身边人潮汹涌人声鼎沸，一张张脸上或兴奋惊喜或疲惫张皇。这样的繁华喧嚣，从南到北从东到西几乎蔓延到了所有你觉得美好的地方。诗人余光中在伦敦拜谒卡莱尔故居后写道："所谓游客，大概是世界上最讨厌的东西了。本地人血汗的现实里，偏有一批批游客来寻梦，东张西望，乱拍照片，不知所云。游客呼啸过处，风景蒙羞，文化跌价。"

这就是我们生活着的"车塞于途，人囚于市，鱼死于江海"的现实。

暮色再起。铁灰色的夜空中依然有明月静悬浮云半掩，远处山影黛墨起伏——这幅看似相识的湘西夜色图，却没了沈从文笔下那份"淡淡"风韵。夜幕中的古城依旧繁华。沿江的酒吧响彻震耳的流行乐，两畔七彩霓虹斑斓闪烁，与鳞次栉比的宾馆、酒楼、商贩、烧烤摊一道，形成了一种怪异的共鸣。吱呀的橹声，桨击的水声，搬罾的渔人，湿漉漉有些潮湿浸凉的空气，印象中的湘西完全消失了……

这还是我们不远千里想要寻找的灵魂寓所吗？金钱名利如附骨之疽，你的脚步到哪儿，这些浮华焦躁就如影随形跟你到哪儿，让你无处可去，无路可逃，且每每以其胜利而告终。贪欲如一把无孔不入无坚不摧的攻城锤轰隆隆碾压而来，攻陷了边城的关楼雉堞，摧毁了凤凰的红砂城墙，裹挟着形形色色的脸和心，浮浮沉沉让一江清波成浊流。哪怕是在遥远的湘西，也不留一点宁静舒适。

头枕溪声，银辉盈怀，一夜多梦。翌日，顶着明媚阳光匆匆踏上返程之旅。

空气依然纯净，阳光仍旧灿烂。想到了来时顶月色而行的自由惬意，我们是那样喜爱悬天一月，对皎洁月色是那样心怀感激，然而，当红彤彤的阳光以一种堂皇的姿态施恩于世界的每一个角落时，这种真正的"光明"又让人如此烦躁，光明之下的喧嚣废气虚伪你都得照单全收毫无选择。我们创造着繁华的城市，又躲避着城市的繁华；我们追求金钱给予的享乐，又愤恨金钱背后的贪婪。我们在自相矛盾中挣扎。

边城边城，依然是逃不出的红尘。轰一脚油门，加速离开。人，一旦失望厌恶了，逃离的速度往往比追逐时的脚步更迅速、更果决。

2017 年 6 月

安特生与仰韶村

— 一 —

如果说时光能够停驻的话,那么博物馆应该就是最好的时光存储器。为纪念仰韶文化发现 90 周年兴建的博物馆内,出土的石斧、石铲、石锄、纺轮、骨锥、骨针,以及钵、盆、碗、罐等各类彩绘陶器,将 5 000—7 000 年前的时光裸呈眼前。大量实景模拟、图文介绍的辅助下,很容易就诱引你走进了豫西大地的远古洪荒。

韶山脚下风动秋阳,饮牛河水潺潺轻歌,一群树叶遮羞兽皮裹身的先人们在这片岸芷汀兰的土地上结庐而居,聚族成邑,春种秋收躬耕垄亩,畜养渔猎引吭而歌。当然,还有他们最爱的制陶。夯土围筑的炉窑前,枯瘦黝黑的手娴熟地练泥、拉胚、成型，在浑圆的胚体上涂抹着简洁、生动的线条。或花鸟鱼虫，或日月星辰，所有可谓之为美的物事。炉窑中正烈火熊熊，一只只陶胚在舞蹈的火焰中易筋洗髓，化俑为蝶，慢慢绽放出绚丽后世5 000年的璀璨之光……

画面很美很诗意，但玻璃展柜中太多的残破件、复制品还是让千里而来的拜谒者有些意兴阑珊。这时，一幅占据了整堵墙面的巨大人物照片吸引了我们的目光。

那是一张拍于1921年的黑白照片。照片中的欧洲人束马甲，扎绑腿，手拿地质锤，满脸微笑意气风发。在我的潜意识里，鸦片战争之后的很长一段时间，但凡这种志得意满"欧美神情"的出现，往往就是古老民族的苦难屈辱又增添了新的创口。尤其在中国现代考古史中，这些拥有先进考古设备与考古经验的"文明人"，在为我们解密祖先遗留的文化基因的同时，或顺手牵羊或巧取豪夺，肆意地洗掠着祖先馈赠我们的文化遗存，比如敦煌的藏经、文献和壁画，比如颐和园的十二兽首，昭陵六骏的"飒露紫""拳毛䯄"，等等等等。

"现在我们的镇馆之宝，就是这只被评定为国家三级文物的小口尖底瓶。"悦耳的解说词与展柜中那只石膏粘连修复的残损彩陶进一步证实了我们心中的猜测。仰韶文化发现后，按照中瑞两国政府协议，所有出土文物先被运到瑞典进行研究，随后，一半返还中国一半留存瑞典。遗憾的是，返还中国的早已下落不明，存留瑞典的至今保存完好。而发现并研究这些宝贝的，就是那张照片中的主角：安特生。

很有必要介绍一下这位远涉重洋而来的瑞典人。约翰·贡纳尔·安德松，1874年7月3日生于斯堪的纳维亚半岛一个边远小镇Kinsta。1901年毕业于乌普萨拉大学，取得地质学博士学位后开始了广泛的地质、考古、古生物学研究。1914年，应邀来到中国从事地质勘探工作。1921年，因为连续发现周口店北京猿人化石牙齿、河南渑池仰韶文化遗址而被称为中国田野考古奠基人、"仰韶文化之父"。

卓然的成就让"安特生"成为中国现代考古史上一个无法回避的名字。这是一个让中国考古界五味杂陈、矛盾纠结的人，是一个同时期众多金发碧眼文化强盗中非常"特殊"的那一个……

二

博物馆至遗址区的乡间小道十分安静。不远处的树梢上挂着红红的野柿子，成片成片的薰衣草营造着一片紫色的梦，偶尔响起的几声雀鸟鸣啼，让丰腴的田野少了清冷，多了生动。

这本是中原大地上一个极为普通的村庄，但97年前的那次偶然发现，让"仰韶"一夜天下名。荒僻河谷地带上，17个发掘点星罗棋布，当年的安特生就是在这些发掘点上反复巡行，最终发现了震惊世界的仰韶文化。2011年景区建设时，专以青石铺设串连，命名为了"安特生小道"。

后世学术界对安特生中国之行的动机、心态、成果、地位等有过诸多研究，其著述的《黄土的儿女》《中国远古之文化》就是最真实、最重要的一大佐证。在这些纪实性考古论著中，较为清晰地勾画了一个对东方文明充满好奇，对东方古国倾慕神往，带着探险、研究、学习心态而来的身影——安特生，是他为自己取的一个很有"中国味"的中文名字。

安特生的这种思想、意识并不是凭空而来，这跟他成长的环境、接受的教育大有关联。作为北欧最大的主权国家，瑞典长期奉行不结盟外交政策，因在两次世界大战中都宣布中立而成为一个"永久中立国"。这样相对温和的外交姿态也得到了当时中国政府的赞赏，被认为是"西方少数几个没有帝国野心的国家之一"。

在这样的背景下，1914年"中国北洋政府农商部矿政司顾问"的聘任邀请书越重洋而抵案头时，安特生果决辞去瑞典地质调查所所长等一切职务，从斯德哥尔摩出发，经印度，入新疆，在春风拂面的暮春四月，沿着宝蓝色的塔里木河向东方文明的腹心而来。

由西而东、横跨大半个中国的安特生，被大漠戈壁的瑰丽壮美，中原大地的广袤丰沃，以及万里神州的奇风异俗深深地触动了。五千年古老文明的博大与包容让初来乍到的安特生在日记中写下了这样的文字："忘记了多少次为这具有悠远历史和迷人故事的神奇土地而赞叹喝彩。"

— 三 —

1916年夏，已在中国工作生活了两年的安特生进退维谷。

应该说安特生的地质勘探工作是卓有成效的。来到中国的第一年他便为北洋政府找到了一个储量颇丰的大铁矿，并因此得到了一份续聘合同。然而，随着袁世凯复辟失败，中国进入战火纷飞的军阀时代。因经费短缺，地质勘探陷入停滞。

现在，要不要回国呢？安特生在书房中烦闷地往来踱步。

这两年在中国大地上的行走丈量，让他对这片古老的土地、这个古老的民族有了更深刻的认识和强烈的认同。由好奇而了解，由神往而笃定，脑海中的概念变成了眼见的真实，这激发了他更加强烈的研究欲望。是什么样的先民，以什么样的精神，创造了这样一种悠久而灿烂的文明，繁衍出如此勤劳善良的族群？他想更深层次地了解这个国家的历史和形成，这个民族的特质和禀赋。

安特生留了下来。他把工作重心转向了中国古生物化石的收集、整理和研究上。虽然丢掉了擅长的专业，但丰富的学养和不竭的激情还是让他用脚踏实地的丈量，开创了中国现代考古的一门新学科：田野考古。

在历史上留下自己身影的人，不仅有恰逢其会的际遇，往往也是经年执着的必然。1921年，47岁的安特生在中国寂静的田野间走向了人生的巅峰。

北京、周口店、鸡骨山。荒岭野地里一些白色带刃的石英碎片的发现让安特生兴奋中略有忐忑。这些具有锋利刃口、形如切割刀具的器物，会不会是古人类制造、使用过的呢？他在后来出版的《黄土的儿女》中描述道："我有一种预感，我们祖先的遗骸就躺在这里。这个地点总有一天会变成考察人类历史最神圣的朝圣地之一。"安特生的自述，坚定着自己对东方文明真挚的认同。

这块博大、丰厚的土地没有让安特生失望。5年后，他们在研究鸡骨山古生物标本时辨认出了一枚整个亚洲大陆上从未发现过的古人类牙齿化石。这一重大发现拉开了周口店遗址发掘的序幕。不久之后的 1929 年冬，距今约 60 万年前的周口店北京猿人头盖骨的发现彻底震惊了世界，被誉为"古人类全部历史中最有意义最动人的一大发现"。

草长莺飞四月天，与北京猿人头盖骨擦肩而过的安特生来到了豫西浅丘的韶山之下、饮牛河畔。河谷中清波微漾，流水潺潺，冲裂而露的土崖断面上，一些破碎陶片、简陋石器的间或隐现引起了他的极大兴趣。灰黑，灰白，浅黄，褐黄，这些夹杂着许多灰烬和遗物的不同色泽的地下土壤中，到底隐藏着怎样的远古故事、时光秘辛？持续两个月的发掘、整理，厚达 4 米的文化层堆积终于为安特生打开了距今 5 000—7 000 年前的史前文化宝藏之门：一件件石斧、石铲、石锄，一只只纺轮、骨锥、骨针，大量文饰繁复细腻精美、造型朴实饱满大气的钵、盆、碗、罐等彩绘陶器，如玄夜之电耀亮了中原大地的文明天空！

天空之下，是远古先民刀耕火种、稼穑渔猎的生活图景，手胼足胝、勤勉劳作的意趣精神，是一个伟大文明酝酿、准备、融合、传播，即将启程的前奏曲！

仰韶文化发现的重大意义毋庸置疑。大量出土实物不仅击碎了一度甚嚣尘上的"中国无石器时代"论调，将中华文明的源头向前提升了数千年，更填补了世界人类学中的诸多空白。

2 年后，安特生在《中国远古之文化》一书中将仰韶文化确立为中国史前文化，为中国古史研究开辟了一条田野考古新路，中国新石器时代考古学也就此起步。此后数十年，相继发现的半坡、庙底沟、马家窑、半山、马厂等支系遗址，与仰韶遗址一道共同凝结为5 000年前中国文化多姿多彩的鲜活表达，也成为中国史前时代第一个繁盛期最具代表意义的文化符号。

四

20世纪80年代，有一个话题讨论得十分激烈：囿于各种软硬件设施的不足，我国的文物保护远不如欧美周全。为文物保护计，百年前被盗取之众多国宝是否不必追索，而任其存放于异国博物馆内？辩论双方各据一词，相互臧否，甚至上升到了爱国卖国的高度。

仰韶文化现身于世的1921年，中国大地上正枪炮隆隆，民生凋敝。动荡纷乱的时局中，国宝之殇无可避免。

朴拙典雅的仰韶遗珍刺激了人性中最原始的欲望和贪婪，"没有帝国野心"的瑞典到底忍不住露出了北欧海盗的"獠牙"。经过两国政府"协商"确定，安特生在中国的发现、收藏将由中、瑞两国平分，先全部运往瑞典记录、研究，尔后一半退还中国。在当时羸弱国力软弱外交的背景下，相对于其他明火执仗疯狂洗掠的欧洲列强，这种"商量"着办的方式还是比较"文明"的，"平分"的方案也算是"合情合理"的。"这甚至可以看作是国民政府的一次外交'胜利'。"

这一协议的拟定，安特生可谓始作俑者。这也是其被后世国人诟病谴责的主要原因。

不管怎么说，所有发掘出土的仰韶文物还是于1925年漂洋过海来到了瑞典。这些东方文明的典范受到了极高的礼遇，瑞典政府拨巨款修建了专门陈列、研究中国文物的"瑞典东方博物馆"。安特生成为该馆首任馆长。

不得不说,作为一名对中国有着较深感情和较高认同的学者,安特生还是颇有契约精神的。博物馆建成后的第2年,他开始亲自主持仰韶文物的退还工作。据中瑞双方的文献记录,1927—1936年的10年间,东方博物馆分7次共向中国返还彩陶约400件。然而,随后发生的一切令人目瞪口呆、瞠目结舌,那些在地底埋藏5 000年,往返欧亚逾万里的遗世奇珍,竟然在中国自己的地界内凭空消失了!政府、部门、业界,没有解释,无从追究,诡异荒诞得不可思议!这可是400件彩陶啊,哪怕就是几块残砖破瓦,掉在地上也能听见个响啊!不,什么也没有,400件国之瑰宝就这样无声无息"蒸发"了!后世研究者众说纷纭,有说毁于兵燹,有说失于窃贼——不管什么原因,没有了就是没有了。仰韶彩陶与北京猿人头盖骨一起,成了中国考古史上最痛心的两大悬案。

不知道远在万里之外的安特生,在得知文物"丢失"的消息后心里会是怎样的懊恼、痛惜,甚至悔恨。他会不会想,早知如此不如将文物全部截留瑞典!毕竟,这是人类共同拥有的不可再生的精神财富啊。

今天,要想亲眼一睹仰韶彩陶的绝世风姿,我们就只能远涉重洋隔窗而望了。东方博物馆里那些至今保存完好的古老彩陶,却用凛冽如刀的目光看着橱窗外面的后世子孙……

2019年2月

石　难

———— 一 ————

洛阳的雨下得痴缠。从傍晚到清晨，从洛阳城到伊水间，最后在龙门的石灰崖壁上碰溅出万朵牡丹，清冽绽放于野。

"龙门石窟位于洛阳伊河两岸的龙门山与香山上。始凿于北魏孝文帝年间，历经魏、齐、隋、唐、五代、宋等朝400余年的连续营造，形成了南北长1公里，有窟龛2 345个、造像10万余尊、碑刻题记2 800余品的中国石刻艺术宝库。如今，龙门石窟与莫高窟、云冈石窟、麦积山石窟并称中国四大石窟，为世界文化遗产、全国重点文物保护单位……"碎花雨伞下滑出的清丽女音，将龙门山伊水阙揉出一种出尘的仙灵韵，带你寻找1 500年前绝壁之上开龛造像的身影,和叮叮当当不疾不徐的悦耳斧凿。那既有一种画面感、韵律美,也有一种跨越时空的诗意勾联。

诗是一种介于真实与梦幻之间,用无穷想象构建的鬼魅艺术。似是而非,亦真亦假,能得其意而不可言其状,能无比接近真实又无法直抵真实。也唯如此,方能让人无比自由、永无止境地徜徉、翱翔。就如同我们踏着一径的迷蒙牡丹,在清丽解说的牵引下欣赏宾阳洞的维摩变,莲花洞的苦行僧,古阳洞的秀骨清像,莲花洞的硕大浮莲,皇甫公窟的飞天乐伎和奉先寺巨型摩崖雕像时,想象的是北魏草径中的枯瘦赤脚,是盛唐悬壁上的古铜肌肤,或是两宋天空中滑过的一声声号子。细雨微风秋暝山色中,你可以穿越魏晋以降的千年时光,看佛的微笑,听禅的偈语。

走着走着,眼前的道路变得模糊,然后就响起了慌乱的脚步声,尖利的嘶叫声,嘈嘈杂杂汹汹而来……

—— 二 ——

匹夫无罪,怀璧其罪。这话用在龙门香山殊为贴切。两山遥相对峙,一水破壁而出,让这座天然石门拥有了一个"伊阙"的雅名。"洛都四郊,山水之胜,龙门首焉。"诗人白居易对此形胜山川是情有独钟的,不仅常居香山,自号香山居士,最终也埋骨于香山寺北、满师塔侧。晨昏聆听诵经声,俯仰凝目见佛陀,孤冢千年亦独得风雅。

这样的旷野山水又惹得了谁?怪就怪你宜人怡心的纯美风情,仅距洛阳12里的地理优势,还有易雕善刻的优质石灰岩。

经年斧凿之工，黛绿葱郁的原生态山体间洞窟密立状若蜂巢。1 400 年酿出的蜜，引来了重洋之外贪婪觊觎的目光。

记得多年前《北京日报》曾刊载过一篇《龙门瑰宝被盗往事》的长篇通讯，里面考据的诸多史实、轶事可谓骇人听闻不忍直视——关于 178 年前那场战争，从政治体制到经济结构，从民生民事到国力国运，乃至整个民族的自信、国民的精神，它所带来的巨大创伤无法细述也不愿赘述——如果说被掠夺的物质财富还是可以再生的血肉的话，那么，饱受摧残的文明的创伤却深入了一个民族的灵魂，难以平复无法修葺。在世界史上，各个文明从不以资历、名望或存续久远论"英雄"，只有先进文明对落后文明的征服和吞噬，且常常是以简单粗暴的野蛮方式在掳掠和取代。当欧洲文明与人性贪欲勾结而成的嗜血刺刀，在东方古国丰腴的大地上划开一条深可见骨的伤口时，无数戴着礼帽、打着领结、穿着燕尾服的"文明人"，就嗅着血腥蜂拥而来了。

两山之间、伊水之上，一场"几乎贯穿 20 世纪上半叶"的饕餮盛宴纷纷乱乱地"开席"了。静立石窟的 10 万尊佛像成了欧洲绅士们随意"点选""订购"的文物大餐。他们或与国内不法奸商勾结，或威逼利诱周边村民，甚至还与寺庙里的和尚、畏洋如虎的地方官吏共谋策划监守自盗。盗铲壁画，偷挖碑碣，砍下佛像的头颅……考古学家罗振常在 1911 年的日记中记录下了石窟被毁的情况："顾小窟往往空洞无像，大龛诸佛亦多残损，每有失其首者。"地质学家袁同礼在现场考察后的报告中称，龙门石窟被疯狂盗凿的情况以 1930—1933 年最为

"炽烈"。"龙门之南的外凹村,许多石匠都以盗凿龙门石像为业。他们勾结土匪,夜里携带云梯、手电筒到洞窟中盗凿。很快,这些被砍下的佛头就会出现在北京的文物市场上。"

龙门石窟历史上最大规模的这次有组织的盗凿活动也引起了西方媒体的关注。1914年,英国《泰晤士报》曾做过这样的报道:巨大的人物浮雕……被盗贼肆意切割、锯断或摔成碎块,以便运往北京并出售给欧洲古董商。收藏家或博物馆的代表迫不及待地买下他们……竞争在增长,价格在飙升,破坏的动机进一步受到刺激,变得日益高涨。

纷纷扬扬的碎石泪,就这样经年不绝滴落乡野。自诩文明的西方人,肆无忌惮干着最野蛮的勾当——这哪里有什么道理可讲。

大型浮雕《北魏孝文帝礼佛图》运到了美国纽约大都会博物馆,《文昭皇后礼佛图》藏进了堪萨斯纳尔逊艺术博物馆,莲花洞释迦牟尼弟子迦叶像存入了法国吉美博物馆……金碧辉煌的大厅陈列着人类文明的伟大成果,也堂皇地炫耀着一种文明对另一种文明的占有、欺凌和羞辱!

——三——

渡尽劫波的龙门石窟是幸运的。2000年11月30日,龙门石窟被列入联合国教科文组织世界文化遗产名录,作为人类共同的精神财富被重点保护。也就在100天后,开凿于公元3至5世纪,被称为"世界第三大佛"的阿富汗巴米扬大佛在塔利班政权持续数天的轰炸中化为尘土。曾令晋代高僧法显、唐代高僧玄奘明心见性、清静顿悟的两尊巨佛，从此成为人类文明史上一段无法抹去的暗黑印记。

人类的创造鬼斧神工，人类的疯狂恐怖绝望。这就决定了文明经受的最大戕害往往不是来自野蛮，而是文明自身的滑稽悖论。火药，枪炮，尖利的斧凿，和那一双巧手，这真是没道理可讲。

成于斯亦毁于斯，这是否就是一种摆不脱的宿命因果？大佛不语，只于痴缠的洛阳秋雨中静坐山巅，用千年如一温润如玉的表情，用秀眉弯月间那一缕无人能懂的微笑，回答我。

2019 年 2 月

后记：发现了几个问题

忙活好几个月，这本散文书稿终于整理确定下来。

原以为都是些已经发表过的作品，修订的过程不会太伤神太费时，毕竟投稿前都曾反复修改过。没想到，时隔数年再来审读时居然又发现了大量的错漏和谬误，不得不逐字逐句地再次修正。这也印证了那句老话：文章不厌千回改，精雕细凿始成金。

其实就一篇文章而言，不管怎么改，也无论修改多少次，隔一段时间再看依然会发现新的问题。这不仅跟写作水平、眼界思想的变化有关，也跟写作、修改时的境遇、情绪紧密相连。同一景致、同一物事，在春风得意马蹄疾、门前冷落鞍马稀的不同心境下，激发的是完全不同的情感波澜，笔下自然也会流泻不同的文字。所以，写作与修改就是一母同胞的孪生兄弟，相生相伴，如影随形，往复纠缠，终身不离弃。

在这次修订中还发现了一个要命的问题，很多篇什越看越觉得拜不得客，面对出版心中惴惴。

古人说，读万卷书莫如行万里路。读万卷书很难，但行万里路却是轻而易举——我们得感谢如今这个好时代，感谢当前丰足的物质、稳定的生活和便捷的交通。这让我能自驾游江南，自驾游西北，北上陕甘，南下滇黔，常常狂飙如风一日何止两千里——这是当代人的幸运。

强烈的视觉冲击，巨大的文化差异，万里行总会给你某些意想不到的启发。心热手痒，就忍不住提笔。而在最近这二十年，写文化散文又是一件相当时髦的事儿，有五千年的历史让人纵横，有前人的典籍可以撷取，能够在已知结果的今天指点江山、挥斥方遒。这是一种很具诱惑力的创作诱导和暗示。

于是就写，大量地写。但写着写着就又发现问题了——这是包括我在内的当前大多数文化散文作者的一种通病，即缺乏阅读、懒于思考，只是在一段自认为有意思或是能够吸引眼球的历史中，以"我的语言"进行的另一次历史文化的转述。

这个问题的本质，是读与思与写之间无可回避的因果关联。没破万卷书，又如何做到下笔如有神？阅读的不足，知识结构的单一，自然就导致了眼界的狭窄、思想的匮乏，即使心底涌动万千波澜，笔下呈现出来的也不过是另一种方式的拾人牙慧。本应是背景的史料反而成了文章的主体，大书特书洋洋洒洒，看似厚重实则浅薄，满纸浮华唯缺精华——这是一种无法用文辞来修饰或弥补的后天性缺陷。心有余，力不足，偏偏还懒于练内功强体魄，这种写作状态的出现自然是"天经地义"十分公道的了。

作家不是考古学家、历史学家，我们不需要还原历史、重述历史，而是要通过历史去发现一些令人深省的东西，或开辟一种全新的阅读视角或解读方法，去传递一种精神信息和精神力量。站在前人馈赠的遗迹上，却没有与前人精神对话、灵魂共振的同一频率，又何来发人深省、引人共鸣的精神识见与思想高度？所以大量的阅读、独立的思考、勇敢的表达，是一个写作者必须经历的跋涉过程，这里没有任何侥幸和捷径。人的一生总在选择，选择了舒适和享受，就远离了艰辛和征服，而所有的风光都在险峰之上。好走的都是下坡路！

这一发现令人十分沮丧。这意味着自己笔下文字的价值缺失，以至于在书稿的修订过程中好几次都产生了放弃结集出版的念头。但后来又安慰自己，好与不好总是自己"生出"的娃，总是一段心路历程、人生阅历的记录。而一个人的成长成熟绝非一日之功，经历是营养，昨天是土壤，十余年心血的结晶是昨日之我的真实呈现，我也希望，这会是明日之我重生的起点。蝉鸣蝉蜕，给自己一些希望总是好的。

最后一个问题，也是旅行中曾多次经历的一种状态：在某一处废弃的码头边，或一个寂寞的戏台下，甚至是一片荒漠、一丛败草前，我常常独自站上好一阵，追忆这里曾经有过的人事风物，感受某种遗失久远的氛围和情绪。身边游人匆匆来去，没有人理我，我也不想理会他人，很享受这种独处的"自服内气，握固守一"的胎息状态。这种状态，也与出版这本集子的心情极为吻合。所以，但凡诸君读后感觉肤浅、平庸，也请一笑置之，弃之不理就好。

这些便是远足之后想到写到的，同时也取先贤"行成于思"之训导，为书命名《行思录》。特别感谢多年本家好友、书法家杨旻为本书题写书名。

言为心声，以此为记。

杨　俊

2023 年 6 月于蜀中遂宁

枯叶蝶

雪君 ■ 著

群言出版社
QUNYAN PRESS
·北京·

图书在版编目（CIP）数据

枯叶蝶／雪君著. -- 北京：群言出版社，2024.7
（遂宁当代作家文丛. 第二辑）
ISBN 978-7-5193-0929-9

Ⅰ. ①枯… Ⅱ. ①雪… Ⅲ. ①诗集－中国－当代 Ⅳ. ①I227

中国国家版本馆 CIP 数据核字（2024）第 049256 号

自 序

我努力为诗歌做减法
减去标题
减去前因后果
试图在过程中产生加法

雪君
2023 年 12 月

目 录

001 | 第一辑（2015 年）
059 | 第二辑（2016—2017 年）
121 | 第三辑（2018—2023 年）

181 | 后　记

第一辑

(2015年)

1

父亲留下许多痛
他的灵魂偶尔从书架上
掉一册出来
朗照我

2

树影落在身上
树下行走的人在发芽

3

我要驾驶生锈的城市
去山顶
晒暖它潮湿的内脏

4

鱼儿啄破波光
解开湖的纽扣

5

柳枝在空中题诗作画
桃花举着鲜红的印章
　怎么盖都不会错

6.

坐在窗口发呆
我慢慢长出了一副翅膀

无题　40cm×30cm　2023 年

7

我将孤独和微笑放进你的杯子
让你边饮边说

8

我看见你隐忍的泪光了,拜伦
我听见你刀剑的叹息了,拜伦
我还是无法给出爱情啊,拜伦

9

奶奶曾天天去我落水的地方
一边打捞，一边喊我名字
她说，魂才守得住肉身

10

孩子的身体堵不住头脑的巨浪了

11

天使飞不高
天真是一种障碍

12

孩子在楼下喊
快来看上帝啊
他划亮了夜空
电闪，雷鸣

13

雪花只有自己种
才能开出
足够用的喜乐

14

巨蟒从月亮上偷回她的吻
沉入深海

15

推开窗,才知道
我们一直在悬崖上
哗哗一下,暴雨翻动了我的城垣

16

一位老师跟孩子们捉迷藏：
"好，现在你们去躲起来，然后找到你们的自我。"
由此，好多大人喜欢上了爱丁堡边缘艺术节

/枯叶蝶/

020

无题　30cm×21cm　2012 年

17

两亿年前,蕨类植物森林那么高
在远古埋下风雨,埋下煤
它们现在花边一样,伏覆在台阶边

18

一朵小小的桂花
一把小小的心锁

19

朝霞在天边试衣裳
孩子们穿一身阳光出门

20

然儿护住切菜板:"不要杀它!"
我放生了这条鱼
敬他身上,令生命重生的幼小力量

21

小时候我对放大镜的想象力
超过了何塞·阿尔卡蒂奥·布恩迪亚

22

傍晚六点半
夕阳正好铺满江面
我坐在岸边,松开白天的沙子
圣鹭岛、圣莲岛、圣平岛
像一群欢畅的鸣禽,从手里飞出去

23

这座城市荷一样倒映水中
　　　　圣莲般
　　　　浩荡地开放

24

在人世间行走
时不时会碰见古代的熟人

25

水滴落在花蕊上
我的花瓣船啊

26

回头望去,山花灿烂
漫山遍野生长着我小小的情人
在春天,我开着房门
天天和他们同居

无题　40cm×30cm　2020 年

27

妈妈收起我放置的粘鼠板
捧出一本经书
在老鼠出没的地方反复念诵

28

小时候抟土捏人
长大后,越来越惶恐
就把这件事交代给女娲了

29

不舒服了
我就用石头砌一片江山
不舒服了
我就用伤痕把它砸碎

30

会议室的桌布
和积累性矛盾一样泛潮

31

漫步宁静的江岸
我翻阅地球背面的烽火
区域战事升级

32

有时,可以去掉某些
时间,地点,和念头
情愿如一片小小的树叶
挂在枝头

33

荷肥船瘦
经过即细节

34

树打开完整的直根系、须根系
植入秘密的网络
高于光阴
深到歧路

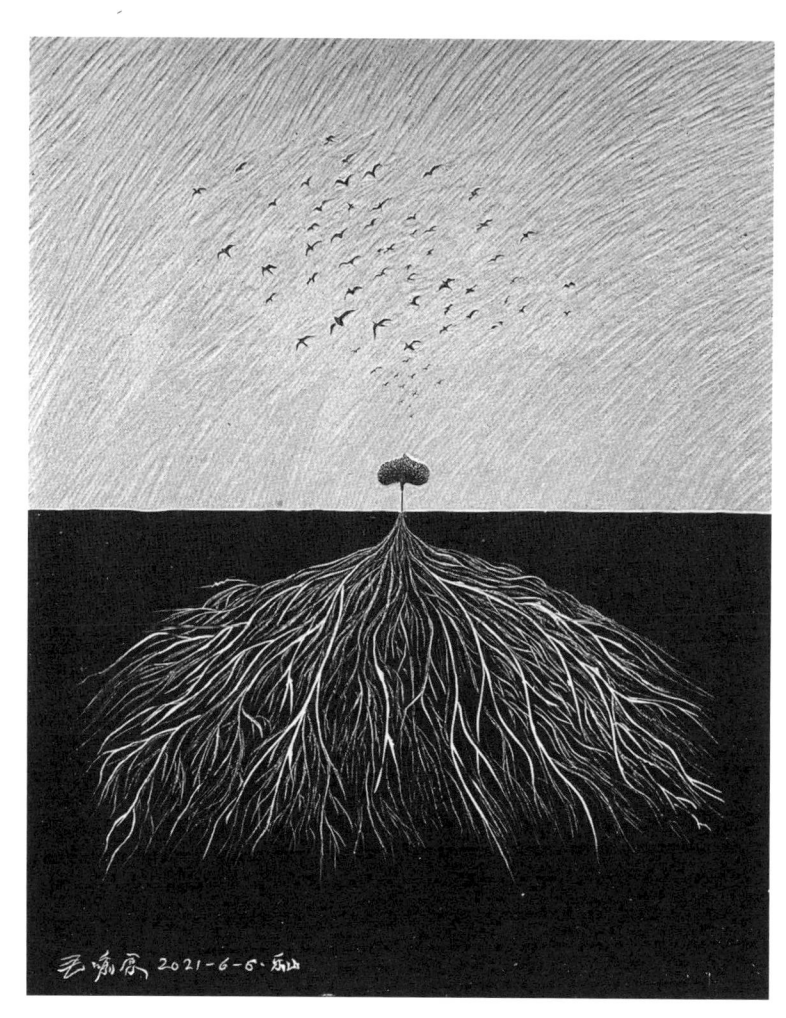

树　40cm×30cm　2021年

35

小时候读过的书上有我咬下的牙印
　　有时是梯子，有时是苹果
　　　　我撕下的部分
　　卷起了烦恼和快乐的形状

36

萤火虫巫师
在星星熄灭的夜晚
在南瓜地里
把狗尾草变成了一束束荧光棒

37

小女孩一直在给石狮喂饭
她以为它可以复活

38

一滴水太像眼泪了
不敢碰它
我在雨里
成了湿漉漉的一滴

39

拾起园丁剪下的枝条,我说:
拿回家放瓶里,让它多绿几天吧
——园丁手里的剪刀惊落在地上

40

我在春天的土地上
埋下掌纹
春风和瑕疵

41

亭台楼角
唇色朱红

42

我们的交谈
多像秋天的果实
有的挂在天上
有的在沉落

43

想你的时候
任何美好的事物都让我担忧
想你的时候
世界一边是断崖,一边是末日

44

仰望星辰
握在手里的卵石
有几根神经跳了出来

秘境　30cm×21cm　2021年

45

贴满小屋的留言条
都不是写给我的
它们挥动叶子的手
把阳光和风尘送上我的旅途

46°

网球幻想把一场毛茸茸的爱情
发给她

47

我曾经捕了蝴蝶
或压进课本,或贴在镜子上
我一生都在对抗,逃亡

48

前世和来生都会击痛现在

49

他手执树枝
垂钓她嘴上的葡萄

50

几百年了
石壁,梅花,白塔,奎阁
怀古意,揽清露
相互忽视,坐索

51

从赤城湖经过
山，水，亭台楼榭
伸出大片大片的叶子和倒影
索要我往后时光

第二辑

(2016—2017 年)

52

画出山水和疼痛
画出一群孩子
我在修改留在人间的败笔

53

海浪卷入了我的发辫
我必须卸下身体的卵石
替代大海越出去

无题 40cm×30cm 2018年

54

史上的海难故事
加重了海的苦行
和我的悲悯

55

我总是梦见挂在窗外的那片海
　　　梦见泊在窗口的那片帆
总是感觉，会有苦疾的影子塞过来

56

我不断梦见百慕大和鲸
我没有说出死亡的墓穴

57

大海挣破自己的身子和颓伤
把三岁的艾兰抱上土耳其沙滩
　　　希望把他的魂灵
　　安放在没有战争的彼岸

58

大海酿制出台风
用梅姬、蝴蝶、白鹿
这些美丽的名字登陆
倾泻它爱恨交集的疼痛

59

海里
成为唯一让我动情的计量单位

60

亿万年前,这颗浊浪排空的星球
露出丰美的胸膛
把我们推上海岸

61

失眠时
身体的器官像漩涡，星辰
像山峦，起伏

无题　40cm×30cm　2021 年

62

面对大海
我想一直蓝下去

63

在晤里客栈
为了迎清晨第一缕光线和鸟鸣
我早早掀纱帘,推木窗
把自己从尘世驱逐出来

64

在明月村樱园远远眺望
看见了梵高《远处的田野》
看见法国阿尔乡下有朵云咖啡馆
看见了梁漱溟《乡村建设理论》的理想

65

我碰响了一束束洒进画月客栈的阳光
我和这些花儿、陶瓷
和窗外的竹林,及陈掌柜的油画
无比接近了

翻到多年前的博客
"儿子和我赌气,却发现他把当天的QQ说说改成了:
'听妈妈的话,不让自己受伤'"
我捂紧胸口,击响了纯真动人的孩童时代

67

有一种欢乐像残柳
像嘶叫
有一种颓废像瓷器
像花开

68

如果你离开
就留下春天一个侧面吧
供我夜夜居住

6.9

走进春天
远山,河流,和花香
带走了我

70

他一手牵着狮子
一手托着孔雀
走在未来的国度里

71

每天醒来,你端来的第一杯水
我已默认成家园
不安时,它就在体内
抚摸我

翘望　30cm×21cm　2012年

第二辑（2016—2017年）

72

他的左手，右手
各执一个不同的
小我

73

菜花地伸出金灿灿的舌头
不言语
梨花在高处,掏出怀里的惊雷
划破禁境

74

坐在深夜的飘窗上
她的想法是白色的

75

寺院的钟声
慢得像苔藓
经年累月
抱住石径

76°

缕缕阳光
都是蓝天的指纹
把爱情
搬到了高处

77

她一边亲吻他
一边把他拉上绞刑架

78

把心脏放在树上
把头放在溪边
文森特·梵高躺进自画像里

79

影子从树的身体里爬出来
像树的各种冥想

枯松　42cm×30cm　2021年

80

夜雨迅速冲刷了地摊上鲜艳的痕迹
清晨的鸟在树上哑哑啁啾
仿佛已把昨天的怨恨收回

81

他用小鸟喂一头死牛
他的脑袋被诗学撑破了

82

莫要相戏
夜是一座危险的海岛

83

银杏摇起哗啦啦的旗帜
秋天就要天亮了

84

那棵枯死的树
肯定是被蛀蚀了
留给世界一些空洞

85

前往诗歌
不带四季和黄金
泪光惊起一行行宿鸟

86

他独饮时
从博物架上取出木偶杜甫
对酌

87

翻过
人群的枯树枝
他戴上面具

88

一场雨
一场疾病

89

那些花儿
风吹一下,掉一瓣
吹一下,又掉一瓣
毫无办法

无题　40cm×30cm　2021 年

90

他在夜空下挖坑
为星星寻找墓地

91

比我还年轻的父亲啊
请庇佑,为你坚守一生
我日渐年迈的母亲
健康着,并忘怀你

92

裸卧在城市的房价上
一群恐龙纷纷往她毛孔里钻

93

　　　　　　　墓碑旁的树
　　　　每到春天，就悬挂出一叶叶新消息
　　　　　向世人招展日渐陡峭的重逢

94

烈日下修剪绿植的人
影子万分深重
他们狠狠地剪下去
影子又覆盖上来

95

挥霍城市的人
取走了我的水分和肺

96

对村庄
我知道得实在太少
面对延绵不断的荒芜
情愿无知包围我

97

孤寂的山野
仿佛和世界隔离
仿佛为这个世界伤感

98

我的诗篇行走在微弱的裂隙里
充满你试图拯救的呼吸

99

花朵是植物的生殖器
纵情打开
毫不掩饰爱的真理
和芬芳的美德

/枯叶蝶/

114

无题　40cm×30cm　2023 年

100

蚂蚁在荒原
豪迈地推翻一粒沙

101

挤出城市的缝隙
他光明地
松开了自己

102

我迷恋一滴落水的声音
迷恋它边缘不惊不乱的弧线
迷恋它灵魂静修的模样

103

蓝莓的汁液
一点一点抽出土里的叫喊
指间的箫声
掐住了雨水,和阳光的悲喜

104

花瓣越飞越高
把我舒舒服服地交给了
春天

第三辑

(2018—2023 年)

105

提着险句的写诗人
举起花朵,敲打秘密的世界

106

我没有捡起那枚小小的硬币
现在想起白天这件事
我请求黑夜原谅我

107

巴茅上山
芦苇近水
一个披散山的白头
一个挂出水的灵魂

108

乌鸦的叫喊像黑枝桠

109

缓慢驶过高速拥堵路段
五岁的炜尧指着远处一片密集的高楼说
那些房子堵车了

110

神奇的光常常在梦里
追赶我
我是黑夜也不能阻挡
的孤独

无题　40cm×30cm　2021 年

111

巨鲸树冠一样飞翔
博士在树干里
设计动植物转换的大数据

112

我动手撕破林中捕鸟的网
那些颤抖的羽毛,像生活
从囚笼里扑腾出来

113

大象披挂森林,向远古奔跑
动物学家、植物学家在城市里
写预言

114

在夜的深处
我浮上来
像一只空酒瓶

115

窗外的花
一枯一荣
互为疑问

116

多维空间理论和量子纠缠
　让高维空间那个我
　将一些诗句投射过来

117

下午五时四十六分的海棠带着阳光
小蜜蜂翻着花蕊
先埋下头,随后抬起来
举起右手,蹬一下左腿
跳起了圆舞曲

118

花儿在夜色里点灯，涂手指
恐孩子们不安
撞乱她抚摸黑暗
的形狀

无题　40cm×30cm　2023 年

119

花瓣追蝶
落英纷飞

120

如果我颤抖

你要耐心吹拂幽暗的月牙

直到我挂满露水和春光

121

滚滚而过的流水，磁石般逆风而饮
淹没万物，再造闲物

122

那时候除了昆仑山,天下无人
我挥刀断尘
踩住了云的脚跟

123

一副骨架端坐于大堂之上
手捧圣典
圣典上躺着一只安静的小白兔
掩饰他的垂暮之躯

124

这双新鞋在挤我
想逆着我奔跑

125

天空用尽力气
爱了很久
终于蓝了

126

距地球一千四百光年那颗
极度相似的星球
忽略我
也忽略了什么是国家

127

小乞丐蹲在通往会所的电梯里
不言语
只伸出一双存在的手

128

时间倒退

地平线越来越高

我慢慢退出自己的形体和线条

书中的风景　30cm×21cm　2011年

129

天上的云成为山峰
人间的烟火,云一样
它们相互爱恨,彼此激怒
暴雨来了

130

鲜艳的海棠依墙怒放
在办公楼沉重的身体上
洪流一样

131.

烈日下推剪草坪的人说
"躺在地上比家里的床还舒服啊"
夜里，总有荒草扎我背

132

　　　　　　　这个春天需要出入证
　　　　　　蓝色出入办公楼，绿色出入小区
　　　　　　　红色的临时出入证我给母亲
　　　所幸，窗外的樱花，海棠没有扫二维码，都开了

133

在副热带高压中持久高温
洪流，山火
停掉空调的写字楼，商场
关闭的工厂，路灯，一退再退……
二〇二二年处暑，就暂退到这几行吧

134

母亲在涪江边讲故乡的芝溪河
时光和夕阳，倒立在江中

135

夜晚的河堤上
清洁工举着长长的竹枝
打理灯罩上的蛛网
她们把一排排发光的星球送上了太空

136

你开花
我不忍靠近
你凋零
亦无力留下

137

读科幻时
能感受到人神混居时代的力量
而历史和现实,越来越模糊

138

霞光的梯子升高摆渡人
和他渐浓的歌声

无题　40cm×30cm　2021年

139

廊桥叠叠
在湖里荡秋千

140

陈子昂，黄峨，张船山
抛弃涪江历世的轻与重
发出碰撞和逝水的流声

141

人们穿梭大江两岸
挑拣各色石头,压住了自己

142

绵绵荷塘卷花衣,撒星光,苇草吐细烟
荷一脸月光,晃着秘密的镜子

143

我从莲
动荡的缺口
逃出来

144

一望无际的荷香,抹掉
花朵生命的期限,和地域国界

145

荷塘边
让我捂住这颗柔软的心吧
它要绽放了

146

荷花一瓣一瓣,一次一次合围
眷护莲子赴苦的心

147

蛙鸣，花香
它们在苦练仰望
 过往的人
 并不知道

148

听,荷花盛开的声音
再静一会
再接近灵魂一点

荷花　30cm×21cm　2013 年

149

华灯闲逸
夜色成林

150

万物像一片片飘浮的茶叶
被夜徐徐展开,浸泡

151

走投无路的文字
撕开缝隙的文字
被你灼伤的文字
沿着你，流动

152

在刚刚的冥想中
我找到了身体里的荷花
我联系现实中的我
询问她,那朵花的行程

153

我第一次见涪江，它绕城外东边经过
母亲从西岸老巷子出来
在茫茫芦苇地喂养一群水鸟和秘境
陆陆续续的人越过身体的彼岸
还未到潮水腰身，涪江已被推到城市中央

154

采莲人从江中
拔出天空的云翳，和城市漫长的根
再过一千七百年
重建万遍的城市早又重建
那时，还是江天一色

155

世物历经江湖
皆成背景

156

涪江的
光阴，色彩，声音，和流水
都在追赶我，塑造我

后　记

阳台上，大江边，原野上，旅途中……我随手记下一些诗句，以为记下这些诗句，也就完成了内心的诗写，再没有去搬动过。

要感谢一直以来没有远离我的诗歌朋友，近几年回到诗歌现场，又以诗与朋友们交流，感谢他们对这些小诗的喜欢和推荐。感谢陶春和《存在》诗刊最初的推送；张新泉老师手抄我的小诗并拍照发给我说："我手抄一次，等于又享受了一次，谢谢雪君小庞！"；林莽老师和《诗探索》给出巨量篇幅选发这些小诗；蒋一谈老师和《大海截句集》选用。同时感谢近年来朋友们推荐《诗刊》《星星诗刊》《绿风》《西部》《青年作家》《作品》《诗潮》等刊物的选用。

本诗集我收集了 156 首五行以内的短诗。

感谢联盟河公园的设计师，园内各种取景框似的"慧眼墙"——借中国传统园林造景，又融入了极强的现代意识，古典而现代的属性是真正潜伏在我生命里的属性。傍晚我常漫步其中，景致不断通过各种镂空的墙洞切换角度和片段，设计师通过一个个小小的侧面给了我们更多变、更神秘、更有意味的美，小小的片段有了再造之力，更有了种种意外之妙。这些"慧眼"极大地丰富和启迪了我对汉语诗歌写作形式和内容的新认知。我尝试把短小的诗句聚焦成"慧眼"，盯在诗意最美、最痛、最传神的点上，让文字留出更多空白和更大的空间，让读者共同去参与。

  我要感谢这些小诗遇到的各种鼓励和质疑，他们都是我不断更新的力量；感谢雷格、安遇、蒲小林、吕历、阿野、胡亮等诗友的关注和推荐，给了我更大的写作动力；更要感谢安遇和胡亮多次敦促我将这些小诗结集出版。特别感谢胡亮对诗稿的建议，并为诗集命名；曾翔老师为诗集题写书名；毛喻原先生为本书提供插图。因为他们，这本诗集无论是书名还是插图，都成了一首首美妙而充满动感的诗。

雪君

2023 年 12 月 13 日

杜宇一声春晓

王晓春 ■著

群言出版社
QUNYAN PRESS
·北京·

图书在版编目（CIP）数据

杜宇一声春晓／王晓春著． -- 北京：群言出版社，
2024.7
（遂宁当代作家文丛．第二辑）
ISBN 978-7-5193-0929-9

Ⅰ．①杜…　Ⅱ．①王…　Ⅲ．①诗词－作品集－中国－当代　Ⅳ．①I227

中国国家版本馆 CIP 数据核字（2024）第 049255 号

序

晓春兄将自己学诗十余年的作品选辑呈现于我面前时，我毫不惊讶反而颇感欣慰。因为这些作品能够结集付梓，是他数十年热爱文学、十余年用心诗词的必然成果，也是遂宁文学艺术界的一次灿然亮相，甚至可预言此盛事或将在遂宁文化史上留下重要的篇章。

遂宁这片诗词的热土上，远有唐代陈子昂登高疾呼的"风骨"，近有清代张问陶执耳标举的"性灵"，中有明代才女黄娥于散曲的"情真曲婉"，数不胜数。二十一世纪以来，顺应时代的发展，遂宁诗词创作人才辈出、佳作涌现，晓春兄可谓领军之人物，于诗词的研习与创作，于诗人的发现与推举，于遂宁诗词的宣传与推广，做出了远胜于他人的贡献。

晓春是我的同窗、同行、同好、同道。三

十多年前我们学校同年级几位怀揣梦想的文学青年，曾竞相创作坦诚切磋稚嫩的文学作品，曾在校园发起文学社团，曾一道赴遂宁文化馆参加涪江文学社每月两次的活动……有幸为同班同学，我们更联系紧密，个中青春、热血、梦想、挫折，反而促成了我们与文学不解的因缘。毕业时，我们俩被分配到偏远的乡村学校从教，一条涪江，数道丘陵，以及各自碌碌的生活，使我们的联系屈指可数，聊胜于无。幸运的是在毕业二十五年同学会上，我们重新用 QQ 留下联系方式，而且，我们都还是教师，我们都还在创作。

我开始专注于古诗词的创作并取得一点一滴的进步，乃始于晓春对我的鞭策与鼓励——遂宁诗坛知晓者众，于此便不赘述。既然诗词成为我们的共同爱好，我们的交集更为密切，甚至似乎超越了同窗之谊。这些年来，通过阅读晓春兄多彩多姿的作品，我自豪地发现：我们终究是同道中人。道不同，不相为谋（《论语·卫灵公》）。所谓同道，是指对于现实生活、文化定位、艺术主张等，我们有相同或相类的立场、取向及追求。想到这里，为晓春兄的诗集作序，纵笔力有所不逮，内心亦不复忐忑。

《尚书·尧典》有言："诗言志。"《毛诗序》中说："诗者，志之所之也，在心为志，发言为诗。情动于中而形于言。"于此，我们可以明确，诗歌的本质特征是：抒发人的思想感情，呈现人的心灵世界。纵览晓春兄此辑作品，几无纯粹的唱酬应和之作，更无炫技的文字游戏之类，反倒是诗人对宇宙对自然对社会对生活对历史对人生等等的密切关注、深沉思考及用心书写与精妙表达。"诗人原是有情人"（张问陶《题屠琴隖论诗图》其六），有情者才可能有好诗；"好诗不过近人情"（张问陶《论诗十二绝句》其十二），真性情是诗的本质。只有注入真情实感的文字，才可能是真正的文学作品，才可能具有饱满的生命力量。晓春兄的作品，足见真情，可谓真诗。

晓春兄的作品体裁多样，诗词曲皆擅——在当今遂宁诗词界尚无人比肩；其作品涵盖面非常广泛，按内容大致可分为：

1. 关注古今，抒发赤子之志。
2. 置身田园，融注家园之思。
3. 流连山水，洋溢自然之心。
4. 感念亲友，书写本真之态。
5. 聚焦讲台，吐露师者之怀。

一、关注古今，抒发赤子之志

如《生查子·拜谒金华山陈子昂读书台》："来谒读书台，惆怅思千古。一水抱山流，白鹤林中舞。杖履乱苔痕，瞻仰心生慕。多少读书人，合用黄金铸？"作者怀着对前贤无比的景仰与追慕，表达出作为文化人应具有独立于世、不畏流俗与威权的傲岸风骨。可见，作者从走上诗词创作之路始，即以一代文宗陈子昂为榜样，立志成为一个有骨气有胆识的诗人。再如《开封府》："肃穆威严明镜高，公心慧眼察秋毫。舀来清澈汴河水，磨亮堂前铡虎刀。"具有很强的现实意义。诗人借游开封府谒包公祠，用清水磨刀之巧妙取像，表达对包公的敬仰，对社会公平公正的强烈呼吁，以及为反腐振臂摇旗加油助阵。《参观殷墟博物苑》》：":"甲骨青铜次第排，五千年史出尘埃。笑他碌碌如吾者，也到中原问鼎来。"此诗尤为笔者称道，可谓小中见大，意味深长。单就文字表面，不过是忙里得闲、行游中原，参观汤鼎之事；而深层的思考则是历代封建王朝的兴亡更替。所谓"以史为镜，可以知兴替"（《旧唐书·魏徵传》），可以跳出历史周期率，此诗之意义或在于此。再如《【仙吕】寄生草·开心事》："康庄道，拇指翘。袁隆平培育了超级稻，屠呦呦提取出青蒿药，神舟号对接上天宫号。千年梦想欲飞天，今宵桂殿嫦娥笑。"这首小曲，用通俗欢快的语言，如数家珍地列举当今中国的喜事盛事，表达了中华儿女在新时代的奋斗与骄傲，唱出了响亮的时代赞歌。

二、置身原田，融注家园之思

晓春本是农家娃，妻子也是农村人，安家更是数十年于农乡，因此对农村生活、农业劳动颇为熟悉，善于从各种生活情景中发现诗材，此类作品就很是观察细致、情感真实，有他人不到之处。如《【中吕】山坡羊·菜园劳作》："莱芜除净，清香围定。菜园劳作知天命。听鹂鸣，看枝荣，霞光云朵添诗兴。黄绿赤橙多异景。花，合个影；瓜，合个影。"即以通俗畅达的语言，描写田园之美与劳作之愉。《【中吕】红绣鞋·村居》："一任春风拥抱，常听梅雨唠叨，施肥锄草乐陶陶。袋中生木耳，树上结琼瑶，一年辛勤到岁杪。"短短数句，洋溢着农业劳作的辛劳与愉悦。《【黄钟】人月圆·雨后菜园》："一番疾雨风吹后，园圃喜新晴。霞光织网，丝瓜爬架，布谷催耕。（幺）

蜂蝶无数,翁婆两个,软语三声。红红绿绿,瓜瓜果果,我我卿卿。"这首散曲,由物及人、由景而情,有声有色、有趣有思。《满江红·玉米移栽》:"满眼春光,桃李外、嵌黄镶绿。还赠我、一畦娇嫩,醉心如瀑。未负苍黄双茧手,休言白发多诚笃。趁新晴,布阵又排兵,鹃声促。/田与土,香馥郁。经与纬,遵棋局。看行行青玉,断还相续。笑我痴情陶令老,要他丰稔扶贫屋。待秋来,一坝晒金黄,心方足。"细致入微地描写一项农活,非亲力亲为则不可能如此真切;《蝶恋花·初夏农家》:"溪水叮咚青一坝,闲坐中庭,犁具高高挂。桃李无言莺自话,花猫爬上葡萄架。/新月一弯辉碧瓦,缕缕清风,味比栀花雅。薄酒青蔬情不寡,邻翁谈笑农桑稼。"则主要表达劳作之余农家的闲适生活。农村、农业是民生之根基,晓春兄此类作品,不作宏大叙事,却含深沉之情。

三、流连山水,洋溢自然之心

智者乐水,仁者乐山(《论语·雍也》)。古往今来之诗家,皆有山水之作。晓春兄虽非富贵,其游踪亦散布于吾国之东西南北,且撷取数作以管窥。如《【中吕】山坡羊·巴河泛舟》:"青山如黛,白云常在,山光云影娇羞态。远尘埃,净心霾,时听翠鸟鸣天籁。玉女低头轻浣彩,云,随便摘;霞,随便采。"一方洁净无埃、远离尘世的天地,足以教读者卸下行囊、放松身心,徜徉于山水,陶醉于自然。《金缕曲》:"眼里风光好,醉春山、花开烂漫,有人行早。野径年年知何故,绿遍万千芳草。欣听到、交交黄鸟。靓女顽童林间戏,躲花丛、素面羞花俏。频摄影、羡年少。/鬓边白发催人老。访天涯、名山古寺,海滨河套。岱顶霞光卢沟月,尽作歌吟诗料。岂怕那、方家哂笑。水调美人声婉转,瑞鹧鸪、唱彻清音袅。不教我、有烦恼。"可谓心有山水,不分远近。《【越调】黄蔷薇带过庆元贞·遣兴》:"听渔舟唱晚,涮羊肉驱寒。举盏频频斗蛮,直饮到星沉月残。(带)踏歌十里近河湾,半生落拓半生闲。几根傲骨几痴顽,仙班,名已删,情寄水云间。"多有李太白"且放白鹿青崖间,须行即骑访名山"(《梦游天姥吟留别》)之风。《西江月·江畔》:"香馥汀洲芳树,妆裁豆蔻年华。轻烟白羽日西斜,两岸青山如画。风月一江属我,渔灯几点随他。回廊漫步度生涯,偶与星星对话。"情景交融、意味深长。

四、感念亲情,书写本真之态

国家、民族、山水、田园之情,若以大小排列,似可以理解;那么,爱情与亲情,则相对更为个人一些或者细微一些。爱情亲情,人尽有之;于诗于文,不可或缺。如此才是真正的人,才是大写的人——这是成为诗人的必要前提。晓春的父亲当年是一位泥瓦工,且看晓春的七律《泥瓦工》:"手捧泥坯上转筒,一番拍抹见真功。短衣短裤精神爽,无雨无云意气雄。遍染盐霜身似铁,几经磨折背如弓。欲他广厦起千万,笑看窑膛炉火红。"此职业或称不上尊贵,但如此的父亲形象却高大、有力、顶天立地。《浣溪沙·艰难岁月之母亲》:"瑟瑟寒风冬夜长,娘亲茧手冻还僵,女儿尚缺过年裳。/明灭火炉光惨淡,浅深针脚韵铿锵,梦回薯饼疗饥肠。"这勤劳善良、含辛茹苦的母亲，何尝不是千万母亲的缩影，引人回望，催人泪下。晓春兄之妻曾织地毯，七律《织毯女》便一番猛夸："亦是经天纬地才，赤橙黄绿用心裁。苍松挺拔青云绕，白鹤翱翔红日来。织毯挥刀多乐趣，兴家致富不徘徊。四方商贾争相购，技压群芳笑满腮。"相信晓春乃情真意切，未言过其实。晓春兄写给自己独子的作品几乎没有，但写给自己孙女的佳作如涌泉，或是"隔代亲"之故吧。《【中吕】山坡羊·宅家带孙女》："有时胡闹，有时欢笑。手拿玩具蹦蹦跳。那敲敲，这瞧瞧，玻璃镜子频频照。对影咿呀偏不恼。亲，姊妹好；她，翻镜找。"天真、活泼、怜爱满满、天伦之乐，曲中毕见。不必讳言，晓春有不少很好的爱情诗词，此亦本真之态，不宜捕风捉影；为诗者也不必因噎废食、杯弓蛇影。

五、聚焦讲台，吐露师者之怀

师者，德为首。晓春的职业是教师。躬耕讲坛三十余年，其笔下的教师自然形象更真实、细节更传神、精神世界更精准。如曾获华夏诗词二等奖的《鹧鸪天·援藏教师》："藏汉从来是一家，金风作伴到天涯，斑斓树色迷望眼，璀璨群峰笼晚霞。／青稞酒，格桑花，身边围着学生娃。乘除加减知心话，不负青春好岁华。"乃以境界取胜。《山花子·为三残儿童送教下乡》："节近年关日色寒，师如阿母总情牵。一套新衣一件奶，笑开颜。／点亮心灯开慧眼，摈除杂念饮甘泉。亲折梅花相赠与，醉陶然。"便以细节感人。

将晓春兄作品如上的简单分类容易，欲一一对号入座绝无可能——因为文学本身极为错综复杂，无论文学分类还是文学鉴赏。晓春兄的文学风格，似乎可以几个词来概括：现实、广博、平易、晓畅。总体而言，晓春兄的作品具有现实主义风格，植根于深厚的社会生活之中，多以描写、讴歌自身经历见闻为主，少有天马行空的想象与羽客乘霞的逸思；语言上，不刻意追求华丽与典雅的词汇，多用常语，少见用典，故不艰深枯涩，从而有更多的受众群体，达到雅俗共赏之效果。

行文至此，搁笔而思，于公于私，百感交集。于私，我当感激晓春，不但引我走上诗词创作之甘苦交融之路，且充分信任我而将诗词曲辑选交付予我嘱我作序；于公，我更当感激晓春兄，于遂宁诗词的人才发掘，于遂宁诗词的刊物出版，于遂宁诗词的作品传播，劳苦功高。感激之余，也有微憾或翘望：晓春兄于诗词当更为精进，为遂宁诗人以更好的表率与引领。

是为序！

吴　江

二〇二三年七月

目　录

001 | 采桑子·春游
001 | 行香子·自嘲
001 | 采桑女
002 | 一剪梅·新农村
002 | 青玉案·咏荷
002 | 【中吕】山坡羊·春游射洪金华山陈子昂读书台
003 | 【中吕】山坡羊·游"鸡鸣三省"景点沿途所见
003 | 【越调】天净沙·元日
003 | 卜算子·秋
003 | 浣溪沙·秋
004 | 夏夜忆趣
004 | 浣溪沙·秋兴
004 | 游卧龙山

005		浣溪沙·涪江船歌
005		鹧鸪天·村姑
005		临江仙·枇杷
006		【正宫】叨叨令·忆看坝坝电影
006		沁园春·迎新年
006		浣溪沙·春到观音湖
007		暖　冬
007		浣溪沙·感事
007		蝶恋花·忆母亲为我纳鞋底
008		醉太平·观音湖湿地公园
008		【越调】天净沙·观音湖之秋
008		【越调】天净沙·观音湖之春
008		一剪梅·书愿
009		端　午
009		风　筝
009		临江仙·与诗友春游桃花山
010		与诗友春游桃花山
010		樱　桃
010		清平乐·观音湖愁思
011		鹧鸪天·"4·20"雅安地震救援感赋
011		一剪梅·蜜蜂
011		减字木兰花·痛悼恩师
012		蝶恋花·初夏农家
012		鹧鸪天·放鸭翁

012	|	减字木兰花·种花姑娘
013	|	减字木兰花·观音湖夜泳
013	|	过石长沟
013	|	无　题
014	|	山花子·初夏农家
014	|	鹧鸪天·立秋后十日作
014	|	鹧鸪天·陈晓铃先生八秩寿辰致贺
015	|	一剪梅·陈晓铃先生八秩寿辰致贺
015	|	浣溪沙·艰难岁月之母亲
015	|	杂　感
016	|	鹧鸪天·村居乐
016	|	眼儿媚·春
016	|	喝火令·夏夜忆趣
017	|	清平乐·参加农村婚礼有记
017	|	采桑子·登山寄友人
017	|	鹧鸪天·水滨赏菊
018	|	阮郎归·游黄峨故里兼怀黄峨
018	|	丈夫将归
018	|	阮郎归·贺"玉兔"成功着陆
019	|	农　妇
019	|	清洁工
019	|	渔家傲·马
020	|	菩萨蛮·日归
020	|	一剪梅·深情

020		织毯女
021		金缕曲
021		读《涪陵低唱》《溢江诗情》兼寄马老
021		江　畔
022		鹧鸪天·读邵红霞先生《滴翠集》
022		夏日寻幽
022		种　棉
023		浪淘沙·春
023		江　畔
023		清平乐·寻春
024		卜算子·童年忆趣
024		清平乐·参观"丰生现代农业种植园"
024		水调歌头·与蓬山诗社诗友欢聚于红海
025		乡村三月
025		赠胡传淮先生
025		卖花声·山行
026		访大英正果现代农业种植园
026		鹧鸪天·乡村拾趣
026		齐天乐·送君南浦
027		阆中古城见燕
027		纫秋兰以为佩
028		一剪梅·志愿军老战士如是说
028		鹧鸪天·看电视剧《国家命运》
029		李颖赞歌

029	|	捣练子·街舞
030	|	虞美人·山居
030	|	调笑令·诗友欢聚
030	|	长相思·梅
030	|	醉太平·观音湖秋兴
031	|	相见欢·村居
031	|	鹧鸪天·贺四川省诗词协会第一次会员代表大会召开
031	|	昭君怨·感事
032	|	一斛珠·秋思
032	|	甲午后重阳日登高续句
032	|	定风波·甲午后重阳日登高续句
033	|	画堂春·学习习近平总书记在文艺座谈会上的讲话有感
033	|	剑门蜀道怀陆游
033	|	浣溪沙·题皇泽寺
034	|	题广元无字碑
034	|	金缕曲·剑门关怀古
034	|	满江红·游明月峡
035	|	其相楼感怀
035	|	秋夜杂感
035	|	塔　柏
036	|	【中吕】山坡羊·老汉学跳舞
036	|	解佩令·湖滨春早
036	|	新菜农
037	|	蝶恋花·乡村三月

037	|	甲午回眸
037	|	【正宫】小梁州·春耕
038	|	临江仙·咏草
038	|	乙未迎春·和养根斋先生韵
038	|	【中吕】朝天子·迎新年
039	|	临江仙·乙未人日晋50抒怀
039	|	观瀑有得
039	|	炊事兵赋
040	|	蝶恋花·记梦
040	|	减字木兰花·题友人赏杜鹃花照
040	|	浣溪沙·感事
041	|	泥瓦工
041	|	见雪有忆
041	|	临江仙·游桃花源
042	|	西江月·游伏羲洞
042	|	参观遂宁市船山区世界荷花博览园
042	|	南歌子·雨后
043	|	虞美人·聊天
043	|	春　行
043	|	八声甘州·四川颂
044	|	八声甘州·为遂宁建市30周年而作
044	|	减字木兰花·夏日
044	|	菩萨蛮·抢收
045	|	登桃山

045	|	念奴娇·胜利日观看大阅兵有感
045	|	点绛唇·秋兴
046	|	泸州滨江路放风筝老者言
046	|	板桥咏
047	|	春三月
047	|	踏莎行·拔河比赛
047	|	一剪梅·山居
048	|	咏壶口冻瀑
048	|	贺甘肃徽县诗歌协会成立
048	|	风入松·相聚三星
049	|	踏沙行·湿地情歌
049	|	海 棠
049	|	浣溪沙·梅
049	|	山村寻春
050	|	好事近·春
050	|	童 谣
050	|	乙未洪城赴会感怀兼拾真韵（一）
051	|	乙未洪城赴会感怀兼拾真韵（二）
051	|	咏西流涧
051	|	农 闲
052	|	过 节
052	|	五十自寿
053	|	移居拾句
053	|	清 明

053	|	游剑门关怀姜维
054	|	游剑门关
054	|	诸葛亮
054	|	剑门豆腐
055	|	水调歌头·歌咏遂宁
055	|	水调歌头·歌咏遂宁之二
056	|	游灵泉寺用星汉先生《读书台拜陈子昂石像》韵
056	|	答友人用高昌先生《欢迎处寒和尔雅降生》原韵
056	|	悬空村用何革兄原韵
057	|	邓　艾
057	|	明月峡
058	|	赠别剑门诸诗友
058	|	过岳麓山拜蔡松坡二首
058	|	读何革兄《川陕路见出土残缺石像》
059	|	丙安古镇
059	|	四洞仙境
060	|	大瀑布景区
060	|	折多山口
060	|	七夕参加康巴篝火晚会
061	|	蝶恋花·康巴风采
061	|	喝火令·访磨西会议旧址
061	|	访磨西会议旧址
062	|	题高原雷达站
062	|	早发新都桥

062	|	高原见菊
063	|	小梅花·长征二号 F 火箭即将发射用周啸天先生韵
063	|	一剪梅·赞女排奥运夺冠
064	|	徒步山中遇果农
064	|	纪念红军长征胜利 80 周年
064	|	【中吕】山坡羊·随市政协欧斯云副主席一行到射洪双溪镇定点扶贫村
065	|	【中吕】山坡羊·赞遂宁市中心医院医生
065	|	【中吕】山坡羊·赞遂宁市中心医院护士
065	|	鹧鸪天·赞遂宁市中心医院"爱心妈妈"彭好
066	|	长　江
066	|	罗江怨·相思
067	|	【正宫】黑漆弩·感黄峨
067	|	【南仙吕】皂罗歌·相思拟黄峨
067	|	梅
068	|	【中吕】朝天子·双亲
068	|	【中吕】齐天乐带过红衫儿·母亲
068	|	【中吕】上小楼·教诲
069	|	冬夜杂咏
069	|	鹧鸪天·油菜花
069	|	减字木兰花·梅
070	|	丁酉人日立春
070	|	清洁工
070	|	陌　上

071		读《隐忧与曲谏——〈清明上河图〉解码录》
071		题　石
071		摸鱼儿·春情
072		蝶恋花·胡萝卜
072		咏　兰
072		登金华山拜谒陈子昂
073		【越调】凭阑人·与参加黄峨散曲研讨会诸君欢聚遂宁
073		生查子·拜谒金华山陈子昂读书台
073		都匀毛尖赞
074		【双调】沉醉东风·涪江情
074		【中吕】山坡羊·幸会榆林诗词学会诸公兼贺《榆林诗刊》创刊十周年
074		【中吕】山坡羊·游高家堡见老翁依墙小睡
075		游红碱淖谒昭君塑像
075		【中吕】山坡羊·母亲节后过黄河
076		临江仙·游塞上明珠红碱淖
076		【仙吕】寄生草·开心事
076		踏莎行·山行
077		游天坑地缝
077		一剪梅·油草河漂流
077		【双调】沽美酒过太平令·叹世
078		开封府
078		与妻散步

078	|	【黄钟】人月圆·中秋
079	|	【正宫】小梁州·银杏
079	|	贺新郎·公安三袁赞
080	|	水调歌头·遂宁舰加入海军战斗序列
080	|	【正宫】塞鸿秋·咏史
081	|	【中吕】齐天乐带过红衫儿·日子用王玉民老师韵
081	|	【正宫】塞鸿秋·彭德怀元帅
081	|	听滕伟明会长"好诗多在女儿家之张小红"
082	|	【双调】沉醉东风·登桃山
082	|	岁末还乡
083	|	浣溪沙·金骏眉
083	|	【双调】折桂令·丁酉岁末抒怀
083	|	浣溪沙·湖畔
084	|	春
084	|	夜　雨
084	|	鹧鸪天·摘草莓
085	|	【南吕】四块玉·棋局
085	|	【中吕】山坡羊·回望六一
085	|	【中吕】红绣鞋·村居
085	|	恩阳古镇
086	|	【仙吕】醉扶归·贺刘艳琴女史散曲集出版
086	|	【中吕】满庭芳·游巴中中峰洞玻璃栈道
086	|	瞻仰解放碑
087	|	黄山挑夫

011

087	|	【双调】折桂令·访紫阳书院
088	|	【仙吕】三番玉楼人·七夕夜话
088	|	鹧鸪天·《遂宁诗词》出刊100期致贺
088	|	登黄鹤楼
089	|	刘光第殉难120周年祭
089	|	戊戌秋日谒刘光第墓
089	|	【中吕】山坡羊·刘光第殉难120周年
089	|	【中吕】山坡羊·秋雨
090	|	定风波·老年乐
090	|	村　居
090	|	【中吕】普天乐·九日
090	|	【正宫】塞鸿秋·咏史
091	|	游鄱阳湖
091	|	参观殷墟博物苑
091	|	【正宫】塞鸿秋·过邙山
091	|	【正宫】塞鸿秋·游天鹅湖
092	|	水调歌头·三门峡
092	|	村居（坡底韵）
092	|	和宋彩霞先生元旦诗
093	|	相思引·赠友人
093	|	九九消寒图之二九用前韵
093	|	眼儿媚·梅
094	|	三九吟
094	|	菩萨蛮·书香

094	|	醉花阴·梦里花期有
095	|	金缕曲·寄友人
095	|	和全凤群女史江上行
096	|	南歌子·赠友
096	|	【中吕】十二月带过尧民歌·闲情
096	|	南歌子·和清影兄
097	|	蝶恋花·神矢
097	|	戊戌除夕
097	|	误佳期·送别
098	|	鹧鸪天·九莲洲湿地公园
098	|	九莲洲湿地公园诗友雅集
099	|	九莲洲湿地公园诗友雅集
099	|	苏幕遮·秋夜
099	|	【中吕】山坡羊·元宵夜
100	|	蝌　蚪
100	|	念奴娇·送别
100	|	淡黄柳·怀人
101	|	鹧鸪天·春播
101	|	行香子·无题
101	|	【越调】小桃红·春情
102	|	临江仙·十里桃园赏桃花
102	|	安排令·花朝节游十里桃园
102	|	河传·花朝节游十里桃画
103	|	黄莺儿·赏春

103	|	满江红·玉米移栽
103	|	【越调】黄蔷薇带过庆元贞·遣兴
104	|	时　光
104	|	【中吕】喜春来·绮怀
104	|	鹧鸪天·春愁
105	|	西江月·和清影兄小苑幽兰
105	|	蝶恋花
106	|	行香子·凉山
106	|	西江月·江畔
106	|	诉衷情·书愿
107	|	【中吕】山坡羊·菜园劳作
107	|	【双调】水仙子·杏雨天
107	|	【中吕】山坡羊·八台山看日出
107	|	【双调】雁儿落过得胜令·春天唠叨
108	|	【中吕】山坡羊·巴河泛舟
108	|	过明月江大风高拱桥
108	|	游乌梅种植基地
109	|	【双调】大德歌·老夫妻
109	|	转龙桥村过转凤桥赏荷
109	|	莲花湖五琅渡口远眺
110	|	【中吕】醉高歌带过红绣鞋·拦江镇凉风垭村
110	|	五琅村
110	|	访拦江异地迁建农户用吴江兄韵
111	|	【越调】小桃红·夏果采摘

111	鹊桥仙·七夕
111	水调歌头·中秋待月
112	【仙吕】锦橙梅·无题
112	清平乐·汨罗行
112	鹧鸪天·闻一多
113	【双调】大德歌·秋夜
113	【越调】寨儿令·七十华诞
113	一剪梅·游湿地公园
114	薄幸·天鹅湖
114	桃源忆故人·宿樱园恰遇房间名曰上弦月
114	菩萨蛮·浦江明月村饮松芽酒
115	鹧鸪天·明月村
115	点绛唇·石磨情思
115	塔吊工
116	【正宫】叨叨令·路
116	【双调】清江引·秋思
116	引鹤茶社
117	少年游·引鹤茶社小坐
117	浣溪沙·中秋
118	朝中措·冬夜
118	满庭芳·秋思
118	【双调】沉醉东风·大雪
119	车到祁县品《相思》
119	读王维《相思》

119	蝶恋花·参观乔家大院感乔致庸事
120	冬夜感怀
120	【正宫】端正好·参观祁县王维诗苑
121	长相思·本意
121	南歌子·夜月
121	踏莎行·岁杪
122	【仙吕】一半儿·过雁丘忆遗山问世间情为何物句
122	烟　花
122	临江仙·守夜读《聊斋》
123	水调歌头·庚子元宵夜有寄
123	【中吕】红秀鞋·宅家
123	卜算子·列车过
124	闲居二首
124	春
125	谒金门·春播
125	【正宫】脱布衫带小梁州·庚子抗疫
125	南乡子·春韵
126	看　花
126	【双调】折桂令·春情
126	浣溪沙·怀人
127	【正宫】白鹤子·庚子春事（重头）
127	清平乐·紫桐花
127	恋绣衾·珠玉满筐
128	唐多令·春情

128	春分雅集
128	【越调】黄蔷薇带庆元贞·庚子春事
129	蝶恋花·夜雨复晴
129	【中吕】山坡羊·庚子抗疫闻全国多个省市新冠肺炎患者清零
129	长相思·本意
130	长　夏
130	南乡子·采摘草莓
131	醉太平·春
131	寻　春
131	清　明
132	【中吕】山坡羊·庚子清明祭扫烈士陵园
132	阮郎归·春情
132	卜算子·春
133	山花子·春燕
133	庚子上巳日用吴江兄原韵
134	川藏线上
134	谷雨菜园劳作
134	【仙吕】太常引·思念
135	五一长假在家参加劳动
135	春夏两相期·遣兴
135	洞仙歌·立夏
136	蝶恋花·立夏
136	【黄中】人月圆·与友登临仙阁

136	小　满
137	蝶恋花·初夏
137	【中吕】迎仙客·久旱喜雨
137	山中采摘
138	中国测量队成功登临珠峰
138	初夏农家
138	菜　农
139	【双调】沉醉东风·久旱喜雨
139	蝶恋花·夏果采摘
139	鹧鸪天·参观拱市村
140	山　中
140	【黄钟】刮地风·春游
140	【仙吕】一半儿·庚子洪灾
141	夏日绝句
141	减字木兰花·洪峰过境
141	山花子·为三残儿童送教下乡
142	鹧鸪天·援藏教师
142	【仙吕】寄生草·秋访蓬溪任隆八角村听支书解说
142	【仙吕】寄生草·庚子秋雨
143	一剪梅·拟情
143	中山莲
143	【双调】庆宣和·贺朔州诗词学会成立兼寄红儒兄（重头）
144	蝶恋花·游光雾山小兰沟

144	浣溪沙·悼雷友惠师母
144	一落索·登高
145	【仙吕】寄生草·重九登高，拈韵得"一"字
145	唐多令·秋思
145	【双调】水仙子·秋
146	【双调】驻马听·新村即景
146	一剪梅·心闲
146	浪淘沙·登山
147	【仙吕】锦橙梅·农家女
147	鹧鸪天·重回水寨门
147	河传·山中斑竹
148	辛丑新正打油
148	庆春泽·新正怀人
149	涪水谣
149	【越调】寨儿令·致敬加勒万河谷守边英雄
149	【中吕】山坡羊·加勒万河谷英烈赞
150	迁居后逢故人
150	酷相思·轻轻诉
150	【双调】沉醉东风·童年忆趣
151	鹧鸪天·女神节戏题
151	【南吕】一枝花·新村见闻
152	【中吕】满庭芳·家宴
152	犍为文庙泮池金鱼
152	桫椤湖泛舟

153		【中吕】十二月带过尧民歌·犍为芭蕉沟情人榕
153		浣溪沙·袁隆平
154		五一回乡参加劳动用老杜《客至》原韵
154		鹧鸪天·巡警生涯
154		端午有寄
155		【越调】寨儿令·与友饮滨江路之上品堂
155		【双调】凭栏人·青海湖畔姑娘
155		车行河西走廊
156		【中吕】塞鸿秋·过金银滩草原
156		浪淘沙·骆驼
156		游鸣沙山月牙泉
157		鹊桥仙·塔尔寺
157		【中吕】朝天子·藏寨一日游
157		村　居
158		满江红·游奉节感怀
158		咏猴之一
158		咏猴之二
159		塔吊工
159		次韵老杜九日蓝田崔氏庄
159		【正宫】脱布衫带小梁州·秋日瞻仰杨闇公烈士故居
160		定风波·辛丑秋日苦雨
160		鹧鸪天·集中隔离有记
160		【中吕】山坡羊·谢张四喜先生赠《茶余曲话》
161		【仙吕】太常引·闲情

161	村居图（题图）
161	壬寅惊蛰诗友聚会
162	鹧鸪天·寒潮
162	【双调】楚天遥带过清江引·冬奥热到小村庄
162	步吴江兄壬寅破五节原韵
163	壬寅人日贱降打油
163	一剪梅·北京冬奥会
163	辛丑岁杪回老家
164	【越调】小桃红·梅
164	【正宫】醉太平·冬夜带孙女云想
164	辛丑大寒节用吴江兄韵
165	雪梅情
165	元旦试笔
166	遂宁鲜五首
168	【双调】沉醉东风·游遂宁高新区辛农民油菜花海
168	春日村行
168	【中吕】山坡羊·王亚平太空授课
169	贺富顺诗协成立二十周年
169	【双调】折桂令·小满
169	【黄钟】人月圆·雨后菜园
170	【越调】寨儿令·养蚕的小姑娘
170	感动中国人物孙家栋
170	【正宫】小梁州·夏日村居乐
171	河东新区二十华诞颂
171	临仙阁览胜

171	任家度晨曦安置小区之春
172	蝶恋花·灵泉寺
172	【南中吕】驻马听·小孙女云想
172	鹧鸪天·农家
173	清平乐·村居
173	【双调】拨不断·秋收
173	点绛唇·雨后
173	【中吕】山坡羊·宅家带孙女云想
174	【南吕】一枝花·游奉节登三峡之巅感怀
174	【商调】梧叶儿·七夕夜
174	【仙吕】青哥儿·带孙女云想
175	鹧鸪天·哭滕公伟明
175	【仙吕】一半儿·疫中包水饺
175	眼儿媚·参观海龙村
176	【正宫】塞鸿秋·家有孙女云想
176	浣溪沙·冬日
176	村　居
177	岁末迎新打油
177	【双调】殿前欢·打扫卫生戏题
177	惊　蛰
178	【越调】水仙子·永和家园
178	游潼南油菜花海
178	【中吕】山坡羊·游潼南琼江
179	鹧鸪天·游潼南大佛寺
179	满江红·游潼南大佛寺感怀

179		【中吕】山坡羊·宿巴山云顶山庄
180		【中吕】山坡羊·游巴山大峡谷
180		【中吕】山坡羊·巴山大峡谷　索道坐缆车
180		【双调】沉醉东风·游桃溪谷　鸳鸯廊桥戏题
180		【中吕】山坡羊·登罗盘顶状元楼
181		【仙吕】醉中天·过巴山大峡谷玻璃栈道
181		乡村双抢
181		【仙吕】醉扶归·瞻仰巴中将帅碑林
182		水调歌头·行米仓古道截贤驿见萧何月下追韩信造像感怀
182		截贤驿见萧何追韩信塑像
182		【中吕】迎仙客·摘桑葚的姑娘
183		【仙吕】寄生草·畅游小三峡
183		游小三峡
183		端午后一日宿秭归江上怀屈子
184		舟泊秭归怀昭君
184		【双调】雁儿落带得胜令·畅游小三峡
184		【越调】寨儿令·垂钓
185		【正宫】塞鸿秋·咏史
186		【正宫】塞鸿秋·邙山
187		鹧鸪天·参观蓬溪拱市村
189		【中吕】山坡羊·老汉学跳舞
191		妻之花语

采桑子·春游

山村处处风光好,花也如潮,歌也如潮,欲赏清幽兴味饶。耳边笑语声声俏,"才到山腰,才到山腰,幺女登山步步高。"

行香子·自嘲

陌上轻烟,蝶舞翩翩。芸窗外浑不相关。书香伴我,诗债须还。品右军帖,文同画,薛涛笺。

酿葡萄酒,吟太玄篇。看人间悲喜无端。二三知己,谈笑忘言。赏沁园春,西江月,鹊桥仙。

采桑女

越女纤纤手,春蚕缕缕丝。
斑鸠鸣远树,椹果恋疏枝。
弄月婆娑影,迎风窈窕姿。
织成通四海,锦绣谱新诗。

一剪梅·新农村

七彩流光照水波。几个翁婆，击鼓鸣锣。休闲园里笑声多。唱起山歌，扭起秧歌。

盛世宁将胆气磨？双鬓生皤，劳作吟哦。蓝天碧水好山河。花满山坡，果满山坡。

青玉案·咏荷

伊人巧手莲心种，意殷切，时时弄。无奈天公阴雨笼。水淹潮打，叶肥花懵，一颗芳心痛。

枝头绿鸟声声诵，翠盖蜻蛙戏相共。一阵清风吹叶动，朱唇微启，暗香频送，醒一池荷梦。

【中吕】山坡羊·春游射洪金华山陈子昂读书台

莺啼鹃闹，书台长啸，词朋诗友心欢笑。赏桃夭，逗风骚。唐松宋柏添诗料，春色无边人醉倒。君，礼拜了；文，《感遇》好。

【中吕】山坡羊·游"鸡鸣三省"景点沿途所见

溪流如箭,山花争艳。阳光灿烂云霞绚。路蜿蜒,彩云边。谷深几缕炊烟现,山水有情闻雀啭。村,尘世远。娃,叱牧犬。

【越调】天净沙·元日

秧歌彩树云霞。龙灯狮子飞花。小伙姑娘戏耍。月儿高挂,不眠多少人家。

卜算子·秋

石径远尘嚣,来觅秋之韵。枫叶苇花分外娇,鸿雁蓝天衬。晨起醉林泉,漫步黄花阵。待到红霞洒满天,开谢君休问。

浣溪沙·秋

载酒泛舟枕碧流,邻波闪闪正情柔。谁翻水调唱凉州?酒盏频传人欲醉,船头搁在蓼花洲,一江明月一江秋。

夏夜忆趣

淡月疏星缕缕风,荷花荷叶影朦胧。
丝瓜架下听童话,细篾席边望夜空。
浅梦依稀摇竹扇,轻声断续说毛公。
熏烟白芷芳香绕,世事浮沉谈兴浓。

浣溪沙·秋兴

袅袅秋风菊韵长,芦花鸿雁小池塘。鲈鱼莼饭诱人香。
老酒三杯拼一醉,新诗一阕笑余狂。篱边拾得破诗囊。

游卧龙山

与以荣、作廉、善良、传赋、廖瑜诸诗友游卧龙山公园。

云淡天高秋韵长,卧龙坡上赏晴光。
多情红叶怡人目,不老青藤牵客肠。
啸傲山间惊白鸟,讴歌湖畔品华章。
夕阳涂抹疏林醉,忽见空中雁一行。

浣溪沙·涪江船歌

心醉姑娘小酒窝,行船不惧浪头多。挺胸昂首纵情歌。
涧碧山红纷烂漫,风轻柳细舞婆娑。今宵魂梦赵家沱。

鹧鸪天·村姑

谁怕衣衫晓露沾?赤橙黄绿喜盈篮。订单火急铃声脆,懒听黄鹂枝上喃。
风细细,月纤纤,忧愁不许眼眉添。轻轻哼罢摇篮曲,应是今宵梦也甜。

临江仙·枇杷

枝发幽花如雪,任他秋雨秋霜。风摇倩影送芳香,翩翩蜂起舞,粉蝶吻银妆。
藏贮一冬甜梦,斜阳掩映芸窗。墙头绿鸟闹春光,醒来倾耳听,簇簇蕴金黄。

【正宫】叨叨令·忆看坝坝电影

银屏故事多奇趣，逗些老少牵肠肚。星光点点崎岖路，蚊虫叮咬无暇顾。顾不得也幺哥，管不得也幺哥，任他雨露湿衣布。

沁园春·迎新年

龙年将尽，蛇年已临。感慨良多，赋此一首以记。

竹报平安，梅送馨香，再谱锦笺。想蛟龙欲去，畅游东海；金蛇狂舞，镇守南关。院落园区，顽皮稚子，小手通红摔响鞭。钟声起，赏万家焰火，照彻尧天。

笑颜不绽都难。看日耀神州景色鲜。喜龙灯狮子，精神抖擞；评书小品，趣味无边。靓女青春，儿郎壮健，动地歌声迎瑞年。君知否？这芸芸大众，不羡桃源。

浣溪沙·春到观音湖

暖日晴云柳絮飞，粼波闪闪燕双归。桃花夹岸映斜晖。
湿地画廊留倩影，莲湖浩渺起虹霓。游人一夜换单衣。

暖　冬

三圣梅香似酒醇,烟光十里醉游人。
林边执手怜卿瘦,湖畔簪花笑我贫。
同学联欢天不冷,师生畅叙语如亲。
赢亏成败何须说,过罢严冬是好春。

浣溪沙·感事

莫叹年华似水流,湖平岸阔好行舟。芦花鸿雁醉金秋。
且把闲情书矮纸,聊将余兴寄沙鸥。任他白眼与青眸。

蝶恋花·忆母亲为我纳鞋底

犹记隆冬深夜事,摇曳灯光,含笑轻舒臂。巧手翻飞针脚细,针针融入温馨意。
踏遍人生千万里,步步平安,全赖千层底。叮嘱时时萦耳际,行端立正毋奢靡。

醉太平·观音湖湿地公园

霞飞雾赪，荷清露馨。水亭红袖吹笙。和蛙鸣数声。
星灯路灯，逸情倍增。舞姿潇洒轻盈。喜青春再生。

【越调】天净沙·观音湖之秋

湖边枫叶蒹葭。橹声搅碎云霞。撒网金光四洒。青松林下，是谁沉醉黄花？

【越调】天净沙·观音湖之春

青藤绿树兰花，溪亭锦鲤柔沙。曲径童颜华发。斜阳轻洒，几多游客忘家。

一剪梅·书愿

绿水青山白日斜。亲种桑麻，淡饭粗茶。四时美景俱清嘉，春赏兰花，秋钓蒹葭。

懒管他人笑华发。岱顶观霞，海里骑鲨。啸歌伴我访天涯，不羡官家，不羡仙家。

端　午

蒲艾驱邪气，思君诵国殇。
亲兰能树蕙，美政自流芳。
运桨生霓彩，挥毫写月章。
灵均当笑慰，龙舰正巡洋。

风　筝

飘舞空中意态骄，彤云欲上乐逍遥。
雷霆暴雨狂风后，肯与青松比骨腰？

临江仙·与诗友春游桃花山

闻说桃花山色好，番番梦到桃仙。佳人有约写春山，时时花解语，彩蝶舞翩翩。

翠鸟几回惊朗笑，谈诗论剑心欢。风流潇洒甚狂狷，兴来频醉酒，高卧白云边。

与诗友春游桃花山

其时桃花已谢,枝头已结有点点果实……

带露行山径,芳香洗俗尘。
枝头青果小,崖畔杂花新。
朗咏胸怀远,清谈手足亲。
他年王母宴,邀作座中宾。

樱　桃

一夜听春雨,园中发嫩枝。
花开千朵雪,心酿几行诗。
火热相思豆,冰清碧玉姿。
鸟儿休啄去,藏贮醉君归。

清平乐·观音湖愁思

春衫湿透,只为情依旧。绿遍汀洲花渐瘦,谁负经年红豆?懒听双燕呢哝,闲愁都付东风。湖畔鸳鸯戏水,桥头伞影流红。

鹧鸪天·"4·20"雅安地震救援感赋

　　地裂山崩雅水凉，无端祸起共悲伤。同胞生死心牵挂，令出中枢驰四方。
　　情意切，不彷徨，一方有难八方帮。三军搜救拼全力，父老乡亲都是娘。

一剪梅·蜜蜂

　　一将能挥百万兵，起舞轻盈，一往深情。茫茫四野任驰行，占尽群英，不负群英。
　　酝酿春光献至诚，辛苦经营，与世无争。菜花开罢稻花迎，精彩今生，不枉今生。

减字木兰花·痛悼恩师

　　"4·20"雅安地震后，我小学启蒙老师刘吉林先生的电话屡打不通，询问办公室后方知恩师已逝世矣，悲痛万分。恩师生前曾被评为"全国优秀检察官"。

　　锦书不到，询问那人传噩耗。地转天旋，痛失恩师泪雨潸。
　　音容宛在，沃土一方常播爱。铁面无私，魑魅那边知不知？

蝶恋花·初夏农家

溪水叮咚青一坝,闲坐中庭,犁具高高挂。桃李无言莺自话,花猫爬上葡萄架。

新月一弯辉碧瓦,缕缕清风,味比栀花雅。薄酒青蔬情不寡,邻翁谈笑农桑稼。

鹧鸪天·放鸭翁

喜听雏儿戏水声,鹅黄银白最关情。方圆一担挑肩上,布阵排兵掠岸行。

勤放养,爱追萍,餐风露宿苦经营。忽闻来信评三好,老眼昏花亦泪盈。

减字木兰花·种花姑娘

枝头翠鸟,露湿香衫犹未晓。玫瑰花开,蝴蝶铃声款款来。小车装满,携手簪花缘不浅。虫透窗纱,妹在郎心可发芽?

减字木兰花·观音湖夜泳

粼粼细浪，俯仰沉浮识物象。月影朦胧，犹见渔灯点点红。
歌声缥缈，搏浪时时惊宿鸟。逝水如斯，潮落潮生我自知。

过石长沟

沟深涧水清，时有杜鹃鸣。
柳下眠牛犊，衰翁独备耕。

无　题

此番心事最难猜，天放仙姝下月台。
曾在湖山留笑语，也怜身影映苍苔。
鹿鸣涧水幽幽诉，鹤舞松风淡淡哀。
倘使人生无错误，沈园谁会久徘徊。

山花子·初夏农家

杜宇声声送落霞,新晴墒好晚归家。孙女乖乖共帮手,点芝麻。

袅袅炊烟招牧笛,淙淙涧水绕篱笆。一样青蔬聊佐酒,度生涯。

鹧鸪天·立秋后十日作

秋雨几番暑气藏,蛙声催熟稻花香。姑姑巧手淘黄豆,白发阿婆打豆浆。

荷露净,睡鸳鸯,月光正照小楼房。草丛蟋蟀轻轻唱,莫遣幽思入梦乡。

鹧鸪天·陈晓铃先生八秩寿辰致贺

一路行来一路歌,流金岁月未蹉跎。讲台三尺培桃李,历尽艰辛志不磨。

挥彩笔,漫吟哦,双馨德艺最巍峨。人生哪计风和雨,沽酒何妨字换鹅。

一剪梅·陈晓铃先生八秩寿辰致贺

犹记当年那首歌，曲暖心窝，词暖心窝。灵台洁净去心魔。情满山河，绿叶婆娑。

富贵浮云一笑呵，挽住金梭，挽住银梭。童颜鹤发乐何多。德艺巍峨，稳泛沧波。

浣溪沙·艰难岁月之母亲

瑟瑟寒风冬夜长，娘亲茧手冻还僵。女儿尚缺过年装。
明灭火炉光惨淡，浅深针脚韵铿锵。梦回薯饼疗饥肠。

杂 感

揽镜青丝半染霜，人生百味已先尝。
石磨棱角犹敲火，珠杂煤灰未放光。
诗赋辞章唐宋韵，油盐柴米菜根香。
我非有意抬房价，月供红钞廿四张。

鹧鸪天·村居乐

陌上青青玉米花,翩翩粉蝶吻桑麻。昨宵一夜听蛙鼓,今日东坡锄彩霞。

尝老酒,品新茶,轻哼小曲摘鲜瓜。笑声常伴铃声起,送罢青蔬赏月华。

眼儿媚·春

和煦东风过桥西,望眼柳花迷。翩翩飞燕,交交黄鸟,几缕晨曦。

淙淙碧水浇南亩,水暖唤牛犁。轻轻烟霭,悠悠牧笛,一道虹霓。

喝火令·夏夜忆趣

向晚微风起,清心欲采莲。一弯新月也婵娟。萤火草丛飞舞,谁怕路蜿蜒。

水面粼波碎,渔灯尚未闲。尽情冲浪至更阑。醉了蛙鸣,醉了七琴弦,醉了满天星斗,跌落小河湾。

清平乐·参加农村婚礼有记

喧天锣鼓,彩袖殷勤舞。谁是今朝东道主?喜结百年俦侣。

消除一段相思,从今万里扶持。不怕斜风细雨,人生如画如诗。

采桑子·登山寄友人

登山不畏羊肠仄,为沐朝曦,哪计艰辛,阵阵涛声远世尘。

松风扑面精神爽,莫笑清贫,鬓又添银,眼底春光分外亲。

鹧鸪天·水滨赏菊

偶有闲情逐浪花,小舟横卧醉云霞。眼前几朵心弦动,最爱滩头那一丫。

甘寂寞,近蒹葭,霜风只合奏清笳。花中不是偏怜菊,曾伴东篱沐月华。

阮郎归·游黄峨故里兼怀黄峨

满山枫叶醉斜阳,风轻淡淡香。回廊松竹碧纱窗,篱边花正黄。

奇女子,曲悠扬,长天雁几行。锦书难托独彷徨,相思空断肠。

丈夫将归

昨宵短信寄归函,数次门前认力帆。
细火微微烧拐肉,三杯两盏解君馋。

阮郎归·贺"玉兔"成功着陆

征程卅万指尖弹,虹湾玉兔娴。嫦娥今夜更无眠,佳醪映笑颜。

圆梦想,意拳拳,高科谱锦篇。此时着陆解疑团,好音待凯旋。

农　妇

绵绵秋雨湿绒衣，辘辘饥肠不得归。
莫笑我家劳力少，抢时正好巧施肥。

清洁工

扫落天边斗与辰，一轮红日净无尘。
歌声飘荡铃声脆，处处芳香处处春。

渔家傲·马

万马行空声势壮，仰天长啸东南望。越过千溪和万嶂，心胸广，纵横驰骋真舒畅。

唐宋明清逢悍将，亚欧横扫谁能抗。秣马厉兵疆海上，歌嘹亮，蹄声得得狼烟荡。

菩萨蛮·日归

妹儿短信声声急,阿哥冒雪风中立。鸿雁早南归,我心真欲悲。

回家都是梦,梦醒心头痛。梦里有家乡,家乡花草香。

一剪梅·深情

一抹斜阳雁字横,黄菊花馨,清酒微醒。登高远望藕丝萦。身若飘萍,未觉伶仃。

湖畔簪花带笑迎,歌也轻盈,舞也娉婷。情深恰似可燃冰,雷也难惊,霆也难更。

织毯女

亦是经天纬地才,赤橙黄绿用心裁。
苍松挺拔青云绕,白鹤翱翔红日来。
织毯挥刀多乐趣,兴家致富不徘徊。
四方商贾争相购,技压群芳笑满腮。

金缕曲

　　眼里风光好,醉春山、花开烂漫,有人行早。野径年年知何故,绿遍万千芳草。欣听到、交交黄鸟。靓女顽童林间戏,躲花丛、素面羞花俏。频摄影、羡年少。

　　鬓边白发催人老。访天涯、名山古寺,海滨河套。岱顶霞光卢沟月,尽作歌吟诗料。岂怕那、方家哂笑。水调美人声婉转,瑞鹧鸪、唱彻清音袅。不教我、有烦恼。

读《涪陂低唱》《溢江诗情》兼寄马老

　　源远流长涪水滨,山川毓秀孕诗人。
　　子昂故里酒浆绿,柳树园中词赋新。
　　低唱溢江情不老,挥毫泼墨韵如春。
　　孝慈授业堪为范,得失无心也率真。

江　畔

　　云开雾散日临窗,起舞翩翩蝶一双。
　　喜听湖滨琴与鼓,是谁领唱又帮腔?

鹧鸪天·读邵红霞先生《滴翠集》

雨雨风风任漫吟，白山黑水梦千寻。油盐柴米家常事，巧手剪裁匠氏心。

诗滴翠，韵流金，如松挺拔雪难侵。幽兰空谷馨香远，明月临窗诵雅音。

夏日寻幽

湖滨寻野趣，柳下沐清风。
漂动鱼吞饵，鸥鸣鹤舞空。
雷奔携闪电，雨洗现霓虹。
乐此常忘返，悠然白发翁。

种　棉

衰柳咽枯禅，荒岗生紫烟。
风轻翻翡翠，花艳斗婵娟。
浇我一泓水，还君三尺棉。
笑看明月下，星洒满梯田。

浪淘沙·春

帘外雨沙沙,桃李开花,一犁春信到农家。油菜金黄蜂采蜜,柔柳风斜。

孙女长新牙,学语咿呀,忽悲忽喜惹人夸。咔嚓频频留彩照,飞寄天涯。

江　畔

堤畔花争发,涪江日夜流。
桨轻生细浪,柳翠接高楼。
欲话荣枯事,先知风雨稠。
东皋升素月,白玉馥汀洲。

清平乐·寻春

春归何处?依旧年时路。辗转寻春春不遇,小鸟枝头絮语。

菜花奉命西迁,良田并入商圈。布谷空劳牵挂,有谁吹笛扬鞭?

卜算子·童年忆趣

约聚小河边,清澈桃花水。画地勾圈作战场,斗草弹珠戏。
谁复论输赢,明日还相继。摘片鲜花细细吹,醉在春风里。

清平乐·参观"丰生现代农业种植园"

清风拂面,车到篱笆院。姹紫嫣红花烂漫,更有彩霞相伴。
精心平整畦洼,台商惠我农家。棚内草莓结果,秋来柿火天涯。

水调歌头·与蓬山诗社诗友欢聚于红海

巧手运斤斧,匠氏用心裁。历经三五寒暑,一鉴画图开。值此阳春三月,携我词朋诗友,漫步访瑶台。垂柳娉婷立,靓丽若裙钗。
翩翩鹤,涓涓水,净心霾。松涛隐隐,风景旖旎入胸怀。红海波翻浪涌,似有鱼龙腾跃,此亦不须猜。莫说湖风冷,夕照美人腮。

乡村三月

霁野开佳境，山村图画新。
平林飞白鹤，清露湿微尘。
园圃秧苗绿，陂塘雨水匀。
相逢多笑语，不问武陵春。

赠胡传淮先生

欢聚荧屏信不孤，灵山秀水育鸿儒。
搜寻史海千秋韵，淘漉诗田万斛珠。
文采风流追魏晋，待人接物似陶朱。
令名远播蜀川外，拟向尊前醉一壶。

卖花声·山行

　　爱听鹧鸪鸣，一路催行。牧歌泉响伴流莺，满眼青葱连广宇，曲曲如屏。
　　莫说乱山横，云彩相迎。山阴道上结鸥盟，坐卧吟哦随处好，隼试雏翎。

访大英正果现代农业种植园

欲访桃源几路迷,故人犹在小桥西。
山泉为我洗尘念,彩蝶因何追马蹄?
望眼大棚如浪涌,抬头玉米与肩齐。
姑娘含笑摘蔬菜,十指纤纤不带泥。

鹧鸪天·乡村拾趣

三月乡村绿满坡,郪江水碧柳婆娑。轻车一路寻幽趣,喜到田园听牧歌。

花朵朵,酒窝窝,人花相映美如何?忽然阿妹羞红脸,布谷声声直唤哥。

齐天乐·送君南浦

莫嗔侬是无情女,甘心送君归去。火急军情,人民卫士,鞍鞯时听鼙鼓。明眸似诉。记风雨征程,百般呵护。素月娟娟,照西楼料亦生妒。

犹闻罗帐细语。更声声笛脆,军令休误。耄耋高堂,乖乖小雅,不用劳心吩咐。花容楚楚,盼捷报飞来,站台迎汝。浩荡东风,一轮红日吐。

阆中古城见燕

紫燕翻空舞，春风应律来。
绿波三寸剪，红土八方裁。
反哺无须问，回归不用猜。
无心追大款，只恋旧楼台。

纫秋兰以为佩

兰草襟前佩，平生任笑痴。
一心行美政，百亩树琼枝。
求索路途远，哀伤荃蕙移。
阊风犹未至，鹈鴂已先知。
太息涕如霰，荒丘影若魑。
国殇歌勇士，桔颂慕丰姿。
世浊不堪隐，河清可寄思。
争光同日月，江畔诵骚辞。

一剪梅·志愿军老战士如是说

回首当年气宇昂，手握钢枪，头顶严霜。一声号角韵铿锵。不惧豺狼，保卫家邦。

池畔风吹莲藕香，黛瓦红墙，瓜果盈筐。闻鸡起舞技无双，小子休狂，老子犹康！

鹧鸪天·看电视剧《国家命运》

报国当年路万重，甘将热血献东风。黄沙漫漫征衣冷，戈壁茫茫旗帜红。

强国梦，耀苍穹，千秋史册颂元戎。扬眉吐气长空净，笑看神州春意浓。

李颖赞歌

谁道世风下，船山有俊贤。
旁观甘袖手？路见勇揎拳！
贼子心肠毒，妻儿肺腑煎。
万人呼李颖，双泪落襟前。

【注】2014年7月9日，中央电视台播出新闻《见义勇为抓歹徒 男子被刺身亡》，央视新闻新浪微博发出《好市民勇斗歹徒身亡感动一座城》报道：7月5日晚，四川遂宁街头发生抢劫案，听到呼救的李颖第一时间冲上前与歹徒搏斗，不幸被刺中胸部身亡，年仅30岁。李颖的行为感动和温暖着整座遂宁城，当地政府追授他"见义勇为公民"称号。"船山"指遂宁，因城西有山若船，故名。

捣练子·街舞

音乐美，大妈疯，彩袖翻飞带笑容。携手老头人不赖，几回街市故相逢。

虞美人·山居

深山雨后岚烟翠,百鸟关关醉。岭头红日一川明,谁在溪桥独立听涛声。

松风阵阵香飘袖,举盏邀星宿。翩翩仙鹤舞祥云,皓月凌空一卷画图新。

调笑令·诗友欢聚

倾诉,倾诉,觉来已然天暮。恰如涪水潺潺,犹有滔滔语言。言语,言语,褒贬由人说去!

长相思·梅

雨一枝,雪一枝,开到心头朵朵痴。春风染墨池。
落潮时,涨潮时,馥郁馨香人共知。素心谁抱持?

醉太平·观音湖秋兴

蒹葭露清,霞飞鹜迎。秋风粼浪舟轻。遣幽怀逸情。
渔夫饲鹰,汀洲亮灯。歌声震落流星。品莼羹鳜羹。

相见欢·村居

篱笆花草垂杨，乐笙簧。谁在斜阳庭院舞霓裳？
月明后，桂花酒，劝人尝。方识人生滋味似琼浆。

鹧鸪天·贺四川省诗词协会第一次会员代表大会召开

旧雨新朋带笑颜，桂香馥郁聚梨园。拨开迷雾群星灿，丽雅阁中识俊贤。

挥彩笔，写华年，吟旌高树耀长天。从今喜看岷峨月，又照神州万里船。

昭君怨·感事

藏隐庙堂高处，本想从今安度。平地一声雷，梦魂摧。
惊破黄粱美梦，梦里几人能懂？喜大浪淘沙，辨龙蛇。

一斛珠·秋思

庭前垂柳,丛丛金菊开重九。一行征雁黄昏后。缕缕秋风,向远凝眸久。

父母双亲先伺候,娇儿作业悉心究。银针织罢观音绣。梦与夫君,共饮葡萄酒。

甲午后重阳日登高续句

一年两度遇重阳,不畏秋浓鬓染霜。
雁过蓝天犁霁色,花开秀岭泛崇光。
风吹小曲云烟醉,日照丹崖岁月长。
菊韵悠悠堪慰我,有人锄亩在南冈。

定风波·甲午后重阳日登高续句

飒飒金风菊正黄,登高兴致异王郎。饮酒红枫颜胜火,邀我。一排征雁引诗行。

谁遣崦嵫回驷马,无价。挥毫泼墨乐笙簧。元亮如知来结队,陶醉。一年两度遇重阳。

画堂春·学习习近平总书记在文艺座谈会上的讲话有感

金秋讲话似春雷,声声开启心扉。百花争艳燕莺飞,大地春回。

关注民生疾苦,共描白雪红梅。复兴路上梦芳菲,花满边陲。

剑门蜀道怀陆游

细雨骑驴处,苔痕尚绿茵。
松风悲国士,梅朵慰山民。
夜雪飘洲渡,冰河冷阵云。
媾和称盛世,天命作诗人。

浣溪沙·题皇泽寺

不愧人间龙凤才,六宫粉黛等尘埃。当年故事不须猜。日月凌空何去也?山风吹袂我来哉。无边思绪绕高台。

题广元无字碑

雄才伟略巧筹谋,敢借唐宫建大周。
临别还他新气象,石碑无字也风流。

金缕曲·剑门关怀古

且向雄关走,柏森森,急湍似箭,壑深崖陡。刘备过关知何处?诸葛立关在右。休问道,谁攻谁守。衰草连天秋已透,看夕阳、渐落西山岰。鱼水愿,终难久。

诏书既下悲风吼。叹将军,无端断送,小儿黄口。知遇之恩如何报,唯剩丹心一剖。恨只恨,形销骨瘦。转眼霸图云烟散,辜负他、纬地经天手。临去矣,几回首。

满江红·游明月峡

栈道清风,明月峡、高低百折。悬峭壁,涛声寒胆,鸟声愁绝。铁马金戈都过也,木牛连弩非传说。出师表,激励后来人,真豪杰。

嘉陵浪,秦岭雪;抬眼望,山明灭。尽岚烟缭绕,树披红叶。饱览沿途新景致,更欣隔岸飞高铁。喜如今,蜀道不知难,云天阔。

其相楼感怀

一楼高耸入祥云,挺拔苍松卓不群。
修路兴农除弊政,提兵出峡扫妖氛。
名标青史丹心在,血洒荒原沃土殷。
可笑东邻生鬼魅,神州自有李将军。

【注】李将军,李家钰(1892—1944),字其相,四川省蒲江人。国民革命军陆军上将,著名抗日将领。其相楼是李家钰任四川省立第三师范学校校长时聘请梁思成设计修建的,是省级文物保护单位。

秋夜杂感

无土可栽柳,盆中聊种花。
雨来添秀色,鸟过奏清笳。
簇簇严霜覆,枝枝夕照斜。
东篱曾蕴梦,欲渡已无楂。

塔　柏

种下亭亭柏一株,春风春雨共相扶。
他年饱蘸临池墨,要向蓝天写画图。

【中吕】山坡羊·老汉学跳舞

心头开窍,装回年少,红巾翠袖疯疯地跳。洛宾谣,乐陶陶,悠长韵味溜溜调。似醉汉差些绊倒,翁,不气恼;婆,已笑饱。

解佩令·湖滨春早

如烟薄雾,湖滨小路。听黄鹂、枝头絮语。锦鲤荷钱,荇草间、怡然来去。早行人、断无俗虑。

时髦婆母,清歌一曲。最多情、繁华深处。闭月羞花,粉蝶惊、料应生妒。彩霞中,乱飞白鹭。

新菜农

斜月清辉瑟瑟风,梅花香韵正朦胧。
小姑脸上睡痕浅,大嫂棚中春意融。
袋袋鲜蔬情未了,车车美梦路先通。
黄瓜茄子安排早,微信时髦耳不聋。

蝶恋花·乡村三月

绿柳轻烟篱畔绕。燕剪清波,纸鹞浮云表。布谷声声传语到,种瓜种豆偏宜早。

陌上暖阳林下草。牛犊哞哞,似和叮咚调。最是桃花三月俏,田头忙坏婆姑嫂。

甲午回眸

总笑年年为口忙,鸡虫得失两相忘。
惠风和畅知人意,白浪滔天咒马航。
诗海探珠迷醉眼,书山拾趣费柔肠。
雪花千树梅花绽,一缕温馨入梦香。

【正宫】小梁州·春耕

一湾春水绕青堤,布谷争啼。几声犬吠几声笛。飘香泥,耕种抢时机。

【幺】如今世道真成谜,驾豪车锄地扶犁。亲自然,心陶醉。草莓红缀,笑语伴歌飞。

临江仙·咏草

惜别牛羊深吻,真情黑土珍藏。寒风日夜号山冈,玲珑冰世界,皑皑着银妆。

驿路邮来春信,牧歌飘过村庄。一坡嫩绿恋晴光。怜她生意好,花灿蝶蜂狂。

乙未迎春·和养根斋先生韵

声声鞭炮颂时嘉,带笑兰花映彩霞。
喜鹊红梅添瑞气,山歌川戏送农家。
平安共唱和谐调,勤俭能栽幸福花。
暖日晴云圆好梦,春风一路到天涯。

【中吕】朝天子·迎新年

这家,那家,都把灯笼挂。吃过年饭话桑麻,压岁红包发。懂事娇娃,慈祥爹妈,笑盈盈奉上茶。礼花,彩霞,光景真如画。

临江仙·乙未人日晋50抒怀

一掷流光平地泻,爱它五彩缤纷。玉兰瑞草一时新,怀揣绮梦,梦里亦耕耘。

宋雨唐风奔眼底,琴心剑胆香醇,挥毫泼墨不言贫。登山拜水,做个自由人。

观瀑有得

奔腾野马势如雷,泻玉飞珠动九垓。
借我一瓢浇块垒,胸中或许少尘埃。

炊事兵赋

小小厨房献赤诚,青春岁月亦峥嵘。
可圈可点烹饪秀,能武能文技艺精。
锅碗瓢盆交响曲,摸爬滚打士官生。
胸中激荡风雷气,一样多姿亮眼睛。

蝶恋花·记梦

阆苑疏烟花草茂,泉水叮咚,莺燕林间绕。万里晴空霾雾扫,惠风拟把云霞找。

翠袖红衫人窈窕,袅袅清音,芳信时时报。灼灼桃花枝上俏,缘深缘浅情难了!

减字木兰花·题友人赏杜鹃花照

花丛有你,蝴蝶翩翩羞不起。酒靥生香,空使群蜂为汝忙!莺声燕语,唤醒东君添几缕。试比情浓,入眼仙葩腮醉红。

浣溪沙·感事

新买皮衣一件,不几日就划破了,感而作此篇。

以貌取人岂可持,盛妆媒姆有天疑。纵然披上老羊皮。

争说浮华容易散,守真抱朴最相宜。莳花弄草著荷衣。

泥瓦工

手捧泥坯上转筒，一番拍抹见真功。
短衣短裤精神爽，无雨无云意气雄。
遍染盐霜身似铁，几经磨折背如弓。
欲他广厦起千万，笑看窑膛炉火红。

见雪有忆

大雪纷飞梦不全，边关哨所总相牵。
长河冷落八千里，热血沸腾三十年。
故事从来碑作证，真情欲诉月为弦。
红装素裹添豪气，代代传奇续锦笺。

临江仙·游桃花源

　　细雨轻烟河畔柳，小舟垂钓千年。桃花流水鳜鱼鲜。鸡鸣犬吠，仿佛列仙班。
　　紫燕去来传信息，韶光如水潺喧，渔歌一曲恸乡关。那时明月，犹照这山川。

西江月·游伏羲洞

漫步洞天福地,迎眸石笋红莲。水晶玛瑙玉钩连,太古奇观抢眼。

耐得十分寂寞,历经几度清寒。泥沙淘去色斑斓,阅尽人间冷暖。

参观遂宁市船山区世界荷花博览园

风光旖旎映灵泉,锦鲤无端戏碧天。
澹澹烟波涵丽月,翩翩鸥鹭醉清圆。
花开烂漫馨香远,露洒均匀美德传。
一洗尘埃歌正气,拈来彩笔写诗篇。

南歌子·雨后

好雨生凉意,霓虹挂树杈。闲来池畔钓鱼虾,缕缕清香浓淡绽荷花。

村里歌嘹亮,周围碧玉纱。均匀雨露润农家,笑看田头玉米抱娃娃。

虞美人·聊天

小丫开口呼妈了,笑语华堂绕。老爸参赛欲成功,漫步长堤日日逐东风。

晨曦演练军威壮,豪气胸中荡。知君底事最牵情,留待灯前说与那人听。

春　行

春风扑面动吟怀,李白桃红入眼乖。
数树莺声新雨后,霞光一打扫尘霾。

八声甘州·四川颂

数五千年史册煌煌,山川育贤良。叹三星灿烂,都江堰巧,锦里无双。更有峨眉叠翠,大佛镇三江。魅力新羌寨,旖旎风光。

荟萃人文景仰,赞相如鹏翻,苏李流芳。想仁人志士,热血献家邦!颂元戎,邓公翘楚,梦腾飞,强国立东方。除贪腐,藏羌儿女,同赴康庄!

八声甘州·为遂宁建市30周年而作

看红旗招展耀蓝天,万人沐春风。喜观音故里,民丰物阜,百业兴隆。湿地欢声笑语,翁媪逸情浓。湖水平如镜,桥跨西东。

上下齐心奋斗,绘卅年画卷,五彩霓虹。望高楼林立,富路早开通。活园区,旅游兴市,惠民生,结对助工农。腾骧骥,关山万里,步履从容。

减字木兰花·夏日

惊雷乍起,鸳鸯白鹭藏荷底。急雨如珠,小鬼丫头犹笑呼。夕阳梢挂,一洗江村山水画。饮罢颜酡,闲倚栏杆看素娥。

菩萨蛮·抢收

旗山之上乌云叠,千家屋顶鸣金铁。骤雨打窗纱,抢收留守娃。

一身浇透了,堪比冲凉好。淋湿旧衣衫,明天会晒干!

登桃山

绝壁攀登以手扶,羊肠道上笑相呼。
风光满眼胸襟阔,远处青山淡到无。

【注】桃山在贵州铜仁境内,隔乌江与龚滩古镇相望。

念奴娇·胜利日观看大阅兵有感

古城楼上,翘首争相赞,广场英物。赞我军民千百万,护我河山完璧。逐日挥戈,同仇敌忾,捷报纷如雪。八年征战,神州多少豪杰。

捍卫正义和平,炎黄儿女,胆气冲天发。犹见有人频拜鬼,修宪声音难灭。走向深蓝,扎根沃土,不怨霜生发。腾飞圆梦,古都同赏明月。

点绛唇·秋兴

白鹭翩翩,芦花野菊知多少。一只轻棹,惟有归鸿晓。
浊酒三杯,不觉人将老。呵呵笑,江枫斜照,一网鳞波跳。

泸州滨江路放风筝老者言

能放能收掌控牢,但凭长线比低高。
世间多少操盘手,命运难猜胜我曹。

板桥咏

喜读板桥诗,心同黎庶热。
出身本寒微,松柏自高洁。
画竹开新风,枝枝显劲节。
卧听风雨声,似闻啼幽咽。
叶叶犹呼号,字字凝心血。
毅然抗上官,开仓活涸辙。
挂冠回故乡,污浊终永诀。
廉能留美名,操守厉冰雪。
沉醉松梅兰,文章鸣玉玦。
卓然立世间,史册添新页。
圆我复兴梦,思公情更切。

春三月

锄草施肥兴味长,农家好景数春光,
夕浇青韭三瓢水,晨采柔枝几片桑。
牛背小儿吹竹笛,田头彩蝶扑花香。
东君最是多情种,一夜山村扮靓装。

踏莎行·拔河比赛

  绳索中分,操场列阵,欢呼雀跃人兴奋。点兵点将笑声频,齐心协力弓弦紧。
  身体低沉,脚跟站稳,旗挥哨响群狮引。几番拼搏势如虹,输赢成败何须问。

一剪梅·山居

  爱向青山自在行,朝看霞生,暮看流萤。杂花野蕻共哦吟,泉水丁丁,绿树亭亭。
  时雨时晴湿画屏,犬牧肥羚,猿戏青藤。溪桥转处紫烟腾,门对花町,风送金铃。

咏壶口冻瀑

百折出昆仑,雄心奔海门。
冰封何奈我,蓄势待春温。

贺甘肃徽县诗歌协会成立

青泥古道觅幽踪,铁岭仙关自不同。
磨洗几番猜故事,闪回千载睹雄风。
琴心剑胆于兹盛,陇树秦云别样红。
汉帜飞扬追日月,一枝一叶总情浓。

风入松·相聚三星

看山看水看三星,一校枕江声。角梅树树风前笑,路无尘、几净窗明。不觉寒冬将至,此时倍感温馨。

渝园置酒酒频倾,不改旧时情。同歌同啸同分享,卅年前、几瓣鲜橙。素月临空妩媚,江城灯火通明。

【注】同学米君执掌三星黉宫,管理有方,教学质量稳步上升,八方学子慕名而来。曩昔同学时男生深夜偷学校脐橙分赠女生事,后来常被作为佐酒的谈资。

踏沙行·湿地情歌

曲曲弯弯，凌波款款，柳枝怎比腰肢软。繁花小径笑声频，行来不觉莺声啭。

鸽唱咕咕，郎言旦旦，彩霞欲让桃花面。山光物语恁多情，空中时过双双燕。

海　棠

婷婷袅袅抚琴弦，谁着红衣乐灿然。
羡煞眉山狂太守，海棠花底醉无眠。

浣溪沙·梅

梦里幽香不惹埃，梅花偏共雪花开。丝丝缕缕绕窗台。
独立寒风吹玉笛，聊将浊酒遣愁怀。冰肌瘦骨月安排。

山村寻春

且随蜂蝶觅芳春，半垄金黄半垄榛。
应是东君慵懒甚，一坡山色未涂匀。

好事近·春

陌上结良缘,韵事被莺窥破。蝴蝶蜜蜂争宠,竟向花心卧。氤氲气味最销魂,菜花恰如裸。红日镜头调好,欲把风流播。

童 谣

一听童谣一断肠,月光斜照小荷塘。
阿婆引我观萤火,摘颗星星挂上墙。

乙未洪城赴会感怀兼拾真韵(一)

不许心灵失本真,驱车百里拜贤人。
寒风冽冽冷衣袂,细雨飘飘湿路尘。
律动书台千古韵,催生江渚数枝春。
一声长啸感天地,大野霾消云彩新。

乙未洪城赴会感怀兼拾真韵（二）

桃花灼灼十分春，欲觅城南梦里珍。
如此风光依小鸟，无端柳絮化青萍。
轻烟袅袅添愁绪，细雨飘飘湿路尘。
斜挂酒旗空误我，转头已是百年身。

咏西流涧

一路欢腾乐不支，荷花旖旎稻香滋。
菱歌唱得鱼龙跃，岂憾江涛入海迟。

农　闲

农闲无事最逍遥，学戏听书健美操。
未至年关多乐趣，也来网上抢红包。

过　节

3月8日,女神们相约驱车前往红海游玩,给自己过节。诗以记事。

谁甘蜂蝶占春光,邀请邻居二婶娘。
自驾新车追日月,口哼小曲乐笙簧。
山环水绕原生态,柳绿花红锦绣庄。
一路菜花香不断,笑声朗朗醉斜阳。

五十自寿

说知天命实难知,世事纷纭乱若丝。
浪掷光阴追蝶舞,欲夸曲赋恐人嗤。
行吟泽畔国多患,陶醉山南我少羁。
岁岁今朝甘寂寞,春花春鸟每忘厄。

移居拾句

房贷置一居,时为小城最高层也。滨江,东望群山连绵,灵泉寺楼阁俨然,如在目前。

许能远世尘,星月作芳邻。
秃笔抒胸臆,梵音催日轮。
清风常惠我,佳句每忘身。
碧水盈盈处,莲湖贮满春。

清　明

细雨初生旋复晴,白花绽放一山明。
少男少女不更事,犹在坟前笑语盈。

游剑门关怀姜维

耸峙雄关欲接天,巉岩万仞扼秦川。
旌旗猎猎秋风里,鬓发萧萧栈道前。
避祸犹能忧国事,降钟未肯弃刘禅。
一腔热血承遗志,汉祚如何不久延?

游剑门关

一关耸峙乱山横,古木葱茏隐甲兵。
栈道秋风奔骏马,碉楼冬夜听更声。
昔观三国曾流泪,今到剑门聊举铛。
千百年前龙战地,我来何必问输赢。

诸葛亮

躬耕陇亩欲何求,未肯将身轻许刘。
博望坡前诸葛火,华容道上夏侯头。
七擒孟获显诚意,六出祁山走木牛。
太息荒原悲落日,纶巾羽扇数风流。

剑门豆腐

香飘千里有前因,急火烹煎味绝伦。
泉水麻油调百口,清清白白不沾尘。

水调歌头·歌咏遂宁

万顷碧波漾,旭日水中天。环湖杨柳青翠,洲渚任流连。迈出铿锵脚步,唱响轻松小调,风度自翩翩。鸥鹭照清影,锦鲤戏荷钱。

浪潮涌,扬大纛,饮甘泉。新村建好,城镇一体梦同圆。大学村官结对,产业更新换代,捷报电波传。饱蘸莲湖墨,陶醉写华笺。

水调歌头·歌咏遂宁之二

谁洒杨枝露,润我好河山。钟灵毓秀之地,伯玉是前贤。更有坡翁题壁,杨慎黄峨联袂,廉吏壮凌烟。宝刹越千载,德善布人间。

巧规划,谋发展,后花园。滔滔涪水,风清气正好扬帆。湿地鸥飞鹭啭,曲径红衫翠袖,心似水云闲。林下琴音响,快活似神仙。

游灵泉寺用星汉先生
《读书台拜陈子昂石像》韵

乘兴登山望大江,霞光几缕映轩窗。
翩翩白鹤开新境,习习清风拂旧邦。
贝叶心经声朗朗,观音妙善像庞庞。
可怜枝上黄莺鸟,炫耀歌喉唱老腔。

答友人用高昌先生
《欢迎处寒和尔雅降生》原韵

叮咚微信到屏前,隽永温馨谁比肩。
有义有情如酒醉,无名无姓也铭传。
平生最爱炎黄脸,双手不沾腥臭钱。
濯足濯缨身洁净,但凭汗水铸新天。

悬空村用何革兄原韵

藤梯悬绝壁,少小越天空。
云路非常路,山雄复水雄。
攀登双手茧,出入四时风。
练就缚龙技,男儿志不穷。

附：何革兄原玉

悬空村

乱山锁幽谷,峭壁拔虚空。
路险梯千级,家深云万重。
胸飘鲜艳血,足踩震摇风。
凭此登天术,何时可脱穷?

邓　艾

名将惹人猜,纵然不恃才。
功成非隐退,只合一刀裁。

明月峡

栈道回环处,嘉陵涌雪澜。
涛声惊翠鸟,仲夏日光寒。

赠别剑门诸诗友

酒缘结罢结诗缘,聚散匆匆不黯然。
临别依依一回首,高情已入彩云边。

过岳麓山拜蔡松坡二首

岳麓山头花欲燃,杜鹃啼破月中天。
潇湘波浪连江海,云贵旌旗接后先。
紫电青霜除帝制,忠肝赤胆护民权。
苍松翠柏肃然立,酹酒三杯慰九泉。

征尘扑面马玄黄,一曲知音痛断肠。
犹笑当年袁世凯,衣冠收拾遽匆忙。

读何革兄《川陕路见出土残缺石像》

地下沉埋寂寞身,千年修炼欲通神。
近来阎府添妖怪,何若人间自在春。

附：何革兄原玉

川陕路见出土残缺石像

乱叠荒坑劫后身，尘埃深处养伤痕。
也知今日风光好，出世来沾雨露恩。

丙安古镇

淳朴民风好，青山木屋悬。
弹痕藏故事，古渡证前贤。
浩浩一江水，悠悠八十年。
迟来无憾事，含笑品甘泉。

四洞仙境

曲折小回廊，清风扑面香。
悬崖飞白练，天籁出幽篁。
安得居仙境，无须谋稻粮。
此中多古意，一树证洪荒。

【注】树指桫椤树。

大瀑布景区

百丈瀑声远,横空耳欲聋。
丹霞镶翡翠,碧水走玲珑。
风景这边好,峰峦俗念空。
千秋浑不减,源在万山中。

【注】崖壁书有"风景这边独好"六字。

折多山口

身在高原自不同,折多山口沐天风。
经幡飘动祈心愿,云白天蓝贡嘎雄。

七夕参加康巴篝火晚会

七夕真如不夜天,康巴聚会喜连连。
扎西追梦星光道,卓玛勤耕伊甸田。
一曲情歌澄肺腑,几声问候醉心弦。
同台互动手牵手,美酒飘香祝月圆。

蝶恋花·康巴风采

且与雪山相对坐,如奶清流,汩汩身旁过。草甸花开千万朵,随风摇曳争娱我。

一曲乐音飘岭左,唱响情歌,跳起锅庄火。置此仙乡诸事可,不辞长醉高原卧。

喝火令·访磨西会议旧址

夕照群峰翠,人闲白羽轻。藏歌彝舞识风情,寻遍老街前后,寻访旧军营。

塑像依稀似,凝神侧耳听。补丁几颗说峥嵘,细说当年,细说我神兵。细说渡过天险,勇士掣长鲸。

访磨西会议旧址

踏遍磨西访旧踪,润之路上此心同。
当年马背军情急,今日碑前曙色融。
休说油灯光黯淡,皆知铁索渡英雄。
赊来胆气东南望,入眼冰山一抹红。

题高原雷达站

骏马牦牛雪域寒,荧屏执守夜无眠。
蓝天织就平安网,魔鬼如来挥铁拳。

早发新都桥

流水小桥青稞黄,新楼碧瓦映朝阳。
歌声飞向雪山上,结队牦牛进牧场。

高原见菊

宿新都桥,晨起院中散步,见数从菊花绽放,娇艳动人。感动无比。

知君等我几千回,今日相逢泪满腮。
隐逸高原存傲骨,逃离俗世少尘埃。
风吹雨打无边雪,叶茂花鲜别样材。
善养胸中浩然气,天涯绽放乐开怀。

小梅花·长征二号F火箭即将发射用周啸天先生韵

祁连侧，西凉国，长征火箭抟鹏翼。上仙都，绘宏图，苍穹斗破世人识泉湖。许多熠熠生辉字，犹说当初创业事。桂婆娑，喜嫦娥，从此悠悠岁月好消磨。

皆陶醉，香槟对，休教卧榻旁人睡。舞红巾，净胡尘，和平捍卫有我域中人！同声共唱清平调，站点载人星际漂。这飞船，似家园，潇洒遨游瀚海几多年。

一剪梅·赞女排奥运夺冠

一曲欢歌热泪盈。累了朱婷，苦了郎平。健儿合力虎山行，众志成城，里约纵横。

许我长河砺甲兵，辜负亲情，未负忠诚。如歌岁月彩霞升，笑语含馨，灿若群星。

徒步山中遇果农

长空飞雁横,入眼一川明。
屋后柿灯挂,岩前枫叶迎。
沟深人杳杳,风细鸟嘤嘤。
临别赠山果,斜晖送几程。

纪念红军长征胜利80周年

开天辟地路迢迢,岂惧身旁弹雨浇。
脚踏草原千尺雪,手持信念几只镖。
红星闪闪映星月,军号声声慑魅妖。
漫道雄关真若铁,蓝图绘就逐心潮。

【中吕】山坡羊·随市政协欧斯云副主席一行到射洪双溪镇定点扶贫村

轻车熟路,情牵农户,张三李四家珍数。养肥猪,种蘑菇,门前几棵核桃树,屋后又挖塘几亩。心,不再苦;人,不再土。

【中吕】山坡羊·赞遂宁市中心医院医生

白衣白褂,青春无价,病房值守无冬夏。似亲丫,似亲娃,悉心照料传佳话,天使美名真不假。人,灿若霞;心,美若花。

【中吕】山坡羊·赞遂宁市中心医院护士

随呼随到,银铃般笑,总难睡个囫囵觉。小家抛,守通宵,病人有你无烦恼,如此孝行儿女少。亲,感谢了;亲,点赞了。

鹧鸪天·赞遂宁市中心医院"爱心妈妈"彭好

大爱妈妈数小彭,献身博济技专精。倾心事业家乡别,喜听人间第一声。

勤护理,细叮咛,几人识得此中情?婴儿白胖爷娘笑,希望之星冉冉升。

长　江

九曲长江靓丽姿，馨香两岸醉心痴。
五千年史流天际，十亿人歌动地诗。
连接东西常有爱，贯通南北最无私。
黄金水道齐添力，回馈报恩圆梦时。

罗江怨·相思

用黄峨罗江怨·闺情原韵。

一行雁影斜，伊人倦也。凄风吹散双飞蝶。红笺在手，愁思千叠，相亲相慰西窗月。漫山枫似血，翻添心上结，肝肠寸断双眸热。

附：

罗江怨·闺情
〔明〕黄峨

空庭月影斜，东方亮也。金鸡惊散枕边蝶。长亭十里，阳关三叠，相思相见何年月。泪流襟上血，愁穿心上结，鸳鸯被冷雕鞍热。

【正宫】黑漆弩·感黄峨

夫妻恩爱平湖住，念国事孝敬慈父。作鲲鹏比翼齐飞，偏遇那漫天风雨。

【幺】谪边疆患难同心，不忍别终须离去。护家人茹苦含辛，赋散曲情深意苦！

【南仙吕】皂罗歌·相思拟黄峨

相亲相伴双飞燕，相思相恋并蒂莲，鸿雁难度夜郎天，怎遂卿卿愿。

【皂罗袍】桃花人面，辜负玉盘；云霞诗句，都付苦蝉。连宵好梦人来骗！

【排歌】吟红笺，乐管弦，醒来独自泪涟涟。

梅

寻芳何苦到天涯，不羡孤山处士家。
昨夜霾中开几朵，寒香已自透窗纱。

【中吕】朝天子·双亲

父亲,母亲,八十双双晋。幸能日夜奉晨昏。岁月侵双鬓。体胖心宽,面庞红润,家中二老似家珍。报恩,后昆,回馈何须吝!

【中吕】齐天乐带过红衫儿·母亲

艰难困苦饿饥肠,一副穷酸相,心慌,娘。眼泪汪汪,走东家告西家借贷无粮。甚凄凉,不怨街坊,挺起脊梁。牲口夺食,野菜熬汤。早出晚归忙里忙外难觅果腹良方。瘦骨嶙峋面黄如金改却青春样,画饼充饥忍嘴待儿又何伤?

【带】致富人心向,幸福勤劳创。破天荒,鼓钱囊。要送孩儿学堂上!不思量,自难忘。祝福娘亲身强体壮!

【中吕】上小楼·教诲

缺衣少食,贪玩贪睡。几番催喊也难醒,几回冬夜诵唐诗,几次梦里吃锅盔。穷苦莫自卑,励志效鹏飞。诚信做人心无愧。谢双亲谆谆教诲令我真陶醉。

冬夜杂咏

铁罐轻摇炉火红，山村处处漾春风。
儿童心事谁猜得，爆米花香年味浓。

鹧鸪天·油菜花

　　双袖迎风贮满香，蜜蜂蝴蝶忒轻狂。接天花海三千里，漫野金光一派黄。

　　携老叟，带新娘，置身此景喜洋洋。镁光频闪何须摄，天地真如大镜框。

减字木兰花·梅

颓枝无数，谁把芳春心上驻。素月清辉，雪里寒风玛瑙堆。
胆瓶真巧，绿水青山堪共老。风韵魂销，且待今生仔细敲。

丁酉人日立春

用陈子龙原韵

和煦东风物象新,金鸡一唱动芳晨。
红梅绽放立春日,黑发重生禹甸人。
拔节麦苗妆大野,知时小鸭戏河津。
龙灯狮子童心醉,绿水青山掾笔陈。

清洁工

扫去疏星与雾霾,霞光万道向天开。
栉风沐雨寻常事,眼里难容半点埃。

陌　上

声声翠鸟自长吟,挑担阳光汗湿襟。
茧手和泥勤播种,春姑赠我一身金。

读《隐忧与曲谏——〈清明上河图〉解码录》

一

十里长街春色融，茶楼酒肆沐香风。
安知倏忽时光转，北国寒冰冷两宫。

二

丹心和墨写真容，歌舞升平武备松。
千载几人能悟得，繁华总在画图中。

题石

石上画面酷似苏子泛舟。

月光如水水如天，苏子扁舟乐自然。
参透人生前后赋，江涛隐隐诵诗篇。

摸鱼儿·春情

　　最多情一帘春雨。知君将欲归去。夜长夜短浑无觉，一任檐前低语。红湿处，澄肺腑，清风吹拂杨枝露。莺啼鹃诉。怕执手长亭，一身迷彩，徒惹万千绪。

　　吾和汝，喜结今生俦侣。津津乐道称羡。回乡不咏归田赋，签了订单无数。君莫虑，君不见，山山栽满摇钱树。还迁别墅。渐月上枝头，轻歌曼舞，谁觅武陵渡。

蝶恋花·胡萝卜

剔透玲珑居屋角。冷酷严冬,梦好谁曾觉?一霎东君邀赴约,些些嫩绿风中乐。

漫道今生甘寂寞。未负情深,未负蓬莱阁。拼得闲躯遵一诺,清芬过后凭商略。

咏 兰

绿叶葳蕤绕指柔,春来芳讯动山陬。
一经墨客题吟后,从此花开不自由。

登金华山拜谒陈子昂

与滕公伟明南公广勋张公四喜及众诗友拜谒陈子昂读书台,登车后一路风雨。及至山脚雨方停。

骏骨千年馥郁香,滔滔涪水说陈郎。
天公亦有惜才意,先到坟前哭一场。

【越调】凭阑人·与参加黄峨散曲研讨会诸君欢聚遂宁

千里相逢为一人，蜀水巴山牵客魂。羡慕咱山水淳，赞美咱瓷器珍。

生查子·拜谒金华山陈子昂读书台

来谒读书台，惆怅思千古。一水抱山流，白鹤林中舞。
杖履乱苔痕，瞻仰心生慕。多少读书人，合用黄金铸？

都匀毛尖赞

团山云雾育灵根，春到枝头月一痕。
嫩叶清香澄肺腑，泥壶碧浪煮乾坤。
题名上榜千秋盛，捧盏忘机绝代尊。
浓淡不缘情味改，与君相伴最销魂。

【双调】沉醉东风·涪江情

望两岸青山雾绕,淌一江碧水舟摇。玉女浣纱,老翁垂钓。隐蒹葭俊男偷照。俏脸羞红闪了腰,料夜里双双梦好。

【中吕】山坡羊·幸会榆林诗词学会诸公兼贺《榆林诗刊》创刊十周年

风吹旗动,诗香争诵,倾心吹彻梅三弄。望苍穹,羡飞鸿。十年树木林成栋。霜发又添勤播种。名,华夏隆;人,今幸逢。

【中吕】山坡羊·游高家堡见老翁依墙小睡

阳光明媚,村翁微醉。墙根独自酣酣睡。任云飞,任歌飞,浮华尘世身如寄。庄蝶梦中滋味美。他,盘个腿;心,藏个迷。

游红碱淖谒昭君塑像

二八女儿不惜身,辞家万里靖胡尘。
行至水穷云起处,回眸凝望总伤神。
故国千山杜鹃啼,伫立塞外情凄迷。
黄沙漫漫人烟杳,风吹草伏牛羊嘶。
雁南飞时秋草白,独向异乡为异客。
伍相一夜愁白头,昭君愁多淖水碧。
一夜头白成何用,弱女安邦千秋颂。
纷纷移民多小三,相较愧煞无地缝。
琵琶声幽越千年,我来闻之泪潸然。
噫吁兮,看我堂堂大中华,雁栖湖畔开论坛。

【中吕】山坡羊·母亲节后过黄河

黄河边上,风光别样,东西两岸春风漾。换新装,巧梳妆,五千年史凭滋养。大合唱心中唱响,娘,日夜想;儿,热泪淌。

临江仙·游塞上明珠红碱淖

别样风光来眼底,情牵大漠芳洲。一湖碧水任悠游,笑声飘起处,白浪托飞舟。

知是明妃千滴泪,琵琶能解兜鍪。此情此景莫生愁,像前人合影,相伴有遗鸥。

【仙吕】寄生草·开心事

康庄道,拇指翘。袁隆平培育了超级稻,屠呦呦提取出青蒿药,神舟号对接上天宫号。千年梦想欲飞天,今宵桂殿嫦娥笑。

踏莎行·山行

柳外花明,青山路小,行吟最爱山阴道。一犁云淡雨初晴,笑声犹恐惊啼鸟。

万缕霞红,一轮月皎,棋枰对坐清风袅。松涛隐隐拂琴弦,凭他白发催人老。

游天坑地缝

深深地缝锁烟霞,绝壁飞流披白纱。
栈道盘旋通太古,画亭坐卧胜仙家。
暗河汹涌波涛急,绿叶婆娑岁月赊。
沧海横流浑不管,清风缕缕出山洼。

一剪梅·油草河漂流

油草河边亮眼眸,河水温柔,皮筏漂流。声声尖叫面含羞,怨也无由,嗔也无由。

雪浪飞来又打头,一叶扁舟,风雨同舟。同心协力共筹谋,不惧沉浮,笑对沉浮。

【双调】沽美酒过太平令·叹世

分餐端错碗,进错卫生间。恁教人心慌汗颜。都由他笑侃,侃过仍是英雄汉。

【过】最怕那镜头频现,气昂昂政绩翻番,谁承想成了朝廷钦犯,到头来吃上了秦城干饭。罪颁,大奸,字删,红楼里又添一桩公案。

开封府

肃穆威严明镜高,公心慧眼察秋毫。
舀来清澈汴河水,磨亮堂前铡虎刀。

与妻散步

夕照半江红,偕行小道中。
清香盈翠袖,笑语落芳丛。
仰首莹莹月,凝眸情意浓。
良辰三万日,携手与君同。

【黄钟】人月圆·中秋

　　中庭赏月家人聚,缕缕桂飘香。荧屏歌舞,饼分耄耋,酒敬吴刚。

　　【幺】无端风雨,又添愁绪,欲断柔肠。打工人在,天涯海角,今夜微凉。

【正宫】小梁州·银杏

钻天银杏沐朝阳,气宇轩昂,劫波渡尽赋沧桑。三千丈,挺立换新妆。

【幺】深耕沃土腰身壮,凌霄志终遇好时光。白果香,心花放,神闲气定,霜雪敢担当。

贺新郎·公安三袁赞

潋滟湖光秀,熠煌煌、鸡鸣遗址,松西河口。河网纵横人文萃,底蕴于兹深厚。吮玉露、芝兰为友。恭谨笃诚家训好,哺育些、勤俭清廉后。穷与达,德操守。

求新求变真情有。抒性灵,不拘格套,颓风随帚。四百年间风流甚,锦绣文章不朽。放异彩,光辉星斗。重读三袁除迷雾,沐清风、荡涤灵台垢。公在上,一杯酒。

水调歌头·遂宁舰加入海军战斗序列

涪水浪涛涌,滚滚入长江。肥田沃土滋润,碧浪卷诗行。十月金风拂面,更喜初心不变,意气自昂扬。入列遂宁舰,鸣笛启征航。

共携手,巡碧海,固边防。驱鲨护岛,不教宵小逞凶狂。城舰同名何幸,军地情深必胜,踏浪梦飞翔。子弟兵安好,北斗照戎装。

【正宫】塞鸿秋·咏史

温泉水暖也同杨妃泡,朔方水冷任他胡儿闹。仓皇失措奔向蜀山道,危难时节难保孩儿孝。蹒跚脚步虚,寂寞心情燥,当年错把牵牛笑。

【中吕】齐天乐带过红衫儿·日子
用王玉民老师韵

平生事业半蹉跎,何处寻欢乐?烟波,荷,细雨披蓑,趁闲时、垂钓漩涡。烧锅,现炒青螺,把酒啸歌。酸溜溜俚曲歪诗,不着调梵呗佛陀。享几缕清爽风,赏一弯黄昏月,绝胜仙魔。

【带】累了松边坐,醉了书中卧。梦婆娑,舞婆娑,日子开心过。昼爬坡,夜吟哦,名利无心远祸!

【正宫】塞鸿秋·彭德怀元帅

平江一战风云怒,百团大战丰碑铸。保家卫国朝鲜赴,庐山冤屈风轻诉。坟前松柏青,凭吊人无数,铮铮铁骨擎天柱。

听滕伟明会长"好诗多在女儿家之张小红"

抛锥别母走天涯,处处工棚处处家。
冷漠高原心未冷,俨然一朵雪莲花。

【双调】沉醉东风·登桃山

雄千仞云遮雾绕,醉一坡叶绿花娇。忘情听杜宇鸣,屏息走羊肠道,过绝壁藤蔓缠绕。携手攀登兴致高,争说道山顶风光更好。

岁末还乡

其一
人日离家三九回,鬓边白发暗相催。
多情犹有庭前木,傲雪迎风含笑开。

其二
相逢一笑一支烟,欲语无端又黯然。
米酒三杯茶两盏,梅花树上鸟谈天。

其三
阵阵香风日影残,熏烟年货两三竿。
围炉一碗高汤面,今夜荧屏带笑看。

其四
尤喜双亲健,更兼妻子贤。
一盆温暖水,盥洗可安眠。

其五

备炊须早起,从此我当班。
煮蛋熬稀粥,青蔬炒一盘。

浣溪沙·金骏眉

嘉木迎风嫩叶新,歌声袅袅入青云。清明忙煞采茶人。
一盏金汤知冷暖,三杯真味奉晨昏。围炉笑品武夷春。

【双调】折桂令·丁酉岁末抒怀

闻鸡起舞婆娑,育李培桃,对月吟哦。拜水登山,临屏访友,冒雨观鹤。且笑他名缰利锁,任由我浅酌轻歌。雪压青蓑,珠凝红莲,鬓染霜皤,梦接星河。

浣溪沙·湖畔

一扫雾霾红日新,长堤漫步觅芳春。湖边柔柳秀腰身。
婉转黄鹂鸣树杪,伶仃白鹤啄银鳞。一番箫鼓长精神。

春

春光乍泄有谁知,脚踏双轮笑语追。
燕尾碧波才一剪,江边柔柳已千枝。
熏风陌上莺声绿,暖日林间花气吹。
新著单衣身手健,挥鞭叱犊喜孜孜。

夜雨

次日诗词学会年会召开用吴江何智兄唱和韵。

淅沥发清音,微风夜抚琴。
晨钟催早起,原野得甘霖。
彩袖殷勤舞,浩歌慷慨吟。
逢春花烂漫,一啸豁胸襟。

鹧鸪天·摘草莓

欲赏春光沐暖阳,清风频送菜花香。草莓红透娇羞面,早有蜜蜂传四方。

邀远客,带亲娘,小车停在大棚旁。童真童趣知多少,梦幻星星装满筐。

【南吕】四块玉·棋局

挫子车,当头炮。步步为营计谋高,陈仓暗度风云扫。诱饵抛,陷阱凿,端老巢。

【中吕】山坡羊·回望六一

心情舒畅,歌声嘹亮,红领巾系在新衣上。扫操场,擦玻窗,木头桌椅轻安放。糖果与阿芳共享。名,亦上榜;人,常念想。

【中吕】红绣鞋·村居

一任春风拥抱,常听梅雨唠叨,施肥锄草乐陶陶。袋中生木耳,树上结琼瑶,一年辛勤到岁杪。

恩阳古镇

石板铺街木板房,晨晖斜照古楼窗。
街头小贩摆摊早,山货盈筐带土香。

【仙吕】醉扶归·贺刘艳琴女史散曲集出版

散曲真心爱，名利早抛开。育李培桃上讲台，夺冠诗词赛。五味人生脸笑歪，硬是没学坏！

【注】后二句杂糅了刘艳琴君散曲名篇【双调】折桂令·五味人生、【仙吕】游四门·题图说好到白头及奉命题画【双调】拨不断·单相思里的词语。

【中吕】满庭芳·游巴中中峰洞玻璃栈道

山间雾绕，耳边雀噪，脚下云飘。开心漫步玻璃道，挥手相招。抬眼望、青烟袅袅，凝神听、涧水滔滔。回眸笑，风光看饱，不曾想闪了小蛮腰。

瞻仰解放碑

石碑高耸入蓝天，赤帜飘扬七十年。
曾令工农歌大地，能教江海奏和弦。
风云纵许几回改，勋业何须一字诠。
莫叹滔滔东逝水，斑斓夜色话从前。

黄山挑夫

一

肩挑两百斤，脚步难停止。
月月复年年，行行千万里。

二

谁听杜鹃鸣，谁观松与雾。
安能手脚停，常恐无人雇！

三

山深不计年，天命多如此。
一担重千钧，微薪犹供子。

【双调】折桂令·访紫阳书院

半亩塘云影天光，活水叮咚，几缕荷香。忠孝持家，诗书处世，楮桂流芳。存天理人人敬仰，重人伦代代祯祥。吟诵东窗，题咏西塘。理学煌煌，婺水汤汤。

【仙吕】三番玉楼人·七夕夜话

老了葡萄架,熟了大西瓜。对坐清风明月下,说说家常话。远看红霞,近看桃花,勤种桑麻。相携不虚道路滑。匆匆岁华,酸甜苦辣,啸歌一路到天涯!

鹧鸪天·《遂宁诗词》出刊100期致贺

宋雨唐风应运生,船山毓秀听嘤鸣。书台长啸追风骨,橡笔题诗尚性灵。

思往事,赞群英,吟旌猎猎启新程。痴情不负佳山水,百尺竿头进一层。

登黄鹤楼

巍巍高阁壮神州,鹤舞翩翩竞自由。
三镇烟霞堪入画,千年墨客共登楼。
涛声隐约清江上,春色绵延沧海头。
唤起谪仙挥健笔,淋漓酣畅写风流。

刘光第殉难 120 周年祭

萧瑟秋风细雨飘,双轮甲子溯今朝。
闪回若遇刘光第,引颈当能替一刀。

戊戌秋日谒刘光第墓

溯回双甲子,碧血洒神州。
丹桂金风袅,祭文清泪流。
维新才百日,铭史足千秋。
一瓣心香洁,犹能慰此头。

【中吕】山坡羊·刘光第殉难 120 周年

生于黎庶,风标高树,俊才走上维新路。为宏图,换头颅。凛然大义刑场赴,热血一腔肥沃土。人,已作古;名,足万古。

【中吕】山坡羊·秋雨

绵绵秋雨,喁喁轻诉,鸿飞不到衡阳路。盼音书,意踌躇。几人识得相思苦?欲写相思忘了谱。人,在旅途;心,在玉壶。

定风波·老年乐

绿树红云翠鸟鸣,湖边垂柳钓长鲸。路遇高邻犹带笑,答道,观澜亭上好弹筝。

起舞飞扬身窈窕,叫好。一番打扮似明星。都说减肥多运动,管用。如今越活越年轻。

村　居

活水清清养鲤鱼,垂杨绿竹绕新居。
问君赁得几分地,既种云霞又种蔬。

【中吕】普天乐·九日

故人来,黄花绽。登高望远,翘首观山。弄玉笛,歌檀板。寥廓江天风云淡,点疏林白羽悠闲。迸射激情,如歌岁月,鹤发童颜。

【正宫】塞鸿秋·咏史

明眸皓齿君王醉,轻歌曼舞朝纲废。成仙鸡犬居高位,潼关一破山河碎。凭栏望月时,谁解其中味。帝王泪怎比黎民泪!

游鄱阳湖

叠叠波涛浪卷书，天光云影共藏储。
胸中一幅佳山水，清气横空识得无？

参观殷墟博物苑

甲骨青铜次第排，五千年史出尘埃。
笑他碌碌如吾者，也到中原问鼎来。

【正宫】塞鸿秋·过邙山

贫穷富贵王侯将，功名利禄蜗角上。长生不老真虚妄，经幡锣鼓邙山葬，一坡野草黄，几度夕阳傍。无非有的坟头胖！

【正宫】塞鸿秋·游天鹅湖

天鹅湖里风生浪，蓝天碧水烟波上。翩翩白羽芦花荡，喁喁求偶心旌漾。忠贞不二情，死死生生傍。天荒地老纵情唱。

水调歌头·三门峡

浊浪九天上,神鬼几重关。梳妆台畔儿女,愁苦数千年。一部黄河历史,多少黎民血泪,忆昔不能眠。大合唱雄壮,一曲动心弦。

建长坝,功万代,沃良田。碧波万顷,鱼龙腾跃水中天。不管春秋冬夏,不怕风吹浪打,四美竟能全。砥柱当中立,稳稳驭狂澜。

村居(坡底韵)

溪边四五家,童叟度年华。
树上黄鹂鸟,田头荠菜花。
春风撩杏李,纸鹞逐云霞。
画地为棋局,消闲盖碗茶。

和宋彩霞先生元旦诗

丽日和风宜远行,轻歌一曲意纵横。
久居棚户亲兼友,怅望津门母与婴。
身似浮萍无定准,情如磐石不稍更。
视频通话开心笑,共绘蓝图信有成。

相思引·赠友人

应是前生未了缘,无端思绪写华笺。梦中曾记,执手几回看。

冬去春来人未老,潮生潮落海难干。溯洄求索,不惧路途弯。

九九消寒图之二九用前韵

寻遍山前复水前,雪花鹤影共翩翩。
一帘春梦枝先发,几度伊人夜未眠。
呵手试妆成往事,泼茶赌酒亦茫然。
长宵炉火自明灭,头枕心经好学禅。

眼儿媚·梅

横斜疏影出东墙,细蕊漫幽香。云儿几朵,风儿几缕,左右游飏。

奈何须去终须去,枉自费思量。三分素雅,七分高洁,兀自安详。

三九吟

笑迎飞雪任风吹,数九寒天不皱眉。
哨所钢枪如好友,戎装赤胆展英姿。
但教明月松间照,岂许神州獐目窥。
腊味香飘千万里,声声祝福送妻儿。

菩萨蛮·书香

纤纤细手轻轻触,扑通撞倒梅花鹿。拍案读新篇,书香能御寒。

人生如逆旅,从此心相许。为汝煮参茶,明朝看彩霞。

醉花阴·梦里花期有

不老情怀湖畔柳,憔悴枝条人空瘦。月月复年年,不忘当初,独立池塘口。

曾经一诺须坚守,梦里花期有。莫说恁痴情,越过寒冬,相伴春风右。

金缕曲·寄友人

　　知己何人矣！算浮生、白驹过隙，忽然而已。相识相知开怀笑，哪有花花肠子。真与假，不须作戏。一见倾心君莫笑，到如今，空惹男儿泪。萦脑际，对谁说！

　　悠悠往事休言弃。越阡陌，寻梅踏雪，怨尤无悔。萧瑟寒风吹霜发，折得一枝相寄。伴清影，长留心里。不信刘郎缘分浅，唤归来，同饮春江水。情与爱，抵生死。

和全凤群女史江上行

　　春水初生移画船，渔歌一曲出轻烟。
　　桃花灼灼铺红锦，白鹭翩翩映碧天。
　　摇曳荷苞邀蝶舞，悠游蝌蚪惹人怜。
　　三杯饮罢相依傍，旖旎风光正可眠。

附：全凤群女史原玉

江上行

　　一人一棹一行船，自在随波破晓烟。
　　柳动情丝缠碧水，莺歌春韵闹青天。
　　渔翁近隔勤相问，白鹭低飞总惹怜。
　　日出红霞堪作被，依舷寻梦且深眠。

南歌子·赠友

袅娜风中柳,忘情水上鸥。波光闪烁映行舟,携手前行笑靥最温柔。

不管人来去,曲廊任逗留。才挥别见又回头,皓齿明眸一梦解烦愁。

【中吕】十二月带过尧民歌·闲情

桨声欸乃,雾散云开。轻舟一点,白鹭飞来。鱼鹰跳水,霞染桃腮。

【带】一江春水碧无埃,载酒渔翁乐开怀。呼朋邀友聚锅台,世态炎凉不须猜。乖乖,端杯嘴笑歪,身在红尘外。

南歌子·和清影兄

带雨春潮急,含情燕语来。隔河凝望甚痴呆,犹记那时月色照红腮。

璞玉何须剖,冰心不用猜。已将消息报长街,相约佳人缓缓看花开。

蝶恋花·神矢

神矢飞来无处躲。粉蝶翩翩,恰似三生我。芳草葳蕤凭醉卧,春风逗惹桃花朵。

嬉戏天鹅湖畔左。顾盼多情,前后声声和。借问心中谁可可?那人笑指青青果。

戊戌除夕

除夕恰逢立春日,与爱人相约年年同过跨年夜。

歌舞荧屏韵正酣,任他靓女与型男。
计时同过跨年夜,带笑相携入梦蓝。
人世应怜精卫鸟,此身合是吐丝蚕。
春风和煦催桃李,明日登高看晓岚。

误佳期·送别

料峭春风香送,楼阁灯明影共。西天残月映篱墙,恨别鲛绡重。

汽笛两三声,心逐天涯梦。盼君常寄锦书来,思念教人痛。

鹧鸪天·九莲洲湿地公园

诗友雅集，歌以纪事。

柳眼初开觉嫩寒，海棠枝上影娟娟。回廊曲径人来去，白羽湖滨自在旋。

风软软，意绵绵，无边春色镜中看。小桥独立听莺语，欲唤池塘发瑞莲。

九莲洲湿地公园诗友雅集

相约拈句入诗用丁谓《公舍春日》。遵例用："独向此时为俗吏"入句。

海棠熏染数枝新，犹带童心寻本真。
光闪镜头含柳线，风梳秀发睹丰神。
长怜倩影若磐石，敢恨疏狂自苦辛。
独向此时为俗吏，更穿小径访桃津。

九莲洲湿地公园诗友雅集

相约拈句入诗用丁谓《公舍春日》。遵例用"一品也须妨白发"入句。

探春身向水之涯,娇艳枝头数朵花。
鸥鹭翻飞江作镜,波光闪烁柳抽芽。
东君解语知人意,红萼无言感岁华。
一品也须妨白发,临风怅望漫声嗟。

苏幕遮·秋夜

读华章,消夜永。思绪联翩,野马由驰骋。到底良朋多慧颖。一往情深,修竹婆娑影。

月西沉,星斗横。一曲轻歌,沈醉何曾醒。绽放心花多憧憬。与子同行,笑语声声听!

【中吕】山坡羊·元宵夜

人山人海,流光溢彩。帅哥靓女痴痴待。挤长街,上瑶阶,春风十里情澎湃。绽放礼花真莫摆,花,趁夜开;人,逐梦来。

蝌　蚪

池塘春水暖风生，点点斑斑貌不惊。
游曳天光花影里，稻香时节听蛙鸣。

念奴娇·送别

　　眼中心上，一朵枝头俏，别无他物。几缕情丝浑不解，不改初心如璧。婉转莺声，娉婷莲步，聪慧如冰雪。瑶琴司马，算来应是人杰。

　　无奈寒雨欺窗，鲛珠湿透，愁绪随花发。长夜孤灯心寂寞，犬吠鸡鸣相叠。前路遥遥，归期杳杳，存了些些帖。流年悄换，此情难与君说？

淡黄柳·怀人

　　清操似雪，心有明珠结。一霎清欢肠内热，耳际莺声叠叠。花海行吟两情悦。

　　莫轻别，啼鹃更啼血。天不老，恨难绝！把相思、执手轻轻说。凤鸟殷勤，骏行三万，邀汝瑶池赏月！

鹧鸪天·春播

和煦东风柳色新,一湾溪水绕前村。香泥团作掌中宝,紫燕衔来陌上春。

才播种,恰升温,百般呵护几晨昏。嫩芽出土开心笑,尖似青毫露似银。

行香子·无题

月黑更残,今夜无眠。望中天、北斗阑干。春风料峭、扑面轻寒。赖一壶茶,两杯酒,几支烟。

湖滨柳下,明月窗前。赋流霞、谈笑痴顽。鹤鸣嘉树、绿水依然。愿琴心柔,身心健,锦心妍。

【越调】小桃红·春情

隔河凝望甚痴呆,舟小如何载?一曲清歌似天籁,百花开,小桃红处春常在。低飞燕子,远山如黛,好景映红腮!

临江仙·十里桃园赏桃花

陌上暖阳花烂漫,几多慧质灵根。丰姿绰约是仙人。空中飞白羽,岭上涨红云。

心绪非关风与月,多情误了花神。团团簇簇自然真。一番花信后,不必问缘因。

安排令·花朝节游十里桃园

安排山笑,安排水笑,安排奔上脱贫道。安排桃李,报春早。

女人心巧,男人手巧,回乡改变故园貌。红红白白,暖阳照。

河传·花朝节游十里桃画

花朵,如火。暖洋洋,远岫轻烟薄裳。笛声笑声飘画廊,寻芳,看花潮女郎。

一片红云能醉客,皆啧啧,贪恋桃夭色。日偏西,情入迷,不累,说归何忍归。

黄莺儿·赏春

春风春雨春光好。陌上花开,佳节人来,攘攘熙熙,桃红梨皎。观白鹤戏清泉,纸鹞浮云表。小儿无赖花丛,拍手频频抛串欢笑。

长啸。趁岁月多情,更岭头香袅。影留芳树,秀发飘飘,低吟一回襟抱。更酒靥映桃腮,贝齿添花貌。莫说往日心期,且诵清平调。

满江红·玉米移栽

满眼春光,桃李外、嵌黄镶绿。还赠我、一畦娇嫩,醉心如瀑。未负苍黄双茧手,休言白发多诚笃。趁新晴,布阵又排兵,鹃声促。

田与土,香馥郁。经与纬,遵棋局。看行行青玉,断还相续。笑我痴情陶令老,要他丰稔扶贫屋。待秋来,一坝晒金黄,心方足。

【越调】黄蔷薇带过庆元贞·遣兴

听渔舟唱晚,涮羊肉驱寒。举盏频频斗蛮,直饮到星沉月残。
【带】踏歌十里近河湾,半生落拓半生闲。几根傲骨几痴顽,仙班,名已删,情寄水云间。

时　光

九十韶光醉美人，柳丝飞絮倍伤神。
凤鸣嘉树花千朵，雁过横塘路几轮。
一段情封成老窖，两心知恐是天真。
雾霾扫却灵台洁，细雨清芬净俗尘。

【中吕】喜春来·绮怀

聪明伶俐通灵性，环佩叮当似凤鸣。几回梦里听嘤声。寻美景，五彩映江明。

鹧鸪天·春愁

忍听芭蕉细雨声，夭桃秾李鹧鸪鸣。看花人在春光里，无复当初笑语迎。

人有恨，咒无灵，愁肠百结太狂生。尊前强说桃花美，照影才知眼角青。

西江月·和清影兄小苑幽兰

多少真情倾注,几番时雨催妍。人花相对两心欢,谁管寒窑上苑。

惯历春秋冬夏,莫言喜怒哀怜。端居瓦缶不心酸,信有东君裁断!

附:清影兄原玉

西江月·小苑幽兰

廿载壅培辛苦,一春怒放娇妍。红花绿叶两清欢,无意身居陋苑。自有东君眷顾,何须权贵垂怜。牡丹国色也心酸,应悔误人魂断。

蝶恋花

陌上夭桃红似火,烂漫春光,洒靥如花朵。一袭红衣香袅娜,丰姿绰约银屏锁。

韵里流霞飞岭左,谢了林花,结了青青果。借问伊人谁与我,回眸含笑林中躲。

行香子·凉山

投笔从戎，不忘初衷。大凉山树木葱茏。青山隐隐，白雾蒙蒙。恨那场雷，那场火，那场风。

青春无悔，步履从容。好儿郎铁血英雄。身葬火海，魂耀苍穹。算几多泪，几多痛，几株松。

西江月·江畔

香馥汀洲芳树，妆裁豆蔻年华。轻烟白羽日西斜，两岸青山如画。

风月一江属我，渔灯几点随他。回廊漫步度生涯，偶与星星对话。

诉衷情·书愿

长堤杨柳燕呢喃，携手把春探。凝眸缱绻娇媚，故作态，一枝衔。

隈月下，醉轻谈，惜花簪。与湖山老，美景良辰，笔底心尖。

【中吕】山坡羊·菜园劳作

莱芜除净,清香围定。菜园劳作知天命。听鹂鸣,看枝荣,霞光云朵添诗兴。黄绿赤橙多异景。花,合个影;瓜,合个影。

【双调】水仙子·杏雨天

一帘春雨杏花天,几缕轻烟碧水边。凝眸对望娇羞面,低眉情意绵。步轻盈一朵幽莲。画中见,梦里仙,情寄蛮笺。

【中吕】山坡羊·八台山看日出

屏声凝望,心旌摇荡,千峰万壑翻红浪。著新妆,韵流香,八音齐奏纵情唱。百鸟竞来朝凤凰。天,清气爽;人,襟抱敞。

【双调】雁儿落过得胜令·春天唠叨

芭蕉入眼新,紫燕衔泥润。茶香老酒醇,雨细青蔬嫩。
【过】藤蔓著罗裙,淑女秀腰身。街涨桃花汛,伞撑五彩云。缤纷,恍入迷魂阵;销魂,惜春莫负春。

【中吕】山坡羊·巴河泛舟

　　青山如黛，白云常在，山光云影娇羞态。远尘埃，净心霾，时听翠鸟鸣天籁。玉女低头轻浣彩。云，随便摘；霞，随便采。

过明月江大风高拱桥

　　岁月真如箭，人情恰似弦。
　　张弛皆有道，何必十分圆。

游乌梅种植基地

见梅帝梅后相望，已六百年矣！

　　风雨百千春，痴痴翘望频。
　　情深骑竹马，果熟慰山民。
　　鞭影来相认，梅酸卜作邻。
　　休教妃子妒，爱恨总伤神。

【双调】大德歌·老夫妻

少无猜,老无灾,举案齐眉情不衰。怕减相思债,离不得这个老小孩。鼾声也似听天籁,梦也共依怀。

转龙桥村过转凤桥赏荷

清风邀我过山梁,小院农家竹作墙。
转凤转龙无所谓,伊人宛在水中央。

莲花湖五琅渡口远眺

如画如诗欲问津,清溪一捧洗凡尘。
是谁借得神明力,撒落人间十万春。

【中吕】醉高歌带过红绣鞋·拦江镇凉风垭村

争来畅享凉风,难舍慈祥老农。枝头硕果齐圆梦。纸袋包装受宠。

【过】扑面香清心动,入眸霞染遥峰。排排嘉树挂玲珑,葡萄紫,翠桃红,真个是风情万种!

五琅村

连片新楼接彩霞,池塘活水养鱼虾。
脆桃红李葡萄熟,作客尝鲜果代茶。

访拦江异地迁建农户用吴江兄韵

依山傍水是吾庐,十亩黄梨十亩蔬。
更有霞光千万亩,谁人涂抹到安居?

【越调】 小桃红·夏果采摘

一方水土一方人,好雨勤滋润。果压枝头吉时趁,小山村,梨黄桃脆葡萄嫩。个肥色鲜,价钱不论,累煞了老腰身。

鹊桥仙·七夕

凉风习习,疏星点点,月影朦胧奔赴。轻轻一握解相思,许留下、欢声无数。

心如磐石,身如蒲草,坐听倾心弹谱。凝眸对望意情浓,肯轻把、今生辜负。

水调歌头·中秋待月

花发月中桂,香气自氤氲。无须蜂蝶环绕,淡泊自由身。初看斑斑点点,倏忽重重叠叠,谁道不胜春?待月绮窗下,肝胆俱无尘。

墨云掩,空伫望,费殷勤。算来仍是,多情辜负一冰轮。不怨今宵无月,但愿时光静好,千里亦芳邻。会有清辉满,相看十分亲。

【仙吕】锦橙梅·无题

乐莫乐兮夜未央,悲莫悲兮鬓如霜。相知相识又何妨?舍不下心尖上。任他山高水长,许他路长情长。诗分韵,茶泼香。最难忘,亲画眉、痴模样。

清平乐·汨罗行

魂归何处?千载离骚句。踏遍汨罗江畔路,寻遍蒹葭渔父。
入眸兰蕙红云,濯缨濯足无尘。一曲国殇歌罢,凭添多少精神。

鹧鸪天·闻一多

毕竟先生爱自由,甘将热血洒街头。情牵七子歌盈耳,追问青天泪湿眸。
辞藻美,乐章悠,通今博古上层楼。荒村静夜燃红烛,会有清风拂九州。

【双调】大德歌·秋夜

桂花香，色金黄，对饮清风入画堂。月照东墙上，似水纱、不觉凉。任他蟋蟀声声唱，有你不恓惶。

【越调】寨儿令·七十华诞

秋色融，战旗红，同心汇成中国龙。亿万工农，无数英雄，追梦记初衷。崎岖道路峥嵘，铿锵步履从容。三军听将令，一带舞东风，瞳，旭日耀苍穹。

一剪梅·游湿地公园

望鹤亭边木板桥，金菊花摇，蜂蝶频招。蒹葭白鹭艳阳高。涪水滔滔，雁字凌霄。

莼菜鲈鱼香味飘，枫叶如烧，人面花娇。流光欲挽又调焦，几盏清醪，几句辞骚。

薄幸·天鹅湖

雁传秋兴,望寥廓、依稀倩影。应怜取、芦花飘雪,撇捺一行风劲。宿汀洲、明月当头,还乡梦里星河耿。想万里关山,几多憧憬。莫负良宵清境。

波澹澹,云霞灿,梳白羽、喈喈吻颈。戏游费寻觅,茫然四顾,起来拍翅欢声迸。手携肩并。叹人生一瞬,如何得似双双竞。天荒地老,共醉云阶月径。

桃源忆故人·宿樱园恰遇房间名曰上弦月

深秋此夜心千结,独守昏灯弦月。遥想玉人清绝,卧听风吹叶。

三更急雨敲檐铁,惊散梦中蝴蝶。无寐频频翻帖,看得心头热。

菩萨蛮·浦江明月村饮松芽酒

相传为东坡首创,诗人、樱园主人熊英秘制。

琼浆玉液琉璃色,开怀畅饮华阳国。一盏醉樱园,赊来半日闲。

凝眸西岭雪,欲访云烟叠。回首满天霞,东篱看菊花。

鹧鸪天·明月村

阡陌交通道路长，篱边赏菊韵飞扬。樱园松酒声声劝，晤里情歌句句狂。

陶艺馆，染工房，网红不用费思量。一朝使出洪荒力，昂首山鸡变凤凰。

点绛唇·石磨情思

碾碎时光，一钩残月星河冷。五更人静，睡梦轻雷醒。

犹记当初，手捧甜香饼。多憧憬，笑盈天井，霞彩东窗映。

塔吊工

莫说民工身份低，塔中昂首与云齐。
长伸铁臂何曾歇，且吊日头东复西。

【正宫】叨叨令·路

号声冲破蒙蒙雾,草鞋踏过弯弯路。出生入死国殇赴,上天入海丰碑铸。真的是喜煞人也幺哥,真的是喜煞人也幺哥,山山遍种摇钱树。

【双调】清江引·秋思

寒风猎猎凋碧树,冷暖谁呵护。如何寄锦衾?写满相思句,怕情重些车又堵!

引鹤茶社

一

陋巷栖居岁月长,秦砖汉瓦镂花墙。
纤尘不染芭蕉雨,腹有诗书气自昂。

二

画栋雕梁三进深,清风引我漫登临。
茶香几缕陶然醉,如听高山流水音。

三

几经沧海变桑田，入眼雕窗剧可怜。
墨竹清风能引鹤，琴音一曲醉流年。

少年游·引鹤茶社小坐

花香室雅有人知，修竹影参差。几株兰草，数行篆字，蕉叶惹情思。

熏烟袅袅心陶醉，分韵试新题。谈古论今，听琴品茗，不觉日沉西。

浣溪沙·中秋

浩浩汤汤涪水长，风吹小院桂花香。一轮明月照轩窗。
旨酒三杯尊耄耋，儿歌几首发情郎。心中有爱不恓惶。

朝中措·冬夜

严冬时节忆当初,月色淡还无。笑靥甜甜私语,梅花朵朵如珠。

滨江小道,回廊小坐,古木昭苏。声影娉婷远去,浑然不觉身孤。

满庭芳·秋思

霜冷星河,树烧红叶,连天细雨才晴。故园西望,金菊绕门庭。欲向佳人问讯,不堪听、软语莺声。暗生恨,匆匆岁月,皤两鬓无情。

心萦,频入梦,斑斓五彩,浪漫温馨。任花前携手,月下观灯。同出掌心谜底,开怀笑,酒靥微醒。陶然矣,仙葩阆苑,一路听嘤咛。

【双调】沉醉东风·大雪

围炉火纷纷暮雪,念家山处处愁绝。冬夜长,初心怯。泪空流世事堪嗟。踏遍千山路更赊,真个是他乡异客!

车到祁县品《相思》

漫品相思酒独斟,千年红豆发疏林。
夕阳已挂树梢上。撒落余晖遍地金。

读王维《相思》

一颗相思豆,千秋火样红。
时时心血润,滋味淡还浓?

蝶恋花·参观乔家大院感乔致庸事

忍与家人挥泪别。惯历崎岖,惯看风吹雪。浊酒三杯肝胆热,驼铃古道黄昏月。
一路欢歌浑未绝。信义传家,庭训声声切。肇始之功焉可灭?汇通天下心胸阔。

冬夜感怀

半生寻觅未嫌迟,莫笑癫狂莫笑痴。
每到长亭攀细柳,常逢胜日制新词。
一腔心血因谁热,多少春光为汝私。
但得拥衾风雪夜,定将呵手折梅枝。

【正宫】端正好·参观祁县王维诗苑

沐晴光,呵酥手,诗画苑,顾盼凝眸。时光飞逝惊回首,谁在痴痴候。

【滚绣球】溪水流,岁月悠,青山依旧。百千年诗画相侍。诗里吟,画里讴,今朝邂逅。彩云飞莲动渔舟。一轮明月松间照,几串咔声陋巷留。忘了忧愁。

【倘秀才】探水源飞鹤戏猴,看云起成龙幻狗,世事从来似梦游。红豆子,白蘋洲,渭城新柳。

【醉太平】鞭挥紫骝,腰佩吴钩,怡人天气晚来秋,王孙任去留。几番笑语林间叟,一枰棋局长亭右,三杯老酒傲王侯。丹青圣手。

【尾声】诗名冠古今,光芒辉北斗。田园诗派丰神秀,漫品风骚似醇酒。

长相思·本意

泪长留,笑长留,一笑回眸慰百愁,朔风吹白头。
意难休,爱难休,爱到花红酒满瓯。并肩携手游。

南歌子·夜月

入耳莺声软,凝眸朔气寒。是谁斜倚玉阑干,顾盼生辉含笑又无言。
漫说三冬暖,倾听五十弦。轩窗明月也婵娟,谁与同敲平仄度流年?

踏莎行·岁杪

红日凌空,山村雪皎。疏枝香蕊风中袅。胆瓶添水供梅花,满庭黄叶轻轻扫。
心系娇儿,情牵二老。温馨欢笑芸窗小。花猫白犬也娱人,阶前摇尾声声妙。

【仙吕】一半儿·过雁丘
忆遗山问世间情为何物句

绮窗眺望看疏星，明月临空听雁鸣，长夜难熬梦不成。叹三更，一半儿迷糊一半儿醒。

烟　花

一遇火星气焰高，几声呼啸上层霄。
才惊烂漫花千朵，转瞬随风归寂寥。

临江仙·守夜读《聊斋》

夏夜高天星闪烁，河边几亩瓜田。清风拂柳影团团。虫声入耳，乘兴听方言。

欲睡还醒殊恍惚，强睁双眼无眠。狐仙倩女惹人怜。雄鸡唱晓，墟里起炊烟。

水调歌头·庚子元宵夜有寄

又值上元夜,今夜月光寒。都言休遇庚子,遇着是灾年。疠疫横行三镇,乱了黎民方寸,网络起谣言。赖有补天手,携手抗新冠。

赞义士,传警讯,仰南山。心中无我,星夜天使解危难。都是凡身肉体,都是同胞兄弟,谁不盼团圆?明日春光好,树树海棠燃。

【中吕】红秀鞋·宅家

瘟疫横行三镇,白衣解救生民,街头红袖测寒温。休说六亲不认,宅家不开门,且把诗书漫品。

卜算子·列车过

一听列车过,听罢心头喜。记得封城防疫时,赴难忘生死。日日梦魂牵,默祷新冠退。待到归来花满身,笑在春光里。

闲居二首

其一　用吴江兄《漫吟》韵
闲居尘事少，来看圈中鸡。
啄食逗新宠，打鸣依旧啼。
雄雌无长幼，冠冕有高低。
分合寻常态，因由且莫稽。

其二
开窗风扑面，枝上鸟声频。
入眼八分绿，居家独善身。
悬壶凭妙手，开口唤芳邻。
不觉红颜老，依然满面春。

春

一场好雨解相思，正合农家春播时。
惹眼菜花蜂自酿，胜他纸上万行诗。

谒金门·春播

春阳暖，陌上菜花遮眼。过罢元宵无懒汉，积肥挥铁铲。

园圃细翻千遍，汗水勤浇三碗。种下殷殷情一段，夜来拼几盏。

【正宫】脱布衫带小梁州·庚子抗疫

抗疫情壮士出川，别家人医院过年。润喉咙半瓶矿泉，疗饥肠一包泡面。

【带】救死扶伤任在肩，柔弱婵娟。悉心照料总情牵，无尤怨，整日病床前。

【幺】中西联手神威现，施仁术妙手壶悬。雷火攻，方舱建，早除病毒，一片艳阳天。

南乡子·春韵

芳信破重关，正是春风二月天。陌上菜花香十里，轻寒，彩袖轻挥笑语喧。

姑嫂斗婵娟，雨水均匀好种田。莫使光阴虚度了，拳拳，种豆栽瓜不觉烦。

看　花

陌上菜花黄，风吹香细细。
成群小女孩，欲与蜜蜂挤。

【双调】折桂令·春情

听黄莺树上叽喳，油菜开花，杨柳抽芽。和煦春风，慈祥父母，伶俐娇娃。你休说情疏意寡，我常念斟酒掺茶。相隔天涯，我砌高楼，你织云霞。

浣溪沙·怀人

莫谓情多累美人，眉尖心上刻刀痕。余生执手不离分。
杨柳堆烟飞紫燕，兰花淡墨远嚣尘，容颜一看一回亲。

【正宫】白鹤子·庚子春事（重头）

家中芳讯杳，墙外碧桃夭。偶尔遇行人，难识王张赵。

花香春事好，村叟育秧苗。鬓发已斑白，不戴遮阳帽。

案前学国画，花下诵离骚。庚子抗瘟神，不负人吹哨。

春风摇翠柳，细雨绿芭蕉。入眼色斑斓，相见开怀笑。

清平乐·紫桐花

眼花缭乱，惹得千回看。漫道流光真似箭，苍狗白云如幻。依然蕙质兰心，春风奏响鸣琴。一曲高山流水，不愁没个知音。

恋绣衾·珠玉满筐

莫问余生短或长，种青蔬、篱畔菊黄。习平仄、宗王孟，上层楼、同赋月章。

痴情最是桃花酿，解相思，滋味品尝。鬓发白、霜枫赤，但回首、珠玉满囊。

唐多令·春情

夜雨打芭蕉，青山入梦遥。待平明、溪涨春潮。一树樱桃红透了，亲摘取、赠阿娇。

瘦损小蛮腰，眉弯仔细描。伴几回、花下吹箫。采朵鲜花头上戴，秋千荡、笑声高。

春分雅集

以"烟开兰叶香风暖"拈韵，得"叶"字。

枝头拾取霜枫叶，案上写成双鲤帖。
征雁一行映日边，相思几缕衡阳接。

【越调】黄蔷薇带庆元贞·庚子春事

正风清日暖，更父笑儿欢。十里花香路宽，春色宜人爆满。
【带】滑行幺女炫衣冠，口含梅子惹牙酸，放飞纸鹞入云端。层峦锦绣般，大野舞青鸾。

蝶恋花·夜雨复晴

昨夜东风携急雨,不意摧花,抖落相思句。剩有残红枝上舞,招来紫燕殷勤语。

别样情怀君莫妒。花下徘徊,何忍匆归去。杜宇几回肠断处,斜阳影里三春误。

【中吕】山坡羊·庚子抗疫
闻全国多个省市新冠肺炎患者清零

山中农父,江边渔父,宅家禁足乡村住。食无鱼,出无车,韶光未肯轻辜负。种豆栽瓜陪父母。妻,眉眼舒;儿,理化补。

长相思·本意

其一

帖难删,信难删,欲待删时泪不干。春风料峭寒。

盼一年,又一年,盼到花开花又残。夜深闻杜鹃。

其二

问平安,愿平安,一束玫瑰别样鲜。问君烦不烦?
梦连环,解连环,欲解相思待月圆。梦中含笑看。

其三

左三圈,右三圈,荷叶荷花乐自然。玉人阆苑仙。
月一弯,眉一弯,点点星星人未眠。置身河汉间。

长 夏

一湖碧水藕花红,高树蝉鸣响半空。
长夏乡居消暑气,也来桥下钓清风。

南乡子·采摘草莓

村路又弯弯,转过溪桥涧水喧。扑面春风迷望眼,开颜,垄垄红莓似火燃。

魂梦几情牵,莫使枝头鸟啄残。阿妹原知滋味好,甜酸,采摘随心笑语鲜。

醉太平·春

心宽路宽,山环水环。夭桃秾李轻烟,看空中纸鸢。
亭亭玉兰,香香薜笈。人生岂止三餐,听清风拂弦。

寻　春

疫后春光何处寻,一轮红日暖人心。
辛夷绽放三千朵,油菜铺开十万金。
湿地小儿飞纸鹞,河湾老叟下银针。
单衣单褂真潇洒,入眼缤纷花色深。

清　明

忽忽春光过半时,浴蚕天气雨如丝。
招魂陌上芳华逝,改火斋中白发悲。
卫士何妨称国士,危机或可孕生机。
无端柳色侵书幌,忆着河桥折处枝。

【注】嵌句。

【中吕】山坡羊·庚子清明祭扫烈士陵园

微风轻诉,丰碑高竖,青松翠柏沾清露。忆当初,舍头颅,追求真理危难赴,只为工农能作主。花,来献汝;人,来祭汝。

阮郎归·春情

廿番花信不须裁,清风扫石苔。东山日出乐开怀,相邀逛老街。

人未至,视频来,笑声驱雾霾。玫瑰一束送乖乖,心思猜复猜。

卜算子·春

寂寞小轩窗,半盏乌梅酒。雨打芭蕉听落花,缭乱阶前柳。
攀折也无由,谁解相思扣。紫燕衔泥陌上归,侬在痴痴候。

山花子·春燕

翠柳参差花气吹,新巢垒起育雏儿。乳燕枝头频试翼,欲飞飞。

心醉农家田漠漠,情牵留守语依依。风雨穿梭身矫健,比高低。

庚子上巳日用吴江兄原韵

佳人羞面与同骖,曲水流觞友二三。
举酒能忘心底痛,招魂可祭梦中蓝。
飞花令出君堪接,打酱油来我未耽。
岁岁年年期静好,吟风弄月只玄谈。

附 吴江兄原玉:

庚子上巳宅居自饮,用己亥上巳诗原韵。

云中飞鼠枥中骖,漫品佳辰三月三。
援笔斯文犯诸讳,甩锅神力出于蓝。
杯堪注酒此身没,春未看花底事耽。
半醉倚窗天欲暮,斜枝栖鸟与谁谈。

川藏线上

时雨时晴氧渐稀,蓦然回首万山低。
经幡五色因风动,青酒千杯缘梦迷。
一听情歌伤肺腑,欲登绝顶辨云泥。
雄鹰展翅碧空小,极目珠峰与额齐。

谷雨菜园劳作

黄鹂鸣翠柳,春色到农家。
暇日亲园圃,和风吻彩霞。
且将苗矫正,不许草萌芽。
未负殷勤意,枝头已着花。

【仙吕】太常引·思念

一犁春雨杏花红,泪眼影朦胧。挥手小桥东,不应恨、蓬山万重。

【幺】肩扛日月,脚踏霜雪,挺立似青松。步履更从容,视频里、情深意浓。

五一长假在家参加劳动

亲摘枇杷盛玉盘,麦黄蚕熟两心欢。
不因晨练闻鸡起,岂肯春耕说汗酸。
浇水秧田除杂草,掐尖藤蔓护花冠。
几人识得其中味,朵朵嫣红胜牡丹。

春夏两相期·遣兴

正春深、困人天气。柔情似水谁寄?点火樱桃,难解得相思意。时光如水漫消磨,浩瀚银河何迢递。翠鸟翩飞,争来衔取,者般滋味。

回眸一顾心醉。酒靥如花媚,笑声清脆。懒把韶华,研墨写无聊字。红笺贮满黑珍珠,素手开封忘忧子。岭外看花,月下吹箫,悟些真谛。

洞仙歌·立夏

秧苗插罢,豆荚枝头挂。馥郁清香直如泻。备鲜蔬,更请邻叟相陪,三杯酒,微醉聊些闲话。

听檐前燕语,几缕斜晖,孙女归家晚风迓。看翠袖婵娟,笑靥生花,歌一曲,者般潇洒。直欲把、青春再追回,畅享好时光,学些优雅。

蝶恋花·立夏

绿叶葱茏花满架。熟了枇杷,一幅风情画。豇豆青椒枝上挂,汗珠如雨频挥洒。

油菜抢收夸铁马。犁土耙田,不用黄牛也。大块文章随意写,行行青绿情无价。

【黄钟】人月圆·与友登临仙阁

寻幽揽胜高台上,扑面好风吹。莲花千顷,扁舟一叶,白鹭翻飞。

【幺】清歌婉转,柳腰轻柔,云影徘徊。斜晖脉脉,涛声隐隐,主客忘机。

小 满

布谷声声日夜催,几人识得此声哀。
几回老眼空凝盼,一望平田犹未栽。
最解墒情及时雨,遥闻喜讯滚天雷。
禾苗张臂争相拥,万斛珍珠泼下来。

蝶恋花·初夏

种子烘干难出土。锄下生烟,廿日还无雨。陌上谁家留守父,清风明月何曾负。

日夜催耕伤杜宇。老伴殷勤,斟酒添茶具。懒管甩锅追玉女,连宵好梦无蛙鼓。

【中吕】迎仙客·久旱喜雨

戴斗笠,裹蓑衣。珍珠撒来农妇喜。抢时机,流汗水。玉米施肥,一亩三分地。

山中采摘

叮咚溪水秧苗绿,岭上飞歌摇翠竹。
彩袖轻盈笑语频,荔枝多为美人熟。

中国测量队成功登临珠峰

行行脚印映蓝天,寂寞寒风百亿年。
来采霞光登绝顶,欲挥椽笔写华笺。
一腔心血为谁热,万米珠峰又梦圆。
似倩麻姑轻叩问,几回沧海变桑田。

初夏农家

清风绕庭院,澍雨惠农家。
树上莺声老,园中豆架斜。
秧青除稗草,墒好点芝麻。
鬓角幽香袭,粲然栀子花。

菜 农

灯火夜将阑,晓风犹嫩寒。
莫惊瓜果梦,岂待露珠干。
小曲花间跳,蓝图手上拼。
筐筐鲜翡翠,霞彩映层峦。

【双调】沉醉东风·久旱喜雨

墨云滚惊雷炸响,冷风吹尘土飞扬。王谢堂,寻常巷。撒珍珠一霎盈缸。抵得农夫百日忙,禾苗秀神清气爽。

蝶恋花·夏果采摘

陌上葱茏霞烂漫。翠鸟低飞,鲜果羞红面。沃土多情开盛宴,珍珠玛瑙排成串。

滋味酸甜谁不羡。采摘盈筐,丢落桃花扇。短信留言微信唤,下周约定还相见。

鹧鸪天·参观拱市村

不愧当家大写人,回乡创业为乡亲。倾囊栽起梧桐树,金凤衔来浩荡春。

修马路,治穷根。满园青翠满园珍。清风吹得心窝暖,地涌金莲水跃鳞。

山　中

避暑山中去，白云飘秀峦。
紫藤风送爽，新月鸟啼残。
清酒林泉酿，家珍竹笋干。
踏歌同野老，半日对棋盘。

【黄钟】刮地风·春游

眼里春光分外娇，日照林梢。微群呼唤到城郊，溪水滔滔。菜花开遍，莺啼鹊闹。纸鸢飞高，柳绦垂钓。烤摊香气袭，鲫鱼两面焦，小女频邀。

【仙吕】一半儿·庚子洪灾

谁吟夜雨打芭蕉，谁怨平皋涌浪涛，谁护江堤累坏腰，战通宵，一半儿爷们一半儿嫂。

夏日绝句

一　留守翁婆
妻种青蔬夫种棉,一群鸡鸭奏和弦。
闲来不识愁滋味,舞步轻盈趁月圆。

二　栽花阿婆
银锄起落度生涯,白发苍颜手有痂。
愿得微薪供孙子,归来未怨日西斜。

减字木兰花·洪峰过境

泥沙俱下,恣肆洪峰如野马。桥塌房摧,对此谁人不泪垂。
呼天不应,搏浪官兵听将令。一夜巡堤,万缕霞光迷彩衣。

山花子·为三残儿童送教下乡

节近年关日色寒,师如阿母总情牵。一套新衣一件奶,笑开颜。
点亮心灯开慧眼,摈除杂念饮甘泉。亲折梅花相赠与,醉陶然。

鹧鸪天·援藏教师

藏汉从来是一家，金风作伴到天涯，斑斓树色迷望眼，璀璨群峰笼晚霞。

青稞酒，格桑花，身边围着学生娃。乘除加减知心话，不负青春好岁华。

【仙吕】寄生草·秋访蓬溪任隆八角村听支书解说

芦花放，稻谷香。一池活水鳞波漾，一坡硕果枝头荡，一排楼阁玻窗亮。卅年心血为乡亲，山村改变贫穷样。

【仙吕】寄生草·庚子秋雨

倾盆大雨，卷地妖风。波翻浪涌泥石迸，禾淹屋毁肝肠痛，日防夜守军民共。长歌一曲献亲人，感人事迹频传颂。

一剪梅·拟情

日暮江风拂面柔，水上行舟，堤上偕游。才牵小手又还休。粉靥含羞，顾盼凝眸。

欲诉衷肠恨无由，笑倚江楼，笑指沙鸥。华灯影里梦长留，说不回头，偏又回头。

中山莲

出水芙蕖向碧空，亭亭玉立韵无穷。
爱君一管如椽笔，写罢三民别样红。

【双调】庆宣和·贺朔州诗词学会成立兼寄红儒兄（重头）

吟帜飘扬马邑城，麾下群英。斗酒诗篇认鸿影，问鼎，问鼎。

猎猎旌旗拥万夫，痛饮屠苏。一册诗刊见风骨，劲旅，劲旅。

蝶恋花·游光雾山小兰沟

山色斑斓君莫妒。彤树红云,都在空中舞。昨夜微风吹细雨,枝头酒靥双双妩。

轻扭腰肢人楚楚。一袭红衣,点赞多关注。不信韶光留不住,夕阳斜照霜枫树。

浣溪沙·悼雷友惠师母

噩耗飞来疑不真,几番叩问恁伤神。默然呆坐泪纷纷。
细语轻言思笑貌,登山临水感深恩。凝眸西望一天云。

一落索·登高

九日诗会,以"遥知兄弟登高处,遍插茱萸少一人"拈韵,得"少"字。

九日秋光正好,登高携老。一杯浊酒笑颜开,风吹帽、花香袅。枫叶欲红树杪,霞飞岭表。苍松白鹤醉斜阳,年年约、焉能少!

【仙吕】寄生草·重九登高，拈韵得"一"字

携壶酒，画个眉。山高不说腰身累，情深未饮凝眸醉，菊黄漫品秋滋味。卅年光景最寻常，二人形影常如一。

唐多令·秋思

细雨落千山，单衣不耐寒。涨秋池、那是从前。忍把相思都付与，清江上、打鱼船。

木叶色斑斓，疏林白羽翩。小酒窝、陶醉心田。幅幅美图真养眼，重相见、待何年。

【双调】水仙子·秋

云开雨霁晚秋天，蜡染仓山别样鲜。痴儿了却平生愿。停车奔向前，望林中白羽盘旋。红霞绚，叶欲燃，题写情笺。

【双调】驻马听·新村即景

沧海桑田,问道麻姑可记年?春风庭院,莳花老汉也谈玄。池塘翠盖柳枝蝉,广场彩袖桃花扇。身段软,朝霞映照芙蓉面。

一剪梅·心闲

风雨人生滋味鲜,晴看蓝天,雨听琴弦。无忧无虑度华年。蝶自蹁跹,月自婵娟。

冬去春来花又燃,白鸟无言,红豆休牵。这山放过那山拦,窄处心宽,宽处休贪。

浪淘沙·登山

昨夜雨绵绵,润了春山,踏歌一路百花鲜。杜宇声声牵客梦,山路弯弯。

好景待登攀,岭上心欢,松涛涧水奏琴弦。风月无边来眼底,妙处无言。

【仙吕】锦橙梅·农家女

春时节养幼蚕,农家女着青衫。心灵手巧品行端,红日暖、白云淡。笑它黄鸟嘴馋,笑它蜜蜂心贪。桑葚紫、滋味甘。放提篮,赶回家送给阿婆啖。

鹧鸪天·重回水寨门

爱此新居水寨门,近看山色远看云。粼粼涪水村前绕,袅袅琴音坝上闻。

思往岁,未脱贫,一番风雨一番新。帮扶三载三生幸,回访时时笑语亲。

河传·山中斑竹

幽独,青绿。断崖前,风雨潇潇故园。惯看世间悲与欢。经年,瘦肩迎暮寒。

高节虚心真雅士,边鄙地,胸有凌云志。紫竹箫,云水谣,石桥,盼归知路遥。

辛丑新正打油

旭日临窗驱嫩寒,八方亲友祝平安。
红霞满目春常在,瑞气盈门心自宽。
脚下飞轮传笑语,湖边游女炫衣冠。
视频一段寄夫婿,山鸟山花仔细看。

庆春泽·新正怀人

十万烟花,几多笑语,银屏昨夜更深。团聚新居,一家人喜难禁。疫情阻隔回乡路,视频传熟悉声音。总难忘,花下徘徊,月下传珹。

长空如洗尘霾散,正樱花烂漫,翠鸟清吟。漫步廊桥,那时光景探寻。长亭芳草年年绿,最痴情,一颗芳心。盼归来,同数鸳鸯,同立花阴。

涪水谣

辛丑正月初六与唐破虏小罗曼罗兰清泉山人等诗友相聚于尚品堂,拈韵得"春"字。

马齿徒增又一春,风光满眼物华新。
但凭青鸟传消息,合抱丹心对美人。
十里平湖添胜景,千条垂柳拂微尘。
滔滔不绝涪江水,挥别天涯作比邻。

【越调】寨儿令·致敬加勒万河谷守边英雄

唱大风,斗顽凶,军魂铸成华夏钟。站是青松,动是游龙,且莫说平庸。雪作粮、步履从容,界为邻、昂首挺胸。荐平生热血,守万里尧封。躬,洒泪祭英雄。

【中吕】山坡羊·加勒万河谷英烈赞

官兵临阵,寇贼逃遁,未教国土丢一寸。雪纷纷,正青春,铁肩撑起昆仑峻,与我为敌他最蠢。身,守国门;魂,列战云。

迁居后逢故人

一别山村泪湿巾,从今不作葛天民。
相逢已是高楼主,却说山村空气新。

酷相思·轻轻诉

往事悠悠容细数。月光下,凌波步。手相挽、梅花开一路。看笑靥,轻轻诉。醉梦里,轻轻诉。

欲把相思心上谱。数白发,怜寒暑。盼消息、屏前言肺腑。才聚也,频频顾。临去也,频频顾。

【双调】沉醉东风·童年忆趣

常记起林间戏耍,总难忘月下偷瓜。抢嫁娘,骑白马,入洞房抱个娃娃。乐得哥哥脚下滑,莫不是当年犯傻?

鹧鸪天·女神节戏题

花气熏天待美人，旗袍着上小腰身。心如南海观音善，貌似陈王洛水神。

曾狮吼，也温存，有时含笑又含颦。相夫教子寻常事，善待卿卿莫逆鳞。

【南吕】一枝花·新村见闻

摆一盘棋子敲，唱几段莲花落。老人登戏台，童稚吃年糕。靓女新潮，户户灯笼照，窗前赤帜飘。脱了贫日子逍遥，刷个卡领回社保。

【梁州第七】演小品自娱自乐，拜老师随到随教。题材都是身边料。村口通公路，田里种葡萄，树悬柿枣，火点樱桃。说支书忒有高招，赞村民真是勤劳。访农户月上林梢，靠网络货优价好，践初心岁稔年饶。摘藤椒，养紫貂。人逢喜事无烦恼，邻家闺女考名校。神采飞扬笑语娇，志在云霄。

【尾】高楼林立花枝俏，绿叶婆娑负氧高。玉润山青凤凰叫。趁春光弄潮，赏秋色舞韶。晨练归来醉翁媪。

【中吕】满庭芳·家宴

阶前绿草,枝头翠鸟,杯里花雕。几盘卤菜添调料,多撒葱椒。给幺女抬支凤爪,替老爹夹个沙包。花猫叫,乖乖饿了,丢块骨头咬。

犍为文庙泮池金鱼

四围春色浓,游曳意雍容。
日听三千句,何须一化龙。

桫椤湖泛舟

犁破青天鸥鹭呼,群峰翠染似罗敷。
苍松绿竹二三友,相约清溪作钓徒。

【注】桫椤湖位于马边河上,其下游清溪即李白"夜发清溪向三峡"之清溪也。

【中吕】十二月带过尧民歌·犍为芭蕉沟情人榕

沟深壑幽,云淡风柔。潺潺涧水,喋喋斑鸠。想当年依依执手,栽榕后久久凝眸。

【带】一从分别泪空流,频上高冈望归舟。精心护树解忧愁,暑往寒来度春秋。无休,相将岁月留,地老天荒后。

【注】巴马河畔有两棵枝叶相互缠绕的榕树,相传抗战时期一对新婚夫妇手植。丈夫将赴前线,临别夫妻共植两棵榕树。丈夫一去不返,妻子精心照料榕树,直至去世。后人感其情意,谓之情人榕。

浣溪沙·袁隆平

野败搜寻遍海涯,粗衣布褐浸盐花。慈眉善眼乐哈哈。
寰宇皆知袁院士,万人争颂米菩萨。风翻稻浪听鸣蛙。

五一回乡参加劳动
用老杜《客至》原韵

熏风扑面莺声绿，更有淙淙活水来。
稗草刈除香汗洒，枇杷摘下笑颜开。
青椒腊肉时鲜菜，红袖花茶老瓮醅。
布谷催耕人未老，黄云割罢举银杯。

鹧鸪天·巡警生涯

卅载生涯未觉烦，步如鼓点路如弦。临窗明月心扉暖，炫彩华光曙色连。

防暴恐，护家园，拼将热血保平安。春风扑面花枝俏，含笑翁婆步履闲。

端午有寄

蒲艾门前挂，沅湘涌怒涛。
千秋悲屈子，不敢近江皋。

【越调】 寨儿令·与友饮滨江路之上品堂

上小楼，少烦愁，疏狂几人频唤酒。静静江流，缕缕风柔，白鹭过轻舟。想人生浪里沙鸥，叹韶华梦里吴钩。欲言还闭口，分韵更拈阄。瞅，明月又当头。

【双调】 凭栏人·青海湖畔姑娘

湖畔轻风扑面凉，衣袂翻飞犹带香。身姿如凤凰，想和她放羊。

车行河西走廊

心羡瑶池驱八骏，蹄音得得意飞扬。
巍巍雪岭云霞灿，袅袅清风油菜黄。
美酒满斝邀月饮，胡旋劲舞醉人狂。
更深似听驼铃响，梦里依稀回汉唐。

【中吕】塞鸿秋·过金银滩草原

银铃浅笑凌波步,皮鞭轻舞云霞牧。如花似玉西施妒,如痴如醉王郎慕。心中一首歌,世上三生误。当年少女知何处?

【注】金银滩草原乃王洛宾《在那遥远的地方》的诞生地也。

浪淘沙·骆驼

昂首向天呼,踏上征途,任他货重又何如。雨雪风霜浑不管,步稳如初。

也不怨金乌,云卷云舒,脊梁挺起走江湖。大漠胡杨斜照里,一串音符。

游鸣沙山月牙泉

茫茫大漠近黄昏,野草闲花多不存。
一串驼铃添景色,几多网友炫羁痕。
月泉难涸征夫泪,沙粒长鸣壮士魂。
萧瑟西风微雨后,徒留惆怅过荒屯。

鹊桥仙·塔尔寺

莲花八瓣,菩提十万,转罢经筒百遍。心存良善更何求,但遂了、平生夙愿。

骆驼草美,酥油花艳,堆绣如霞目眩。红尘踏过路三千,便忘却、人间俗念。

【注】塔尔寺位于距西宁市25公里的湟中县形似八瓣莲花的山坳中。酥油花、壁画、堆绣是塔尔寺三绝。

【中吕】朝天子·藏寨一日游

藏家,彩霞,一幅风情画。篱边开遍格桑花,壁画堂前挂。青酒频斟,油茶无价,座中歌舞佳。卓玛,哈达,致富传佳话。

村　居

雨后觉清凉,蛙鸣水稻黄。
孙爬酸枣树,鱼戏小荷塘。
挥汗收苞米,吆牛下夕阳。
笑声飘院落,柴犬护篱墙。

满江红·游奉节感怀

浊浪滔天，夔门去、奔腾不息。望两岸、白盐赤甲，鸟飞猿泣。朝发轻舟云彩灿，暮归老杜秋风急。越千年，巧手汇宏图，挥椽笔。

诗城美，多遗迹。金风爽，斑斓色。看香柚种满，水滨山国。一唱竹枝愁雾扫，又开富路初心得。羡村翁，江畔赏烟霞，真闲适。

咏猴之一

泉清堪照影，林茂自成园。
捞月初心现，降妖大梦存。
采茶攀古树，食果戏荒原。
良夜清风爽，高眠到日喷。

咏猴之二

火眼金睛不坏身，任他妖怪任他神。
兴风作浪我来管，棒下乾坤万里春。

塔吊工

声声鸽哨韵飞扬,头顶寒风脚踏霜。
一上塔楼舒望眼,朝阳吊罢吊斜阳。

次韵老杜九日蓝田崔氏庄

无欲无求心自宽,莳花弄草得清欢。
常行闹市何须帽,久处江湖不用冠。
鬓发应从今夜白,人情怕遇倒春寒。
登高望远复长啸,丛菊飘香醉眼看。

【正宫】脱布衫带小梁州·秋日瞻仰杨闇公烈士故居

喜金秋丹桂飘香,望远山枫赤橙黄。涪水阔鹭飞画廊,古镇幽浩歌激荡。

【带】清白传家世世昌,青史流芳。闇公忠烈耀家邦。刑场上,热血洒山乡。

【幺】百年橙树腰身壮,绿荫浓气宇轩昂。携手栽,风霜抗,峥嵘岁月,好句赋沧桑。

定风波·辛丑秋日苦雨

秋雨秋风世事艰,重来瘟疫泪潸然。抢种抢收耽误了,祈祷。一轮红日挂蓝天。

草盛苗稀虫害重,头痛,农家哪得享清闲。堪笑书生人太假,装雅,摘来红叶写诗笺。

鹧鸪天·集中隔离有记

瘟疫重来有主张,几回扫码未翻黄。篮球拍烂两三个,春梦将圆四五场。

情怯怯,意惶惶,冷风吹面雨敲窗。一灯红小凭栏望,拟向谁人寄月章。

【中吕】山坡羊·谢张四喜先生赠《茶余曲话》

茶余散套,辞章精妙。岂独三晋扬大纛。格高标,发飘萧,为民歌哭为民笑,字字珠玑人醉倒。公,称大佬;吾,获至宝。

【仙吕】太常引·闲情

一湖碧水漾金波,绿柳舞婆娑。世事漫消磨,对美景心中梦多。

【幺】轻舟载酒,飞花拈韵,一字换白鹅。骤雨打新荷,浑比那鱼儿快活。

村居图(题图)

傍水依山枫叶鲜,粉墙琉瓦自怡然。
轻舟驶向斜阳里,醪酒莼羹不用钱。

壬寅惊蛰诗友聚会
聚会喜逢马老寿辰兼贺女神节日快乐用江韵。

莲里相逢新面庞,莺声穿破碧纱窗。
风梳柳色知多少,笔写烟霞墨一缸。
龙已长吟奔大海,马才浅唱动清江。
琉璃盏里韶光美,值此良辰宜放腔。

鹧鸪天·寒潮

圣诞平安两不关,湖心品茗若鸥闲。芦花轻舞风吹絮,涪水长流雨裹烟。

浏网络,读诗篇,坊间热议李田田。寒潮明日将南下,守住心中一点丹。

【双调】楚天遥带过清江引·冬奥热到小村庄

陌上柳如烟,和煦风吹面。入眼菜花黄,起舞双双燕。飞轮步履轻,笑语连成串。最爱艳阳天,美景云霞绚。

【带】几个小儿身段软,一日三千转。道平作战场,本领平常练。他年也把身手显。

步吴江兄壬寅破五节原韵

未肯随流且固穷,喧嚣世态入眸中。
佯狂散发遇微雨,慷慨高歌唱大风。
整日吟哦何所事,平生检点愧无功。
可怜花影清溪上,渐觉人间春意融。

壬寅人日贱降打油

不需美酒不需花,闲捧诗书度岁华。
欲趁春风种桃李,但凭赤手剥龙虾。
看张笑脸不生气,唱首儿歌老掉牙。
大雪纷飞童话里,几多世事过家家。

一剪梅·北京冬奥会

冰雪晶莹圣火红,今日相逢,笑语融融。会歌响处意情浓,你沐春风,我沐春风。

携手并肩奔大同,心也从容,步也从容。凌空一跃似飞鸿,越过山峰,冲上巅峰。

辛丑岁杪回老家

拆迁协议两年矣,犹有未迁者,倒步吴江兄韵。

断垣残壁铲车平,惯见世间离别情。
岁暮莫嗟人渐老,疫频长叹路难行。
劝君更尽一杯酒,追梦遑论第几程。
风自萧萧梅自发,门前枯草不知名。

【越调】小桃红·梅

野梅一树未梳妆,独与严冬抗。冰雪林中暗香酿,月昏黄,随风飘散三千丈。满屏倩影,旧时模样,能不忆家乡?

【正宫】醉太平·冬夜带孙女云想

乖孙睡醒,满屋温馨。低吟浅唱闹三更,脸红目瞠。琼浆玉液分钟磬,白毛绿水三番咏。呆瓜萌样一精灵,谁谁怕冷!

辛丑大寒节用吴江兄韵

两鬓苍苍眼已昏,拆迁挥泪别山村。
一朝致富堪圆梦,几度封城莫串门。
况味如歌风定调,痴心不改雪留痕。
蜡梅今夜花争发,灯火团团笑语温。

附：吴江兄原玉

辛丑大寒

终朝独坐又黄昏,几度痴心已远村。
车毂沾尘梅役梦,炊烟引路犬迎门。
杯杯醉饮深深叹,岁岁饥驱碌碌奔。
鸦噪一声惊乃觉,霓灯璀璨大寒温。

雪梅情

暗香缕缕韵参差,照影梅花立小池。
白发与君亭下坐,并肩呵手读唐诗。

元旦试笔

抖落一肩尘,入眸红日新。
寒梅香十里,喜鹊报三春。
莫说韶光老,翻怜口罩亲。
遮颜过菜市,微信购山珍。

遂宁鲜五首

鹧鸪天·川白芷

绿叶葱茏能耐寒，黄沙黑土性难迁。美名来自诗经里，白芷生于涪水边。

增效益，树标杆，农科携手奏和弦。再无烦恼心花放，为有馨香四海传。

【注】遂宁素称"中国白芷之乡"，是川白芷的道地产区，有着传统栽培历史。川白芷是四川省遂宁市的特产，中国国家地理标志产品。

鹧鸪天·遂宁菌菜

绿水青山岁月新，回乡创业种山珍。刨开黑土姑娘笑，生出新芽小伙勤。

挥热汗，沐朝暾，几番追梦梦成真。轿车停在高楼下，菌菜飘香共举樽。

鹧鸪天·遂宁524红薯

莫说粗粮与细粮，弟兄围坐火炉旁。几根烤薯心扉暖，一缕温馨记忆藏。

兴特色，证沧桑，一村一品喜洋洋。深加工也原生态，昔日山鸡变凤凰。

鹧鸪天·遂宁白萝卜

翡翠衣衫不染尘，冰为肝胆玉为魂。深耕沃土腰身壮，慢炖肥羊滋味纯。

援武汉，赞能人，山河无恙一家亲。人参堪比甘而脆，携手同描四海春。

【注】2020年1月31日下午，由蒋海春捐赠3万元购买的装满优质绿色农产品的大卡车从蓬溪荷叶乡蔬菜基地出发前往武汉，其中有遂宁特色产品白萝卜。谚云：冬吃萝卜夏吃姜，不找医生开药方。

鹧鸪天·三家大米

沃土肥田汗水浇，春风春雨起春潮。碧波荡漾秧苗绿，蛙鼓悠扬明月高。

袁院士，米甜糕，手中饭碗要端牢。晶莹剔透珍珠颗，佐以鲜蔬滋味饶。

【注】2021年12月8日，习近平总书记在中央经济工作会议上强调："中国人的饭碗任何时候都要牢牢端在自己手中。"

【双调】沉醉东风·游遂宁高新区辛农民油菜花海

打卡地、朝思暮想，灿云霞、蝶舞蜂忙。姑娘笑语飞，老人精神爽。画图妍、龙凤呈祥，纸鹞随风趁暖阳，真舒畅歌声唱响。

春日村行

昨夜潇潇雨，寻芳过小桥。
春溪添绿水，老妇育新苗。
牛背歌嘹亮，樱花梦寂寥。
氤氲香扑鼻，黛瓦映芭蕉。

【中吕】山坡羊·王亚平太空授课

不分男性，不分女性，空中授课凝神听。摘星星，亮晶晶，苍穹闪耀如明镜。瀚海畅游千万顷。身，夸靓影；心，入化境。

贺富顺诗协成立二十周年

富顺诗协二十周年庆典时逢端午,拈韵得"人"字兼致卿会长。

日照江阳气象新,龙舟竞发倍精神。
香飘曲巷诗千首,鼓响长街力万钧。
欲拜棪星光灿灿,既怀君子梦频频。
吟坛廿载卿难老,雒水流觞逢故人。

【双调】折桂令·小满

趁新晴几缕微风,人到田园,身处芳丛。茄子开花,苦瓜爬架,玉米招蜂。布谷叫公婆最懂,物理遵高矮相融。莫笑村翁,背似虾弓,未改初衷,祈愿年丰。

【黄钟】人月圆·雨后菜园

一番疾雨风吹后,园圃喜新晴。霞光织网,丝瓜爬架,布谷催耕。

【幺】蜂蝶无数,翁婆两个,软语三声。红红绿绿,瓜瓜果果,我我卿卿。

【越调】 寨儿令·养蚕的小姑娘

笑语扬,小姑娘,放学路途迎晚阳。肩上新筐,枝上柔桑,田野菜花黄。翠鸟鸣、韵味悠长,紫燕飞、泥土芬芳。家中蚕宝养,心里梦起航。帮,明日吐丝忙。

感动中国人物孙家栋

埋名隐姓意昂扬,卅载归来两鬓霜。
绕落回分三步走,高精准获百年光。
红歌金曲传星际,热血丹心写月章。
从此无须歧路叹,同参北斗不迷航。

【正宫】 小梁州·夏日村居乐

芭蕉树下好乘凉,几缕茶香。楚河两岸斗争忙。"先飞象","卒子可擒王"。

【幺】输赢谁记心头上?老顽童、打发时光。梅酒熟,荆妻酿,三杯两盏,明月照东墙。

河东新区二十华诞颂

二十年华分外娇,春风春雨赶春潮。
凤凰偏爱梧桐树,翁媪闲吟云水谣。
湖种清莲三万顷,山开富路一千条。
丹心长共初心在,彩笔重挥细细描。

临仙阁揽胜

巍巍杰阁耸高台,乘兴登临眼界开。
斗拱飞檐真鬼斧,扪星捧日绝尘埃。
彩云鸿雁檐前过,白鹭轻舟浪里来。
列岸风光如画卷,江枫夕照待诗裁。

任家度晨曦安置小区之春

晨曦四望柳如烟,漫步湖滨花欲燃。
扑面清风春浩荡,翻空白羽影蹁跹。
波光旖旎红霞灿,楼宇巍峨美梦圆。
家在母亲怀抱里,笙歌一曲乐悠然。

蝶恋花·灵泉寺

殿宇巍峨烟雾袅。旭日凌空,白鹤林间绕。泉水甘甜滋味好,流芳千载东坡老。

雨露杨枝尘念扫。万道金光,梵唱驱烦恼。渡尽劫波情未了,归来真善萦怀抱。

【南中吕】驻马听·小孙女云想

笑脸如花,口水横流正长牙。摇头晃脑,卖傻装疯,打滚学爬。几多萌态友朋夸,一番哭闹声音大。玩具频抓,无边乐趣嘴咿呀。

鹧鸪天·农家

且向青门学种瓜,施肥浇水是生涯。棚中不怨三更苦,枝上常开五色花。

多结果,少留芽。春风春雨到农家。花开花谢花常在,送罢朝霞迎晚霞。

清平乐·村居

金风玉露,敢把农时误?白菜香葱栽几路,野鹤频来看护。嫩芽不染新冠,堆盘可佐三餐。喝罢杯中二两,微醺不觉艰难。

【双调】拨不断·秋收

热风吹,野蝉嘶。老农收稻腰身累,红日当头火焰煨,柠檬泡水蜂糖兑。汗滴下有些咸滋味。

点绛唇·雨后

雨后天晴,彩虹挂在湖滨上。翠禽频唱,老父精神爽。园圃青蔬,翻出新花样。蜂蝶浪,苦瓜真棒,向晚清风荡。

【中吕】山坡羊·宅家带孙女云想

有时胡闹,有时欢笑。手拿玩具蹦蹦跳。那瞧瞧,这敲敲,玻璃镜子频频照。对影咿呀偏不恼。亲,姊妹好;她,翻镜找。

【南吕】一枝花·游奉节登三峡之巅感怀

莫辞道路遥,来赏夔州貌。脐橙枝上熟,枫叶岭头烧。胜友频邀。细雨尘霾扫,暖阳白雾飘。雁南飞、翅振云霄,水东流、波翻浪咬。

【梁州第七】抬头望、青山渺渺,侧耳听、绿水滔滔。此间风物多奇妙,稀疏院落,婉转歌谣,勤劳儿女,跳跃猿猱。映蓝天、玉鉴琼瑶,射牛斗、黼黻旌旄。万重山、江北江南,白帝庙、前朝后朝,八阵图、云起云消。浑不管江水清浊,谁复计人情厚薄。奔来眼底皆诗料,孤鹜与斜照。天际飞舟水上飚,浪里腾蛟。

【尾】喜今日千帆竞发黄金道,看明朝一代风流青史描,告慰先贤九泉笑。弄潮,赶超,圆梦征途不停棹!

【商调】梧叶儿·七夕夜

花间坐,柳下歌,双眼望银河。星光溅,萤火多,漫吟哦。浑忘却身边这颗。

【仙吕】青哥儿·带孙女云想

含饴弄孙开窍,当年心比天高,百味人生酒一瓢。两鬓花白乐陶陶,陪她笑。

鹧鸪天·哭滕公伟明

杜宇啼残恨不消,八台高耸入云霄。浪仙本色吟哦苦,祭酒才情鬓发飘。

风骨峻,毅魂豪,长歌当哭咒山魈。天堂今日公归去,饮酒吟诗伴问陶。

【注】①滕公代表作之一《八台雪歌》。②滕公有诗《留别蓬溪同乡》云:长江主簿是前缘,落魄巴渝有后先。一个诗囚分两半,君宜分浪我分仙。③滕公与清代著名诗人张问陶皆为四川遂宁蓬溪人。

【仙吕】一半儿·疫中包水饺

几番菜市觅珍馐,七块零钞打酱油,卌个瓦盆齐聚首。二锅头,一半儿香葱一半儿韭。

眼儿媚·参观海龙村

日出东山彩霞红,旗帜舞苍穹。粼粼碧水,熊熊枫叶,飒飒金风。

村民争说当年事,豪气贯长虹。青春岁月,蔚蓝火焰,赤子情浓。

【正宫】塞鸿秋·家有孙女云想

红红脸蛋嘟嘟胖,白白小手花花样。咿呀学语轻轻唱,玻璃镜子频频望。家为游乐场,身在颜回巷,一天到晚心舒畅。

浣溪沙·冬日

家在清溪翠竹旁,白云来去自寻常。施肥除草暖洋洋。
一树梅花香烂漫,成群鸡鸭韵悠扬,漫将柴火炖肥羊。

村　居

入眼天然绿,村居码不红。
农田除杂草,网课教儿童。
绕膝萌孙女,堆盘大白葱。
寒潮明日至,何以识穷通。

岁末迎新打油

不颂神仙不咒魔,专家堪比网红多。
几回醉眼遮青眼,一霎天鹅变白鹅。
频测阴阳伤肺腑,无关忧乐礼维摩。
荷花贝叶可消劫,红日临窗宜放歌。

【双调】殿前欢·打扫卫生戏题

扫尘埃,厨房卧室与窗台。披巾挽袖多豪迈,得令听差。俨然一将才,纵马冲关隘,温酒平边塞。匆匆过客,许我开怀。

惊 蛰

四野虫声起,一江春水流。
田园翻绿浪,翁媪得清幽。
紫燕霞光剪,蜜蜂花海求。
网红频打卡,畅享晚风柔。

【越调】水仙子·永和家园

层层麦浪嵌金黄,叠叠梯田染画香。游人来往山冈上,流连小径长。绕清溪、黛瓦白墙。漫享农家乐,争采陌上桑,鲜葚亲尝!

游潼南油菜花海

浩荡东风扑鼻香,迎眸一片菜花黄。
琼江环抱镶明镜,翠岭含羞作画墙。
抓拍车头随意站,穿行陌上比蜂忙。
年年相约网红地,挈妇将雏醉夕阳。

【中吕】山坡羊·游潼南琼江

陈抟高卧,春风香糯,菜花开后桃花约。御清波,笑声多,轻舟如箭天犁破。云里乘风天路阔。云,摘一朵;心,已忘我。

鹧鸪天·游潼南大佛寺

浩渺烟波脚下生，春风和煦听仓鹒。佛光朗照千秋月，俗虑抛开一苇轻。
听梵呗，赏繁英，缤纷世事懒经营。濯缨濯足清江水，云卷云舒浑不惊。

满江红·游潼南大佛寺感怀

浩浩涪江，东流去，稍无停息。千百载，星移物换，几多过客。壁立崖前观物象，鹭飞斜照增颜色。梵声唱，缕缕入心魂，消时疫。
今古事，真难释；黎庶泪，城头戟。但晨钟暮鼓，赤枫芦荻。地覆天翻歌似海，烟消云散惟陈迹。愿佛光，普照众生灵，无悲戚。

【中吕】山坡羊·宿巴山云顶山庄

春风沉醉，夕阳斜坠，霞光流彩山流翠。上云梯，辨云泥，相逢爽了心肝肺。夜话巴山滋味美。窗，手一推；星，摘一堆。

【中吕】山坡羊·游巴山大峡谷

阳光明媚,白云揉碎,清风扑面鹃声脆。草萋萋,韵依依,飞珠溅玉鸣环佩。峡谷幽深肥氧吸。人,行谷底;心,尘虑洗。

【中吕】山坡羊·巴山大峡谷　索道坐缆车

鹃花含笑,白云开道,两根缆索空中吊。锁眉梢,压升高,面红耳赤心狂跳。春色无边都醉了。山,云雾绕;花,香气袭。

【双调】沉醉东风·游桃溪谷　鸳鸯廊桥戏题

戏溪水、鸳鸯并颈,倚阑干、风雨无惊。彩伞摇,灯笼影。似飞琼、绰约娉婷。两岸青山作画屏,莫相扰、仙乡梦境。

【中吕】山坡羊·登罗盘顶状元楼

惠风和畅,群峰如浪,蜿蜒小径山花放。蜜蜂忙,杜鹃香,楼高岂止三千丈。绝顶风光凭俯仰。文,仔细赏;人,百代想!

【仙吕】醉中天·过巴山大峡谷玻璃栈道

玉带玻璃道,系上美人腰。不惧心慌血压高,耳畔黄莺闹。脚下云遮雾绕,山泉珠跳,心中杂念全抛。

乡村双抢

叮咚溪水碧玲珑,陌上相逢沐晓风。
牛犊耕田频摆尾,葛衣挥臂又弯躬。
麦黄秧绿杜鹃唱,云淡天青意态雄。
人与镰锄三合一,谁知嵌入画图中。

【仙吕】醉扶归·瞻仰巴中将帅碑林

肃立时光慢,回首水云寒。一曲长歌锣未残,霁后红霞灿。姓字模糊泪眼,指与儿孙看。

水调歌头·行米仓古道截贤驿
见萧何月下追韩信造像感怀

山道接南北,曲折向晴空。米仓高耸千仞,携侣访遗踪。一路溪声相伴,今古云烟聚散,绝巘绿葱茏。汉帜半空舞,车马走鱼龙。

月色美,溪水涨,路难通。初心料是,桥下期盼有人逢。休说多多益善,休说韩能兴汉,得志更邀封。应笑多情月,长照水流东。

截贤驿见萧何追韩信塑像

一夜寒溪涨,汉家故事长,
辞君非有意,信马可由缰!
空谷蹄声远,美名青史扬。
桥头凭想望,追溯旧时光。

【中吕】迎仙客·摘桑葚的姑娘

叫不休,骂斑鸠。桑葚熟时吃不走。摘乌红,来泡酒。我愿双亲,无病还增寿。

【仙吕】寄生草·畅游小三峡

峡江媚,染日晖。阳光灿烂山峰翠,水光潋滟金波碎,轻烟缭绕游人醉。一江碧水映蓝天,纤尘不染心肝肺。

游小三峡

船头独立赏烟霞,一曲情歌笑语哗。
叠嶂青山排翡翠,含羞少女抱琵琶。
长桥照影堪圆梦,老树逢春可采茶。
百里峡江开画卷,竹枝唱处有新家。

端午后一日宿秭归江上怀屈子

大江流不尽,浩浩起悲声。
慷慨陈时弊,怅然望帝京。
更深人独醒,世浊酒频倾。
遍觅无渔父,汀州满落英。

舟泊秭归怀昭君

揖别亲人泪两行,汉宫烟柳总难忘。
寡恩不怨丹青手,出塞终归异姓王。
瑟瑟寒风寒彻骨,绵绵思绪思无量。
年年岁岁望秋雁,秋雁年年回故乡。

【双调】雁儿落带得胜令·畅游小三峡

水中云几朵,船上人卅个。长桥架彩虹,幺妹销山货。
【带】岭外响情歌,林间舞白鹤。百里丹青画,满船欢乐多。吟哦,字字清波浼;山河,回回绮梦过。

【越调】寨儿令·垂钓

越陌阡,坐湖边,垂纶打窝尘世远。碧玉蓝天,绿柳轻烟,空气好新鲜。听枝头翠鸟鸣蝉,看湖中白羽荷田。清风独畅享,赤子自安然。筌,对此已忘言。

【正宫】塞鸿秋·咏史

明眸皓齿君王醉,轻歌曼舞朝纲废。成仙鸡犬居高位,潼关一破山河碎。凭栏望月时,谁解其中味。帝王泪怎比黎民泪。

(原载《中华诗词》2019年6月)

点 评

徐耿华
中华散曲工委主任

咏史诗大多针对具体的历史中事件或历史人物有所感慨或有所感悟而作。此作以唐代"安史之乱"为历史的客体来抒发自己的感悟,写得入情入理。开始的三句中描写了唐玄宗宠爱杨玉环,整日沉湎于酒色歌舞之中,导致了"朝纲废",杨氏一门如杨国忠等鸡犬升天,竟然"居"了"高位"。终于,潼关被叛军攻破,仓皇西逃,又在马嵬坡发生兵变,不得已,赐死了杨贵妃。"君王掩面救不得,回看血泪相和流。"此作最出彩的一句就在于"帝王泪怎比黎民泪"。安史之乱历时八年,使社会遭受了一次空前的浩劫,"人烟断绝,荆榛蔽野",许多州县成为废墟。唐玄宗流的泪怎么能比老百姓的多呢?这与元代张养浩《潼关怀古》中的结尾"兴,百姓苦;亡,百姓苦"有异曲同工之妙。古人对于咏史怀古作品大约有以下提示:"翻案",即创新,不重复前人的看法;咏史须使人一唱三叹等。

【正宫】塞鸿秋·邙山

贫穷富贵王侯将,功名利禄南柯上。长生不老真虚妄,经幡锣鼓邙山葬。一坡野草黄,几度夕阳傍。无非有的坟头胖。

(原载《中华诗词》2019年6月)

点 评

郭定乾
四川省诗词协会副主席

邙山在洛阳市北,又称"北邙山",据说那里风水很好,故历朝帝王将相葬于此山者不胜枚举,平民百姓就更不用说了,久而久之,邙山就成了坟地的代名词。此曲即以邙山为题,表达了自己的看法。作者把世间贫富贵贱一切人等同看待,认为最终还不都到这邙山来了吗?还不同样卧在这野草荒坡,日复一日地接受岁月沧桑的消磨吗?所不同的是"无非有的坟头胖",肯定中代否定,其潜台词:不也是最终都要肉化为水,骨化为泥吗?终有一天恐怕坟墓都要消亡,不是吗?谁见过万年古坟?这思想有点消极,像庄子的齐物思想,但为千万贫穷百姓吐气,亦觉畅快。长期读诗(包括词曲)的个人有个经验,凡读后不忘的定是好诗、好句。"无非有的坟头胖"就是读后不忘的句子,并以此句结束全篇,尤为绝妙。

(选自《当代蜀诗点评初集》2020年版,刘道平主编,成都新时代出版社)

鹧鸪天·参观蓬溪拱市村

不愧当家大写人，回乡创业为乡亲。倾囊栽起梧桐树，鸾凤衔来浩荡春。

修马路，治穷根，满园青翠满园珍。清风吹得心窝暖，地涌金莲水跃鳞。

(原载《红叶》第84辑"情系河山")

点 评

唐缇毅

解放军《红叶》诗刊副主编

白居易主张"文章合为时而著，歌诗合为事而作"（《与元九书》）。当代人写当代诗词，应该用当代诗词语言，反映当代现实生活，表达当代人的思想感情、价值观念与审美取向。然而，现实题材的诗词最不好写。特别是涉及褒扬时政更难下笔。极易写成千篇一律、空洞无物、标语口号式"格律溜"。

目前，抗击新冠疫情取得稳步成效。党和政府更吹响了精准脱贫攻坚战的号角。要求"两不愁，三保障"，所有贫困地区贫困人口一道迈入全面小康社会。

这首《鹧鸪天·参观蓬溪拱市村》正是应时而作，抓住拱市村这一"新农村建设示范村"的典型，充分运用比兴、虚实结合等手法，鲜活生动地表现真人真事，赞扬模范典型，同时传达了诗人亲见脱贫成果的喜悦心情。

没有比、兴不是诗词。借此词,学习龙榆生先生《比、兴的意义》。

上片开头两句,突出写带领乡亲共同致富的"当家大写人"。俗话说"羊无头不走,雁无头不飞"。有了领头人,大伙凝心聚力共同奔向脱贫致富的康庄之路。"倾囊栽下梧桐树","梧桐树"应非实指,或有几层意思。首先,让人不禁联想到县委书记的榜样——焦裕禄,借以赞誉拱市村脱贫攻坚战的主攻手——回乡创业的复员军人蒋乙嘉。再者,古谚云:家有梧桐树,引得凤凰来。上片结句自然而然飞落诗笺——"鸾凤衔来浩荡春",寓意党的惠民良策如和风时雨泽被山乡。"用比兴来谈词,就是要有'言在此而意在彼'的内蕴。也就是前人所谓要有寄托(《比、兴的意义》龙榆生)。"

过片起句实写,"修马路,治穷根"正是时下俚语:要想富,先修路。脱贫就要从根上脱。"满园青翠满园珍"看似写景,实则展现脱贫致富成果。"清风吹得心窝暖"寓意领头人无私奉献、清正廉明的作风深得人心(用"心窝"比用"心里"更接地气)。煞尾以景结"地涌金莲水跃鳞",寓意拱市村已经实现"业兴、家富、村美、人和"的小康目标。进一步展现富裕起来的村民,所享受到的获得感和幸福感。"这'借景言情'的手法,正是古典诗词怎样运用语言艺术的关键所在,也是比、兴手法的基本精神(《比、兴的意义》龙榆生)。"可见,不用"万户欣""幸福临"……之类的标配口号,也能展现喜悦情绪,抒发由衷感激,表达真诚拥护。

此词还妙在,虽为褒扬,点到为止,而无夸大其词,粉饰过誉之通病。

【中吕】山坡羊·老汉学跳舞

心头开窍，装回年少，红巾翠袖疯疯地跳。洛宾谣，乐陶陶，悠长韵味溜溜调。似醉汉差些绊倒，翁，不气恼；婆，已笑饱。

点 评

吴 江
《遂宁诗词》副主编

唐诗宋词元曲，同为一代文学之胜。诗之余为词，词之余为曲，各相争雄，反映出我国古代诗歌代有新变。相对于诗庄词媚，曲的特点是俗。诗歌是高雅的艺术，曲当然不例外。曲之俗，是指通俗、俚俗，而绝非庸俗、恶俗。遂宁诗人王晓春这首《【中吕】山坡羊·老汉学跳舞》，生动活泼风趣，是内容与形式的极好结合，体现了曲雅俗共赏的特点。

只看题目"老汉学跳舞"，便仿佛置身于一个无比喜气谐趣的场景中，眼前一个性格爽朗、身心健康的农家老汉正全情投入地随歌学舞，不禁莞尔。这种题目，诗词不常有，惟曲常见，很接地气。

曲的前六句，老汉载歌载舞，跃然目前，萦绕耳际："红巾翠袖"的衣饰、"疯疯"的神情，"心头开窍，装回年少"的心理，老一辈人曾经耳熟能详的王洛宾《在那遥远的地方》等系列作品那优美的歌词与旋律。大俗的语言，精妙反映出如今老汉的身心状态及生活状况。

  曲的第七句,转得突兀,平添波澜,乃精彩之笔!此一细节,使作品的情节性趣味性陡增,也更符合老汉学跳舞的实际。"文似看山不喜平",此作得之。曲的最后四句,不但让读者看到老汉执着与忘情,也看到了作为观众或队友或师傅的老太太们欢笑连连的场面。喜乐祥和,由学舞老汉传递给观舞老太,从舞蹈现场传递到读者跟前。

  诗歌的重要手法是小中见大、意象代言。老汉老来学舞的深层次原因,诗人并没有描写,但并非没有思考。聪明的读者很容易就能从作品之中或词句之后找到答案。

妻之花语

茶酣书饱趁风柔，徒向严妻索自由。
怪得年年亲手植，篱花绕院是牵牛。

点 评

王晓春

吴江这首绝句，描写居家爱情，妙趣横生。

花语是指用花来替代人的语言，表达人的某种感情与愿望。花语虽无声，但无声胜有声。

起承二句写夫妻居家趣事：在一个风和日丽的日子，诗人在家乐品香茶、饱诗好书之后，向妻子申请出门溜达，没想到妻子并不允许。品茶之"酣"，读书上之"饱"措语新，把独自出门散步说成是"索取"自由，"索"字活画出诗人可怜兮兮的样子，"自由"乃大词小用；"徒"字是索的结果——妻不允许诗人独自出门，妻"严"是根源。

转结二句写诗人强找妻不允许自己出门的原因。当看到妻子亲手所种的牵牛花绕院满篱时，诗人恍然大悟：难怪妻子年年亲手栽种牵牛花，原来如花的妻子，一直在此表明态度，要牢牢牵系住如牛一般的诗人。诗人煞有介事地找出缘由，实则另有意味。诗人的生活惬意，安于篱花绕院、终日茶酣书饱，妻子的贤惠持家跃然纸上；"徒索自由"，充满趣味，实乃诗人对妻子的依赖与尊重，妻子不允是出于对丈夫的关心与照料，夫妻恩爱家庭和美呈现目前；"牵牛"即看护家庭，暗用牛郎织女的爱情故事，也可见夫妻同心协力甘苦与共；年年手植，是为一旦相牵，一世相牵。以爱相牵，就是"妻之花语"。固然是严妻，但更是贤妻、爱妻啊。

作者联想丰富，思维跳跃，语言幽默，诗味浓郁，令人莞尔。真所谓"家有严妻，如有一宝"。

丘陵深处

罗明金 ■著

群言出版社
QUNYAN PRESS
·北京·

图书在版编目（CIP）数据

丘陵深处／罗明金著. -- 北京：群言出版社，2024.7
（遂宁当代作家文丛. 第二辑）
ISBN 978－7－5193－0929－9

Ⅰ. ①丘… Ⅱ. ①罗… Ⅲ. ①报告文学－作品集－中国－当代 Ⅳ. ①I25

中国国家版本馆 CIP 数据核字（2024）第 049253 号

目 录

—— 第一辑 奋进脚步 ——

003 | 丰　碑

022 | 天地强音

035 | "绿色智造"的射洪追求

051 | 脱贫攻坚　射洪步履铿锵
　　　——为射洪市脱贫攻坚总结表彰大会而作

055 | 百强射洪再出发
　　　——写在射洪市获评"全国百强县"再上新征程之际

—— 第二辑 故土风流 ——

061 | 故土情深
　　　——访遂宁首位国家院士李言荣

072 | 在太空构筑梦想
　　　——记火箭控制系统设计专家赵宇棋

| 080 | 飞天路上建奇功
——记我国空气动力界的女喷流专家刘长秀
| 086 | 荒山坡地上刨出"金疙瘩"
| 105 | 让绿色梦想照亮山乡
| 120 | 情倾鹤鸣山
| 172 | 坚　守
| 180 | 情深义重写丹青
——射洪籍中国著名军旅画家敬庭尧侧记
| 193 | 真情守望文学星空
——射洪市首届文化名家黄少烽的文学情怀纪略
| 203 | 从走乡串户表演到登上国际舞台
——记农民的儿子李仕奉和他的杂技团创造的奇迹
| 213 | 大厨梁平
| 218 | 心中总是闪动着悲悯情怀
——"爱心使者"张苹勇27年行走帮扶路的故事

── 第三辑　涪梓散记 ──

| 241 | 布拖纪行
| 251 | 侏罗纪距我们太远　龙凤峡离我们很近
| 259 | 情动金华山
| 265 | 乡场上的"川剧粉丝"
| 271 | "水事文章"靓射洪

| 277 | 后　记

第一辑

奋进脚步

丰　碑

这是一座奋发图强的丰碑，这是一项跨越世纪的盛举。当射洪的历史叩响新世纪的大门之时，我们激动而自豪地向人们宣布：金华电航桥工程铸就了射洪新时代辉煌！

装机 4.2 万千瓦，年发电 2.1 亿度，涪江第一；国家及省厅质检达 93 分，全长江流域数十个在建重点水利工程质量评比第一；"水中捞地"还耕 3 000 余亩，全国水电工程建设史上首创，总工期提前 4 个月，同类工程建设速度名列前茅……

古城作证，射洪人"想干大事，敢干大事，干成了大事"，金华山作证，"团结、实干、开拓、奉献"的射洪人，以前无古人的壮举向新世纪做了又一个隆重的献礼！

"我们的梦想照进现实，我们的梦想还在

不断延伸。'当我们回首往事的时候，不会因虚度年华而悔恨，不会因碌碌无为而羞耻'"，在金华电航桥工程竣工大会上，建设者代表无比自豪地说。

—— 资金困难　勒紧裤腰也要修 ——

早在1992年初春的一天，一群拓荒者在卵石累累的金华河滩上踏勘时，理想的翅膀便再次飞翔：在这里建一座全县最大的电站，在这里架一座连通两岸的"金桥"。这群拓荒者，便是射洪水利电力建设者们，还有射洪领导层的决策者们。

他们知道，几十年前的东风电站已如萤火闪烁在历史的深处，近年建成的螺电工程虽然年发电量达1.8亿度，然而面对沱牌曲酒、美丰化工、银华纺织等大型企业和全县工农业生产日趋壮大的需求，仍然难以满足电力的供应，况且县委、县府把工业强县已经列为未来发展的重大战略，电力能源的供求矛盾将更加突出。

位于射洪县城衙署街北面的县政府，那两棵相辅相成了200多年的巨型黄葛树青了又黄，黄了又青，会议室的灯光雪亮了无数个夜晚，建设金华电航工程的专题会议开了一次又一次。要知道，建这样一个庞大的工程，可行性论证就要经过无数次反复研讨，还要寻求到巨额资金支持，还要解决几千户村民搬迁，搁平几千亩土地被淹没的难题。

然而，再难的事儿，似乎也难不倒勤政为民的决心和干事业的信心。1995年2月21日，射洪县十三届人民代表大会第三次会议隆重召开，《关于建设金华电航桥工程》的决议被一致通过。

当一系列繁复的考察、勘测及筹建报告、可行性研究、初设等前期工作筹备就绪，呼号奔走的筹建者们终于迎来了省水利电力厅、省环保局、省计委等相关部门的系列批复。

最大的难事之一是资金缺口。建成这项工程，总投资概算需要4.7亿元，而省上首期能够支持的只有1 800多万元。"这个工程，勒紧裤腰带也要修！"县领导们达成一致意见——我们不是自筹大部分资金建成了涪江第一桥吗？我们不是集资、捐资建成了"川中第一路"吗？我们不是把一个小作坊建成了国家大型一档白酒生产企业并且即将在上海上市了吗？我们不是把美丰化肥这个"飞地企业"也搞得轰轰烈烈的吗？射洪人想干的大事，不是都一件接一件干成了吗？这一点，大家都有强劲的底气，更有干一番新事业造福万民的胸怀！

1995年11月7日，射洪县委、县政府《关于建设金华电航桥工程的决定》隆重出台，并批准成立了以县委副书记张云尧为指挥长的"射洪县金华电航桥工程指挥部"和以县委副书记兼常务副县长唐天志为组长的"射洪县金华电航桥工程筹资领导小组"。

修建金华电航桥，是全县人民多年的心愿，它不但能解决全县工农业生产用电问题，推动全县经济再上台阶，还将使上半县河东、河西人民"过河难"的问题一去不返。所以，当县委、县政府"关于采取民办公助的办法修建金华涪江大桥"的号召发出后，射洪县从各级领导到各个单位立即行动起来。

仲春时节的一个早晨，县委大院内那些红色、粉色、黄色的月季花异彩纷呈。8点半刚过,县委的干部们很快就在院子里列成方队,前面站着的是县委书记贺文、县长吴文明等领导,人们还惊喜地发现,唐益昌、胥尚怀等一批县委原老领导也来到了现场。几位年轻干部把一张办公桌搭在空坝,一个红色的捐款箱摆放在桌上。当"为修建金华电航工程捐款的倡议书"宣读完毕,唐益昌、胥尚怀等一批老领导率先把1 000元、800元、500元不等的一摞摞人民币放进了捐款箱。半个小时过去,陆续到来的县委机关100多名干部,人人都为修建金华电航工程做出了一份贡献。

此刻,县人大、县政府、县政协机关里,从第一把手到工勤人员,亦纷纷慷慨解囊,县城内一些机关单位也开始了行动。

让射洪干部群众感动和赞赏的是,来到射洪准备去金华电航桥工程视察的遂宁市委、市政府领导,也拿出自己的工资献给工程建设。更让人们受到激励的是,射洪籍在辽宁省工作的胥定福、冯碧蓉夫妇,得知射洪捐款修电航工程的消息,从几千里之外将自己省吃俭用攒下的2 000元钱寄给了筹资办。他们在信中写道:"听说家乡要修建金华电航桥,从此不会再为过河难发愁了,我们听了特别高兴。由于远离故乡,不能亲临现场出力出汗,请收下这点微薄的心意。并祝电航桥早日建成,造福家乡人民!"这是多么美好的心愿,这是多么美好的祝福,这又是多么诚挚的赤子之心!

"忽如一夜春风来,千树万树梨花开。"在县领导、各机关单位及乡镇干部和有识之士的带动下,全县人民掀起了支持金华电航桥工程建设的捐资热潮。短短几个月内,全县20多个乡镇、60多个县直机关单位及广大农民捐资达1 250万元。

建一座电航工程，只靠百姓捐款是远远不够的。连日来，县委书记贺文，县长吴文明，副书记、常务副县长唐天志，明珠电力公司总经理杜仁明与筹资办同志多次往返遂宁、成都、北京，上报省、市、部委、中国人民银行、中国农业银行、中国农业发展银行、世界银行，呈送资料100多套。有一次奔赴途中，贺文书记病得很重，同行的同志都劝他休息，但他仍然坚持每天坐车七八个小时，把该跑的地方跑完。电航桥工程指挥长张云尧除了紧锣密鼓组织工程开工前期工作外，还经常与筹资办的同志一道向省、市有关部门汇报工程建设情况，争取支持。筹资办主任郭继湘因公负伤，经常腰酸背痛，仍四处奔波，八方求援。筹资办的同志们不畏炎天暑热，穿过寒风雨雪，跑遍了全县30多个乡镇和所有县直部门。

众人合力划大船，至1996年年底，短短10个月时间即筹得各方面资金1 838万元，同时，多家银行的贷款也在办理之中。这为工程早日开工奠定了坚实基础，赢得宝贵的时间。

就在捐资、筹资活动轰轰烈烈开展的同时，金华电航桥工程指挥部于1996年3月8日由明珠公司（射洪电力公司）大厦搬到了工程建设的前线金华镇。这天，人声鼎沸，鞭炮齐鸣，县委、县人大、县政府、县政协领导纷纷前来指挥部祝贺，金华镇党委、政府率所有相关部门负责人代表金华63 000人民表示热烈的欢迎。

此时的北京，春风正暖，第八届全国人民代表大会第四次会议正在召开。国务院总理正在强调"九五"计划期间的能源建设，能源部长、水利部长在讨论中强调要发展能源建设，中西部代表为增强中西部自我发展大力呼吁能源建设。在电视中看到这些新闻报道，射洪的领导层和电航工程建设者们倍受鼓舞。

金华山下，涪水之滨，先期进入工地清障、修路的挖掘机、推土机、运输车等机声隆隆，河滩上、大堤边、农家院笑语喧喧，金华电航桥工程建设征地、搬迁及引道工程已正式向前推进。许多来此视察参观的领导说：射洪真是抓住了时机，看准了路子，乘上了东风！若是现在才萌发建电航桥念头，不知又要推迟多少年才有搞头。

1996年10月21日，金华古镇焕然一新。满街标语高悬，彩旗飘飘，人流如织，万余人纷纷涌向金华棉纺厂主会场上参加金华电航工程开工典礼。主席台上，省政研室主任陈国伦、省水电厅副厅长朱家清，遂宁市委、市政府主要领导罗元富、熊继尧、邓新民、何成炳，县领导贺文、吴文明、张云尧、唐天志、冯万治、徐惠中以及杨天鹏等老领导，人人面带笑容，精神振奋。大会上，省、市领导高度赞扬了射洪人"想干大事，敢干大事，会干大事"的精神，并对电航桥工程的建成对全县乃至全市经济再攀高峰将产生的巨大作用做了高度评价。

"现在，我宣布，金华电航桥工程正式开工！"在县长吴文明主持的开工典礼上，常务副市长何成炳一声令下，山呼水应，千万颗心怦然跳动，千百双眼睛闪烁着兴奋与自豪的光彩；这一声令下，激荡了金华山下涪江两岸，振奋着射洪百万人民再创辉煌的决心和信心。瞬间，人潮涌动，礼炮轰响，汽笛长鸣，推土机、挖掘机、装载机、起重机齐刷刷地隆隆开进工地。

—— 慧眼优选　合力攻坚战洪魔 ——

金华电航桥工程分为拦河闸坝、电站、公路桥、尾水坝、副坝等项目。指挥部以"工期短、质量优、效益佳、保廉洁"为总体目标，推进工程进展。

为了充分发挥专业施工企业和地方工程队各自的优势保证如期完成目标任务，指挥部采取了分项投标的承包方式，主体工程由中国水利水电第八工程局有限公司中标承建。

水电八局是一支拥有1.5万多名员工的实力强悍、作风过硬、技术水平高、承建过10多个国家大中型电站的优秀队伍，为了寻访这样一支队伍，工程指挥部对32家投标单位进行筛选之后，确定了5家作为考察对象。1996年7月27日至8月14日，工程指挥长张云尧、副指挥长刘成基（水电专家）亲自率队，不避烈日酷暑前往广元、乐山、成都、都江堰、湖北宜昌、湖南长沙、沅陵等地，行程一万余里，对这五家工程队建成的电站、施工情况等进行了艰苦细致的实地考察，最终选定了水电八局工程队。

该工程队一进场，即展现出国家一级企业之雄风。白天，施工现场钻机隆隆、工程车穿梭，与不时发出的强烈的爆破声汇成了一首首惊天动地的交响曲；夜晚，工地上弧光闪烁，灯火长明，工人们三班轮作，整个工地如一台永动机日夜不停地转动。

短短几个月时间里，一枯围堰崛起，导航架基础开挖完成，主体工程砼开盘浇筑。

然而，意想不到的事情发生了：1997年4月23日，一场突如其来的流量达3 800m³/s的洪水袭击了围堰！

为了减轻堰外冲击压力，防止围堰垮塌造成巨大损失，指挥部决定开口放水进堰！虽然机械设备及时撤出，但基坑全部淹没。4月份发大水，是难以预料的事情，但果断的决策使围堰未受摧毁。此后，县委、县政府、指挥部主要领导立即奔赴黔江地区大河口及湖南长沙与承包主体工程项目的法人代表磋商。要求他们紧急增加运输机械，尽快安装完成砂石筛分系统和砼拌合系统，抢回因洪水早临可能延误的两个月工期。

或许正是这次意料之外的洪水小小地一冲，把工程指挥部所有指战员们的警惕性和预见性冲上了又一个高度。此后，金华电航桥指挥部重新调整编制了"总体施工进度计划"，一个大胆而科学的决策推出：围堰在原设计的基础上增加1.5米，按十年一遇洪水标准设防修筑。短短半月之内，一座长191米、高15米、顶宽8米的高水围堰拔地而起，高水围堰高程达353米。

1997年7—9月，高水围堰经历了第一轮洪水的洗礼，在承受了9 350m³/s的洪峰冲击后，围堰安然无恙。在此期间，厂房基坑掘成并通过验收，西引桥竣工，各项工程顺利推进。

惊心动魄的1998年汛期来临了！8月20日下午，惊涛拍岸，浊流汹涌，洪水以12 000m³/s的速度狂泻而下，沿岸泥沙、庄稼、树木乃至房屋被席卷而去，金华城护堤面临洪水的严峻考验，指挥部一班人来往奔波于涪江两岸，指挥着138名抢险突击队员加固堤防。

在指挥部里，除了几个人在烧姜汤外，其余100多号人齐勃勃冒雨坚守在副坝上。封堵预留的东风电站取水口时，工程副指挥长张文权赤背上阵，带领大家将2 000余只编织袋装满砂石轰然扎下，隐患消除。至晚，坚固的副坝未现险情。而此刻，人们最关心的关系到整个工程安危的高水围堰此时正面临着巨大考验：洪流速度从12 000m³/s升至13 200m³/s，从340米高程不断上升，一直升到352.5米。浊浪猛烈冲击，高水围堰不少地方严重渗漏。水电八局的战友们与隔在河东岸的金电指挥部10多名指战员冲进大雨，一方面立即加高加固围堰，堵塞住所有渗漏；一方面搬出基坑里的所有设备。在县城防洪堤上组织干部群众防洪保城的县委书记贺文、县长吴文明等多次致电询问、鼓舞。狂涛把指挥部领导阻在了涪江河西岸，指挥部领导们只好面对江流在手机上频频调度突击队员们抢险。洪水虽然接近围堰坝顶，面临不断加高的沙袋就是涌不上来。此时，护堰的人们浑身湿透，岸边圣弥寺的和尚们也感动了，忙将抗洪勇士引进这清静之地小憩；不少人从头天下午到第二天早晨30多个小时未敢合眼，直到洪峰过后才稍稍息了口气。

洪峰突如其来又迅猛而去，而我们的电航工程安然无恙。两天后又正常开工，人人都佩服工程指挥部一班人富有远见——加高围堰虽然多用了几十万元，但减少损失数千万元，并且，工程进度没有因洪水的袭击造成延缓。

工程推进至1998年10月29日，东西两条大坝合龙的时刻到了。此时，一车车沙石倒入江中溅起美丽的浪花，推土机一步步向龙口推进，不断地把大江捏成一个越来越小的瓶颈。上午10时许，两辆相向而行的装载车以强大的推力将砂石推入激流汹涌的缺口，推土机强行推进，在一片热烈的欢呼声中，大坝终于合拢！

斩断涪江，两岸人民千年的梦想终于在这一天实现了！大坝合拢，来到现场的市、县领导神采奕奕地祝贺金电建设者们取得了巨大成果！

大江截流之后，指挥部副指挥长张文权、副总工伍联银带领全体工程技术人员快马加鞭，组织转子吊装、机组安装与调试，半个月里，工程技术人员通宵达旦，困了，座椅上小睡一会；饿了，泡碗方便面吃；渴了，喝口白开水。1998年12月31日，终于迎来渴盼已久的首台机组发电。

—— 智勇双全　激情大战尾水渠 ——

在金华电航桥工地上，每一处都是紧张激烈的战场，每一处都有感人肺腑的镜头。主体工程加紧施工的同时，尾水渠工地上，由副指挥长陈本勋、陆安国、何联魁等带领的30多名精兵强将，正组织33支队伍1 000多名石工战斗在掘石开渠的"硝烟"之中。

如果尾水渠不尽快掘通，第一台机组于1999年元旦前发电的计划则会成为泡影；如果条石在其他地方去采或买，工程造价将大为增高，而且浪费许多时间。

为了抢时间、省费用、保质量，"尾水渠大会战"采取了机械开挖与人工开挖相结合，条石开采与基岩开挖相结合，开挖弃渣与造地相结合。仅此优化方案，就能为工程节省资金680万元。

其实，为工程节约大量资金而推行优化设计方案，尽力使工程产生更快更大的效益，何止是在尾水渠开掘工程中运用，这个思路，一直贯穿于工程建设始终。

工程指挥部深谙"科学是第一生产力"的道理，在副指挥长、教授级工程师刘成基、副总工杨肇俊、胡平等的主持下，制发了《关于在金华电航桥工程建设中大力开发合理化建设和优化设计千方百计节省工程投资的决定和关于奖励优化设计主研人员的决定》。正确的决策和激励，鼓舞着一项又一项优化设计、优化施工方案不断推出，并产生了良好效益。

电航桥坝址原定在金华山脚下，后来听取科学论证与建议移至下渡口，减少了覆盖层开挖工程量，增加了发电量；对副坝轴线向后推移，增大了库容量，减少了回填工程量；对尾水堤右堤进行设计上的修改，减小了右堤回填断面；对船闸设计方案进行了修改，减少条石用量，优化设计达42项；锂电厂有堆积如山的锂矿渣，人们就将锂渣制砼的实验成果运用于建筑之中，这更是金电技术人员一项大胆的创新，省科研单位专家们在技术鉴定中高度评价了这一项既节省原材料减少投资而又确保了工程质量的科研成果。

为了实现设计方案中确保工程质量这一目标，指挥部对每一项优化方案或对原方案的修改都请专家进行严密的科学论证。施工过程中，施工人员严格按科学程序施工，17名专业质检人员凭借多年的专业经验和7台新式的检测仪器，天天活跃在工地上进行抽样检查与全面检测。他们的细致严谨得到有力印证：1997年12月25日—26日，在国家水利部组织的全国水电工程质量检查评比中，金电工程以93分优异成绩，获取同期长江流域在建数十项水电工程质量检查评比第一名。1999年4月，省建委、省监察厅检查组亲临金电工程现场严格检查，认为金华电航桥工程无违反基本建设管理程序问题，质量管理体系和制度健全，已建工程质量良好。当然，这是后话。

让我们回到热烈而艰苦的"尾水渠大会战"的现场上吧！

尾水渠开挖工地上，35台装载车、压路机如坦克大战，40多台小四轮似穿梭长龙，28台克令吊（船用起重机）巨臂托云，30多台切割机旋转如飞，再加上1 000多石工锤夯钎凿，那是一个怎样的气势磅礴的恢宏场面，那是怎样一幅动人心魄的生动画卷啊！

时逢冬天，石工们的大手早已硬茧重重，血口开裂。掘下的渠基早已低于河床，大量的渗水涌进石坑。为了排出渗水便于作业，20多台水泵一齐抽水。突然，水泵不转了。一台不转了，两台不转了，三台也不转了……原来，面糊般的淤泥堵住了抽水管底阀，抓住底阀在泥水中摇，摇来摇去泥巴仍然黏糊着，在场的人们想用手拉，但水管很长，拉上来又去端水冲洗，太费时间又费力。怎么办？民工杨中山站了出来："我下去！"这是人们穿着皮袄还嫌冷的冬天，这是人们在露天里站上一瞬间就会发抖的冬天，杨中山能行吗？"行！拿酒来！"一瓶一斤装的白酒拿来，杨中山一口气喝了半斤，他立即跳下没齐肩膀的泥水中，拔起渗进淤泥的抽水管底阀在水中翻来覆去地洗涮，终于把底阀洗净，众人立即拉起他来拥进工棚。随即工友们陪杨中山在工棚中一边烤火一边吃花生下酒，一个多小时后，杨中山冻僵的手连花生壳都还剥不开。

这项艰苦的劳动如是多次，杨中山和他的工友们一次次跳进泥坑、爬上泥坑。这是多么勇敢多么敢于吃苦的工人啊，遭遇艰难险阻，他们可以倾情奉献，甚至舍生忘死！面对这样好的工人，工程指挥部人员感动得热泪盈眶。

那些年月，为了我们的民生工程、造福工程，为了我们跨世纪的辉煌事业，何止一个杨中山在劳动第一线全力奉献！

正因如此，尾水渠开挖才进展得顺利而神速。一条长660米、宽55米、深4.5米总开挖达55万立方米的石渠，仅用了短短6个月时间便完全掘通。同时还为工程提供了条石11万多立方米，利用废弃石渣、泥土造地633亩。

再说副坝建设工地上，副指挥长、总监张振泸和李书尧等，不论刮风下雨、打霜下雪，天天"钉"在现场，这是一条金华古城的生命线，也是电航工程顺利推进的坚强保障，来不得半点疏忽。

参加施工的5个施工队每天出动8台挖掘机、13台装载机、52台运输车昼夜不息坚持作战。仅在8个月内就开挖沙砾80.5万立方米，回填碾压1 600米。副坝建设现场负责人说，这么快的速度，主要得益于指挥部采取了分5个标段由5个施工队伍作业的方式，使之在竞争中抢时间、保质量、赶进度，从而赶在1998年8月20日大洪峰到来之前，使副坝高程达到了353米，使金华全城躲过了致命一劫。为了确保副坝不渗漏，不被洪水冲损，在近水面采取了条石安砌与钢筋面板相结合的方式，面板之间接头不能有任何空隙，因而，每浇筑前一块，后一块的工作必须准备就绪,"哪怕是干到凌晨一二点钟也不能停下",指挥者下达了铁的命令。1 800多米的堤干上的130多块面板,就这样一一拼成,建成的副坝临水面牢固如铁,一点也不渗漏。

—— 情系民生 "水中捞地"3 000亩 ——

每天的早晨或者傍晚,我们都会看到一群又一群的老人携着孩童,从金华山下的悠悠古城走向碧涛激荡的涪江岸边,走上防洪堤坝,去看金华有史以来第一大工程——电航桥工程的壮景。星月当空的时刻,都还有不少人眷恋不归。

是啊,漫步在2千米长的防洪堤上逆流而上,左边是车水马龙的金华古城,右边碧水浩渺,渔舟荡漾,渡轮横江,前方江中,则见金华坝中分二水,江中打出的条石和挖起的砂石正扩大着岛子的面积,岛上"一条街"的居民安置房已经开建。

"每天都想来河边看看……"大堤上,一位70多岁的老人面对笔者的采访说:"建桥、发电、又造地,还给搬迁的人修建新楼,这可是政府连着做了几件大好事哟!"

是的,建桥、发电、造地,给搬迁的人修建新楼,是充分总结了射洪建设螺丝池电航工程经验的基础上,射洪惠民工程的崭新创举。

惠民创举首先从金华坝"垫高扩坝"开始。金华坝四面临水,像一匹巨大的叶子铺在涪江中间,全坝原有土地300亩左右,散居着103户村民。如果不"垫高",库区蓄水后就会淹没在涪江之中。经过全面整治的土地,整体比原来垫高了3米,比1954年这一历史上最高洪水位高出3.5米，还扩大土地面积70余亩；坝中从北向南修房建楼，一条宽16米、长600米的大街把民居分成两排，103户野花般散居的村民从此集中居住在一条街上。岛的中央还设计了一座大救生台，大坝四周有2600米长的一圈防洪堤岸。考虑灌溉和排水，岛上建设了总长2.1千米、70厘米深、90厘米的宽的沟渠，纵横交错，能排能灌。蓄水后，金华湖就为金华风景区平添了烟波浩渺的壮景，而这岛又与金华山相映成趣，俨然大海中的蓬莱佳境，令人神往。

把造地、建居民小区、规划旅游景点与建重点工程相结合，金华坝是电航工程建设中的又一杰作。不仅有此，金华电航桥工程"水中捞地"造福于民方面更是"情铺九坝"。

曾经担任过射洪县国土局长时任县委副书记、金电工程第一任指挥长的张云尧和县委、县政府一班人深深了解"十分珍惜和合理利用每一寸土地"的重要性，深深懂得"土地是我们的生命线"的深刻道理。在总结螺电造地还耕经验的基础上，县委、县政府制定了"占一还一，占地与造地互补持平，不减少一分耕地"的重大决策。于是，县委、县政府组织了13个部门、31名同志的调查组，在深入50个农业社调查研究、丈量标准的基础上，金华坝、张家坝、覃家坝、吴家坝、淮家坝、水冲坝、朱生口坝、南门坝、牯牛石坝"九坝"造地复垦工程在金电工程建设之初便同时开展。

对于人平均耕地仅0.52亩的金华镇"九坝人"来说，造地复耕3000余亩，无疑是他们的一大福音。

人们从工程指挥部得知，总体安排上，由工程建设业主——金华水电有限责任公司在工程总投资中列入10%即0.48亿元作为专用资金,在被淹、浸没的土地上采取垫高造地复耕和利用荒滩造地还耕的方式把3 306亩土地归还给农民,并与工程建设同步实施。实施计划明确提出,1997年底完成1 500亩,1999年3月底电航桥工程竣工前,全面完成造地任务。

初夏时节,正值炎阳当空,涪水碧蓝。向对岸望去,只见山脚下一道又一道灰尘从汽车屁股后面扬起,宛若喷气式飞机当空掠过,又如同一串串烟幕弹连续炸开,半山上原本葱绿的柏林被尘土蒙盖,一山褐色,那场景着实让人望而却步。陪同我们一起采访的电航桥指挥部办公室陈德射副主任说:"天不下雨时天天如此,汽车运砂砾石、九坝中挖掘机造地,大家都在迷雾中钻,工程指挥长张云尧这时就在金华坝造地工地上。"

我们与县委副书记、金电工程指挥长张云尧的相见是在河边的那段公路上,泥味浓郁得呛人,张副书记的车上和他的头发上都蒙着一层泥灰,他说他马上要去主体工程察看,要我们先看看金华山对岸的两坝造地场景,就会更加清楚了。匆匆话别,便各奔东西。

站在与金华山隔水相望的闸子岩,金华坝、张家坝两坝上也是烟尘滚滚,大型挖掘机、翻斗车、推土机隆隆轰响,各大坝上的人工造地工程正热火朝天。在敢于艰苦奋斗、移山填"海"的建设者们的手中,江中"九坝"将变成迷人的绿洲,成为碧水围绕、旱涝保收的金土地,作为土生土长的子昂故里人,我们当然是由衷的自豪和深受鼓舞。我们知道,这是一项为射洪经济腾飞奠基的跨世纪宏伟工程,这是一项把国家和人民利益牢固地构筑为一体的情暖民心的工程，这是射洪县委、县政府等广大干部对人民群众高度负责、对射洪发展注入强劲动力的赋能工程。正如工程指挥长张云尧说："人民最重要的问题是吃饭问题。建一项工程，保一方平安，富一方经济，培养一支优秀队伍，这是我们共产党人神圣的职责。"

造地复耕工地上，副指挥长付启良、副总工杜朝选总是成天奔忙在漫漫沙尘中。"九坝"3 000亩造地复垦工程大战略早已拟定，指挥部坚持造地与"九坝"经济发展相结合，坚持造地与工程建设及节约工程投资相结合，坚持造地与金华镇村镇建设相结合，坚持造地与防洪度汛相结合，陆续投入造地专项资金3 300万元，完成填方450万平方米，先期造地2 663亩归还"九坝"农民手中耕作，不仅解决好了3 000多人的吃饭问题，还为整个工程节约了大量土地征用资金、群众安置资金。

造地复耕3 000亩工程有条不紊地持续进行，宏伟的场面持续展示，工程进度超出了预想进程，这就让我们产生了要探究其中奥秘的强烈愿望。

负责造地工程的副指挥长付启良满足了我们的愿望，他详细地介绍了我们想知道的答案。为了加强造地复耕工作，电航桥工程指挥部把复垦耕地与主体工程融为一体，实行与主体工程同步实施、统一规划、统一部署、统一管理，专门成立造地科负责管理施工进度和质量监督。指挥部—造地科—造地队—施工队，一个组织得体、职责健全的网络，成为造地工程顺利展开的关键，显示了领导者宏观调控的气魄与微观管理的严密。重要的是，"对国家负责、对人民负责"被指挥部一班人放在首位。金电工程开工之初，县委、县政府组织了水电、国土、农业等13个部门21名同志组成联合调查组，由县委办牵头，深入50个合作社，再次进行了现场丈量调查，核准各社"四固定"时期土地面积，准确地确定了还耕面积及分布，与村、社达成了书面协议，由县政府以文件形式正式确定实施。为此，一个保证造地复垦工作顺利进行的宽松、安定的环境在短时间内形成，各项政策深入人心。最令群众满意的是，九坝造地复耕工程规划合理，地、堤、路、水一体形成，居民新区引人向往。

垫高造地，从水中捞地3 000余亩的壮举，在国内水利电力建设上尚属首例，它为我们保护和合理利用土地走出了一条成功之路，为我们以建设促进经济发展走出了一条经验之路，为我们情暖民心开辟了一条坚实之路。由此，赢得了省、市领导多次来此视察，领导们一致认为：射洪人有远见，十分重视耕地保护，这一举措完全符合中共中央、国务院《关于进一步加强土地管理切实保护耕地的通知》（中发〔1997〕11号文件）精神，为国家和子孙后代都做了一件大好事。《人民日报》《中国土地报》闻讯，相继派记者专访，中央电视台省电视做了专题报道。时任国家国土资源部领导也亲临射洪视察并推广洪经验，并优先给予了射洪国家级农业综合开发贷款2 900万元。

2000年元旦即将来临之际，两期三段导流工程和造地复耕3 000余亩工程全面竣工，三台机组同时发电，一桥飞架顺利通车。从正式开工到竣工，一座年发电量2.1亿度的电航桥工程，仅仅用了36个月时间，比设计规划提前了4个月，这在涪江流域同类重大工程建设史上，不得不说是又一个奇迹！

  在这场创造奇迹的战斗中，我们没有理由不为我们家乡的强劲发展高歌！我们没有理由不为射洪的开拓者们点赞！在这里，我们不能一一点出那些为金电工程和"水中捞地"付出了艰辛的领导者和建设者的名字，更不能一一描述那些催人泪下的场景，我们只感到笔墨的苍白和乏力。我们只能由衷地说一声：射洪的建设者们，你们辛苦了！你们是时代的英雄！你们创造了跨世纪的辉煌，你们铸就了射洪历史上的又一座丰碑！

          作于1999年12月，修订于2023年5月

天地强音

"悠悠岁月酒,滴滴沱牌情。"当时光迈进新的世纪,20世纪80年代的歌声依旧回响在钟情于沱牌美酒的人们心中。

"回旋天地,润泽人间。"今天,当"沱牌""舍得"双品牌价值达1 350余亿元,并筑梦世界品牌的时候,人们依然在激情飞扬的讲述沱牌舍得的故事,讲述沱牌舍得奠基人李家顺先生带领他的团队在经营的40年中,以博大的睿智和高蹈的雄风创造了酒坛奇迹,率先举起了全国同行业绿色生态酿酒旗帜,奏响了一曲曲崛起昂扬奋进的天地强音。

酒坛不会忘记,历史不会忘记。2023年2月21日—22日,"名酒70年·一起向未来"中国名酒品牌70周年系列活动——"中国名酒再出发论坛暨名酒70年功勋70人颁奖典礼"在海口举行，四川沱牌舍得集团名誉董事长李家顺先生与他曾经的战友舍得酒业荣誉董事长、高级顾问张树平以及现任董事长、总裁蒲吉洲先生，一同获得了"名酒70年·功勋70人"荣誉奖项。

酒坛不会忘记，历史不会忘记，沱牌舍得人曾经走过的艰辛道路和那一串串深深的足迹。

受命危艰 力挽"倾覆"

1976年，"文化大革命"结束，百废待兴。年仅26岁县商业局副局长李家顺受命就任射洪沱牌曲酒厂厂长。此时的沱牌曲酒厂，是一个年年亏损的烂摊子。如果继续亏损，只有倒闭。

在深入车间、干部、职工中反复调研后，李家顺悟出："作坊式的生产终将被淘汰。只有在传承射洪酒文化的基础上，用现代理念进行创新，走科技兴企之路，才能让沱牌曲酒走出射洪，走向大江南北。"

在生产中，李家顺带领沱牌一班人确立了"继承、发展、创新"的路子。他们继承和发展了具有悠久历史的"射洪春酒""谢酒"的传统酿造工艺，引进新技术、新设备、新工艺，不断地把现代科技运用于传统酿酒技术，创造了熟糠拌粮"分层蒸馏"等新工艺，成功地开发出了固液结合两步法串香酒生产新工艺。其间，李家顺数上绵阳、下宜宾、到泸州，请来专家，买来仪器，成功地制订了一套适合沱牌的独特的酿酒工艺流程和质量体系。

四年的探索，四年的创新，四年的奋进，1980年，沱牌曲酒一跃成为"四川名酒"。

雄姿英发　争创国优

沱牌曲酒成为"四川名酒",给沱牌人以极大鼓舞,为沱牌的飞速发展带来极其重要的转机。李家顺和他的战友们雄姿英发,他们立下"回旋天地,润泽人间"的壮志,要把沱牌曲酒推向全国,要让沱牌名扬天下。

前进的道路总是充满风云变幻的危艰。就在沱牌曲酒成为"四川名酒"后的1981年7月中旬,一场百年难遇、猝不及防的洪水扑向射洪。一夜之间,洪水把沱牌曲酒厂冲得七零八落。站在齐腰深的污水和淤泥之中,英雄落泪,众人嘘唏。李家顺振臂一呼,与职工们一道排污水、铲淤泥、搬陶罐、洗酒窖,硬是把一个酒厂从洪水的践踏中抢救出来。

坚实的脚步在奋进,凌云的翅膀在翱翔。灾后的恢复重建,沱牌人科技兴企的信心和决心更加坚定。1985年,沱牌公司与四川大学、西南师范大学等院校联合培养科技人才。1987年,沱牌与四川大学共同承担的浓香型大曲酒优质高产新工艺开发获巨大成功;在成品酒勾调中,通过科研人员不断探索,沱牌曲酒酒质更稳定,并在此基础上形成了一整套低度酒生产工艺。沱牌终于摆脱了简单的作坊酒而迈进了科技酿酒的崭新时代,以独到的酿酒及勾调工艺为企业发展插上了理想的翅膀。

1989年10月,沱牌54度、38度曲酒获国家金质奖,迈入了中国名酒的行列,沱牌以其卓越的品质风行全国,受到了亿万消费者的青睐,"沱牌"成为中国酒业界名副其实的"黑马"。

从此"悠悠岁月酒，滴滴沱牌情"的酒歌从四川电视台走向中央电视台，歌声回荡巴蜀，响彻华夏。

── 擦亮金牌　扩张上市 ──

按照传统思维，此时的沱牌只需要稳步发展、谨慎守成就也无可厚非，这也是当时一些人的想法。然而，故步自封不符合李家顺的个性，他开始谋划更积极的"扩张战略"，响亮地提出"让沱牌成为消费者心中的金牌"。

1993年3月，在射洪县委、县政府强有力的支持下，沱牌酒厂联合另外几家法人单位改制设立了四川沱牌酒业股份有限公司，募集3 873万元资金投入2万吨名优曲酒工程项目和改造供热工艺项目，为沱牌上市奠定了良好基础。随后，沱牌公司进行了酒类生产经营性资产部分改组，并与三家企业法人共同发起设立定向募集股份制试点企业。在对沱牌进行技改的同时，沱牌公司通过兼并、收购等方式演绎他的"扩张战略"。对于低成本扩张，李家顺有自己的理解，他说："树小不宜分枝过多，应当集中力量干主业，集中优势把主业做得不可战胜，不能放弃长项、主项；低成本扩张，但不能高成本消耗，对多元化经营也要慎重。"

也就从这年开始，李家顺一班人围绕沱牌的主营产品及配套项目，先后兼并、收购了遂州曲酒厂、江油太白酒厂、吉林酒精厂等9家特困企业，盘活国有存量资产1.6亿元，使沱牌集团实现了低成本的快速扩张。1994年11月，沱牌公司被国务院确定为全国100户建立现代企业制度试点企业。

当新一轮改革春风吹遍神州大地的时候，1995年2月，沱牌公司成功实施股份制改制。马不停蹄争取上市的行动踏破丘陵深处的沉寂。1995年10月23日，由省证监委组织省级有关部门领导和专家组成的新股发行评审小组对沱牌公司股票上市申报材料进行专题评审，以无记名方式投票，19人参加16人通过，沱牌被四川省人民政府正式确定为四川省1995年度首家股票发行上市公司，并下达股票发行额度3 300万股。

那些日子，沱牌人欢欣鼓舞，射洪人民欢欣鼓舞，沱牌"原始股"给许多射洪人埋下了富裕而幸福的种子。

1996年5月28日，上海证券交易所一锤锣响，"沱牌股份"正式开盘上市。历经3年艰辛努力，遂宁市有了第一家上市公司。

此时，射洪1 400余平方公里的土地上喜报频传，干部群众欢呼雀跃，在从农业大县向工业强县的奋进中，射洪不但实现了上市公司"零"的突破，也为自己拥有沱牌"原始股"而自豪，因为仅仅3年多过去，人们的股份价值已翻了4倍以上。更让人们自豪和深受鼓舞的是，射洪第一支股票"沱牌股份"的上市，不仅反映了改革开放后遂宁及射洪人民勇立时代潮头创造辉煌业绩的开拓创新精神和重要成果，更让大家看到了四川美丰、华纺银华等股份制企业未来的希望，看到了射洪经济建设未来宽阔的发展之路。

—— **生态经营　再创辉煌** ——

绿色，呈现着蓬勃的生命力；绿色，象征着人与自然的和谐。"射洪春酒寒仍绿",诗圣杜甫在1300年前来射洪拜谒陈子昂读书台时,就以"绿"的核心词盛赞过射洪美酒。继承创新,在全球绿色化浪潮涌动前夕,走绿色生态酿酒之路,成为李家顺一班人酝酿的"新酒"。

从2001年5月1日开始,白酒消费税从价从量复合计税的政策开始实行,主要市场在农村的沱牌曲酒受到严重打击。经过深思熟虑后,李家顺与班子成员形成共识,对沱牌进行了一次较大"洗牌",产业结构进行了全面调整。在主营酒业上,李家顺提出,扩大中高档酒的生产和销售,压缩低档酒的生产,逐步把低档酒的生产变为品牌和技术。同时,公司积极与省外酒厂生产相结合,继续强化沱牌系列酒的市场占有率,陆续成功开发出"舍得"及"五星""四星"高档酒,千方百计开拓国内外市场,直接向家乐福等国际大型超市、大型连锁店供货,直销效果明显,公司产销直线上升。

有了可观的利润及绿色发展的"底气"的同时,李家顺率先在行业内提出了"绿色生态化经营"理念,并见之于行动。他们以"回旋天地,润泽人间"的绿色情怀,着力于绿色原料、绿色生产、绿色环保、绿色市场、绿色科技等各个方面,并挥动大手笔,以敢为天下先的超凡气魄,创建了全国首座酿酒工业生态园——沱牌酿酒工业生态园。生态园区内,以低消耗、低(无)污染、工业发展与生态环境协调并形成良性循环为目标的系统内"生产者、消费者、还原者"的工业生态链,从而,快步顺应了酿酒工业优质、低度、营养、保健及社会环保发展的大趋势。

2002年,"沱牌酿酒工业生态园"项目获省"金桥工程"一等奖,2004年被列为国家"星火计划"项目,"沱牌生态产业链的构建及促进县域经济的研究及运用"项目被国家科技部、省科技厅列为全国100个、全省24个科技示范县重点项目,并分别获得450万元、10万元的财政支持。更重要的是,这个项目为全国酿酒行业的可持续发展提供了全新思路,积极响应了循环经济和节约型社会建设。由此,沱牌集团被商务部评为"全国三绿工程畅销品牌"。

此外,投资3.7亿元与马来西亚玻璃产品私人有限公司合资合作建设年产8万吨玻瓶项目;投资1.6亿元新建热电联产项目,从而使沱牌的产业链得以延长,市场经营风险得以降低。

沱牌舍得生态酿酒绿色发展,不但让沱牌美酒大受市场青睐,更给沱牌带来强大的社会影响力。中国科学院院士、生态学专家庞雄飞赞誉:"沱牌集团的创新实践的意义在于,一是突破了传统文化的藩篱,开创了生态酿酒之先河,构建了全新的生态理念与绿色情怀及人文情怀;二是突破了传统酿酒产业的发展模式,开创了酿酒产业化生态经营的崭新思路,构建了具有广泛示范价值的生态生产与生态消费的组织形式;三是为产业结构的调整与农副产品深加工提供了示范和启示;四是突破了资源耗用与环境污染型工业发展道路,构建了可持续发展战略的微观基础;五是突破了传统文明的局限,开创了社会文明形态演化的新进程,构建了物质文明、精神文明与生态文明有机结合的文明体系。"

2008年2月,春意浓浓,全国创建用户满意服务明星大会暨中国质量鼎、中国用户满意鼎授受仪式在北京举行，沱牌公司获得了"中国质量鼎"和"中国用户满意鼎"，成为2008年度全国唯一一家"双鼎"企业。不久，《中国500最具价值品牌》榜单公布，沱牌品牌价值首次进入百强。

2010年5月7日下午，第十一届全国政协副主席、民盟中央第一副主席张梅颖带领民盟中央调研组考察调研了沱牌舍得公司后，张梅颖对沱牌舍得公司坚持科学发展观，走绿色循环经济的道路，在自身发展壮大的同时带动地方经济的发展给予了高度评价，盛赞："产业兴！城镇兴！"

2010年5月12日上午，第十届全国政协副主席、农工民主党中央常务副主席李蒙在原四川省委书记、省人大常委会主任谢世杰，遂宁市委副书记、市长胡昌升，沱牌舍得公司董事长李家顺等陪同下，驱车来到射洪县沱牌舍得生态酿酒工业园参观考察。在考察过沱牌舍得公司之后，李蒙说道："沱牌走出了一条科技含量高、经济效益好、资源消耗低、环境污染少、人力资源优势得到充分发挥的新型工业化路子，要继续保持和发扬。"

沱牌舍得没有因创新发展的辉煌而停步，李家顺和他的团队总是超凡卓越，总是追求着白酒生产的最高境界，总是引领着白酒生产的强劲发展。

此后，沱牌舍得人秉承"质量求真，为人求善，生活求美"的企业核心价值观，坚持并践行的生态化经营理念，更是让"低碳经济"走在同行业前面。

科技兴企　挺进高峰

在沱牌强势发展的背后，我们不能不提及一位站在酿酒前沿的科技领路人，他就是"中国酿酒大师"李家民。

以李家民为代表的沱牌科技团队，总是在科技酿酒领域不断自主创新，引领时代。那时，李家民定义的"生态酿酒"术语已被纳入《白酒工业术语（国家标准GB/T15109—2008）》。由他主持制定的生态白酒产品标准上升为国家标准GB/T21820—2008T和GB/T21822—2008；"生态化经营"模式先后被列为"中国可持续商业发展案例"，并入选多部大学教材。

多年以来，沱牌公司以李家明为代表的科技团队，总是把科技创新作为推动沱牌质量品质最重要的推手，作为企业根植民心、润泽人间的强大动力。从窖泥培养、制曲、原粮发酵，到生态酿酒、品酒到包装等等，都拥有自己独立知识产权的科研成果，都拥有一流的生产技艺。2008年到2012年间，沱牌公司先后获中国食品行业协会授予的"全国食品行业创新型企业"称号，成为国家知识产权局公布的第四批全国企事业单位知识产权试点企业，"一种酿造浓香型酒的'一清到底'工艺"被众专家鉴定为"具有前瞻性和引领性，为推动白酒业的发展做了很有意义和卓有成效的工作"，该成果为"天子呼""吞之乎"等高端白酒的推出、为舍得系列酒质量的提升提供了可靠的工艺技术保障。而全国首创的"原粮汽爆创新成果问世"，使原粮10秒左右即可完成从进料到出料的自动熟化，可节能

95%以上，被国家鉴定委员会一致认为："该项技术顺应了世界绿色、低碳、可持续发展的大趋势，将推动白酒产业节能减排迈出实质性的步伐，对促进技术革新、加速产业升级将起到突破性的作用，是中国乃至世界安全、优质、高产、低耗技术发展史上的重要里程碑。"

当"中国白酒金三角及遂宁沱牌舍得诗酒文化名镇建设启动"的战鼓擂响，沱牌舍得迎来又一个发展高峰。

"我对沱牌的未来充满信心！"第十一届全国人民代表大会召开期间，在接受中央媒体采访时，全国人大代表、沱牌集团公司总经理张树平满怀激情地表示。这位在沱牌舍得发展进程中起着举足轻重作用的元老级功勋创业人物，把他的满腔热血和智慧贡献给了沱牌的创新发展。

时光的脚步走进2011年，6月28日，世界品牌实验室主办的2011年（第七届）世界品牌大会在北京召开，会议传出喜讯：沱牌舍得再次荣登2011年"中国500最具价值品牌"榜单，"沱牌"品牌价值达100.65亿元，而"舍得"以36.48亿元的品牌价值排名全国第301位，排名上升94位！

跨越，飞升！飞升，跨越！人们看到，沱牌舍得迈着铿锵的步伐走在不同寻常的2011年那耀眼的光环中。

这一年，时任中共中央政治局常委、全国政协主席贾庆林莅临沱牌舍得生态酿酒工业园视察，对沱牌舍得酒业在生态酿酒、绿色经济等方面取得的成绩给予了高度评价，并称赞："生态酿酒、绿色沱牌，不只是一个口号。"

这一年，"中国白酒金三角·遂宁沱牌舍得诗酒文化名镇建设启动暨沱牌舍得自动化灌装中心奠基仪式"在沱牌舍得生态酿酒工业园里隆重举行,标志着沱牌舍得公司将迎来跨越式发展。

这一年,是沱牌舍得营销战略转型第二年,突破与转型成为营销亮点。"人才工程""品牌工程""渠道工程""服务工程"都有了较大幅度的进展。品牌影响力与市场占有率都获得了大幅提升,呈现出前所未有的良好发展势头。

2013年以后,沱牌舍得与众多酒业公司一样,受国内外整体经济运行趋势下行影响,遭遇了酒业发展得三大困境,即白酒生产领域面临产能过剩的危机,白酒行业流通领域呈现动销疲软走势,白酒消费市场需求未能有效满足。鉴于此,李家顺带领一般人在坚持大力实施"生态经营和循环经济战略、科技兴企人才强企战略、名牌战略、质量战略、资本经营战略"这五大战略的同时,深度调整经营结构稳住沱牌舍得产能,全力以赴化解供销矛盾,积极推进新的改制。

回旋天地　润泽人间

"回旋天地,润泽人间",这是李家顺早年为沱牌人量身定做的追求和行为准则。在这条准则的指引下,沱牌在繁荣地方经济、造福一方百姓、振兴民族工业等方面做出了鲜明的表率。

在这个准则的指引下,沱牌舍得人以极大的热情大兴义举,为公益事业无私奉献,润泽了万千百姓。

早在1996年,沱牌公司就先后出资1 348.72万余元,为沱牌镇(当时为柳树镇)人民建成了一座配套设施齐全的现代化教学大楼和住宿楼，让近2 000名中小学生搬出了篱穿壁漏的破旧平房；随后，以价值8 000万元的房产、土地支持射洪中学建设"国家级示范性高中"；投资8 163万余元，建成8.5公里长的涪江沱牌防洪大堤，为沱牌镇人民筑起了安全屏障；出资2 500万元，帮助沱牌镇建设了一条长6.5公里、宽50米的水泥大道，让集镇的面貌焕然一新。

人们说，沱牌人不仅有浓浓乡情，满腔的报国之情更让人感动。1998年，我国长江、松花江、嫩江等流域暴发百年不遇的特大洪水，沱牌人立即为灾区捐款捐物达1 100余万元。2008年，"5·12"汶川大地震给沱牌的生产造成重大损失，他们在抗灾自救的同时，于5月16日在公司党委书记、董事长李家顺的带领下，全体员工集体向灾区捐款共计402 846.2元，公司捐款捐物则达1 040万元。2010年4月14日，青海省玉树地区发生里氏7.1级强烈地震，为支援灾区抗震救灾和灾后重建，公司先后捐款捐物1 100余万元。2010年8月7日，甘南藏族自治州舟曲县突发特大泥石流灾害，沱牌舍得公司情系灾区，向灾区捐赠价值100万元物资，再次彰显"舍得品质，中国精神"和"大爱无疆"。

其间，沱牌舍得人还曾经为拉练中途经沱牌镇的中国人民解放军第十三集团军1 000余名官兵送去了几百桶甘甜的矿泉水和舍得、沱牌美酒，向第十三集团军将士们赠送了珍藏版的舍得美酒及建国60周年限量版沱牌曲酒。沱牌员工积极参加"慈善一日捐"活动，每次捐款达数万元并全部上交县慈善会。还曾经为沱牌镇柳树中学患白血病的学生募集了45 000余元，参与献爱心员工人数达3 521人。而在《中华食品》杂志筹办的"2008中华食品慈善榜"榜单上，我们更骄傲地看到，沱牌公司以1 156.3万元的捐款位居全国食品企业慈善50强之第23名；在《环球慈善》杂志社主办的"2010年环球慈善表彰大会"上，沱牌舍得公司作为唯一一家酒类企业，荣膺"环球慈善企业奖"。

沱牌舍得人的舍得，不仅在企业的名字上，更在他们令人瞩目的行动中！沱牌舍得人的"舍得"义举，人民不会忘记，历史不会忘记！

"当生命与生命亲近，生命才绽放光彩；当人类被大自然拥抱，我们才会感到生命的灿烂。人类需要绿色空间，那是生命欢聚的殿堂。"这是李家顺曾经在沱牌网站上的一段致辞。自1976年走进沱牌以来，李家顺一直以他坚实的步履，走出了光彩的人生足迹，以其特有的情操，绽放出高尚的人格魅力，并以其博大的胸怀和凌云之志带领沱牌舍得奏响了一曲创新发展的天地强音，在中国酒坛的绿色智造上树起了一面鲜艳夺目的旗帜！

2016年7月，沱牌再次改制落幕，国资沱牌开始融入民营资本。在完成了一个时代赋予的特别使命之后，走过40年光辉灿烂的酒坛人生的李家顺先生，在他66岁生日来临之际辞职隐退。在新一届班子的带领下，沱牌舍得人启动了新一轮筑梦世界品牌的铿锵步伐。

"绿色智造"的射洪追求

绿色,是大自然生命蓬勃的呈现。

绿色,是人类文明崇尚的重要标志。

有了绿色,山为之生动,水为之靓丽,人为之精神,国为之昌盛。"绿水青山就是金山银山",谁不向往?谁不期待?

在射洪,千山涌翠,万壑青葱,而88公里涪江段,则因拦江建成的四大电航工程而分别成就金湖、螺湖、太湖、柳湖四大湖泊,鸥鹭游鱼逐云山,莲叶稻花掀碧浪,可谓处处是绿水青山,处处有金山银山。

不仅要改造自然生态,更要改造经济发展生态。今天,从传统农业大县走向工业强市的射洪,20世纪的老工业基地和新兴的河东工业园区并驾齐驱,射洪市委市政府强势打造"绿色智造"工业高地的步履更加坚定,"绿色智造"已成为全市工业在新的发展时期的冲锋号,"对标竞进、奋进百强"的重头戏。

—— 国企引领"绿色智造"雄风万里 ——

春日早晨,阳光铺洒在射洪之南波光粼粼的柳湖,铺洒在岸边的郁郁苍苍的林子,微风荡漾着清波,也荡漾着这5 000余米长、百余米宽的"绿色长廊"。这个"绿色长廊",是20世纪90年代"沱牌人"植树造林的成就。今天,柳树方阵、小叶榕方阵、香樟方阵蔚然深秀,林荫蔽日,树干高直,宛如仪仗队一样等待你的检阅;浓密的树荫下,水泥小道四通八达,其间点缀着桌椅供游人小憩。无论早晨还是晚上,都可以看到男女老少纷纷在林间散步、打太极拳、跳坝坝舞——那多是舍得酒业股份有限公司的职工或集镇的居民。

从教育岗位上刚刚退休不久的张萃勇老师,是曾经帮助过190多名家庭困难学生的"遂宁市道德模范",如今闲居故土,他几乎每天都要与从舍得酒业股份有限公司退休的妻子一道,走进这座"天然氧吧"。"这里空气清新得很,无论哪个时候走进林子,都能听到鸟儿的叫声,白鹭、打鱼拐、黄豆雀、斑鸠等等,大大小小的鸟到处都看得到。春夏时节,布谷鸟就像在唱歌,听起来安逸得很!新酒溢出的香味,让人不喝也醉!"从小生活在这片热土的张老师对这里的环境显然钟爱得很。他的妻子也说,公司里花园、森林围裹,能在这里工作、生活一辈子,是一种难得的幸福。

他们的满足和幸福,应该正是所有"沱牌舍得"人的满足和幸福！

柳湖边的"绿色长廊"，只不过是绿意氤氲的沱牌酿酒工业生态园的一角。这生态园的一角，早已成为"酒城"居民的"生命之园""快乐之园"。然而，偌大的沱牌酿酒生态园的意义远远不仅于此。

早在20世纪90年代，在意识到资源的紧缺与不可再生，"健康、环保、珍爱生命"将成为人们的生活观念后，当时的四川沱牌集团高层便提出了以"绿色、低碳、生态"为主题，以"质量经营与生态经营相结合"为方针，开创"生态酿酒"之先河，成功创建了中国第一座生态酿酒工业园。

这座酿酒工业园占地万余亩，最大的特色之一就是林木莽莽，花草遍地，连厂房的墙上也爬满了绿色藤蔓，园区绿化率达98.5%，森林覆盖率达48.2%。

沱牌集团为何投入巨资让厂区全面绿化？为何让森林广泛覆盖？舍得酒业股份有限公司总裁办副主任邓永洪说，这些植被，不仅美化了环境，更重要的是这些植被大量吸收二氧化碳，放出氧气，净化空气，能够在一定程度上吸收有害气体和吸附尘埃，减轻污染，可以调节空气的温度、湿度，改善小气候，对于制曲、酿酒过程中的微生物发酵，起着至关重要的作用。沱牌舍得的开创者之一、全国人大代表、中国酿酒大师、沱牌舍得集团原董事长李家顺曾在一篇文章中更为深刻地阐述：中国白酒具有独特的生态魅力，这一方面取决于酿造工艺对生态环境的依赖性，也表现为文化传承和地域魅力，生态价值无疑是白酒底蕴的充分展示，也是市场高端诉求的未来新趋向。我担心中国将来面临的最大问题,是食品安全和生态恶化的问题。我们沱牌园区的大面积绿化,在这里形成一个特有的生态圈,使工业园常年保持20℃的气温和78%的空气湿度,最大限度地促进了微生物的生长和酒曲发酵,粮食在反复地浸泡、清洗和发酵过程中,最大程度地去除了有害物质和杂质,保存了天然纯净的"粮香";来自雪宝顶的水源经过沱泉深井天然地质层的多次过滤,又经从美国引进的60t/h水处理设备进行1/1 000微米反复净化,最终成为沱牌舍得的酿造水源。整个酿酒过程,用高新技术改造提升传统酿酒技艺,真正实现了全程绿色。同时,沱牌舍得集团以信息化带动工业化、以工业化促进信息化,发展高新技术,从而实现生产力的跨越式发展、构建"低投入、低消耗、高产出、高效益、生态化"的循环经济发展模式,促进了企业的良性发展和地方经济的可持续发展。

这,应该是沱牌人"绿色追求"最科学最权威的解释。

沱牌酿酒工业生态园不仅在园区自然环境方面"里三层外三层"营造强大的"绿色生态循环系统",整个酿酒过程更全面实现"绿色化""智能化"。早年,工人们灌装曲酒是手工与简单的机械操作相结合。"装箱后还得一箱箱往推车上抱,灌装一天下来累得腰酸背疼,回到家里话都不想说",车间老工人何瑞强感慨地说:"自从引进自动化灌装生产线后,人员大量减少到其他岗位不说,一大片车间只需一个人管理,只需启动或关闭灌装线上的'开关',只需走来走去巡视,工作轻松了许多,人也安逸得多了!"而大型储蓄罐里的酒总是准确无误、不多不少、连续不断地被注入酒瓶,连续不断地被封上盖子，随后像仪仗队一样在传送带上从眼前"流过"，又准确无误地"流进"运输车框，之后被吊装进库房待运。那架势、那感觉，简直就像将军检阅部队一样，你说那舒适不舒适？幸福不幸福？像这样的"自动化""智能化"生产，贯穿在酒瓶生产、纯净水生产、窖泥成分检测、蒸馏、发酵、勾兑、罐装、包装等多个环节，大多通过计算机控制，实现"智能化"生产，从而大大降低了劳动强度，全面提升了生产效率和生产质量。而"浓香型大曲酒优质高产新工艺开发""强化窖内产脂技术的研究与运用""固态白酒可控蒸馏法的推行"等技术革新，让"科技成为第一生产力"在这里爆发出巨大能量，让新时期的酿酒生产走进一片前所未有的时空，引领沱牌成为中国白酒生产的"航空母舰"。在这艘"航空母舰"上生产、生活的人们，无不为沱牌舍得酒业的"绿色化""智能化"自豪和骄傲！

　　沱牌人的"绿色"追求还体现在"三废"的资源化利用方面。按照建立"环境友好型社会"的要求，舍得酒业对产后环节进行资源型废物处理，实现环保、低碳的良性生态循环，包括：采用先进的环保设备对废水、废气进行达标处理，将热电联产产生的炭渣和煤灰进行回收利用，将酿酒生产中产生的伴生物及丢糟进行综合利用，将灌装生产中产生的玻渣进行回收处置，以及对其他固体废弃物（如废旧设备、包装物）进行回收处理等。废弃物（废水）通过自循环体系——"粮—酒—糟—畜—沼—粮"的模式，重新找到自己的价值位置。昔日的废弃物，在储粮、酿酒、废料处理、热电厂、包装厂、园区绿化等各环节中以崭新面貌出现，实现了低碳环保的良性循环。据相关数据反映，沱牌生态酿酒工业园的"三废"资源化率已经达到95%以上，"绿色智造"在这里得到超凡卓绝的呈现。

今天，沱牌舍得酒业在产前、产中、产后三个环节打造的生态酿酒产业链，在行业内树立了一道全新的标杆，为沱牌舍得的绿色梦想注入了坚实支撑，更为企业的生存之基——品质，筑起了一方坚实的长城。沱牌舍得人还可以自豪地说，沱牌舍得以生态良性循环模式变废为宝，创造了一个低污染、高效率的生产生态环境，造福了一方水土。

2011年5月6日，时任中共中央政治局常委、全国政协主席贾庆林视察沱牌舍得酒业后盛赞："沱牌舍得整个生产经营过程，都是绿色制造、绿色营销，'生态酿酒，绿色沱牌'不只是一个口号，整个生产过程，都是绿色制造、绿色食品、绿色营销。""舍得酒很好，是绿色食品，是真正的绿色食品！"

"每一瓶都是老酒。"近年来，沱牌人的营销口号和酒品承诺享誉华夏。他们高标准打造了高端白酒品牌"舍得"，不仅传承中国儒、释、道文化精髓，更让当代社会精英成就自我的处世哲学，深深融进了一份"胸怀天下"的中国智慧。2021年，沱牌舍得在股份制合作走过一段崎岖路后回到振兴之路，复星国际正式入主舍得酒业，公司全力实施"老酒、双品牌、年轻化、国际化"战略，融入复星的舍得，正在迎来舍得的复兴。

2022年5月26日，在舍得酒业股份有限公司2021年股东大会上，董事长张树平宣布，舍得酒业将继续坚持"老酒、双品牌、年轻化、国际化"战略，实施老酒"3＋6＋4"营销策略，坚持长期主义和利他的客户思维，全面加强生产及营销管理，走绿色高质量可持续的发展之路。今天，"高产、优质、生态、低耗、低碳、安全、高效"成为沱牌舍得发展的总要求，沱牌舍得人阔步前行，努力建设"科技沱牌、生态沱牌、绿色沱牌、效率沱牌、和谐沱牌、实力沱牌"。

绿色生态战略的实施赢得了巨大回报。2021年度，舍得公司实现营业收入49.69亿元，同比增长83.80%；实现营业利润16.74亿元，同比增长117.94%；实现净利润12.46亿元，同比增长114.35%。

沱牌舍得酿酒工业连续多年来的"绿色效应"，更加坚定了射洪市党政领导推进绿色发展的信心和决心。2022年5月初，射洪提出了设立以酒粮产业和酿造产业为核心的"四川沱牌绿色生态食品产业园"的构想，这个产业园将包含沱牌工业园核心区及遂宁市大英县、蓬溪县的6个乡镇，并引进复星集团、正大集团等世界五百强企业，打造千亿级集酒粮生产、高品质白酒生产和绿色农产品生产为一体的产业园区。

如何更快更好地将蓝图变为现实？2022年5月28日，在四川省第十二次党代会中，遂宁市委常委、射洪市委书记谭晓政在遂宁市代表团上发出"请求"，恳请省委、省政府按照省级经开区的标准来培育四川沱牌绿色生态食品产业园，并在项目建设用地指标方面给予园区倾斜。

把支持培育四川沱牌绿色生态食品产业园的建议带到省党代会上，不足以证明绿色发展在射洪市领导们心中的位置和远见了吗？

今天，在射洪市委、市政府高举"绿色智造"旗帜推进工业强市战略决策的引领下，射洪市国有企业纷纷奋勇争先。我们看到，以"四川美丰"化工产业为主导的美丰工业园区，也进一步展开"绿色智造"升级创新。同时，入驻四川射洪经济开发区的多家国企，从企业引进到锂电产业园创建，都是从高起点、高质量、高效能出发，一路高歌向"绿色智造"的方向全力挺进！

民企后起之秀进军"绿色智造"春潮滚滚

在射洪，"绿色智造"不仅在国有各大企业旗帜高扬，"后起之秀"民营企业追风"绿色智造"也掀起滚滚春潮。

2022年5月6日，射洪市首届"荣誉市民"授荣仪式在射洪市委党校新校区会议大厅隆重举行，十名外来优秀人士荣登主席台接受陈子昂故里——射洪这"前无古人"的荣誉。而川中"钢铁大王"林天德先生则是其中之一。

说起钢铁生产，在人们的印象中一定是严重的污染企业。那炼钢时的滚滚浓烟、冶炼中的工业废水、冶炼后的工业废渣以及刺耳的锻打噪声等，无一不是污染环境的"怪物"。的确，在十多年前招商引资"饥不择食"的年代，射洪引进了一家以废钢废铁冶炼钢材的初加工企业，并且按企业老板要求建在了射洪城北边的广兴镇螺湖岸边。企业投产不到一年，就引起了射洪人民的抗议。那里，可是射洪城30万市民所处的涪江上游，是美丽螺湖的核心区，还是县城人民的饮用水源地。于是，人大代表、政协委员纷纷投书射洪"两会",要求迁移或关闭这个以传统方式冶炼废钢废铁的企业。

民生事大,民意不可违,但也应该给引进的企业一条生路。于是,这家"钢铁厂"被另外一位老板收购并搬迁到县城南边离城十余里地的万林乡地界。然而,传统落后的冶炼方式,依旧"黑烟滚滚",依然困扰着干部群众。

但这又是一个不容易被国家相关部门批准的项目,而且这个项目可以让锈蚀的大量废弃钢铁变为有用的钢铁资源,全面关停也很可惜。射洪的领导们思考着全面改革这个企业,力求达到绿色环保要求。

此时,来自福建的投资商林天德先生经过周密考察后找到县委县政府,表示要收购这个企业,并投入巨资严格按照国家现代化钢铁生产企业的标准改造。经过多次商讨、论证、协商,林天德先生如愿以偿。

从此,林天德的德润钢铁川中建材公司推出绿色可持续发展战略,以"德行天下、润物无声"为理念,贯彻"创新、协调、绿色、开放、共享"的理念,全力打造现代化智能制造企业和川渝地区最具竞争力的钢铁材料服务商,力争为建设美丽幸福四川而不懈奋斗。

2019年以来,为了实现碳达峰、碳中和,在科技团队和专家们的大力支持下,这家企业投入资金两千万元,全力以赴实施四大改造项目。

且看,2019年年初,接受委托的昆山恒泰永虹工业炉有限公司的专家及专业技术人员来到了川中建材厂。面对曾经以煤炭为燃料的加热炉,他们分批次地对一轧、二轧车间进行了煤改气更换,采用三腔一体蓄热式烧嘴,二段式低氮燃烧器,从而有效降低了氮氧化物产生量;又运用蓄热式高温脉冲燃烧技术改造,让生产过程中产生的烟气余热回收,既实现节能又提升环保,从而减少了颗粒物、二氧化硫、氮氧化物等排放浓度。这项投入资金1 500余万元的改造项目,给川中建材厂的绿色环保插上了一双崭新的翅膀。

随后,接受委托的黄石昌辉环保设备有限公司对炼钢车间的上料除尘系统进行升级改造。这项改造采用脉冲布袋收尘系统,加大石灰石等原辅料在倾倒过程中产生逸尘的回收收集,从而减少粉尘对空气环境的污染。同时,他们还帮助川中建材厂对炼钢车间除尘管道进行改造,新增一个分流排放口,对电炉排放口混合烟气进行分流排放收集、分流处理,从而加大烟尘的收除效率。目前,两套60万风量和一套80万风量高温覆膜布袋除尘系统已投入使用。

在这些大项目改造紧锣密鼓进行的同时,川中建材厂克服资金紧缺的重重困难,加大厂区道路清扫、除尘治理。他们先后购买了道路清扫车、吸尘车和洒水车三台,由专人每日进行多次道路清扫保洁、降尘吸尘和洒水喷雾作业等,大大减少道路扬尘。该项目不仅一次性投入资金120余万元,后续每日运营费用在1 200元左右。融入射洪绿色发展的林天德先生,以射洪这种特有的"舍得"精神,为拓展"绿色智造"不遗余力。

"创新、协调、绿色、开放、共享",林天德带领川中建材的员工们继续开拓奋进。去年以来,川中建材厂引进德国最先进的冶炼生产线，在康思迪电路和高棒高轧钢生产线两个方面的改造上取得圆满成功。目前，这两条生产线的生产技术、工艺和节能减排效率在国内均处于领先地位，项目将于今年9月竣工，建成后将大大提高生产效率、降低生产成本，预计产值增加约10亿元，税收增加5 000—8 000万元。

我们在现场看到，这个厂大多数工人都在生产线外围工作，而具有高危性的核心区冶炼车间，仅有几名戴着头盔、身穿防护工作服的技术人员在监控室电脑前工作，废钢废铁进炉，由机械手操作运送投放，冶炼火源已经改煤为电，煤灰等粉尘污染不复存在；而在相隔100米左右的氧气生产与输送车间，通过电脑监控，氧气输送助燃控制、炉温控制，全在"一指"之间；在1 000多平方米、温度高达数百度的轧钢车间，竟然看不到工人，钢锭轧切、冷却、转装等一应事宜，均由全自动机械设备完成。

据该厂副总经理敬宁介绍，近两年来，他们还相继完成了排放口升级改造，使排放口更加规范标准化；完成了厂房封堵密闭改造，有效避免了可见粉尘外逸；购置了移动式烟尘收集器，针对料场特殊原材料人工切割时局部产生烟尘，通过咨询购置了2台移动式烟尘捕集器进行收尘处理；增设了水喷雾系统，以确保车辆卸料进出时进行水喷雾降尘洗涤，减少看见粉尘外逸；投资1 000余万元，与北科大技术合作三方公司签订尿素催化还原（SCR）高效脱硝技术商务合同，采用国内先进模块脱硝法，使其天然气加热炉的烟气中氮氧化物远低于国家排放标准，实现超低排放，还取得"国家级绿色工厂"荣誉。这一切，正删除着人们对钢铁厂是污染环境企业的印记。

今年以来，川中建材厂持续推进对传统行业的升级改造，全年将投资3亿元，建设四条焊丝、焊条、钢绞等特种钢生产线，从过去单一的建筑用钢生产企业升级为生产建筑用钢、工业用特殊钢材等多单元品种的钢铁生产企业。

林天德先生表示，川中建材厂将牢牢把握"碳达峰、碳中和"带来的政策机遇，在射洪市委、市政府的大力支持下，积极顺应新技术、新业态、新模式，吃透用好国家政策，锚定目标不动摇，力争通过产能置换再新增产能80万吨，实现企业产值、税收等经济指标再翻一番，并以此为发展动力，不懈奋斗，努力做好射洪经济发展的排头兵。

这个因推崇"绿色智造"而起死回生的企业，这个为地方经济发展和社会事业做出贡献的人，人们不会忘记。在射洪市首届"荣誉市民"授荣仪式上，林天德先生荣膺其中，射洪市委、市政府在颁奖词中说："他从郑和下西洋出发的地方走来，以火热钢水铸造百强民营企业，用滚烫爱心浇灌希望之花。"

新的发展时期，四川射洪经济开发区成为"绿色智造"孵化园，新的"绿色智造"企业如凤凰来仪。曾尚文先生领军的民营高科技企业"云制造科技集团"便是其中又一代表性企业。

云制造科技集团是一家专业生产半导体系列产品的企业。产品覆盖半导体引线框架、高速精密冲模、封装模具、半导体周边自动化设备、半导体元器件及集成电路OEM代工、半导体包装载带等，旗下有由四川富美达微电子有限公司控股的其他7家公司，分布在深圳市、中山市、四川省等多个地方。

8年前，四川洪雅人曾尚文来到射洪考察，随后在相关部门支持下，在四川射洪经开区征地100余亩，创办了四川富美达微电子有限公司并于2016年正式投产。短短几年过去，富美达微电子有限公司已崛起成为民营企业中"绿色智造"标杆企业之一。

2017年5月8日，时任四川省委书记王东明来到云制造调研和参观，高度评价了这家企业绿色发展战略和强劲的发展势头。"车间开阔寂静，列队整齐的云制造仪器，时有细微的劳动的声音，无数智能的手臂手指，雕琢号令于零件的模样，力量注入芯片的成长，薄膜、光阻、显影、蚀刻、切割、粘贴、焊接、模封硅晶原的方寸基石上，一层一层堆叠起立体的森森的逻辑。一粒芯片，蕴藏跌宕起伏的长篇叙事，让人想见万里长城的高垣睥睨，绿色的风掠过高山平原和河流装着活字的印版和芯片一样伟大。"一位名叫蒲昭青的年轻诗人参观了富美达微电子有限公司后深情的赞美。

在射洪这片热土上，云制造科技集团得到长足发展。2021年，仅富美达微电子和晶辉半导体两家企业年产值总额就达到4亿元，吸纳就业550人，企业先后入列国家高新技术企业、国家级专精特新小巨人企业。同时，公司老总曾尚文还带动多家关联企业落户射洪，为射洪电子信息产业做大做强做出了重要贡献。2022年5月，曾尚文也入列"射洪荣誉市民"。

"我们做企业一般都喜欢去大城市，但来到射洪，这里虽是个小县城，但自然环境很好，人文底蕴很深厚，又是个很休闲的城市，所以我一来就看中了这里！这两年，射洪的营商环境更好了，我们信心更足，我们将坚持高质量服务，高技术创新，高速度发展，做强做大我们的企业，来回报我热爱的这片土地。现在别人问我是哪里人，我都会自豪地说：射洪人！"说起来射洪投资建厂、企业发展和对射洪的感觉，曾尚文脱口而出。

今天，射洪"绿色智造"民营企业风起云涌。在四川射洪经济开发区，以蒋卫平先生舞起龙头的"天齐锂业"纵横捭阖，像飓风一样带动了以锂为核心的上下游产业，一批又一批高科技产业落户新区，射洪"世界锂都核心区"建设掀起高潮，另有同仁专文书写，此处略过。但我必须告诉朋友们的是，目前为止，射洪锂电产业园已拥有各类锂电企业32家，其中入驻并投入生产的上市公司就有9家。"中国第一个锂电大数据平台就在射洪，射洪锂产业指数是中国乃至世界锂行业发展风向标。"2022年5月以来，中央电视台多套节目聚焦射洪"绿色智造"，再次给射洪市委、市政府及全市干部群众齐心协力建设"绿色智造支撑区"以极大的鼓舞。

—— "绿色智造支撑区"的全新战略映照未来 ——

2022年6月8日，射洪人不懈追求"绿色智造"的又一大手笔在射洪大地奋笔题写。在舍得艺术中心，"中国白酒之乡·射洪"授牌仪式暨四川沱牌绿色生态食品产业园成立大会在这里举行，遂宁市及射洪市委、市政府大力支持建设的四川沱牌绿色生态食品产业园的构想从此成为现实。这个新的产业园区，规划面积361.66平方公里，包括射洪市沱牌镇、瞿河镇、明星镇，蓬溪县天福镇、红江镇及大英县回马镇6个镇全域，其中以射洪市沱牌镇为核心区。这个产业园将以酒业为主导产业，配套发展酒业关联产业、精品粮油、绿色蔬菜、特色农产品加工、文旅融合等产业，力争在今年实现产值150亿元，到2025年实现产值达到500亿元，未来，永不停息的射洪人将在这里打造一个千亿级的绿色生态食品产业园！

四川沱牌绿色生态食品产业园的创建，是射洪建设"绿色智造支撑区"四大战略之一。"我们另外的三大战略也正有序推进。一是培育机械电子产业集群发展，支持隆鑫科技、云制造等龙头领军企业创建省级工程技术研究中心，打造成渝重大装备制造零部件生产基地、高端电子信息产业配套基地。紧扣国家碳达峰、碳中和战略目标，重点突出川中建材短流程钢的'废旧'资源利用和节能减排优势，引导企业提前布局产能，支持扩建特钢生产线，建成四川重要短流程钢生产基地。二是推动能源化工产业转型升级。坚持把绿色低碳优势产业发展作为射洪工业转型发展的主旋律，加快绿色低碳优势产业发展技术创新，鼓励美丰集团、美丰股份等重点企业加快新产品新技术开发，着力推进传统化工产业向精细化工高端领域转型。加快推动企业合规入园，加紧启动美丰集团、美丰股份迁回和退城入园工作。积极推动'千亿立方级天然气基地建设'工作，加快推动集气单站净化厂、轻烃厂在射洪落地，构建'能源开采、储气调峰、就地转化'综合利用体系，打造成渝地区精细化工产业基地。三是促进工业数字化信息化融合。鼓励龙头企业搭建行业特色鲜明的工业互联网平台，不断提升数据集成、平台管理、开发工具、微服务等平台能力，为行业提供研发设计、数据管理、工程服务、协同营销、信息共享和数据开放等工业云服务。深入推进智能制造发展，支持沱牌舍得、隆鑫科技、云制造科技等有条件的企业开展智能制造试点示范，实施'设备换芯''生产换线''机器换工'。推动优势制造企业积极发展工业电子商务，从'生产制造、加工组装'为主向'制造＋服务'转型，从'卖产品'向'产品＋服务'转变。支持企业建设智能工厂、数字化车间，打造'西合园'电子信息产业基地、信息技术应用创新基地。"在射洪市经科局会议室，局长罗林说起射洪市委二届七次全会讨论通过的"射洪建设绿色智造支撑区"四大战略，言语间洋溢着满满的激情与强烈的振奋。

蓝图已经绘就，目标已经确立。冲锋吧，创新开拓的射洪人民！奋斗吧，干在实处、走在前列的射洪人民！让"绿色智造"为射洪"奋进全国百强县"插上腾飞的翅膀！相信吧，一个绿色的射洪、富强的射洪、幸福的射洪，一定会在我们的手中实现！

作于 2022 年 10 月

脱贫攻坚　射洪步履铿锵

——为射洪市脱贫攻坚总结表彰大会而作

当脱贫攻坚的号角从北京吹响，
祖国乡村再次沐浴着党的雨露阳光，
穷乡僻壤春意萌动升起振兴的希望，
涪江明珠诗酒射洪全域动员再续华章。
38名县级领导尽锐出战一线筹谋，
115个帮扶单位星罗棋布构筑保障。
第一书记擦亮党徽把责任担当，
党建引领风雨兼程步履铿锵；
金融村官法律顾问电力村官倾情相助，
80个贫困村喜逢甘霖如花绽放。
田间地头，禾苗浸润着惠民政策的雨露，
泥泞小路，扶贫干部紧紧搀起乡亲臂膀；
土墙破壁，酝酿着易地搬迁的新梦，
山青水绿，孕育着金山银山的畅想。

金色阳光越过峰峦照亮村庄的时刻,
小溪舒展腰身桃红柳绿山间笑声荡漾。
新建水泥路如蜿蜒的长龙连通山外,
打通最后一公里贴近庭院贴近百姓心上;
天然气进村自来水入户数字信号开通,
告别了烟熏火燎肩挑背磨享受着幸福时光。
返乡创业构筑"归雁经济"让乡村扬帆起航,
奖扶机制激发"我要脱贫"誓让家园奔向小康。
创业扶持公益性岗位让贫困户有就业"饭碗",
"五小产业"让农家庭院蔬果累累鸡鸭欢唱。
干部职工社会人士爱心捐助解多少人临时之困,
光伏扶贫工程把山村的脱贫之路照得通亮,
标准化卫生室全覆盖基层群众"保健不出村",
云图书+移动阅读扶贫扶志百姓有了丰富的精神食粮。
"脱贫不脱贫关键看老乡"必须靠产业实现,
"家庭农场"示范基地树立脱贫攻坚的榜样。
看啊,改板沟元宝山曾经荒芜的土地刨出金疙瘩,
看啊,射洪大地万亩橘橙红硕满山香桂郁郁苍苍;
看啊,子昂故里桃花灼灼莲花如火点燃乡村旅游,
看啊,山上山下芍药绯红菊芋花金黄再添节日盛装。
步入丘陵深处,现代农业产业园绿意氤氲,
"村村融入产业园,户户加入合作社"酿造着幸福琼浆;
亲近故园腹地,别墅楼群改变了山村模样,

"六手印记"①"产联模式"让式微的村落重焕春光。
"百企帮百村""脱贫组合拳"全力出击,
"以购助扶"增添薪火"网络电商"纷纷帮忙。
决战时刻,射洪"六大战区"协同推进旗帜飞扬,
决胜时刻,我们287个村"单元作战"群情激昂。
"137"横向指挥体系彰显创新开拓的射洪精神,
"市镇村"纵向作战体系迸发团结奉献的射洪力量。
因之,全市36 000余户群众搬出危房入住新居,
因之,近5万名贫困人口实现"两不愁""三保障";
因之,80个贫困村脱贫摘帽射洪走在全省前列,
因之,"诗酒之乡"阔步前行在新时代的小康路上。
今天,乡村公交车搭载农家喜悦奔向共同富裕,
今天,乡村广场舞见证着乡风文明与幸福安康。
今天,一批批返乡创业者成为乡村振兴的柱石,
今天,子昂故里工业农业再次高扬腾飞的翅膀。
我们为曾经走遍故乡山水历尽千辛万苦而欣慰而光荣啊,
我们为曾经把青春与激情奉献给扶贫事业而自豪而歌唱。
"圣人不利己,忧济在元元"是先贤赤诚的吟咏,
穿越千年我们忘不了陈子昂"济世安民"的理想。
习近平总书记一声号令"确保2020年所有贫困人口步入小康"

---

① "六手印记"是指在产业扶贫中,让贫困户以土地、劳力入股,通过公开、自愿程序,村委会成员、普通党员、返乡老干部、贫困户、村民代表、村法律顾问六方共商并在协议书上按下手印,解决了产业发展中调整用地、入股分红等难题。此举被村民成为"六手印记",这一创新模式曾被《人民日报》宣传点赞。

党中央和无数共产党员共同书写了前无古人的时代华章。
扶贫路上，有你有我有父老乡亲的汗水和执着，
新的征程，让我们携手前行去拥抱明天的太阳。
我们曾经有"川中跃起一条龙"的风云历史，
我们也有拼搏 20 余年撤县设市的崭新篇章，
让我们高举旗帜融入双城经济圈奔向康庄大道，
让我们乘风破浪为中华大地的繁荣富强再创辉煌！

作于 2020 年夏

百强射洪再出发

——写在射洪市获评"全国百强县"再上新征程之际

清晨，当我们从三年疫情的梦魇中坦然纾困，

东山涌动祥光，江岸清风习习，时光擦亮小城。

漫步江堤，暖风浓郁着春色，碧波上掠过白鹭逡巡的倒影，

走上街头，五星红旗抹去昨日的困惑，红灯笼洋溢着丰年喜庆。

满城车流如织，鲜花似锦，六街两广场绽放出幸福与欢欣，

新建的人行天桥闪亮成城市的翅膀，托着百姓的梦想飞升。

穿过海绵城市穿过绿荫穿过一路鸟声一路清新，

花果山崛起天梯崛起惊喜钦羡着登云塔光芒四射的倩影。

遥望双江水天一色，两岸花团锦簇状元楼比肩云山，

陈子昂国际诗歌周余音袅袅牵动螺湖半岛歌舞升平。

步入乡村，邂逅七彩公路满载着谷香花香果香与游客的兴奋，

走进家园，小洋楼里炊香袅袅笑声朗朗到处流动着乡情亲情。

"百里农环线"上，"十里酒粮""诗歌田园"延绵着勃勃生机，

国家农业现代化示范区万亩橘园郁郁葱葱飞出悠扬的歌声。

曾经，我们肩并肩撸起袖子共克时艰双手总是热汗涔涔，

曾经，我们手挽手共享家国庇护同胞互助总是感恩于心。

奋进途中，多少"拼命三郎""实干先锋"倾情奉献，

百强路上，无数"科技能手""时代楷模"奋力耕耘。

我们坚守岗位高效率高质量干在实处走在前列，

我们脚踏实地砥砺前行共同把金秋硕果一一见证。

涪江之东，一座新城排开磅礴的阵势在花木丛中绿意氤氲，

"建设八区·奋进百强"① 刷新了射洪历史刷新时代的征程。

锂电之都，一个奇迹惊世骇俗地崛起，年产值突破 320

---

① 射洪市建设八区是指作风改进表率区、锂电之都核心区、绿色智造支撑区、城市更新样板区、乡村振兴引领区、生态文明先行区、幸福民生精品区、品质党建示范区。射洪市获评"全国百强县"，2022 年 7 月 20 日，赛迪顾问县城经济研究中心《2022 赛迪百强县榜单》，射洪市首次上榜，排名全国第 98 位。2023 年射洪再登全国百强榜，进位至 94 位。

个亿，

"敢干大事，敢想大事，能成大事"再次构筑射洪人的创新精神。

"中国白酒之乡"的金牌闪耀着"诗里酒里"的烁烁华光，

"四川省绿色低碳优势产业重点园区"再添子昂故里如潮好评。

"中国香桂名市"赓续着射洪"无山不绿有水皆清"的幸福畅想，

"全国百强县"啊让我们走进前无古人的自豪与崭新的希望。

"不只百强"：一个又一个喜讯在川中丘陵在中国大地飞扬：

看平安中国建设示范县、中国投资竞争力百强县花开射洪，

旅游发展潜力百强县、"美丽中国·深呼吸小城"百强共著华章。

"不只百强，不止百强"，市委市政府高瞻远瞩指明前进方向，

"构建三个千亿产业集群"打造绿色智造的号角再次吹响。

"不只百强，不止百强"，这是怎样气魄怎样胆略怎样的智慧？

"不只百强，不止百强"，这是什么格局什么精神什么样的情商？

这是灵魂三问的惊醒，这是对标竞进的奋起，

这是不忘初心的胸怀，这是牢记使命的向往。

今天，风云变幻的世界时局动荡，
而我们总是沐浴着党的雨露阳光。
当我们坐在办公室敲响键盘书写着青春的激情，
当我们挥汗在希望的田野品味着布谷鸟动人的歌唱；
当我们信步在校园的花丛小径聆听着琅琅书声，
当我们享受着高楼大厦将幸福与欢乐推上云端，
我们该如何用彩笔在这一片热土写下属于自己的诗行？
我们该以怎样的雄风在诗酒之乡奉献自己的智慧和力量？
穿过了一季寒冬，走过了一场封冻，
母亲河啊，总是以碧波的明静与永恒的信念伴新春而来，
仰望那广袤蓝天，托着那悠悠白云，
涪江水啊，总是以浪花的微笑与绿色的抚慰追时光而去。
奋进新时代，春潮已经开始涌动，
让我们以坚毅的勇气砥砺前行携手共进，
踏歌新征程，战鼓已经隆隆响起，
让我们高举旗帜勇攀高峰再铸辉煌！

作于2023年春节前夕

第二辑

故土风流

故土情深

——访遂宁首位国家院士李言荣

2011年12月8日，中国工程院公布了2011年院士增选名单，李言荣先生成功当选。

李言荣是射洪人，金华中学学子，考上大学离开家乡30多年后，成为新中国成立以来遂宁市的首位院士。消息传来，射洪人为之骄傲，人们交口相赞，县委、县政府领导代表射洪人民当即发去了贺电。李言荣的母校金华中学更是群情振奋，当金华中学校长冯天周在全校周会上宣布李言荣成为中国工程院院士这一喜讯之时，全校掌声雷动，师生齐声欢呼。随后，学校上空挂起了大幅祝贺标语，在李言荣院士成长经历和杰出贡献的展板前，师生络绎不绝，金华中学掀起了向李言荣院士学习的热潮。

带着对李言荣院士的崇敬之情，记者先后赴成都电子科大和射洪金华中学采访了李言荣院士和他的母校师生。

院士感言："当选院士，是团队力量，我的工作和我们的团队紧密联系在一起，是大家的功劳，我只是一个牵头人，起到判断方向的作用。"

绿树成荫，银杏参天。12月15日下午，穿过飘落鹅黄叶子的电子科技大学银杏林，记者来到电子科大微电子与固体电子学院（以下简称微固学院），李言荣院士已经如约等候在他的办公室里。

"很多媒体约过多次，我都没有接受采访，家乡的媒体当然可以例外。"刚进门，李言荣院士就乐呵呵地与我们握手，家乡亲情溢于言表。仔细端详这位让我们射洪人引以为豪的科学家：乌黑的头发，蓝黑休闲西服，再加上魁梧的身材，让人很难将他与49岁的年龄联系起来，直挺的鼻梁上架着一副近视眼镜，更显得文质彬彬。

接下来，遂宁日报社、遂宁晚刊、遂宁新闻网和射洪专刊记者开始了提问采访和现场录制。从容不迫的神情、大气的谈吐、平和的语气，让人由衷暗生敬仰之情。

对于刚刚获得的中国工程院院士的殊荣，李言荣显得很平静。他告诉记者，当选院士心里当然是高兴的，但对于他而言，最重要的还是循序渐进做好本职工作。李言荣说，工程科技与基础研究相比，更讲究团队力量，他的工作和他们的团队紧密联系在一起，是大家的功劳，他只是一个牵头人，起到判断方向的作用。这次能顺利当选，并不是自己个人的贡献有多么了不起，而是电子科技大学、整个微固学院研究团队共同努力的结果，是各方面因素促成的结果。

母校情深，"老师们敬业奉献、甘为人梯的精神让我受益终身"。

李言荣感言，自己的成长离不开家乡父老乡亲一直以来的关心与培养。他从十七八岁离开家乡到外地学习发展，一直对家乡都怀有特殊的感情。自己能走到现在，在学术上取得一定的成绩，这与家乡人给予的淳朴、勤劳、上进的个性密不可分。

李言荣先生给我们讲述了他成长的经历。

1962年，李言荣出生于射洪金华镇，从小学到高中，都在金华镇就读。在那个以阶级斗争为纲的年代，李言荣的家庭成分给他的学习成长带来了很多麻烦。从小学入学的第一天开始，李言荣的启蒙老师就告诫他："你是地主家庭的娃，要表现得好些哦！"一直在极端斗争氛围下成长的李言荣自然明白这句话的深意，同时也形成了很强的自我约束力，他默默地用功读书，从不给班级添乱，自己以优异的考试成绩，看到了老师的笑脸，也找到了自己的自信。看到父母日夜辛劳，李言荣小小年纪就主动承担了不少家务活。他每天早晨六七点钟就起床做饭，是为了让辛劳的父母能多休息会儿，放学就放牛捡柴，补贴家用，到了晚上，他才点着油灯做作业、读书。

小学毕业升初中之时，李言荣却由于家庭成分的原因在读书历程中停了下来，看着一起读书的同伴一个个都进入了高一级学校，他只能在一旁默默期盼。经过母亲多次奔走争取，在开学一个月后，李言荣怀着感激和兴奋走进了初中的课堂。在初中毕业升高中的时候，李言荣又遇到同样的问题，母亲一如既往地继续奔走四处找人说情。鉴于当时希望读高中的学生较多，金华镇政府临时决定增设一个民办高中班，六十多名学生蜂拥而入，李言荣有幸成为其中之一，获得了继续学习的机会。随后，"四人帮"被粉碎、高考恢复，李言荣的学习之路变得平坦宽广。

李言荣特别表示，在自己读书成长的关键时期，是家乡人打破条框束缚，敢为人先、敢想敢干，建起了一个民办高中班，让自己有机会继续学习。自己作为"文化大革命"后恢复高考的第一批大学生，正赶上了国家大力发展科技教育的大好形势，正是党和国家的英明决策给予了自己继续深造学习的机会。

30多年过去了，对于昔日给自己争取宝贵学习机会的恩师，李言荣满怀感激地说出他们的名字：文云昂、杜恩甫、魏言松……

让李言荣一直不能忘怀的是，在升大学非常困难的20世纪70年代末，金华中学的老师对他们几个有望考上大学的学生特别关爱，在没有任何报酬的情况下，加班加点给他们辅导，最终成就了他们几个。金华中学老师默默无闻、敬业奉献、甘为人梯的精神也传递给了李言荣，让其在学术研究的道路上受益一生。

现在回想起来，李言荣表示，小时候吃的苦都是当时的社会和时代造成的，对此他从不埋怨，他认为这更有助于形成自己严谨认真、刻苦钻研、努力进取的良好品格。这也为他以后长期坚持从事科学研究奠定了坚实的基础。20世纪80年代末，看着部分同事、同学赶着下海热潮改善了生活,李言荣没有动摇,他感念自己学习机会来之不易,坚持以满腔热情投入到科学研究之中。

成功秘籍:因为来得不易,所以倍加珍惜,成功的只能是坚持到最后的人,"我与微固学院一起成长"。

1996年的一天,李言荣博士从德国Karlsruhe研究中心做访问学者归来,他不是回到已经准备着热气腾腾饭菜的家,而是首先回到了阔别了一年的实验室。那时,德国Karlsruhe研究中心在高温超导薄膜方面的研究处于世界领先水平。但回校后,艰苦的条件却让李言荣有些一筹莫展,特别是手里没有课题,这真是让他度日如年,他想尽快开展这项研究工作。经过努力,李言荣终于争取到关于高温超导薄膜研究的课题。这是他出国访问回来后主研的第一个课题,他知道这个课题的分量。虽然经费很少,但对他来说,心中想的是只许成功,不许失败。课题找到了,必需的设备却还没有着落,正在他焦头烂额时,微波中心的张其劭老师雪中送炭,送给他一台设备,虽然有些陈旧,他却如获至宝。就这样,"大面积单、双面YBCO高温超导薄膜的研制"课题组拉开旗帜,李言荣带着博士生刘兴钊和陶伯万开始了没日没夜的工作。

夏天,学校已经放假了,李言荣和他的3人团队还在学校新楼背后的一间老旧的矮平房里工作;晚上,成群的蚊子飞来,他们一边拍着带血的蚊子,一边调试设备;有时工作到深夜,就干脆睡在实验室窄窄的沙发上。愈是艰苦的条件,愈激发出他们的斗志,他们下定决心,一定要干出名堂来。

经过近1年的调试,设备终于可以运转了,李言荣和他的同伴们就这样从困难中挺了过来。对此,李言荣深有感触:"同样的事情,大家都在做,随时都可能放弃,但成功的只能是坚持到最后的人。成功往往就孕育在再坚持一下的努力中,挺过来就成功了。就像烧开水,很多人烧到99度就放弃了,其实再坚持一下,就烧开了别人没有坚持住的最后所需的1度。"

就是这间旧屋和陈旧的机器设备,成了他们获得国家技术发明二等奖的起点。随着课题的不断深入,课题组也不断壮大,张鹰教授、邓兴武高工来了,陈家俊、吴传贵、熊杰、李金隆、蒋书文、薛卫东等人也来了,形成了一个团结而极具凝聚力的团队。并且在李言荣的带动下,通过课题和资源整合,现在,整个微固学院形成了10余个有凝聚力的创新团队,每个团队都铆足了劲。

成功往往包含着无数的失败和痛苦。为了解决薄膜的双面均匀性的技术难题,他们不知设想了多少方案,又不断被自己一一否定。在最需要人手的时候,李言荣做出了一项大胆的决定,他把其中的主要研究人员陶伯万和刘兴钊派到Karlsruhe研究中心去学习取经。他自己也先后赴美国、日本拓宽视野。最终,他们舍弃了传统的工艺方法,提出了一种自外延工艺与单轴驱动的双轴旋转相结合的新方法,从而使研究柳暗花明,豁然开朗,成功地做出了2英寸单、双面YBCO高温超导薄膜。该发明无论在理论和应用上都具有重大价值。2001年1月,信息产业部鉴定该成果:"在技术上取得了重大突破,填补了国内空白,创新性明显,达到了国内领先、国际先进水平。"在应用上，该产品适用于无源微波电路，特别是应用于机载通信、移动通信基站中，可以大大提高通信质量。该技术可广泛地推广到其他电子信息功能薄膜的研发中。

通过近10年的积累，他们在该领域不断披荆斩棘，不断收获。先后在该领域发表重要论文24篇，被SCI引用33篇次，获得国家发明专利3项。该产品不仅满足了国内急需，而且多次小批量出售到美国，同时获实用专利1项，待审发明专利3项。课题组也在研究中迅速成长起来，李言荣教授先后发表论文80余篇，其中，国外刊物35篇，获得4项专利授权，其中，发明专利3项，出版教材、专著3本，获得省部级一等奖、二等奖、三等奖各1次。与此同时，培养博士生11人、硕士生12人。在极其繁重的科研工作中，李言荣还被推为"973"有关重大项目首席科学家。

2004年2月20日这天，是令李言荣教授和他的"大面积单、双面YBCO高温超导薄膜的研制"课题组难忘的日子，他们的研究成果获得了国家技术发明二等奖。李言荣代表课题组的9位科研人员，在人民大会堂和全国其他科研获奖人员一道，受到胡锦涛总书记、温家宝总理等时任党和国家领导人的亲切接见。

2001年，李言荣成为新成立的微电子与固体电子学院院长。无论是出国、出差、开会等，李言荣和微固学院的领头羊们都要分赴国内外本研究领域最好的实验室参观学习，和他们建立起非常好的关系，和他们共同研讨相关学术。为了集中资源，学院先将危机意识强、大局观比较强、思想比较一致的几位青年骨干集中起来，局部推进，抓住学科建设的机会迅速将老化的设备更新换代，产生效果后再向全院整体推进。这一举措，很好地构成了学院的研究平台。连年以来，他积极争取国家重大、重点项目，组织核心成员不断讨论、向上汇报、沟通，10多次的答辩、修改，终于争取到一项国防"973"重大项目，这个工作对后来学院的整合和发展起了很大的作用。

在学院，李言荣清晰地认识到，自己和学院的领导集体成长中的重要作用，他说："我们松一点，别人可能松一尺，传递下去可能就会松一丈。通过学术上的高标准来形成整个学院做任何事的高标准，从而让学院每一位教职员工都意识到，只有做好了才算真正做了，只有做好了，作为最基层的单位才可能把一件事情做成了。"几年来，微电子与固体电子学院在方向凝练、队伍汇聚、平台构建和学术氛围营造等方面有了很大的变化，在功率半导体和纳米电子薄膜技术两个方向达到了国内领先水平，集中了8个学院的核心小组构成了学院的主体力量（80%的人员），重点构筑薄膜技术和IC设计两个研究平台，学术环境大幅改善，研究能力迅速提高。2005年，学院大部分课题组年科研经费在200万元以上，整个学院科研经费突破了3 000万元，连续三年产生国家奖或省部一等奖，一个团队入选教育部创新团队，2006年，电子薄膜与集成器件实验室又成功申报国家重点实验室。

回顾取得的卓越成绩，李言荣说，"我与微固学院一起成长"。

院士的成才观："一勤天下无难事"，家乡"舍得"品牌蕴含深刻的人生哲理。

其实,在加班加点搞科研的同时,李言荣也没有忘记一位父亲的责任。

"每个周末,再忙都要陪女儿吃顿饭!"在谈到自己的女儿时,李言荣脸上始终挂着幸福的微笑,"增进家庭情感的同时,更要看看女儿的成长变化,看学习状态是否存在波动,做好方向引导"。

"女儿小名叫飘儿,学名叫李书简。本想以家乡射洪来取名,但有些困难,就用了飘儿母亲的家乡简阳的简字。"

"飘儿""家乡名",一名在外拼搏的游子,浓厚的家乡情结,让采访他的我们这些射洪老乡心里暖暖的。

谈到人才培养和成长,李言荣先生认为,先天反应快慢不影响学习本质,人的天资聪明程度差异不大,后天成长轨迹却千差万别。中小学最重要的是学习习惯与学习方法,分数高一点低一点关系不大。要勤奋,学会笨鸟先飞。好习惯加好方法,"一勤天下无难事",有了这些学习起来就能事半功倍。今天,"一勤天下无难事"已经成为他母校金华中学的校训。

谈到人生之路,李言荣说,人的一生或多或少会面临一些诱惑,会不断地在眼前利益和长远利益之间取舍,这就要权衡利弊,只要方向对,路子对,就不要怕路途遥远,坚持不懈地干下去,家乡的舍得酒就蕴含了这样深刻的哲理。另外,要经得起挫折,面对挫折,不能怨天尤人,调整好心态,积极面对。所以李言荣经常告诫女儿:"任何事情都没啥舍不得的!""什么事情都要想得开。"

李院士深情祝愿:家乡事业蒸蒸日上,人民幸福安康!学弟学妹们努力成才。

采访中，不觉已经到了晚餐时间。此时，电话中听说专程到成都看望李言荣的射洪金华中学母校领导们的车子还堵在成南高速公路上，采访结束的遂宁报社记者们准备离开，李院士再三挽留并安排了晚餐，而他自己却在夜色中等候在绿荫撑天的校园。

20分钟后，金华中学领导们的车进入电子科大校园，李言荣快走几步，与母校领导冯天周、罗均益、税龙泉等一一握手，并迎进接待厅，随后与金华中学领导们亲切地交谈。听说母校不断发展壮大并培养出众多拔尖人才，李言荣院士非常高兴，并兴致勃勃地翻看了家乡人带来的金华中学校志。了解到母校的发展，李院士感慨地说："母校的变化真大啊！在明年适当的时候，我一定要回母校看看，见一见老师和学弟学妹们。"

与母校的领导们畅谈，李言荣兴致极高，近1个小时很快过去。当记者拿出题词簿请李言荣为家乡题词时，他略一思索，欣然命笔："祝愿射洪各项事业蒸蒸日上！家乡人民幸福安康！"随后又为母校和学弟学妹题词："金华中学是读书的好地方，感谢母校的精心栽培，希望学弟学妹们珍惜学习机会，努力成才。"

殷殷桑梓情，拳拳赤子心。迈步在电子科技大学，倾听射洪成功人士的深情话语，瞩目着院士老乡的辉煌成绩，让人不禁想起射洪先贤陈子昂的《登幽州台歌》，陈子昂登幽州台因"前不见古人，后不见来者"而苍凉寂寞，然而今天，一位才能卓越、贡献卓著的院士在家乡这片热土诞生，子昂先贤当笑慰读书台前。我们也深信，越来越多射洪来者将奋发努力、乘势飞扬，为祖国的腾飞铸就新的辉煌。

  本文为罗明金与衡炳江合作于2011年12月

在太空构筑梦想

——记火箭控制系统设计专家赵宇棋

2008年12月26日,射洪中学"广寒体育场"人山人海,红旗招展,在"庆祝射洪中学成立160年大会"召开之际,知名校友赵宇棋把一尊满含深情的"神舟七号飞船模型"捐给了母校。此刻,聚光灯频频闪亮,捐赠现场响起了一阵长时间的掌声,师生们为见到射洪中学的这位杰出校友而激动,为母校走出一位国家顶级航天专家而自豪。

就在不久前的10月18日,中国神州7号飞船成功发射!在那个举世瞩目的时刻,"神七"任务最高决策与指挥团队的七人组团中,赵宇祺作为中国载人航天工程副总设计师之一,通过电视屏幕出现在父老乡亲面前。射洪人民为之振奋,射中学弟学妹为之欢呼。没想到，他们心目中崇拜的偶像，今天竟出现在他们面前，同学们有的甚至欢呼雀跃起来。

大会之后，记者对赵宇棋进行了专访，并从射洪中学相关档案记载和资料中对赵宇棋有了深入的了解。

—— 一 ——

1953年10月，赵宇棋出生于四川射洪县大榆镇星光村，父母都是农民。那时，国家正处于困难时期，农民的儿子赵宇棋，童年的生活当然清苦，吃顿面条就是改善生活。在赵宇棋少年时代的记忆里，最深刻的是三年自然灾害时期的尴尬境遇：平时都是吃了上顿饿下顿，只有放寒暑假到地里干体力活时才能吃饱饭。作为长子，他要帮家里干许多活，但他酷爱读书，做完农活回来，再苦再累也要看看书本。所以，他在班上成绩一直列居前茅。在本镇读完小学、初中后，又以优异的成绩考入射洪中学。在校期间，他仍然是班上的好学生之一，加之他积极上进，又有良好的组织能力，所以先后被选为班长、校团委副书记。记者从射洪中学的学生档案中看到，各学期，赵宇棋的各科成绩大多在90分以上，老师在评语中写道："该生关心无产阶级政治，有明确的是非观念，学习目的明确，且能刻苦钻研，一直保持优秀成绩，在任班长、团干部期间，工作积极主动。劳动中表现突出，不怕苦、不怕累，且能组织同学积极干，在各方面起到了共青团员的模范作用……"

高中毕业后，赵宇棋回到农村，那时正是"知识青年上山下乡"高潮时期，赵宇棋以青春的激情投入到广阔天地，不久就被推选到区农科站工作。在这里，赵宇棋天天奔忙于农业科普的工作。那时，他想用知识帮助乡亲们改变靠天吃饭的传统，在他看来，这是一件值得付出的事情。孕育于巍巍青山的阳刚之气，氤氲于秀丽河川的真诚之魂，一位农家儿子，以其天地灵气和特有的梦想从农科站起步，开始了朴实的科学求索之旅，在这个没有国家经费投入、举步维艰的小小农科站，赵宇棋却能带领站里农科队员进行人员重组、种菜创收，把一个农科站搞得有模有样，从而受到当地领导的热情赞赏和鼓励。也就是在这里，赵宇棋于1974年光荣地加入了中国共产党。

二

1975年8月，大好机会降临到这位有志青年身上，赵宇棋被推荐上了大学，被组织安排到中国人民解放军国防科技大学三系学习。

在国防科大这所著名学府里，赵宇棋主攻飞行器自动控制系统专业。第一次接触航天的赵宇棋深知自己的责任，不显山不露水地一头扎进知识的海洋，刻苦学习，成为大学图书馆和教室最忠实的光顾者。在他被一些人误解的时候，班里一位活泼开朗的姑娘挺身而出，为这位靠奖学金艰苦求学的同学打抱不平。这位后来成为他妻子的北京女孩，说起大学里的赵宇棋，用了五个"很"字：他很单纯，很正直，很朴实，很执着，说到最后一个"很"字，她顿了顿，像是为这份美满姻缘作了恰当的注解：他很值得信任。

在得到女孩信任的同时，赵宇棋也得到了老师的信任。教数学的李运樵老师甚至在暑假把这个正直好学的学生领回家，同吃同住同解题同聊人生。老一辈知识分子赤诚的报国之心，给了年轻的赵宇棋很多启示，这位来自陈子昂故里一直崇尚陈子昂那"感时思报国，拔剑起蒿莱"报国之情的年轻人，更加坚定了为国防事业做出贡献的志向。至今，他仍十分怀念国防科大那几年的学习生活。他认为，大学学习不仅为日后的科研工作打下了坚实的基础，更重要的是，老师传授给他严谨、务实、进取以及对知识不懈追求的思想，这些思想成为他打开科学宝库的钥匙。

三

1978年11月，赵宇棋从国防科大毕业，分配到中国运载火箭技术研究院工作，从事导弹和运载火箭姿态控制系统设计工作。

时逢结束动乱的中国迎来"科学的春天"，身处中国成立最早的航天控制系统研究所，环顾身边为中国航天写下辉煌业绩的老前辈，面对重要的"型号"任务，25岁的赵宇棋跃跃欲试、兴奋不已。

从一开始参与运载火箭型号设计，到主管型号姿控系统设计，赵宇棋在专业研究的道路上越走越深入。从1986年开始，赵宇棋花了2年时间，设计开发了一个姿控设计频域计算机辅助设计软件包，使设计工效提高了上百倍，这个软件包至今仍在各个型号火箭中广泛使用。他还首创多种分析、控制方法，提高了型号优化设计水平。

20世纪80至90年代,是中国航天一段辉煌的时期。我国长征运载火箭在国际市场上风光无限,特别是长征系列家族中的"大力士"——具有地球同步转移轨道发射能力的长征三号甲、长征三号乙火箭,成功地发射了多颗国际商业卫星。赵宇棋先后担任了这两个运载火箭控制系统副主任设计师和软件副主任设计师,主持姿控系统的设计、试验任务。他对方案中的每一个细节精心把关,对每一个可能出现问题的环节细致研究。在多次火箭发射中,赵宇棋都以其特有的专业知识和突出的科研成果的运用发挥了重要作用。

1993年,我国新研制的长征三号甲运载火箭在西昌卫星发射中心进行发射区测试时,发现由于伺服机构动作频率接近发射台固有频率,导致箭体抖动。赵宇棋提出通过修改软件加以解决的办法,即在飞行软件中加上一个消抖的漏斗型校正网络,测试时消除抖动频率,点火飞行后再切换到正常网络,彻底解决了问题。由于方便实用,这一技术在多种型号的火箭设计中都得到了应用。

多年的科研生涯,留给赵宇棋的是一张张奖状、一份份荣誉,也留给他对家人的深深愧疚和遗憾。就在1993年的一天,赵宇棋接到了母亲病危的电报,他焦急万分。而他所主管的试验也正在关键时刻,他默默地把电报塞进衣兜,继续投入工作。几天后妻子洗衣服时无意掏出电报才知道此事,妻子伤心地哭了:这么大的事情,再忙也得回去看看啊。只是不想让妻子担心的赵宇棋无言以对,后来好歹抽空回去探望了两天就匆匆返回。而就在他离开的第二天,母亲去世了。没有亲自送母亲一程的隐痛，时时萦绕在赵宇棋的心头。

尽管工作十分繁忙，但不断学习，是赵宇棋坚持不懈的事情。他在完成繁重工作任务的同时，成功考上了硕士研究生。

四

1994年，赵宇棋硕士研究生毕业，获得了飞行器控制、制导与仿真专业硕士学位。在太空中构筑梦想，成为赵宇棋更加强烈的追求。

其后，他先后主持了我国长三甲、长三乙运载火箭的控制系统设计，先后担任中国运载火箭技术研究院12所研究室工程组长、研究室副主任、运载火箭软件检测站站长、12所副所长、12所所长兼党委书记。因卓越的科研成果和不断攀上高峰的战绩，1998年，他被批准为国家级专家、中国航天工业总公司有突出贡献专家，同年，赵宇棋当选为北京市海淀区第12届人民代表大会代表，又相继成为中国运载火箭技术研究院副院长，并担任中国载人航天工程副总设计师。

1999年，赵宇棋被任命为研究所所长，近千人的研究所的分量，使他感觉沉甸甸的。他常说，说一千，道一万，研究所发展还靠干。在事关型号质量的问题上，赵宇棋决不含糊。这年8月，我国新型远程战略导弹腾空而起，赵宇棋和大家一起欢呼跳跃。他忘不了艰苦的研制历程，忘不了为解决控制问题计算出无数个数据的情景，更忘不了在试验室度过的一个个不眠之夜。

2001年年初，某型号在测试中出现了一个技术问题，他果断派出专家组检查软件，果然发现了软件错误。回到北京后，他要求对其他型号软件进行检查。这一连串的"组合拳"，对于提高软件质量起了实实在在的促进作用。

作为一所之长，赵宇棋深知人才对于科研机构的重要性。在大胆起用年轻人的同时，他还聘请老专家组成专家组担任技术顾问。短短两三年时间，一茬茬的年轻骨干迅速成长，新老交替基本顺利完成。

技术创新是研究所可持续发展的动力，技术出身的赵宇棋对此深信不疑。他主持建立了以专业研究师为基础的研究所创新体系，从机制、待遇等方面鼓励技术创新。他还十分重视技术创新的保障环境的营造。国家立项的试验楼需配置办公家具，妻子好说歹说让他陪着逛逛家具城，一不留神他就窜到了办公家具区。短短几年时间，研究所的技术基础建设上了一个新台阶。

作为所长，他是一个正直的领导，更是一位真诚的兄长，善于做人的工作。2001年，研究所准备给职工分房，很多人都认为这是件挠头的事情，甚至连赵宇棋的家人也做好了接待来访者的准备。但等到最后分完了房也没见一个人上门，倒是等来了一个电话——一名职工说，没别的意思，就是想感谢所里公正分房，解决了他的住房困难。

2002年年初，赵宇棋调任中国运载火箭技术研究院副院长。作为主管全院科研生产工作的副院长，他的任务更重了。年底，在神舟四号飞船发射前夕，为了保证万无一失，航天科技集团公司领导要求对火箭的一个问题进行复查。赵宇棋立即深入仿真试验室，召集各系统人员讨论研究试验方案，夜晚11点还在进行技术分析。经过连续近10个昼夜的问题原因分析试验，终于在发射前夕找到问题，做到了彻底放心。2003年1月，神舟四号飞船在酒泉卫星发射中心发射成功，赵宇棋在沸腾的指挥大厅里，成功的喜悦和欣慰，让他眼角噙上了泪花。

从踏进航天大门算起，赵宇棋至今一半的人生经历与伟大的航天事业紧密相连。从年轻时的激情，到中年的沉稳，赵宇棋感慨自己赶上了好时代、好领导、好老师和好同事。他说，没有党的教育培养和同事们的帮助，一个山里的孩子又怎么可能有机会为国家做更多的事情呢？

今天，走出大山的赵宇棋常常会想起家乡那绵延不尽的山丘。在他看来，人生的轨迹永远是运动的，就像太空中的航天器，永远需要不断调整姿态，向着正确的方向前进。他深有感慨地说，新时期的中国航天人任重道远，前路曲折，需要继续攀登一个又一个山峰。

赵宇棋，他用自己杰出的成就注解了他的名字——以宇宙为棋盘，以飞船为棋子，在浩瀚的事业中，用山的胸襟对弈人生。

作于2008年12月

飞天路上建奇功

——记我国空气动力界的女喷流专家刘长秀

2003年10月16日,总装驻绵阳某计算所一派欢腾……"盼了10年了,终于看到了中国航天员飞上太空这一天。"60岁的刘长秀身着一身整洁的将军服,显得异常激动和兴奋。当电视荧屏上出现"神舟"五号飞船正拖着降落伞下降时,她激动得一下就流泪了,连声喊着:"回来了,回来了!"把睡得正香的5岁小外孙都吵醒了。

刘长秀具体负责"神舟"飞船逃逸飞行器的气动特性和喷流影响研究。喷流试验技术,在航空航天领域有着极其重要的地位。一个国家,如果做不了喷流试验,就无法准确模拟飞行器的真实飞行,就极有可能出现飞机撕裂立尾、火箭因喷流不均倾斜等重大险情,甚至机毁箭亡。安置在火箭最顶端的逃逸塔在运载火箭和主动段飞行过程中使用，其功能是保障指挥舱及航天员的安全，如果出现故障，以逃逸塔为动力的逃逸飞行器即拽着飞船的返回舱和轨道舱与火箭分离，携带指挥舱和航天员安全着陆，起到逃逸救生的作用。逃逸飞行器头部多喷管高压喷流试验是载人航天工程必须解决的十大关键技术之一，而这项技术，在20世纪70年代的我国却是一片盲区。刘长秀的"拓荒"之行就是在这一片空白上起步的。

一、坚韧不拔建奇功

刘长秀出生在四川射洪涪江江畔一个穷苦搬运工家庭，家境氛围的影响，似乎天生就有一颗倔强的心。在金华中学读书时，她就是一名优秀学生。以优异的成绩考入西北工业大学后，即立志将来为祖国的航空事业做出贡献。1966年，刘长秀毕业于西北工业大学后，即投身到位于深山之中的空气动力研究基地。她先后参加过"歼七""歼八""飞豹"等新型歼击机和"神舟"号宇宙飞船等一系列取得重大突破的国防科研的相关工作，并取得了一项又一项科研成果。

1972年，基地组织了一个为期2个月的英语培训班。已怀孕8个月的刘长秀为了抓住这一学英语的难得机会，每天坚持听课，直到同事们把她送进产房。每逢国内外专家学者到基地指导工作或讲学授课，她都虚心向他们请教和探讨技术问题。1992年8月，中外合作的两项试验在基地进行，为期仅5天，作为其中一项课题的负责人，她一方面要与外方合作做试验，另一方面还要加班加点编制第二天的试验方案。虽然已是超负荷运转,但只要有外方专家晚上搞讲座,她都是场场不落。

求学有艰辛,试验更危险。从喷管里喷出的发动机气流压力高达20个大气压,噪音高达130分贝(超过135分贝人耳就会被震聋),用棉花和耳塞塞住耳朵都不顶用。为了准确获取数据,刘长秀经常在这种恶劣的环境中十天半个月地调试。有一次,高压铜管被气流胀破,断裂的管片在厂房里飞旋,尘埃四起,窗户的玻璃被打碎,幸好刘长秀站在模型后面,才躲过一劫。

连年来,刘长秀和她的同事每天查资料、做试验、计算数据和试验分析,特别在风洞里进行逃逸飞行器气动试验及喷流影响试验,一天24小时和同事一起连续做试验,有时几天几夜吃不下,睡不着,试验分析每一个数据都要做到百分之百万无一失……

七载寒暑,刘长秀在高速风洞里建起了喷流试验基础系统,并完成了《翼尖支撑后体测量喷流实验技术》课题。得益于她的研究成果,如今科研人员再不用受高噪声之苦。更重要的是,以往试验调一个速度阶梯需耗时20秒,如今只需2秒;喷流的气压由20个大气压提高到了220个大气压,可进行火箭发动机甚至更高速度的飞行器喷流实验。科研成功了,刘长秀却为此落下了耳鸣的毛病。

2003年10月16日凌晨,花甲之年的刘长秀目光一刻也没有离开电视机。6时许,当荧屏上出现"神舟"五号飞船拖着降落伞平稳降落的画面时,她含着眼泪激动地连声高喊:"回来了！回来了！……"至此，这位中国唯一的女喷流专家、空气动力学领域的唯一女将军，紧绷着的神经才松了下来。中国人飞天圆梦了，作为参与"神舟"飞船气动工作的唯一女将军，刘长秀对记者说："我研究的项目没有使用上，我也不希望它被用上，但我不觉得我的工作白做了，这表明我们国家发射的载人飞船是零故障，取得了圆满成功。"

作为我国空气动力学界唯一的女喷流专家，其坚韧不拔的钻研精神和突出的科研成就，使她多次立功受奖。1997年她被评为国防科工委"巾帼建功先进个人"，1999年被授予"全国巾帼建功标兵"和"全国三八红旗手"称号。

二、无私培养后继人

"培养好年轻人，是我们老同志义不容辞的责任，也是对国家的未来负责。"这是刘长秀常说的一句话。

1986年，一名大学生分配到课题组，刘长秀根据他气动理论扎实但实践能力欠缺和辅助知识薄弱的实际，以培养工程应用观点和思维方法为重点，为他设计了可行的主攻方向，指导他全程参与了某型喷流技术试验，并将自己多年积累的资料和笔记，全部拿出来供他参考。目前，这名大学生已成长为研究员，多次在喷流试验中担当重任。

1994年，刘长秀负责"神舟"号逃逸火箭喷流测力、测压试验。为培养年轻同志，她推荐一名刚参加工作仅2年的研究生负责这项高难度任务，并从试验大纲、总体试验方案到具体试验，都手把手地传经验、教方法。在刘长秀的指导下，那位成长起来的年轻专家先后组织了300多次风洞试验，均获得了成功。

近20年中，刘长秀以乐为人梯的无私胸怀，先后培养出了20多名年轻科技骨干，使课题组成为发展后劲足、综合技术实力强的科研群体。

三、将军本是女儿心

对事业，刘长秀不辱使命；对家庭、亲人，刘长秀倾注了自己全身心的爱。

在事业上获得成功的刘长秀，对家庭的付出也是有口皆碑的。人们用"四心"评价她，即对老人有孝心、对丈夫有关心、对子女有爱心、对家庭有责任心。

作为单位的科研骨干，刘长秀工作很忙，而丈夫长期担任基地主要领导，工作更忙。为了支持丈夫，刘长秀毫无怨言地挑起了家庭重担。她母亲在1968年3月就去世了，父亲在1979年退休后就同刘长秀一家人住在一起。由于年轻时过于劳累，父亲患了脑血栓，导致半身不遂。刘长秀每天早晨总是天不亮就起床，先安顿好父亲，再为全家人准备早餐。1986—1987年，刘长秀在负责某型喷流试验期间，即使回家再晚，也要给父亲翻身洗澡、按摩。在她的悉心照料下，父亲竟能奇迹般地下床行走了。刘长秀有一儿一女，都是博士。早年，无论生活再困难，工作再紧张，刘长秀都用一颗慈母的心照顾好孩子。为了能让孩子们多吃上一块肉、一个鸡蛋，在丈夫被下放到农场的一年多里，刘长秀宁愿自己动手做萝卜干儿吃，也要把好吃的留给孩子们。为了能够尽量节约一分钱，工作之余她还学会了裁剪衣服，至今女儿还保存着母亲为她做的塑料布雨衣。为了让孩子们健康成长，具有良好的品格，刘长秀很早就给孩子们订阅了《儿童时代》《儿童连环画》等，经常给他们讲《十万个为什么》，直到今天儿子还完好地保存着这些书。一提起母亲，一对儿女满怀深情地坦言：如果没有母亲无私的爱，就没有我们的今天。

刘长秀从不以工作忙为借口而忽视对丈夫的关心。几十年来，只要时间允许，她都亲自下厨。丈夫身上的毛衣毛裤，也多是她一针针、一线线织成的。

"对事业要忠诚，对家庭要尽心。"在忠诚与尽心之间，将军的心中融入了博大胸怀和无私奉献。

本文据射洪金华中学提供的相关资料整理于2005年秋

荒山坡地上创出"金疙瘩"

初夏,一条宽阔的水泥路从射洪涪江岸边蜿蜒而进,莽莽丘陵之中,小车穿行了约莫半个多小时后,偏僻的改板沟村便在眼前了。

车子刚过大公山垭口,不远处的景色就让人眼前一亮,元宝山范家坪呈现出一片又一片金黄的花海,远远望去,层层叠叠的的花海如金色的瀑布一般从高处铺向低处。走近一看,但见一人多高的密密匝匝的植株上,上上下下都开满了像微型"向日葵"一样的花朵,一片又一片炫目的光彩,给这静谧的山村带来无限的祥和与希望。

村支书范海全刚刚从小车里下来,几位正在村道公路上打扫卫生的老妈妈便扛着扫帚纷纷迎了上来。

"范书记,你又来看洋姜花了啊?"

"这花开得繁啊,今年肯定又有好收成呢。"

范海全笑着说:"我们都盼望着呢,收成好,大家都可以多分点红呢!"

"就是,就是!我们都沾你的光啰!"

"我们都是沾了党和政府的光,沾了扶贫政策的光啊!"宁静的山沟里,立时回荡着爽朗的笑声。

二

改板沟村是四川省射洪市大榆镇一个偏僻的山村。曾经,这里的乡亲们以帮人"拉大锯""改木头板子"挣钱养家,所以叫作"改板沟"。但后来"封山育林"无木可改了,就只能"面朝黄土背朝天"种点庄稼。

范海全是土生土长的改板沟人。20个世纪70年代末,初中刚毕业的他因家境贫寒,就不得不放弃了学业外出打工。先是东奔西走做小工,随后当了几年木工学徒。17岁那年,就跟着师傅去西安谋生。木匠活儿接不上趟,就临时做搬运工。那些年,经常找不到事情做,经常在夜里蹲城门洞、睡大街、啃冷馒头。一路走南闯北,范海全先后到过甘肃、广西、陕北、吉林等地,吃了上顿没下顿的日子,让他尝尽了苦头。尽管这么艰苦,但范海全常常想:出来见了好多世面,总比待在山沟里饿肚子好,只要肯努力,总会有好结果的。

长期打工有了一定人缘基础后,范海全团结起家乡十几个和他一样有着梦想的年轻人到西安一起打拼。他们以工队的形式承接一些装饰装修小工程项目,凭着吃苦耐劳、精益求精的精神和诚信做人的品行，逐渐在西安这个大城市站稳了脚跟。

"海全哥，你也带我们出去嘛！"

"海全老弟，帮个忙让我家娃子跟你跑嘛！"

范海全带着家乡青年在外闯出了收获，闯出了名气，认识和不认识他的家乡人都来找他。2004年以后，他每年带到西安做装修工的射洪同乡都达到了300多人。那时，他带出的老乡们每年的务工收入都在8万元以上，有的还当起了"小老板"。看到越来越多的乡亲信任他，越来越多的工程接到手，范海全便在西安成立了自己的装修公司。

"在异乡漂泊的人要抱团才能取暖"，多年的打工经历告诉他，乡邻之间要相互照应，情谊才能长久，才能把经营做大。正是凭着这种家乡情结和诚信经营的理念，他的装修公司在大家共同努力下，业绩逐年递增，每年的产值达到了上千万元。

成功的创业路上，范海全被推选为西安川渝商会副会长。

—— 二 ——

在外的游子不管走多远，总是情系故土，魂牵故乡。尽管范海全在西安的企业红红火火，尽管他结婚后把新家安在了西安城里，但那份故土难离的深情却时常嵌在他的心里、梦里。

2015年春节，范海全和他的爱人一道返回改板沟探望家乡的亲友。阔别家乡多年了，驾着小车的他心情激动。但刚刚转过玉仙庙垭口进入延伸在山林里的村道路，范海全就觉得小车颠簸得很厉害。"还是30多年前修的机耕土路，不同的是路上野草多了，坑凼更多了"，此情此景，让范海全叹了口气。突然，车子一歪，好像是闪进了一个坑里，加大油门也上不来。他和妻子只好下车来看究竟，原来车子的一个后胎陷进泥坑，又被石块卡住了。只好用路边的石头敲开石块，将车子开出坑来。好不容易把车开到离家不远的范家坪上老学校坝子里停下，家门口的情形更是让范海全夫妇心头不是滋味：那些大块、小块的土地全都被荒草占领着，有的土地里艾蒿长到比人还高，乡亲们那些土墙房东倒西歪破烂不堪，一些老人小孩坐在阶沿上或者满是青苔院坝里，呆呆地看看熟悉而陌生的他们，又眼巴巴地朝村口眺望……

看着那些曾经养育了他的土地现在却荆棘丛生，看到那些曾经帮助过他的乡亲仍很穷困不堪，范海全的心里感伤不已：这些年，带着村里人在外闯荡虽然挣了些钱，许多年轻人都把家安在了城里，然而，老家的土地却丢荒了，故乡的发展停滞甚至倒退了，无法外出只能留守在这一片故土的乡亲们，依然难以摆脱生活的困苦！

这天晚上，范海全住在自家的老屋，一夜难眠：圆水井、烂田湾、大公山、元宝山，到处都是荒草荆棘，到处都是破烂的土墙房子，到处都是渴盼的眼睛……

就在范海全回到老家的第二天，县里下派到改板沟村的"第一书记"王明贵来了，随后，乡上的陈乡长也来了。在与他们的交谈中，范海全得知，改板村已被认定为省级贫困村，市、县10多个单位都在帮扶这个村，计划3年内全村脱贫，当前，正着手帮助村里的乡亲解决吃自来水、发展产业问题，但要做好这些事，难度还很大。领导们还告诉他：县里最近发布的返乡创业的政策,是不是可以了解一下,回来帮助乡亲们发展一两个产业,只有产业稳定和发展了,乡亲们才能真正脱贫。

这一晚,范海全再次久久不能入眠,他沉思着,外来的干部们都来村里扶贫,都在为我们家乡人谋幸福,我土生土长在这里,现在又有一些条件和能力,还有政策支持,我为什么不能出一点力呢?

清晨起来,范海全做出了一个重要的决定。然而,这个决定此时还在他的心里头,连一同回来的妻子也没有告诉。只是让妻子感到奇怪的是,范海全除了爱往乡亲们院子里遛达外,在家乡的好几天,总是时不时去周围的山头、沟上沟下的田土边转转。

三

春节过后,范海全依然带着村里的乡亲们回到西安,公司一大堆事情等着他安排部署。这一回,他却把许多事情交给妻子和年轻的儿子去办。

接下来的3个多月时间,范海全陆续奔赴上海、北京、重庆等地,先后考察10多种农业产业。恰好有个重庆的朋友投资两亿多元建成了菊芋(洋姜)提炼菊粉益生源的企业,需要大量的洋姜作为原料。朋友说,如果能够种出几百亩洋姜,可以全部收购。

洋姜,对于范海全再熟悉不过了。小时候,他经常看到家乡的山坡上、乡亲们的房前屋后,到处都有开得金灿灿的洋姜花,到了秋天,就可以从土里挖出洋姜来泡咸菜,但他却从没有想到洋姜还可以提炼菊粉，而菊粉可以制成很高级的保健品，附加值特别高，市场供不应求。

范海全动心了：洋姜不择土地，很容易种植，况且还有朋友的公司作为依托，这么好的项目，不是正好可以在家乡发展吗？种洋姜！

尽管拿定了主意，但范海全还是在近半年时间，先后到珠海、银川、北京等高层次农合会、农博会学习、考察，深入了解了洋姜系列产品的市场销路、行情、产品前景。在他的心里一开始就存着一个念头：在家乡与乡亲一起创业，必须做稳做妥，绝不能有半点闪失。

时间转眼到了2015年10月，当范海全把回乡搞洋姜产业的规划告诉妻子、儿子的时候，妻子、儿子都不同意。

"好不容易从农村出来，又回到农村去种田，不怕人家笑话？"

"公司经营得好好的，你走了这些事情咋个办？"

"乡里头连吃水都成问题，路都走不伸展，啷个活啊？"

…………

范海全有他的理由："党的改革开放政策让我们农民走出村子闯天下，现在我也算成功了，有了一定的能力了，应该为我的家乡做点事情，应该为乡亲们走出贫困贡献一些力量。我已答应过村里干部，说话要算数。况且，这个产业搞好了也应该有不菲的收益！"于是，他不顾妻儿的强烈反对和苦苦劝说，毅然决定把自己在西安打拼多年、每年上千万收入的公司留给妻儿打理，回到家乡重拾丢掉20余年的"农民"帽子。他下定决心一定要改变家乡贫困落后的面貌，给留守的乡亲们开拓一条脱贫致富的路子。

── 四 ──

2015年12月，50多岁的范海全回到了改板沟村，立即和乡、村干部协商规模发展洋姜产业的事儿。乡、村干部们听取了范海全想带领乡亲们脱贫的想法以及产业前景、发展规划，都表示，这是件大好事，一定会尽全力支持。

然而，事情一到了"留守"乡亲们那里，却遭到了质疑，有的说，洋姜又不能当饭吃，连红苕都不如，有啥搞头？有的人嘲笑：种洋姜可以脱贫致富，那是在做梦。甚至有个别人还说：你有钱就自己搞嘛，让大家投土地、投钱种洋姜？是不是在外头搞栽起了，回来骗钱的啊！

面对种种猜疑、讥讽，范海全哭笑不得。他一时做不通少数留守乡亲的工作，就找来村里、乡里的干部帮忙去疏导，因为他坚信自己看到的洋姜产业会有大好前景。随后，又在乡里和村里干部的帮助下，组织了40余名在外务工的返乡人员共叙乡情，共谋脱贫大计。范海全在在外务工的返乡人员中是有号召力的，再者大家为乡情感召，都愿意家乡的困境有所改变，很快就对种植洋姜形成共识。

于是，经过大家商议，筹集资金600万元成立股份制"玉泰种植专业合作社"，其中，范海全个人出资300万，2年内流转村里土地800亩、林地200亩；同时，合作社与贫困户建立"土地流转有租金，基地务工有薪资，入股分红有股金，超产分成有奖金"的利益联结机制。贫困户们一听这事儿靠谱,又看到那么多人已经投股,纷纷加入合作社。

随后,范海全按照乡村规模化发展农业产业的要求,聘请了专业人士进一步做了市场调查,结合改板沟村实际情况,做出了改板沟村发展洋姜产业可行性报告,获得了各级领导的一致认可。

然而,一些穷怕了的村民始终瞻前顾后。有的人头天说把土地交出来入股,第二天就变了;有的人交了入股资金,却找了急需用钱的理由又要求退了。这可是在考验范海全的定力啊!范海果断决策:"土地不愿入股的,按300—400元一亩付租金,租金由我付;要退股金的,退了就是!"

看到范海全这么大的决心,绝大多数乡亲相信他,支持他:"没得事,我们给你扎起!""输赢我们都信你!"听到乡亲们的支持、鼓励的话语,范海全心里热乎乎的。

很快,他从朋友那里运回了洋姜种子。

—— 五 ——

2016年春天,改板沟元宝山的坡地上欢声笑语,首批试种洋姜的50余亩土地开犁。尽管大多数村民都在五六十岁上,还有70多岁的老农,大家都笑逐颜开精神抖擞,挖土的挖土,挑粪的挑粪,下种的下种,村民们好像找到了大集体时代一起干农活的感觉。在"社长"范海全的指导下,洋姜一一播下。其他的土地上,依然种上常规作物——这是范海全的主意:先试种50亩,精心管理,力争"一炮打响"给村民们吃上定心丸,获得经验后再大规模种植，免得一上来走弯路消磨了大家的积极性。

洋姜种植一上马，合作社就优先安排村里以土地入股的建档立卡贫困户在土地上务工。平时病恹恹懒洋洋的贫困户范老三，一听说挖窝、下种一天可以挣五六十元，旧病好像一下子就没了，下地干活跑得飞快，每天一早就主动跑到范海全住的老房子来要求派工，人家笑话他咋个一下子就"勤快"了？他回答说："外头想做工没得人请，种个粮食又收不到几颗，家门口每天几十元，不挣是傻子啊？"

随后，那些撂荒地也一块又一块被"清理"出来，适时种上了粮食、蔬菜。范海全的想法是：空在哪里可惜了，种上庄稼，地里就不会过多地长草，明年种洋姜也少费工。

夏去秋来，遍地洋姜花开放之后，元宝山又是一遍沸腾。人们从土里刨出了一筐又一筐"成果"，一过秤，村民们人人欣喜：每亩平均出产鲜洋姜4 000多斤。按范海全与朋友厂里的约定收购价，每亩收益可达6 000余元啊！村民们兴奋了：这可是平常种粮食收入的十几倍啊！这元宝山土里头硬还是刨出了"金疙瘩"！

这一年，首批种植的50余亩洋姜全部卖出，范家坪上加入合作社的贫困村民不但人均务工年收入都达到1万多元，还有几百、上千元不等的分红。这，可是乡亲们种了几十年的土地从没有这么好的收益啊！

改板沟首批洋姜试种的成功，给了范海全更坚定的信心，也给了乡亲们极大的鼓舞。看到村里出了这样一位带领乡亲们增收脱贫的"能人",乡亲们的积极性被激发起来了,2016年下半年,全村200多户村民纷纷以土地入股,村民入股合作社的土地达到700余亩,范海全适时推出了"公司+合作社+农户"的合作模式,"天应农业公司"由此诞生。

六

2017年春天,改板沟里充满了激动和振奋。在改板沟村村民委员会换届选举中,范海全被高票推选为改板沟村村主任。

就职演讲大会上,范海全激情洋溢地向乡亲承诺:"三十年打工后回到家乡,看到元宝山一直出不了元宝,到处荒草封地,住房和道路破烂不堪,我心里很难过。承蒙各位父老乡亲的抬爱,推选我为村主任,我非常感动,也更加坚定了我的信心,我一定会带领大家通过勤劳奋斗,以洋姜产业为主题,以种养结合、加工销售到乡村旅游发展建成一、二、三全生态产业链为奋斗目标,带动我们村脱贫致富,可持续发展!我将以自己的初心为动力,挽起袖子加油干,为全村人民尽自己最大努力!"数百村民参加的选举大会上,响起一片热烈而持久的掌声。

被群众推选为村主任,责任更重了,范海全从早到晚更是忙得脚不沾地。在逐渐扩大洋姜规模的同时,范海全悄然按照他的发展规划开始谋划洋姜产品的深度加工。村里的干部们主动提出,把闲置的村小学和部分村办公室用来支持合作社建加工车间。有了场地,范海全的计划就开始实施了。

可是,洋姜基地的扩展也不是一件容易的事儿。入股的土地中，大多都是荒芜了许多年的"草地"，有的已经荆棘丛生，刺蒺藜爬出一丈多长。为了减轻乡亲们的"开荒"的劳动强度，也为了提高生产效益，必须进行机械化耕作。机械化耕作必须要有机耕道，可目前村道路还是泥巴路，下雨天泥泞不堪，外面的人进不去，村里的人出不来，田间就更没有硬化的生产便道，机械耕作咋个能够顺利实现？

路不通，许多事都干不成；机耕便道不通，无法机械化耕作。修路！范海全立即请示了书记。"我们力争得到上面专项资金的支持。"书记态度鲜明。

说干就干。范海全请示了书记的第二天，就带着几位村民马不停蹄地规划村道公路的线路。几个人天天爬山越岭，穿林钻草，荆棘把衣裤撕破了，蒺藜把手指刺出血了，他们没有畏缩，没有怨言。

村道路和生产便道路建设先后开工了，乡亲们纷纷兴高采烈地扛锄执锨参加义务劳动，修路占点田边地角也没有二话。可是，上面支持的专项资金不是一下子就能确定和拨付下来，乡亲们都穷，集资又不现实，而道路的建设迫在眉睫。于是，范海全凭私人关系找来了挖掘机，自己花钱拓通了田间生产便道，又拓通了村道路路基。村里没有钱筑水泥路，范海全又个人捐资30多万元。

村道路在不断延伸。道路要经过一家村民的院坝，必须挖去拦在路中央的一棵高大的核桃树，让范海全没有想到的是，这户村民家中的老大妈却坐在树下挡住开路的乡亲哭闹："这棵树是我们家的命啊，几十年称盐打油都靠它啊，你们不能砍啊!"众人劝了半天,范海全又自己出了些钱,大妈才松开了抱着树干的手,这段路总算通了过去了。

一波刚平,一波又起。本来开会时大家都说:"只要修路,有钱出钱,有力出力,占点地都不计较。"可让范海全没有想到的是,村道路要经过一位曾经担任过村干部、已经80多岁的"老辈子"①家的房子背后,要把路拉直,必须要拆去他家后面做柴房用的"拖步"②,"老辈子"却给他出了道难题——老人家说:"你把路弯一下嘛。"几拨人去说,死活不愿意拆。

这天晚上,范海全从城里买回了"烧腊"、带上瓶好酒来到"老辈子"家中。两人坐下,他一边向"老辈子"敬酒夹菜,一边回忆记忆中村里的大事小情,然后把"龙门阵"转到发展洋姜拔除"穷根"的规划、为大家修通道路的话题,一直聊到晚上12点过。酒到位、话到位、情到位,"老辈子"终于"松了口"。范海全欣喜不已,立即电话通知已经睡下的几位村民,连夜连晚赶过来拆除"拖步"。当晚,范海全与大家一直干到凌晨五点多,把挡路的部分柴房拆完了,才回到自家的老屋草草睡了一会儿,又起身忙村里的公务去了。

不久,范海全请来挖掘机,没让乡亲们出一分钱就为大家开挖了几公里长的生产生活便道,随后,在扶贫项目支持下,8公里村道水泥路接通了。

又是一个春阳日,范海全买来的拖拉机、旋耕机、洋姜筛选机等农机设备开进了改板沟,乡亲们纷纷从沟下、山上跑过

---

① 老辈子,当地"长辈"的俗称。
② 拖步,俗语,正房后搭的偏房。

来看"稀奇"。洋姜的规模化种植要开始了,范海全带到西安去做工的范尚海听说有了拖拉机了,立即从西安回来帮忙驾驶——这可是他曾经干过的活儿;范顺和、任道君等也纷纷回来了,合作社有了更多得力的帮手。

春耕之后,合作社的拖拉机、旋耕机不但用于合作社耕作,还帮助周边劳力弱的贫困户抢种忙收,彻底改变了村里人刨牛耕的传统耕作方式,乡亲们感到轻松多了。

在范海全全力以赴投入为村里发展洋姜产业的日子里,党和政府的扶贫政策的光辉照进了改板构村:建筑工程队进村了,不久,10多户村民从破烂的土墙房里搬进了"易地搬迁"点,还有部分村民的享受了"危房改造"政策,房屋被修缮得焕然一新;建修村道水泥路的补助款也拨下来了,低保、医保政策的落实,天然气、自来水也开始安装了,村民们从紧巴巴、苦兮兮的日子里缓过气来,改板沟里充满了无限生机。

自从回乡以来,范海全在村里忙得顾不了西安的家,一年到头也只不过到西安一两次。在西安生活了10多年已70多岁的母亲心疼儿子,与范海全的老父亲一道,主动回到老家来帮忙。父母亲一回来,倒让范海全心里有些愧疚起来。父母亲在西安住在城里高楼,回乡来只能住在年久失修的老屋头,一遇下雨,到处都要用盆子、水桶接"漏",而自己的资金和精力全部都投进发展产业去了,连老房子也没有维修好,让母亲跟着自己来受苦,范海全总觉得不是滋味。然而,母亲为儿子做饭、洗衣没有一点怨言,还天天乐呵呵到地里帮助安排农活,亲自做一些力所能及的农事。妻子也抽空从西安回来,跑来跑去帮忙联系洋姜泡菜厂的业务。他们相信范海全：乡亲们的日子好起来了，他们家的日子也一定会好起来！

七

2017年9月26日，改板沟村村头歌声飞扬，路上人潮涌动，四野清香弥漫，漫山遍地的洋姜花笑得无比灿烂，由当时的玉太乡党委、政府与射洪县旅游局、改板沟村共同举办的"首届菊芋（洋姜）文化节"开幕式暨脱贫攻坚工作展示活动在洋姜基地隆重举行。帮扶该村的射洪县委组织部和10多家县直机关单位，远道而来的重庆彭水县新城管委会、重庆云阳陈大毛面业集团发展有限公司等单位莅临活动现场，上千游客也纷至沓来。

刚刚建成不久的贫困户"易地搬迁"点上，小别墅一样的楼群院坝里，村民们家家户户的土鸡、土鸭、各种禽蛋、花生、核桃等土特产品，把水泥院坝摆得满满当当，从县城赶来的游客们争相挑选，村民们的凉粉、凉面等小吃供不应求，而合作社林下养殖的野兔肉、野猪肉更成为抢手货，洋姜泡菜、菊芋粉面条、菊裕膳等也被游客们选购着带给亲朋好友。

开幕式主席台上，范海全与重庆云阳陈大毛面业集团发展有限公司负责人现场签订了战略合作协议，全场掌声雷动，尤其是改板沟的村民们，再次吃下了发展洋姜生产的"定心丸"。随后，一场围绕脱贫攻坚主题文艺汇演给游客和村民们带来了无尽的欢乐。

文艺演出后，上千游客纷纷涌向菊芋花丛游览、拍照，涌向松林坡上的蛤蟆石、乌龟石探奇,涌向沟底的鱼塘垂钓,改板沟呈现出从来没有过的生机和欢乐;中午,农家"坝坝宴"把"菊芋花节"推向又一个高潮……

范海全和帮扶单位县旅游局策划的乡村观光旅游活动"一炮走红"。村民们高兴地说:"土特产连村都没出,钱就卖得包包头了!""没想到我们真的也可以搞观光旅游!"当天,村民们卖出的土特产收入达10多万元。

不久,一个喜讯更让村民们振奋——改板沟村被确定为四川省乡村旅游扶贫村,国家的项目支持将陆续下达。村民们看到,又一条希望之路展现在大家面前。

这年深秋,黄澄澄的的洋姜在村小学的坝子里堆成了金色小山,除留足用于合作社的"泡菜"加工和预留种子外,其余大部分洋姜再次全部卖出。洋姜收益分红,加上入股的乡亲们常年参与务工,比过去种庄稼的收入翻了几番。

"种洋姜真的搞头大呢!""荒山上也能刨出'金疙瘩'",沟里沟外的干部、群众纷纷前来参观、取经。于是,一些当初入股时把土地租出来要收现钱的、犹豫的、退出的,也纷纷托人来表达歉意、说情要求加入合作社,部分在外务工的乡亲也回到了村里,一起加入乡村振兴的行列。

这一年春节,范海全的一位西安朋友听说范海全在家乡搞得红红火火,山里还有大片松柏林坡,里头有好多像蛤蟆、乌龟一样的奇石,就带着妻子不远千里来到改板沟村观光。进村来一看,满山青松翠柏,水泥路连通沟里沟外,天然气也安进村了,家家户户用上自来水了,尤其看中了村道水泥路边那座林木葱郁的小山,就想在这里搞个林下养殖场。

把朋友吸引到家乡来创业,范海全当然高兴了。他们一拍即合,大公山近千亩山林就以村集体的名义承包给朋友经营了。春节过后,养鸡场建起来了,数千只跑山鸡在山林里歌唱;随后,山羊场、野香猪场、旱鸭场也开始运营了,改板沟村从此也有了外乡人来此创业,而朋友带来的红烧鸡、焖羊肉等"宫廷秘方",更增添了这座小山村吸引游客的美味。

—— 八 ——

村民们在一件接一件的高兴事儿中感觉到他们选范海全为"当家人"是选对了。在夸奖"范海全硬是点子多"的日子里,范海全却紧锣密鼓地策划和实施着另一项工程。为了提高洋姜产业附加值,为了保证今后洋姜种植规模扩大后,鲜姜能够全部深加工,范海全决定新建一个洋姜深加工厂。

听说射洪河东开发新区搞得风风火火,这一天,范海全驱车转了一圈,看见这里新建的厂房林立,看到园区东临高速公路,西接射洪涪江三桥、六桥连通绵遂公路和成(都)南(充)高速公路,火车站也规划在园区一侧,心里立即闪出一个念头:这不正是一个很有发展潜力的地方吗?在这里建厂,不正是一个理想场所吗?

在乡上和市里领导的支持协调下,范海全将自己20多年打拼积攒下来的全部积蓄拿了出来,还找朋友借了些债,总共筹资2000万元,在射洪市河东开发新区中工业园区内购买了一片厂房。

就在购置设备时,却遭遇资金短缺。范海全心一横,竟然卖掉了在西安的两套住房，终于顺利完成了洋姜深加工厂的全部建设。

2019年金秋时节，范海全的天应农业科技公司的深加工厂正式投产了，30多名乡亲在这里由农民变成为工人，千多吨鲜洋姜在这里被加工成泡菜，还有部分被运往重庆合作的菊粉加工厂，"合作社+农户+公司"的运营模式，为改板沟村的乡亲们带来更大的脱贫奔康信心。

范海全深知，产品开发离不开科技。他以"三顾茅庐"的精神，从大学里面聘请了专家，聘请了专业科研团队，将种植出的洋姜进行二次开发。不久，陆续开发出了"洋姜泡菜"、配方菊粉，成功注册了"玉太香"牌和"菊裕膳"商标。这洋姜加工成菊粉，对高血压、糖尿病有着很好的疗效，药用价值高，拥有很好的保健效果，早在2006年就被国家确定为新资源健康食品。所以，市场销售一路畅通。

这一年里，"洋姜泡菜"通过在西安的"川渝商会"等推广销售，供不应求；高端食品"菊芋面"进入超市，比普通面条身价高出近10倍也十分畅销，而菊粉作为新型保健品，一上市就赢得了市场青睐。

洋姜产业链的延伸发展，给村民们带来了实实在在的好处。在本村村民建立的合作社里，常年在基地务工人数170余人，其中，建档立卡贫困户就有92人。一些弱劳动力贫困户只要愿意来务工，哪怕七八十岁，哪怕身有残疾，也能在合作社分拣洋姜，一天能挣五六十元。而在深加工厂，不少曾经跟着范海全在西安打拼的乡亲也回来当起了工人。2018年，改板沟村民们的腰包鼓了起来。这一年，仅玉泰种植专业合作社在本村就支付了村民务工工资70余万元、土地流转费32万元、产品销售红利18万元，全村人均纯收入上升到了13 715元。改板沟这个省级贫困村，竟然提前一年摘掉了"贫困村"的帽子。

村民们感慨地说："选好一个产业，就能稳定脱贫，选好一个村民的当家人，村子就大有希望！"

九

"土地也是有感情的，只要你善待它，就能从地里刨出金疙瘩！土地是有灵性的，只要你深爱它，你们梦想就有了生根、开花、结果的根基和希望。"在射洪市委、市政府组织的"返乡创业先进人物表彰大会"上，范海全在主题演讲中道出了自己的心声。

凭着对土地的挚爱和坚定的人生信念，范海全的目光更加开阔和长远。2019年，范海全领头的玉泰合作社已经在射洪市的沱牌镇、太乙镇、天仙镇、东岳镇、复兴镇6个贫困村发展洋姜生产基地1 200余亩，加上村里700多亩，射洪的洋姜产业发展到近2 000亩；同时，范海全与合作伙伴们相继在四川遂宁、蓬溪、巴中和重庆彭水、云阳等地新建了洋姜种植基地3 000余亩，洋姜深加工厂有了充足的原料保障。投资1 000多万元的深加工厂，已经建成菊芋面条、洋姜泡菜等产品生产线全线开通；而他们生产的产品已经多次走进了西部农博会、重庆市农博会，走进了多家超市。2019年，天应农业公司的产值达到1 200万元。

夏日，洋姜花把山乡装点得更加美丽。走在家乡的田边地头，范海全感到特别的欣慰和幸福。欣慰和幸福的是，乡亲们从怀疑他到高度信任他，许多在外打工的乡亲都回到村里来与他一起振兴家乡了；欣慰和幸福的是，以前的改板沟村山高沟狭、土地荒芜、路不平、灯不明、水不通、人心不振、经济拮据、生活困苦，是一个"村里干部想起发愁，包村干部提起摇头"的落后村，而今天，依托着脱贫攻坚的好政策和产业发展，改板沟村修建了4.5米宽的村道路水泥路，农村公交直接开到村委会门口，水泥路还通社、到户，家家用上了天然气、吃上了自来水；村民们的土墙房也变成了小洋楼，年迈的父母亲年前也搬进了新居；而村里还建成了医务室、图书室、体育场，乡亲们组建的文体活动队经常在闲暇日子歌舞升平，全村父老乡亲过上了幸福的生活；让范海全欣慰和幸福的还有他意外的事情：从一个普通的农民打工仔，他不仅成为一名优秀共产党员，还先后被推举为村主任、村党支部书记；今天，在各级领导不断地支持、激励下一路走来，他获得了遂宁市"劳动模范"荣誉称号，获得了近年来遂宁市唯一的"四川省脱贫攻坚奋进奖"，还被评为"中国农村科技创业致富带头人"。

洋姜花开遍山野田畴的季节又快到了，范海全和他的村民们又在开始了村里的第三届"菊芋花节"的准备。站在故乡的"元宝山"头，范海全的脑海里又酝酿起了又一幅向万亩洋姜生产基地建设进军的发展蓝图……

作于2020年初夏

让绿色梦想照亮山乡

　　初夏的早晨，川中丘陵深处东岳镇大垭山坡上晨曦初露，鸟声从郁郁苍苍的林子中传来，格外悦耳的，是东山坡上的香桂林里布谷鸟那一声接一声"花花苞谷"。

　　一条乡村水泥路蜿蜒在山林间，王书林和她的大哥开着辆小车从县道路转进村道水泥路的香桂林边。今天，他们要来这里组织村里的乡亲给香桂林锄草，还带来一大袋现金——他们要把二十几位村民第一季度的务工工资发放到每一个人手中。

　　片刻间，阳光已经擦着东山掠了过来，照在那片香桂林上，那些微微摇动的叶子便泛起了绿光。刚下车，就见文二伯顺着公路扛着锄头第一个走来，见了他们就喊："两位王总，你们才早呢！我早点过来把工资领了，免得等会儿耽搁干活！"

"好！"王书林从挎包里拿出一沓现金，翻开领款签字簿，指着文二伯的名字说："二伯，你做了31天，应该领1860元哈！""好嘞，这几天买小猪儿正缺钱用！"

不一会儿，乡亲们聚齐了，纷纷都领到了工资。快嘴李三妈高兴地说："书林就是好，每回都是按时发工资，从不拖欠一分，我们做起活路来也有劲得很！"大家都跟着说："就是！就是！人家书林是党员哆嘛，党员说话是算数的！"大家说着、笑着，领了钱高高兴兴地钻了香桂林子干活去了。

看着可爱的乡亲们，望着绿光闪闪的大片大片的香桂林，嗅着林子散发出的一阵阵清香，王书林格外欣慰——家乡的几千亩香桂林进入盛产期了，乡亲们可以有更多的机会在家门口务工挣钱了，在射洪市内、市外，公司的香桂基地和发动村民自种的已经发展到5万多亩了，曾经的"绿色梦想"正逐步照亮现实，也为几万户百姓拓展出了一条脱贫致富的路子，这些年来的辛苦没有白费……

一、在困境中艰辛创业

20世纪90年代初，农民家庭出身的王书林，父母残疾，家境贫寒，高中毕业本来想复读考大学的她，因为交不起500元复读费，只好外出打工。女孩子家干什么好呢？在临时帮馆子洗碗、端菜一阵子后，就随了二叔到新都去学修表。几年后，王书林结了婚，有了孩子，由于丈夫也出外打工，她忙了屋里又忙屋外。渐渐的，电子表流行开来，机械表没多少喜欢，修表的生意就不好做了。恰好这时，在外打拼多年的哥哥经过千辛万苦拜师学艺，寻到了用香樟树根子熬制黄樟油的路子，经过用甑子蒸几次试验，竟然真的就熬出了油来。几个月下来，油卖了好几千元，那可比打工挣得多得多了。王书林得知，就回到老家来，与哥哥、弟弟一道，到处去收购香樟树"疙瘩"，挖别人砍伐树子后留下的根，用来熬制黄樟油买。他们曾多次往返绵阳、青川、平武等崇山峻岭山，走过了许多个严寒酷暑，经历了许多艰难甚至危险，把收到的"疙瘩"运回到故乡射洪后，就在村头公路边搭好的棚子下用土甑子熬制黄樟油。看到黄樟油一缕缕地流出来，兄妹三人高兴得手舞足蹈。

一年多过去，熬制出来的黄樟油确实也卖了些钱，但是，香樟树根越来越难找，高价也不好收。就在一个去宜宾油料收购公司交油的日子，王书林听站里的负责人说，现在香樟资源越来越少了，重庆日化公司与省农科院专家用野生岩桂培育出了一种叫"香桂"的树子，用树子的枝叶就可以熬制与黄樟油一样的香桂油，还没有人规模种植，你们可以去试种一下。王书林听了，高兴地不得了，心想：香樟树越伐越少，如果能够在家乡栽种香桂树，岂不是有了稳定的炼油资源？家乡外出打工的人多，荒田荒地到处都是，村民们巴不得有人去用。但能不能把香桂树种植成功呢？王书林读过高中，头脑灵活，就去省农科院找到一位研究植物的教授咨询。教授告诉她，这种树在川内种植是可以的，宜宾那边种了些出来，但是树苗移栽难度大，栽植技术要求高，稍不注意就难以成活。既然川内气候适宜种植，就能够攻克树苗栽植技术！王书林信心十足。

王书林立即赶回来与哥哥、弟弟商量,要种植"香桂树"。虽从来没有种过,但他们相信王书林的眼光和头脑。于是,三兄妹一致同意,用股份制的方式,共同投资种植香桂。

说干就干。1998年初春,东岳乡卧虎村大庙子下不远处的山坡地上,上年枯黄的野草有两三尺深,荆棘、藤蔓把土地封得见不到一点泥土。王书林三兄妹花了好几天时间翻耕,清除草根、杂树,终于把自己家荒了几年的土地清理出来,耙得平平整整。有几位路过的乡亲问:"你们回来种地了哇?""就是呢,以后还要请你们帮忙咯!"哥哥、嫂子、弟弟都在闷头整地,王书林朗声答应。

"要得,要得!"却听有人小声地说:"在外头可能没有挣到钱,得村上熬啥子油可能也没搞到着,还是回来挖泥巴啰!"王书林耳朵灵,听到这话,只是淡然地笑了,但这更加坚定了她要把这条路走下去的决心。那时,三兄妹都已经结婚,都有了孩子,尽管经济不宽裕,但六个大人的精力和各家的积蓄,全都投入到种植香桂树中来了。

一段时间下来,王书林的手上打起来血泡,人也晒得黝黑黝黑的,但她没有叫一声苦,依然每天坚持下地。

土地翻炕了不久,王书林和哥哥按照农科院教授的指点,去宜宾那边高价买回了树苗,在家乡进行了小心翼翼地试种。谁知,长途运回来的苗子,栽进土里几天就蔫了,再过几天就干枯了。哥哥、弟弟有些气馁,王书林鼓励说,可能是栽植技术没问到家,我们再去请教。于是,兄妹三人再次请教了农科专家,王书林还买回了一些植物栽培的书。他们以更快的速度运回了苗子,还带回来了几十斤贵得惊人的种子,连夜连晚把苗子栽进了地里,随后又播下了种子。劳动之余,王书林埋头自学种植技术。这一回,栽植苗子也只成活了百分之十几,让哥哥兄弟再次像蔫耷耷的树苗一样,几天都不说一句舒心的话,而几个月后,播下的种子纷纷冒出芽来,让他们看到了希望。等到苗子稍大,却发现有两种不同的样子,请教专家一看,原来大部分是香樟树苗!他们被奸商骗了!

两次失败,已经损失了 60 多万元,好在苗圃里还长出了一部分香桂树苗,让他们没有彻底失望,他们又借钱补买了种子。当第二年那些香桂树苗子涨到 30 多厘米可以移栽时,他们利用最适宜的天气严格按技术要求就近移栽。为了栽得更快,他们先请来了留守在家的乡亲帮助把坡上坡下的荒地的荆棘挖了,草除了。乡亲们平时不愿耕种,是因为土地瘠薄,种一年粮食还不够成本,好多土地丢了多年的荒。听说帮书林家整地可以挣现钱,纷纷跑来帮忙,一下子,几十亩撂荒地都整理了出来。随后,三兄妹亲自把一棵棵树苗栽进地里,又一棵棵精心浇灌。

这一回,可让他们太高兴得不得了——香桂苗的成活率达到了 70% 多!

全家人就像照顾婴儿一样照顾这些苗子,苗子也慢慢成长起来。

然而,隔一段时间,地里的草长起来了,又要请人帮忙除草,还要给苗子施肥,每一次都得请 20 多个人连干几天。这,可不是一笔小的开支,上半年、下半年做两回就得用 10 多万元。

移栽的苗子越来越多,面积越来越大,开支也越来越大,王书林三兄妹只得早出晚归,一边收购香樟树根熬制黄樟油,卖了的钱用来维持香桂种植。

几年过去,三兄妹不知流了多少汗水,然而,他们欣慰的是,他们在四川第一家成功种植出了成片的香桂树,经过了严寒酷暑的考验,他们试种的香桂树竟然很适应射洪环境气候,青枝绿叶生长得特别茂盛。在家乡的荒坡、石岩、沟田,香桂树的面积竟然达到了1 000多亩。那些昔日满山杂草、荆棘丛生的荒坡地,全都成了一道道绿色的风景,山乡的空气不仅越来越清新,还弥漫着满山满沟的馨香,各种各样的鸟儿也多了起来,有的鸟儿还把巢筑了香桂林中。乡里党委书记、乡长等领导下来视察,也特别欣喜,鼓励他们多多发展,至于土地问题,时任乡党委书记李青说,乡里争取退耕还林政策给老百姓补贴,免除三兄妹一些后顾之忧。

2004年,第一批300多亩香桂树长到两三米深,可以剪下枝叶熬制香桂油了。令王树林兄妹十分欣喜的是,最高亩产的香桂枝叶达到6吨,熬制出的香桂油亩产收入竟有3 000元。

三兄妹尝到了甜头,把所积累的钱全部投入到香桂的种植中。乡亲们也尝到甜头,因为他们帮"王老板"种树、剪枝,在家门口每天就可以挣到几十元钱。

然而,有些老百姓看到王家有收益了,不干了,嚷着高价索要土地租金。好在过去签了合同,国家又给他们了退耕还林补贴,乡里领导又来给群众做思想工作,才平息了风波。

那时，为了按时支付乡亲们的务工费和添置必要的设备、设施，他们家用光了所有的积蓄，有时连招待客人都显得很拮据。为了香桂产业的大发展，他们一家几口人轮流出动，不辞辛苦地先后去香樟树资源丰富的缅甸、老挝等国去采集、收购香樟树根提炼黄樟油。黄樟油在国内出售后，绝大部分资金都用于香桂产业的发展。

就这样，每年挣几十万，每年投几十万，香桂基地像滚雪球一样，从最初的几十亩渐渐达到了2 000余亩规模，能够投产的香桂树也越来越多。

当一桶桶香桂油换成一摞摞人民币后，乡亲们都纷纷来他们家求助，希望和他们家一道种植香桂树赚钱。因为乡亲们从王书林那里知道，香桂树种下去，四五年后进入盛产期，就可以坐等收益了，每年剪枝叶，每亩至少可以达到2 000—3 000元，而且可以连续收入30年以上，30年后，地里的树、土里的根价值也在5万元以上。农户利用荒坡地种植几亩、十亩香桂树，可以说是给自己、也给子孙建了座"绿色银行"。

既然乡亲们愿意跟着种，兄妹几人一商量做出决定：带领乡亲们一道致富！在乡政府大力支持下，村民们纷纷把坡上坡下还荒着的坡地重新开垦出来，栽上从"王老板"家免费送来的苗子。

为了能够有序发展，经过慎重考虑，三兄妹于2005年12月成立了遂宁市龙鑫香料有限公司，他们与农户签订保底收购合同，给农户们发展香桂吃上"定心丸"。

二、在危难时刻撑一片天

"书林,你大嫂出车祸了!"2008年7月21日,王书林正在家乡的香桂基地与村民一道给香桂除草,手机里突然传来不幸的消息。原来,大嫂为了公司把在老挝那边用香樟树根熬制的黄樟油运回来,车到宜宾附近,不想在下一个陡坡时刹车失灵,开车师傅控制不住,东风货车撞在路边巨石上,把坐在驾驶室一旁没有绑安全带的嫂子抛出了车外,车上装满了几吨油的几个大桶竟从车上滚落下了,把嫂子压在了下面……

嫂子可是家里勤快而又优秀的"女强人"啊!王书林心急如焚地乘车赶赴大嫂出事地点,见到的只是面目全非的大嫂。她赶紧联系宜宾附近的殡仪馆,以无比悲痛的心情和无比坚忍的意志处理着嫂子的后事。

当哥哥从老挝赶回来时,嫂子的后事几乎已经处理完毕。受到沉重打击的大哥,从此心情抑郁,经常醉酒,甚至精神也有些失常,当然没法投入香桂产业的规模发展。兄弟是个做实事的人,不爱说话。作为家中老二的王书林,虽说是农村女子,自己的孩子也尚小,但做事稳重,意志坚强,此时便挺身而出,以顽强的毅力撑起家庭,撑起他们兄妹三人艰难开创的这项事业。

王书林是一个有志向、有目标的不凡女子。代理公司总经理后,她决心扩大种植面积,保证炼制香桂油有稳定的生产原料,以告别全家人四处奔波收购香樟树根的日子,告慰嫂子的在天之灵。于是,她在家乡建起了100多亩香桂树苗圃,为未来发展做好准备。

香桂产业的开创和王书林的勤奋，让东岳乡、卧虎村的领导们更加重视。"应该把她培养一下，让她发挥更大的才能。"在村党支部和乡上主要领导的座谈和激励后，王书林向党组织递交了入党申请书。

一边发展苗圃，一边发展农户加入香桂种植行列。王书林跑遍周边乡镇的宣传动员，免费提供给农户们树苗，传授种植技术，并且与农户们签订长期保底收购香桂枝叶的合同。

三、入了党更要不负百姓不负"天"

2011年春，当王书林来到香山镇时，得到了香山镇党委政府的热情接待。因为这一年，这个镇正规划在长岭岗村发展一项新的产业。这长岭岗十年九旱，土地总是裸露着光秃秃的黄泥巴，连树木也没有几棵。过去，镇里曾经帮助过村民栽种过蚕桑、柑橘等项目，可成活率都很低，存活下来的果树即使挂了果，也因为山高路远无法销售出去，村民们便把树子挖掉，种下粮食收几颗算几颗。

王书林来到现场一看，着实有些犯难：这可是黄泥巴地啊！本身香桂树栽植就考技术，何况过去从来没有用过这样条件的土地。然而，时任镇党委书记蒋桂斌等领导决心大，希望以长岭岗为核心区，在这里建一个"万亩香桂基地"，而且十分热情。建"万亩香桂基地"，这不正是王书林曾经在心头的梦想吗？既然如此，王书林又怎么能不答应下来呢？

然而，起初村民不知道香桂何物，不很配合，好在镇村动员宣传到位,党员、干部先行带头栽植,王书林的公司又给村民们特别的优惠:前3年,龙馨香料公司免费提供树苗、栽植技术、肥料,每亩还给村民200元管护费,每栽一株,给4毛钱栽植费,龙馨公司唯一的条件是,以后香桂树枝叶由龙馨公司收购。不仅如此,还与村民签订了最低保护价收购合同!

这么好的"政策",比种粮食划算多了,傻子才不干。于是,村民们开始积极配合。王书林知道,在这样的土地上栽植香桂树必须格外精心。在通过栽植、管理方法的集中培训后,王书林每天6点过就来到地头,把"课堂"搬到田间,轮流着到各个工地,拿起锄头挖窝子,拿起苗子做示范移栽,拿起粪勺子给苗子浇水,拆开塑料薄膜覆盖苗基土壤,边干边说,边说边教。直到晚霞隐没,她才乘车回到30多里外的县城。那一个多月时间里,王书林晒成了"黑人",体重也减轻了五六斤,累得回到家话都不想说。但是,一到了满岗新绿的长岭岗上,她又精神抖擞,忙上忙下。

转眼到了2012年7月1日,王书林迎来一个她终生难忘的日子。"我志愿加入中国共产党,拥护党的纲领,遵守党的章程,履行党员义务……"在卧虎村党支部庆祝"七一"大会上,王书林面对鲜红的党旗举起了拳头。从此,她成为一名光荣的中国共产党党员。

王书林想,既然自己入了党,就应该更多更好地、实实在在地带领群众增收致富,不辜负党和人民的培养和希望,不辜负这个充满梦想的伟大时代。此时在她心中,那个酝酿着的"万亩香桂树种植基地"的梦想越发强烈。于是,她更加不分寒暑、不知疲倦地奔忙在各个乡镇,去向领导、群众宣传香桂树的种植。这一年,王书林被龙馨香料公司正式任命为总经理,并兼任青山绿地香桂产业合作社社长。

俗话说,好事多磨。香山镇这长岭岗水源不足,土质差,香桂苗子栽了一茬死一茬,死了一茬又补上,让人操够了心,费尽了神,更让人伤心的是,有的农户短期看不到效益信心不足,竟然在机耕时趁机把成活的树苗弄掉,还说是旋耕机的问题。王书林把耐心放到极致,寒暑易节,苗子拔了又栽,蔫了又补,补了又浇。在香山长岭岗一带这片热土上,她来来往往了百多个昼夜,洒下了无数心血与汗水。在2年多时间里,长岭岗村成立了香桂专业合作社,以长岭岗为核心的3 000多亩瘠薄地上,渐渐被香桂树苗覆盖。

与此同时,王书林四面出击,县内的玉太、天仙、太兴等地,一批又一批抛荒地披上了绿装。尤其是最先以"公司+农户"模式发展的基地,公司和农户都有好的收益。有了好收益,香桂产业就成了"香饽饽",柳树、青岗、文升等多个乡镇纷纷引进,就连南充、蓬溪等地也来取经,进而发展了新的基地。

踏破铁鞋,皇天不负。这项"绿色产业"的不断延伸,不仅带动家乡父老乡亲增收,又把农村的大量抛荒地用起来了,山也绿起来了,县里的领导们开始重视这项从来"不添麻烦"的产业。开农业产业发展现场会,经常把王书林家的香桂产业作为示范,上级来视察农业产业,也经常光临王书林的香桂基地。县委、县人大、县政府、县政协及县林业局、县妇联等单位领导来现场后,深感王书林是个不平凡的"巾帼能人",不仅给予王书林及龙鑫香料公司以充分肯定,县里还表彰她为返乡创业先进,勤劳致富的"三八红旗手"。2016年春,在县换届选举前,王书林被推选为县政协委员;2016年6月,又被家乡人民选举为遂宁市人大代表。

脱贫攻坚的号角在全国吹响,射洪的山山水水萌发着新的希望。从贫困中走过来的王书林深知,要脱贫不是一件容易的事,要脱贫,必须发展好产业,这项产业还必须持久、稳定。

"让家乡的撂荒地、坡台地披上香桂树的盛装,为贫困农民拓展一条脱贫之路,为种植户打造一个取之不竭的绿色银行。"王书林决心以更大的力度倾力倾情于脱贫攻坚,以"绿色梦想"带领乡亲们走出贫困。

在2016年射洪县政协会上,王书林把一份以"积极发展香桂产业,助力百姓脱贫攻坚"为主要内容的建议交到了大会,提案阐明了发展香桂种植的意义、措施和办法等,立时引起会议高度重视,被大会列为重要建议并由相关部门支持实施。

把建议变为行动,让理想照进现实。2016年初冬,天仙镇文武石村山坡地上一片忙碌,村民们在王书林的亲手指导下,把一株株香桂树栽了下去。在玉贞观、天马村,香桂树栽植也开始了行动。这三个村是天仙镇的重点扶贫村,将完成了香桂树栽种1 300余亩的任务。村民们说:"感谢镇党委、政府引来了龙鑫香料公司,他们免费给我们提供树苗,还义务指导我们栽树、管理,还签订香桂树枝叶收购合同。"

与此同时,王书林为总经理的遂宁市龙鑫香料公司积极规划，确立了在全县21个贫困村新栽植香桂树5 100亩。当年，在县委县府领导和县林业局的支持下，龙鑫香料公司超额完成了扶贫任务。

把重点工作放在帮助贫困村发展香桂产业后，王书林坚持每天早上6点起床出门，天黑才回家，不断深入到栽植一线进行现场栽植技术培训、传授栽植技术，现场督促验收，有时一天要连续跑3个乡镇，在10多个栽植现场来回穿梭。在田间地头，坡上坡下，她也顾不上爱美了，脱下了漂亮的衣服、高跟鞋，换上了普通的布衣与胶鞋，与村干部和种植户们一道奋战。

于是，一片片撂荒地被开垦出来，一道道新绿不断在乡间延伸。

没两年，新一轮万余亩香桂基地在射洪呈现，"绿水青山就是金山银山"在射洪成为现实。

四、五万亩"绿色银行"照亮乡村希望

2021年新年来临之际，天仙镇天和村村民迎来了再次收获，在脱贫攻坚这些年种下的500余亩香桂树的土地上，村民们欣喜的剪下枝叶，龙鑫香料公司的收购人员背着现金带着车子来到地边，现场称秤付款。村民们欢欢喜喜帮着抬上车，大车大车的香桂枝叶运往龙馨公司加工场。

"我们村很多村民都得益于这个扶贫产业。今年，我们家1.8亩地的香桂树枝叶共卖了4 000多元。种香桂树把荒坡地用起来了，栽下两三年后，用工少，长势快，有公司长期收，我们放心！"说起香桂种植，天和村村主任胥洪青对引进这项产

业非常满意。

受益的农户不仅仅在天河村。近些年,香桂种植基地越来越大,受益的农户达到上万户,尤其是给不能外出打工的留守老人、留守妇女创造了家门口就业的机会,他们只需要在栽上树后做简单的管理,采收期间只需要剪下树枝,就有公司派人、派车来收来运,连钞票也送到他们的手中。

而为了香桂树的规模发展,为了让更多的农户能够拥有"绿色银行",王书林和她的公司舍去了很多自己的利益。在她的主导下,近10年来,龙馨香料公司免费送给村民的树苗达近千万株,如果按照常规购苗价格,她和她家的公司送给村民的苗款至少价值1 000余万元,而这些,都是他们辛辛苦苦熬制香桂油换来的。

其实,收不收老百姓的苗子钱,王书林一家也是有激烈争议的,但是最终形成了统一意见:"只要香桂基地扩大了,更多村民有收益了,我们的公司也就有更丰富的资源可以利用了,舍点利益给父老乡亲是值得的,对于大家未来的发展都有好处!"王书林看得长远。或许正是这种"舍得"精神的效应,近些年来,射洪香桂树每年都以上千亩的速度发展。

从当初的白手起家,到现有拥有5万多亩香桂树资源,王书林和她的家人以及公司走过20余年艰辛而成功的创业之路;从兄妹6个人的奋斗,到为乡亲们常年提供就业岗位400余个,带动数万余农户年增收2 000余万元,从山沟里走出来的龙馨香料公司把"公司+专业合作社+农户"的订单生产模式和"服务农村,致富农民,共同富裕"的理念做到了实处,创造了一个种植业发展的奇迹。由此，龙馨香料公司先后被评为"县级农业大户""市级农业产业化重点龙头企业""遂宁市市级重点龙头企业""省级林业产业化龙头企业"，拥有3项国家专利和"蜀洪香桂"商标，聘有高级工程师2名，与四川省林科院、宜宾市林科院（现宜宾林竹产业院）建立了多年的战略合作关系，香桂油产品远销国内外多个地区。因为龙馨香料公司的重大成就，近日，射洪四川省林业草原局将其确定为"香桂现代林业园区"。

2021年4月22日，全国乡村振兴林业产业大会在北京钓鱼台国宾馆隆重举行，王书林作为最基层的一名代表应邀参会，并获得了"乡村振兴杰出人物奖"。这位曾经获得"遂宁市巾帼建功标兵""遂宁市第二届农村乡土人才创新创业奖""脱贫攻坚—人大代表在行动活动先进个人"多项荣誉的"国家林业和草原局林草土专家"，以无比的自豪与满足，再次绽放了她美丽的人生。

今天，王书林正以一个共产党员的初心奋力推进香桂产业的稳步发展。她说，未来的路上，困难还很多甚至很大，但她会坚守本真，砥砺前行，能够以一个的"绿色梦想"映照自己人生和故乡的山水，映照乡亲们的致富之路，那是她最大的希望。

作于2021年初夏

情倾鹤鸣山

———— 一 ————

从宏源燃气公司总经理、党委书记的岗位上退休下来,李路寿感到从来没有过的轻松。被聘为宏源公司顾问,他想,那不过是一种"功成名就"的荣誉,是人们希望为公司的事情做一些参谋。既如此,他内心感激川投水务集团领导们的关怀,也就不时为公司的未来发展提出一些建议。

回首自己的人生之路,李路寿感慨良多,更多时候,觉得人生也不虚此行。20世纪70年代后期,他从一个偏远山乡考入了县师范学校,又以优秀的成绩和不同凡响的表现被推荐为国家干部,那时是多么的幸运。一个幸运的人,不能辜负赐予他幸运的时代。在那个烟熏火燎,柴米油盐都很稀缺的年代,许多大城市都还处于"煤砖时代",他竟然大胆提出了"让老百姓在日常生活中用上天然气"的建议,得到县委、县政府支持并付诸实施。在经历了仰人鼻息的煤建公司天然气经营部的辛酸,到射洪县天然气公司、宏源燃气公司,随后顺应改革潮流建成募集式股份制企业——四川宏源燃气股份有限公司,又改制融入川投水务集团,把公司带上一个新的台阶,成为企业改制的标杆,天然气惠民工程延伸到全县30个乡镇,"天然气下乡"走在全川前列。一个农民的儿子,经历了汗与泪、血与火的他,不断学习、不断涅槃、不断创新,竟然成了四川燃气专家、高级工程师、高级经济师、高级职业经理人、高级项目管理师,还被中国企业联合会评为"中国优秀企业家""第三届中国改革新锐人物",在北京人民大会堂接受荣誉,并受到党和国家领导人的接见。人生如此,夫复何求?

闲暇之余,这位曾经以强烈的开拓意识和社会责任感让射洪百姓在川中大县率先用上天然气的创业者,拿起了他早年就酷爱的相机聚焦家乡、游历祖国河山,搞起了摄影,他想让自己的晚年生活更加丰富多彩。

一番游历之后,他似乎觉得还有事情总是牵挂于心,便又参加了北大EMBA总裁研修班学习企业高管知识。按照他当时的想法就是:"一方面,要丰富人生,丰富经济管理的知识,过去仅有实践,如何上升到理论知识,能够把过去的经验更好地传授给后来者,更有效地顾问企业,需要深入学习;另一方面,通过学习进行反思,过去哪些地方做得对,哪些地方有缺陷，以利于更好地为企业发展建言献策。"抱着这种思想，李路寿像青少年时期读书一样刻苦认真，学得相当扎实深入。

经过3年的进修，李寿路竟然在同班80多位同学中脱颖而出，在毕业取得硕士文凭的同时获得"优秀学员"荣誉，还代表班上8位优秀学员在毕业典礼大会上做了交流发言。

本身有着丰富的企业管理经验，加之北大EMBA总裁研修班毕业，陆续有七八个企业老总先后闻讯而来，邀请李路寿去做企业高管。其中，本县一家国内外知名企业的老总大方地拿出一个车间和500万元流动资金请他全权负责车间生产，就连当时大英县委一把手也专程来射洪请他去新开发的工业园区担纲，年薪开到30万元。这一切也曾让他心动，他考虑着年后回话。

但是，另一件事情却如有万钧之力，把他留在了射洪一个偏远的山村——他的故乡鹤鸣山。

—— 二 ——

那是2015年大年三十的下午，人们依习俗纷纷回乡祭祖。此时，李路寿和他的妻子、儿子们的小车也在从县城开往复兴镇鹤鸣山的路途中。一个多小时后，儿子李云就顺溜地把小车开到了老家鹤鸣山下。再往上沿一条盘山路爬上两公里多，就可以到达他们的老屋了。

看着高昂"龙头"的鹤鸣山，李路寿思绪万千。这条山路，他不知走过多少回了。童年在村里读书的时候，这条弯弯曲曲的羊肠小道是上山回家唯一的道路，一遇下雨天，就让他和同伴们经常扑爬跟斗、满身泥糊地上来下去。"仙鹤飞走了，祥瑞带走了，我们这里就只剩下穷困了。"李路寿还记得父亲无奈的感叹。这么多年了，家乡的山总是突兀着，家乡总是在贫穷落后中难以改变，就连这条上山的公路，也是在近10年才得以拓展……

8年前，县委把宏源公司安排到复兴镇作为联系单位。一天，镇党委书记胡怀强带着前来联系工作的李路寿来到复兴镇老家，又到李路寿家的老屋看了看，沟里到处都是被风雨剥蚀的土坯房。那时，李路寿的父母已经去世多年，妻儿都住在城里，父母留下的老屋只是有空回来打理一下。

胡书记说："你们这个湾，路不通，经常缺水，现在是复兴镇最穷的村了！"

李路寿懂得胡书记说话的意思。

在邻居李海全家，他看到孩子们都出去打工了，老两口依然住在30多年前建的土墙房里，房前晾晒了不少树木砍成的"大柴"，那是用来烧火煮饭用的，而那口用了不知多少年的水缸，缸底都没有遮住的一点点水里还有几根红色的"涮棒虫"在蠕动。李海全说："屋旁边的水井干了，平时要到山下河沟头去担水吃，好多时候还要跑空转转。"李海全可是他儿时的玩伴啊，想想少年时是多么的天真烂漫，还经常把烤红苕分给他吃，如今却躬着背连担水都很吃力，成了空巢老人。

家乡的落后与困境，儿时玩伴的落寞，早让他心痛不已，今天，胡书记这一说，他心头更为难过了。

这以后不久，李路寿启动了他做的一件大事——给乡亲们安装天然气，他要让乡亲们也能和城里人一样，告别烟熏火燎的日子。

早在几年前，李路寿在宏源公司规划并实施了"天然气下乡工程"，主管道已经延伸到射洪30多个中心集镇，这几年，场镇周边的村，基本上都已安装。而鹤鸣山，离用上天然气的复兴镇尚有10公里左右的路程，这样特别偏远的村，当时都还在烧柴火煮饭。宏源公司新班子和员工们听说他们崇敬的"老领导"要给家乡父老安装天然气，当然纷纷表示大力支持，就确定复兴天然气公司按3 000元安装一户的特大优惠价给村民安装。

这可是破天荒的好事儿啊！村里的乡亲纷纷欢欣鼓舞。

万万没有想到的是，竟然有几户人不愿意安，就连曾经的小伙伴张老幺也说："山上树木那么多，有的是柴烧，安啥子天然气嘛，浪费钱！"

李路寿觉得又好气又好笑。他理解，这几户人家里没啥经济来源，一个"穷"字让他们短浅了目光。于是，他把几户人叫来，给他们细细说了用天然气的好处，说现在这么优惠的价格不安，过了这个村就没这个店了，他还鼓励乡亲们："你们安起来，我自己掏钱给你们每家送一个两百多元的不锈钢燃气灶。"

他还帮乡亲们算了下账——

他说："你们算下嘛，不说你们这些七老八十的人，就是牛高马大的壮小伙，要上山弄回柴火塞进灶膛都很费力，供全家人烧一个月的柴，至少得忙个一两天吧，你用这两天去打个工，挣个一两百元没问题吧？可烧天然气，一个月全家人充其量三四十、四五十元顶了天。烧柴煮饭时还要人烧火。冬天还好点，夏天热得人心慌……"

李路寿比前比后，苦口婆心。终于，天然气管道进村了，家家户户都陆续连通了天然气。李路寿好事做到底，他履行诺言，给本队20多户人家每家人都送了一台燃气灶。

当蓝幽幽的火苗绽放在乡亲们的灶台上时，村民李海全十分高兴地说："用天然气是安逸，没有烟熏不说，锅底再也不起锅墨烟了，清洁得很，烧水煮饭至少要少费一半的时间！路寿又给我们做了件大好事啊！"

过了不久，李路寿决定支持家乡把连接潼射场镇和家乡这个村的公路修通。从他童年去潼射街上读书到现在，这条路段都一直没有修。近些年撤区建立乡镇，随后又撤乡并镇，建制变了，这个村这几年属潼射镇管，过几年又划到复兴镇，两头的路都修起了，唯独这一段两公里多长的路仍然是窄得只能过"鸡公车"的土路，特别是下雨天，那路上满地泥泞，走过的人鞋子的"眉眼"都看不到，常常看到自行车"骑"在人身上。在李路寿的协调下，由他个人出资请来的一部挖掘机隆隆推进，一条几公里长、3米宽的公路路基挖成。

修路，是百姓们盼望已久的事情。可是有一天，几位大妈来到正在挖土的王师傅的挖机旁，挡住了不准挖，说是挖过去就要挖着她们家的地边了，地边上长着树，地里头还长着菜……挖机师傅是李路寿的朋友，他从事挖机工作多年，经历过多次拆迁，经验丰富，他急中生智："都是乡里乡亲的，何况李总修路也是为了你们,你们莫挡我,我晓得你们还忙到起到街上去耍,我给你们一人几十元钱你们去打麻将哈!"几位大妈一听,心头乐了:这个师傅还懂窍。拿了钱欢天喜地地走了。

几天过去,一段"断头路"的路基拓通。顺便,李路寿又让挖机把从鹤鸣山下的路基一直修到半山坡上他的老屋旁边。

道路再宽如果没有硬化,"晴天一身灰,雨天一身泥"依然会困扰乡亲。但硬化需要大量的资金。曾经有人组织乡亲们投钱修路,大家就是不来气。怎么办?李路寿发动了一些在外成功人士捐了些资,但还是不够。恰好在一天晚上李路寿看电视看到射洪新闻,新闻里说县扶贫移民局用扶贫资金修建水泥路帮助一个村解决了"断头路"的报道,他立即拿起电话打给扶贫移民局局长何连,希望他也能帮助家乡把鹤鸣山下这条村民赶场、孩子上学的必经之路也硬化一下。第二天,何连局长就带人前往鹤鸣山实地调查。何局长从鹤鸣山村口下车,一直步行到潼射镇,沿途查看路基建设情况、了解村民意愿,大家都说李总请人把路基都建好了,就是缺资金硬化了,当然希望政府部门支持呢。何局长向乡亲们宣传了"政府支持一点、群众投一点、成功人士捐一点"的政策,除了个别人说"我又不走那条路"不愿投钱外,绝大多数乡亲都欣然支持。又过了不久,县扶贫移民局下拨的专项资金到位了,在镇村干部们的协调下,附近村民们的捐资也收起来了,2公里长3米多宽的水泥路也很快修成了。

走在水泥路上,大家高兴地说:"没有路寿找人把路基修好'打个启板儿',我们还得多走几年烂泥路啊……"

正在回想的时候,李路寿全家乘坐的小车已经来到了家门口的坝子里。坝子旁边有一口一亩多大的小水塘,也是修公路那年李路寿请人帮助,把原来簸箕大的一个"凼凼"扩建出来的。记得动员乡亲们开挖这个小水塘时,用电夯夯筑塘坝的时候,一插电,电机却转不起来。"平时打米机、磨面机一开,电灯就不亮了,电压低了,电机拉不动!"乡亲们当然也明白个中原因。李路寿又找来多年的朋友、时任明珠公司的经理陈发祥,他感动于李路寿为百姓办好事的情怀,以"支农项目"为村里安装了价值8万多元的变压器,不但解决了电压低造成电夯机难以转动的问题,还把水从沟底的溪流里抽了上来,解决了乡亲们的灌溉用水问题,村里的电灯再也不像"萤火虫"了。

再次回到家门口,看到塘水清清、鱼儿游弋,李路寿觉得有一种别样的成就感。此时,邻居李海全迎了出来与李路寿打过招呼。

然而,塘右边的景象却让李路寿一下子怔住了。那些曾经种粮食的大片土地里,荒草竟然长了一人多深,那长长的荆棘把上鹤鸣山的小路都封住了,一些刺藤还爬上枯树耀武扬威,草丛与荆棘一直铺向两三百米外的元宝山,被祖辈们视为风水宝地的元宝山,已成了被人们丢弃在荒野中的乱草岗,曾经养育自己和乡亲们的土地,竟成了人们不敢进去的刺笆林!

"过去包产到户,为争一点地边地沿,吵嘴咯孽①整得头破

---

① 吵嘴咯孽:地方语,吵嘴、打骂。

血流,今天这么多土地荒成这样,太可惜了哟!"

"年轻的都出去打工去了,挣到钱的就去城头安家了,村里没剩几个人,老了的又没力气种地,看嘛,村里头到处都是荒起的,就连田头的草都有人多深啊!"李海全指着山下的模模糊糊的田地告诉李路寿。

李路寿朝山下看去,乱草霸占了大大小小的田土,那些土坯房这里一幢,那里一丛,胡乱趴在山间、沟底,那种冷清萧条给人说不出的一种滋味。

"哎,家乡几十年还是这么穷困潦倒啊!"李路寿感叹。

"你坐嘛!摆一会儿龙门阵嘛。"李海全从街沿上端来凳子。

"你们去把屋头搞一下,我跟老哥子坐一会儿。"李路寿安排了妻儿。

这时,邻居又一位老人走过来与李路寿、李海全打过招呼。三人坐下后又摆起了"龙门阵"。老人给他讲:"村里人穷啊!李老三屋头两个女娃子读书成绩好,李老三才不懂事啊,还买起香蜡纸钱去庙里求菩萨说:'菩萨,我求求你老人家,行行好,我供不起啊!莫要让她两个考起大学哈!',偏偏那两个女娃子都考起了,幸亏国家政策好,给李老三解了围,不然两个女娃子就废了!"老人叹了口气继续给他摆,"村里已经有60多个光棍了,媳妇娶不上门。张老幺那个20多岁在外面打工的儿子,与湖北一个女人在外头相好2年了。那年过年,张老幺儿子把这个女人和她妈带回村里来。她妈一看这山、这沟,特别是这条弯弯拐拐的陡坡路,连家门都没有进,拉起女儿转身就跑了……"

邻居老人絮絮叨叨地述说，李路寿静静地听着，老人提到的这几个人，都是儿时的"青沟子"朋友啊，没想到如此穷困，还有那几十个"光棍"，好多都是熟悉的乡亲的儿子啊！

"如果再这样下去，村子真正就要成空心村了。"李路寿叹了口气。

看着眼前景象，听着邻居老人的讲述，李路寿心里头很不是滋味，一个念头在他头脑里忽闪起来……

"爸爸，我们去给爷爷、婆婆烧纸了！"此时，儿子的招呼声让他回过神来。老父、老母的坟茔就在老屋背后，李路寿一家人在坟前上了贡品，点燃了蜡烛，烧了纸钱，做了跪拜之礼，便匆匆赶回了城里。

傍晚，射洪城笼罩在霓虹灯光与一阵高过一阵的鞭炮声中，一家人吃完了年夜饭，李路寿郁郁地回到自己的房间。"乡亲们真是太苦了，青壮年丢下娃儿、老人，都外出打工了，家乡也实在是太荒凉了，那么好的土地竟然大片大片被草掩了……"心酸了许久，一个"回乡干点事情"的打算在他的脑海酿成。

这天夜里，李路寿做了个梦。他梦见又一次回到鹤鸣山下，模模糊糊地看到那一片片荒地上茅草倒伏着，一些小花开在被草掩着的路边。乡亲们走过来围着他，似乎想给他说什么，又不好开口，一个个眼巴巴地望着他，又纷纷慢慢地离他而去，一些人又回过头来看着他……

过了年，他把想开荒种地返乡创业带领乡亲脱贫致富的事情给妻子和儿子说了。妻子说:"人家那么大个知名企业请你帮忙,年薪几十万,你不去,却要去开荒种地。土里刨得出个啥名堂?你回去起得到好大的作用?你都是跳起脚脚从农村出来的,你不知道农村啥滋味?"儿子李云也劝他:"爸,你已经六十多岁的人了,该休闲保养身体享享清福了,就莫去操那份心了嘛!"李路寿说:"你们莫管,我说要回去就要回去!"十分孝顺的儿子李云立马就改了口气:"爸,你咋个高兴就咋个整嘛!"

——— 三 ———

2016年的春天似乎来得早些,树木的芽苞刚刚冒头,射洪县委、县政府就传达了中央一号文件精神,部署了当年全县脱贫攻坚和新农村示范点建设工作。随后,县上各部门抽调了近百名党员、干部,分赴80个贫困村担任"第一书记",带领群众脱贫攻坚。

"我是一名党员,也应该为家乡脱贫攻坚做一些贡献!"李路寿有了更大的决心和更明确的目标。

偏远的鹤鸣山上,坡上的草绿了起来,一些野花也开始绽放了。天气稍暖,李路寿就要回到他的故乡鹤鸣山了。妻子文巧云虽然有些不乐意,但"少是夫妻老是伴",也只好和李路寿一道回到了老家。

开车路过沟下小院文老师家的时候,李路寿将一袋糖果、几包饼干送了过来,他想去看看那些留守孩子们。孩子们都上学去了,六十多岁的文老师迎来出来,请李路寿进去坐坐,李路寿说，就不进去了，请文老师把礼物转交给孩子们一下，空了再来。就上车与妻子回到了山腰上的老屋。

经过两天的清整，一个干干净净、整整洁洁的院落便呈现在人们面前。

随后，李路寿着手解决饮水问题。他在老屋周围的山坡上四处寻找，终于找到屋后山坡上有浸水的地方。于是，他把在城里单位上班的儿子们及街上拉三轮车的、在县城打工的兄弟姊妹们叫回来帮忙。儿时的伙伴们知道路寿回来做事了，李海全、李有清、李树清、李树华主动赶了过来，就连嫁到邻村的李秀兰也回来了，他们有的帮助挖井，有的搬石，有的箍井，有的安装水管。经过10多个日夜的奋战，一口新井建成，泉水慢慢浸出，慢慢让水井满了起来，一股股清泉就从高处顺着管道流进了李路寿和邻居们的水缸之中。

离家不远有一口堰塘，好多年没淘，淤泥满塘没蓄上水，李路寿又组织乡亲们淘去砂石，准备蓄水来灌溉农作物。

这天，李路寿从山坪塘淘淤现场刚刚回来，同社的廖正富亲自来到李路寿家中："我常年都要去外面打工，我那两亩多地草都封完了，你要回来种地，我就送给你开出来种了！"怕李路寿不相信不接受，就写了个协议，签了字盖了手印交给李路寿。李裕全的几分土地在元宝山旁，栽的桃子树也有一米多高了，也跑来找李路寿："桃子树快被刺藤缠死了，我也不想管了，你拿去弄，不要钱，以后结桃子了摘几个给我尝个鲜就是了！"其他的乡亲也纷纷前来："这些地种起了也收不了几颗粮食，你要做啥子拿去就是！""荒着也是荒着，土地不种，几年就废了！"……后来听说李路寿要栽树，不少乡亲纷纷来给他说："这是好事情，那些撂荒地都交给你栽树。"

李路寿感叹乡亲们的慵懒，也理解乡亲们的无奈，更感激乡亲们的大方。

春上的3月9日，元宝山上破土开荒了，李路寿找人开来的旋耕机"突突"轰鸣，留守的乡亲们也纷纷主动来帮忙除草。李路寿做了一个考勤簿来记录工时，谁知李海全一把就把考勤簿收了："记啥子啊，土地你来种就不会荒了，也没有人骂我们懒了，解了我们'丢面子'的愁，我们不要工钱！"李友清、廖正富等众人也附议："就是嘛，这些土地你随便用！我们有空都会来帮忙！"再三推托后，有乡亲就说："工资就算了，我们干了活没时间煮饭，你找个人给我们煮点饭吃就行。"

李路寿深深感激乡亲们的热情和善良，但他在生活上绝不能亏待了乡亲们。每天，他的爱人文巧云一个人忙里忙外，煮出10多个人的干饭，还要炒回锅肉、烧豆腐、拌凉菜等。乡亲们还没有这样每天见油荤，心里感激，觉得他们上街买菜不方便，就主动送来家里土地上种的黄瓜、苦瓜、四季豆、白菜等，这又给忙得不亦乐乎的李路寿和妻子帮了大忙。

乡亲们看到每天太阳还没有冒出对门的银锭山，李路寿就戴上草帽早早地来到元宝山旁的荒地上，安排帮忙的乡亲割茅草、除荆棘，找来挖机挖掘泥土，自己亲自到地里清理杂草树根，哪里像一个曾经当过射洪出了名的大公司老总的人，完全就像一个不怕苦、不怕累的"农二哥"。更让大家惊讶的是，李路寿还买了旋耕机，自己学着操作机器从地的这头耕到那头，从那头回到这头，一片又一片黄褐的泥土在他脚下铺展开来，比他们过去锄挖牛耕不知快了多少倍！

然而，几天下来，李路寿手上打起了血泡，腰酸背疼天天折磨着他。妻子劝他："你就安排一下就是嘛，何必亲自动手？"李路寿说："多一个人做就多一分力量，况且现在农村人手少，大多是老弱病残，快一点把土地弄出来，就能快一点种上！"

在一家公司任副总经理的儿子李云得知父亲为了购买耕作用具、种子、树苗和联系事务经常坐公交车或者的士很不方便，就与媳妇商量，专门给父亲买回一辆皮卡车。李路寿当然高兴啦，自己当老总时天天自己开车，退休后把车还给了公司，好久没有亲自"把方向盘"了，他把儿子买来的皮卡车从山上开到山下，又从山下开回山上，觉得这车还很"趁手"，乡亲们也投来羡慕的目光，这让他高兴了好几天。

经历了一个又一个风雨阳光的日子，以元宝山为中心的300多亩土地平整出来了，并连成了片，晒得黑黝黝的李路寿站在元宝山上欣慰地笑了！随后，李路寿硬是把参加土地整理的乡亲们的工资按照当地务工的标准一一结了，乡亲们感动得不知说什么才好。

拿到工资的乡亲们，有的买回猪崽、羊崽，有的买回鸡苗、鸭苗。他们觉得，路寿这么大个老总都这么勤奋，我们自己也应该向他学学，不能又穷又懒。

在整理荒坡地和规模植树的同时，李路寿心中的蓝图早已锁定：以鹤鸣山为中心，以元宝山为重点，建成一个辐射全村的集生态观光、休闲旅游于一体的新农村示范点。具体来说，就是建一个具有示范和带动意义的山庄，山庄包含桃园、枇杷园、银杏林、刺梨园、水月塘；景点开发包括有一定地方性历史文化的鹤鸣古寨、缺尔垭、飞机坪、灯盏坪、满子洞、爱情小道、元宝山、游乐园、休闲康养山庄……这是他在劳动之余登上鹤鸣山眺望中"绘制"的愿景。

听说李路寿在建果园、银杏园，城里的朋友也多有搞果树、花木种植业的，纷纷各尽其能。有的运来了优质桃李、枇杷、梨子树苗，有的送来了葡萄苗、花种，还有的送来了银杏树苗。

"你整好了，我们休闲养老也有个好去处，朋友聚会也有个好地方！"

"给家乡做好事，我们也应当出一份力。"

朋友们的支持让李路寿更加坚定了信心。他一边开荒种树，一边修整他家的房屋、庭院，并把庭院取名"鹤泽山庄"，还从远处运来一块巨石，把山庄的名称刻在石上。他希望做个示范，把林果园建起来，把这里的人居环境美化起来带动乡村旅游，以产业发展+农庄模式带领乡亲们脱贫致富，让乡亲们将来也住上像他家这样的房子，过上幸福的日子。所以，每当朋友们送来各种果树苗，李路寿总是要给帮忙的乡亲们分上几株，叫他们拿回去在自家的房前屋后栽上，以后结了果也好增加些收入。

栽植果树的时候，李路寿耐心地给乡亲们讲栽植技术，并且强调，果树专家要求，果树培土不能深也不能浅，土只能刚好把根须覆盖。有个老乡，总是要用土深深把根部覆盖，还说：

"专家说的是理论,他懂个球,土壅深点才经得干!"李路寿反复给他讲了道理,他才改正过来。

不久,乡亲们帮助开垦的三百余亩坡地上,树木花草栽上了,果园建起来了,乡亲们房前屋后也栽满了果树。花木果树栽好了,却需要解决大量用水的问题。缺水是鹤鸣山人祖祖辈辈的一个心病,村里曾经开了好几口堰塘,但因为都是靠积存雨水、山洪,经常干涸,他回来才领着乡亲整出来一口。其他几口砂石淤积得没人管理,有的堰塘底、塘坝上都开着一寸多宽的裂口,蓄不了水。所以,村里以前种水稻的田都废弃了,十多年没有种水稻的村民,吃米只能到街上去买。

自己的园林需要水,乡亲们想吃上自己种的稻米更需要水,水是农业的命脉,必须尽快解决。怎么办呢?!李路寿心头有了新的主意。

— 四 —

初夏时节,两个猪贩子骑个摩托来到鹤鸣山半坡头的农家户收购肥猪,恰好村民李本友家的猪肥了。与贩子一番讨价还价以后,贩子只给到每斤毛猪9元就不添价了。

"昨天沟底下王老二都是卖的9.5元一斤,你今天咋个才给9元?"李本友不服。

"他在马路边上住,我的拖拉机就停在他屋前,你这坡上路不通,找人抬出去要给几十元嚯,路不通的卡卡头,一直都要少5角,不然你给我弄下沟去嘛!"猪贩子理直气壮。

"你晓得我弄不下去欺负我嘛。算球了,过秤嘛!"

200多斤毛猪一下子就要少卖100多元。李路寿刚好从鹤鸣山散步下来，路过李本友的屋前，他看在眼里，不平在心里。其实哪里只是毛猪才少卖钱！在鹤鸣山上下，因道路不畅，车辆无法进出，村民们的鸡鸭、蔬菜、水果、红苕等农副产品只有肩挑背磨到街上去卖；买点肥料回来，也只能徒步背回来。但青壮年都出去了，谁有力气弄出去？贩子们骑个摩托来收，总要压价吃秤，你不卖就没钱用，那些蔬菜、水果吃不完又会烂掉。更让村民苦恼的是，如果哪家有人生了重病想去住院，救护车进不来，只能遍沟找几个人用竹竿绑个"滑竿"抬出去。坡上张幺婆曾经得了病，还没抬到潼射医院就没气了。

　　道路不通，乡亲们苦不堪言。"一定要想方设法把村里山上山下的道路连通到社"，李路寿下了决心。

　　然而，修路，没有钱那就很难办了！找乡亲们投钱吗？他们买米买衣服都还要靠卖鸡蛋、卖猪儿呢！

　　第二天，李路寿回到城里，他找到又一位做工程有挖掘机的朋友。朋友二话不说："你这是给老百姓做好事，何况你是老朋友，再啷个都要来帮忙！"李路寿又先后来到县扶贫办、交通部门。这些单位的领导都知道李路寿给射洪搞天然气是为百姓做了很大贡献的，退了休还帮助新农村建设，纷纷表示："这是应该支持的事情，你们把路基先弄起走，后头的事情争取用扶贫项目支持，我们着手安排整就是！"

　　没过几天，在李路寿和村干部们一起规划好村道路的线路后，朋友的挖掘机轰隆隆地开来了，路基开拓工程拉开了。

　　这一天，挖掘机挖到山坡上，经过李路有家房背后一凹沟处的时候，一股细流浸了出来。李路寿闻讯，跑来一看，真是踏破铁鞋无觅处，得来全不费工夫，竟然挖出了一股水头子！李路寿和大家喜出望外，找水源解决乡亲们的用水，正是他规划中梦寐以求的事情。李路寿立即联系了打井人员和机械，花了两天多工夫就打成了一口深井。泉水渗出溢满井口，又解决了附近10多户人的饮用水问题。打井花费了2 000多元费用，李路寿没有让乡亲们出一分，他个人全部帮乡亲们付了。乡亲们十分感激，纷纷表示："你坡上地头要做啥子活，招呼一声就是哈！"

趁着来了打井技术人员，李路寿又请帮忙再找几口井位，一打下去二十多米，果然也出了泉水。考虑到饮水安全问题，李路寿请来了县里的防疫部门的专家，对陆续打出的四眼井的山泉水取样进行检测。没几天，检测结果让大家欣喜不已：不仅水质维生素等含量高，各项指标全部达到优质标准，几口山泉水井竟然意外地检查出每升水中矿物质硒的含量达到21.2微克。

这可是一个特大喜讯，因为按国家标准，每升水达到10微克就算"富硒矿泉水"了，这里的水含硒达到21.2微克，就很难得了。专家说，人们饮用了这种水，不但可补充人体必需的适量矿物质硒，还能增强人体免疫力，从而能够促进人们体质增强、健康长寿！李路寿想：这可是找到了宝地，这水要让它发挥更大的作用！

用机械打井，省时又省力，李路寿和乡亲们又爬坡上坎、穿沟过溪找到了几处浸水的地方，乡亲们闻讯纷纷出力出钱，又成功地打出了8口深水井，由此，先后打下13口水井，把山泉水引入了乡亲们的水缸，这一下村里的乡亲们高兴得合不拢嘴——吃水不愁了。

半个多月后，村里的10多公里道路路基就掘通了。趁着这个机会，李路寿又请挖机师傅帮忙硬是从岩壁上掘进去，要把元宝山到鹤鸣山上缺尔垭的消防通道拓通。在鹤鸣山上，人们三十多年前密植的柏树、杂树已经封林，大的柏树已长到脸盆粗细，一片一片成了森林。森林需要防火，并且，李路寿心中还藏着一幅蓝图，要把蓝图变为现实，道路先行是"硬道理"。

五

就在李路寿欣慰自己完成了村里几件大事的时候，却发生了他意想不到的事情。

那一天，他开着皮卡车路过村民王中友家外的公路时被叫住了："老庚，给你说个事，他们修路时，那个挖掘机把蜂包惊动了，几只蜂子飞来把我蜇了，你看嘛，我这腰杆上都还肿起的！"王中友撩起衣衫，果然见有一处皮肤红肿。

"那你去医院头看一下嘛！"李路寿关心地说。

"没得事，我晓得去找他们！"王中友倒还很爽快。李路寿事情忙，就开着车离开了。

又过来两天，老辈子李道书碰到李路寿说："你好事不好做喔，有人在告你哒！"

"告我们啥子？"李路寿问。

"告你们修路，蜂子整出来把人蜇了，要找你呢。"

不是说不得找我吗？李路寿有些疑惑。

随后，村主任李茂武又对李路寿说："你们要注意喔，有可能年都过不伸展，王中友把村上、开挖机的师傅，还有你都告了，要你赔80万！过年要来找你喔！"

李路寿心头虽踏实，但也感到奇怪：我给大家做好事，没有人说不是，前几天说了不找我，咋个又要找我索赔？还要80万？

镇上领导也知道了，就派人来调查。原来，王中友那天在地里干农活，修路的挖机也在地旁边的路上挖路基，恰巧离王中友约200米外的树上有个蜂包，那蜂不知怎么就飞来把王华友蜇了，王中友就说是挖机惊动了蜂，要挖机师傅负责。刚好又遇上王中友本来就有肺病，这几天肺病发了，住了几天医院，王中友就说是蜂子蜇发了的，必须赔偿。

镇上那位调解人为了平息信访事态，就给李路寿说，这人是个难缠的"赖皮"，你给他1万元安慰一下，镇上民政给他解决两万补助，把事情了了。但王中友不依，非要把李路寿他们告到法院。

有人悄悄告诉李路寿，这是某人挑唆的。"王中友本来说过不找你，要找挖机师傅，但某人说你个人找李路寿，他有钱。只因为你那回没有把修路的工程包给某人做，他就暗中使绊。"李路寿回忆起了，上次修建潼射那条路，有个村干部来向他借几万元钱，说是帮他侄儿借，侄儿在外做工程整栽了。李路寿说，把钱投入了修鹤鸣山的路，钱正紧，没有钱借，那个村干部满脸不高兴。随后，又来找李路寿包修那段公路，李路寿说：

"修这路是扶贫局在招标,我做不了主!"那位村干部显然不信:"你钱都要得下来,还做不了主?鬼才相信!"气呼呼走了。李路寿觉得,这人很有可能做得出来这些事情喔。有乡亲又告诉李路寿,旁村一个人称"烂带书"的土律师想挣钱,就给王中友说"这个官司包打赢",王中友就真把李路寿告下了。

哎,这些人素质咋个这么低?李路寿感叹。随后法庭发来通知,李路寿无法,就只好请一位姓李的律师应诉。

每次出庭,王中友总是穿上不知哪里找来的破旧衣裤,到处巾巾吊吊的,装出一副可怜相,每次都要索赔,80万不行50万,50万不行40万,他的律师也不退步。帮李路寿的李律师终于收集了相关证据,又通过成都一家医院鉴定,确定了王中友的肺病发了与蜂蜇无关,据理力争。

王中友的老婆觉得王中友无理取闹,对他说:"人家李总是为大家修路,你那点毛病还要人家几十万,你好意思?"王中友吼道:"你懂个球,二天我死了,球大哥管你!"

法庭被王中友缠得头疼,就给挖机老板做工作:"给点钱了事算了。"法院一位领导也给李路寿打来电话:"这个人是老信访,就是装穷装可怜想要点钱,给他点钱打发了事。"李路寿也没心思和这样的人浪费时间,就听了法庭调解人一句话"挖机师傅给王中友1.5万元,李路寿给王中友给3万元,村上给5 000元",事情终于平息。后来听知情人说:那个"烂带书"① 就从王中友那里要走了2万元。

---

① 烂带书:方言,帮人打官司的人。

这件事情之后，李路寿曾一度不想再管村里的那些事情，甚至连心中规划的"鹤泽山庄"也懒得搞了。但转念一想，像王中友那样的人毕竟是个别的，绝大多数乡亲还是善良的、友好的。自己回来创业，也不能半途而废，不然如何对得起那么多朋友的帮助？如何对得起共产党员的称号？

继续干下去！一定要干出点名堂！李路寿下定了决心。

于是，向鹤鸣山顶拓路的工程继续推进。这条上山通道，需要拓3米多宽，1公里多长，要一直拓到灯盏坪。

然而，在挖机挖路基的时候，一位村民过来了，他说挖机把他家坡上的树子挖掉了，要赔款，挖机师傅说："这个我就管不了！"那位村民就跳进挖斗蹲着不出来。挖机师傅给李路寿打电话，李路寿又给村支书打电话。村支书骑着摩托赶来，对那位村民吼道："你那几棵渣渣树值几个钱？人家李总投了十几万，修好路你们来走，还不安逸？消防通道是为了保护林木，是国家大事，你敢耽搁？你再不出来，你们家那个低保就莫想了，你那个土坯房改造也没份了，你下来不？"那位村民一听，悻悻地跳下挖斗说："我还以为是国家拿钱修路要补偿啊！走了走了！"

这时，李路寿也过来了。村支书对李路寿说："路你开起走，有啥子事说一声就是，我看那个敢妖言喝三！"

消防通道路基终于开拓出来了，随后就是浇筑水泥路面。此时正是冬季，拖拉机把混好河沙水泥的路料拖上山来，山路又陡，爬不上坡，李路寿和几位村民就在车后面推，几个人"蹬起八只脚"使出全身力气往上推，一点也不敢休息，怕的是一松劲车倒回来就危险了。尽管山风寒冷，但车推上来，大家早已满头大汗。就这样推了一车又一车，累得真想瘫倒在地。但是他们都不能瘫倒，因为水泥路料铺好了，必须在4—5个小时内"收光""划痕"。"收光"是为了让路面平整，"划痕"是为了路面有收缩缝不至于热胀冷缩震坏，还为了增大路面摩擦力避免车辆上行打滑。而这一切都得在夜晚两三个小时内完成，因为白天不能耽搁拖拉机拉料上山，夜晚等太久了路面稍干了又受不了光划不了痕。

于是，李路寿就跟着乡亲们一起干。乡亲们为了照顾他少干体力活，就让他蹲在划痕的"耙子"上压住"耙子"，四五个乡亲就一人一根绳子拖过去、拖过来，深深的"痕"就划在路面了。连续几个小时，李路寿蹲得腰酸腿麻，大汗淋漓，人站起来都有点站不稳，好多时候干完已是夜里十一二点，回到家里一下子瘫在床上动都不想动。就这样挑灯夜战了十多天，终于打完了一公里多长的上山水泥路。

不久，复兴镇党委、政府积极帮助争取到了专项资金下拨，沟上沟下的村道、社道水泥路不仅连通到大公路上，路边一些乡亲的院坝也顺便给硬化了，父老乡亲走了几十年的"毛狗路"变成水泥路了；鹤鸣山上消防通道硬化的资金县里也拨付下来，解了李路寿的燃眉之急。

走在水泥路上，乡亲们莫不夸奖："李总回乡来，我们不再走烂泥路了，有水吃了，打了工还给我们发工资，李总真是我们的福星！"

就在挖掘机开到村里开掘路基的时候，李路寿又与朋友商量给予支持，顺便把几口堰塘淤积的砂石淘出，等山洪季节到来，整好的堰塘可以蓄水使用了。

两年多来，李路寿跑上跑下争取县上、镇上支持，继续帮助乡亲们搞"水利工程"，先后完成了7口堰塘的淘淤蓄水。

堰塘整好后，李路寿想把这些堰塘交付给临近堰塘的乡亲们来管理，一来可以解决村里农田灌溉用水问题，二来也可以解决自己建设的花木果园浇灌问题，三来管理者还可以养鱼增加收入。谁知有的乡亲推诿说："蓄水、管水我们都可以出力，用水、放水这个不好管，这家放多了那家放少了心头都不安逸，加之养鱼我们又没技术，还是你来统一管吧！"李路寿心里虽然有些不畅快，随后也理解了乡亲们的难处，答应了乡亲们的要求。谁知妻子文巧云心头不乐了："你给人家把水塘淘好了，人家还不想管，你啥子事情都揽倒，钱投进去了不说，你不知道累，没有想一下人家累不累？何况好心没好报，差点还被人家讹你几十万！你再搞，我就到成都娃儿他们那里耍去了，你一个人慢慢弄！"妻子说是这么说，却没有离开鹤鸣山，请来乡亲们帮工，妻子还是任劳任怨一个人给大家煮饭、洗碗，打扫家庭卫生。

李路寿也知道妻子辛苦，但搞起来的事情不能半途而废。于是，7口堰塘中的5口，由他个人来承包管理，每年给帮助管理的乡亲们给付一定报酬。

鹤鸣山上下的事情，依然有条不紊地展开。让李路寿特别高兴的是，朱家湾的水塘淘淤后蓄满了水，乡亲们把30多亩干田又整成了水田插上了水稻秧子，大家又可以吃上自己生产的白米了。

六

脱贫攻坚的春风遍布中国的每一个角落，乡村振兴的号角也开始吹响，鹤鸣山也迎来了春雨滋润的日子。在射洪，已经有几十个村搞起了居民易地搬迁示范点了，听说县上政策开始延伸了，土坯房改造的政策要实施了，鹤鸣山村也可以着手搞易地搬迁了，李路寿连忙找到村干部、乡领导给乡亲们积极争取政策支持。

不久，一个居民新村的项目落在了鹤鸣山下。工程队开进了村里，5个多月过去，16户原来是土坯房的村民们搬进了集中建设的居民点，没有易地搬迁的危房户也得到了资金补助，房屋整修一新。李路寿又自己出钱从城里买了8个不锈钢储水罐送给易地搬迁的乡亲。一个个储水罐安装到乡亲们的房顶上，自来水便流到了乡亲们的灶台。那些可以储水1立方米的罐子在房顶闪着金光，给这偏远的山村带来了无限的生机和希望！

就在居民新村建成后，在外打工的乡亲李路银、李绍全、谢正和、李道金等房屋在村道水泥路旁的10多户村民，看到公路修到自己家门口了，大车、小车都可以开到院坝里了，运输建筑材料啥的很方便了，纷纷把自家的旧房拆了，重新建成了一楼一底的小洋楼，房前屋后种上了果树，做起了花圃。有的还回到家乡一边做庄稼，一边做小生意，开个车随时出入村里村外，日子过得有滋有味。

看到鹤鸣山有了新的变化，李路寿心里既高兴，同时也受到一种新的激励。

"我们的家乡，在希望的田野上……"一天上午，李路寿正在复兴镇街上办事，手机铃声突然响了起来。

"喂喂！李总吗？你在哪里？"

"我在复兴镇上办事！有事吗？"

"昨天说给你送树苗子来，给你打电话咋个一直不通啊？树苗子都要蔫了！"

"昨天在鹤鸣山沟头，信号不好没收到啊！"

"好的，我们马上给你送过来！"

"好！好！谢谢啰！"

唉，鹤鸣山这信号不好硬是害死人！别人打来电话，不是收不到信号，就是断断续续听不清楚。要回个电话，常常要爬到鹤鸣山顶去才行！李路寿心中感叹："电讯信号不通这件事情也该快点办啰！"

这天，李路寿来到射洪电信公司，他是来咨询解决村里电讯信号不好的事情，希望电信公司来村里安个基站。电信公司负责人说，这件事情要打报告先上报给遂宁市电信公司，有安排了才能下来安呢。恰好旁边有位办事的射洪广电公司的工作人员听到了，就立即回去报告给广电公司经理。经理立马拍板："过去宏源公司李总对我们公司支持大，也是我们业务拓展的需要，联系一下李总，明天我们就派人去安基站！"

李路寿接到电话高兴地说："我正为这事发愁呢，你们来安，越快越好！"第二天，果然有一队人马来到李路寿老家对面的梁子坡上。不久，一座通信基站在山顶高高耸起。

"电话打得通了！""不得再爬到坡顶上打电话啰！"喜讯一

下子传遍了山村。随后，村里许多村民都买起了手机。

不久，电信公司的信号差转塔也在鹤鸣山对面的山峰上耸立起来。随后，移动公司也开始选址建塔了，鹤鸣山下的人们打电话有了更多的选择。留守在村里的老老少少、外面打工的年轻人们可以非常畅通地相互打电话了，还可以视频了。人们都从心底里感谢李路寿，夸他"啥子事情都搞得定"！

就在李路寿倾力为家乡人民做实事、好事的同时，乡亲们也全力以赴地帮助李路寿完成了300多亩土地的拓荒、数千株果树和万余株银杏树的栽植，鹤鸣山下大片大片的新绿给这个偏远山村增添了更多的希望。

— 七 —

"起火了！山上起火了！快来'抢'火啊！"2017年大年三十的前夕，鹤鸣山腰突然传来一阵阵呼救声。人们看到，鹤鸣山间开初一会儿浓烟滚滚，随后火光冲天。

此时，李路寿正在几公里外的潼射场镇上购买年货。有人给李路寿打来电话，说他老家后山上森林发大火了，可能是有人祭拜祖坟烧纸钱引燃了旁边的林木。李路寿立即打119、报了警，随后驾着儿子李云给他买的那辆皮卡车飞速赶回鹤鸣山。

此刻，鹤鸣山下的干部、群众纷纷赶上山去扑火。不久，镇上的干部们也赶到了。人们有的劈下新鲜的树枝，有的持着干粉灭火器，纷纷扑向大火燃烧的山坳。

又过了不久，消防车隆隆地驶过乡道路、村道路，又从新修的上鹤鸣山的社道水泥路转入刚开拓不久的土公路。消防车上了鹤鸣山，居高临下的"水龙"向"啪啪"燃烧的林木喷射出去，火势立刻就减小了许多。

经过干部、群众和消防干警前后3个多小时的奋战，一场可能蔓延整个鹤鸣山的森林大火终于被扑灭了。

"开始那么多人来救火，只能在边边上打，火还是燃得凶。要不是消防车来得快及时扑灭山火，这匹山燃起来，不知好多家人的房屋要遭殃啊！"

"多亏了李总开了一条上山的路，不然消防车上不了山，不知要造成多大的灾害！"

"原先还有人说，那么高的坡上开啥子路，未必哪个没事还把车子开到山上去嘛。这回火发了，你看人家李总硬是比我们有远见啰！"

"这条'开山路'救了山上的人家啊！"

李路寿也感到庆幸，开拓一条土路，一是为了今后搞山林生态旅游开发修通水泥路打下基础，二是为森林消防，竟然真的化解了一场意外的山火灾害。

一场大火不但给人们提了醒，似乎还让鹤鸣山突然在县里出了名，县里的干部们一拨接一拨地来到山上、山下视察、督导，也给这里带来了福音，把鹤鸣山顶的道路硬化成水泥路的项目资金有了眉目。

县领导们不仅督导防火，还督导了鹤鸣山的开发建设与扶贫工作。大家看了那勃勃生长的银杏林、果园和别墅式的鹤泽山庄，纷纷赞叹："没有想到大名鼎鼎的宏源老总还深居家乡搞农业开发！没有想到李总经理这几年还给家乡的变化做了这么多实事！"

不久，人们看到，在鹤鸣山上新建成的水泥路边，新一批枫树、蜡梅、水青杠等风景树栽起来了，海棠花、刺梨花、紫荆花等相继绽放了，一拨又一拨的城里人来到山上看风景、搞野炊、开露营了，鹤泽山庄的名声响遍城里乡下了，曾经死寂的鹤鸣山渐渐热闹起来。

2018年冬，一场大雪覆盖了鹤鸣山，许多树木披上了银装，山村显得别样美丽。12月30日，山坡上的雪还没有融化，李路寿一早就赶紧组织乡亲们栽植"油葡萄"（俗称"毛叶山桐"）。尽管天气还很冷，但李路寿一声招呼，乡亲们都纷纷赶来帮忙。附近的乡亲人手不够，李路寿就叫人去邻村请来了十多位村民。

此时，妻子文巧云也忙碌着洗菜、淘米、切肉，她要为帮忙的乡亲们准备午饭。看到妻子忙前忙后，始终支持着自己，李路寿感到有些歉意。几年来，妻子放弃了城市生活来到农村，开始很不习惯乡村的萧条、寂寞，夏天还有蚊虫叮咬，但看到李路寿亲自耕地、抬石头、除草那么吃得苦，乡亲们也那么和善亲近，加之山上山下栽植的树木成林，遍地鲜花，空气特别清新，生活在这里神清气爽，渐渐觉得离不开这里了，就是回一趟城，上午把事情办完，下午就回来了。几年来，天天包揽全部家务，还要做七八个、十多个人的饭，最忙时做三四十个人的饭，却没有一点怨言，炒菜、蒸菜、炖菜、凉拌样样整得"巴适"，比专业的乡厨不相上下，所以，自回乡以来，李路寿对自己这位曾经是大宾馆经理、蜀通公司副总经理的妻子更是刮目相看，敬爱有加。

再说这"油葡萄"，是射洪林业部门看中了这里的自然条件和开发价值投资支持的一个项目。此前，据来这里的林业专家们说，"油葡萄"是丘陵本地开发价值很高的食用油经济林木，果实内含有多种微量元素，能够有效改善人体血脂、血栓，被称为"树上油库"，树苗栽植3年后就可以长到两三米高，到了秋天，满树果子通红通红，映衬在绿叶之间格外美丽，这果子可以亩产3 500多斤，价值5 000~7 000元，榨成油亩产值可达24 000~28 000元，这又被誉为"液体脑黄金"，国际上畅销得很。这不仅能给山村人民脱贫致富开辟新的门路，更是生态旅游观光的绝美风景。

由此，射洪林业部门已经在全县好几个村开发了"油葡萄"种植。李路寿通过考察和咨询专家，对这个项目产生了浓厚兴趣。他觉得，通过开发种植这个项目，可以把山顶上的荒地、荒坡整理出来，做一个有经济价值的示范项目带动大家，让更多的乡亲有脱贫致富的新路可循。况且，这"油葡萄"到了秋天红彤彤的，无疑会给生态观光增添一道美丽的风景。于是，他果断决定在鹤鸣山规模化栽植"油葡萄"。

然而，当他和镇上一位领导到县林业部门去联系负责这个项目的副局长时，那位领导似乎很忙，安排了一位股长来和他谈。过了两天，那位股长带着一个20来岁的年轻人坐着小车来考察，到鹤鸣山时已经过10点半了。李路寿随车上山，带着林业部门两个人上到鹤鸣山顶灯盏坪一带转了一圈，李路寿一边带两个人看环境一边说了自己发展油葡萄的想法，那两个人似乎有些不耐烦地说:"我们也要给领导汇报了才能定!"匆匆一走很快就11点半了,李路寿就请两位干部去他家里吃午饭,其中那位20来岁的小青年正在接电话,电话里头好像说请他们在镇上哪个酒店吃饭。车子很快下到李路寿接两人的地方就停下了,李路寿拉开车门却还坐在车上继续汇报他发展油葡萄的一些想法,并再次请两位干部去他家里吃午饭。殊不知那个年轻后生一点耐心也没有了,把李路寿往车下推了一把说:"下去嘛,我们还有事啊!"立即拉上车门,李路寿没防备,下车时打了个趔趄,差点摔倒。看着扬长而去的小车,李路寿愤愤不平道:"这是什么作风,这样的人还能够为人民服务吗?不知是啥子人塞进公务员队伍的!"

李路寿气不过,把情况在电话里向林业局另一位熟悉的副局长反映了,那位副局长表态说,这件事我们严肃处理,发展油葡萄的事,我们支持!李路寿才消了口气。

处不处理,如何处理,李路寿没有心情过问。元旦节的前两天,油葡萄树苗运到,李路寿想,只要油葡萄项目搞成了,受点委屈也没啥不得了。于是,立即组织起20多位乡亲扛起锄头、铁锹上山。他亲自指挥乡亲们刨开砂石把窝子挖好,又从别处运来肥沃的土壤填上,七八个人把装树苗的车子推上山去卸下,再一棵棵栽进窝子。山上尽管寒风凛冽,但他们人人都干得热汗淋淋,因为干这些活不仅让每个人每天可以从李总那里领到70元工资,这些树还是他们未来走出贫困的希望,他们知道今后的林木管理、果实采摘都是他们挣钱的新门路。

一边栽树,一边需要浇"定根水",而山上又没有水,只能用装矿泉水的塑料桶放到"火三轮"车上运上来,车到陡坡,依然是他和几个乡亲"蹬起八只脚"推车上山,又一桶桶扛到树窝旁一株株地浇,把李路寿和乡亲们一个个累得话都不想说。

经过10多天的奋战,6 000多株"油葡萄"终于栽完了。

看着一排排错落在山间、路边的树苗,李路寿脸上的皱纹舒展开来:"翻年再栽几千株,要让万株'油葡萄'红遍鹤鸣山!"一个更大的希望在他心中升起。

随后,李路寿又组织村民把鹤鸣山上众多野刺梨分窝移栽,近万株野刺梨填补了鹤鸣山上的空白,为开发系列野刺梨药食产品打下了坚实基础。

— 八 —

"咦,堰塘头好像来了几只白鹤呢!"新的一年开春的一天早晨,鹤泽山庄右侧银杏林旁边的"水月塘"中突然给了从家中出来散步的李路寿一个惊喜。轻移步子走近一看,果然是几只白鹤正悠闲地在塘边踱步,有两只相互扇起翅膀像在对舞,塘中清波荡漾,不时有鱼儿凌波跃起。

"白鹤真的回来了,鹤鸣山终于有白鹤了!"李路寿顿时喜悦满怀。他刚想靠近细看,脚步声却惊起了白鹤。白鹤们"嘎嘎"地相互招呼着纷纷飞起,在水塘的上空盘旋了两圈,然后恋恋不舍地向鹤鸣山深处飞去。

此时,李路寿内心一种欣慰之情油然而生——"鹤鸣家山"是乡亲们传说中的祥瑞,是一个地方的好兆头,也是他多年以来的梦中的渴盼啊！回到家乡几年来，村里的水泥路通到每一个社甚至每一个庭院了，家家户户吃上自来水、用上天然气了，淘出来的10多口堰塘不但解决了乡亲们的灌溉用水问题，部分水田恢复了种稻，还养起了鱼儿增收，乡亲们的日子一天比一天好，党和政府的扶贫政策在村里见效了，他的诸多努力也没有白费！更何况他开发的花木园林已经郁郁苍苍，万余株银杏已经长到三四米高，春来叠翠堆青，秋来金色漫山；尤其是阳春三月，大片的桃花给元宝山披上了粉色的彩霞，雪白的李子花点缀其间，更增添了无限风光；到了四五月间布谷声声，脱骨李、秦王桃、洞庭枇杷的果子纷纷挂满枝头，山路两旁的刺梨树也长高了，开花了；到了秋日，大片的福建漳溪柚的果实黄澄澄如金果悬挂，水塘中云影徘徊，一切给美丽乡村带来无限希望！想不到生态环境好了，这白鹤也回来了，鹤鸣山真的就要名副其实了！

想到这些，李路寿精神振奋：乡村生态旅游的基础已经打好了，是时候搞"桃花节"了！

瞬间，他的另一个念头在心间展开。

不久，按照计划，李路寿相继注册了"鹤泽山庄""四川鹤泽农业有限公司""射洪鹤翔家庭农场"。

2019年的阳春三月说来就来。早晨，鹤鸣山下的元宝山头，空气格外清新，阳光从对面的龙山山脊斜射过来，如同铺起了一座斜斜的金桥。"之"字形的盘山公路上，一幅幅红色标语醒目地显示："复兴镇鹤鸣山桃花节欢迎你！""鹤泽养生，绿色温馨"……

元宝山周围，遍野桃花盛开，如同一片偌大的粉红的朝霞落在绿色的山坡之间，更兼雪白的李子花、路边一片又一片星星般的格桑花、鹅黄色的迎春花，元宝山成了一片花海；花海与高大的银杏树相映衬，把鹤泽山庄镶嵌在鹤鸣山山腰，更增添了鹤鸣山的无穷魅力。鹤泽山庄的白色墙壁上红底白字大书"陈子昂诗社采风创作笔会"，诗社的书法家们已经摆好了给群众书写作品的阵势，村民们正在来来往往地抬桌子、安凳子，他们要为今天的游客准备坝坝宴；李路寿的爱人文巧云正在和村民们一道准备午宴菜肴，他们家主要接待县上、镇上来参加开幕式的领导和应邀前来的北川歌舞团演员。鱼塘旁边的空坝子上，头天早已搭好舞台，台上横幅也是红底白字："射洪县乡村文化旅游节·复兴镇第一届桃花节开幕式"。台下，来自北川羌族歌舞团的演员们正在化妆、准备道具。一切充满了浓郁的节日气氛。

　　站在鹤泽山庄前坝子里的李路寿看着这一切，心中充满惬意。

　　此时，一辆接一辆的小车、摩托车已经纷纷从山下驶来。

　　50多岁的村民李大辉和他老婆背着大盆的凉粉、凉面上山来了。李大辉本来在新疆建筑工地上做小工，包工头经常拖欠他们的工钱，一年下来除了自己不给饭钱，回家时口袋里没几张票子，连女儿读大学每月的生活费都要"扯指头"。听说鹤鸣山李总这边"做活路"不但管饭，每个月工钱都会按时结清，虽然说起来比外面工资低，但能够拿到"现米米"，过了年就不再出去了，就来鹤泽山庄帮忙。恰逢要搞桃花节，老婆凉粉、凉面拌得好，就把老婆拖起来"赶热闹"。老婆从来没做过"生意"，放下背篓摆摊子还有些不好意思。"你看嘛，何大姐提着煮熟的咸鸭蛋来了，陈云贵和女儿骑着摩托驮着几袋儿童玩具来了，还有几户乡亲把蒸熟的馒头、包子连同炉子、蒸锅也搬上山来，你还有啥子不好意思啊！"李大辉对老婆说道。老婆一看，高大的银杏林下、桃树间空隙的地上，到处都摆满了烧饼、烧烤、儿童玩具、彩色气球等数十个摊子，也就心安理得地把盛满凉粉、凉面的盆子摆开阵势。

另一溜摊点已经围满了人，那是返乡创业农业联合会会员们的"杰作"，他们带来了羊肚菌、有机米、绿壳蛋、魔芋粉、手工粉条等。这风景如画的元宝山上，俨然新开了一个乡村集贸市场！

车流、人流不断从山下涌来，形成一条蜿蜒的长龙。人声、车声、音乐声在开幕式坝子的上空、鹤鸣山庄周围、灿烂开放的桃花丛里回荡，汇成鹤鸣山前所未有的交响。

会场台上台下，县、镇领导以及嘉宾纷纷坐定。隆隆的礼炮声中，开幕式有序展开。领导们讲话、嘉宾致辞给这美丽的山村带来极大的鼓舞和希望。藏族风情的文艺演出给这沉寂已久的鹤鸣山村带来了无限欢乐……

开幕式后，人们有的爬上鹤鸣寨观景赏花，有的野炊，有的围在一起唱歌跳舞，有的则从"市场"提着"山货"满载而归。而山上、山下的坝坝宴，把人们的欢乐带向了又一个高潮。

这一天，鹤鸣山沉浸在欢乐的歌声里，沉浸在一波又一波的笑声里。

晚霞扫过对面的银锭山的时候，鹤鸣山下从未有过的热闹在夜幕来临时渐渐散去，而乡亲们此时却激动不已——

"我们卖了1 200多元，凉粉、凉面的本钱才300多元。"李大辉的老婆报喜。

"我们家玩具卖了2 800多元，赚了好几百呢。"陈云贵脸上笑开了花。

"李茂友家走红运啰，坝坝宴坐了30多桌！"

"李茂武家也有30多桌！都整安逸了！"

"那个算啥子啊，罗伍斌他们接待了100多桌客人，一天就赚了万多元呢！"

乡亲们纷纷传递着他们在一场桃花节中收获的喜讯。

"每年都搞一次桃花节就好了！""明年我也要弄个凉粉摊摊！""莫跟风噻，你另外搞个板眼嘛，我就卖我的煮鸡蛋撒脱！"乡亲们在谈笑中盼望着明年的节庆，盼望着新的鸿运来临。

听到乡亲们各自都有令人满意的经济收入，李路寿从心底里感到高兴。几年来，他倾囊建设这片园林和鹤泽山庄，给帮忙的乡亲们开工资都是他工作几十年的积蓄，但他从不后悔，因为家乡的面貌改变了，乡亲们的日子好过了！更让他深受鼓舞的是，这些年来，在建设家乡中需要物资和资金时，朋友帮、政府支持、乡亲们主动投、一股股力量强劲推动着山村的梦想和希望前行，而今后利用鹤鸣山这美丽的环境和鹤泽山庄的吸引力开发乡村旅游，岂不是又一条让乡亲们脱贫奔康的新路子吗？

想到这里,他更加坚定了带领乡亲们发展农业产业、改善生态环境的决心,一定要让鹤鸣山康养产业与乡村生态旅游融合发展的规划早日实现。

九

鹤鸣山首届桃花节虽然取得了令人满意的成效,但那次参观学习,却让李路寿陷入了深深的思考。

那是桃花节后,县里局组织射洪县农协会以及农业大户、农庄庄主去射洪重点打造的省级乡村振兴示范村龙泉村参观学习。这龙泉村不仅建设得如画般美丽,产业发展更让人佩服。"村里引进多家业主发展蔬菜种植落到实处,大户与农民的利益连接机制很好,产业发展得很好,有了产业,业主才有依托,农民才能增收,乡村才能振兴!"看了现场,听了介绍,李路寿由衷感叹。

而更让他感叹的是,这里不但家家户户的房屋进行了翻新,房屋周围种植了花木,布置了石磨、犁头、水车、风车等农耕器具,还有供游客休息或活动的茶座、亭子、秋千等。更为突出的是,这里的目连文化、铁水火龙文化气氛浓郁,导游可以滔滔不绝地讲出好多传说故事——而这一切,在鹤鸣山都是短板。

随后,他又与参观团来到大榆镇改板沟村。村里,返乡创业人士范海全带领村民建立种植合作社,利用荒坡荒地大规模种植洋姜,洋姜又加工成泡菜进入超市、网络商店远销全国各地,还深加工"菊芋粉"保健品、菊芋面等高附加值产品,构建了合作社、大户业主、农户三赢机制，还通过举办"菊芋文化节"开发乡村旅游。这里有很多方面与鹤鸣山有相似点、切合点，也有不少自己所不及的地方，比如农产品深加工，在鹤鸣山还是空白。

来到双江村，更使李路寿眼前一亮。那些原本普通的民房经过装修，都成了一幢幢漂亮的"别墅"，家家户户都办起了民宿和"农家乐"餐饮，村民有了增收的依托，那一片硕大的花海里，数十种花草争奇斗艳轮番开放，加之"梓江""涪江"碧波映衬，更显得绮丽无比，各种儿童游乐设施齐备，对岸"文宗苑"更是一个吸引游客的网红打卡地。

李路寿感慨，这些地方受到政府的扶持力度不可想象，这些地方的产业、人文景观、生态环境等都不可复制，但在某些方面，还是很值得借鉴学习的，尤其是要发展一两个像样的产业，还要发展农产品深加工，才能让乡亲们稳定增收，长期致富。

回到鹤鸣山，李路寿的"养生农庄梦""乡村生态旅游观光梦"更加强烈，蓝图更加明晰，他要力所能及地、结合实际地更好打造具有自己特色的鹤鸣山。于是，在确定继续做好做强"油葡萄""野刺梨"两大产业的基础上，打造"鹤鸣山八景"，成为他心目中把自然风光与人文风情结合开发生态观光旅游业的重点项目。

然而，李路寿此时却被一个现实问题困扰。来和他一起开发建设鹤鸣山的乡亲们陆续从60多岁进入70岁年龄了，有的人已经难以继续干体力活了，还有的生病了连手工劳动也不能坚持了，年轻人在外打工，很多人都在城里安了家，连孩子也带进城里读书去了。农村劳动力严重缺乏，今后这乡村振兴应该怎么办？鹤鸣山要搞成乡村生态观光旅游点，尚有许多建设项目需要实施，今后的劳动力又从哪里去找呢？李路寿一时有些迷茫。

春天的一个早晨，李路寿照例早起去不远处的元宝山银杏林中散步，却发现通往银杏林的公路边竟然摆满了几十只蜂箱，那些蜜蜂正嘤嘤嗡嗡地唱着，在蜂箱上爬的爬，飞的飞，一个50多岁的老乡正从一辆农用车上卸东西，要在林子边安放帐篷。

"老乡，你是哪里的人啊？你要在这里放蜂哇？"李路寿走了过去。

"就是呢。我是洋溪镇的人，一年四季到处跑，前几天我来鹤鸣山上看了一下，沟底下有大片大片油菜花，你这山上到处都是花木，一年四季都有花开，你整得这么好，我跟蜂儿都要来沾点光了哟！"老乡是个会说话的人。

"好呢，我们可以天天做伴了噻，你需要啥子说一声就是哈！"李路寿爽快地答应道。

"要得要得，那就谢过了哈！"老乡高兴地回答。

走在银杏林子里，空气格外清新，心情也格外舒畅。

2019年初夏时节，鹤鸣山下的桃子熟了、枇杷黄了，射洪10多位农协会代表驱车来到鹤泽山庄。他们这次来，一是来山庄摘桃子、吃枇杷休闲游乐，二是邀请李路寿出任新建立的射洪县返乡创业农业协会会长。大家的意思是：李总作为企业家回乡创业，给大家树立了好榜样，"鹤泽山庄"是带领乡亲脱贫奔康和推进乡村振兴的一个好样板，值得农协会会员们学习。返乡创业农业协会会长就需要李总这样德高望重有丰富的创业经验、管理经验的人来担任，一定更有号召力和带动力……

一大堆理由让李路寿感动，李路寿感谢大家的信任和支持。但他只答应出任名誉会长，他说："我快70岁了，协会会长让年轻一些的人来当。老牛自知夕照短，不待扬鞭自奋蹄，我当名誉会长，照样献计出力和大家一起把协会办好！"大家不好强求，就按照李路寿的意思办。

李路寿想，担任名誉会长，自然要为协会做点事情。大事有人做，自己就有热发热，有光发光。

适逢射洪撤县建市，这既是李路寿他们这一代人创业奋进的一大目标，更是射洪人民为之奋斗了25年才如愿以偿的大喜事，李路寿当然为之欣喜，为之振奋！年底，农协会要办一个农产品展销会，对射洪成功撤县设市以示庆祝，当然也是为了展示农协会会员们近年来的创业成果，李路寿利用他熟门熟路的优势，先是找县领导，又跑农业局、商务局等，很快就把应该办的手续办了下来。

一场展销会轰轰烈烈地办起来了。这一天，县城的广场上展棚搭了四排，数十个展台全部满货，鹤鸣山刺梨果、射洪"漳州蜜柚"、子昂李烧腊、麦加坛子牛肉、麦地纳手撕牛肉、裕泰洋姜泡菜、复兴跑山鸡、明星粉条、合众杂粮、青岗姜黄豆腐干、凤来粗粮面等数十种特色农产品，或礼品盒或简装袋，让洪城市民目不暇接，青堤菜刀、子昂文创系列产品、沱牌舍得系列美酒等也大展风采。农协会会员们的农产品吸引了县城百姓前来采购，一天内就销售了数百万元，还扩大了协会声誉，打出了优质农产品品牌。成功的展销会，让会员们看到了打造品牌农产品的市场价值和潜力，进一步激发了农协会会员们的创业激情。

此后的工作中，理事们在研究事情意见不合甚至有矛盾的时候，李路寿主动帮助调和。大家都觉得李路寿不仅有魄力，处理事情还很公道、很有远见，没有不服的，农协会当然也办得风风火火。

担任了名誉会长，李路寿还想到，自己应该更好地做好示范带动，李路寿的责任与担当精神总是伴随着他的脚步。于是，他邀请了开发乡村旅游的专业人士和相关领导到鹤鸣山现场办公，深入研讨，探讨农业产业发展如何与乡村旅游文化相结合，探讨农协会会员如何利用各自优势互补互促。

在争创"射洪市乡村振兴示范村"的号角声中，李路寿再次受到鼓舞。他想，这么好的机遇，这么好的时代，正是为家乡的巨变献计出力的时候。于是，结合县、镇的规划，鹤鸣山一幅新的发展蓝图在他心中勾画出来。很快，形成报告送交镇政府和市里相关部门。在未来的日子里，将以鹤鸣山为中心，在产业发展上以"油葡萄"、花木水果、有机食品为主打产业，辐射复兴、潼射5个村8 000亩山地和5 000亩林地，发展农户两万户在房前屋后种植"油葡萄"20万株，建立"油葡萄"深加工厂；利用鹤鸣山野生刺梨繁茂的优势，建成年产5万公斤野刺梨产业基地；打造鹤鸣寨休闲、康养、文化、生态旅游产业，利用灯盏坪、飞机坪等有利地势，建康养小别墅群落和民俗文化街，利用鹤鸣寨地势开发滑翔机、热气球、滑草坪等旅游项目；连通向家坡、张家坪中村民们正在建设的牡丹、芍药园；建设体验式农耕博物馆和地方名人张星瑞陈列馆；还有一个更宏大的构想，就是利用这里特有的富硒山泉水，开发富硒挂面，打造一款造福大众健康长寿的绿色食品，让这款绿色食品惠及全市人民乃至全国各大城市……

十

新春时节，鹤鸣山上依然是花开遍地，松柏森森。在外务工的村民们纷纷回到村里，不少人竟然开着小车回来。人们听说李路寿搞的"鹤泽山庄"就像大花园一样，纷纷前来参观，那坡上各种鲜花含苞的含苞，开放的开放，还有那日出云海的壮美景象，让人们陶醉其中流连忘返。

车来人往，人们都说，这鹤鸣山上有了李总，硬是发生了天翻地覆的变化。本社一个30来岁叫李军的青年带着一名泸州女子回来见父母，准备在大年初六结婚，父母本来把婚礼的地点定在街上酒店里的，这对年轻人上山来耍，竟然把婚礼地点改在了鹤鸣山飞机坪上，他们说这坪上就是一个天然的大花园，山顶望去，蓝天绿海，丘陵起伏，没有比这更壮美的婚礼礼堂了！于是乡亲们纷纷帮忙，把音响、桌凳、糖果等一车车运上山去，一场别具一格的"大自然婚礼"在鹤鸣山上隆重举行，让一对新人的喜庆日子在这个春节成了"网红"。

随后，更多的城里人络绎不绝地带着帐篷来到灯盏坪、飞机坪露营、烧烤、跳"锅庄"。

有人对李路寿说:"你花了这么大工夫搞了这个高山花海,该收点门票钱嚓?也可以搞个农家乐赚点回来嚓?"李路寿说:"我搞这个是为了改变一下家乡面貌,给大家也给自己提供一个好的养老环境,引进一些产业,也是想带动一下乡亲们一起来搞,况且政府给予了项目投资,大家来耍就是了,至于农家乐嘛,就让乡亲们自己搞吧。"对于李路寿这个姿态和奉献精神,人们无不赞赏。

转眼间初夏来临,鹤鸣山生机勃发,那满山遍野郁郁葱葱的柏树林从长龙似的山脊一直铺到山脚,而龙头下山腰中的元宝山一带,那满树水蜜桃已呈现出红扑扑的脸蛋,那一排排枇杷树上的果子露出了微黄,那些柚子树也孕育出了密密匝匝的青果,一股股清香扑鼻而来。呈现出别具一格的大片大片嫩绿的,是几百亩银杏林。那一排又一排的银杏,已经有碗来粗两丈来高,树间的枝条交错生长,你中有我,我中有你,其间时有空隙,露出缥缈的蓝天来;而那层层叠叠的银杏叶,很有秩序地排在枝丫,像一群群嫩绿色的蝴蝶在微风中起舞,穿过枝叶的缝隙,一缕缕阳光把叶片照得晶莹剔透,间或照见枝叶间一簇簇鳞片似的小花,预示着又将是一个银杏果的丰收年即将到来。

此时,李路寿正带着村民们在通往鹤鸣山顶的水泥路边为花木除草。那些一树树初开着紫红色花朵的紫荆、一丛丛绽放着金黄色花朵的金盏菊在路边、林边与微风共舞,向欢声笑语的村民们致意。

一辆白色小车停在了路边,走下来几位干部模样的人。李路寿放下锄头迎上前去:"鲜书记、刘镇长好!"原来是复兴镇的党委书记鲜艳君和镇长刘晋一行。

书记、镇长莅临指导,一方面是因为鹤鸣山这两年成了网红打卡点,"乡村振兴示范点"创建需要"加油"激励;另一方面是一个多月前李路寿向他们汇报了下半年的一项新举措。

"计划下半年把射洪市乡村旅游文化节与你设想的'红叶节'结合起来搞,时间也近了,我们来看看你这里的景点打造得怎样了!"鲜书记说明来意。

"好!好!就请大家先看看我们鹤鸣山八景。"李路寿把一张张"鹤鸣山八景"的简介宣传单发到了每个人手中,大家一看简介,原来每一处景点都包含有一个传说故事。

"这些传说故事,是我们专门请文学大师们来这里采风后挖掘出来的。"李路寿一边介绍,一边带着领导们沿着水泥路步行上山。

其实,"红叶节"是李路寿想出的又一个发展乡村旅游的新点子。在复兴镇党委政府支持下,这里曾经举办过两届桃花节,不但让复兴镇扬了名气,村民们也收获颇丰,但射洪蒲家浩的桃花节早已办了20多届,规模更大,声名远扬,重复搞桃花节也没有更大的特色。李路寿看到这里的万余棵银杏树已经长成了森林,银杏树已大面积挂果,秋来几百亩林地遍野金黄,在射洪乃至遂宁都是独一无二的生态资源,散布山间的300多亩"油葡萄"也开始挂果,那一串串小铃铛一样的果实在仲秋时节将红得耀眼,况且还有满山的野刺梨举着金黄的果实,各种花草五彩缤纷，再结合射洪县返乡创业农业协会的数十种名优特农产品和本村村民的农副产品展销，吸引城乡游客走进村民开办的"农家乐"，岂不是助农增收、乡村振兴的又一条新路？

李路寿的这一想法得到了书记、镇长的热情赞赏，并协调争取了一些乡村旅游项目作为专项支持。随后，李路寿对鹤鸣山各个景点进行了进一步打造。

一行人步行到沿山公路拐角处，只见脚下如同波涛起伏的绿荫覆盖在一座山丘之上，那山丘呈现出一个偌大的圆顶，又向两端舒缓而下。李路寿介绍到："这座山叫作元宝山，传说清朝康熙、雍正年间射洪鹤鸣山人张星瑞在鹤鸣山读书，因赶考没有路费，正犯愁时，有个老人晕倒路上，张星瑞上前救起，并扶老人至所居处留宿。第二天醒来，老人已不辞而别，却留下满满一袋元宝。张星瑞四处寻找，但老人已走远，才知道元宝是老人要酬谢他搭救之恩特意留下的。他便将元宝藏于鹤鸣山腰这座小山丘的一山洞，想要等找到老人时物归原主，却始终没能再见老人，元宝也一直藏于此山中。后来人们就把这座山叫作元宝山。"

"张星瑞在这里拣到元宝，李总你也在这里拣到元宝啰，你看，你种植的这几百亩银杏林，现在随便也值几百万吧！"一位镇上领导的玩笑话把大家都逗乐了。

走过"望鹤亭"，沿山公路上，紫荆花、杜鹃花开得红艳艳的，洁白栀子花渗出浓郁的清香，一片片的野刺梨向人们呈现出红的、深红的、粉的花朵，就连那金银花、野棉花、野蔷薇等野花儿也各自争奇斗艳，带给人们不断的惊喜。

走过缺尔垭、登上鹤鸣寨、途经飞机坪，每一处都有一个故事，每一处都布置了故事简介牌。行至山顶最高处，但见五六亩大一个圆坪，围绕边缘一圈以水泥板铺路，两旁红的、黄的、白的，尽是星星点点的花草。

山的最高处是"灯盏坪"，相传是陈子昂欣闻鹤鸣山风光绮丽，有数千白鹤栖息，便趁假期前来观景而流连忘返。随身带书的他趁月色夜读感动玉帝，玉帝便派太白金星送来灯盏。子昂观景、读书两不误，终于考取进士入朝为官。后本地书生张星瑞也曾到此搭草屋攻书，灯火彻夜通明，后亦中举为官。灯盏坪由此而来。

站在坪边一望，群山如绿浪般起伏，沟底路似线条，人如蚂蚁，竟有"一览众山小"的感觉。坪的中央却是一个直径三丈有余的水池，池内水平如镜，映出蓝天白云，又是一番风景。"这山上从来就只有靠天上雨水滋润，感谢你们帮我们协调了林业部门、水利部门，山下的溪水抽上来，解决了森林消防问题，也解决了山上花木的灌溉问题！"李路寿对镇上的领导们说。

"这么大个池子建在山顶，管道要从几百米的山下铺上来，你们也辛苦了！"镇上的领导们感叹。

说到辛苦，那是真的。新冠疫情刚刚有所缓解，李路寿就带领村民们山上山下挖土石、筑基础、运材料、筑池子、安管道。李路寿与大家早出晚归，顶风冒日，汗水常常湿透衣衫，手上常常打起血泡，而他的妻子文巧云，依然每天忙着给大家烧水喝、煮饭吃。3个多月下来，李路寿再次晒得黝黑黝黑的，完全就是一个地道的农民伯伯了。尽管累，但他心里头高兴，因为水的问题解决了，等于把"命脉"理顺了，乡亲们帮助开发鹤鸣山也少受累了，以后很多事情都更有条件做了！

众人顺着山道而下，走过蜿蜒曲折的"爱情小道"，来到半山坡的一处银杏林中新建的儿童游乐园，园里已经安装好了秋千、单杠、乒乓台、吊环等体育设施，还有石桌、石凳等供人休息、品茶。李路寿建这个游乐园的想法是，要留得住孩子，才留得住大人。

"看来，今年的红叶节完全有条件办了！"很显然，书记、镇长对陆续新建的旅游设施很满意。坐下来后，大家又一起研究了红叶节需要的特色农产品展销组织、歌舞表演、坝坝宴、安全工作等一应事宜。

深秋来临，许多树木都开始褪下绿装，鹤鸣山却风姿绰约，金桂、银桂十里飘香，黄菊花星星一般漫山开放，秋海棠、金盏菊、三角梅竞相媲美，"油葡萄"树上，那些鲜红的小果一串串挂在叶间，如同碧玉丛中缀着无数的红宝石。秋风却像一个魔术师，在银杏树上悄悄一拂，那些银杏树叶子的边缘先是被镶了一圈金边，不久就完全变成金黄色了。一阵风吹来，银杏树叶子闻风而动，像一只只美丽的黄蝴蝶翩翩起舞。地上也渐渐铺了一层金色的地毯。捡起一片叶子，你突然发现那黄叶就是一把精美的小扇子，让人爱不释手。"红叶节"尚未开幕，城里人已经迫不及待，一拨又一拨驾着小车开进鹤鸣山，自发地前来赏银杏、赏花，野炊，甚至在山顶搭起帐篷露营、烧烤、开篝火晚会。

2020年11月20日,人们盼望已久的以"银杏黄了·乡村红了"为主题的"红叶周乡村旅游文化活动"终于拉开序幕。

这天早晨一大早,射洪农协会的会员纷纷开着小车、货车来了,他们带来已经取得市、省、国家绿色农产品品牌的数十种特色产品,从李路寿鹤泽山庄侧面的鱼塘边,一直摆到100多米外的元宝山银杏林里,市乡村振兴局的领导们说,这次的展销产品比上回丰富多了!

再看那银杏林上方"之"字形上山公路转角处的亭子边,陈子昂诗社的作家、诗人们也摆开了阵势,他们除了要在采风创作新的一批诗歌外,擅长书法的还要义务写自己创作的诗词、春联赠送给来鹤鸣山参加盛会的众位乡亲。

周边的乡亲们也早早地来了。他们带来了土鸡、土鸭、核桃、花生等农副产品,那些凉粉摊、凉面摊、包子馒头饼子摊、米粉摊、削面摊等也纷纷按照划定的区域排开。这鹤鸣山腰分明成了一个热闹的乡场。

李路寿家的院坝里打扫得干干净净,他的侄儿李茂武一家人和请来的乡亲们在早已搭好的露天锅台边忙碌起来,切菜、切肉、上蒸笼,他们要为几天前早已预定的20多桌游客开坝坝宴。此时,山湾里另外几家"农家乐"的炊烟也袅袅升起。不多久,一股股诱人的肉香就从这家、那家那些热气腾腾的蒸笼弥漫出来。

此时,暖暖的阳光从对面银锭山顶照射过来,山村格外生机勃勃。山下"之"字形的村道公路上,小车、摩托车、徒步的人正络绎不绝地赶上山来。看到这热闹而喜庆的场景，听到四处的欢声笑语，李路寿连续一个多月来为准备这场盛会那艰辛而疲惫的感觉一扫而空，他为自己没有白辛苦这么多年而满足，为自己能够在退休后为乡亲们的脱贫致富做一些事情而欣慰，为这个曾经寂寥落后的乡村带来希望而惬意。他看到变成一个普通农妇一样的妻子正在忙前忙后与乡亲们一道为客人们准备午餐，心头又掠过一丝歉意。

上午9点过，主会场早已坐得整整齐齐、满满当当。来自城里的游客和周围的乡亲挤不进会场，就爬上高处的坡地、树林，鹤鸣山上下真可谓人山人海，有些调皮的孩子为了看表演还爬上粗大的树杈。

"哎哟哟，今天就像过年演大戏一样呢！"

"这么多人朝贺鹤鸣山，比上回桃花节更热闹啰！"

"今天那些卖包子、卖凉粉的又搞安逸了！"

"坝坝宴才兴哄呢，十几家都订满了！"

来看热闹的乡亲们兴高采烈地发感慨的发感慨，传喜讯的传喜讯。

在欢快的音乐声中，复兴镇"银杏黄了·乡村红了"红叶周正式开幕。只见主席台上座无虚席，邓茂、黎云凯、张朝书、王庆华等市委、市人大、市政府、市政协的领导们陆续光临现场。会场里、山坡上，一阵阵热烈的掌声让这深山里的村子格外令人振奋。

按照镇党委、政府的安排，李路寿是要上台致辞的。此时，他红光满面地走上台去，对各位领导、各位嘉宾和乡亲们的光临表示热烈的欢迎，随后对自己退休后回归故土参与脱贫攻坚和乡村振兴作了简要的回顾：

"在近十年脱贫攻坚和乡村振兴的过程中，自己尽最大努力带动帮助乡亲们提高经济收入，改变乡村落后面貌。在完善基础设施和农特产品种植业建设过程的大量用工中，雇请复兴镇和潼射镇在家农民工和返乡农民工以及贫困户农民工，一般都是10多人，最忙的时候多达40余人，乡亲们月收入一般都在2 000元左右。带动全村有100多户农民分别栽种了清脆李、五星枇杷、秦王桃、红心柚等优良优质果树，促进了农民家庭收入的改善，村民人均年收入比8年前增加了12 000元，达到了20 000多元，实现了路通、气通、水通、电讯通，把鹤鸣山建成了一座花果山和森林公园。

"回顾过去含辛茹苦的创业历程，我分享过同农民工一起劳动的快乐；我分享过看到游客在鹤泽山庄帐篷露营、载歌载舞、游乐园儿童玩耍等欢乐景象的欣慰；我分享过看见自己新修公路边一幢幢乡村小楼拔地而起的脱贫攻坚和乡村振兴阶段性工作成果的喜悦。在党委政府和群众的大力支持下，我也战胜了一些常人难以忍受的困难、艰辛和委屈。今后决心继续努力坚持不懈，为乡村振兴、为人们的美好生活贡献自己应有的力量。"

鹤鸣山上，一阵长时间的掌声响彻云霄，这掌声，饱含着乡亲们深情的感谢，这掌声，饱含着领导和朋友们真诚的鼓励，这掌声，饱含着人们对创业者和奉献者的崇高的敬礼！

射洪市的作家、诗人们早就感动于李路寿退休之年不忘乡情倾力乡村振兴，大家一致认为这里今后能够挖掘到意义不凡的题材，便决定在鹤泽山庄授牌建"射洪市作家协会创作基地"。李路寿向来看重文学艺术，便欣然同意。台上，射洪市作家协会主席李俊把一面金光闪闪的牌匾送到李路寿手上，李路寿接过牌匾高高举起，现场再次响起雷鸣般的掌声。随后，一场歌舞表演在鹤鸣山下掀起一浪又一浪欢乐的高潮。

这天傍晚，人流陆续散去，山村在沸腾中复归平静。李路寿再次登上鹤鸣山灯盏坪，登上先贤陈子昂、张星瑞曾经挑灯夜读的地方。看着远方，李路寿感到一阵欣慰。他欣慰的是，射洪在撤县建市后，又向全国经济发展百强县迈进了，做大做强现代农业发展生态观光旅游也被列入市重点工作；他欣慰的是，这一届盛会比过去两届规模更大、内容更丰富，领导们也更重视，乡亲们获益也一定会更多；他欣慰的是，自己从这里走向了城市，从一个农村娃成了国家干部，成了射洪一家实力强大的公司的董事长、总经理、党委书记，还在北京人民大会堂领取了大奖，自己没有辜负这一生的奋斗，没有辜负生他养他的这片热土；他更加欣慰的是，这几年回到家乡再次创业虽然十分辛苦，但有了党和政府好政策的支持，有了众多朋友的帮助，有了乡亲们的共同努力，家乡面貌有了不小的变化，自己虽然现在还谈不上有什么收入，但乡亲们跟着自己栽植的桃子树、柚子树已经挂果了，"油葡萄"栽起了也将有新的收获，逐渐走出贫困、走向富裕有希望了，不少在外打工的乡亲也陆续回到家乡创业了，自己被推举为射洪市返乡创业农业联合会名誉会长后，又先后被推选为射洪市商业消费联合会高级顾问、射洪市家庭农场联盟联合会名誉会长，"鹤泽山庄"先后被评为四川省"省级示范家庭农场"、四星级"森林人家"，被遂宁市农业农村局命名为"市级示范农业主题公园"，还荣获第四届四川省生态旅游博览会生态产品金奖、四川省林业科学研究院的省科技厅木本油料成果转化推广示范项目，土壤改良装置让乡亲的瘠薄地获得丰收，并获得国家专利，自己"反哺家乡，振兴乡村"的初心得以实现。名誉虽算不了什么，但只要能给家乡做一些实事、好事，再苦再累也是值得的！再苦再累，也要继续努力！他坚信：在这个充满希望的时代，家乡的振兴一定会实现在不久的将来！

　　此时，天空湛蓝，有云丝从头顶飘过，而山边已是红霞漫天，那些起伏的山峦在夕阳余晖的照耀下，显得那么壮美和恬静。一群从"之"字形渐变为"人"字形的鹤阵，正从远处的天空返回，向鹤鸣山款款而来，落进那郁郁苍苍的树丛时，那一阵"嘎嘎"的叫声，给这宁静的山乡增添了无限的生机与祥和……

坚 守

初秋的傍晚已经有几许凉意,带着徒弟肖娟在社区跑了一整天的警官许琴略显疲惫。下班回家的路上,许琴与从射洪公安战线抽调到省城协助省纪委监察部门做经侦工作的丈夫通了个电话,互报了平安。回到家里,年近七十的公公婆婆早已备好了晚饭,等着她一道吃了,收拾碗筷时,婆婆心疼她辛苦一天了,不让她去洗碗,许琴却坚持去洗刷了碗筷,给公婆打了个招呼,就忙着关上房门,重温明天去参加遂宁市公安局"十优社区民、辅警公开评议大会"的演讲稿去了。

———— 一 ————

许琴是大学毕业后于 2009 年 4 月考入公安队伍的,入职后就被安排在射洪市公安局城南派出所从事社区警务工作。2015年,与同一战线的射洪公安干警贺斌结婚,结婚第三天,丈夫就被外调参加一起重大经济案件的侦破,许琴也放弃婚假,全心投入所辖社区的警务工作。

社区警务工作繁杂,诸如居民信息采集、重假户籍清理、矛盾纠纷调解、突发事件处置等,需要的是极致的恒心、耐心、责任心。12年来,许琴走遍了19.9平方公里辖区内150条街道,寻遍了230个小区,"汇编"了城南辖区地图,全面掌握了两万多户市民和6 000多家大小店铺、机关企事业单位的基本情况,采集各类信息10余万条。哪个小区有哪些重点人群、哪个店铺主要经营什么、哪个信访户有什么事情需要解决,都在她的脑海里和电子计算机里储存着,同事们称她为社区的"活地图"。但凡辖区有涉及案件的信息需要提供,找到许琴,一问一个准。有一回,河南警方追捕两名涉嫌诈骗的在逃人员来到射洪找到城南派出所,许琴在出租房屋多、人口流动性大、环境特别复杂的保和社区的茫茫人海中,准确找到两名在逃人员藏身地点,协助河南警方成功抓铺了这两名嫌犯。

10余年间,许琴带领战友们为维护社会大局稳定提供了强有力的信息保障,为地方党委政府和公安机关谋划处置、稳控事态,有效化解矛盾提供了充分、可靠的人员基础信息,她也从一名普通干警成长为一名年轻的共产党员,被推选为射洪县公安局城南派出所副所长兼社区警务队队长,先后荣立个人二等功1次,个人三等功2次,获嘉奖2次,6次被评为优秀公务员,荣获"全省信息化采集能手"称号,2023年1月,被四川省公安厅、人社厅评选为"四川省优秀人民警察"。

二

想到这些，许琴身上就会迸发出不竭的力量。"面对党和人民给予我的荣誉，我十分感激并深受鼓舞。但我想说，我不是一个完美的人，与流血流汗经常面对危险的男同事们还差得很远。荣誉已成为过去，作为一名人民警察，我会始终坚守共产主义信仰和坚持一个共产党员的初心，始终保持对公安事业的无比热爱，将理想信念转化为为人民服务的实际行动，永远做党和人民的忠诚卫士！"卧室里，许琴激情背诵她自己撰写的演讲稿。

突然，她感觉到腰部两侧隐隐作痛。她知道，是胆结石又在作怪了！疼痛三个月前发作过，中间有过几次疼痛，找医生检查了开了几回药就熬过去了，其实医生早就叫她抽时间来做手术，但实在太忙了，就这样拖着。此时，她喝了两口白开水，希望能缓解一下，但似乎全然没有效果。疼痛渐渐弥散到了背部，像什么东西扯痛一样，但她没有停下背诵自己的演讲稿。因为她想到，明天这场演讲不仅仅是展示个人风采的事情，更是代表着连续三年被省公安厅授予"最强党支部"的城南派出所和射洪市公安局几百名干警去的，局里领导还专门给她"打了气"呢。绝不能"掉链子"！想到这些，她就一直忍着疼痛，坚持到深夜12点前把稿子完全记熟了，才去洗漱了准备睡觉。然而，当她躺在床上时，疼痛比先前更厉害了，翻来覆去都睡不着，连冷汗也疼出来了。怎么办？到医院去吧，许琴心想。然而，丈夫不在身边，公公婆婆已经睡下了，也不好打扰他们。

许琴强撑着身子爬起来穿好衣服,悄悄开门、关门,叫醒大门门卫开了侧门悄悄出了小区。此时,已是凌晨一点多,街上灯光雪亮却空无一人,出租车早已不见踪影,许琴只好一个人手撑着腰向一公里外的医院走去。

医院急诊科里,值班医生惊讶地问道:"你一个人来的?家属呢?"

许琴微笑了一下:"睡了,不惊动他们。"

"真是……"医生问了病情,做了各项急诊检查,说:"肾结石有好几颗,有点大了,必须手术,不然会引发胰腺炎!"

许琴知道,胰腺炎是会危及生命的,但她不能马上住院!她说明了明天还有重要事情,请医生开点药镇痛,事情完了就来做手术。

医生开了药让许琴服下。一会儿,果然疼痛减轻,许琴连忙起身向医生告辞回家休息。

"尽快来做手术哈,耽搁不得!"医生再次叮嘱。

"好好好,一定来!"许琴又一个人从医院步行回家。此时,她再次看了看手机屏幕,上面显示的时间是2021年9月28日2点10分……

— 三 —

上午9时,遂宁市公安局推荐评选"省级百佳民、辅警"暨"遂宁市十优社区民、辅警"公开评议大会准时启幕。10位民警和10位辅警按抽签顺序到台上讲演。

轮到许琴上场时,她精神抖擞步履坚定地走上台去。在热烈的掌声中,许琴地以《深耕"小警格",守护大平安》为题开始演讲。许多事情都是她记忆犹新的,她的讲述十分沉着又激情洋溢。讲着讲着,突然掌声雷动,她知道,自己发挥得不错。台下,评委们和战友们为她在全局率先提出了基础信息采集工作的"恒、学、细、整""四字"工作法和创新实践信息采集"一标三实"工作法而热烈鼓掌;为她无愧于"活地图"多次在战友抓捕嫌疑人、上级了解辖区情况、群众登记人口信息、同事了解接处警位置的关键时刻对地理位置、小区、街道分布情况和辖区治安乱点、案事件易发地"一问一个准"而颔首点赞,更为她在射洪市公安局进行"天网"工程建设中,仅用3天时间就将120个监控点位布设在治安乱点、人员密集场所、重点监控位置、案件高发地,实现了城南辖区治安复杂场所、重点区域全覆盖,为开展侦查破案、治安防控等工作提供了科技支持的突出成绩而加分。

这一场重要的演讲,实质上也是一场工作实绩的汇报与演讲能力的综合比拼。最终,许琴以突出的业绩和感人的讲述从20名民警、辅警选手中脱颖而出,以第四名的优秀成绩获得了遂宁市公安系统"十佳民警"荣誉。

荣誉是用汗水和心血换来的,是用高度的责任心和对党的事业的无比忠诚换来的。领导们、亲人们为许琴高兴,战友们、朋友们向许琴祝贺!当许琴完成演讲任务回到射洪,想起医生的告诫,想到节假日期间住院不会耽误正常上班,便在从成都回来的丈夫的陪同下匆匆奔向医院做了胆结石手术。

四

节后上班第一天,许琴早早就来到了城南派出所,同事们纷纷为她的康复表示祝福和高兴,而领导和战友们感受更多的是心疼和震撼:许琴的手术竟做了3个多小时,取出了三颗结石,一颗玉米粒大,两颗豌豆大!大家感叹,为了一茬接一茬的工作,从发现结石到手术坚持了三个月,许琴在100多天里忍受了无数次结石引发的疼痛,这需要多大的勇气、何等的毅力啊!

在城南派出所刚刚开完会、安排了部门工作,许琴又带着助手肖娟开着车下社区去了,她们要去向群众宣传反电信诈骗知识,推广"反诈App"。肖娟很崇拜这位"大姐姐"强烈的工作责任心和忘我工作的精神,特别喜欢与"许姐"一道工作并随时请教,许琴也很喜欢肖娟的肯学、肯钻、积极上进的劲头和活泼开朗的性格,这一点很像她!所以一年多来,肖娟进步很快,成绩也很突出,还被遂宁市公安局评为了"十佳践行枫桥之星"。

刚下车走进佛南村,迎面遇见了70多岁的赵秋实老人。老人见是许琴来了,连忙上前招呼:"许所长啊,感谢你帮了我的大忙哟,我这一辈子都记得你,你是我们老百姓的贴心人啊!"许琴微笑着回答:"哎呀,小事情,小事情,你老莫挂在心上哈!"

原来,在2018年9月初许琴来到佛南社区做调查时,70岁的老人赵秋实几十年了竟然还没有户口,国家政策好了,人们都有了社保、医保，而赵秋实老人却无从着落！这一天正好遇见"管户口"的许琴，于是请求公安机关帮助他把户口的问题解决了。对老人来说，这可是件大事。许琴立即组织老人所在的佛南社区干部、当地老居民进行调查，并多次到射洪县档案局查找20世纪60年代全国人口普查档案信息。在这位"全省信息化采集能手"面前，一切问题迎刃而解。经调查核实老人名叫"赵秋实"，男，射洪县佛南村人，生于1944年9月2日，1964年外出一直未归，家人怀疑其已死亡，20世纪80年代清理户口的时候，家人主动注销了其户口，目前老人常年生活在云南普雄县。查明原因后，许琴立即上报县局人口信息中队进行人口信息系统比对，并与其现居地云南省普雄县公安机关取得联系，进行调查，前后耗时半个月终于核实，最终将赵秋实老人上户所需资料准备完毕，并为老人成功登记了户籍信息。盼了几十个春秋，赵秋实老人终于如愿以偿，他激动地对许琴说："你真是我们老百姓的暖心人啊！"

许琴所做的这一切，"徒弟"肖娟都看在眼里，记在心里。心想，自己一定向"许姐"好好学习，把为百姓服务和人民群众的满意作为工作的目标和追求，用热心、细心、耐心和爱心服务老百姓，用实际行动赢得老百姓赞赏和爱戴。

在赵秋实老人感激不尽之时，几位乡亲走了过来，许琴和肖娟便趁机向他们讲述了防止电信诈骗知识，帮助有智能手机的居民安装了"反诈App"。

— 五 —

"守好自己的一亩三分地，不负一名人民警察的责任担当，不负党和人民的培养和希望,这是我的心愿,也是我的坚守!"12年来,许琴一直奔忙在社区警务这个岗位上无怨无悔,每年仅是帮助所辖社区调解居民矛盾纠纷就达两三百件,各类事务让她忙得脚不点地,丈夫也因为是局里的经侦骨干常年奔波在外,两个人都一心扑在事业上,以至于结婚7年了连带小孩的事情也耽搁了,许琴心里头觉得实在有点对不住家中的老人们,她笑着说,也希望尽早把这事儿纳入计划……

作于2021年秋

情深义重写丹青

——射洪籍中国著名军旅画家敬庭尧侧记

2007年元旦来临之际,从中国著名军旅画家敬庭尧先生成都画室"两半轩"传来喜讯:2006年12月3日,在北京中鼎国际2006年秋季艺术品拍卖会上,敬庭尧的巨幅素描作品《红河谷》以143万元天价成功拍卖,2007年春,敬庭尧先生又将以20年创作的近100幅西藏题材国画作品在中国美术最高殿堂——中国美术馆举办《雪域留痕》大型个人作品展览。

以143万元拍出国画作品,在中国现代画家中是凤毛麟角,是中国拍卖大型素描首创的巨大惊喜。在中国美术馆举办大型个展,更是许多画家追求一生也未必能够实现的事儿,何况是展示近100幅新作力作,然而,幸运之神把这一切都光顾在一个从射洪山沟里走出的农民的儿子身上。

带着射洪人的自豪与关注，笔者专程赴蓉采访了敬庭尧先生。

"两半轩"：雪域风情情深意厚

2007年2月11日，成都二环路西一段双楠小区天友国际饭店。

一上四楼，迎面就有"两半轩"三个金色大字扑面而来，这里就是敬庭尧先生的画室了。

敬庭尧先生十分热情地把家乡人迎进画室展厅。一进展厅，那一幅幅巨作一下子就把人震撼了：两三米高的人头肖像如巨型铜鼎兀立，藏族少女的半身像比真人还高，《唐韵》中的仕女如梦如幻，衣袂飘飘……约200平方米的展厅，仅几幅巨画就布满了四壁，大气、雄浑、豪放，一切激动着人的心魄，震撼着人的灵魂。展厅的里间是工作室兼收藏室，也与展厅一样大小，正面墙上依然是新近创作的画作《可可西里之魂》，一侧是摆满文房四宝的巨型画案，画案旁是盛得满满的书架、笔架、博古架，而那一些不同寻常的收藏品又深深吸引着大家：陶罐、瓷瓶，更多的是藏刀、马鞍、藏族妇女服饰、唐卡、转经筒、香炉等等，仿佛走进了一个西藏民风民俗博物馆。

敬庭尧先生说："这些东西是我进西藏采风一次次带回来的，有了这样一种氛围，就如同置身西藏，在作画时就有一种激情、一种冲动。"一语饱含着对雪域高原的无限深情，也露出了先生创作状态的秘诀。

何以叫作"两半轩"呢？笔者从当时出版的《敬庭尧国画作品集》中找到了答案：取源于八卦图黑白相间无穷动之哲学理念，即国学大师文怀沙先生"平生只有两行泪，半为苍生半美人"。先生国画就是以画重大历史题材与古今"美人"为重，岂不浓情与深意彰然乎？"两半轩"名副其实。

——《红河谷》：壮烈史诗动人心魄——

素描版《红河谷》何以拍出143万元天价？这是许多人都想探究的神秘。

"《红河谷》以143万成交，是多年来中国拍卖大型素描首创的巨大惊喜。"

"《红河谷》是中国素描史上不可缺少的作品，在当代中国画坛自有其沉甸甸的分量。"正如上海美术评论家刘传铭先生所撰《〈红河谷〉——素描的魅力》一文中所说："素描作品同样魅力无限！画家敬庭尧创作的巨幅素描《红河谷》可以说是一曲感人至深的未完成的交响乐。"

不少中国当代著名艺术大师们的高度评价盛赞着这一画坛奇迹。

就《红河谷》的创作过程和他的艺术价值，笔者深入采访了敬庭尧先生。

《红河谷》所描绘的是西藏江孜大战。1904年年初，英军为达到不可告人的目的，从印度进入西藏第三大城市地处年楚河谷的江孜城，消息震怒整个西藏，军民们集结起来利用火药枪、弓箭、大刀、长矛和抛石器与装备了迫击炮、机枪、望远镜等精良武器的英军激战，在十分惨烈的三个月的保卫战中，藏族军民在美丽的年楚河谷尸横遍野、血流成河而英勇不屈。100年后的今天，人们自豪而亲切地把这条英雄的河谷称为"红河谷。"敬庭尧先生的《红河谷》描述的就是这样一场战争中一个催人泪下的悲壮场面。

敬庭尧先生说，他早年在西藏采访中，就了解到这一动人心魄的历史，早就想用画笔记下这段壮烈的史诗。为了这个"历史的责任"，他4次亲临江孜体验，花了4年的时间反复构思、修改、描绘直至完成。这幅长4.4米宽1.9米的巨作一经问世就在中国画坛产生强烈的反响。画家站在历史和艺术的巅峰穿越时空，浮想联翩，下笔如神，用国画素描的方式把西藏的历史、人文精神和自然风貌浓缩其间，让人如临其境，如闻刀枪的拼搏、血流的奔涌、凄厉的呐喊……

《红河谷》，第一次用画笔讲述这样一个藏族军民的悲壮故事，第一次用画笔描绘了一个重大的历史题材，第一次以如此规模之尺寸和素描的方式作画并产生出如此巨大感染力和表现力，这，在中国画坛难得一见。

中国美协主席靳尚谊认为："敬庭尧先生是一位能驾驭大型军事题材画面的人。我也创作过一些军事作品，深感军事题材大型作品的创作在绘画表现上颇有难度。素描《红河谷》在他的笔下，随着十几个不同角度的人物形象和景物的构成，产生出一种真实、淳厚、悲壮的精神品格，具有强大的冲击力。素描《红河谷》，画面凸现出的大气势给我的感受是：敬先生像是一位进行油画创作的画家。《红河谷》实属鸿篇制作。如此尺寸规模的素描作品和具有如此巨大感染力、表现力的作品，确实难得一见。画面除了有线、有面，极有厚重感，画面真真实实，增添了艺术美感，一种真实的美感。充分表现出国画家对素描的修养和才情。"由此可见，该作品以百余万成交也是理所当然的。

众多中国画坛名家们纷纷赞同："艺术作品达到了相当高度，它的艺术价值就会以价格的形式显示出来。"这，或应当能给我们从事艺术创作的人们以深刻的启示。

—— 先生巨幅：三大特色引人瞩目 ——

在敬庭尧先生的画室，有机会近距离地看大师作画，更能近距离地品读他一面面墙上的巨幅，还能看到他许多的个人画集，于人有较大启示的是，能够聆听到他对国画艺术的精辟见解，这也使我对敬庭尧先生的画作有了更深刻的认识。

观敬庭尧的画，给人的第一印象就是大气磅礴。篇幅大，这是其一。他的不少具有历史意义的画作，大多以尺巨幅出现，像《生命之堤》，在家乡射洪展出时，足足占了半个大厅。其二是题材重大，《生命之堤》更以气贯长虹的豪情，通过描绘在激浪掀天奔流动地的特大洪水中，无私无畏的解放军战士抗洪抢险的英雄行为，描绘他们以血肉之躯筑成的坚不可摧的长堤，歌颂了"万众一心，众志成城，不怕困难，顽强拼搏，坚忍不拔，敢于胜利"的伟大民族精神。其他如讴歌中国将军在抗日战火中救助敌军遗孤的博大胸怀与人道主义精神的《重逢》；表现领袖与普通民众在水患中休戚与共的《风雨同舟》，也都因为艺术上的精心锤炼，既在记录重大历史事件上达到了视觉形象的强烈引人，又在弘扬爱国主义、集体主义和社会主义精神上，给人教益。其三则是构思宏大。《公元一九九七》以打破时空的宏伟构图，形象生动地抚今追昔，概括了香港从沦为殖民地到雪耻回归的历史沧桑，浮想联翩地描写了具有转折意义的历史人物与历史事件，发人深省、令人感奋。敬庭尧这位正当盛年的四川籍画家，与中华人民共和国同龄。自毕业于解放军艺术学院至今，无论是西潮文化挑战优秀传统的20世纪80年代，还是商海狂涛冲击严肃艺术的20世纪90年代，他都一直在脚踏实地锐意进取，并保持着对艺术的虔诚。

他的中国画以根深、蕴厚、情真和艺妙等特点，体现出稳健深厚、致广尽精和新变不穷的追求，产生了日益广泛的影响，呈现出三大引人瞩目的之处。

第一个引人瞩目之处，是敬庭尧在创作中表现出不失其大也不遗其细的"两半"情怀。他对所画对象有自己的独特理解："平生只有两行泪，半为苍生半美人。"这"两半情怀"使他的人物有着生活的新鲜感和在场感，从而使笔下流淌的不是技巧，而是有自己独特观察视角的"新生活"和"新人物"。

第二个引人瞩目之处，是敬庭尧在多种艺术面貌中发展了中国画的写实风格。在同辈画家中，敬庭尧属于面貌较多的能手，能以多种画法作画。在他用过的画法中，有犀利精到的工笔，也有洗练概括的写意；有摒弃色彩的白描，也有浓施粉黛的重彩；有淋漓酣畅的泼墨，也有以色点虱的没骨；有的纯用一种画法，有的兼用多种画法。不过，贯穿于各种画法风格之中一个突出共性是追求写实的造型观点。

他并不拒绝接受传统的写意意识和现代的抽象意识，但二者都已被他有机地化入以写实观念构造的画境之中，在敬庭尧的多种艺术面目中也以写实风格为主流。

同时，细笔写实风格、泼墨与没骨相结合的风格、白描风格，他都运用自如。敬庭尧的中国画正在由博返约中走向进一步的成熟和超越。

第三个引人瞩目之处，是敬庭尧以自己的方式丰富了中国画的肌理，扩大了笔墨的语言表现力。在绘画中，肌理指的是媒材通过工具或其他技巧作用于载体表现形成的独特效果，它是视觉艺术语言中最能发挥物质材料性能的方面。中国古代画家不使用这一术语，但早已注意到纸绢上笔墨肌理之美，笪重光曾指出，以湿笔运墨者，"墨之倾泼，势等崩山；墨之沉凝，色同碎锦"，而用干笔皴擦者，"皴之缜密，明如屋漏，而隐若纱笼"。进入改革开放的新时期以来，画家们开始放眼世界取法借鉴，引进西方的肌理意识和制作方法成了不少中国画家求新求变的一种努力。在敬庭尧的作品中，可以看到他探索了两种肌理，一种是湿润而流动的，另一种是枯涩而苍厚的。这种新颖的肌理仍具有墨气的透明和书写的畅快，但更穷尽变化而妙造天成，已变成独具表现力的笔墨语言的必要组成部分，恰到好处地适应了表现人们对丝路和雪域风物的历史文化蕴含的感受之需，而说到底，它正是为了表达上述感受而创造出来的。可喜的是这种语言新鲜而又独特，又不失高级。

三大引人瞩目的特点表明，敬庭尧已成为盛年军旅画家中勇猛精进的实力派人物。他的艺术积极而稳健、严肃而浪漫、朴厚而秀畅，有个人真情更有民族哀乐、有传统渊源更有时代气息、有主攻方向更有兼容并蓄，虽然尚未尽善尽美，但已显出令人振奋的潜力，正在致广大而尽精微的融会贯通中走向成熟。

敬庭尧说过一句话："艺术创造如同爱恋一般，是一个没完结的故事，是首没有尾声的歌……"对生活的厚爱，将使敬庭尧把即将进行的故事演得更辉煌，把即将回荡的高歌唱得更嘹亮。

—— 雪域神山："高原之子"的虔诚之路 ——

20多年来，敬庭尧先生先后23次深入藏区采风，曾三次穿越西藏，从唐古拉山到珠穆朗玛峰，从冈仁波齐神山到可可西里无人区，从古格遗址到布达拉宫都留下了他探索的足迹。对高原的风土人情，敬庭尧是情有独钟，如同一个儿子对母亲的深情。

敬庭尧先生何以如此钟情于这片神秘的土地？

他在《西藏采风录》中写道：

"西藏的每一座山，每一个圣湖或每一片废墟，每一片荒漠，每一脸沧桑，都有古老神秘的故事。只要走进它，他就会娓娓向你道来……每一次进藏都会受到皮肉之苦，同时也会留下一串串美好的记忆；每一次走进西藏都会有难以名状的困惑，同时也会收获不同凡响的喜悦。"

然而，路途是万分艰辛的，困难是常人难以想象的。敬庭尧先生说:"缺氧、寒冷、野狼、高原反应等等,采风中,一切要用灵魂和生命来完成。"

但是,"置身于西藏高原,让人觉得宇宙之博大,个人之渺小。走进阿里就是走进艺术的家园"。所以,敬庭尧先生感慨:

"一个人在历史面前,在文化面前,在大自然面前,非常渺小,只有走进大自然,走进文化,走进历史,才可能从渺小中走出来。"

于是,西藏原始的古朴、动人的景物、丰富的色彩,藏族同胞那古铜色的皮肤,刀劈斧砍的皱纹都纷纷进入了他的巨画之中。

于是,他的笔出神入化,画的境界高远深邃。这位中国美术家协会会员、国家一级美术师、北京美术家协会理事,被中国文联评为"中国画坛百杰"画家,享受国务院特殊贡献津贴和副军级待遇的人,巨作一部接着一部。《雪域魂》《长缨·长缨》等作品先后入选第六、第七、第八、第九届全国美术作品展览,而《红河谷》则把藏族题材画到了一个艺术的巅峰。2007年,在中国美术馆展览的近100幅作品,更把藏族题材画作推向了"世界屋脊"。

面对大自然的恩赐和不懈的追求,他在艺术感言中写道:"一个人该做什么或不该做什么,是个人和上帝共同安排的。艺术是神秘之物。你喜欢它,它可能讨厌你;你选择它,它可能抛弃你;你接近它,它可能离开你。值得庆幸的是,当自己选择了艺术的同时,艺术也选择了我。

"艺术的创造如同爱恋一般,是一个没有完结的故事。是一支没有尾声的歌,只有在每次成功之后知难而进,才会出现新的希望之光。对于我来说高峰依然在前头。"

正是西藏这片神奇的土地,给予了艺术家一种灵感与创作的激情,正是一种知难而进的精神,敬庭尧以心灵和生命完成了一部又一部鸿篇巨制。

中国美术家协会理事、中国美术出版集团总编程大利说:"庭尧是一位钟情于生活又忠实于生活的画家。他选择雪域高原为他的创作基地,体现了他独特的审美视角,他选择雪山是连同酥油和牦牛粪一起热爱着的。他从高原回来,夫人用洗衣粉洗净了他那身满是酥油味儿的衣服会使他不舒服好几天。他用自己的心灵去体验高原的心灵,所以他的画有种精神的东西,正是这种东西打动着观众。"

国学大师文怀沙赞誉:"庭尧是一个非常好的画家。他以苦为乐,视生活为空气,没有就无法生存。他视创作为水,没有就要枯竭。他讲真话,不会为了讨好而去迎合或取悦。他的画结实,有质感、有张力,带给我们历史的回顾,让你感到厚重和高原缺氧的颤音。他是大地的儿子,是一个让我尊敬的人。"

中国美术家协会常务副主席、陕西美术学院名誉院长刘文西评价:"敬庭尧是一个意志力坚强,对人民有真实感情的人。他的作品很有分量,到了一个层次。"

中国美术家协会副主席、班禅画师尼玛泽仁认为,敬先生为中国画的发展以及走向世界做出了贡献。

魂牵梦绕：总是一片赤子红心

多年来，敬庭尧在雪域西藏采风过程中，与藏族人民结下了深情厚谊，所以，他忘不了对藏族人民的回报。他先后资助藏族贫困失学儿童三名、藏民小学一所，藏族同胞亲切地把他誉为"高原之子"。

谈及藏族人民，他十分感慨："西藏给了我艺术的灵感、创作的源泉，更让我感动的是，采风途中，小车每一次陷住，藏族兄弟总是不计报酬给我推出，冰天雪地，藏族阿妈总是捧出热腾腾的酥油茶，还有很多兄弟经常帮我走过十分艰难的旅程。我非常感激他们。我资助藏族贫困失学儿童、藏区小学，算是对藏族人民小小的回报吧。"

而对于夫人和孩子，他多少有些歉意，许多时候，他一作起画来，如痴如醉，从早上九点开始，一直要画到深夜两三点才休息。好多次到了春节前夕，为了赶在最佳雪季去藏区采风，竟丢下小家奔赴西藏。与他一起走过30多年的夫人杨华西总是那么支持他，理解他。谈到爱情这个词语时，他的夫人竟诙谐地笑着说："抓住爱情就像在河滩上抓沙子，抓得越紧，反而越少。"这是中国妇女多么宽厚温敦而博大的胸怀，这难道不是敬庭尧先生影响下的情深义重的又一幅巨型画作么？

一颗赤子之心，一头牵着西藏，一头牵着故乡。在故乡，他还有80岁高龄的老母亲和弟弟妹妹，只要有时间，他总是要回来看望他们，也看看他的乡亲，看看射洪这片曾经生他养他的热土。他说："是射洪的文化给了我心灵的滋润，是射洪这片热土给了我艺术的底蕴,对生我养我的家乡永远心存感激。"

然而,很多时候,即使是春节,他想回乡却都不能如愿以偿,因为那时他正在雪域写生,正在高原探索,或者部队正有任务。按他的话说:"忠孝不能两全啊!"

在我的采访即将结束时,敬庭尧先生忽然想到了他还珍藏着的另外三件宝物:三件大小不等的"唐卡"。"唐卡"是西藏高僧所绘制的宗教故事图画,其艺术价值非常之高,有的是无价之宝,敬庭尧有时在放大镜下欣赏揣摩几个小时。先生平时是不轻易示人的,因为我们是老乡,在他看来又把我们当朋友,才有着这般礼遇。

"唐卡是艺术瑰宝,里面有看不完的东西,是我收藏中最宝贵的珍品。我从唐卡中感悟到了许多艺术真谛。"敬庭尧先生深有感触地说。

军旅画家敬庭尧正是这样从中国古今文化艺术中不断探寻,不断吸收,不断创造,才登上了艺术高峰。他的作品《重逢》《月朦胧》《雪域魂》《长缨·长缨》先后入选第六、第七、第八、第九届全国美术作品展览,《窑洞》《盼牧归》《公元一九九七》《生命之堤》《风雨同舟》《寒夜》《戈壁风流》《红军长征驿站》等十余幅作品在全国和全军美展中获奖,作品被中国美术馆、军事博物馆、人民大会堂、中央军委八一大楼收藏,《重逢》还作为国礼赠送日本中曾根首相,并收藏于日本东京博物馆。

2007年2月16日,在中国农历新年的零点钟声即将敲响的日子,带着一腔深情,带着一个军旅画家的崇高追求和历史责任,"高原之子"敬庭尧邀约他当时的助手、擅长摄影艺术的杨斌先生,已第24次深入雪域西藏采风去了。他要实践着一个艺术的追求:把西藏题材作为他今后绘画艺术长河中永恒的创作源泉。

  这些年来,敬庭尧年年坚持进藏,许多优秀的巨作由此源源不断地涌出,屡屡在中国画界创造奇迹。

作于2007年春

真情守望文学星空

——射洪市首届文化名家黄少烽的文学情怀纪略

2023年3月13日，在射洪市文艺发展大会暨首届陈子昂文艺颁奖大会上，年近八旬的黄少烽先生健步走上颁奖台，摘取了"射洪市首届文化名家"奖杯，全场响起一片热烈而持久的掌声。射洪的文艺工作者们向先生投去敬慕的目光，纷纷点赞："黄少烽老师名副其实！""射洪的文学保姆应该得到这种荣誉！"

能够被人们誉为"射洪的文学保姆"，黄少烽老师是射洪文学界第一人，获得"射洪文化名家"称号的，射洪市首届评出五人，文学界也仅有黄少烽先生一人。对于我来说，当然为先生感到高兴并深受鼓舞。因为，我也是这位"文学保姆"带上文学之路的学生之一。

我与先生的相识是在《射洪文艺》上。那

时常有《射洪文艺》传入校园,上面经常有先生的作品,或者是小说,或者是散文,有时还有戏曲,而编辑一栏,也出现了先生的名字。"黄少烽"这个名字,就如烽火一般点亮在我的脑海,但一直只见其名而未见其人。

然而意想不到有一天,先生竟然就出现在我的面前。

那是1985年5月份,其时我正在射洪天仙中学任教。一天傍晚,和风习习,花木扶疏,微波荡漾的梓江在校园外的远处渐渐与暮色融合,我放晚学后正漫步在天仙中学操场上,天仙镇文化站站长刘明晴找人捎来消息说,县文化馆的作家黄少烽老师来镇上了,现在他家,要见见天仙的文学青年,还要给大家讲一讲文学创作。

正准备出校园散步的我喜出望外,立即和家里人打了个招呼,兴致勃勃地穿过天仙桥赶往不远处集镇上的刘站长家里。

对于少烽先生,我早就听"天仙文艺才子"刘明晴、廖化龙摆过,说他是县文化馆创作辅导干部,经常下乡来辅导文学创作,还讲了关于他的一些故事。廖化龙是一个地地道道的农民作者,诗词歌赋曲艺民间故事样样会写,县里市里经常获奖,说起话来精神好得很,分贝很高,在天仙街中间说话,街头街尾都听得清。说起黄少烽老师,廖化龙精神更加抖擞:"黄老师也是我的文学老师哒,帮我改过好多回作品哩。他是土生土长的射洪县城人,从学生时代起就喜欢文学艺术,在20世纪60年代于遂宁安居乡下当'教书先生'的时期,就教书、教唱歌、编演乡村戏、登台用二胡给别人伴奏等,样样都上得'台面'……"接着廖化龙讲到,"文化大革命"时期,由于黄老师对政治运动不感兴趣，被人冠以"白专"的帽子，从中心小学"流放"到"乡村戴帽初中"。别人天天搞"阶级斗争"，他却躲进小屋偷偷读唐诗宋词、"鲁迅茅盾"。每当夜深人静的时刻，就试着写些小说散文什么的。写作中想起读师范时因家庭贫困休学期间去粮站打工时亲身经历的一些事情，于是就在油灯下提笔一个格子一个格子的跋涉，竟然弄出了一篇七千多字的题为《粮站新兵》的小说，又悄悄地寄往当时复刊不久的《四川文艺》（即后来的《四川文学》），没料到不久后这篇小说竟在该刊1974年8月号发表了……廖化龙讲到高兴处总是滔滔不绝，好像是他自己的作品发表了似的。文化站站长刘明晴就爱笑他："看你说得口水溅溅的，却说漏了一句最重要的，黄老师可是射洪自新中国成立以来第一个在省级刊物上发表小说作品的人，也是最早加入四川省作家协会的作家哩。"刘、廖两人是好朋友，话是可以随便说的。那时，我也是痴迷文学的青年，对于能编《射洪文艺》又在省级刊物上发表文学作品的黄少烽先生，当然是十分仰慕的了，想不到这次他竟然来到天仙小镇，而且我就要见到他了，心里自然有些不平静。

我步伐轻快地来到刘站长家时，镇上的五六个文学青年已经先到了。见一位长方脸的、瘦高个儿的中年先生坐在其间，很和蔼的样子。刘站长为我做了介绍，果然是想象中先生的模样。当他听到刘站长介绍到我的名字时，就微笑着对我说："你的诗歌写得很不错，我从《四川日报》上读到过你的那首《我的钟声》，你们几个办的《小溪》上也有你的不少好诗，你是很有潜力的。"黄老师初次见面就表扬我，弄得我既感动又不好意思。接下来，黄老师就拿着刘站长主编的《小溪》给大家一一分析天仙镇文学青年们习作的得失，同时也讲了诗歌、小说、散文、小品等的创作及如何投稿等问题。

那天晚上，没有香烟、没有美酒，仅仅是主人家招待大家的一杯清茶，却很投缘地"吹"了很久很久。

从此至今，我不仅与文学不离不弃，更与黄先生结为了忘年之交。

在后来的交往中，我对黄老师有了更多更深的了解，关于他的很多往事也长留记忆。

继《粮站新兵》发表以后，他就从遂宁安居调回了射洪，县上的领导慧眼识才，把当教师的黄少烽老师调到县文化馆作了射洪文艺创作辅导干部。少烽先生有了用"文"之地。他下农村，进工厂，搜故事，做采访。不久，《喜事新办》等小歌剧在1975年全县劳模会期间隆重登台，13 000多字的小说《山花红艳艳》在1976年第6期《四川文艺》上发表。这样一个短篇小说，当时在整个遂宁地区也是首屈一指的。尤其是小说《我要上学》1979年在《绵阳文艺》头条发表后引起较大反响，被誉为开创了绵阳地区"伤痕文学"之先河。

黄老师自1974年8月在《四川文艺》发表小说处女作《粮站新兵》之后，笔耕不辍，至今已在《四川文学》《现代作家》《长安》《文学研究参考》《民间文学》《故事会》《今古传奇》《剑南文学》《四川日报》《工人日报》《光明日报》《天津日报》等报刊发表各类作品300余件近200万字。其中，小说《芙蓉厨师》《杨老表卖酒》，故事《屈知县接官》，散文《你来了，孙竹篱先生》，歌词《为你送行》《农民兄弟喜洋洋》，小话剧《村官情》《请他回来》等多件作品均在省级以上宣传文化部门组织的评奖中获等级奖。散文《亲笔的尴尬》在《四川文化报》发表后，被《作家文摘》转载，有20余篇作品被介绍到海外。

此外，先生还带领业余作者跑遍射洪山山水水，收集整理了30余万字的《射洪民间文学资料集》，这本书被省委宣传部、省文化厅、省文联、省民间文艺家协会等部门联合授予"二等奖"，而他个人则获得同级别的"一等奖"。根据其中部分资料"再创作"的数十篇经典故事载入《民间文学》《巴蜀风》《故事会》《民间故事》《今古传奇》《文学故事报》等省内外故事报刊。

正是这些突出的创作成就，使他成为遂宁地区第一个被省作家协会吸纳的会员。

黄少烽先生虽然以小说创作为主，但他经常发表的还有散文、杂文、戏剧、故事、评论、报告文学、戏剧演唱等等。他创作的小话剧《村官情》曾在四川省文化厅主办的"四川省第八届戏剧小品作品比赛"中获得二等奖。此次比赛中，遂宁没有一等奖，二等奖也仅此一个。他编著的民间文学故事集《子昂故里龙门阵》获得第八届四川省"巴蜀文艺奖"提名奖，并被中共遂宁市委宣传部评为"精品作品"。巴蜀文艺奖由省委、省政府批准设立，省文联组织实施，三年评选一次，是四川省最高级别的三大奖之一。

我曾问及先生，为何什么门类都能写？先生答曰："文艺创作辅导干部是万金油,面对全县那么多各有专长的业余作者,不各方面都懂点,就可能被问住,还谈什么'辅导'?这也是被逼出来的啊。"

从先生这句话里,可以看出他对自己从事"文艺创作辅导"的用心用情。但先生也有他的重点坚守,那就是他最拿手的小说、散文、民间故事和他平易近人的文风。

几十年来,黄少烽先生坚持"平民路线",特别是他擅长的小说创作,总是坚持平实、质朴的创作风格,他曾说:"小说是写给大众看的,一定要有故事情节,人物形象一定要鲜明,语言要从生活中来,从生活中提炼,并加以改造。写出来的东西要给人以启迪、警示。写作是一种生活,一项工作,更是一种良心,一种责任。"

让我和射洪文学朋友更为感动的,是少烽先生对业余作者毫无保留的关心爱护与扶持。

自认识黄少烽老师以后,我经常利用星期天或节假日,拿着稿子去城里向他讨教。他总是很认真地看完我的诗稿,然后很和蔼地指出哪个字哪句话还用得不好,应该如何修改。觉得满意的稿子,还建议投哪一家刊物可能被采用等等。快到了中午了,就给家里人招呼多准备一个人的午饭,硬是要留着吃了便饭再走。这让我这个从乡下来城里求教的文学青年常常有落脚的地方、有家的感觉。更让我深受鼓舞的是,他还几次把我稍好的稿子留在他那里,适当的时候,他就写好推荐信自己贴邮费寄给他熟悉的报刊。有一次我写了《石工》《老钟》两首诗歌请黄老师指点,他给我修改了其中一首的一个字后说:

"这两首诗就留在我这里吧。"没想到,下一次去他那里的时候,他拿出了一份近期的《西藏日报》笑眯眯地对我说:"你的两首作品已经发表在上面了。"我一看,果然是上次留下的作品。

其实,黄少烽老师善待文学青年何止我一人,他对很多射洪业余作者都是不遗余力地寄予了一腔真情的,这方面的感人事例可是太多了。

20世纪80年代初,射洪香山乡有个叫魏书源的农民作者,一年间寄到文化馆10多件曲艺作品。黄老师认真看了,作者生活丰富,但因选材立意存在问题而无法选用,他便乘公交汽车到丰隆再步行10多里路,在距县城80余里的香山乡杨家坝找到这位叫魏书源的人,那个一边在灶门前拉风箱一边构思唱词的作者。黄老师在他简陋的农家住下帮助他反复修改作品,终于使他的100多行曲艺作品《书记许亲》在《锦江演出》上变成铅字。经过一段时间的辅导,魏书源后来有数十件作品陆续在省、市报刊发表,还加入了省曲艺家协会,担任了遂宁市政协委员。

就在返回香山乡政府的时节,黄少烽认识了另一位爱好文学、当时是乡广播员的魏源水,并且看到了他写的几篇小说稿子。他发现魏源水很有基础,就记在心里。以后两人经常接触谈论文学创作,促进魏源水不断创作新作品,几年间,魏源水写出了不少作品发表在市、县刊物,其中,《张二嫂买喇叭》不但在《剑南文学》发表,还获得了四川省业余创作三等奖。魏源水后来成为射洪广播电视台常务副台长,电视作品多次获得省级奖。

那时，在文升乡小学当教师的胡雪松常常进城来和黄少烽讨论戏剧创作，几次接触后，他觉得胡雪松是一个很有前途的苗子。不久，恰逢县上要组织反映水利建设的川剧创作，黄少烽就想到了胡雪松，决定去通知胡雪松到县上参加这个创作。当时文升小学没有电话，黄少烽就借了别人一辆破旧自行车，一早出发前往文升。当他穿越30多里土泥路赶到文升乡时已经晌午了。此时黄少烽老师的妻子尚在遂宁安居，一个6岁的女儿和一个4岁的儿子被丢在家中。他说完事情就要走，却被感动不已的胡雪松苦苦留下吃午饭。他万般牵挂地吃过午饭，随后急忙返回太和镇，已经是下午3点多了，却发现两个子女不知去向，只有打湿了的小孩裤子塞在家中的门缝里。他焦急地四处找寻找，才从摆摊的小贩那里得知有两小孩先前从文化馆旁的公园河边过去，差点掉进河里去了。一身汗水的黄少烽终于找到一双儿女时，儿女们眼泪汪汪地喊着"爸爸，我们饿了！"……

给文学爱好者们一个发表作品的园地，是黄少烽老师对业余作者们又一个贴心的关爱。在他的努力下，争取到文教局领导的支持，创办了射洪第一份文艺刊物。为了把射洪作者的作品推上省级以上刊物，他多方奔走，求得企业支持，又去省城、京城邀请中国社科院的学者、《人民文学》《当代》《剧本》《现代作家》《青年作家》等期刊单位的编辑到金华山给作者讲学、看稿、改稿，先后把10多名射洪作者的20多篇作品推上省级甚至国家级刊物。其中，宣传部的干部王益林的短篇小说

《乳痈》就是那次笔会推荐到《当代》发表的。在他担负射洪县的创作辅导工作并担任创办主任的30多年中，射洪的文学创作引起社会的广泛关注，甚至被一些媒体称为"射洪文学现象"。所以，他被评为县先进工作者、遂宁市优秀文学艺术工作者、四川省作家协会表彰的优秀文学创作组织工作者就是顺理成章的事了。

今天，已经走过30多年至今依然活跃的"陈子昂诗社""陈子昂文学社""校园文学社"、作家协会以及后来的"射洪诗词楹联学会""陈子昂研究会"等，从创建到发展，都凝聚着他的心血和汗水，以至于今天这些社团都一直聘请他作顾问。他也一直乐于"顾"着"问"着，一直积极参与这些社团的各种文学活动，为文学青年们改稿、荐稿，还为多位作者出的作品集写序，写评论。他先后为董泽永撰写的《锐意求新写众生》、为罗明金撰写的《情到深处诗不断》、为刘志学撰写的《从乡镇干部到多产诗人》、为任郁撰写的《从校园走出的"五月女子"》、为高余撰写的《高余小说创作的得与失》、为王益均撰写的《重塑英雄写悲歌》、为杨云德撰写的《杨云德和他的两本书》等评论都先后在《四川文艺报》《作家文汇》《川中文学》等报刊发表，给后来者及年轻作者们继续努力创作以很大的鼓舞。

如果说子昂故里文学创作"百花齐放"，那么，少烽先生功不可没。

今天，在射洪县城沱牌大道东侧一幢叫作"金泰苑"的楼宇中，这位年已80岁的老人仍然精神矍铄地坐在书桌前笔走龙蛇，或在电脑前轻敲着键盘的"鼓点"，继续行进着他钟爱不悔的文学之路。虽然已经退休二十年了，他对业余作者的辅导与帮助从未停止。这些年他看过的稿子不少于几百篇吧，积累在电脑里的"阅稿意见"已经达到七八万字。有时候为一篇别人的一两千字的小小说，他写出的"阅稿意见"竟长达一千余字。

我曾经采访过先生："你这么大年龄了，还坚持创作，还不厌其烦地辅导青年文学爱好者，是一种什么力量赋能如此？"

先生略加思索后说道："我曾经在《四川文学》发表过一篇散文《难忘四十年前的那些事》，文中写到我的处女作《粮站新兵》发表的前前后后。老实说，没有编辑们的扶持与指导，那篇小说是出不来的。因为有了这些文学前辈的关心，我的第一篇小说能够在省级文学刊物发表，从而走上文学之路。也因为他们的鼓励和精心指导，我的写作才得以延续下去。我从前辈老师那里学到的不仅仅是如何写作，更重要的是感受并学习如何做人。我正是将他们'甘为人梯'的奉献精神带到我的工作中，努力为基层业余作者服好务，才取得了一点成绩……"

"停车坐爱枫林晚，霜叶红于二月花。"先生在80岁高龄喜获"射洪市首届文化名人"荣誉，可以说真正是"红于二月花了"，但这位"文坛不老松"仍然乐此不疲地用生命创作文学作品，用生命守望文学星空。他的精神正激励着陈子昂故里一批批"来者"在文学之路上奋力攀登，因其如此，射洪这一片文学的天空注定不会寂寞。

从走乡串户表演到登上国际舞台

——记农民的儿子李仕奉和他的杂技团创造的奇迹

2023 年 3 月 13 日,射洪文化艺术中心艺术剧院灯火辉煌,"射洪市文艺发展大会"在这里隆重举行,"射洪市首届陈子昂文艺奖"颁奖仪式上,遂宁市春苗杂技团团长李仕奉从射洪众多的文艺人士中走上颁奖台,摘取了"射洪市首届文化名家"奖杯。

这已是近五年来李仕奉第四次获得本地殊荣了。2019 年,获得射洪市首届"创新创业突出贡献奖",获得奖金 10 万元;2020 年,获得遂宁市第二届"人才创新创业奖",获得奖金 10 万元,2021 年,他所领衔的文化项目入选遂宁市第二批"川中明珠计划"文化名家项目,获得项目支助 5 万元。

一些人疑惑,李仕奉是搞杂技的,他的身

份至今还是农民，何以能够连连获得政府部门的大奖？

答案理直气壮：人家把一个农民草台班子炼成了中国一流杂技艺术团，团里演员曾经受到过时任中共中央总书记、国家主席胡锦涛的接见；作为中外文化艺术交流使者，近25年来，他的杂技团已经先后出访过20个国家，演出了3 000多场，还受到多个国家的元首接见！

当然，家乡的人们惊叹之余，更由衷地为之点赞，为之自豪。

—— 一 ——

看到李仕奉荣光的人们，却不一定知道李仕奉和他的杂技团一路饱尝的艰辛和孜孜不倦的求索。

20世纪80年代初，改革开放进入高潮。射洪县潼射乡九道拐一个名叫李明柏的农民，他虽然识字不多，却对表演艺术很有兴趣，他思维独特，很有"板眼"。1979年，他把初中毕业的儿子李仕奉、李仕龙送到射洪县川剧团学习川剧，后又于1981年送李仕奉到资阳市学习杂技。

一家人何以这么钟情于杂技？这或许跟李明柏自己从小就爱去看街头杂耍有关。那时，只要村里、街上来了演杂耍的，李明柏就要跑去看上一盘，不曾想他还悄悄跟着别人入了门道，研究出各种杂耍来，自己也能演上几手。劳作之余，李明柏没有去享清闲，而是冒着骄阳去街上"扯围子"搞杂耍表演。几只铁圈在他手里玩得飞转，明明是套在一起的，不知咋个就一个个分开了，分开了又套上了，套上了又分开；一只布口袋，翻来覆去都是空的,吹一口气向空中一抓,竟然"下"出一个又一个蛋来,真是让人眼花缭乱,如堕五里雾中。逗得大家惊喜不断时,他"仰"着草帽向观众讨"喜",乡亲们都穷,不是扔过一两分硬币,就是一哄而散跑得老远。

累了半天,汗水湿透了衣衫,却挣不了几个钱。不能这样搞!还是要正儿八经搞个团卖票上舞台演。父亲李明柏就想另谋出路。恰好儿子李仕奉、李仕龙1985年学成归来,加之小兄弟李仕忠初中毕业后在家务农,平常没事也跟父亲学学杂耍,都整得来几招。几爷子一商量,就把一个"草台班子"搭了起来,还招来了几名农村孩子。

那时办团没有钱,父亲李明柏就找人帮忙去信用社贷了几千元,用作办团开支。几个月艰苦训练后,12个人组成的"农家杂技艺术团"就开始走村串户去演出了。

那天,他们很高兴地到一个乡镇的礼堂去"卖票"演出。那里的领导看他们都是一群"土八路",就没同意他们进礼堂表演。好不容易拉个班子来了,演不成咋个有"面子"?父亲李明柏就扎人说情,还给了50元钱场租,终于同意进场。没想到,到了演出时间,偌大的礼堂竟然只有稀稀拉拉10多个人,一共只收入了3.6元!

那时,李仕奉看见父亲的眼泪在眶里直打转转,自己也忍不住眼泪直流。父亲转身把眼泪一擦:"娃儿们,我们出来是为个啥?票都卖了,就是一个观众!我们也要演!拿出本事来好好地演!"于是,大家憋足一口气,"叠罗汉""转碟""顶碗"等等,孩子们把每一个节目都演得如行云流水,当八只碗被最下层的李仕奉一只只十分准确地扣到上层小女孩的头上，台下传来一阵阵动人心弦的掌声！

此时，乡上那些干部们和一些群众也"蹭"了进来，看到精彩处，情不自禁地把掌声拍得山响。还有什么比这更能给人力量的呢？还有什么值得生怨的事情呢？李仕奉感到了从未有过的成功和快乐！

或许正是这场只有3.6元门票却十分精彩的演出，让"农家杂技团"的名声一下子传开了，自己见机去联系演出，主动来邀请的，都越来越如人意起来。

二

几年的爬坡过沟，走村串户，虽然只能勉强维持生计，但却锻炼出一支能吃苦耐劳又各怀绝技的杂技队伍，尤其是头脑聪慧、身段敏捷的李仕奉更是技艺出群。1988年12月，"农家杂技团"在家乡的潼射乡文艺调演中大展风采，高超的技艺让乡上领导们感到震惊，这个团不仅得了最高奖，还被乡政府命名为"潼射乡杂技团"。从此，他们就可以代表全乡参加县里的文艺演出了。在当时，这当然是一种莫大的支持和鼓励。1989年11月，在射洪县农村文艺调演中，他们从全县20多支队伍中脱颖而出荣获一等奖，更让社会各界刮目相看。随后，这个泥腿子杂技团又被县人民政府命名为"射洪县杂技艺术团"。

获得了荣誉，是鼓舞、是动力，也是压力。父亲对李仕奉说，必须整点"新板眼"。

于是，一场自定目标高强度自我封闭式的训练在全团展开。

那段时间，连在成都、达县杂技团学成归来的主要演员李仕泰也不例外，虽然他"晃板""小顶力学""空中皮条""云梯飞人"样样皆通，此时更是"演员＋师傅"，与大家一样训练不休。同时，团里请来知名杂技艺术大师做指导，还经常用录像带录下香港电视杂技表演等方式组织学习，力求狠抓重点剧目的培植，向高、精、难、尖奋斗。有一回，资阳杂技团来射洪演出时，全团停演一天，观摩别人之长。由此，队员们技艺更加扎实稳健，杂技节目也更加丰富，更加上档次。

随后，他们一边在全省、全国各地演出，一边强化演员和团队素质提升，实现了商业演出与技艺提升双丰收。

1991年4月，为了适应文艺团体体制改革需要，遂宁市政府向社会招标，选择优秀团体为"遂宁市杂技团"，全市10多家民间杂技团同台竞技，李仕奉率团一举以最高分夺标，赢得了"遂宁市杂技艺术团"称号。

之后，年老的父亲把杂技团的重担压在了李仕奉身上。

——— 三 ———

从父亲手中接过担子的李仕奉，既感到振奋，又感到责任重大。他想，作为一名团长，注重演员的培训提高和团内的管理是重中之重，创新发展是必由之路，他不能辜负父亲的希望，更不能辜负乡亲和领导们的信任。他决心把这个团带向更有品位、更有价值的高处。于是，他更加虚心地向同行学习，以"小学生"的姿态向杂技专家、国内顶尖杂技演员请教，一系列内强素质、外树形象的行动展开。在演出中，他们以特有的农家风情与阳春白雪的艺术形式相结合，各类演出活跃在国内各个城市中。

同时，李仕奉转换思路，着力培养青少年演员。因为他深刻认识到，杂技表演艺术是"青春的艺术"，要在这个行业拔尖，要在技艺上有所突破，必须从娃娃抓起，必须从"童子功"起步。由于团里孩子演员众多，基本上都是家乡农村来学艺的孩子，"遂宁市春苗杂技艺术团"便应运而生。

功夫不负有心人。在李仕奉苦心经营下，"春苗杂技团""小荷初露"，童星迭出，逐步成为一支实力超群的新团队。他们"以训促演""以演带训"，凭着一股子冲劲和干劲，不避寒暑到工厂、农村、学校演出，还接外宾专场，他们齐心协力，同甘共苦，遍地撒种，遍地开花。一路走来，他们踏着荆棘，不觉痛苦，虽有泪可落，却不觉悲伤。几经风雨，终现彩虹。春苗杂技团逐渐走上了大舞台，褒扬的报道经常登上市、省、国家各种媒体，从而名声大振。

1999年4月至6月，上海大世界娱乐中心看中了春苗团的节目，与他们签订了3个月的演出合同。

2001年六一儿童节，团里的演员应邀满心欢喜地参加了人民大会堂的节目演出。那天，时任中共中央总书记、国家主席胡锦涛观看了小演员陈超的精彩演出，随后还接见了小演员，与她亲切握手，向她表示节日的祝贺。这，无疑对陈超、对全团所有人，都是一种空前的鼓舞，并成为大家以后踔厉奋发的强劲动力。

2003年在北京演出期间，春苗杂技团参加了第四届全国青少年杂技比赛，李仕奉亲自指导编排的杂技节目《顶碗》，由传统的两人表演增加为四人表演，大大地增加了难度，更有创新，赢得了同行及专家的认可；《单手倒立》在道具上和技巧上有所突破，一个小女孩在一个转动的圆台上单手完成十多个高难度动作，超越了人体极限，给人一种高、难、柔、险、美的视觉奇观，评委为之叫好。这一次，两个项目分别荣获全国青少年杂技比赛"铜狮奖"、西南地区"银奖"。

演出现场，《顶碗》《单手倒立》等节目就被美国演出商看中，春苗杂技团一举夺得签单：应邀签约赴美，巡回演出8个月！

能够出国演出，那就是国家"文化使者"了，全团振奋不已，李仕奉更是激动的一晚上睡不着觉。

这次巡回演出，所经过的路程约两万多公里，走遍美国30多个州，先后经过了美国最负盛名的尼亚加拉大瀑布、纽约曼哈顿、拉斯维加斯赌城、拉斯维加斯影城、好莱坞以及美国首都华盛顿等地，美国的各大报社、新媒体陆续跟踪报道，刊登了春苗杂技团的精彩表演系列剧照，先后巡演600多场，观众达十多万人次。

2005年，春苗团回国后又重新编排整台风格独特的杂技晚会，前往广东、杭州、上海大剧院进行外宾专场演出，并大获成功。由此，整台晚会受邀到北京市工人俱乐部，定点为外宾专场演出。在演出期间，他们的部分优秀节目，又被美国、日本两家演出商看中，并同他们签订了长期的合同。多年以来，两个团队按约定时间分别在美国、日本演出，一直受到两家演出商的高度评价。

之后，春苗团还有一个演出队常年在云南大理定点演出。为了培养后起之秀，团队还在北京昌平开辟了一个培训基地，以招纳和培训更多更好的杂技演员。

2009年9月22日，受国家文化部委派，由李仕奉领衔的春苗杂技团会同遂宁市川剧团演员一道从北京启程，赴加勒比海地区参加圭亚那国庆重大庆典演出，演出获得圆满成功。演出后，全团受到圭亚那总理和代总统海英兹的亲切接见。这些名副其实的对外文化交流使者们，享受到了人生最高的礼遇。回国后，春苗团受到国家文化部和省文化厅的表彰和奖励。

2014年11月，春苗杂技团连续接到比利时、英国的文化交流演出邀请函，他们带去的顶碗、车技、呼啦圈、滚环、川剧变脸等节目，让观众惊叹声欢呼声不断，中国精神、中国形象在他们的演出中一路闪光。

近些年来，春苗杂技团稳步发展到120余名演员。成为中国杂技家协会会员、国家二级演员的团长李仕奉，更加高度重视专业技术人才的培养和国内外杂技人才资源的开发与利用，以开放型、整合型、集约型的科学经营管理模式，内强素质，外塑形象，不断推进了事业的蓬勃发展。他十分注重文艺创作，坚持把优秀传统文化与现代声光电技术结合，不断推出国内外观众喜闻乐见的精湛节目。由此，赢得了一个又一个良好商机。全团先后与美国、日本、乌克兰、法国、立陶宛、意大利等国家签订了长期演出合同并按期进行商业演出。每年，团员们赴海外演出300场次以上，出口创汇500万余美元，足迹遍布世界20多个国家和地区，所到之处无不受到热烈欢迎。从国外演出回国后，春苗杂技团积极参加公益性演出和大型文艺庆典。在各类比赛中，杂技《顶碗》参加第四届全国青少年杂技比赛荣获银狮奖，杂技《单手倒立》荣获西南地区杂技比赛一等奖，杂技《力量》2011年参加全国"金菊奖"杂技比赛荣获一等奖。

"以更多的优秀作品和更大的正能量影响，服务于国家和地方经济社会发展，当好中外文化交流使者，大力弘扬中国杂技文化、为促进中外文化交流做出更大的贡献。"事业发展中，已连续七届担任射洪县政协委员、现为遂宁市政协委员的李仕奉，其思想境界和视野越来越开阔。

2023年以来，在距射洪城两公里外的大榆镇开心谷里，射洪的老乡们经常看到，不少青少年每天都会早早地在空旷的草地上操练各种杂技，还经常在一个新落成的叫"梧桐苑"的地方为乡亲们演出杂技。原来那里是李仕奉为了回馈家乡，在射洪市委、市政府支持下，新建的青少年杂技培训基地，基地上不时有他们的惠民演出。

我们在"梧桐苑"杂技训练基地看到，一面面闪光的奖牌挂在荣誉室内，奖牌中最醒目的，分别有2011—2022年连续12年间被商务部、中宣部、财政部、文化部、国家广电总局授予的"全国文化出口重点企业"荣誉，还有2012年被省政府授予"四川省首批重点文化骨干企业"和被市人民政府授予的"重点培育企业"奖牌。

而在李团长珍贵的图文收藏中，我们看到一张1985年的

《光明日报》,上面有这样一篇文章——《保护文化专业户》。交谈中,李团长说,过去,我看到《光明日报》很受鼓舞,我们那时就一直想当一个文化专业户,而现在党和政府对我们民营艺术团体非常关心和支持,给了我们政策、舞台、荣誉、资金等支持,虽然我已年近60岁了,但会加倍努力,创造出更多更好的节目,回报党和政府,回报人民,回报这个伟大的时代;我们还一定会坚持民族特色,让中华文化更光辉地闪亮在世界舞台。我们现在回到家乡来到大榆镇开心谷来建设这样一个"梧桐苑",就是希望引来更多的"金凤凰",为家乡、为国家培养更多的优秀杂技人才,也把国内外的优秀杂技、马戏等节目引入我们家乡,丰富人民群众的文化生活,为诗酒射洪的文艺发展做出新的贡献。

从一个偏远农村的"草台班子"到国内正规的杂技团,并获得了许多高级别的荣誉,李仕奉的父亲和他的兄弟们以坚持不懈的精神付出了无数血汗和艰辛;从走村串户到登上国际舞台,成为中外文化交流的使者,李仕奉们以责任和使命带领他的杂技团创造了人生路上的奇迹,也拓展了中国文化艺术走向世界的新篇。

大厨梁平

初夏的上海，阳光的热情和大都市的繁华感染着激情洋溢的人们。2023年6月1日，"2023中国传承与创新中餐厨艺挑战赛"在这里隆重举行，来自世界各地的100余名厨师精英云集赛场亮剑比武。经过层层角逐，射洪两名大厨惊艳全场，梁平、胡江凭借创新川菜八宝葫芦鸭、洋姜酸汤稻田鸭、坛子牛肉、椒麻蜂窝嫩牛肉，各自夺得一枚金牌，丘陵深处的射洪厨师在上海大展风采，让子昂故里诗酒之乡的美誉在东方魔都更加华光闪亮。

梁平是土生土长的射洪人，父母都是农民，从小就养成了吃苦耐劳、勤俭朴实的品格。1996年从全国唯一一所厨师高等学校四川烹饪高等专科学校（现四川旅游学院）毕业，随后入职餐饮业。他曾与几位师兄弟一道"远征"西藏拉萨，凭借一流的水平立足拉萨厨坛。

做厨师那些艰苦的日子里，劳作之余，梁平总爱琢磨菜品制作的得失和顾客的口味。他常常在川菜传统制作的基础上，在色、香、味、形各方面予以改良，让"回头客"们常常"耳目一新"，食欲大振。

而在经营之道上，他也随时研究，形成了自己独特的经营理念，颇受同行的赞许和餐饮行业老板们的青睐。

2010年，在西藏拉萨帮人做餐饮业的梁平回乡休假，被正在物色管理人才的裕宗酒楼老板刘玉忠知道了，就非常诚恳地邀请他加入裕宗酒楼共创大业。他俩本就相知，加之孝心很重的梁平的母亲此时身体欠佳，在家乡工作正好照顾母亲，所以就爽快地来到裕宗酒楼。

在裕宗酒楼，梁平主要负责的是厨师、服务员的管理，菜品的开发，与重点客户的接洽等工作。

"坚持菜品平价化，保质保量，让前来就餐的老百姓感到实实在在，从心里满意。"裕宗酒店总经理梁平为射洪县城他所在的酒店做出了符合实际的定位。

每天，总经理梁平总是比员工提前半小时到岗，首先巡查厨房、餐厅等，随后召开早会，安排一天的任务。员工们各就各位，他又忙着去检查采购的各类食材，看肉类检疫报告、查来源渠道，严格把好每一道食品安全关；随后是卫生复查、菜品质量检查、客人接待、应急处置等。到晚上，员工们都下班了，他还要到各处检查安全事宜，安排晚上的值班，往往比员工晚下班半个到一个小时。以这样的常态，梁平一年

365天坚守岗位不知疲倦。

原材料检查中，最艰苦的是每周都要进冻库。冻库里一般零下20度，即便是夏天也要穿棉袄，每次进去五六分钟就必须出来透透气，检查一回就要来回好几遍，检查完了常常头发上也有冰凌，但他从来都是亲力亲为。

"客人最关心的是餐饮的质量和安全，也是我们放在首位的工作。"对菜品质量的管理、服务质量的管理，梁平是近乎苛求的，因为必须对每一位客户负责。所以，他经常在巡查中照相、录像，掌握第一手资料，凡出现质量问题，让事实说话，让员工心服口服。

每个月，梁平都要组织师傅级厨师进行厨艺比赛，看谁把菜品做得更精致、更美味、更上档次、更节约成本，年轻的厨师从中能学到更多的东西，也能督导大师傅不断的自我学习、不被淘汰。所以，裕宗酒楼的菜品不断翻新，常常给客人不一样的感觉；同时，裕宗酒楼的餐饮消费尽量优惠顾客，同样的一桌菜品，裕宗酒楼要便宜10%—20%。

由此，他担任总经理多年，从没有出现任何质量或安全问题，并以"物美价廉"的平民意识为经营理念，赢得了越来越多的回头客，裕宗酒楼的名声也越来越响亮。

梁平多年来练就了一副厨师的好手艺，在技艺上是同行业公认的高手，但他是个喜欢创新的人，即使担任酒店高层管理人员，也在随时研究新菜品、推出新菜品上下功夫、做榜样，并毫不保留地把自己的心得和经验传授给厨师们。2012年，他被中国饭店协会评为"中国烹饪大师"。2013年，全市要推选大厨到省上参加厨艺大比武，梁平经过深思熟虑，推出了文化菜品"子昂遗篇""至尊舍得鱼线蛊"两道大菜，这两道大菜相继在县、市比赛中以其色、香、味、型俱佳和突出的地方文化特色夺取桂冠，又以唯一选手代表遂宁市参加了四川省大赛，在厨王争霸中勇夺二等奖。

说到与老板刘玉忠多年的合作，梁平十分愉快。他说："刘老板人很豪爽，并没有把自己放在老板的位置，而是把我们当作兄弟，这样许多事情我们更好商量，工作也更和谐；第二就是刘老板肯给员工帮忙，我们酒楼100多名员工大多来自农村，孩子在城里读书常常不大好办，他总是想方设法把事情搁平，员工都很感激，酒楼能够留住50%以上的老员工，这在同行中也算奇迹；第三就是他对下边的人很信任，乐于听取意见和建议。所以，企业老板的人格魅力，对企业的持续发展也非常重要。"或许，这也是作为总经理的梁平对企业高度负责的人生追求的理想境界。

梁平的心中还萦绕着一个美丽的餐饮文化情结，那就是将陈子昂故里的诗酒文化和射洪民俗乡土文化贯注于特色餐饮。今天，作为餐饮行业代表被射洪县总工会授予"爱岗敬业的好职工"、遂宁市商务局授予"优秀职业经理人"、四川省人社厅授予"四川技能明星""巴蜀技术能手"、国家劳动部评定为"高级技师"、中国餐饮协会授予"中国烹饪大师"等荣誉的梁平先生，依然不断开拓创新、奋进不止，在为裕宗酒楼和射洪餐饮业做出卓越贡献的同时，已先后成功推出文化菜品"子昂遗篇""至尊舍得鱼线蛊"等具有射洪地方文化特色的菜品，研制出传统川菜新品洋姜酸汤稻田鸭、椒麻蜂窝嫩牛肉等并成为酒店招牌菜，并深入研究以陈子昂诗歌、文化为背景的"陈子昂全宴"，希望有一天能够为更高提升射洪餐饮文化水平、宣传射洪地方特色文化立下新功！

心中总是闪动着悲悯情怀

——"爱心使者"张萃勇27年行走帮扶路的故事

高考录取信息刚刚出来没几天,《华西都市报》"阳光使者"张萃勇又忙碌了起来。他每天骑着自行车,挎包里带着相机和纸笔,他要陆续去调查4名被大学录取又缺钱交学费的困难学生家里的情况,然后报告给《华西都市报》审核,符合条件的学生,就会由他亲自带到成都去领取困难助学金。

"张老师,你都退休了,况且才做了心脏起搏手术不久,还在到处跑帮助贫困学生啊?你不要命啊?"

"没啥的,手术很成功,身体没啥大问题了!'阳光使者'的责任必须尽到。"63岁的张萃勇老师笑呵呵地回答。

当"阳光使者",是没有一分钱报酬,还

要自己贴路费的爱心行动，但这是《华西都市报》赋予的一种高度信任，这件事他已经连续义务做了16年而毫无怨言。据张萃勇的帮扶记录可见，从他1996年第一次帮助困难学生到现在，已经历经27年，风雨无阻，撰写求助信和助学报道1500余篇，累计募集到资金达248万元，精准救助困境家庭的受助学生达195名。

连续27年，一边教书育人，一边辗转于"爱心之路"，即使已退休3年，仍带病坚守，有多少人能如此乐此不疲？如此执着？而张萃勇就是这样一个"痴迷"的人。

—— 学生"欠费"逼出"帮扶路" ——

时光回溯到1996年6月中旬的一天，又到了该上缴学生学费的日子了。射洪县明星镇天马山村小学班主任张萃勇翻开学生报名册一统计，一下子傻了眼：班上20多个学生又欠了学杂费840元。"完了，这个月又领不到工资了！"张萃勇突然控制不住自己，眼泪一下子涌了出来滴到花名册上，把花名册打湿了一大片。上学期交的五年级，全班共38位学生，两年间就有21位学生拖欠学杂费，加上个别学生从一年级就开始欠学费，累计1018.13元！日积月累，滚雪球一样的欠账都累在了自己头上啊！乡上中心校规定：按标准收的学杂费，必须按规定时间统一上缴中心小学财务室，如果没有按时交，就要由出纳在工资上"宰"，直到"宰"够为止。

张萃勇是公办教师，此时月薪才189元。由于班上上半年欠学杂费的孩子家里实在太穷，催了多次就是没有效果，他也不好意思再催,就只好让出纳从他工资里扣。春节开学后,他已经连续四个月没有领到一分钱的工资,这学期又欠起800多元!几个月来工资全被扣了,莫说吃肉,就是粮食也是从家里背来的。

这日子来咋个过啊!上周星期天回家去,妻子已经在埋怨自己了,而自己反而凶了妻子一顿:"学生的学杂费没有收起来,自己是班主任,当然该扣。要是都收不起来,又不同意扣,学生的书本咋个能买回来?没有书本学生读啥子书?我们的困难就克服一下嘛!"妻子想想也有道理,就没有再问钱的事儿,就到沱牌酒厂上班去了。妻子是因为家里的部分"包产地"被沱牌酒厂征用了,不久前招进厂里当工人的。

尽管妻子有怨言,但周末吃过午饭,妻子又主动给他装好一周的粮油。

想到这些,张萃勇又一阵心酸。

放晚学后,村小只有张萃勇一人,那时学校没有通电,张萃勇到学校分给自己的菜地里扯了一把菜,准备用来做晚餐。回到寝室,想到学生的困难,想到不但没有拿钱回家还要从家里拿粮的尴尬,连儿女们过年的新衣服都没买成,他伏在煤油灯下,含着泪把乡村教师的辛酸和无奈以及下村入户去催收学生学杂费的经过真实而生动地写了出来,他要把自己亲身经历的事儿写下来交给领导,投给报社,他希望有好心人能出手相助,让他的学生和自己都能走出困境。

2000多字的叙述后,他在文章的最后写道:"羞愧啊!本应该站在神圣的讲台上'传道、授业、解惑'的人类灵魂工程师，却沦为没精打采、挨村'化缘'般的讨债人。多么尴尬！多么难堪！"文章写成后，他从瘪瘪的口袋了掏出仅有的几元钱买来稿笺纸，认真地誊清后偷偷投向了《四川日报》和《乡镇论坛》……

暑假期间，骄阳和闷热常常笼罩着大地，张萃勇回到家里，又是做包产地，又是辅导孩子做假期作业。空闲时候，他忘不了每天去附近的镇政府报栏看报纸。就在他以为没有希望的时候，8月9日，却突然发现《四川日报》副刊以约1/3的版面全文刊登了他的"泪痕"之作《乡村教师"讨债"记——一个乡教师的手记》，他一下子从蔫妥妥的状态中振奋起来，他从这份报纸中看到了一线希望。

万万没想到的是，文章见报第三天，他就收到重庆大学一位叫张力的80岁退休职工寄来的1 000元钱汇款单和一封亲笔信。信中说："张老师，我在医院病床上读到你发表在川报上的文章，禁不住老泪纵横……'没有幼苗，栋梁之材从何而来？贫瘠的土地需要文化养料来滋润，愚昧的黑幔需要智慧的利刃来割断，财富的宝藏需要知识的金钥匙来打开……'这钱，为你班上那些不能按时缴清学费的孩子代缴吧，这是一位八旬老人的一点心愿……穷孩千万不能因贫困而失学啊！"

"人间自有真情在，世上还是好人多"，张萃勇感动不已。此时，他心想，这一下可以把学生的欠账还了至少一半，自己也可以早一些从领不到工资的尴尬中解脱出来。然而转念又一想：年年都有困难家庭的学生，何不自己克服一下困难，用这笔钱带个头成立一个"助学基金"，号召更多的人来帮助贫困学子渡过难关？

于是，他从邮局取出那1 000元钱交到校长手中，并与校长商量帮助困难家庭学生的事。不久，射洪县明星镇小学"希望工程"——明星镇助学基金会宣告成立！在重庆八旬老人慷慨捐资助学精神的感召下，在张萃勇的奔波操劳下，明星镇建筑老板龙兴全、龙兴银等积极向"希望工程"捐款，几天之内就收到各界爱心人士捐款2 950元。明星小学决定，每年投入3 000—4 000元，专门用于资助各村品学兼优的寒门学子，给孩子们在阳光下健康成长创造条件。一年内，明星镇助学基金会收到社会各界捐款已达2万余元。

那时，镇级学校以"基金会"助力学生，在射洪全县学校中尚属首例。

1996年9月，由民政部主办的《乡镇论坛》又以"滴滴心酸园丁泪"为题，刊出了张萃勇的"泪痕"之作，影响更大了。1997年六一儿童节这天，明星镇小学首批22名特困生领到了50—100元不等的助学金，让困难家庭的人们感激不已。从此开始，明星镇小学每年都会用基金利息支助10—20名贫困学生，使他们顺利完成学业……

"不能让贫困毁了孩子前程"

1998年12月7日上午10时许，明星镇中学操场上出现了感人的一幕：700多位师生踏着体操音乐的节拍做完课间操后，师生纷纷噙着泪、攥钱走上月台，大大小小的钞票飞进捐款箱中，飞进了在病榻上少年的心田。原来，这是一场为突发眼疾双眼失明的明星镇中学2 000级品学兼优的少年郑愁银的一场捐款活动。郑愁银母亲有精神疾病,父亲长期体弱多病,妹妹还在读小学,是当地有名的贫困户。而郑愁银患了眼疾怕花钱就医,耽搁了就医良机,突然间双眼模糊,不得不住进医院,但家中拿不出上千元的住院费,正急得团团转。张萃勇得知,亲自到医院了解了情况,并把事情向镇中领导做了汇报。于是,一场爱心捐助在明星镇中学展开。当场,捐款箱里就汇集了捐款1 230.80元。这笔捐款很快送到了少年父亲手中,少年住上院,疾病也得到了医治。事后,张萃勇还写了一篇题为《爱,为不幸少年撑起一片绿荫》在《射洪报》发表,表扬了明星镇中学的师生,引起了良好的社会反响。一些爱心人士读到报道,还亲自去医院看望生病少年并给予资助。

成功做成了几件好事,张萃勇受到鼓舞。从此,他经常关注射洪贫困学生的信息。人们看到,无论是炎天暑热、还是寒风刺骨,张老师都利用放学以后的时间,常常拎着装了本子和笔的挎包,骑着他那辆破旧的自行车,穿梭于乡村农家或大街小巷,亲自深入求助者家中核实、记录情况,然后又回到学校,连夜赶写稿子,随后到附近邮电所向县里、市里、省里的报刊投递出去。不久,报纸出来了,好心人的捐助也开始了。

本校和外校的困难学生、附近的乡亲们得知张萃勇是个热心肠的人,而且真能做事,生重病的、遭了灾的,都爱来找他,只要他能够想办法帮助的,从来都不推辞。

1999年,张萃勇爱心助困进入第4个年头,似乎"小有名气",主动来寻求帮助的寒门学子越来越多,而他那份心系祖国未来的善举也得到了领导和社会的广泛好评,就在他向党组织递交了入党申请书的第二年七月一日,张萃勇被批准光荣地加入了中国共产党。

入了党的张萃勇,在努力做好教书育人工作的同时,把更多的课余时间和精力投入到扶危济困的行动中。

2000年高考录取期间,张萃勇在沱牌镇邮政局投递稿件,偶然从一位替别人代写书信的老人口中得知:宝竹村有一家人很困难,哥哥去年考上大学,借遍了亲戚朋友才凑够几千元报名费,而妹妹在小平柳树中学读高中,成绩很优秀,家里实在拿不出钱同时供两个孩子读书,父母叫17岁女儿辍学去打工挣钱,供哥哥读完大学。

"不读书,这个优秀的女孩就太可惜了。不能让贫困毁了孩子前程!"张萃勇立即骑车到宝竹村了解情况。张萃勇得知,女孩小平已经打算高一放假后就外出打工,连南下的火车票都订好了。张萃勇连夜写了一篇催人泪下的新闻稿件《谁能搀扶才子兄妹走完漫漫求学路?》,文章先后在《射洪报》《遂宁日报》发表,一见报,立即引起许多爱心人士的关注:射洪县工商局副局长邱正才在记者陪同下亲赴小平家送来学费,语重心长地劝她千万不要辍学!遂宁市有位叫余文的法官毅然决定:全额资助女孩从高中到大学的一切学习费用,解除一切后顾之忧……

后来,小平以优异成绩考上西华师范大学,毕业后成为一所知名中学的优秀教师。

2010年6月,沱牌镇五显楼村有一家人,两个女儿同时考上大学，由于父亲身患重病丧失劳动能力，母亲南下广州务工多年未曾回家，借贷无门，两个女孩的大学报名费没有着落。

张萃勇在镇上一餐馆与朋友聚餐时，从服务员口头听闻此事，他便坐不住了。他打听到考上大学的姐姐小丹和妹妹小琳，双双过了二本分数线。张萃勇安慰两姐妹不要着急，一定帮他们想办法圆大学梦。之后，张萃勇写好稿件，马不停蹄向报社投稿求助。射洪杨氏珠宝董事长杨奎希看到报道后，带着员工，冒着倾盆大雨，驱车到两姐妹家中，送上了6 000元爱心款。与此同时，遂宁市爱心人士梁建国带着爱心人士到沱牌镇献爱心，遂宁市总工会女工部部长潘昀从《遂宁日报》上看到报道，主动与张萃勇取得联系，为两姐妹各争取金秋助学金3 000元；成都爱心人士靳建中先生获悉后，主动承担两姐妹在校期间部分生活费……

浓浓人间大爱，圆了寒门女孩的大学梦。如今，姐姐小丹是一家外企公司的白领，妹妹小琳考进国家公务员队伍。两姐妹十分感恩，认张萃勇为"干爹"，年年春节都来给他拜年。

——济困差点惹"官司"——

在明星小学，张萃勇扎根工作了20年，由于离家较远，在沱牌镇一位领导的帮助下，他于2002年秋调回离家只有一里多路的沱牌镇小学。暑假中，听闻他曾在明星镇帮助过的10岁女孩张小花唯一的亲人爷爷也病故了，没有了爷爷，孤苦伶仃的小花谁来照顾？小花没人管甚至失学是大有可能的。当天下午，张萃勇租了辆村民开的摩托，冒着蒙蒙秋雨心急火燎地赶到小花家，与邻居们一起帮忙为小花爷爷料理了后事，安顿好小花。很快，一篇《十龄孤女渴望新家》的新闻报道稿登在了《华西都市报》上并引起强烈反响。

张萃勇后来说，报纸登出的那两天，他的电话都快被打爆了，至少有60多位好心人表示愿意收养小花。而就在消息见报的当晚，泸州市一王姓女士就风尘仆仆捷足先登，连夜从泸州赶到明星镇，在明星镇政府的积极协助下，抢先办理了对小花的收养手续，由民政办主任亲自将其送到泸州新家。

好事大功告成，张萃勇心中的一块石头落地了。然而，就在张萃勇还有些沾沾自喜时，让他做梦也没有想到的是，一个星期后，他突然接到某镇司法所牛所长打来的电话："喂！张萃勇吗？这下你可是惹下包天大祸了，小花的外公外婆已专程从梓潼县赶到了明星镇，现正哭闹着要去抱书记、镇长的脚杆，状告你拐卖幼女，请你赶快到镇上来处理官司。"这突然打来的电话像一根闷棍把张萃勇给打懵了，他急得涨红了脸说："牛……牛所长，我又没得一分钱，这'拐卖'之说从何谈起？"电话那头，牛所长不紧不慢地说道："张萃勇，张老师，小花有外公外婆，你说她无依无靠，这难道不是你报道不实？"

"牛所长……"张萃勇一时简直无语了。

牛所长缓和了语气："张老师，说啥都没得用了，还是蚀财免灾吧！这事搞不好，说不定还会把你的工作都要整脱，到那时，恐怕你后悔都来不及了。"

其实，张萃勇那天就问过小花和她的邻居，大家都说，自从小花的母亲那年死后,她外公外婆多年来都不与小花家人往来了,小花都长那么大了,也从未见过她外公外婆。可在这个时候,他们却突然冒了出来,实在是有些不可思议!人们也在议论,就算张萃勇那篇报道有点瑕疵,但说他是拐卖幼女就很牵强了。张萃勇问心无愧,然而,牛所长不硬不软的那几句话,还是把长期待在偏僻乡村里教书的张萃勇给唬住了。

就在张萃勇不知所措时,牛所长说:"这样办吧,你给他们给点精神损失费嘛,他们也这样要求,事情可能就搁平了!"

"多少钱?"

"1 200元,对方就撤诉。"

那时的1 200元,相当于张萃勇3个月的工资,对于经济本就不宽裕的张萃勇来说,如同从身上剜去一块肉。做好事做得"赔了夫人又折兵",张萃勇难过得真想对天号啕大哭一场。回到家中,老婆劈头盖脸对张萃勇一顿数落:"张萃勇,你的好事做得好!别个做好事上光荣榜,你做好事上公堂吃官司,婆娘娃儿都要跟你遭殃了!"老婆数落完,想到丈夫做这件事也是好心,就说:"这回算了嘛,这1 200元,我找人去借,从今以后,你就各人教各人的书,再也不要去管那些闲事了。把你手机拿给我,你用我的号,免得人家一天都找你!"张萃勇埋着头,含着泪,对老婆连声"嗯嗯"。

过了没多久,妻子又把手机还给了他。妻子接了几回求助电话,心里头很不是滋味,他对张萃勇说:"唉,那些求助的人也实在造孽可怜,你能够帮还是去帮嘛,不过要各人爱护自己哈!"

"中国好人"添动力

能够几十年来坚持做好事,动因何在?

张萃勇曾说,他对"一分钱难倒英雄汉"有着痛彻心扉的体会,缺钱的时候,就是渴望有人来帮助。他讲过一个自己亲身经历的故事。在射洪师校读书时,自己一次痔疮发作,疼痛难忍,便向班主任陈中凡老师请假要回家医病。老师问:"城里有医院,你咋个要回乡下医?"张萃勇没有回答老师的问话,只是埋着头,不停地抹眼泪。当老师知道他确实是拿不出钱时,便当即掏了10元钱给他。就这10元钱,解决了6元钱的手术费和5毛钱换一次药之用。就这10元钱,让张萃勇对班主任陈老师感恩一辈子。因此,在他当了老师以后,每遇学生有困难,他就想到自己遭遇困难的窘迫和老师帮助过自己的那种感动,便总要想着法子去帮助。

在张萃勇爱心助学的路上,他更忘不了一位多年来一直激励他、支持他爱心行动的优秀企业家,他就是被评为"中国好人"的成都蜀丰药业股份有限公司副总经理靳建中先生。

那是2010年8月,张萃勇刚被《华西都市报》评为"阳光使者"的时候。8月27日,老家在河南省巩义市的成都蜀丰药业股份有限公司副总经理靳建中先生,看到《华西都市报》记者汪仁洪写的一篇报道,报道中说,四川省射洪县柳树镇第二中心校教师张萃勇数年如一日,孜孜不倦骑着一辆破旧自行车四处采访和"化缘"(募捐)帮寒门学子圆读书梦,自己常常贴钱甚至耗光了工资,在采访贫困生时,连一部最便宜的相机也没有，为了提供真实依据，有时还不得雇摄影师去乡下照相，花费更多，给他的压力更大，这对于一个乐于帮助别人的贫困教师来说，无疑是"雪上加霜"。靳建中先生被深深感动了，决定出资为张萃勇购入一部数码相机和赞助一辆自行车，并通过汪仁洪记者提供的电话号码联系上了张萃勇。

当张萃勇接到电话喜出望外地把这个消息告诉妻子时，妻子给他"泼了一瓢冷水"："你好事想多了，怕是人家忽悠你的啊！"

没想到第二天中午前，靳建中先生竟然从成都驱车188公里来到张萃勇老家所在地沱牌镇，真的就送来了一部价值1 200元的新数码相机！张萃勇自然是感动得热泪盈眶。这真是"雪中送炭"啊！

两人交谈中，张萃勇得知，靳建中先生也是一位长期乐于扶危济困的爱心人士，每年都要从自己的薪金中拿出几万元资助贫困学生。

那天，靳建中先生还让张萃勇召集附近8名寒门学子，通过深入调查确认后，当场拿出11 000元现金，按不同情况发给了这些正愁学杂费的孩子。同时，拿出500元给张萃勇，叫他自己去把那辆刹车经常出问题的自行车换了，一定要保证自己的安全。了解到张萃勇给困难学生写报告、写求助稿件打印费花费甚多，又决定从2011年起，每年赞助1 200元给张萃勇支付资料打印费。

从那天起，靳建中先生就与张萃勇结成爱心兄弟。除了自己亲自资助困难学子外，只要张萃勇这边报上去又通过核实需要帮助的学生，靳建中先生都会不同程度地给予资金帮扶。张萃勇说，这些年来，由他牵线搭桥，靳建中先生先后资助了射洪、蓬溪、遂宁的50多名寒门学子，支助资金达30余万元。

笔者曾于2023年5月与张萃勇一道去成都拜访过靳建中先生。靳先生所在公司附近有一层楼八间的办公室，是一家单位专门提供给靳建中先生使用的，因为团结了一批志同道合的爱心人士，在这里成立了"成都建中爱心社"。在"爱心社"墙上专栏里看到有数十张照片，都是他资助贫困学生的记录，还有许多省、市老领导与他一起慰问困难家庭的场面记录，同时，办公室墙上还有10多面奖牌，多面锦旗，其中最引人瞩目的是被《华西都市报》评为"2011年感动四川十大致敬人物"和2012年3月被中央文明办评为"中国好人"那两面华光闪烁的牌匾。

"靳建中先生是我的榜样。虽然我不能像他那样有能力直接拿出薪金资助学生，但他的精神和行动总是激励着我坚持做力所能及的事情，我大他几岁，他一直将我当他的大哥，我们一家也得到了他无微不至的关心和帮助。"说起靳建中，张萃勇满心的敬佩和感激。张萃勇还给笔者讲过一个故事。那年，张萃勇的儿子考上大学，学校要求每个学生都要自备一台电脑，儿子知道父亲工资不高，每年几万元的学费、生活费已经把家里弄得经济紧张，也不好再开口向张萃勇要，但在同学那里"蹭"着用总不是办法，第二学期开学前只好给父亲说了。张萃勇东凑西凑还是差1 500元钱。此事被靳建中先生知道了，责怪张萃勇不给他说，并立即拿出1 500元钱补足款项，张萃勇的儿子终于买下了电脑。

"如果说我读师校时曾经受到班主任陈中凡老师的资助，一辈子感恩于心，埋下帮助别人的种子，那么后来帮助困难学子的成功，就让这颗种子不断开花、结果，入了党更让我坚定了人生应该为社会、为人民做些有益的事情的决心和信心，而靳建中先生又在我的助学路上给我竖起了标杆，注入了强劲的动力，所以即使我退休后，也没有消减爱心助学的勇气和行动！"张萃勇在与笔者的交谈中，道出了他持之以恒一辈子做好事的"源泉"。

—— 蒙冤受屈情不移 ——

在张萃勇爱心助困的"马拉松"征途中，总会遇到一些坎坷甚至冤屈。

2006年秋天，家乡一名叫小路的贫困学生考取了河北某大学，小路父母双亡，与爷爷相依为命，到学校报名时，学杂费、生活费差了一大截，本以为学校可以解决，但那需要时日，必须先交齐费用才能入学，小路心里不悦，就个人写了退学书回到家里来。张萃勇知道了，就主动找上门去给这个学生做思想工作，并写了一篇题为《差学费难贷款，他泪别大学》的报道后，《华西都市报》很快就刊登了。射洪县一位姓何的副县长看到报道后，立即通知张萃勇带来那位学生，当即帮助贷款并给予困难补助，学杂费、生活费筹足有余后，张萃勇又接到成都一些爱心人士的电话，要为这名大学生捐款帮助他完成学业。小路担心入不了学，就缠着张萃勇送自己去成都重返校园。于是，张萃勇向学校请假，亲自送小路去了成都。

那天，小路先后收到西南交大罗老师、83岁艾奶奶的捐款。晚上，小路在报社接受"追踪"采访时，又接收到胡女士2000元捐款，还认了胡女士为"干妈"，另外一位捐助了小路的李姓先生还说今后假期可以去他厂里打工挣学杂费。张萃勇和小路都很高兴。

谁知事情变化突然。晚上，妻子打来电话，说在康定大专的女儿交学杂费需要1600多元钱，要张萃勇尽快贷款或者借点钱给女儿汇去。张萃勇想，自己在成都，贷款肯定是没法办了，借钱，又向谁借好呢？突然想到胡女士刚捐了2000元给小路，这次为小路筹的钱早已大大有余，就叫小路把这2000元钱暂借给他，回去领了工资后筹够后就还。当时，小路有些不高兴借，随后又叫张老师打个借条。张萃勇打好2000元借条，晚上来不及汇，第二天一早又要赶往河北，因为张萃勇要把小路亲自送到河北某大学他才放心。到了河北唐山，张萃勇去银行给女儿汇了款，随后赶紧带小路去大学。大学里相关负责同志说，小路他自己申请了退学，就不能收他了，还责怪张老师报道小路"泪别大学"失实，说小路走时根本没有流泪。张萃勇不断说好话，又说："一个孤儿考起不容易，不能就这样毁了！"好说歹说，才终于将小路送进学校。

回射洪后不久，张老师领了薪，筹够了2000元钱，就叫上小路的堂姑父一起，去镇邮局寄给小路，却忘了索回借条。

谁知四年后，小路因一些事自己处理不当，"干妈"和李先生都说小路"忘恩负义"，小路回成都，他们也没有帮他找到合适的工作，小路一气之下去了重庆。因种种受挫，小路精神抑郁，尤其忌讳"忘恩负义"这顶"帽子"。那时，小路看到重庆某报一篇题为《烫手的18万》的报道，也是说受捐人背负了"忘恩负义"的包袱很是影响自己的人生，要求大家公正对待受捐人，小路跑到某报去，也想"澄清"自己。记者采访小路这过去的经历时，小路竟拿出借条和一个记账本说："张萃勇老师曾经借了他2 000元只还了他1 500，'吃'了他500元。"记者信以为真，写在了报道中。

张萃勇看到报道，气得牙齿咬得蹦蹦响："我花了那么多功夫帮助他，他竟然这样冤枉我，明明与他的堂姑父一起去邮局汇了2 000元，怎么现在给记者说我'吃了他500元'？这可真是'忘恩负义'了！"张萃勇就来到小路堂姑父家中，准备约堂伯一起立即去重庆找小路和听一面之词的报社记者打官司讨个清白。随后，听小路堂姑父说："他好久找不到工作，别人又说他忘恩负义，他就精神上出了问题，有点疯扯扯了！你就原谅他嘛！"生性悲悯的张萃勇听了，好不容易才忍下了这口气。

据张萃勇说，后来证实小路确实得了心病，至今都还在某精神病院治疗。"得饶人处且饶人，他已实在令人同情，那件事情我也无须计较了啊！"张萃勇说到此处，也有些伤感。

俗话说，好事多磨。谁知，做好事也多磨。

2011年7月的一天，张萃勇正在学校参加期末工作会，县教体局纪检部门的同志把他一个人叫到校长办公室："张萃勇老师，有人举报你，说你借做好事之名贪污爱心款，请你配合我们调查。"一句话如同一记闷棍把张萃勇给打懵了。

"啥子事啊？"面对找上门来的领导，张萃勇吃惊地问道。纪检同志道出了事情原委："有人举报你贪污了爱心人士捐给宝竹村文家姐弟修房子的钱，你老实交代吧！"

面对自己的上级领导。张萃勇一腔苦水憋在心头难以倾诉，此刻他已急的红了双眼，嘶哑着嗓音叫了声："这简直是活天的冤枉啊！哪个龟儿贪污了一分钱！好好好，欢迎你们查！如我真有贪污，我愿承担一切法律责任！"

随后，张萃勇把发生的事情"交代"得清清楚楚。原来，2011年1月8日，张萃勇得知沱牌镇宝竹村11岁和9岁的文姓小姐弟父亲病故，母亲疯癫，房屋破烂，生活断炊，面临失学，而村里的人们正准备帮助孩子修建房屋，但筹集的钱远远不够。于是写了一篇新闻稿投到四川电视台。4月上旬，川台来人调查后，以《"有妈"的孤儿》为题报道了这件事。一石击起千重浪。很快，许多爱心人士纷纷为姐弟俩送来现金、衣物和食品，更有一位远住康定市姑咱镇的藏族村党支部书记，三番五次给张萃勇打电话，表示愿出钱为姐弟俩盖新房。于是，村上和两姐弟所在学校共同成立了建房领导小组，推荐张萃勇任出纳和监理，每开支一笔钱，都由村上签字审批。收入的每笔捐款，张萃勇制成大幅墙布张贴在新居山墙公示，接受社会监督。

为了建好新房，张萃勇那段时间星期天从来没有休息过，都是来回反复泡在工地上或者"跑"建筑材料。两个月来回跑了几十次，眼睛也熬红了，一幢225平方米的"爱心雅居"终于建成。7月1日，新居落成这天，成都市靳建中、卢小华，眉山市郑毅等数十名爱心人士特地从四面八方赶到了宝竹村，鞭炮声在小山村里响得此起彼伏，领导致辞，来宾讲话，中午大家又在一片欢声笑语中举杯同贺，场面好不热闹。然而，在这热闹的场面中却唯独不见张萃勇。"那时，我正一脸疲惫地躲在一边发愁。因为，收到的爱心款不足16万元，而修房实际开支就用去了19万，还差3万没有着落……"

回想起来，张萃勇知道了缘由。张萃勇向领导"交代"完了，拍着胸脯说："我每一分钱的收支都记得清清楚楚，有账本可查！"

随后，张萃勇拿来账本，又从银行打印出接收爱心人士捐款的明细清单，并找来收支经手人反复一笔笔调查核实，纪检同志终于露出了笑脸：收入账目清楚，开支合理，张萃勇没有贪污一分一厘！

回到寝室，张萃勇心头很不是滋味，心想自己做好事从来不图回报，更别说去"贪污"爱心款了，这简直是对自己人生的侮辱。"算了，今后这些好事不做了！"张萃勇灰心丧气，连饭都懒得去吃……

可过了一阵子，当他听说有学生需要他帮助时，他好像忘记了自己曾经的蒙冤受屈，又像中了魔似的坐不住了。

暑假期间的一天上午，张萃勇在沱牌镇中兴街打复部打印材料时，偶遇他初中同学阿杰的女儿小秀，听说她正为上大学的报名费发愁。小秀的父母早年离婚，父亲因事入罪多年，获释后又无特长可以挣钱，与女儿仅靠不足600元的低保金艰难度日。18岁的小秀考上成都大学，面临家庭经济拮据，小秀甚至想放弃上大学的机会……

怎么办呢？张萃勇忽然想到阿杰与射洪著名企业家税刚是初中同学，税刚本来就是一位爱心人士，曾多次资助过困难家庭的学生。为了稳妥起见，张萃勇又联络了另外几名同学，一道为小秀求助。税刚在电话里一听情况，欣然答应帮助阿杰女儿顺利读上大学。

8月28日，税刚首先给小秀支付了5 000元现金，并承诺从9月起，每年资助10 000元，另暑假、寒假两个月可以来厂里打工挣钱，直到女孩大学毕业参加工作。

张萃勇放了心，那奔波的疲劳和曾经受过的委屈烟消云散。

—— 继续燃烧激情与生命 ——

多年以来，张萃勇不但做好人做好事，还不遗余力地用他的笔宣扬好人好事。在他周围，无论是哪个单位、哪个村社有好人好事的信息，只要一听到或者别人相约，他就骑着那辆陪伴他多年的自行车第一时间奔赴现场采访，连夜赶写出稿子后立即投向报社等媒体。有时赶急，稿子没有写到位，他又听从编辑意见，或再找当事人采访，或立即根据采访修改补充，从来不厌其烦。20多年来，他在《四川日报》《华西都市报》《教育导报》《中国教工》等报刊上发表的《谁来搀扶才子兄妹走完漫漫求学路？》《为了抢救第八条人命》《十四岁少女用鲜血捍卫尊严》《教师与断腿少女》《寒凝大地发春华》《亦宽亦窄乡村路》等全国、省、市40多家报刊发表文章1 500多篇计50余万字，50余次获各级奖项。更重要的是，他的一篇篇凝聚着汗水、泪水、心血的文章,给更多的人做好人好事带来了强大的正能量,产生了良好的社会反响。

文章写得多,发表得多,所以许多人一见面不称他为"张老师",而称他为"张名记",他也诙谐地笑着说:"名记不敢当,土生土长,只有通讯员证件,称'土记者'还差不多!"

在张萃勇家中,我们不但看到了他珍藏多年的重要文章的剪辑,还看到他从柜子里拿出一本《爱心助学档案》。档案中,密密麻麻用钢笔记录着学生姓名、困难原因、捐款人、捐款金额,还有一个又一个印章、无数不同笔迹的签名,一切都记载得清清楚楚明明白白。这里分明记载着来自射洪、大英、蓬溪、遂宁等190多个不同家庭的遭遇的苦难,也清晰呈现出张萃勇20多年来不畏艰难、忍辱负重、柳暗花明的爱心助学之路上深深的足迹。

一个普通的人民教师,在40年的教学生涯之余,荣任了13年的《华西都市报》"阳光使者",在走过27年、常人难以坚持的爱心助学之路上,帮助195名寒门学子圆了读书梦、健康梦、安居梦,张萃勇成为一个不平凡的人。

在他那一摞摞奖励证书中,我们看到,他先后被遂宁市教体局、卓筒集团评为首届"十佳师德标兵(提名奖)",获评遂宁市委宣传部、市文明办、市总工会、市妇联、团市委评为"助人为乐模范",成为《华西都市报》"爱心使者",并被评为全省"十大最美乡村教师"。

今天,63岁张萃勇虽然常在成都儿子家享天伦之乐,但他心中总是闪动着悲悯情怀，只要是接到家乡射洪百姓的困难求助消息，便立即乘车返回故园，用他那火热的激情去温暖别人的心，用自己燃烧的生命给夜行人送去一片光明。

作于2023年夏

第三辑

涪梓散记

布拖纪行

这是一片古老而神奇的土地,这里繁衍着一个崇尚火的民族。千百年来,他们高举着火把世代迁徙,穿过了无数的沟壑、山川,历经了沧桑和血与火的洗礼,终于用自己勤劳的双手在一片蛮荒的土地建起了自己的新家——吉拉布拖。

—— 风情万种的布拖 ——

正是索玛花盛开的五月,我们来到了距射洪1 300余里的凉山彝族自治州布拖县,来到了一个14万多人的彝族同胞聚居的地方。我和摄影师任正常是带着援助布拖县拍摄一部"纪念凉山州建州五十周年"的电视专题片的任务来到这里的,便有机会深入行走于布拖这片神奇的土地。

布拖的天空蓝得出奇,一丝云彩也没有,如同一片透明的蓝水晶,纯净而高远。有云彩的时候,则十分绚丽而多姿,而那雪白的云朵,它们缀在阔大的天空中,如同放牧在高原上那白色的羊群。羊群走过绿茵茵的草地,羊群穿过那一簇簇白里透红的索玛花,远远去了的时候,你就分辨不出哪是羊群,哪是索玛花,只见那身着彩裙的牧羊女子在伫立眺望,这个"阿咪子"①,她的名字也叫索玛吗?

山坡上有琴声随风飘来,那是彝家汉子正在吹奏着动人的口弦。口弦是彝家人特有的乐器,或竹片或铜片,串在一起,则可以吹出袅袅的音乐,有"阿咪子"在身旁时,那音乐则更加动情而撩人,这便成为青年男女缔结良缘的小小媒介了。

走进彝家,你就会被彝家人的热情所包围。这一天,我们在布拖广电局副局长何刚的陪同下来到了小城外的阿吉家,披着察尔瓦的阿吉从他的小院里迎了出来。那院子100多平方米,3间土墙房,中间房间里火塘正红,里面烤着土豆,阿吉就让我们围塘而坐。他说,老婆和儿子上街赶集去了,我们正好喝酒。阿吉汉语流利,我们很快就熟了。

"朋友来了有好酒",主人和客人见面后第一件事就是要请你喝酒。此前,我们已经听说了彝家人的待客之道,酒不喝是不行的,否则便认为你瞧不起他而不高兴了,如果有"阿咪子"在场时,她们会唱起悠扬的"劝酒歌",你激情迸发,一大碗青稞酒就会在歌声里一饮而尽。接着便是杀猪、宰羊、杀

---

① 阿咪子,彝族方言,对年轻女性的称呼。

鸡，人稍多些还会杀一头牛，彝家人对客人的款待之情便尽在其中了。

在阿吉家的火塘边，我们捧着碗一边喝着彝家酿制的酒，一边闲聊，就着主人递过来的烤土豆下酒。摄影师一边吃着土豆，一边架着机子拍摄。

阿吉出去了一会儿，回来时就看见他拎着一头已经宰好了的小猪进来，在塘边把猪毛烤掉，用刮子把猪身刮干净后又砍成坨，就在塘上架起锅掺上水煮起"坨坨肉"来。

何局长告诉我们，彝家人的吃肉方法很特别，"砣砣肉"加"酸菜汤"是他们认为最正宗的吃法。猪、牛、羊宰杀后，砍成砣子，用一把盐腌上，有的还加进一把花椒面，便丢进锅中去煮，或丢进火塘烧烤。火塘既简易又讲究，简易得只有三块石头垫只锅，不过许多人家的火塘石都是手艺精湛的石匠打磨过的，上面还镂着花纹。那火在火塘中燃烧，如同彝家人火一般的热情。对于火，彝家人是非常崇拜的，彝家人的祖先就是靠火灭了殃及他们的害虫，才有了丰收。于是，过"火把节"就成为彝族人世代的传统节日。

布拖火把节在每年的7月20日举行，现在离火把节还有一段时日，可惜我们没能亲见。但何局长曾给我们播放了先前的资料片，"火把节"的盛况让我们心动不已。节日盛会要持续三天，第一天家家户户打扫清洁卫生，杀猪宰羊祭祀祖灵。入夜，家家户户点燃火把，围着锅庄边转边念祈福语，以消灾和祈祷丰收。第二天，男女老少身着盛装，手持火把长龙般穿梭于田间地头、坡上坡下，尤其是晚上，那简直就是人间银河，火龙腾舞,美不胜收,然后是人们围着篝火跳舞,一直到黎明才罢。第三天便是选美,女孩们银饰满身,纷纷打着黄伞,一朵朵、一丛丛,遍地黄花让人眼花缭乱,各村都要选出最美的"索玛花"。男青年则有斗牛、斗羊、斗鸡、拔河、爬竿等众多节目,比赛中也要选出"雄鹰"。而那些时候,也是青年男女挑选意中人的"佳节"了。

不一会儿,主人便邀请我们进餐吃"坨坨肉"了。乡下的彝家人是没有桌子和凳子的,大家围坐在火塘边的竹席上,一边喝酒,一边慢慢地享用。

这时,村里一位老者来到现场与我们坐到了一起。何局长告诉我们,主人认为你们是尊贵的客人,便邀请了村里有声望的老人来陪着着喝酒吃菜,而主人也认为有客人和有声望的人能来家里,是自身的一种荣耀。我们赶紧起身打拱向老人施礼。边吃边聊中,我们不太懂老人的彝语,何局长就给我们做"翻译",何刚本是盐亭人,中专毕业后去布拖工作了五年,懂得彝语的。这天,我们就从这里比较深入地了解到布拖彝家人的生存状况和习俗。

下午,我们告别阿吉和老人,他们的热情好客,给我们留下了深刻印象。

走出彝家,我们看到,田野里大片大片的洋芋正盛开着小花,或白或紫或浓或淡,如同彝家人一样朴实而和善。此刻,蓝色的天空,没有一丝遮掩,耀眼的阳光照在大地,让人忘记了紫外线的强烈。在这片土地上,彝家人的真情与豪爽让人感慨,彝家人的和善与热情让人感动,这是我们没接触彝家人以前未曾想到的。而在这里，真与善竟然结合得如此融洽，更让人感到意外。或者正是这样的融洽，才会有美的产生，正是真、善、美的统一，才会让人深深地感受到这是一片神奇而美丽的土地，吉拉布拖原来有万种风情。

—— 亦喜亦忧的布拖 ——

我们一边拍摄，一边采访。随着走访的深入，我们更加了解了这片土地。

"吉拉布拖"是地处四川西南部一个彝族占94%的边远县。"布"指刺猬，"拖"指松树，"吉拉布拖"，即阿吉部落居住的有松树和刺猬的坝子，古时这里的荒凉和贫瘠可想而知。在这片方圆1 685平方公里的土地上，奴隶制度曾长期黑暗而残酷地统治着十余万彝族人民，千百年来，家支之间的纷争从来没有停止，为半斤盐巴曾引发数千人之间械斗，农奴们生活在如同牲口一样的环境中。

马黑尔惹老人说，是中国共产党领导彝族同胞浴血奋战，终于使布拖从黑暗走向光明，他们一步跨越千年，从奴隶制社会走向了社会主义社会。"民以食为天。"历届布拖县委、县政府十分重视彝族人民的温饱问题并为之付出了艰辛的努力，广大布拖人民亦为之洒下了辛勤的汗水。特别是1998年被列为国家级贫困县以后，在国家粮食局、省计委、新都县、射洪县的对口援助下，布拖的各方面发生了巨大的变化。

我们了解到，布拖以种植洋芋、荞麦、燕麦为主。20世纪90年代，布拖人民引进新的种植技术，在海拔2 800多米的高寒地区创造了玉米地膜栽培的奇迹,这场被称之为"白色革命"的农业变革,使5万亩农田从亩产玉米200多公斤增至466公斤,玉米生长在全县15%的土地上,产出了全县45%的粮食。这是布拖解决温饱问题值得引以为豪的一篇杰作。

近些年来,全县利用小流域综合治理大搞坡改梯工程,引水成田,离县城50多公里远的金沙江畔大片大片地种起了水稻。全县利用扶贫资金先后在布拖坝、拖觉坝、西溪河坝及金沙江沿岸建成了"洋芋、附子、商品草、花椒、蚕桑、烟草、肉羊、肉牛"八大绿色基地,引进了以附子为生产原料的四川佳能达药业公司,凉山牧草公司,土豆淀粉生产厂,在药材、牧业、土豆生产上形成了"公司+农户"的格局,为布拖的农业经济发展和彝族人民的生活质量提升打下了坚实的基础。

我们还了解到,近年来,布拖还大力实施长江防护林工程、天保工程、退耕还林工程和封山育林工程。全县已有林地面积45万多亩,风景秀林的吉留秀林区,三坝四坡的经济林木开发带,让布拖的蓝天下郁郁葱葱,生机勃发。

在布拖的山间沟底,我们常常可以看见一些小型水电站和水库。布拖水利资源丰富,尤其是高山与深谷之间2 000多米的落差,为布拖利用水利资源提供了天然条件。他们先后治理了瓦都水库,修建了被称为凉山"红旗渠"、长13多公里的穿山隧洞,建成了四川省重点水利工程牛角湾大堰,使之能灌溉田土好几万亩。引进股份资金先后建成了装机容量共4个千瓦的牛角湾一级、二级发电站,还有多个小型发电站。目前,牛角湾第三级水电站正在规划建设中,一切将为尚处于薄弱阶段的工业企业的发展提供了基础条件。

雄鹰向往灿烂的天空,金沙江向往蔚蓝的大海,布拖人向往文明、向往开放。近些年来,在各地的援助下,一声声炮响连接着一阵阵号子声过后,布拖人在曾经没有一米公路的情况下奋起直追,布金公路、布宁公路、布三公路沟通了两省三县,布拖至西昌114公里,出境公路全部铺上了柏油,全县实现了乡通公路的梦想。最让人惊讶的是布拖至金沙江边的公路,在穿过高原、穿过崇山峻岭之后,在上为刀削绝壁,下为万丈深涧的山腰,那绝壁上的公路竟然也能让来往的汽车通行无阻,让人无不感慨这"挂"在悬崖上的路是如何推出来的,更让人为布拖人民的勤劳、勇敢油然而生敬意。

正因为如此,在我们为布拖拍摄"纪念凉山建州五十周年"电视专题片的日子里,尽管紫外线让我们脱了一层皮,但我们看到布拖县建县48年的巨大变化与经济社会发展取得的重大成果,即使面对从未遇见过的困难,我们也无所畏惧而激情飞扬。

一步跨千年的社会,毕竟要留下巨大的历史鸿沟,一步跨千年对于厚积在这块古老的土地上的贫穷与落后的撼动和改变,是多么的艰难与困苦。尽管布拖人经过了几十年的艰苦奋斗,全县仍然被贫穷与落后困扰着。截至2001年,全县国内生产总值仅为27 403万元,地方财政收入864万元,农民人均收入虽比1985年增长700多元,但截至2001年也只有977元。

在这片1 685平方公里的土地上,大片大片的荒山荒地裸露着红土,种在土地上的庄稼稀稀拉拉,所谓"天种天收"的现象极为严重。虽然全县先后利用国家大量扶贫资金为彝民建了房屋，但土墙房漏风漏雨的现象仍随处可见，"人畜混居"的传统习惯在偏远的农村依然如故。在不少彝民的家里，我们看不到板凳、桌椅，床铺不过用几块木板支在石头上，电线安到家里，晚上却难以见到灯光，许多人家习惯了每天吃两顿饭，不过是围在火塘边烤几个土豆，喝一碗玉米粥而已。无论白天、黑夜，你都可以看到一团又一团的彝族男人们围在一堆，房屋前、公路旁到处都有，无论哪里，他们都爱席地而坐，一只酒瓶在他们手里传来传去，有时是闲聊小聚，有时是说什么事情，更多时候则是半天半天地坐，半天半天地望，不知他们望些什么、想些什么。在地里劳动的多是妇女，在山坡上赶羊、赶猪的往往是小孩。通过国家专项扶贫资金建设的"希望工程"，尽管校舍条件改观很大，但在乡村的失学率仍高达30%—40%，有些村小本来有木凳、木桌，儿童不来读书了，当地村民竟然连凳带桌一齐搬回了家中。

种种贫穷与落后，种种陋习与陈规，仍然存在于布拖，仍然制约着布拖的发展。我们了解到，这里甚至还是吸毒和贩毒的高发地区，农户门前挂的不是"文明户"牌子，挂着的是"无毒户"。

我深深地感到，扶贫与扶志，当作为布拖现在乃至今后很长一段时间的一项重大工作，布拖需要扶贫，需要开发，在十分落后的乡村，布拖更需要注入文明的新风。

—— 新生着希望的布拖 ——

新世纪展开胸怀的时候，布拖的扶贫与开发走上了新的历史进程。自布拖县被确定为国家级贫困县后,省粮食局、省计委、新都县、射洪县与布拖结成对口援助单位。布拖的扶贫工作已经先后在全县展开,"温饱工程""希望工程""形象工程"等等,布拖正在发生前所未有的变化。

当射洪县与布拖结为对口援助友好县后,射洪县委、县政府领导签订了援助计划,相关部门也进行了不同形式的援助。时任布拖县副县长的王加良等一批援布干部不辞艰辛,已经在这里展开为期两年的援助工作,各部门的对口帮扶正在不断深入。

当然,这里的援助工作是十分艰辛的。我们在短短几天的拍摄中,尽管用头巾遮住脸面,那强烈的阳光还是让脸上的皮肤全部黝黑,那无情的紫外线让人脱上一层皮。走在野外,几公里内没有人烟,你会感到从来没有过的寂寞和苍凉,不习惯的民族生活方式会产生说不出的滋味。王加良说,尤其是阴雨连绵的日子,漫天风雪的日子,寂寞无声的夜晚,雨声、风声、山岚、云雾,一切都会让你勾起思乡之情。那种寂寞与无聊随之倍增,那时你想起家乡的亲人,家乡的朋友,而唯一能够聊以自慰的,只是电话中熟悉的声音。

然而,王加良们却默默地承受着大自然的一切,以他们各自不同的方式克服着常人难以克服的困难。

拍摄期间,突然有地震预报的消息传来。很快,县城各种各样的防震棚搭到了街上、楼下院子间、空坝处甚至郊野,人们忘记了早晚较大的温差,纷纷搬到户外,不少条件好的本地人或做生意的人,纷纷驾车离开布拖。然而,援助布拖的射洪县干部们仍然坚守在岗位，干着他们各自的工作，分管科技及地震工作的王加良担任着防震工作副指挥长，他和射洪的干部们天天晚上守在地震监测站，或巡查在各个防震棚前。

他们的工作热情，受到布拖人普遍赞誉，他们不辞辛劳的精神，受到了上级领导的充分肯定，时任布拖县县长曾说："他们的负责精神和许多新的观念和工作方法，很值得我们学习借鉴。"

的确，国家扶贫项目为布拖的变化提供了大量的物质基础，各地派到布拖去做援助工作的干部为布拖的变化注入了新的活力。或许正是党的民族政策光辉的照耀，或许正是有这样一批新时期的干部，再加上布拖人自身的奋发图强，我们相信，布拖这片土地将新生着许多的希望，布拖将会迎来美好的明天。

作于 2001 年 5 月

侏罗纪距我们太远　龙凤峡离我们很近

川中丘陵深处有一片神奇的土地，可以触碰的历史有一亿年，可以考证的文明有一万年，可以吟诵的华章有一千余年。《元和郡县图志》载："县有梓潼水，与涪江合流，急如箭，奔射江口。蜀人谓水口曰洪，因名射洪。"

射洪自西魏建县，至今有 1500 年历史，在这片幅员 1 479 平方公里的土地上，人文荟萃，名胜众多。1300 多年前，初唐大诗人陈子昂开一代诗风，《登幽州台歌》传颂古今，陈子昂在金华山的读书台遗迹留存，诗圣杜甫到金华山拜谒先贤时，见射洪美景饮射洪春酒旋而诗兴大发："狂歌遇形胜，得醉即为家"，瞻仰读书台则感慨万千，《野望》一诗手迹至今刻碑勒于山上，诸如王勃、贾岛、黄庭坚等，都曾经到射洪拜谒"唐之诗祖"，留下了许多动人的诗篇。新的世纪，国画大师孙竹篱的田园画风开辟了射洪艺坛新路，军旅画家敬庭尧全国扬名，"唐宫八部"吴因易演绎"唐明皇与杨贵妃"在银屏大展风采，更有沱牌美酒回旋天地，润泽人间。射洪乃全国"诗画之乡""诗酒之乡"名扬四海。

射洪更是"形胜之乡"。金湖螺湖太和湖碧波万顷而烟波浩渺，龙凤峡桃花源读书台幽深恬静而秀色可餐。射洪东有"嫘祖故里远古文明相映"，南有遂宁"观音故里钟鼓相闻"，西南有大英"中国死海"涛声为伴，北有绵州古道与中国科技城作邻。在这片生活着13个民族共108万人口的热土上，孕育了丰厚的文化底蕴、和谐的人居环境、绮丽的自然风光，蕴含着浓郁的民风民俗、深邃的远古文明，是旅游者梦寐以求、快乐享受的佳境，是客商们投资开发的圣地。

更让人们意想不到的是，这片土地上有又一个叫"龙洞峡"的地方，不仅深藏着静谧幽邃的峡谷秘境，竟然还遗存着一亿五千万年前的浩大奇观。

—— 地质专家的"惊人发现" ——

许多年前，射洪之南的明星镇龙潭村村民们在挖地的时候，常常翻出一些坚硬的黄色"怪石"，有的说是"棺木"变成了石头，有的说是天上落下的"陨石"，有的村民用来"打火"，能够把吃烟的"捻子"引燃，就称之为"打火石"。一户村民修房屋掘地基的时候，竟然发现土层下面有许多根木纹明显的石头排列在一起，引得本地的地矿部门、文物部门前去勘察，最终确定，是地质演变形成的木化石。

2003年2月的一天，闻讯而来的中科院地质与地球物理研究所袁宝印研究员进驻唐代大诗人陈子昂的故里射洪县。当他听取射洪地矿部门负责同志介绍在射洪多个乡镇的田间地头、山坡沟渠都发现过"怪石"后，随即对明星、天仙、仁和、青堤、洋溪等乡镇可能存在的硅化木化石群、恐龙化石等及其产生的地质地貌特征等开展了为期10天的深入考查。这一考查，让袁宝印研究员既惊讶又兴奋，惊讶的是在川中盆地竟然有分布如此之广的硅化木群，兴奋地是这里完全可以开发出一片新的科考园地。在进一步深入考察后，袁宝印研究员做出了"遂宁市射洪县龙凤峡硅化木化石群调查初步报告与建议"，认为射洪县硅化木、恐龙化石具有较高的科研科普和旅游价值，建议地方政府应对硅化木、恐龙化石等地质遗迹资源给予切实保护。2004年6月，射洪聘请四川省地矿局化探队对明星龙凤峡硅化木所涉及的4个村方圆共12.5平方公里的区域进行了拉网式的科学调查，收集了大量硅化木群分布资料。2005年5月，南京古生物所教授王永栋来射洪探访，震惊世界的消息不断传出：发现硅化木化石群32处，核心区1平方公里范围内集中出露的硅化木达到500多根，同时，发现有恐龙骨骼化石、湖相沉积波痕群、类岩溶景观、石莲花、石钟乳、溶洞、天然矿泉分布，还有峡谷地貌景观，水体景观，寺庙、摩崖石刻、汉代墓群等人文景观。

中科院、四川省地矿局、成都理工大学等单位的专家们得出共同结论：射洪县硅化木化石群形成于距今1.5亿年左右的侏罗纪晚期，硅化木群结构构造保存完好，是迄今为止我国西南地区发现的数量最多，分布密度最大，保存最完好的原生硅化木森林，不仅具有巨大的科普意义，还有巨大的旅游开发价值。

射洪县在市、省和国家相关部门的支持下紧紧抓住契机，在射洪明星镇龙凤峡地质遗迹保护区建立省级、国家级地质公园的申报相继通过。同时，射洪县政府对出露地表硅化木等地质遗迹逐一登记，并采取严格有效措施，对硅化木、恐龙化石等地质遗迹进行了有效保护，对相关配套设施进行了全面建设。随后，射洪投巨资建成一个川中绝无仅有的硅化木地质公园。2009年12月，射洪硅化木国家地质公园建成并经国土资源部批准揭碑开园。2010年，射洪申办第八届国际侏罗纪大会得到国家相关部门正式批准。由此，我国成为国际侏罗纪大会自举办以来的第一个亚洲国家。

今天，射洪硅化木国家地质公园已被中国古生物学会命名为"全国科普教育基地"。

——"一步一奇观"的侏罗纪公园——

想看一看1.5亿年前的侏罗纪吗？想看一看我们人类先祖们生活过的那个世纪吗？请与我们一同走进四川射洪硅化木国家地质公园。

四川射洪硅化木国家地质公园位于射洪县明星镇境内龙凤峡一带，西近成都，南邻重庆，北抵绵阳，园区规划面积约12平方公里，核心区3平方公里。被古生物及地质研究专家誉为

"古生物研究者的朝圣之地"。

秀丽、神奇的四川射洪中华侏罗纪公园由"硅化木国家地质公园"和"中华侏罗纪主题公园"两部分组成，让游客在浓厚的地质科普氛围里观赏、体验、参与、享受旅游的乐趣。

占地300万平方米的"中华侏罗纪主题公园"由九龙堡、天空之城、寨子山、龙洞河、龙凤峡峡谷、古寺庙6个片区组成。走进公园核心景区龙凤峡，只见峡深林茂、时闻幽谷鸣禽，集山奇、石怪、水清、洞幽、峡险于一体的自然景观会让你惊叫不断。在龙洞河的西侧悬崖绝壁处，溶洞内壁及石腔顶流出的泉水形成了景观奇特的类岩溶地貌。泉水清亮透彻，且富含对身体有益的微量矿物质元素，可称奇泉，这样的泉在景区内主要有三处，均位于峡谷右岸，从上至下分别为玉女泉、龙涎、金童液，其中玉女泉与金童液为裂缝泉，水质清纯，甘甜爽口，可直接饮用。龙洞河从峡谷口涌出，沿厚层砂岩形成的阶梯飞流直下，形成多级瀑布，一幕盖住一幕。由于落差大，水声轰鸣如雷，气势夺人。

以"中华侏罗纪科普娱乐主题旅游目的地"为主题的景点，让旅客在浓厚的地质科普氛围里观赏、体验、参与、享受科普旅游的乐趣。其中主要景点有9处。进入景区，首先看到的是主碑广场和雄伟的硅化木地质博物馆。主碑高13米，造型为侏罗纪的英文"Jurassic"首写字母"J"的艺术变形，采用本地产红砂岩为基色，突出体现四川盆地侏罗纪地层岩石特征，选取代表四川射洪硅化木国家地质公园主要特征的硅化木化石和马门溪龙化石镶嵌在主体之中，主碑名为国际知名的地质学家赵逊先生题写。

随后,我们进入硅化木地质博物馆。博物馆为公园主体建筑,面积4 300平方米,布展面积2 100平方米。主体建筑造型为地层中出露的4根巨大的直立硅化木,设计风格新颖独特,充分体现了该公园自然遗迹的特征。博物馆有各类展品1 200多件,主要来自四川省射洪县及国内其他省区,一部分来自泰国、缅甸等地。博物馆分序厅、地球厅、硅化木厅、射洪厅、侏罗纪海洋厅等部分,以新奇的创意设计、领先的技术手段、鲜明的艺术效果,展现和介绍地球科学、生命进化、硅化木的微观世界和成因、四川盆地地质概况、遂宁射洪地区的地质背景、射洪硅化木的特点和科研价值、侏罗纪海洋及化石等知识,是一座集科学、科普、教育、游乐、观赏等多功能于一体的新型博物馆。

当我们漫步于硅化木林的时候,那高大突兀的硅化林木让我们震撼不已。据专业人士介绍,这些在数亿年前被埋入地下的树木,树干周围的化学物质如二氧化硅、氧化铁、碳酸钙等在地下水的作用下进入到树木内部,替换了原来的木质成分,并保留了树木的形态,经过石化作用形成了硅化木。这里的硅化木林占地9 270平方米,展品140多根,主要展出公园内及射洪县其他乡镇发掘出的硅化木化石,还有部分为硅化木化石树林的直立复原景观,及倒卧在地层中的巨大硅化木树干复原、硅化木产出原始状态等景观。

值得参观的还有王家沟硅化木遗址馆。王家沟硅化木遗址馆位于射洪县明星镇龙潭村王家沟,在长130米、宽100米范围内集中分布了50多根埋藏形态各异的硅化木标本，是该公园内最具科研和观赏价值的硅化木产地。导游介绍，该处硅化木产出层位为晚侏罗世蓬莱镇组下段，具有大型交错层理。我们看到，化石主要有两种产出状态：直立或斜立的树桩，侧卧或平卧的树干，化石出露长度不一，最长的一根长达9米以上。化石直径多在0.2—0.7米左右，其中最粗的直径达1.5米。树干化石产状不尽相同，倾向各异，但同一化石层内倾向基本一致。据专家分析，该遗址是由于巨大洪水事件将森林掩埋而形成的特异埋藏群落，代表近乎原生的硅化木森林景观，其埋藏规模、密度和埋藏状况等堪称国内唯一、国际罕见。

在龙潭村村民邓子中原住房右侧，是恐龙骨骼发现点。2004年，专家们在考察过程中，在此处晚侏罗世蓬莱镇组地层剖面上，发现了马门溪龙骨骼化石。重要的是，在此剖面上同时发现有硅化木多处，与恐龙化石同层保存。恐龙化石与硅化木化石同层保存的现象在国内十分少见。

沿途，在王家沟1号、2号、3号硅化木埋藏展示厅中，大小不同的硅化木或板状，或半圆状，以不同姿态展现在人们面前，1.5亿年前的那一场大巨变让我们由衷惊叹。

最后让我们来看一看侏罗纪地层剖面。该处位于博物馆后侧，是博物馆兴建过程中开挖土石方出露形成，为射洪地区晚侏罗世蓬莱镇组较为典型的一段地层剖面，东西长约50米，出露高度约34米，地层分层清晰，产状平缓。岩性以棕紫色、紫红色泥岩、砂岩为主。根据其岩性差异可将该剖面自下而上划分成9层。从沉积学角度分析，该出露剖面展示了一个从湖泊相到河流相的完整沉积旋回，即从深湖到滨湖，进而转化为河流相天然堤和溢流，最后发育洪泛平原环境。

走进射洪国家级硅化木地质公园，人们无不赞誉：真乃"一眼一亿年，一步一奇观"。而当我们从1.5亿年前的景观中缓步走出回到现实世界，我们恍然若梦，我们感叹不已：侏罗纪离我们太远，而龙凤峡离我们很近。

作于2009年春

情动金华山

川中射洪,本来有江无湖,因射洪人拦截涪江建电站,竟然在80余公里的江段建造四座电航工程,并形成四大人工湖,分别曰金湖、螺湖、太和湖、柳湖,射洪就如蜀中之"江南水乡"了。

水乡中最著名的是金湖,因湖畔古县治金华镇及大唐文宗陈子昂读书台所在地金华山而闻名遐迩。

一日闲暇,从金华电航桥边下水,与友人驾轻舟游于湖中。但见高天如洗,湖水湛蓝,清波微荡,浩瀚接天。左岸新城楼宇连连,右岸青山沿湖逶迤。前方一岛名曰金华坝,金华坝四面环水,嵌于金湖中央,宛如天际落下的一块巨大的碧玉。游于湖中,不时有野鹜掠水,鱼鸥点波,白鹭翔空。沉吟之际,友人高呼:"好多的鱼!"寻声望去,竟见那尺余的游鳞三五成群,穿行于清波之间,好不快活,遇有来袭,倏然远逝,其自由自在之态令人羡慕。

与金华坝隔水而居的,就是金华山了。湖中看金华山,满山葱茏,如同一座硕大的绿色玉雕立于镜湖之畔,又如一座林木与山峦组成的偌大盆景置于天空之下湖水之上。飞阁流檐之处,有袅袅香烟泛起,有当当金声传出,那便是金华山前山金华道观之所在了。史载,金华山汉代名烟墩岭,东晋宁康二年(公元374年)陈勋学道山中,结茅为庵,南梁武帝天监年间正式建观,取名金华观,唐、宋分别名之九华观、玉京观,曾毁于战火,清康熙十六年(1677年)重修,清末以来,不谓观名,统称金华山,沿用至今。

说起金华山,友人滔滔不绝。金华山前山山门有楹联曰:"上方有奇观,千点花飞千点雨;金华多异景,一重云锁一重门。"山门上方有宋代大书法家黄庭坚手迹"蔚兰洞天",由此,金华山胜境可见一斑了。

说起金华山,友人乘兴背诵起玉虚阁内诗碑上的龙体回文诗碑:"龙头倒卧见高峰,洞古铺云绿树笼。封郭满天撑老柏,卷波烟水映乔松。浓情尚味飘香桂,觉梦惊声听晓钟。淙夜澈泉流韵雅,茸红剪处妙罗胸。"

关于这首回文诗,许多人都知道,顺念倒念皆是好诗,金华山现任陈道长却还有一种说法。笔者曾蒙陈道长引导参观过金华山道观,那灵官殿、五瘟殿、天师殿、太乙殿、东岳殿、药王殿、真武殿、三清殿、藏经楼和玉皇阁等,皆依山就势而筑，层层而上，鳞次栉比，雄伟壮观，加之陈道长仙风道骨般解说，更显得神秘而深邃。而对于回文诗，陈道长别有高论："回文诗是曾经在明朝时期主持过道观的杨太虚所书，书法为一种怪异的龙蛇字体，它是在草书的基础上，融入传统的隶书和道家的符书，三种书法互相渗透，错落有致，形成一种龙飞凤舞的字形。此外回文诗可以有第三种读法，那就是整体顺读、倒读，还有就是每两句倒读，也是一首好诗。"

友人感慨："悠悠一千五百多年历史，金华山可谓古来名山、华夏胜境了，回文诗歌更是一绝。诗中倒龙头、古洞、老柏、乔松、香桂、钟铃、烟波等奇观异景今日尚在，却不知诗者魂归何处。"

说起金华山，笔者也高声吟诵起陈子昂《春日登金华山观》："鹤舞千年树，虹飞百尺桥。还疑赤松子，天路坐相邀。"

不觉已游到后山的水码头。在我的心目中，让一座玲珑金华山更有名气的，是大唐文宗陈子昂。天路相邀，我们弃舟登山，要去拜见大唐诗歌旗手陈子昂了。

1 200多年前，诗圣杜甫就不远千里来到金华山凭吊他十分敬重的先生陈子昂，不知那时他是骑驴还是乘舟，至今，杜甫诗歌《野望》的手迹刻制的诗碑尚立于金华山上。记得来拜见陈子昂的，还有明代名臣杨澄、杨最、杨慎，清代廉吏张船山，近现代名流张澜、贺敬之、孙静轩、启功等文人墨客，他们纷纷在这里留下了灿烂的诗篇或墨宝。

很快，我们就登临到了阁内供奉着八仙之一的吕洞宾的纯阳阁前的杜甫诗碑。诗碑正面为《野望》，诗云："金华山北涪水西,仲冬风日始凄凄。山连越巂蟠三蜀,水散巴渝下五溪。独鹤不知何事舞,饥乌似欲向人啼。射洪春酒寒仍绿,目极伤神谁为携。"这是公元762年冬天,陈子昂死后的62年,杜甫从梓州(今三台县)专程来到射洪金华山,瞻仰被他誉为"公生扬马后,名与日月悬"的陈子昂和陈子昂读书台,那时,他心中崇尚之人的读书之地,已是满目凄楚荒凉,加之对陈公的屈死深感悲愤,更兼自己此时饥肠辘辘,无所依傍,于是情发于衷,挥毫赋诗,留下手迹,并刻石于此。看此诗碑,疑似后人所为,友人颇为内行地介绍,据查证,此诗原是刻在金华山的道观前右侧的石幢上,幢身为正方体,高约五米,下有方形基座,上有雕花锥体顶盖,精工细腻,可惜此石幢毁于"文化大革命",现在立的诗碑是据拓本重刻,与杜甫手书真迹一致。友人还指着左下角落款的"杜甫"字中的"杜"字说,此字土里多了一点,据传这是杜甫在书写时因过度悲伤而多加上的一滴泪水。

是啊,诗人惺惺相惜,必然涕泪涟涟;诗人感时忧愤,必定痛哭屈冤。而诗碑背面《冬到金华山观因得故拾遗陈公学堂遗迹》中,那"悲风为我起,激烈伤雄才"的名句,更彰显出诗人满腔悲愤如潮而涌,如山下涪江之水滔滔不绝。

纯阳阁北行近百步,就到了金华山后山梧南岭的陈子昂读书台。读书台本在前山玉虚阁内,为后来迁建。但见石阶之上高大墙垣中的大门为赭红色,门额蓝色框内用碎瓷镶嵌"古读书台"四个大字。友人说,这是清康熙年间射洪县令唐麟翔所书,两边石门枋上"有亭台不落匡山后,杖策曾经工部来"的楹联，是晚清射洪举人马天衢所撰，上联是说此台可与诗仙李白少年时在江油读书的匡山媲美，下联则记述诗圣杜甫拄着手杖前来凭吊陈子昂的史实。

古读书台"感遇厅"内，则是陈子昂青年时代的汉白玉全身塑像，塑像的后墙外壁上有木刻的陈子昂的《感遇诗》，还有唐代卢藏用撰写的《陈伯玉先生别传》（以下简称《别传》）。《别传》作者是唐代黄门侍郎卢藏用系陈子昂知交，文学史家认为，《别传》对陈子昂一生记述翔实，评价公正。《别传》里收录了陈子昂从戎北征时的《上建安王武攸宜书》，书中陈子昂精辟地论述了治军经武、克敌制胜之理，是研究陈子昂的重要史料。

友人是在这里做过业余导游的，讲得透彻流畅。

走过读书台，读过陈子昂《别传》，来到后山"明远亭"。极目远望，但见涪江烟波浩渺地从历史深处走来，又静静地流向现实的远方，想起杜老先生"公生扬马后，名与日月悬"和古散文大师韩愈"国朝盛文章，子昂始高蹈"的美誉，想起陈子昂"前不见古人，后不见来者，念天地之悠悠，独怆然而涕下"的慷慨悲歌，看看眼前空灵清静的古读书台，笔者不禁感叹不已，一时情动其中，发乎于外，诗云："平生思报国，拔剑起蓬蒿。举旗革诗弊，拾遗君王道。莫名遭嫉妒，幽州失战袍。悲歌长天外，千年动碧霄。"

感慨之至，继而又口占曰："日照幽州台，子昂今何在？悲歌惊天地，云涛不尽哀。贤须君主明，才忌风流猜。青史留名处，常见月徘徊。"

友人亦似有所动:"陈子昂诗千古绝唱,兄之歌感动碧霄,不如就以《悲歌动碧霄》笼而统之如何?"

笔者回应:"水岸金华,天下美景,但伯玉先生之遇,天下悲情,情动于衷,《悲歌动碧霄》为诗题也不枉然。"

言罢,但见风动松柏藤蔓,纷纷幡然而若有所感……

乡场上的"川剧粉丝"

射洪天仙镇是梓江边一个偏远的农村小镇,一道拦河大坝拦出一弘清流,如诗如画。但最让人们倾情和快乐的一道"风景",却是传唱百年的"川剧座唱"。

——— 一 ———

天仙场镇曾经是一个小水陆码头,"川剧座唱"始于20世纪民国初年。当时,以街头市民组成的司鼓、锣钵将、琴师等以及唱净、生、旦、丑的人一应俱全,川剧座唱是这个"水陆码头"玩友们的时尚。

说起天仙场镇的川剧玩友故事,原镇文化干事、座唱"头牌"刘明晴滔滔不绝。

20世纪50年代中期,场镇川剧玩友尤为活跃。每逢赶场天,白天都要做生意,到了晚上，玩友就聚集在天仙工商所或下街陈明光茶馆里开展活动。当时演唱的主要剧目有：《空城计》《南阳关》《五台会兄》《牧虎关》《马房放奎》《春陵台》《跪门吃草》《花田写扇》《翠香记》，甚至还演出了如《斩杜后》《飞云剑》《乔子口》等大幕戏。

1958年至1962年自然灾害时期，物质匮乏，市场萧条，人们生活困难，玩友自然停止活动。后曾一度恢复，但"文化大革命"开始后，川剧及多种剧种都被视作"封、资、修"被禁锢，川剧玩友中，很多成员都被视作"牛鬼蛇神"被批斗、管制。

粉碎"四人帮"过后，事业百废俱兴，文艺百花齐放，传统戏剧的演唱逐渐回归。1979年10月，天仙镇文化站成立，文化站干部刘明晴把恢复川剧座唱活动引导成为天仙文化的一大特色活动。

二

恢复了川剧座唱后，过去活跃的鼓师、大钵、大锣、二鼓、琴师和生、旦、净、丑又会聚一堂，天仙镇的锣鼓声，每月逢五又在街头茶园激越铿锵。当时，过往的剧团和周边乡镇的川剧爱好者都要前来"和弦"（即交流）。

这些玩友们玩起来乐此不疲，常常忘身于外。

有一年洪水大发，梓江水猛涨，靠江边场口的鼓师杨崇伟家进了洪水，有街坊来报："快回去抢运东西！"正在座唱兴头的杨崇伟一句"唱完再说"，兀自只顾击鼓帮腔，到了第

"三道"金牌来传:"你屋头都撑得船了!"众人才放下家什一轰跑去帮忙抢险。

场镇上有个开茶馆的女老板,会做生意,人缘极好,唱戏也是一把好手,旦角、丑角都很在行。老公在单位上班,很受领导赏识,但对川剧却一窍不通,一听到打锣鼓就大伤脑筋。有一次,场镇上来了外地客人,需要配合,杨老板在场内正唱的起劲,老公却闯了进来,脸上黑得出水,说:"家里忙得不得了,你还有闲心在这里唱戏,快走!"说完就愤愤地要拉她离去,众人忙劝她快回,不然大家要"代过"(代背过错),她却笑着说"莫来头"。事情过后,接连两天,茶馆都未开门,大家都觉得为打玩友影响了两口子的关系,都后悔不该叫她来。但第三天逢场,茶馆又照常开门,问是怎么一回事,她说:"那晚上是闹翻了,我说我成天忙得腰酸腿疼,没得一点休息时间,我这点爱好都要被剥夺,你那张牛肉脸把人都给我得罪完了,如果不同意我打玩友,那我就关门不干了,他只好答应我'你就唱嘛'。"说这话时,场头场尾都听得见她的笑声。

天仙场镇有个姓杨的女角,嗓音甜美,酷爱当川剧"玩友",更是当地的"台柱",但遭遇却极为不幸,她生活原本清贫,离婚后又被人诈骗,借朋友的钱到期无法偿还,被法庭传唤拘留,并责令还款。众"玩友"知道后纷纷说情,解囊相助,就连八十多岁的老人和生活贫困的居民也送钱送物,又凑齐路费劝其去新疆谋生,被当地传为佳话。

场口的茶馆头一整起座唱,做小生意的人也赶忙收摊来听,常常是"里三层,外三层"。参与者则精神大振,有病的忘了病，没病的神采飞扬。场镇上有个姓刘的残疾人，行走要借助凳子才能走动，手不能自由运动，吃东西要放在手臂上才能吃到嘴里，但他记忆惊人，唱本给他念一次就能记住，是"玩友"中有名的"杂角行"。一段时间患了重感冒，卧床不起，好长时间未来听"玩友"，玩友主持人叫人把他背到茶馆里，问他要不要唱几句，他说还是提不起精神。主持人说你随便唱几句吧。于是他喝了口茶清了清嗓子试着唱了一段《空城计》，哪知他把"帽子"（戏句头一句）一放，接着便是一大段"慢二流"，再下来又是一段"快二流"。最后一句扫腔"看一看司仲达发来的兵"。直唱得头上冒汗。当锣鼓打完后，他又喝了一口茶："哎呀，这一折戏唱下来，病都像是好了一大半！"

天仙玩友有个不成文的规定，谁当天唱得好，谁就要办招待付酒钱。其实并非是谁在办招待谁就唱得好，这都是为了使每场玩友下来有人"出血"给茶酒钱。每场戏唱下来，大家都意犹未尽，一些人都喜欢喝点散酒，于是就戏言某某人今天唱得有板有眼，字正腔圆，其人也就乐于掏腰包，当然也会看那些人的经济能力，困难点的，就不会勉强别人"出血"。通过这种半认真半游戏的形式，也增强了座唱队的凝聚力。

由于爱好座唱者众多，每个逢场要午饭后开始，人们就要排着"轮子"加入座唱。有的人上午就到茶馆里请一杯茶坐喝排队了，到时茶馆就爆满了，没坐上茶座的就在外面站着听唱，一直听到太阳快落坡了也舍不得回家。至于那些没有唱成的"玩友"，走在回家的路上也还在怄气，心头暗想："二场老子早点上茶馆坐起！"

天仙场镇有个姓陈的玩友,初通文墨,杀猪为生,唱念打都来,但唱起来就有些不过弯,还有些"顶板",为了能唱戏就要主动给内行散烟、付茶钱,求"老师"点拨,往往给他安排了戏,但临时来了"高手",他被挤掉的时候就很多。有一次,先安排他唱一个戏,后又被挤掉,戏还未唱完,他满脸怒容,背起卖猪肉的工具就退场了,回到家,媳妇问他吃什么,他说:"不吃不吃,气都气饱了。"人们得知此情,第二场,主持人便特意给他安排了两个戏,观众听得直摇头,他却唱得很过瘾,高高兴兴地回到家,媳妇又问他吃啥,他说:"今天唱安逸了,随便吃点啥子都要得。"

这样的故事还有很多很多,哪个逢场天如果没有听到川剧锣鼓小镇人就会纷纷关心地打听:"是哪个起了嘛?""哪个又扯拐了嘛?"小镇就这样在"川剧座唱"中走过了百年历史。

三

对于川剧座唱,天仙镇街上的"粉丝"们何以如此青睐?笔者曾问唱客:"搞座唱又耽搁时间,费精神,又没有收入,为什么那么入迷?"不少人回答:"听起舒服,唱起更安逸。"他们的家里人也支持:"一唱起来就不晓得东南西北,虽然耽搁时间,但是这总比天天在茶馆头'长三''红九'的整长牌好,又输钱,回家来还要发脾气。"所以,座唱时,家里人把饭送到茶馆来的,饭上面还特别整点肉的,是常有的事。有的玩友去世了,活着的玩友还按照他生前嘱咐,要到他家里去搞一场"川剧座唱";镇上人家办喜事了,做生意发了,老人做大寿了，新店开业了，也常常邀请座唱队唱戏捧场；镇上庆祝各种节日，也少不了座唱队的身影……所以，川剧座唱的传承人刘明晴说："川剧是我们的国粹，是这个地方人们喜闻乐见的艺术形式，不但可以丰富群众文化生活，还有弘扬美德、教化民众的作用，我们也应该乐于奉献，不计得失，好好传承。"

近几年，有的玩友进城了，有的玩友仙逝了，天仙镇的川剧座唱频率减少了，但重要节庆时，也会听见茶馆头传出激越的锣鼓声和铿锵的座唱声。2013年金秋时节，是天仙镇川剧座唱100周年来临之际，在天仙镇党委、镇政府的支持下，一场"前所未有"的纪念活动隆重开锣，在座唱队伍中，新加入了退居二线的原镇人大主席梁大勇以及苏先明、唐先富等人，还有个体户赵一太、杨先芳等一批较为年轻的新面孔，他们以不凡的唱功出现在人们面前。与此同时，当地农民作家廖化龙与刘明晴合著、由中国文联出版社出版的《乡音乡情》一书，更为大家提供了丰富的曲艺演唱脚本，加之镇文化站站长尹保全在镇群众文化活动中把"川剧座唱"作为重要非遗传承表演项目，天仙街头乡下的川剧玩友们再次看到了"川剧座唱"传承的希望……

"水事文章" 靓射洪

初夏,晨曦洒在螺湖,万顷碧水金波微荡,如同妙龄少女闪动的眸子勾魂夺魄;岸边摇曳着的一排排树木如闪动的睫毛,只一眼,你便会在晓风中醉了。此时,两岸油绿的稻秧封了田畴,湖中鱼跃涟漪,一行行白鹭从岸边浅浅的山林中飞出,在湖畔几叶小小渔舟的上空徘徊了两圈之后,便款款飞向了不远处的沙洲。

这样的湖,在射洪88公里的涪江上,竟然有四个,它们分别是金湖、螺湖、太和湖、柳湖;而这样的景致,在射洪的四湖上则随处可见。故而有远来旅游的朋友感叹:川中射洪真是颇具水乡风味,称得上是"蜀中江南"。

其实,记忆中流经射洪的涪江形貌并非如此。

不知何年何月，从松潘雪宝顶千里而来的涪水在射洪境内转了几个弯，绕成"八卦"图形便向南飘然而去，而这江，在枯瘦季阔不过数十来丈，最窄处可以撑起根竹篙一跃而过。然而，每当洪水大发时，江面可达500米宽，从上到下汪洋恣肆，让人不敢越"雷池"一步。每隔几年，两岸的庄稼、茅屋就会被洪水一扫而光。据老辈人讲，1945年的一场大洪水，仅是太和镇就有700余民众被洪水冲得不知去向，就连巍巍赫赫的"镇江寺"也被淹在洪流中不能自保；那年，加上沿岸被冲走的和随后因瘟疫死亡的，就有1200多人被这次洪水夺去了生命。多少年来，人们只能望水兴叹。

时光到了20世纪的1981年，洪峰过境，冲断城北土堤，满城便可撑得船来，幸而干群警觉性高加之相救得力，才免遭如35年前人财两空之苦。但随后全城断电缺水，数万百姓在夜晚只能相对如豆油灯伤感，或者只有望空怨天。尽管人们连续奋战不辞劳苦，然满城淤泥臭了月余才清除干净。

饱受洪水之苦缺电之忧的射洪人决意改变不堪。时光到了1987年，射洪人终于呈降龙之志，决意拦截涪江建设电航。那时，千里涪江尚无一座横江电站，当然无范例可循。射洪人便集20世纪50年代引涪水建"老螺电"、60年代拦梓江建"天仙八一泵站"等小水电的智慧而发酵；没有钱，就号召全县干部、群众捐款投工。于是，数万人马一齐上阵，肩挑背磨，锤夯钎凿，又请来国家水电八局助力。经过4年多的艰苦努力，终于让横截江流建成的涪江上的螺丝池发电站——当时容量最大的发电站，自力更生地输出了人们渴盼已久的电流。自此，射洪有了浩渺螺湖，螺湖有了夜以继日的机声，城乡便夜夜"明珠"闪耀，无数企业也有了源源不绝的动能。

涪江之水不仅成为射洪工业发展的引擎，随后这螺湖还成了数十万洪城百姓的饮用水源。曾经灾祸横行的涪江，在新一代射洪人的手中，成为一条造福人民的温驯受宠的"水龙"。

有了这样一个成功的开端，射洪人一发不可收。在最近20年间，随着射洪的经济腾飞和国家科技事业的发展，机械化施工的力量愈发强劲，射洪人民拦江筑坝似乎更容易一些，竟然先后筑起了一条条差不多都在10余公里左右的大堤，分别护卫着金华古城、太和县城、柳树酒城，陆续建成了金华电航、打谷滩电航、柳树电航，分别形成了波光潋滟、青山醉影的金（华）湖、太（和）湖、柳（树）湖。在仅有的88公里的江流上，射洪人用智慧和力量做出了一篇篇漂亮的"水事文章"，把水的开发利用做到了极致，创造了千里涪江上"前无古人"的奇迹！

射洪人善做"水事文章"并非一朝一夕和一招一式。早在20世纪70年代初，射洪十余万壮丁即挥锄荷担举旗扬镐，先是开拓从金华东风电站到柳树百战垭约50公里的"前锋渠"，随后又倾20万壮劳力奔赴150公里之外的彭县、中江等地打援，以"兵团作战"的方式开掘"人民渠"主干渠，随后赴三台等地续建进入射洪的主干渠，其目的就是引水灌溉射洪良田，解决射洪"靠天吃饭""十年九旱"的大难题。那时是何等的敢作敢为的宏大气概！土方全靠人工挖掘转运，石头全靠大锤钢錾开凿，开山打隧道只有土制炸药，五六十米高的石头拱圈、渡槽，每一块巨石都是几吨十吨，竟然只能用重重叠叠的木架木杠加上土制的滑车一块一块撑运上去。100余公里石渠，数十公里隧道、渡槽，射洪人陆续用了3年和5年时间，就把涪江水和250余公里外的岷江水先后引到了射洪大地，尤其是"人民渠"的修建，主干渠完成后，还用了20年时间，把无数根分支血管延伸到了射洪河西各个角落，里程达2000余公里。从此，射洪河西田土万顷碧绿，五谷丰登。

然而，为了这一切，射洪人在"人民渠"建渠中，负重伤者达1200余人，100多条鲜活壮实的生命牺牲在工地现场！20万人参战、1300余人用鲜血和生命唱响的引水之歌啊，是何等的壮烈与慷慨！老辈人说，这无异于一场充满着拼命与决胜的战役。为了水，为了更多射洪人未来的幸福，我们的前辈、我们的父老乡亲是何等的团结奋进和敢于奉献自己的一切！

射洪人似乎永不停步！到了20世纪90年代，又摆开"十万人马战武引"的大战场，从100多公里外从江油武都再次把涪江上游之水引进了严重缺水的射洪河东。自此，射洪有了"前锋渠""人民渠""武引渠"三大引水灌溉渠系，有了数十条斗渠、支渠数百条毛渠，它们就像一条条动脉血管滋润着射洪大地，滋润着百万人民越来越幸福安康的日子。

引水、用水、治水、开发水，让江水每年为射洪发电近10亿度，让水成为射洪发展取之不竭用之不尽的强劲动力，射洪因之从农业大县走向工业强县，迈进了全国经济发展"百强县"行列；亲水、爱水、护水，射洪人降服水龙新造"四湖"，射洪因之碧水蓝天，射洪因之"金山银山"。即使涪江水将告别于射洪之南，也忘不了成为沱泉回报这片热土，让智慧的射洪人酿成"回旋天地，润泽人间"的玉液琼浆，成就了"沱牌舍得"今天的辉煌。

故笔者有赋赞曰：茫茫天府之国，浩浩射洪浅丘，夹涪江直贯千里巴渝，襟梓水迤逦半县山川。双江争流，润泽两岸涌绿浪，九渠纵横，浇得遍野稻花香。四湖映月，渔歌唱晚翔鸥鹭，六桥飞歌，明珠霓虹照电航；十里长堤，熙熙人流听龙吟，绕城园林，悠悠鸟语雅韵长；北居书台歌唐韵，南沁沱酒万里香；县内三股入深沪，四大园区美名扬，工业强县举旗帜，城乡一体话小康，中国锂都筑新梦，射洪举旗进百强。

寻根溯源，子昂故里大美射洪今天如此靓丽，不正是因为做足了"水事文章"？不正是因此从而平添了无穷动能和无限风光？

射洪人似乎永不满足！在继续推进"一江两岸三城四湖五景区"的旅游强县战略中"龙舟竞发"，今天又有了以开发从金华山陈子昂读书台沿江而下的"涪江之珠·山水长廊"的"水上+陆地并行旅游线路"的新构想。射洪，你的碧水又将谱写新的华章，或许在不久的将来，你就会成为芸芸众生触手可及的"诗与远方"！

后 记

每一只鸟都有各自飞翔的天空,每一个人都有钟情的一片土地。看过听过,一些往事总是不能忘怀,走过路过,一些情结总会牵动人心。在时间的流逝中,有些东西值得回味和纪念,于是,纪实文学作品集《丘陵深处》便遇见春风随意芳发。

40多年前,我从丘陵深处一个偏远的乡村走来,那是因为改革开放的春风吹拂,把一颗几乎枯萎的心从干旱的田野中救活,一个激动的灵魂从泥土中焕发生机。终于有了再次读书的机会,并且成为一名乡村教师,于是,我的情怀在乡愁中绽放,我的青春在钟声里激扬。当我经过14年的跋涉,从偏远的乡村学校一步步走进高一级中学,走进让我改变命运的射洪师范学校任教之后,一个偶然的机会又让我成为本地媒体的一名记者、编辑，这一干就是26年直到临近退休。正是因为这些经历，我总是在丘陵深处不停地奔走，常常有机会接触到熟悉的和不熟悉的父老乡亲，采访见过和没见过的各界杰出人士，更目睹耳闻了故乡那些激动人心的变革和发展。当我们从一个传统农业大县迈进工业强县，从踏步1500多年的一个普通县升级为县级市，从一个经济落后县到全国百强，我们都会为之欣慰，为之自豪。而这片土地上的人们那种敢于拼搏敢于创新自强不息的精神，总是让人感动和鼓舞。我有幸经历其中，有幸见证这一切。所以，无论我以新闻报道或是诗歌、散文、报告文学等形式写成的东西，总是力求真实地呈现，真诚的表达；即使不完美甚至有些粗糙，但都是真情的流露，真心的期待——这便是我对这片挚爱的土地的回馈。正如我曾经在早年我的《射洪印象》一书中说过："正如一棵树，当你被栽种到某一个地方，你的绿叶，你的鲜花，你的果实，便是对大地的回报。除此而外，难道就仅仅是一种风景么？"因之，我从深刻的记忆里复原了一行行奋进的足迹，在丘陵的深处再次扇动起一双曾经慵懒的翅膀。

感谢诗酒之乡，是你给了我丰富的矿藏和不竭的灵感！感谢书中的父老乡亲和朋友们，是你们开阔了我的视野并给予我一直以来的支持鼓励！感谢我所处在的这个时代，是你把我简拔到文学的前沿并推上一个可以让我尽情挥洒的舞台！

诚惶诚恐，以此为记。

2024年春于子昂故里